KB113042

# 불멸

**L'immortalité**

## L'IMMORTALITÉ
**by Milan Kundera**

세계문학전집 243

# 불멸

**L'immortalité**

**밀란 쿤데라**

김병욱 옮김

**민음사**

# 차례

# 1부
## 얼굴

# 1

그 부인은 예순이나 예순다섯 살쯤으로 보였다. 나는 어느 현대식 건물 맨 꼭대기 층 헬스클럽의 실내 수영장 맞은편에 놓인 길쭉한 의자에서 그녀를 바라보고 있었다. 커다란 유리창을 통해 파리 시 전체가 내려다보이는 곳이었다. 나는 아베나리우스 교수를 기다리고 있었는데, 그와는 종종 이곳에서 만나 이런저런 세상사를 토론하는 사이였다. 하지만 아베나리우스 교수가 아직 도착하지 않았으므로 나는 그 부인을 관찰했다. 그녀는 혼자 풀 안에서 허리까지 물에 담근 채, 자기 앞에 꼿꼿이 서서 수영을 가르치는, 선수용 웃옷까지 걸친 강사를 뚫어지게 쳐다보고 있었다. 그의 지시에 따라 그녀는 풀 가장자리 난간에 매달려 숨을 깊이 들이쉬었다가 내쉬기를 반복했다. 그녀는 진지하고 열성적으로 이 심호흡을 반복했는데, 마치 물 저 밑바닥에서 어떤 낡은 증기기관차 소리(오늘날에는 잊혀 버린 이 목가적인 소리를, 이를 알지 못하는 이들에게 알릴 수 있는 방법은 다만 그것을 풀 가장자리에서 숨을 들이쉬고 내쉬는 한 노부인의 숨결과 비교하는 것뿐이다.)가 솟아올라오는 것 같았다. 나는 매혹된 눈길로 그녀를 바라보았다. 그렇게 내가 어쩐지 가슴 찡한 그녀의 코믹한 면모에 사로잡혀 있을 때 (수영 강사의 입꼬리가 시종 떨리는 걸 보면, 그도 그런 코믹한 점을 간파한 모양이었다.) 누군가 말을 걸어 나의 주의력을 흩뜨려 놓았다. 잠시 후 내가 다시 그녀를 관찰하려고 했을 때는 이미 강습이 끝나 있었다. 그녀는 수영복 차림으로 풀 가장자리를 따라 수영 강사를 지나쳐 사오 미터쯤 갔을 때 문득 그에게로 고개를 돌리더니 미소를 지으며 손짓을 했다. 나의 심장이 졸아들었다. 그 미소, 그 손짓, 바로 스무 살 아가씨 같지 않은가! 그녀의 손은 눈부시도록 가볍게 날아올랐다. 마치 그녀는 장난하듯, 울긋불긋한 풍선 하나를 연인에게 날려 보낸 것 같았다. 비록 얼굴과 육신은 이미 매력을 상실했다지만, 그 미소와 손짓에는 매력이 가득했다. 그것은 매력 잃은 육신 속에 가라앉아 있던 한 몸짓의 매력이었다. 그 부인이라고 해서 자신이 이제 더는 아름답지 않다는 것을 모를 리 없을 테지만, 그녀는 그 순간만은 그 사실을 잊고 있었다. 이런 식으로 우리는 우리 자신의 일부를 통해서 시간을 초월하여 살기도 한다. 어쩌면 우리는 대부분의 시간을 나이 없이 살면서, 어떤 이례적인 순간들에만 나이를 의식하는 것이리라. 어쨌든 몸을 돌려 미소 띤 얼굴로 수영 강사에게 손짓을 보낸 그 순간 (수영 강사는 더는 참지 못하고 웃음을 터뜨렸다.) 그녀는 자신의 나이를 까많게 잊고 있었다. 그 몸짓 덕택에, 시간에 구애되지 않는 그녀 매력의 정수가, 그 촌각의 공간에 모습을 드러내 나의 마음을 사로잡아 버렸다. 나는 이상하리만치 감동했다. 그때 나의 뇌리에 아녜스라는 단어가 떠올랐다. 아녜스. 나는 지금까지 한 번도 이런 이름의 여자를 만난 적이 없다.

# 2

지금 나는 선잠의 감미로움에 젖어 침대에 누워 있다. 6시, 설핏 잠에서 깨자마자 제일 먼저 베갯머리에 놓아둔 작은 트랜지스터로 손을 뻗어 단추를 누른다. 그러고는 겨우 말들을 분간하면서 아침 뉴스를 듣다가 이내 다시 선잠에 빠져드는데, 그래서 내가 듣는 말들은 꿈으로 탈바꿈한다. 이때야말로 수면의 가장 멋진 단계요 하루 중 가장 달콤한 순간이다. 라디오 덕택에 나는 끊임없이 되풀이되는 깨어남과 잠듦을, 수면과 불면 사이의 그 황홀한 흔들림을, 태어났음에 대한 유감을 나에게서 유일하게 제거해 주는 그 움직임을 맛보는 것이다. 나는 지금 꿈을 꾸는가, 아니면 실제로 오페라에 참석하여, 날씨를 노래하는 기사(騎士)복 차림의 두 배우 앞에 있는 것인가? 그들이 사랑을 노래하지 않는다니, 어찌된 영문인가? 곧 나는 깨닫는다. 그들은 배우가 아니라 일기예보를 하는 사람들이며, 노래를 하는 게 아니라 서로 상대의 말을 자르며 익살을 떨고 있음을. "오늘 하루는 뜨겁고 무더울 것입니다. 폭풍이 예상됩니다." 하고 첫 번째 해설자가 말하자 두 번째 해설자가 "설마!" 하고 애교 어린 어조로 그의 말을 자른다. 첫 번째 해설자가 그와 똑같은 어조로 대꾸한다. "정말이야, 베르나르. 안됐지만 선택의 여지가 없는 일이야. 용기를 내!" 그의 말에 베르나르가 웃음을 터뜨리며 선언한다. "이는 바로 우리 원죄에 대한 징벌이로군." 그러자 첫 번째 해설자가 묻는다. "이봐, 베르나르, 어째서 자네 원죄 때문에 내가 고통을 받아야 하지?" 그러자 베르나르는 자신이 말하는 원죄가 뭘 의미하는 것인지 라디오 방청객들이 잘 이해하도록 더욱 더 큰 소리로 웃어 젖힌다. 나는 이해한다. 우리 모두가 마음속 깊이 갈망하는 것은 오직 한 가지뿐, 온 세상 사람들이 우리를 대단한 원죄자로 여겨 주는 것 아니겠는가! 우리 악덕이 소나기에, 폭풍에, 태풍에 비교되는 것 아니겠는가! 오늘 프랑스인들은 모두 머리 위에 우산을 펼쳐 들면서, 베르나르의 그 의미심장한 웃음을 생각하며 그를 부러워할 것이다. 나는 다른 뜻밖의 영상들과 함께 다시 잠들기를 기대하면서 라디오 단추를 돌린다. 바로 옆 채널에서 웬 여자 목소리가 오늘은 무덥고 뜨거우며, 폭풍이 몰아칠 것이라고 예보한다. 나는 프랑스에 이렇게 많은 라디오 방송국이 있어서, 모두가 똑같은 시간에, 똑같은 걸 얘기한다는 사실에 기뻐한다. 획일성과 자유의 행복한 결혼, 인류가 이보다 더 나은 무엇을 바랄 수 있겠는가? 나는 베르나르가 자신의 원죄를 과시하던 그 방송으로 되돌아간다. 한데 그의 목소리 대신 웬 남자 목소리가 최신형 르노 자동차에 대한 찬사를 늘어놓고 있다. 나는 다시 단추를 돌린다. 할인 판매 중인 모피코트를 찬양하는 여자들의 합창. 다시 베르나르의 방송으로 돌아간다. 르노 자동차에 대한 찬가의 마지막 소절이 끝나기를 잠시 기다리자, 베르나르가 다시 마이크를 잡는다. 그는 방금 끝난 멜로디를 흉내 내어 노래하는 듯한 목소리로, 헤밍웨이 전기 하나가 막 출간되었는데, 백스물일곱 번째 전기지만, 이번 판은 헤밍웨이가 일생 동안 참말은 한마디도 하지 않았다는 사실을 제시한다는 점에서 매우 중요한 판본이라고 말한다. 헤밍웨이가 전쟁 때 입은 상처 수를 부풀렸으며, 자신이 대단한 유혹자인 양 행세했으나 1944년 8월에 잠깐, 그리고 1959년 7월부터는 완전히 성불구였음이 입증되었다는 것이다. "설마." 하고 다른 남자가 장난기 어린 목소리로 말하자 "진짜라니까." 하며 베르나르가 애교 어린 어조로 대꾸한다. 그렇게 해서 우리는 또다시 어느 오페라 무대 위에 있게 되는데, 이번에는 성불구자 헤밍웨이도 우리와 함께다. 뒤이어 매우 심각한 웬 목소리가 지난 몇 주 동안 프랑스 전체를 전율하게 한 소송 사건 하나를 상기시킨다. 대수롭지 않은 수술이 진행되는 동안 마취 사고로 한 환자가 목숨을 잃은 사건이다. 이에 소비자 보호협회 — 이 협회는 우리를 '소비자'라고 부른다. — 는 앞으로는 모든 외과수술 현장을 영상으로 찍어 그 필름들을 장기 보존하자고 제안한다. '소비자들을 옹호하기 위한' 이 기구의 견해에 따르면, 그렇게 하는 것만이 메스의 예리한 날 아래 목숨을 잃은 한 프랑스인이 정의의 이름으로 확실하게 복수를 할 수 있는 유일한 방법이라는 것이다. 곧 나는 다시 잠이 든다.

내가 잠에서 깼을 때는 이미 8시 30분쯤이었다. 나는 아네스를 상상했다. 나처럼 그녀도 커다란 침대 위에 늘어져 누워 있다. 침대 오른쪽 절반은 텅 비었다. 그녀의 남편은 누구인가? 분명 토요일 이른 시각에 집을 나선 누구일 것이다. 그래서 그녀는 지금 혼자이며, 감미로움에 젖어 깨어남과 몽상 사이에서 흔들리고 있다.

곧 그녀가 몸을 일으킨다. 저 앞, 다리가 긴 받침대 위에 텔레비전이 한 대 있다. 그녀가 셔츠를 벗어 던지자, 하얀 천이 텔레비전 화면을 덮어 버린다. 처음으로 나는 그녀의 알몸을, 내 소설 주인공 아네스의 알몸을 본다. 그녀는 침대 곁에 서 있다. 그녀는 아름답다. 그래서 나는 그녀에게서 눈을 뗄 수가 없다. 이윽고 마치 내 시선을 느끼기라도 한 듯, 그녀는 옆방으로 달아나 옷을 입는다.

아네스는 누구인가?

이브가 아담의 옆구리에서 나온 것처럼, 비너스가 물거품에서 탄생한 것처럼, 아네스는 내가 수영장에서 보았던 그 육십 대 부인의 몸짓에서 튀어나왔다. 손을 들어 수영 선생에게 작별인사를 하던 그녀의 모습은 어느새 내 기억에서 흐릿해진다. 그때 그녀의 몸짓은 나에게 어떤 엄청난, 불가사의한 향수를 일깨워 주었으며, 바로 그 향수가 내가 아네스라고 이름 붙인 인물을 탄생시킨 것이다.

하지만 사람이란, 소설의 인물은 특히나 더, 흉내 낼 수 없는 어떤 유일한 존재로 정의되지 않는가? 그렇다면 A라는 인물에게서 관찰된 그 몸짓, 그녀를 특정 지우고, 그녀의 독특한 매력을 만들어 내며, 그녀와 더불어 하나의 전체를 이루던 그 몸짓이 동시에 B라는 인물의 본질이 되고, 그녀에 관한 내 모든 몽상의 본질이 되는 일이 어떻게 가능하단 말인가? 이 점은 성찰을 요한다.

만약 우리 지구의 인구가 800억을 넘어섰다면, 그들 각자가 자기만의 몸짓 일람표를 갖고 있다는 것은 있음직하지 않은 일이다. 산술적으로 생각할 수 없는 일이다. 이 세상의 사람 수에 비해 몸짓 수가 비교도 안 될 만치 적다는 사실에는 의심의 여지가 없다. 이는 충격적인 결론으로 우리를 이끈다. 즉 몸짓이 개인보다 더 개인적인 것이다. 이를 격언 형태로 얘기하면, 사람은 많되 몸짓은 별로 없다가 된다.

첫 장에서 나는 수영복 차림의 부인에 대해 "그 몸짓 덕택에, 시간에 구애되지 않는 그녀 매력의 정수가, 그 촌각의 공간에 모습을 드러내 나의 마음을 사로잡아 버렸다."라고 말했다. 그렇다, 그때 나는 그렇게 생각했으나, 틀린 생각이었다. 결코 그 몸짓이 부인의 정수를 펼쳐 보인 게 아니라, 오히려 그 부인이 한 몸짓의 매력을 드러내 보인 거라고 말해야 할 것이다. 왜냐하면 몸짓은 한 개인의 소유로 간주될 수도 없고, 그의 창조물로 간주될 수도 없으며 (완전히 독창적인, 오직 자기에게만 속하는 고유의 몸짓을 창조할 수는 없으므로) 그의 도구로 간주될 수도 없기 때문이다. 오히려 그 반대가 진실이다. 말하자면 바로 몸짓들이 우리를 사용하며, 우리는 그들의 도구요,

꼭두각시 인형이요, 그들의 화신인 것이다.

옷을 다 입자 아네스는 외출 준비를 했다. 응접실에서 그녀는 잠시 멈춰 서서 귀를 기울였다. 옆방에서 나는 희미한 소리는 딸이 이제 막 잠자리에서 일어났음을 알려 주었다. 딸과 마주치는 것을 피하려는 듯 그녀는 발걸음을 재촉해 서둘러 아파트를 떠났다. 승강기 안에서 그녀는 맨 아래층을 눌렀다. 승강기는 지시대로 작동하지 않고, 마치 무도(舞蹈)병에 걸린 사람처럼 발작적으로 펄쩍 뛰었다. 기계의 변덕이 그녀를 놀라게 한 게 이번이 처음은 아니었다. 그녀가 내려가고자 했을 때 거꾸로 올라간 적도 있었고, 문 열기를 거절한 적도 있었으며, 삼십 분 동안이나 그녀를 가두어 둔 적도 있었다. 마치 그녀와 어떤 대화를 나누고 싶다는 듯이, 말 못하는 짐승의 거친 수단들을 동원하여 그녀와 어떤 위급한 일을 논의하고 싶다는 듯이 말이다. 이미 수차례에 걸쳐 그녀는 관리인에게 불평을 털어 놓았더랬다. 하지만 승강기가 다른 입주자들에게는 아무런 문제도 일으키지 않았으므로, 관리인은 이 일을 아네스와 승강기 사이의 사적인 분쟁으로 간주하고는 들은 척도 하지 않았다. 아네스는 승강기에서 빠져나와 걸어서 내려와야 했다. 그녀가 빠져나가자마자 승강기는 평정을 되찾고는 그 역시 아래로 내려왔다.

토요일은 다른 어느 날보다 피곤한 날이다. 남편 폴이 아침 7시 전에 집에서 나가 친구와 점심 식사를 하는 사이, 아네스는 이 휴일을 이용해 사무실 작업보다 훨씬 더 끔찍한 볼일을 무더기로 해치워야 한다. 우체국에 들러 삼십 분도 넘게 줄을 서서 기다려야 하고, 슈퍼마켓에 들러 장을 보아야 하고, 판매원과 입씨름을 해야 하고, 계산대에서 시간을 허비해야 하며, 배관공에게 전화를 걸어 제발 한나절 내내 기다리게 하지 말고 정확히 1시에 들러 달라고 간청하는 등의 일들. 그녀는 두 가지 급한 볼일 사이에 겨우 짬을 내어, 주중에는 엄두도 못 내는 사우나를 했으며, 걸레질과 청소기 돌리는 일로 오후를 마무리하곤 했다. 금요일마다 들르는 가정부가 날이 갈수록 점점 더 일을 건성으로 하는 까닭이었다.

한데 이번 토요일은 여느 토요일과는 달랐다. 아버지의 오주년 기일(忌日)이었다. 과거 한 장면이 그녀의 뇌리에 떠올랐다. 아버지가 앉은 자세로 몸을 숙여 찢어진 사진 조각 하나를 내려다보는데, 아녜스의 여동생이 "왜 어머니 사진을 찢는 거예요?" 하고 외친다. 아녜스가 아버지를 편들고 나서자, 곧바로 두 자매는 서로에 대한 증오심을 드러내며 심하게 다툰다.

그녀는 집 앞에 주차해 둔 자동차에 올랐다.

# 3

승강기가 그녀를 어느 현대식 건물 맨 꼭대기 층으로 인도했다. 거기에는 운동 기구며 수영장, 월풀과 사우나, 그리고 파리 시 전망대를 갖춘 헬스클럽이 있었다. 탈의실에 들어서자 확성기에서 록 음악이 쏟아져 나오고 있었다. 십 년 전, 아녜스가 처음 이 클럽에 등록했을 때는 회원들이 많지 않았고 분위기도 조용했다. 그 후 클럽 시설은 한 해가 다르게 개선되었다. 유리창이며 조명, 인조 식물, 확성기, 음악 등이 점점 더 많아졌고 회원 수도 함께 불어났으며, 그 수는 클럽 경영진이 체육관 벽마다 거대한 거울을 설치하기로 결정한 날, 회원들의 모습이 거울에 비춰지면서 다시 두 배로 불어났다.

아녜스는 사물함을 열고 옷을 벗기 시작했다. 바로 옆에서 두 여자가 수다를 떨고 있었다. 한 여자가 콘트랄토의 느리고 부드러운 목소리로 남편 흉을 보았다. 책이며 양말, 심지어 파이프와 성냥까지 뭐든 방바닥에 아무렇게나 내팽개쳐 둔다는 거였다. 음색이 소프라노인 다른 여자의 어조는 두 배는 빨랐는데, 말끝을 한 옥타브 올리는 그 프랑스 어투가 성난 암탉의 울음소리를 연상시켰다. "저런, 얘, 정말 실망이다. 걱정스러워. 말도 안 돼! 어떻게 그럴 수 있단 말이야! 말도 안 돼! 거긴 네 집이야! 네겐 권리가 있다고!" 그러자 첫 번째 여자는 안주인으로서의 콧김이 대단한 친구와 사랑하는 남편 사이에서 마음이 아픈 듯, 우울한 어조로 변명을 늘어놓았다. "어쩌겠니. 원래 그런 사람인걸. 그는 늘 그랬어. 언제나 물건들을 방바닥에 어질러 놓았다고." "아니, 그럼 그러지 못하게 해야지! 그집은 네 집이야! 너에겐 권리가 있어! 나라면 절대 그런 걸 참지 않아!"

아녜스는 그런 대화엔 끼어들지 않았다. 아녜스는 한 번도 폴을 험담한 적이 없다. 그것 때문에 다른 여자들과 약간은 소원한 관계가 된다는 것을 잘 알면서도 말이다. 그녀는 목소리가 날카로운 여자 쪽으로 고개를 돌렸다. 옅은 색 머리카락에 천사처럼 얼굴이 고운 아주 젊은 여자였다.

"아냐, 있을 수 없는 일이야! 너에겐 권리가 있어! 그렇게 하도록 내버려둬선 안 돼!" 하고 천사가 말을 계속했을 때, 아녜스는 그녀 말이 묘한 고갯짓을 수반한다는 사실을 알아차렸다. 머리가 오른쪽에서 왼쪽으로, 왼쪽에서 오른쪽으로 짧고 빠르게 움직이는 동안, 그녀의 어깨와 눈썹은 친구의 인권이 그렇게 무시되었다는 생각에 치미는 분노를 표명하기 위해서인 듯 위로 치솟았다. 아녜스는 그런 몸짓을 알고 있었다.

딸 브리지트가 바로 그런 식으로 고갯짓을 하곤 했던 것이다.

옷을 다 벗자 그녀는 열쇠로 사물함을 잠그고는 자동문을 통해 타일이 깔린 샤워실로 들어갔다. 샤워실 한쪽에는 샤워기들이 늘어서 있었고, 다른 쪽에는 사우나실로 통하는 유리문이 있었다. 사우나실에는 여자들이 나무 벤치 위에 비좁게 몸을 붙이고 앉아 있었다. 그중 어떤 여자들은 특수한 플라스틱 가리개를 차고 있었는데, 마치 밀봉하듯 전신(혹은 신체 일부, 특히 배와 등)을 가리기 위한 것으로, 강렬한 발한(發汗) 작용과 함께 살이 빠지리라는 기대감을 촉발하는 물건이었다.

아녜스는 아직 빈자리가 있는 가장 위쪽 벤치로 올라갔다. 그러고는 등을 벽에 기댄 채 눈을 감았다. 시끄러운 음악 소리가 거기까지 들리지는 않았지만, 한꺼번에 왁자지껄 떠들어 대는 여자들의 목소리가 음악 소리 못지않게 크게 울렸다. 그때 웬 젊은 여자가 들어오더니, 문지방을 넘기 무섭게 다른 여자들을 몰아세우기 시작했다. 그녀는 난로 바로 옆에 자기 자리를 만들어 내기 위해 여자들이 간격을 더욱 좁혀 앉도록 했으며, 그런 다음에는 몸을 숙여 양동이를 들더니 스토브 위에 물을 쏟아 부었다. 지지직하는 소리와 함께 뜨거운 증기가 천장으로 솟아올랐고, 아녜스 곁에 앉아 있던 여자가 고통스러운 듯 이맛살을 찡그리며 두 손으로 얼굴을 가렸다. 그 젊은 여자가 그걸 알아차리고는 "난 뜨거운 증기가 좋아요! 그거야말로 우리가 사우나실에 있다는 증거 아니겠어요!" 하고 외치고는 두 알몸 사이로 파고들었다. 그러고는 최근에 회고록을 펴낸 어느 유명한 생물학자가 출연한 간밤의 텔레비전 방송에 대해 떠들어 대기 시작했다. "그는 정말 멋있었어요." 하고 그녀가 말했다.

다른 한 여자가 그녀의 말에 맞장구쳤다. "맞아요! 게다가 너무나 겸손했죠!"

그 젊은 여자가 되받았다. "겸손했다고요? 그 남자가 지독히도 오만하다는 걸 간파하지 못하셨나요? 난 그의 오만함이 마음에 들었어요! 난 자존심 강한 사람들이 좋아요!" 그러고는 아녜스 쪽으로 고개를 돌리며 물었다. "혹시 당신도 그 남자를 겸손한 사람으로 보셨나요?"

아녜스는 방송을 보지 못했다고 말했다. 그런 대답은 은근히 상대와 생각이 다름을 함축하므로, 젊은 여자는 아녜스의 눈을 똑바로 쳐다보며 강경한 어조로 다시 한 번 말했다. "난 겸손 떠는 건 정말 못 참아요! 겸손한 인간들은 위선자들이에요!"

아녜스가 어깨를 으쓱하고 말자, 젊은 여자가 말을 계속했다. "사우나실은 뜨거워야 해요. 난 굵은 땀방울을 듬뿍 쏟아내고 싶어요. 하지만 그런 다음에는 찬물로 샤워를 해야죠. 난 냉수 샤워가 너무 좋아요. 정말이지 난 사람들이 사우나를 하고 나서 왜 뜨거운 물로 샤워를 하는지 이해를 못 하겠어요. 나는 집에서도 냉수 샤워만 한답니다. 온수 샤워는 생각만 해도 끔찍해요."

어느새 숨이 막혀 오는 듯, 그녀는 자신이 얼마나 겸손을 혐오하는지 다시 한 번 되풀이하고는 자리에서 일어나 모습을 감추었다.

어렸을 때 아녜스는 아버지와 함께 산책을 하는 도중에 아버지에게 신을 믿는지 물어본 적이 있었다. 아버지는 이렇게 대답했다. "나는 조물주의 컴퓨터를 믿는단다." 그런 대답은 아이가 이해하기엔 너무나 이상했다. 컴퓨터라는 말만 이상했던 게 아니라, 조물주라는 말 역시 그에 못지않게 이상했다. 아버지는 한 번도 신 얘기는 하지 않고 조물주 얘기만 했는데, 그리고 보면 신의 중요성을 오직 기술자로서의 능력에 한정하고 싶어 한 것 같았다. 조물주의 컴퓨터를 믿다니. 어떻게 인간이 여태까지 하나의 기계장치와 소통을 해 올 수 있었단 말인가? 그래서 그녀는 혹시 기도를 올리는 일이 있는지 아버지께 물어보았다. 아버지는 이렇게 대답했다. "전구가 나갔을 때 에디슨에게 기도하는 것만큼."

아녜스는 이런 생각을 해 본다. 조물주가 컴퓨터에다 자세한 프로그램이 들어 있는 디스켓을 넣어 두고 떠나 버렸다는 생각. 신이 이 세상을 창조한 후 버림받은 인간들 손에 맡겨 버렸고, 그래서 지금 인간들이 신에게 길을 물으며 메아리 없는 공허 속으로 추락하고 있다는 이 생각은 새롭지 않다. 하지만 선조들의 신에게서 버림받는 것과, 우주 컴퓨터의 신성한 발명자에게서 버림받는 것은 얘기가 완전 다르다. 신의 자리에는 신이 없는 동안 어김없이 하나하나 실행되는 프로그램만 남았으며, 그 내용을 우리는 전혀 변경할 수 없다. 그러나 이 컴퓨터가 프로그램되어 있다는 것이 곧 미래가 상세하게 계획되어 있다거나, 모든 것이 '저 높은 곳'에 기록되어 있음을 뜻하는 건 아니다. 이를테면 1815년에 워털루 전투가 일어날 것이고, 프랑스군이 패하리라는 것 등이 프로그램에 명기되어 있는 것은 아니다. 다만 인간은 천성 자체가 공격적이어서 전쟁을 하지 않을 수 없는 존재이며, 기술의 진보가 전쟁을 갈수록 잔혹하게 만든다는 것만 명기되어 있다. 조물주의 관점에서 볼 때, 그 밖에 다른 모든 것은 전혀 중요하지 않다. 그저 총괄 프로그램 내의 단순 변이 작용이거나 치환 작용일 뿐이다. 이 총괄 프로그램은 미래에 대한 예견과는 전혀 무관하며, 단지 여러 가능성의 경계들을 정해 두고 있다. 그 경계들 사이에서 조물주는 모든 힘을 우연에 맡기는 것이다.

사람도 이와 똑같이 말할 수 있는 하나의 기획이다. 어떤 아녜스, 어떤 폴도 컴퓨터에 기획되어 있지 않으며, 단지 어떤 원형(原型)이 있을 뿐이다. 말하자면 어떤 개인적 본질도 없는, 그저 원 모델의 단순 파생물인 여러 견본들에서 뽑아 낸 인간 존재일 뿐인 것이다. 르노 자동차 공장에서 생산된 자동차 한 대보다 더 나을 게 없다. 그 자동차의 존재론적 본질은 자동차에서가 아니라 다른 곳, 말하자면 설계사의 서류 보관함에서 찾아야 한다. 오직 일련번호만이 한 자동차와 다른 자동차를 구분한다. 인간이라는 견본품에 있어, 일련번호란 바로 독특하고 우연한 특징들의 조합인 얼굴이다. 성격도, 영혼도, 우리가 자아라고 부르는 것도 이 조합에서는 드러나지 않는다. 얼굴은 단지 어떤 견본품의 일련번호일 뿐이다.

아녜스는 조금 전에 온수 샤워에 대한 혐오감을 선언하던 그 낯선 여자를 생각해 보았다. 그녀는 사우나실의 모든 여자들에게 다음과 같은 사실들을 알리러 왔었다. 1) 자신이 땀 빼는 걸 좋아한다는 것. 2) 자신이 콧대 센 사람들을 좋아한다는 것. 3) 자신이 겸손한 작자들을 혐오한다는 것. 4) 자신이 냉수 샤워를 무척 좋아한다는 것. 5) 자신이 온수 샤워를 혐오한다는 것. 그녀는 이 다섯 가지 특징으로 자신의 초상화를 그렸고, 이 다섯 가지로 자신의 자아를 규정하여 모든 사람에게 제공했다. 게다가 그녀는 그것을 겸손한 태도로 제공하지 않았으며 (아닌 게 아니라 그녀는 겸손한 사람들을 혐오한다고 했다.) 매우 도발적인 태도로 말했다. 그녀는 매우 좋아한다거나 경멸한다, 혐오한다 같은 격정적인 어휘들을 사용했는데, 마치 자신을 규정하는 다섯 가지 포인트, 자기 초상화의 다섯 가지 특징을 한 발 한 발 옹호하기 위한 다짐 같았다.

아녜스는 왜 그런 격정이 생겨나는지 자문해 보고, 이렇게 생각해 보았다. 어차피 우리가 지금 이 세상으로 보내진 이상, 우선 우리는 이 주사위 던지기, 신의 컴퓨터가 짜 둔 이 우연한 사건에 우리를 동화해야만 했다. 말하자면 이것(우리가 거울 속에서 대면하는 것)이 바로 우리의 자아라는 사실에 깜짝 놀라는 일을 그만두어야 했다. 우리의 얼굴이 우리의 자아를 나타낸다는 사실을 받아들이지 않고는, 이 근본적인 첫 번째 환상을 용인하지 않고는 삶을 계속 영위할 수가, 적어도 진지하게 영위할 수가 없었을 것이다. 한데 우리를 우리 자신에 동화하는 것만으로는 충분치 않았으며, 삶과 죽음에 대한 열정적인 동화가 필요했다. 그렇게 해야만 우리가 우리 자신의 눈에 인간 원형의 단순한 한 변이체로 비치지 않고, 상호 교환이 불가능한 고유의 본질을 지닌 존재로 보이기 때문이다. 그래서 그 젊은 여자는 자신의 초상화를 그리는 데 그치지 않고, 동시에 그 초상화가 투쟁할 만한 가치가 있는, 심지어는 생명마저 내어줄 가치가 있는, 전적으로 고유하고 대체불가능한 뭔가를 담고 있음을 모든 사람에게 알려야 한다고 느꼈던 것이다.

한증탕의 열기 속에서 십오 분쯤 보낸 뒤, 아녜스는 자리에서 일어나 냉탕에 몸을 담그러 갔다. 그리고 나서 휴게실로 돌아와, 거기서도 역시 끊임없이 떠들어 대는 다른 여자들 사이에 몸을 길게 늘어뜨렸다.

한 가지 의문이 그녀의 뇌리에 맴돌았다. 사후에는 어떤 존재 양식을 컴퓨터가 계획해 두었을까?

두 가지 경우가 가능하다. 만약 조물주의 컴퓨터가 작용하는 영역이 우리 지구뿐이라면, 그리고 우리 운명이 그에게만, 오직 그에게만 달려 있다면, 우리가 사후에 기대할 수 있는 것은 다만 우리가 생전에 겪었던 것의 어떤 변형일 뿐이다. 유사한 풍경, 유사한 피조물들만 마주칠 것이다. 홀로 있을까, 아니면 무리 지어 있을까? 아, 아무래도 홀로 있을 것 같지는 않다. 이미 삶의 세계에서도 고독은 희귀한데, 사후 세계에서야 말할 것도 없지 않은가! 산 자보다 죽은 자들이 훨씬 많지 않은가! 사후의 삶은 최상의 경우래야, 아녜스가 지금 휴게실에서 겪는 것과 비슷할 것이다. 도처에서 여자들의 끊임없는 수다를 듣게 될 것이다. 끝없는 수다로서의 영생. 솔직히 말해 더 나쁜 경우를 상상할 수도 있지만, 끊임없이, 그리고 영원히 여자들의 그런 목소리를 들어야 한다는 생각 자체가 아녜스로서는 기를 쓰고 삶에 매달리며 죽음을 최대한 지연해야 하는 이유가 되기에 족했다.

하지만 또 하나의 가능성이 있다. 지상의 컴퓨터 저 위에, 서열이 높은 다른 컴퓨터들이 있을 가능성이다. 그럴 경우 사후의 삶은 우리가 이미 체험했던 것과 비슷하지 않을 수도 있으며, 인간은 막연하지만 당연한 어떤 희망을 품고 죽을 수 있을 것이다. 아녜스가 최근 그녀의 상상력을 사로잡고 있는 어떤 장면 하나를 보는 것은 그래서다. 집에서 그녀는 폴과 함께 웬 낯선 방문객을 맞이한다. 친절하고 상냥한 그는 맞은편 안락의자에 앉아 대화의 문을 연다. 이상하게 정이 가는 이 방문객의 매력에 끌려, 폴은 밝고 따스한 태도로 열심히 얘기를 나누다가 가족사진이 들어 있는 앨범을 보여 주기로 한다. 방문객은 앨범을 뒤적거리다가 어떤 사진들을 보고는 몹시 당황한다. 예를 들면 아녜스와 브리지트가 에펠탑 아래에서 찍은 사진을 보고 그가 묻는다. "이건 뭔가요?"

"못 알아보시겠습니까? 바로 아녜스입니다." 하고 폴이 대답한다. "이쪽은 우리 딸 브리지트지요!"

"잘 압니다." 방문객이 말한다. "나는 이 건조물을 두고 한 말입니다."

폴이 놀랍다는 듯 그를 쳐다보며 말한다. "그거야 에펠탑이지요!"

"아, 바로 이것이 그 유명한 탑이로군요." 하고 방문객이 말한다. 그렇게 말하는 그의 어조는 마치 누가 그에게 그의 할아버지 사진을 보여 주자 "그러니까 바로 이분이 내가 늘 얘기로만 듣던 할아버지로군요. 마침내 이렇게 뵙게 되어 정말 기뽑니다."라고 감탄하는 것 같다.

폴은 어이없어 하는 표정이지만, 아녜스는 별로다. 그녀는 이 사람이 누구인지 안다. 그가 왜 왔는지, 자기들에게 어떤 질문을 할지 알고 있다. 바로 그래서 그녀는 약간 신경이 곤두서 있고, 그녀 혼자서만 그와 함께 있고 싶지만 그렇게 할 마땅한 구실을 찾아내지 못하고 있다.

# 4

그녀의 아버지가 돌아가신 것은 오 년 전이고, 그녀가 어머니를 여읜 것은 육 년 전이다. 당시 아버지는 이미 병중이었으며 모두가 그의 임종을 기다리고 있었다. 그 반면 어머니는 건강이 넘치고 혈기왕성해서 행복한 과부로 장수할 운명처럼 보였다. 그래서 아버지는 뜻밖에도 그녀가 자기 대신 이승을 떴을 때 어떤 거북함을 느끼지 않을 수 없었다. 사람들의 질책을 두려워한 것 같았다. 사람들이란 바로 어머니의 일가친척을 두고 하는 말이다. 아버지의 가족은 전 세계에 뿔뿔이 흩어져 있었으며, 독일에 사는 먼 여자 사촌을 제외하고 아녜스가 아는 사람은 한 사람도 없었다. 반면 어머니 쪽은 일가친척이 모두 같은 도시에 살고 있었다. 형제, 자매, 사촌들, 그리고 많고 많은 조카들. 산촌의 평범한 농사꾼이었던 외할아버지는 자식들을 위해 헌신할 줄 알았으며, 덕택에 자식들은 모두 공부를 하고 결혼들을 잘 할 수 있었다.

신혼 때만 해도 어머니가 아버지를 사랑했음은 의심의 여지가 없다. 아버지가 미남이었던 데다 나이 서른에 벌써 당시만 해도 사람들로부터 존경받던 대학교수였던 것을 생각하면 전혀 놀랄 일이 아니다. 어머니는 남들이 부러워하는 남편을 맞는다는 사실도 즐거웠지만, 그보다는 그런 남편을 자신의 가문에 선물로 바칠 수 있다는 사실이 더욱 즐거웠다. 어머니는 시골 특유의 오랜 전통적 연대 의식 때문에 자신의 가문과 굳게 연결되어 있었던 것이다. 하지만 아버지가 결코 사교적인 사람이 못 되고 대체로 말이 없는 편이었으므로 (수줍음을 많이 타기 때문인지, 아니면 늘 다른 생각에 골몰하기 때문인지, 달리 말해서 그의 침묵이 겸손의 표시인지, 무관심의 표시인지는 아무도 몰랐다.) 어머니의 선물은 가문에 행복보다는 당혹스러움을 안겨 주었다.

세월이 흐르고 부부가 늙어 감에 따라 어머니는 점점 더 친지들에게 집착했다. 다른 무엇보다도 아버지가 늘 서재에 처박혀 지내는 동안, 어머니는 몹시도 얘기가 하고 싶어 몇 시간씩 전화통에 매달려 형제자매, 사촌 혹은 조카 들과 얘기를 나누었고, 그러다보니 점점 더 그들의 걱정거리를 공유하게 되었기 때문이다. 어머니가 돌아가신 지금, 아녜스는 어머니의 삶을 하나의 고리처럼 본다. 자신이 속한 울타리를 떠나 전혀 다른 세계에 용감하게 뛰어들었다가 발걸음을 다시 출발점 쪽으로 돌린 것이다. 어머니는 남편과 두 딸과 함께 정원이 있는 빌라에서 살았으며, 일 년에 수도 없이 (크리스마스 때나 생일 등) 가족을 초대하여 크게 축연을 벌였다. 어머니의 의도는 아버지가 돌아가시고 나면 (오래전부터 예견된 이 죽음은 마치 집행유예를 받은 사람들에게 그러듯 세심하게 배려를 해 둘 일이었다.) 거기에서 자매나 조카딸과 함께 사는 거였다.

한데 어머니가 죽고 아버지가 살아남았다. 초상을 치른 지 보름째 되는 날, 아네스가 동생 로라와 함께 아버지를 보러 갔을 때, 아버지는 거실 탁자 앞에 앉아 찢어진 사진들을 내려다보고 있었다. 로라가 그 사진들을 잡아채며 외쳤다. "왜 어머니 사진들을 찢는 거예요!"

아네스도 사진들의 잔해를 살펴보았다. 아니었다. 찢긴 것은 어머니의 사진들만이 아니었다. 오히려 아버지의 사진들이 더 많았다. 하지만 어떤 것들에서는 어머니가 아버지 곁에서 포즈를 취하기도 했고, 어머니 혼자인 사진도 더러 있었다. 딸들의 소동에 놀란 아버지는 한마디 설명 없이 잠자코 입을 다물어 버렸다. "입 다물지 못하겠니." 하고 아네스가 으르렁거렸지만 로라는 멈추지 않았다. 아버지는 자리에서 일어나 옆방으로 가 버렸고, 두 자매는 끝없이 언쟁을 계속했다. 다음 날 로라는 파리로 떠났고, 아네스는 집에 머물렀다. 그때 아버지는 그녀에게 도시 중심가에 아파트를 하나 구해 두었으며 집을 팔기로 결심했다고 털어놓았다. 이 역시 놀라운 일이었다. 왜냐하면 모든 사람들의 눈에, 아버지는 일상사에 대한 관리를 깡그리 어머니에게 맡겨 버린 그런 어리숙한 사람으로만 비쳤기 때문이었다. 사람들은 아버지가 어머니 없이는 살 수 없으리라고 생각했다. 현실 감각이 전혀 없는 데다, 자신이 원하는 게 뭔지도 몰랐고, 자신의 의지조차도 이미 오래전부터 어머니에게 맡겨 버린 사람처럼 여겨진 까닭이었다. 하지만 그가 며칠간의 홀아비 생활 끝에 전혀 망설임 없이 즉각 이사하기로 결심했을 때, 아녜스는 아버지가 이미 오래전부터 생각해 오던 것을 이제 실천에 옮기는 것이요, 그러므로 아버지는 늘 자신이 뭘 원하는지 잘 알고 있었다는 사실을 깨달았다. 더욱 흥미로운 것은 아버지 역시 어머니가 먼저 돌아가시리란 걸 예상하지 못했다는 점이다. 따라서 아버지가 도시 중심가에 아파트를 구하려고 했다면, 그 생각은 갑작스러운 계획이라기보다는 옛날부터의 꿈이라고 해야 한다. 아버지는 어머니와 함께 그 빌라에서 살았고 어머니와 함께 정원을 산책했으며 어머니의 자매와 조카딸들을 맞이하여 그들의 말에 귀를 기울이는 척했다. 하지만 그렇게 시간을 보내는 동안에도 줄곧 아버지는 머릿속으로 작은 독신자 아파트에서 혼자 살았다. 그러다 어머니가 돌아가시자, 다만 오래전부터 상상 속에서 살던 곳으로 이사했을 뿐인 것이다.

처음으로 아버지는 아녜스에게 하나의 신비로 등장했다. 왜 아버지는 사진들을 찢었는가? 어째서 아버지는 그토록 오랫동안 작은 아파트를 꿈꾸었는가? 그리고 왜 아버지는 자매와 조카딸이 그 빌라에 정착하는 것을 보고 싶어 한 어머니의 소망을 저 버렸는가? 그랬다면 훨씬 실리적이었을 것이다. 그들이라면 언젠가 아버지에게 봉사할 간호원보다 훨씬 더 그를 잘 보살펴 줄 테니 말이다. 왜 이사를 하려 하시느냐고 아녜스가 물었을 때 아버지의 대답은 매우 간단했다. "이렇게 큰 집에서 남자 혼자 뭘 하겠니?" 그녀는 아버지에게 어머니의 누이와 조카딸을 이곳으로 부르는 게 어떠냐는 암시조차 하지 않았다. 아버지가 그것을 원치 않는 게 너무나 명백했기 때문이었다. 그때 아녜스는 아버지 역시 출발점으로 되돌아간다고 생각했다. 어머니가 가문에서 나와 결혼 생활을 통해 가문으로 되돌아갔다면, 아버지 역시 고독에서 나와 결혼 생활을 거쳐 고독으로 되돌아갔던 것이다.

아버지의 중병이 처음으로 발견된 것은 어머니가 돌아가시기 몇 년 전이었다. 그때 아녜스는 아버지와 단둘이 보낼 생각으로 보름간 휴가를 냈다. 하지만 아녜스의 희망은 물거품이 되었다. 어머니가 한 번도 둘만 있도록 내버려두지 않았기 때문이다. 어느 날 대학교 동료 교수들이 아버지 문병을 왔다. 그들은 아버지에게 온갖 것을 다 물었는데, 정작 대답을 하는 사람은 항상 어머니였다. 아녜스가 보다 못해 말렸다. "어머니, 제발! 아버지가 말씀하시도록 내버려 두세요!" 어머니는 놀란 어조로 되물었다. "너는 지금 아버지가 편찮으시다는 걸 모르니?" 그 보름이 다 지날 무렵, 아버지의 병세가 다소 호전되는 듯이 느껴졌을 때, 아녜스는 아버지와 함께 두 번 산책을 했다. 그러나 세 번째 산책 때는 또다시 어머니가 둘 사이에 끼어들었다.

어머니가 돌아가시고 일 년이 지났을 때 아버지의 병세가 갑자기 심해졌다. 아녜스는 아버지를 보러 가서 사흘을 함께 보냈고, 사흘째 그는 세상을 떴다. 그때의 사흘이야말로 언제나 그녀가 바랐던 그런 조건 속에서 아버지와 함께 지낼 수 있었던 유일한 날들이었을 것이다. 그녀는 아버지와 자신이 일대일로 마주할 기회가 없어서, 서로를 알 시간조차 갖지 못한 채 서로 사랑했던 거라고 생각했다. 그녀 혼자서만 따로 아버지를 자주 대할 수 있었던 때는 여덟 살에서 열두 살 사이였을 때뿐이다. 당시 어머니는 동생 로라에게 매달려 있었던 것이다. 그때 둘은 함께 자연으로 오랫동안 산책을 나가곤 했는데, 아버지는 그녀의 숱한 질문들에 대답을 해 주었다. 아버지가 조물주의 컴퓨터에 대한 얘기며 다른 많은 얘기들을 들려준 것도 바로 그때였다. 그때의 얘기들은 마치 깨진 접시 조각들처럼 파편으로만 남아 있었기에, 그녀는 어른이 된 후 그것들을 힘들게 다시 이어 붙여야 했다.

아버지의 죽음은 그들 둘만의 따사로운 고독에 마침표를 찍었다. 장례식 날 어머니의 일가친척이 모두 한자리에 모였다. 그러나 어머니는 이제 거기에 없었고, 그리고 아무도 이 장례식을 거행하려 하지 않았으므로 사람들은 금방 흩어져 버렸다. 더구나 친지들은 아버지가 빌라를 팔고 아파트에 정착한 것을 일종의 거절로 해석했다. 빌라 값을 알기에 그들은 두 딸이 물려받을 유산만 생각했다. 한데 공증인은 은행에 예치된 돈이 모두 아버지가 공동설립자로 참여한 수학자협회에 기증되었음을 그들에게 알려주었다. 그러자 아버지는 그들에게, 살아 있을 때보다 더욱 더 이상한 존재가 되어 버렸다. 이 유언으로 아버지는 그들에게 자기를 까맣게 잊어버리도록 강요한 셈이었다.

그 후 어느 날, 아녜스는 스위스 은행의 자기 구좌에 상당한 돈이 입금되어 있음을 확인했다. 그때 그녀는 모든 것을 깨달을 수 있었다. 겉으로는 현실 감각이 전혀 없어 보이던 아버지가 너무나 교묘하게 일을 처리했던 것이다. 십 년 전, 첫 번째 발작이 아버지의 생명을 위태롭게 했을 때, 그리하여 그녀가 보름간 휴가를 얻어 아버지를 보러 내려갔을 때, 아버지는 그녀에게 스위스에 구좌를 하나 열도록 요구했더랬다. 임종 얼마 전, 그는 학자들을 위한 기금만 별도로 하고 자신의 은행 잔고 거의 모두를 거기에 입금했다. 만약 아버지가 공개적으로 아녜스를 자신의 상속인으로 지목했다면, 자신의 다른 딸에게 괜한 상처를 입혔을 것이다. 만약 아버지가 수학자들에게 어느 정도 상징적인 액수를 기증하지 않고 모든 재산을 비밀리에 아녜스의 구좌에 입금했다면, 모든 사람들의 무분별한 호기심을 자극했을 것이다.

처음에 아녜스는 로라와 유산을 나누어야 한다고 생각했다. 로라보다 여덟 살 많은 아녜스로서는 동생을 보살피고자 하는 마음을 떨어 버릴 수가 없었다. 하지만 결국 그녀는 동생에게 아무 말도 하지 않았다. 욕심 때문이 아니라 아버지를 배반할까 봐 두려웠던 까닭이었다. 이 선물로 아버지는 그녀에게 뭔가 말하고자 했던 게 분명했다. 아버지는 분명 어떤 신호를, 살아생전에 시간이 없어서 해 주지 못한 어떤 충고를 해 주고자 했으며, 그것은 앞으로 그녀가 오직 둘만 아는 하나의 비밀로 간직해야 할 그런 충고였다.

# 5

그녀는 차를 주차하고 차에서 내려 큰길을 향해 걸어갔다. 피로감과 함께 심한 시장기가 느껴졌다. 레스토랑에서 혼자 점심식사를 한다는 것은 처량한 노릇이므로, 그녀는 눈에 띄는 아무 선술집에 들어가 그냥 선 채 뭔가 먹어야겠다고 생각했다. 예전만 해도 이 동네에는 손님을 따뜻하게 맞아 주는 브르타뉴 선술집들이 많았으며, 거기에서 사람들은 편한 마음으로, 별로 값비싸지 않게 크레이프며 시드르를 뿌린 팬케이크 등을 먹을 수 있었다. 한데 언젠가부터 그 선술집들은 패스트푸드라는 슬픈 이름의 빌어먹을 현대식 음식점에 자리를 양보하고 감쪽같이 사라지고 말았다. 치미는 혐오감을 나름 억누르려고 애쓰면서 그녀는 그런 음식점 가운데 어느 한 곳으로 발걸음을 옮겼다. 유리창을 통해 그녀는 기름종이 냅킨 위로 몸을 구부린 손님들을 보았다. 그녀의 시선은 피부가 창백하고 입술이 새빨간 어느 젊은 아가씨에게 멈췄다. 식사를 끝내기 무섭게 그 젊은 아가씨는 빈 코카콜라 컵을 내려놓고는 집게손가락을 입속 깊이 쑤셔 넣더니, 두 눈의 흰자위를 굴리면서 한참 동안이나 입에 넣은 손가락을 꼼지락거렸다. 이웃 식탁에는 의자 위에 퍼질러 앉은 한 사내가 입을 크게 벌리며 거리 쪽을 바라보고 있었다. 그의 하품에는 시작도 끝도 없었다. 바그너 풍 멜로디의 끝없는 하품이었다. 입이 닫히는가 싶다가 완전히 다물어지지 않고 다시 열렸으며, 그 사이 두 눈도 박자에 맞지 않게 열렸다 닫혔다 끔뻑거렸다. 다른 손님들도 자신들의 이와 납땜과 금니와 보철을 과시하면서 하품을 했으나, 손으로 입을 가리는 사람은 아무도 없었다. 식탁 사이로는 빨간 옷을 입은 여자 아이 하나가 장난감 곰의 발을 잡고 왔다 갔다 하고 있었다. 그 아이 역시 입을 크게 벌리고 있었으나, 하품을 하는 게 아니라 틈틈이 장난감 곰으로 사람들을 치며 앙앙거리는 것임을 알 수 있었다. 비좁게 촘촘히 붙은 식탁들, 비록 유리창 건너편의 풍경이었지만 손님들 각자가 자신의 고기 조각을 이웃 손님들이 발산하는 6월의 퀴퀴한 땀 냄새와 함께 삼킬 것임을 짐작할 수 있었다. 그 불결함의 물결에 아녜스는 낯을 찡그렸다. 시각, 후각, 미각적인 불결함(아녜스는 달착지근한 코카콜라에 젖은 햄버거 맛을 상상했다.)의 물결, 그녀는 눈길을 돌려 버리고는 다른 곳으로 가서 굶주림을 잠재우기로 결심했다.

보도는 사람들로 우글거렸으므로 앞으로 나아가기가 쉽지 않았다. 그녀 앞에서 노랑머리에 뺨이 창백한 두 북유럽 사람의 길쭉한 실루엣이 군중 속에서 길을 헤쳐 나가고 있었다. 한 남자와 한 여자의 머리 두 개가 이동 중인 프랑스인과 아랍인들 무리 위로 우뚝 솟아 있었다. 두 사람은 각자 등에 장밋빛 가방을 메었고, 배에 찬 마구처럼 생긴 것에는 젖먹이가 앉아 있었다. 이내 그들은 모습을 감추었고, 대신 올해 유행하는 무릎까지 오는 넓은 반바지를 입은 여자가 그녀 앞에 나타났다. 그 여자의 엉덩이는 그런 옷차림 탓에 더욱 통통하고 더욱 땅에 가까워 보였다. 허연 맨살이 드러난 두 장딴지는 마치 가는 뱀들로 땋은 매듭처럼 꼬인 푸른 보랏빛 정맥들의 부조로 장식된 투박한 항아리 같았다. 아녜스는 생각에 잠겼다. 이 여자에게는 저 보기 흉한 정맥들을 감추고 엉덩이가 좀 덜 흉물스레 나타나도록 옷을 입는 방법이 스무 가지도 넘게 있었을 것이다. 한데 왜 그렇게 하지 않는 것일까? 이제 사람들은 다른 사람들과 함께 있을 때 좀 더 아름답게 보이려 하기는커녕, 추하지 않게 보이려는 노력조차 하지 않는다는 말인가!

그녀는 속으로 중얼거렸다. 언젠가 추함의 습격이 도저히 참을 수 없을 정도가 되는 날, 그녀는 꽃 장수에게서 물망초 한 가지를 살 것이다. 가는 줄기 끝에 작은 꽃이 달린 물망초 딱 한 가지만 사서, 얼굴 앞에 세우고 외출을 할 것이다. 그녀에게 쏠리는 시선이 그 예쁜 푸른 점 외에, 이제 사랑하기를 그만둔 이 세상에서 그녀가 보존하고 싶은 그 최후의 이미지 외에 다른 어떤 것도 보지 못하도록 말이다. 그렇게 파리 거리들을 돌아다니면 곧 사람들이 그녀를 알아볼 것이고, 아이들은 그녀 뒤를 쫓아다니면서 그녀를 놀리며 돌멩이를 던질 것이고, 그러다보면 모든 파리 시민들이 그녀를 이렇게 부를 것이다. 물망초에 미친 여자라고…….

　그녀는 가던 길을 계속 나아갔다. 오른쪽 귀가 상점과 미용실, 레스토랑 등에서 쏟아져 나오는 타악기의 쿵쾅거리는 리듬이며 음악의 물결을 녹음하는 사이, 왼쪽 귀는 도로의 소음들, 자동차들이 부르릉거리는 소리와 버스에 시동 걸리는 소리들을 낚아챘다. 문득 귀를 찢는 듯한 오토바이 소리에 그녀는 화들짝 놀랐다. 그녀는 이렇게 신체적 고통마저 야기하는 작자를 눈으로 좇지 않을 수가 없었다. 청바지를 입은 젊은 여자가 검은 머리를 바람에 휘날리며, 마치 타자기 앞에 앉았듯 안장 위에 꼿꼿이 앉아 있었다. 소음기를 떼어 버린 오토바이는 끔찍하리만치 요란한 소리를 냈다.

　아녜스는 세 시간 전 사우나실로 들어와 자신의 자아를 제시하고 타인들에게 그것을 부과하기 위해서, 문턱을 넘어서기 무섭게 자신이 얼마나 온수 샤워와 겸손을 혐오하는지 야단스레 통고하던 그 낯선 여자를 떠올렸다. 아녜스는 생각했다. 저 검은 머리 아가씨가 오토바이 소음기를 떼 버린 것도 바로 그런 충동 때문일 것이다. 소음을 내는 것은 엔진이 아니라 저 검은 머리 아가씨의 자아다. 저 아가씨는 자신을 알리기 위해서, 타인의 생각을 점유하기 위해서, 자신의 영혼에 요란한 소음기를 부착한 것이다. 요란한 영혼을 지닌 아가씨의 검은 머리가 바람에 휘날리는 것을 보면서, 아녜스는 자신이 그녀의 죽음을 강렬하게 원함을 깨달았다. 버스가 그녀를 치어 엎어 버린다 해도, 그녀가 도로 위에 피투성이가 되어 널브러진다 해도, 아녜스는 어떤 공포도 슬픔도 느끼지 않을 것이요, 오히려 만족감을 맛볼 것이다.

자신의 그런 증오심에 문득 소스라쳐 놀라며 그녀는 생각했다. 세상은 이제 한계에 이르렀다. 만약 그 한계선을 뛰어넘는다면 모두 미쳐 버릴지도 모른다. 사람들은 모두 물망초를 앞세우고 거리를 돌아다니거나, 아니면 닥치는 대로 서로에게 총을 쏘아 댈지도 모른다. 아주 작은 그 무엇으로도 족할 것이다. 물 한 방울에 단지가 넘치듯이. 이를테면 거리에 자동차 한 대, 사람 한 명, 혹은 소음 1데시벨이 더해지기만 해도 말이다. 넘어서는 안 될 양의 한계가 있다. 하지만 어느 누구도 이 한계를 감시하지 않으며, 어쩌면 아무도 그런 한계가 있는지조차 모르는 것 같다.

보도에는 점점 더 사람들이 많아졌고 아무도 그녀에게 걸음을 양보하지 않았으므로, 할 수 없이 그녀는 도로로 내려서서 보도와 자동차의 물결 사이로 길을 헤쳐 나갔다. 그녀는 이미 오래전부터 이를 경험했다. 한 번도 사람들이 그녀에게 걸음을 양보해 준 적이 없다는 것. 이것을 그녀는 일종의 저주처럼 느끼고서 종종 이를 깨어 보고자 했다. 맞은편에서 오는 사람이 길을 피하도록, 일직선 방향에서 비켜나지 않기 위해 용기를 내어 최선을 다했지만, 그녀의 시도는 번번이 수포로 돌아가고 말았다. 이 속되고 일상적인 힘겨루기에서 패배하는 쪽은 언제나 그녀였다. 어느 날엔가는 일곱 살짜리 어린아이와 맞닥뜨린 적이 있었다. 그녀는 양보하지 않고자 했지만, 그 아이와 충돌하지 않으려면 달리 어쩔 도리가 없었다.

추억 하나가 그녀의 뇌리에 떠올랐다. 그녀가 열 살쯤되던 해 부모님과 함께 산으로 산책을 나갔을 때였다. 넓은 숲길에서 그들은 시비를 걸어오는 그 지방 소년 둘과 마주쳤다. 한 녀석은 그들의 통행을 막기 위해 손에 막대를 들고 있었다. "이 도로는 공공도로가 아닙니다! 통행료를 내야 해요!" 그렇게 외치며 녀석은 막대로 아버지의 배를 가볍게 톡톡 쳤다.

물론 어린아이들의 장난질에 불과했고, 그 꼬마를 밀쳐 버리면 그만이었을 것이다. 아니면 구걸의 한 방식일 수 있으므로 호주머니에서 1프랑짜리 동전 하나를 꺼내 주던가. 하지만 아버지는 그렇게 하지 않고 되돌아서서 다른 길로 가는 편을 택했다. 사실 그들은 정처 없이 길을 나선 터였으므로, 어느 쪽으로 가도 무방했다. 하지만 어머니는 그 일을 나쁘게 생각하여 기어이 속내를 드러냈다. "그는 열두 살짜리 꼬마들 앞에서도 물러서는 사람이야!" 사실 당시에는 아네스 역시 아버지의 행동에 다소 실망하지 않을 수 없었다.

새로운 소음의 공격에 그녀의 회상이 중단되었다. 안전모를 쓰고 굴착기로 무장한 사내들이 마카담식 포장도로 위에 등을 굽히고 있었다. 마치 창공에서 떨어지는 듯 까마득히 높은 곳으로부터, 피아노로 연주되는 바흐의 푸가가 느닷없이 이 소란 중에 힘차게 울려 퍼졌다. 맨 위층에 세 든 이가 창문을 활짝 열어젖히고 축음기 볼륨을 최대한으로 올려 놓은 모양이었다. 바흐의 준엄한 아름다움이 방황하는 세상을 향한 하나의 경고처럼 울려 퍼지도록 말이다. 하지만 바흐의 푸가는 굴착기 소리에도, 자동차들의 소음에도 견뎌 낼 수 없었으며, 오히려 자동차와 굴착기가 바흐의 푸가를 흡수하여 그들 자신의 푸가에 통합해 버렸다. 아녜스는 할 수 없이 손으로 두 귀를 틀어막고서 계속 앞으로 나아갔다.

그때 그녀의 맞은편에서 오던 한 행인이 자신의 이마를 톡톡 치며 그녀에게 혐오 어린 시선을 던졌다. 그런 몸짓은 상대가 미쳤거나 머리가 약간 돌았음을 의미하는, 이 세상 어느 나라에서나 통하는 몸짓 언어다. 아녜스는 그 시선, 그 증오를 포착했을 때, 마음속에서 격렬한 분노가 치밀어 오름을 느꼈다. 그녀는 걸음을 멈추었다. 그 작자에게 달려들고 싶었다. 그를 사정없이 갈겨 주고 싶었다. 하지만 그렇게 할 수가 없었다. 보도 위에서 삼 초 이상 멈춰 서 있기란 불가능했기에 그 사내는 군중에 휩쓸려 갔고, 아녜스 역시 군중에 떠밀려 갔다.

그녀는 계속 걸어가면서도 그 사내에 대한 생각을 떨쳐 버릴 수가 없었다. 그는 우리 모두가 똑같은 소음에 포위 공격 당하고 있으므로 귀를 틀어막을 어떤 이유도, 어쩌면 그렇게 할 어떤 권리도 없음을 그녀에게 알려 줄 필요가 있다고 판단한 거였다. 그 사내는 그녀의 몸짓이 반칙임을 그녀에게 상기시켜 주었다. 그녀에게 그런 모욕을 가한 것, 그것은 모든 사람이 참아야 하는 것을 한 개인만 참지 않고자 하는 행위를 용납하지 않는 인격상의 평등이었다. 인격상의 평등이 그녀에게, 우리 모두가 살고 있는 이 세상과의 불화를 금지했던 것이다.

그 사내를 죽이고 싶은 그녀의 욕망은 단순한 일시적 반응이 아니었다. 분노의 순간이 지난 뒤에도 그 욕망은 그녀를 놓아주지 않았다. 단지 자신이 그렇게까지 증오를 품을 수 있다는 데 대한 놀라움만 덧붙었을 뿐이었다. 손으로 자신의 이마를 치던 그 사내의 영상이, 서서히 해체되어 가는 물고기처럼 그녀의 내장 속을 떠다녔으나 그녀는 그것을 토해 낼 수가 없었다.

아버지가 다시 그녀의 머릿속에 떠올랐다. 아버지가 열두 살짜리 두 불량배들 앞에서 물러난 그 사건 이후, 종종 그녀는 다음과 같은 상황에 처한 아버지를 머릿속에 그려 보곤 했다. 아버지는 표류하는 배에 타고 있다. 선상의 사람들이 모두 구명정에 올라탈 수 없을 게 너무나 분명하기에, 갑판 위 소동은 가히 광적이다. 아버지도 다른 사람들과 함께 내닫기 시작한다. 한데 필사적으로 발을 구르며 한데 엉긴 승객들을 보자, 게다가 길을 가로막았다는 이유로 웬 부인으로부터 성난 주먹질까지 받자, 아버지는 문득 걸음을 멈추고서 그들에게서 멀찌감치 물러나고 만다. 결국 그는 요란한 함성과 욕설 속에서 날뛰는 파도 위로 서서히 내려가는 초과 승선된 구명정을 바라만 볼 뿐이다.

아버지의 그런 태도에 어떤 이름을 붙여야 할까? 비겁함? 아니다. 비겁한 자들은 죽음을 두려워하며, 살기 위해 용감하게 싸울 줄 안다. 그렇다면 고상함일까? 만약 아버지가 이웃을 배려하여 그렇게 행동했다면 정확한 표현임이 분명하다. 하지만 아녜스 보기에 그런 동기에서 나온 행동 같지는 않다. 그렇다면 뭐란 말인가? 그녀로서는 알 수 없었다. 다만 한 가지는 확실했다. 구명정에 오르기 위해 투쟁해야 하는 그 표류하는 배 위에서, 이미 아버지는 죽음을 선고받았다는 것이다.

그렇다, 그것은 확실했다. 그녀가 궁금한 것은 이것이었다. 아버지는 배에 탄 사람들을 증오했을까? 방금 그녀가 오토바이를 탄 여자와, 귀를 막았다는 이유로 그녀에게 모욕을 가한 그 사내를 증오한 것처럼? 아니다. 아녜스는 아버지가 누구를 증오할 수 있으리라고는 상상할 수 없었다. 증오의 올가미는 우리를 너무나 긴밀하게 증오 대상에 옭아맨다. 전쟁의 외설스러움이 바로 그렇다. 함께 쏟는 피의 친밀함, 서로 상대의 눈을 똑바로 쳐다보면서 상대의 몸을 꿰뚫는 두 병정의 외설적인 친밀함. 아녜스는 확신한다. 아버지는 바로 그런 친밀함이 싫었다는 것을. 배 위에서의 그 소동에 정나미가 떨어져 차라리 익사하는 편을 택했다는 것을 말이다. 서로 치고, 서로 짓밟고, 필사적으로 서로 몸을 부딪는 그 사람들과의 신체 접촉이 그에게는 물의 순수 속에서 고독하게 죽는 것보다 훨씬 끔찍하게 여겨졌던 것이다.

아버지에 대한 추억이 좀 전에 그녀를 사로잡은 증오로부터 그녀를 해방하기 시작했다. 손으로 이마를 치던 그 사내의 독기 어린 영상이 차츰 그녀의 뇌리에서 사라져 갔으며, 대신 이런 문장이 불쑥 떠올랐다. 나는 그들을 증오할 수 없다. 그들과 나를 하나로 결합하는 것이 아무것도 없기 때문이다. 우리에겐 어떤 공통점도 없다.

# 6

아네스가 독일인이 아닌 이유는 히틀러가 전쟁에서 패했기 때문이다. 역사상 처음으로 사람들은 패자에게 어떤 영광도 남겨주지 않았다. 파멸의 그 고통스러운 영광조차 남겨 주지 않았다. 승자는 굴복시키는 것만으로 만족하지 않고 패자를 심판하기로 결정했으며, 패자의 나라 전체를 심판했다. 당시에 독어로 말을 하고 독일인이 된다는 것이 결코 쉽지 않았던 이유는 바로 그래서다.

아네스의 모계 조부들은 스위스의 불어 사용권과 독어 사용권 접경 지대에 농장을 소유하고 있었다. 그래서 그들은 행정상으로는 스위스의 불어권 지방에 속하면서도 두 언어를 모두 유창하게 할 줄 알았다. 부계 조부들은 헝가리에 정착한 독일인들이었다. 아버지는 과거 파리에서 공부를 했으므로 물론 불어를 잘 알았다. 그러나 결혼 후, 자연스레 부부의 공용어가 된 것은 독어였다. 하지만 전쟁이 끝나자, 어머니는 부모님의 공식 언어를 기억해 냈다. 그리고 아녜스는 프랑스 고등학교에 진학했다. 독일인으로서, 아버지가 누릴 수 있었던 유일한 즐거움은 큰딸에게 교과서에 실린 괴테의 시를 읊어 주는 것뿐이었다.

모든 독일 어린이들이 외워야 하는, 역사상 가장 유명한 독일 시 한 편이 여기 있다.

산봉우리마다엔
침묵이,
나무들 꼭대기에서도
너는 느끼지 못한다
여린 숨결 하나,
어린 새들은 숲 속에서 침묵하고 있다.
참으렴, 곧
너도 휴식을 얻을 테니.

이 시의 시상은 너무나 단순하다. 숲이 잠들고, 너도 곧 휴식을 취하게 되리라는 것. 시의 소명은 어떤 놀라운 관념으로 우리를 현혹하는 데 있는 게 아니라, 존재의 한 순간을 잊을 수 없는 것이 되게 하고, 견딜 수 없는 향수에 젖게 하는 데 있다.

번역에서는 모든 것이 사라지고 만다. 오직 독어 원어로 읽을 때만 이 시의 아름다움을 알게 될 것이다.

Über allen Gipfeln

Ist Ruh,

In allen Wipfeln

Spürest du

Kaum einen Hauch;

Die Vögelein schweigen im Walde.

Warte nur, balde

Ruhest du auch.

이 시의 시구들은 음절수가 모두 다르고, 장단격, 단장격, 장단단격이 교차하며, 여섯 번째 시구는 다른 구절들에 비해 이상하리만치 길다. 그리고 4행 절(節) 두 개로 이루어진 시인데도, 문법적 첫 문장이 비대칭적이게도 다섯 번째 시구에서 끝나면서, 지극히 평범하면서도 너무나 멋진 이 한 편의 독특한 시 외에 다른 어디에도 존재하지 않는 음률을 만들어 낸다.

아버지는 어린 시절 헝가리에서 이 시를 배웠다. 아버지가 독일 초등학교에 다닐 때의 일로, 아녜스 역시 같은 나이 때 아버지에게서 처음으로 이 시를 들었다. 그들은 산책 도중 함께 이 시를 암송했으며, 강세 음절을 만날 때마다 터무니없이 강조하면서 시의 리듬에 맞춰 걸었다. 운율이 복잡해서 그렇게 하기가 쉽지 않았으며, 그들이 온전히 성공적으로 박자를 맞춘 것은 최종 두 시구에서뿐이었다. 바르-테 누어-발-데 / 루-에스트 두-아우흐. 맨 마지막 단어는 너무나 크게 외쳐져, 반경 1킬로미터 내에서는 누구나 들을 수 있었다.

아버지가 마지막으로 그녀에게 이 시를 암송해 준 것은 임종 이삼일 전이었다. 처음에 아네스는 아버지가 자신의 유년기로, 자신의 모국어로 돌아간 것이라고 생각했다. 그랬다가 아버지가 자신의 두 눈을 친근하게, 뭔가 말을 하듯, 뚫어지게 쳐다본 점을 생각해서, 지난날의 그 행복한 산책들을 그녀에게 상기시켜 주고자 한 것으로 고쳐 생각했다. 그러다 나중에야 그녀는 이 시가 죽음에 대해 말한 것임을 깨달았다. 아버지는 자신이 곧 죽으리란 것과, 그것을 알고 있음을 그녀에게 말해 주고 싶었던 거였다. 그녀는 초등학교 아이들이 배우는 이 천진한 시구들에 그런 의미가 있으리라고는 한 번도 생각해 본 적이 없었다. 아버지는 이마에 땀이 가득한 채 침대에 누워 있었다. 그녀는 아버지의 손을 붙잡고 그의 눈물을 훔치면서 그와 함께 나지막이 암송했다. 바르테 누르, 발데 루헤스트 두 아우흐 — 너도 곧 휴식을 얻을 테니. 그녀는 자신이 아버지의 죽음의 소리를 알아듣고 있음을 깨달았다. 그것은 나무들 꼭대기에서 잠든 새들의 침묵이었다.

아닌 게 아니라 그 침묵은 아버지의 죽음 이후 넓게 퍼지면서 아네스의 영혼을 가득 채웠다. 그것은 아름다웠다. 다시 한 번 말하자. 그것은 나무들 꼭대기 위에서 잠든 새들의 침묵이었다. 그 침묵 속에서, 마치 깊은 숲 속에서 울리는 뿔피리 소리처럼, 아버지의 마지막 메시지는 세월이 흐를수록 더욱더 또렷이 울려 퍼졌다. 아버지가 그녀에게 남긴 선물로써 하려 했던 얘기는 무엇일까? 자유롭게 살라는 것. 그녀가 살고 싶은 대로 살고, 가고 싶은 곳으로 가라는 거였다. 아버지는 감히 한 번도 그렇게 해 보지 못했다. 그래서 그는 자신의 딸에게, 딸만은 과감히 그렇게 할 수 있도록, 모든 수단들을 주었던 것이다.

결혼한 뒤부터, 아녜스는 고독의 기쁨을 포기해야 했다. 매일 여덟 시간을 그녀는 동료 두 명과 함께 사무실에서 보냈다. 그리고 나서는 집으로, 방이 넷인 아파트로 돌아왔다. 방이 넷이라지만 어떤 방도 그녀의 방은 아니었다. 넓은 거실, 침실 하나, 브리지트가 쓰는 방, 그리고 폴의 작은 서재, 그렇게 넷인 것이다. 그녀가 불평을 하면, 폴은 거실을 방처럼 생각하라고 하면서 자신이나 브리지트가 그녀를 방해하러 가는 일은 절대 없도록 하겠다고 (의심할 바 없이 진지한 어조로) 약속했다. 하지만 커다란 테이블이며 저녁 방문객들에게만 길든 의자 여덟 개가 있는 거실에서 어찌 편히 있을 수 있겠는가?

아마 사람들은 이제 어째서 아녜스가 그날 아침, 폴이 막 떠나 버린 침대 위에서 그렇게 행복한 느낌을 맛보았는지, 왜 그녀가 브리지트의 주의를 끌까 염려하며 소리 없이 응접실을 가로질렀는지 잘 이해할 것이다. 심지어 그녀는 그 변덕스러운 승강기에게도 애정을 느꼈다. 비록 잠시지만 그녀에게 고독을 제공해 주는 까닭이었다. 자동차 역시 그녀에게 행복감을 주었다. 자동차에서는 아무도 그녀에게 말을 걸지 않고, 아무도 그녀를 쳐다보지 않기 때문이다. 그렇다. 무엇보다 중요한 것은 아무도 그녀를 쳐다보지 않는 것이다. 고독, 그것은 시선들의 감미로운 부재(不在)였다. 언젠가 동료 두 명이 병에 걸려 두 주 동안 그녀 혼자 사무실에서 일한 적이 있었다. 그날 저녁, 그녀는 놀랍게도 자신이 피로를 거의 느끼지 않았다는 사실을 확인했다. 이로써 그녀는 사람들의 시선이야말로 몹쓸 압제자요, 흡혈귀의 입맞춤임을 깨달았다. 그녀의 얼굴에 주름을 새긴 것은 바로 시선들의 예리한 날이었음을 깨달았던 것이다.

오늘 아침, 잠에서 깨어나면서 그녀는 라디오에서 대수롭잖은 외과 수술 도중 마취 부주의로 젊은 여성 환자 하나가 목숨을 잃었다는 뉴스를 들었다. 결국 세 의사가 고소당했다. 그리고 소비자 보호협회가 앞으로는 모든 수술 과정을 필름에 담아 그 필름들을 문서로 보존하자고 제의한 모양이었다. 모든 사람들이 이 제의에 박수갈채를 보내는 것 같았다. 매일 무수한 시선들이 우리를 꿰뚫건만 그것만으로는 불충분하다는 얘기다. 그밖에도 병원에서, 거리에서, 수술대 위에서, 숲에서, 심지어 침대 속에서까지 우리를 관찰하며 잠시도 우리를 떠나지 않는 어떤 제도적 시선이 필요하다는 거다. 이제 우리 삶의 영상은 어떤 분쟁이 일어나거나, 대중의 호기심이 요구할 때는 언제라도 활용될 수 있도록 고스란히 문서함에 보존될 것이다.

새삼 그녀는 스위스에 대한 강렬한 향수를 느꼈다. 아버지가 돌아가신 후, 그녀는 일 년에 두세 차례 스위스에 들르곤 했다. 폴과 브리지트는 그녀의 이 방문이 감정 위생학적 욕구 때문이라고 말했다. 그녀가 거기에 가는 것은 아버지의 무덤을 뒤덮은 낙엽을 청소하고, 알프스 기슭 어느 호텔의 활짝 열린 창문을 통해 맑은 공기를 호흡하기 위함이라고 말이다. 그들은 잘못 생각하고 있었다. 어떤 정부가 그녀를 기다리는 것도 아닌데, 스위스는 그녀로 하여금 남편과 딸에게 죄책감을 느끼게 하는 유일한 심각하고 체계적인 부정(不貞)의 온상이었다. 스위스, 그것은 나무 꼭대기 위 새들의 합창이었다. 아녜스는 언젠가는 스위스에 머물며 두 번 다시 돌아가지 않으리라고 꿈꾸었다. 팔거나 세놓으려고 내놓은 아파트들을 방문해 보기도 했다. 심지어는 딸과 남편 앞으로, 그들을 사랑하지 않는 것은 아니지만 앞으로는 혼자 살 생각이라는 내용의 편지를 끼적거리기까지 했다. 그녀가 그들에게 요구하는 것은 다만 그들이 별 어려움 없이 잘 지내는지 안심할 수 있도록 이따금 안부를 전해 주는 것뿐이었다. 바로 그것이 그 편지에서, 그녀가 애써 표현하고 설명하고자 한 것이었다. 그들을 보고 싶어 한다거나 함께 살려고 하지는 않으면서, 다만 그들이 어떻게 지내는지 알았으면 한다는 얘기 말이다.

물론 그것은 어디까지나 꿈에 불과했다. 정신 있는 여자라면 어찌 행복한 결혼 생활을 버릴 수 있겠는가? 하지만 매우 먼 곳에서 유혹하는 목소리 하나가 그녀의 평화로운 결혼 생활을 어지럽혔다. 그것은 고독의 목소리였다. 눈을 감으면 어느 먼 곳, 깊은 숲 속에서, 사냥의 뿔피리 소리가 들렸다. 그 숲에는 길이 여러 갈래 있었고, 그 길들 가운데 어느 한 길 위에 아버지가 서 있었다. 그녀에게 미소를 보내고 있었다. 그녀를 부르고 있었다.

# 7

거실 안락의자에 앉아 아녜스는 폴을 기다렸다. 오늘 그들은 피곤한 '시내에서의 저녁 식사'를 할 예정이었다. 하루 종일 아무것도 먹지 못했으므로 그녀는 심한 허기를 느꼈고, 두꺼운 잡지를 뒤적이며 잠시 긴장을 풀기로 했다. 기사를 읽기엔 너무 피곤했기에, 그녀는 컬러 화보들을 뒤적이는 것으로 만족했다. 중심 지면에, 비행 시합 도중 발생한 끔찍한 재앙에 관한 특집 기사 하나가 실려 있었다. 불꽃에 휩싸인 비행기 한 대가 관객 무리 속으로 추락해 있었다. 사진들이 매우 커서, 각각의 사진이 양쪽 페이지를 모두 차지했다. 공포에 질려 사방으로 치닫는 사람들, 불타는 의복, 시커멓게 탄 살갗, 화염에 휩싸인 육신. 아녜스는 그 장면들에서 눈을 떼지 못하다가, 사고를 목격한 사진사를 생각해 보았다. 계속되는 지루한 광경에 따분해하던 중, 문득 불타는 비행기의 형태로 하늘에서 떨어지는 행복을 목격한 사진사의 광적인 즐거움 말이다.

페이지를 넘기다 그녀는 해변의 벌거벗은 사람들 사진과 굵은 활자로 쓰인 제목 하나를 보았다. 버킹엄 궁의 앨범에서는 보지 못할 바캉스 사진들이라는 제목에 이어, 다음 문장으로 끝나는 짧은 글이 실려 있었다. "…… 그리고 한 사진사가 거기 있었다. 공주의 잦은 등장은 또다시 가십난을 즐겁게 해 주고 있다." 한 사진사가 거기 있었다. 도처에 사진사가 있다. 수풀 뒤에 숨은 사진사. 절름발이 걸인으로 변장한 사진사. 곳곳에 눈이 있고, 곳곳에 렌즈가 있는 것이다.

아녜스는 어렸을 때 자신이, 하느님이 자신을 바라보고 있다는, 끊임없이 자신을 바라보고 있다는 생각에 매료된 적이 있음을 생각해 냈다. 아마 그때 처음으로 그런 이상한 관능을 느꼈던 것 같다. 남이 자신을 본다는 데서 느끼는, 내밀한 순간들에, 보지 못하게 하고 싶은 내밀한 순간들을 보이고 있다는 데서 느끼는, 그렇게 시각(視覺)으로 범해지는 데서 사람들이 느끼는 기이한 쾌감. 신자였던 어머니는 그녀가 거짓말을 하고, 손톱을 깨물고, 콧구멍을 후비고 하는 습관들을 버릴 것으로 기대하여, 입버릇처럼 그녀에게 "하느님이 너를 보고 계시다."라고 말했으나, 일은 항상 어머니의 기대와는 정반대로 이루어졌다. 아녜스가 하느님을 생각하고 그에게 자신의 소행을 보여 준 때는 언제나 그녀가 나쁜 습관에 몰입 중이거나, 부끄러운 순간들이었던 것이다.

그녀는 영국 여왕의 여동생을 생각하면서, 이제는 하느님의 눈동자가 사진기로 대체된 거라고 중얼거렸다. 유일자의 눈이 모든 사람들의 눈동자로 대체되었다. 삶은 이 세상 모든 사람들이 참여하는 거대한 난교 파티로 변해 버렸다. 이 세상 모든 사람들이 열대지방의 한 해변에서 알몸으로 생일파티를 벌이는 그 영국 황녀를 볼 수 있지 않은가. 물론 사진기는 유명 인사에게만 관심을 갖는다. 그러나 비행기가 당신 근처에 추락하고 불꽃이 당신의 셔츠에 옮겨 붙기만 해도 당신 역시 유명해져 이 전일적인 난교 파티 속으로 들어간다. 아무도 그 어디에도 몸을 숨길 수가 없으며 모든 사람이 다른 모든 사람들의 처분 아래 있음을 엄숙히 선언하는, 환락과는 전혀 무관한 난교 파티에 말이다.

언젠가 그녀가 한 사내와 약속이 있던 날, 큰 호텔 로비에서 그를 포옹하는 순간, 청바지에 가죽 재킷을 걸친 웬 녀석이 멜빵에 연장주머니를 다섯 개나 달고 어디선가 불쑥 튀어나왔다. 그는 쪼그린 자세로 눈을 사진기에 갖다 붙이고 있었다. 손을 내저으며 그녀가 사진 찍기를 거부한다는 뜻을 전하고자 했으나, 그 사내는 영어로 빠르게 몇 마디 지껄이더니 웃는 얼굴로 벼룩처럼 사방으로 튀어 다니며 사진기의 셔터를 눌러 대는 거였다. 별일은 아니었다. 그날 호텔에서 열린 강연회를 위해, 세계 각지에서 온 학자들이 다음 날 자신의 기념사진을 살 수 있도록 주최 측에서 사진사의 봉사를 미리 요청해 두었던 것이다. 하지만 아녜스는 그 남자친구와의 만남에 대한 증인이 어딘가에 남아 있다는 생각을 참을 수 없었다. 다음 날, 그녀는 그 사진들(한 손을 얼굴 앞에 세운 채 남자친구 곁에 선 모습)을 모조리 사 버리려고 호텔로 돌아갔으며, 네거필름까지 요구했지만 그 음화들은 이미 회사의 장기 보존 목록으로 분류되어 버린 뒤였으므로 목적을 이룰 수가 없었다. 전혀 위험할 게 없는 일이었지만, 그녀는 자기 삶의 한 순간이 다른 모든 순간들처럼 없어져 버리지 않고 세월의 흐름에서 뽑혀 나와 어느 날 어떤 빌어먹을 우연이 그것을 요구하는 날, 마치 서투르게 매장된 주검처럼 되살아나리라는 생각에서 오는 고뇌를 쉬 떨쳐 버릴 수가 없었다.

그녀는 정치와 문화면에 치중한 다른 주간지 하나를 집어 들었다. 끔찍한 재앙도 없고 해변의 벌거벗은 황녀도 없었으나, 얼굴들, 얼굴들, 곳곳에 얼굴들이 있었다. 심지어는 잡지 맨 끝에 있는 도서 안내 코너에도, 각 기사들마다에 해당 작가의 사진이 들러붙어 있었다. 저자들이 대개 낯선 무명작가들이므로, 사진은 유익한 정보일 수 있다며 정당화할 수도 있을 것이다. 하지만 모든 사람들이 그 코와 턱을 눈으로 보지 않고도 아는 공화국 대통령의 요란한 초상화는 어떻게 정당화할 것인가? 신문기자들 역시 기사 첫머리나 끄트머리에 자신의 사진을 붙였는데, 매주 같은 곳에 어김없이 그 얼굴들이 붙는다. 천문학 관련 기사에서는 천문학자들의 환한 미소를 본다. 그 외에 각종 홍보물에도 어김없이 얼굴들이 있다. 가구나 타자기, 혹은 당근을 자랑하는 얼굴들. 그녀는 다시 한 번 잡지를 첫 장부터 마지막 장까지 뒤적거리며 셈을 해 보았다. 얼굴만 담은 사진이 92장, 얼굴과 신체를 함께 담은 사진이 41장, 그룹 사진 23장에 담긴 얼굴 90개, 그리고 인물이 별로 중요하지 않거나 혹은 아무런 역할도 하지 않는 사진이 11장. 전부

합해 234개의 얼굴이 잡지에 들어 있었다.

얼마 후, 폴이 귀가하자 아녜스는 자기가 한 셈을 그에게 알려 주었다.

"그래, 정치나 다른 사람들의 이해에 무관심해질수록 사람들은 점점 더 자기 얼굴에만 홀려 있게 되지. 그것이 우리 시대의 개인주의야."

"개인주의? 카메라가 고뇌에 잠긴 당신 모습을 촬영할 때, 어디에 개인주의가 있어? 오히려 이젠 개인이 자유롭지 못하다는 건 너무나 분명한 사실이야. 완전히 타인의 소유가 되어 버렸지. 내가 어렸을 때만 해도 사람들은 누군가를 사진에 담고 싶을 때, 항상 사전에 미리 허락을 구한 걸로 기억해. 심지어 어린 나에게도 어른들은 이렇게 물었어. 얘야, 사진 좀 찍어도 괜찮겠니? 그런데 언젠가부터 아무도 그런 걸 묻지 않아. 사진 찍는 권리가 다른 모든 권리의 윗자리에 오른 거야. 요즘엔 정말 모든 것이, 완전히 변해 버렸어."

그녀는 잡지를 다시 집으며 말했다. "서로 다른 얼굴 사진 두 장을 나란히 놓고 보면, 물론 당신은 그 두 얼굴의 서로 다른 점들을 모두 파악할 거야. 하지만 당신 앞에 234개나 되는 얼굴이 있으면, 아마도 당신은 그 얼굴들이 한 얼굴의 무수한 변이에 불과하고 그 어떤 개인도 존재한 적이 없다는 사실을 새삼 깨달을 거야."

"아녜스." 폴이 갑자기 심각한 어조로 말했다. "당신 얼굴은 그 어떤 얼굴과도 닮지 않았어."

아녜스는 미처 그의 어조 변화를 눈치 채지 못하고서 미소를 지었다.

"웃지 마. 난 진지하게 얘기하는 거야. 사람은 누군가를 사랑할 때 그 사람의 얼굴을 사랑하고, 그래서 그 사람을 다른 사람과는 전혀 다르게 느끼는 거야."

"알아. 당신은 나의 얼굴을 통해서 나를 봐. 나를 나의 얼굴로 아는 거지. 한 번도 다르게 나를 안 적이 없어. 내 얼굴이 곧 나인 건 아니라는 생각은 한 번도 해 본 적이 없었을 거야."

늙은 의사처럼 사뭇 염려하는 어조로 폴이 대답했다. "어떻게 당신이 당신의 얼굴이 아니라고 할 수가 있어. 당신의 얼굴 뒤에 누가 있다는 거지?"

"당신이 거울 없는 세상에서 살았다고 생각해 봐. 당신은 당신 얼굴을 꿈꾸었겠지. 아마 당신은 그 얼굴을 당신 내면의 외적 반영으로 상상했을 거야. 그러다가 마흔 살쯤 되었을 때, 사람들이 당신에게 유리 거울을 비춰 주었다고 가정해 봐. 얼마나 놀랄까. 아마 당신은 전혀 낯선 얼굴을 보게 될 거야. 그때 당신은 분명히 알게 되겠지. 당신 얼굴이 곧 당신인 건 아니라는 사실을 말이야."

"아녜스." 폴이 자리에서 일어나며 말했다. 그는 그녀를 똑바로 주시하며 서 있었다. 그런 폴의 두 눈동자에서 그녀는 사랑을 보았다. 그러나 폴의 용모에서는 시어머니가 보였다. 그는 시어머니를 닮았다. 시어머니가 당신의 아버지를 닮았듯이. 그리고 시어머니의 아버지는 아버지대로 또 누군가를 닮았을 것이다. 처음으로 시어머니를 보았을 때, 아녜스는 그녀의 용모가 아들과 흡사하다는 점 때문에 거북한 느낌을 가졌다. 그 후 폴과 정사를 나눌 때, 짓궂게도 두 모자의 닮은 점이 뇌리에 떠올라 어떤 때는 마치 웬 늙은 부인이 그녀 위에 있는 것처럼 느껴지기까지 했다. 쾌락에 일그러진 얼굴로 말이다. 하지만 폴은 자신의 얼굴이 어머니를 판에 박은 듯 닮았다는 사실을 이미 오래전에 잊었으며, 자신의 얼굴이 다른 누구도 아닌 바로 자신임을 굳게 믿었다.

아녜스는 하던 말을 계속했다. "우리의 성(姓)도 마찬가지야. 우연히 우리에게 굴러 들어온 거지. 그 성이 언제 이 세상에 등장했는지, 낯모를 어떤 조상이 어떻게 그것을 취했는지 전혀 모르는 채 말이야. 우리는 그 성을 이해하지도 못하고, 그 성의 역사에 대해 전혀 모르면서도 너무나 충실하게 성을 간직해. 성이 곧 우리인 양 혼동하고 그것에 흡족해하면서, 마치 우리 자신이 어떤 천재적인 영감으로 그것을 발명해 내기라도 한 것처럼, 성에 대해 우스꽝스러울 만치 자부심을 갖고 있지. 얼굴의 경우도 이와 마찬가지야. 유년기가 끝나 가던 무렵으로 기억해. 열심히 거울 속의 나를 관찰하다가, 나는 결국 지금 내가 보는 것이 바로 나로구나 하고 믿게 되었어. 당시 일은 기억이 흐릿하지만, 자신의 나를 발견한다는 것에서 어떤 황홀감을 맛보았던 것 같아. 하지만 훗날, 어느 때가 되면 거울 앞에서 이렇게 중얼거리게 돼. 이것이 정말 나인가? 왜? 어째서 나는 이것과 굳게 연계되어 있어야 하지? 이 얼굴이 도대체 뭐가 중요하지? 그때부터는 모든 것이 무너지기 시작해. 모든 것이 무너지기 시작한다고."

"대체 뭐가 무너진다는 거야?" 폴이 물었다. "도대체 무슨 일이야, 아녜스! 얼마 전부터 당신에게 무슨 일이 생긴 거야?"

그녀는 찬찬히 그를 뜯어보다가, 다시 고개를 숙였다. 아무리 봐도 그는 운명처럼 자신의 어머니를 닮았다. 게다가 세월이 흐를수록 점점 더 닮아 간다. 점점 더 그는 어머니였던 그 노부인을 닮아 간다.

폴은 그녀의 팔을 붙잡고, 그녀의 몸을 다시 일으켜 세우려 했다. 그녀가 눈을 들어 그를 바라보았을 때에야 그는 그 두 눈동자가 눈물에 젖었음을 알아챘다.

그는 그녀를 꼭 껴안았다. 폴이 자신을 깊이 사랑함을 깨닫자, 그녀의 마음은 회한으로 가득 찼다. 그는 그녀를 사랑했고, 그녀는 그 사랑을 슬픔으로 느꼈다. 그가 그녀를 사랑했기에 그녀는 울고 싶었던 것이다.

"이제 나가야지. 옷을 입어야 할 시간이야." 그의 품을 빠져나가며 그녀가 말했다. 그러고는 곧장 욕실로 달려갔다.

# 8

지금 나는 아녜스에 대해 쓰는 중이다. 나는 그녀를 상상한다. 그녀로 하여금 사우나실 나무 의자에 앉아 휴식을 취하게하고, 파리 시내를 산책하게 하고, 잡지들을 뒤적이게 하고, 남편과 토론을 하게 한다. 한데 이 모든 이야기의 시작, 말하자면 수영장 가장자리에서 웬 부인이 선생에게 작별 인사로날린 그 몸짓, 나는 그것을 까맣게 망각해 버린 것 같다. 그렇다면 이제 아녜스는 아무에게도 그런 몸짓을 보내지 않는단말인가? 그렇다. 참으로 이상하지만, 그녀는 오래전부터 그런몸짓을 하지 않은 것 같다. 옛날에는, 그렇다, 그녀가 아주 젊었을 때는 그런 몸짓을 했다.

그녀가 알프스 산맥의 산봉우리들을 병풍처럼 두른 그 마을에 살 때의 일이다. 열여섯 살 소녀였던 그녀는 같은 학급남자 친구와 영화 구경을 간 적이 있었다. 영화관 불이 꺼지자 그가 그녀의 손을 잡았다. 곧 그들의 손바닥에서 땀이 배어 나오기 시작했지만, 소년은 애써 용기를 내어 잡은 그 손을 감히 놓을 수가 없었다. 그렇게 하면 자기가 땀을 흘리고 있으며, 그것을 부끄러워한다는 걸 시인하는 꼴이 되기 때문이었다. 그리하여 그들은 한 시간 삼십 분 동안이나 축축하게 젖어 끈적거리는 두 손을 잡고 있었으며, 불이 다시 켜진 뒤에야 손을 풀었다.

함께 보낼 시간을 연장하기 위해서, 그는 그녀를 그 유서 깊은 도시의 골목길로 이끌어, 도시를 굽어보는 어느 낡은 수도원까지 데리고 갔다. 관광객이 구름 떼같이 몰려드는 곳이었다. 그러고는 사전에 미리 생각해 둔 듯, 그녀에게 회화 작품을 보여 준다는 어설픈 핑계로 사람이 아무도 없는 한 회랑으로 그녀를 인도했다. 회랑 끝에 다다를 때까지 그들은 그림이라곤 구경조차 하지 못했으며, 다만 W. C.라고 적힌 다갈색 페인트칠을 한 문 하나와 마주쳤을 뿐이었다. 그런 문이 있음을 미처 깨닫지 못한 채, 소년이 걸음을 멈추었다. 아녜스는 남자 친구가 그림들에는 터럭만큼도 관심이 없으며, 다만 그녀와 입맞춤을 할 외진 장소를 찾았을 뿐임을 잘 알았다. 그 가엾은 친구가 기껏 찾아낸 곳이 하필이면 화장실 옆 막다른 골목이었던 것이다! 그녀는 웃음을 터뜨렸고, 그에게 조소를 보낸다는 오해를 피하기 위해 손가락으로 문에 적힌 글자를 가리켰다. 낙심천만이었겠지만, 그 역시 웃음을 터뜨렸다. 그 두 글자를 배경으로 감히 그녀 쪽으로 몸을 기울여 입맞춤을 할 수는 없었기에 (더욱이 흔히들 잊을 수 없다고 하는 첫 키스가 아닌가.) 이제 그에게 남은 일은 백기를 든 병사의 씁쓸한 심정으로 다시 시내로 되돌아가는 것뿐이었다.

그들은 아무 말 없이 걷기만 했다. 아네스는 화가 치밀었다. 어째서 그는 그냥 이 한길에서 키스를 하지 않는가? 어째서 그는 굳이 그 수상쩍은 회랑으로, 심술궂고 퀴퀴한 늙은 승려들이 세대에 세대를 거듭하며 내장을 비워 낸 화장실 쪽으로 그녀를 데려가고자 했는가? 당황해 어쩔 줄 몰라 하던 소년의 태도 역시, 사랑의 혼란을 말해 주는 징표라는 점에서는 기분 좋았지만, 그보다는 미숙함의 증거인 것 같아 화가 더 치밀었다. 사실 그녀는 또래 소년과 사귀는 것은 자신과 어울리지 않는다는 느낌을 갖고 있었다. 자기보다 나이가 많은 남자들에게만 관심이 있었다. 그런 그녀가, 그가 자기를 좋아하는 줄 뻔히 알면서도, 어떤 막연한 정의감에서 그에게 도움의 손길을 내밀고 그에게 희망을 주고 유치한 당혹감으로부터 그를 해방해 주고자 한 것은 아마도 그를 정신적으로 배반했기 때문일 것이다. 그가 용기를 내지 못했으므로, 용기를 내야 할 사람은 그녀였다.

그는 그녀를 집까지 바래다주었다. 아네스는 빌라에 도착하면 정원의 작은 쇠창살 문 앞에서, 그를 살짝 포옹하며 입맞춤을 해 깜짝 놀라게 해 주어야겠다고 생각했다. 하지만 그 생각은 마지막 순간에 씻은 듯이 사라져 버렸다. 소년의 표정이 우울하기만 한 게 아니라 거리감에 적의까지 내비쳤기 때문이었다. 그래서 그들은 악수만 나누었고, 그녀는 양쪽 화단 사이로 난 길을 따라 현관 쪽으로 올라갔다. 그녀는 꼼짝 않고 서서 그녀를 주시하는 학급 친구의 시선을 느꼈다. 또 다시 그녀는 그에 대한 연민, 누나로서의 연민을 느꼈다. 그래서 좀 전까지 전혀 생각지 못했던 한 가지 몸짓을 해 주었다. 걸음을 멈추지 않은 채, 그녀는 고개를 돌려, 미소와 함께 자신의 팔을 유쾌하게, 마치 울긋불긋한 풍선을 하늘로 띄워 보내듯, 경쾌하고 유연하게 펼쳐 보였던 것이다.

문득, 아무런 준비도 없이, 아녜스가 우아하고 경쾌하게 손을 들어 올린 그 순간은 경이로웠다. 그 짧은 순간에 어떻게 그녀는 마치 어떤 예술 작품처럼 완벽하고 완성된 그런 신체 동작을 찾아낼 수 있었단 말인가?

그 당시, 대학에서 비서로 일하는 한 사십 대 부인이 아버지에게 여러 가지 서류를 전해 주고 또 아버지가 서명한 다른 서류들을 가져가기 위해 정기적으로 집에 드나들었다. 그 동기에 특별한 뭐가 있었던 게 아닌데도 그녀의 방문은 묘한 긴장감을 수반하면서 (어머니가 무뚝뚝해졌다.) 아녜스를 곤혹스럽게 했다. 아녜스는 여비서가 떠날 준비를 하면 몰래 살펴보기 위해 얼른 창문가로 달려갔다. 그러던 어느 날, 정원의 작은 쇠창살 문 쪽을 향해 가던 (나중에 아녜스가 그 불쌍한 남자 친구의 시선을 받으며 올라왔듯이, 그렇게 내려가던) 여비서가 문득 몸을 돌리더니, 미소와 함께 경쾌하고 민첩한 뜻밖의 동작으로 손을 허공에 띄웠다. 잊을 수 없는 몸짓이었다. 모래가 깔린 작은 오솔길은 햇살 아래 금빛 물결로 반짝였고, 작은 쇠창살 문 양옆으로는 재스민 꽃들이 두 줄기로 만개해 있었다. 그 몸짓은 금빛으로 물든 대지의 이 한 귀퉁이에서 마치 비상(飛翔)

의 방향을 가리키기라도 하듯 수직으로 펼쳐졌으며, 그래서 두 줄기 흰 꽃 무리는 어느새 날개로 변해 버린 것 같았다. 아녜스는 아버지를 볼 수 없었지만, 아버지가 저택 문 앞에 서서 눈으로 그녀를 좇고 있음을 그 부인의 몸짓에서 알 수 있었다.

너무나 뜻밖인 데다 아름다웠으므로, 그 몸짓은 마치 빛의 자취처럼 아녜스의 기억에 남았다. 그 몸짓은 그녀를 어느 먼 여행으로 초대했고, 그녀에게 막연하면서도 무한한 욕망을 일깨워 주었다. 바로 그 몸짓이, 남자 친구에게 뭔가 중요한 것을 표현하고 싶은 욕구를 느낀 순간, 어떻게 말해야 할지 모르는 뭔가를 대신 말해 주기 위해 그녀에게서 되살아났던 것이다.

나는 얼마 동안이나 그녀가 그 몸짓에 의존했는지(좀 더 정확히 말해서, 얼마 동안이나 그 몸짓이 그녀에게 의존했는지)는 모른다. 아마 자기보다 여덟 살 아래인 여동생이 어느 여자 친구를 배웅하기 위해 손을 허공에 던지는 장면을 목격한 그날까지일 것이다. 아주 어렸을 때부터 그녀를 찬미하며 그녀의 모든 것을 모방해 온 여동생이 그녀만의 몸짓을 하는 것을 보고서, 아녜스는 어떤 불쾌감을 맛보았다. 성인들이 할 만한 그 몸짓은 열한 살짜리 꼬마 소녀에게는 잘 어울리지 않았다. 하지만 특히 그녀가 곤혹스러웠던 것은 그 몸짓이 그녀의 전유물이 아니라 이 세상 모든 사람의 것이 될 수 있다는 점이었다. 그리하여 그녀는 그런 몸짓을 하는 것에 절도나 위조를 하는 것 같은 어떤 죄책감을 맛보았던 것이다. 그때부터 그녀는 비단 그 몸짓을 피하고자 했을 뿐 아니라 (이미 익숙해진 어떤 몸짓을 삼가는 일은 결코 쉽지 않다.) 그밖에 다른 모든 몸짓들도 꺼려하기 시작했다. 그녀는 꼭 필요한 것들('예.', '아니오.'를 나타내기 위해 고개를 끄덕이고 가로젓는다거나, 어떤 대상을 보지 않고 있는 사람에게 그것을 손가락으로 가리켜 주는 것 등)만, 다시 말해 어떤 독창성도 찾아볼 수 없는 몸짓들만 하고자 했다. 그래서 그 몸짓, 금빛 오솔길 위로 멀어져 가던 그 여비서에게서 보고 매혹되었던 (나 역시, 수영 선생에게 작별인사를 하던 그 수영복 차림의 부인에게서 보는 순간 매혹되었던) 그 몸짓은 그녀 내면 깊이 잠들어 버렸던 것이다.

한데 어느 날 그 몸짓이 되살아났다. 어머니가 아직 돌아가시기 전, 보름 동안을 병든 아버지 곁에서 보내려고 빌라로 갔을 때였다. 마지막 날 아버지께 작별인사를 드릴 때, 그녀는 앞으로 오랫동안 아버지를 다시 보지 못하리란 걸 알았다. 아내가 마침 집에 있지 않아, 아버지는 차를 세워 둔 길까지 그녀를 배웅하려 했다. 그녀는 아버지가 빌라 문턱을 넘지 못하게 하고는, 혼자 양편 화단 사이 금빛 모래가 깔린 길을 따라 정원의 작은 쇠창살 문을 향해 걸어갔다. 그녀는 목이 메었고, 아버지께 말로는 할 수 없는 뭔가 아름다운 것을 말해 주고 싶은 간절한 욕망에 사로잡혔다. 순간, 자기도 모르는 사이에 그녀는 고개를 돌려, 미소와 함께 손을 경쾌하고 민첩하게 수직으로 들어올렸다. 아직도 그들 앞에는 먼 인생길이 남아 있으며, 앞으로도 자주 서로 다시 보리란 걸 말해 주려는 듯이 말이다. 잠시 뒤, 그녀는 이십오 년 전 바로 같은 장소에서, 같은 방식으로, 아버지께 손짓을 보낸 그 여비서를 떠올렸다. 아녜

스는 뭉클한 감동과 함께 어리둥절해지고 말았다. 마치 서로
떨어져 있던 두 시대가 한 순간 문득 상봉한 것 같았고, 서로
다른 두 여자가 하나의 몸짓 안에서 상봉한 것 같았다. 어쩌면
바로 그녀들이 아버지가 사랑한 유일한 사람들일지도 모른다
는 생각이 문득 뇌리를 스쳤다.

# 9

저녁 식사 후, 사람들이 모두 손에 코냑이나 커피 잔을 들고
안락의자에 앉아 있는 넓은 거실에서, 첫 번째 손님이 용기 있
게 자리에서 일어나 미소 띤 얼굴로 저택 안주인에게 몸을 숙
여 인사를 했다. 그 몸짓을 하나의 명령으로 해석하고서, 다른
사람들도 모두 안락의자에서 벌떡 몸을 일으켰다. 폴과 아녜
스도 저택을 나서서 자동차로 되돌아갔다. 폴이 운전을 하는
동안 아녜스는 자동차들의 끊임없는 이동과 불빛들의 깜박
임, 휴식을 모르는 도시의 밤의 그 덧없는 소요를 조용히 바라
보았다. 그때 다시 한 번 그녀는 갈수록 자주 그녀를 엄습하는
그 기이하고도 강렬한 느낌을 받았다. 아무래도 자신이 다리
는 두 개요 목 위에는 머리가, 그리고 얼굴에는 입이 달린 이
피조물들과 아무런 공통점도 없는 것 같다는 느낌이었다. 물
론 예전에는 그들의 정치, 그들의 과학, 그들의 발명이 그녀를

사로잡았고, 그녀 역시 그들의 거대한 모험에 작으나마 한 역할을 담당한다고 생각했다. 자신이 그들의 일원이 아니라는 느낌이 내부에 생겨나기 전까지만 해도 말이다. 그 느낌은 매우 이상했으며, 터무니없고 부도덕한 것 같아 떨쳐 버리려고 했으나, 결국 그녀는 사람의 감정이란 제 마음대로 어찌 해 볼 수 있는 게 아니로구나 하고 중얼거리고 말았다. 그녀는 만사가 자신과는 무관하다는 확신이 들어, 도무지 그들의 전쟁을 괴로워한다거나 그들의 축제를 함께 즐길 수가 없었다.

이는 그녀의 마음이 메말랐음을 의미하는가? 아니다, 이는 마음과는 전혀 무관한 일이다. 아마 누구도 그녀만큼 걸인들에게 돈을 주지는 않을 것이다. 그녀는 걸인들 곁을 무심히 지나쳐 갈 수가 없었다. 걸인들 역시 마치 멀리서도 즉각 알아볼 수 있는 어떤 표적처럼, 그녀가 자신들을 바라보고 자신들의 말을 들어주는 사람임을 대번에 알아보고서 그녀에게 구걸을 한다. 그렇다, 이는 사실이다. 그렇지만 하나 덧붙일 게 있다. 걸인들에 대한 그녀의 후한 인심 역시 그 기반은 부정적이라는 것. 다시 말해서, 아녜스가 그들에게 동냥을 베푸는 것은 그들이 인류의 한 통속이기 때문이 아니라 그들이 인류의 이방인이요, 인류로부터 배제된, 아마도 그녀처럼 인류와 연대를 상실한 사람들이기 때문인 것이다.

인류와의 비연대성. 그렇다, 바로 그것이다. 오직 한 가지, 즉 어떤 구체적인 인간에 대한 구체적인 사랑만이 이 일탈로부터 그녀를 구해 줄 수 있을 것이다. 만약 그녀가 진정으로 누군가를 사랑한다면, 타인들의 운명이 그녀와 무관하지 않을 것이다. 사랑하는 이가 그 운명에 의존하고 거기에 동참하는 까닭에 말이다. 그러면 그때부터 그녀는 사람들의 고통, 그들의 전쟁과 그들의 휴가가 자신과 아무 상관이 없는 듯한 느낌을 더는 받을 수 없을 것이다. 바로 이 생각에 그녀는 두려웠다. 정말 그녀는 아무도 사랑하지 않는단 말인가? 폴도?

그녀는 몇 시간 전, 저녁 식사를 하러 집을 나서기 전에 폴이 그녀에게 다가와 두 팔로 그녀를 부둥켜안은 일을 생각해 보았다. 그렇다, 뭔가가 빗길로 가고 있었다. 언제부터인가, 폴에 대한 자신의 사랑이 다만 어떤 의지에 매달려 있다는 생각이 그녀를 사로잡았다. 그를 사랑하고자 하는 의지, 행복한 가정을 꾸려야 한다는 의지 말이다. 그 의지가 잠시 느슨해지는 날이면, 사랑은 열린 새장 속 새처럼 날아가 버릴 것이다.

아녜스와 폴이 옷을 벗기 시작한 것은 새벽 1시였다. 그들에게 상대가 옷 벗는 모습과 몸짓들을 묘사해 보라고 한다면, 아마 그들은 무척 난감해할 것이다. 이미 오래전부터 그들은 서로를 바라보지 않는다. 기억 장치 전원이 끊어져 버려, 그들이 침실에 몸을 눕히기 전 단계가 이제는 기록되지 않는다.

침실, 그것은 결혼의 제단(祭壇)이다. 그만큼 희생적이기에 제단이다. 그들이 서로 희생하는 곳이 바로 거기다. 둘 다 잠을 잘 이룰 수가 없고, 한 사람의 숨결이 다른 한 사람을 깨운다. 그래서 서로가 중앙에 넓은 공간을 만들면서 침대 가장자리로 물러난다. 한 사람이 자는 체한다. 방해가 되면 어쩌나 하는 두려움 없이 상대가 마음껏 몸을 뒤채며 잠들기를 바라서다. 하지만 그런 뜻은 상대방에게 별 도움이 되지 않는다.

그 역시 (같은 이유로) 꼼짝 않고 누워 열심히 자는 척하기 때문이다.

잠들 수 없으면서 스스로에게 움직임을 금하는 곳, 그곳이 부부 침실이다.

등을 깔고 누운 아네스의 머릿속에 몇 가지 영상이 펼쳐졌다. 그들의 집을 방문한 그 상냥한 이방인, 그들의 화제에 등장하는 모든 것을 알면서도 에펠탑이 뭔지 모르던 사람의 영상이었다. 만약 그와 단둘이었다면 아네스는 무엇이건 마음껏 대화를 나누었겠지만, 그는 일부러 그들이 집에 함께 있는 때를 택했다. 아네스는 어떻게든 폴을 따돌리려고 머리를 굴린다. 그들 셋은 모두 작은 탁자 주위에 둘러앉아 커피 세 잔을 앞에 두었으며, 폴이 방문객을 즐겁게 해 주려고 말을 한다. 아네스는 오로지 그 남자가 방문 이유를 설명하기 시작하는 순간만 생각한다. 그 이유를 그녀는 이미 안다. 하지만 그녀 혼자만 알 뿐, 폴은 모른다. 마침내 방문객이 객담을 자르며 화제를 본론으로 이끈다. "제가 어디에서 왔는지 당신은 아시리라 믿습니다만."

"예." 하고 아네스가 대답한다. 그녀는 그가 다른 혹성에서 왔음을 안다. 그는 우주에서 매우 중요한 위치인 아주 먼 혹성에서 왔다. 곧이어 그녀는 엷게 미소 지으며 덧붙인다. "거기는 좀 나은가요?"

방문객이 어깨를 으쓱하며 말한다. "아네스, 당신은 지금 당신이 어떤 곳에서 사는지 잘 아시잖아요."

아네스가 말한다. "물론, 죽음은 있어야 할 테지요. 하지만 그 죽음이란 걸 다르게 만들어 낼 수도 있지 않을까요? 매장하거나 불에 던져 버려야 할 시신을 굳이 남길 필요가 있을까요? 그런 건 끔찍한 일이에요!"

"지구가 그저 끔찍할 뿐이라는 건 널리 알려졌죠." 방문객이 대답한다.

"어리석은 질문인지는 모르겠지만, 또 하나 묻겠어요. 그곳에 사는 사람들에게도 얼굴이 있나요?"

"아뇨, 얼굴은 여기, 당신들 혹성에만 있습니다."

"그렇다면 그곳 사람들은 어떻게 서로를 구분하죠?"

"그곳에서는, 말하자면 각자가 자기 자신의 작품입니다. 각자가 전적으로 자기 자신을 만드는 거죠. 설명하기 어려운 일입니다. 아마 당신은 이해할 수 없을 겁니다. 하지만 언젠가는 당신도 이해하시겠죠. 내가 방문한 것은 후생에서는 당신이 지구에 되돌아오지 않는다는 걸 말씀 드리기 위해서니까요."

물론 아녜스는 방문객이 하려는 말을 진즉에 알고 있었으므로, 그의 얘기에 놀랄 리가 없다. 하지만 폴은 넋이 나가 버린 사람 같았다. 그는 방문객을 쳐다보다가, 다시 아녜스를 쳐다보다가 할 뿐이어서 아녜스는 이렇게 물을 수밖에 없었다. "그럼 폴은?"

"폴 역시 지구에 되돌아오지 않습니다." 방문객이 대답했다. "나는 바로 이 사실을 당신들에게 알려 주러 온 겁니다. 언제나 우리는 우리가 선택한 분들을 미리 방문하지요. 꼭 한 가지 물어볼 게 있습니다. 두 분은 후생에서도 함께 살기를 원하십니까, 아니면 더는 만나지 않기를 원하십니까?"

아네스는 이 질문을 예상했다. 그래서 혼자서만 방문객을 접견하고 싶었던 것이다. 어찌 폴의 면전에서 대답할 수 있겠는가. "이제 더는 그와 함께 살고 싶지 않아요."라고. 그의 면전에서 그렇게 대답할 수는 없다. 폴 역시, 후생에서는 다른 방식으로, 말하자면 아네스 없이 살고 싶다 할지라도 그녀 앞에서 그렇게 대답할 수는 없다. 상대의 면전에서 "우리는 후생에서는 함께 살고 싶지 않습니다. 우리는 더는 만나지 않길 원합니다."라고 외친다는 것은 "우리 둘 사이에는 어떤 사랑도 없었고 지금도 그렇습니다."라고 외치는 것과 같다. 그들이 큰 소리로 그렇게 외칠 수 없는 까닭은 그들의 모든 공동 생활(벌써 이십오 년이 넘은)이 사랑에 대한 환상에, 둘이서 함께 정성스레 꾸미고 가꾸는 환상에 의거하기 때문이다. 그래서 그녀는 이런 상상 속 장면에서 방문객의 질문에 맞닥뜨릴 때마다 자신이 늘 백기를 들 수밖에 없다는 것을 안다. 자신의 갈망, 자신의 소원에는 아랑곳없이, 결국은 이렇게 대답할 수밖에 없다는 것을. "그럼요, 물론이죠. 나는 후생에서도 우리가 함께 있기를 원해요."

한데 오늘 처음으로, 그녀는 폴의 면전에서도 그녀가 원하는 것을, 마음속 깊이 그녀가 진정으로 원하는 것을 말할 용기를 내리라고 확신한다. 둘 사이에 존재하는 모든 것을 깡그리 무너뜨리더라도 그렇게 말할 용기를 내리라고 확신한다. 바로 옆에서 심호흡 소리가 들려온다. 폴이 잠든 모양이다. 필름 틀이 다시 영사기 속으로 들어간 듯, 그녀는 다시 그 장면을 펼친다. 그녀는 방문객과 대화를 나누고, 폴은 넋이 나간 표정으로 두 사람을 바라본다. 방문객이 묻는다. "두 분은 후생에서도 함께 살기를 원하십니까, 아니면 더는 만나지 않기를 원하십니까?"

(이상한 일이다. 방문객은 그들에 관한 온갖 정보를 다 갖고 있으면서도 지구인의 심리학만은 이해하지 못하며, 사랑이라는 개념 자체를 모른다. 그래서 그는 자신의 단도직입적인 질문이 비록 선의에서 나왔다고는 하나 혹시 그들을 난처하게 하는 건 아닐까 하는 생각조차 못 한다.)

아녜스는 온힘을 모아 단호한 목소리로 대답한다. "우린 더이상 만나지 않는 편이 낫겠어요."

그렇게 그녀는 사랑의 환상 앞에서 소리 나게 문을 닫아 버렸다.

# 2부
불멸

1

1811년 9월 13일. 젊은 신부 베티나 브렌타노는 시인 남편 아힘 폰 아르님과 함께, 벌써 삼 주째 바이마르 공국의 괴테 부부 댁에 묵고 있다. 베티나의 나이는 스물여섯, 아르님은 서른, 괴테의 부인 크리스티아네는 마흔아홉 살이고, 괴테는 아직 정정한 예순둘이다. 아르님은 그의 젊은 부인을 사랑하고, 크리스티아네는 그녀의 늙은 남편을 사랑하나, 베티나는 결혼을 해서도 계속 괴테에게 교태 부리는 걸 멈추지 않는다. 그날 괴테는 집에 남고, 크리스티아네는 젊은 부부와 함께 괴테가 칭찬한 그림들이 전시된 전시장(괴테 집안의 친구인 추밀 고문관 마이어가 주선한 전시회다.)으로 간다. 크리스티아네 부인은 그림을 볼 줄 모르지만 그 그림들에 대해 괴테가 한 말을 기억하므로, 별 어려움 없이 남편의 견해를 자신의 것처럼 얘기할 수 있다. 아르님은 크리스티아네의 당당한 목소리를 들으면서 베티나의 코 위에 걸린 안경을 본다. 베티나가 코를 쫑 긋거리자 (토끼들처럼) 코에 걸린 안경이 달싹거린다. 아르님 은 그것이 뭘 의미하는지 안다. 베티나가 미치도록 화가 났다 는 신호다. 곧 폭풍우가 닥치리라는 걸 직감하고서, 그는 슬그 머니 이웃 홀로 가 버린다.

아니나 다를까, 그가 빠져나가기 무섭게 베티나가 크리스 티아네의 말을 자르며 외친다. 천만에, 그렇게 생각하지 않는 다고! 사실, 이것들은 말도 안 되는 그림이라고!

크리스티아네도 화가 치민다. 두 가지 이유에서다. 하나는 결혼을 하여 임신까지 한 몸이면서, 이 철없는 귀족이 수치도 모르고 괴테에게 수작을 건다는 것이고, 다른 하나는 그녀가 감히 괴테의 견해에 반론을 편다는 점이다. 대체 그녀는 무엇 을 바라는가? 괴테 숭배자들 중에서 맨 앞줄에 있음과 동시에 반체제주의자 무리에서도 맨 앞줄에 있겠다는 것인가? 크리 스티아네는 두 가지 이유 각각 때문에도 혼란스러웠지만, 두 가지 이유의 공존 때문에 더욱 더 혼란스러웠다. 두 이유는 논 리적으로 배치되기 때문이다. 그래서 그녀는 이처럼 뛰어난 그림들을 말도 안 되는 작품이라고 할 수는 없다고 강경한 목 소리로 선언한다.

베티나가 응수한다. 그것들을 말도 안 되는 작품이라고 할 수 있음은 물론이요, 한 걸음 더 나아가 우스꽝스러운, 그렇 다, 우스꽝스럽기까지 한 작품들이라고 선언할 필요가 있다 며, 자신이 왜 그런 주장을 하는지 조목조목 따져 나간다.

크리스티아네는 그녀의 말을 듣지만 이 젊은 여자가 하는 얘기를 전혀 이해할 수 없음을 확인한다. 베티나가 열을 낼수록, 점점 더 그녀가 제 또래 친구들, 대학 나온 젊은이들에게서 배운 말들을 입에 담을수록, 크리스티아네는 그녀가 그런 용어들을 쓰는 게 바로 자신이 이해할 수 없기 때문임을 깨닫는다. 그녀는 안경을 달싹거리는 코를 바라보다가 그 안경이 이해할 수 없는 말들과 완벽한 조화를 이룬다고 생각한다. 아닌 게 아니라, 베티나의 코에 걸린 안경은 주의해 볼 필요가 있다! 괴테가 대중 앞에서 안경을 착용하는 것을 괴벽이나 무례의 징표로 선고한 사실을 모르는 사람은 없다. 그런데도 베티나가 바이마르 공국 한복판에서도 안경을 착용하는 것은, 자신이 바로 낭만적 확신들과 안경의 착용으로 차별화되는 젊은 세대에 속함을, 선동하듯이, 보란 듯이 나타내기 위해서다. 누군가가 아주 도도하게 자신이 젊은 세대에 속함을 선언할 때, 우리는 그가 뭘 말하고자 하는지 잘 안다. 다른 사람들(베티나의 경우는 괴테와 크리스티아네)이 죽어서 땅에 묻힐 때 (우스꽝스럽게 민들레 뿌리나 씹을 때) 자신은 여전히 살아 있으리라는 걸 말하고 싶은 것이다.

베티나가 떠들어 대며 점점 더 의기양양해할 때, 돌연 크리스티아네의 손이 허공을 가른다. 그러나 마지막 순간, 그녀는 초대객의 뺨을 갈기는 것이 결코 현명한 처사가 아님을 깨닫는다. 그녀가 동작에 제동을 걸었기에, 손은 다만 베티나의 이마를 가볍게 스치고 만다. 안경이 땅에 떨어져 산산조각 난다. 놀란 주변 사람들이 몸을 돌려 꼼짝 않고 바라본다. 이웃 홀에서 가엾은 아르님이 부리나케 달려와, 어찌할 줄 몰라 하다가 쪼그리고 앉아서는, 마치 다시 이어 붙이고 싶은 듯, 깨진 안경 조각들을 그러모은다.

벌써 몇 시간째, 사람들은 모두 조바심을 태우며 괴테의 평결을 기다린다. 자초지종을 안 뒤, 과연 그는 누구 편을 들 것인가?

괴테는 크리스티아네 편을 들었고, 젊은 부부에게 두 번 다시 자신의 집을 드나들지 말 것을 선언한다.

잔이 깨지면 행복이 찾아든다고 한다. 거울이 깨지면 칠 년 동안의 불행을 예상한다. 그럼 안경이 산산조각 났을 때는? 그때는 전쟁이다. 베티나는 바이마르 공국의 모든 홀과 홀을 돌아다니면서 "그 뚱뚱보 얼간이가 미쳐서 자기를 물었노라." 라고 선언한다. 그녀의 선언은 입에서 입으로 전해져 바이마르 공국의 만백성이 눈물을 찔끔찔끔 짜며 웃었다. 그 불멸의 선언, 그 불멸의 폭소는 아직도 우리 귀에 울린다.

# 2

불멸. 괴테는 이 말을 두려워하지 않았다. 'Dichtung und Wahrheit', '시와 진실'이라는 유명한 부제가 달린 자신의 자서전에서, 그는 열아홉 살 청춘기에 라이프치히의 새로운 극장에서 열심히 지켜보곤 하던 막(幕) 이야기를 한다. 막의 배경에는 "der Tempel des Ruhmes"(괴테의 말이다.) 즉 '영광의 사원'이 그려져 있었고, 사원 앞에는 시대를 통틀어 가장 위대한 극작가들이 늘어서 있었다. 그들 한가운데에, 그들 쪽으로는 신경도 쓰지 않은 채 "옷차림이 가벼운 한 인물이 사원을 향해 똑바로 나아가고 있었다. 그는 등을 보이고 있었으며, 그에게선 어떤 비범한 구석도 전혀 찾아볼 수 없었다. 선구자 없이, 다른 위대한 모델들에게는 무관심한 채, 그 무엇에도 의지하지 않고 불멸을 만나러 걸어간 그는 바로 셰익스피어였다."

물론, 여기서 괴테가 말하는 불멸은 영혼불멸에 대한 믿음과는 아무런 상관이 없다. 여기서 말하는 것은 다른 불멸, 사후에도 후세의 기억 속에 살아남는 자들의 세속적인 불멸이다. 대소장단의 차이는 있겠지만, 사람들은 누구나 불멸에 이를 수 있으며, 모두가 청년 시절부터 불멸을 생각한다. 어렸을 때, 어느 일요일에 모라비아 지방의 어느 마을로 산책을 나갔다가 들은 얘기지만, 그 소도시의 시장은 항상 자기 거실에 빈 관(棺)을 하나 가져다 두고는, 더할 나위 없이 만족스러운 그런 행복을 맛볼 때마다 관 속에 드러누워 자신의 장례식을 상상했다고 한다. 그는 관 속에서 몽상에 잠기는 순간들보다 더 멋진 경험을 해 본 적이 없었다. 그때 그는 자신의 불멸을 맛보았던 것이다.

불멸 앞에서 사람들은 모두 평등하지 않다. 작은 불멸, 말하자면 생전에 알고 지낸 사람들의 기억에 남는 어떤 인물에 대한 추억(모리비아 마을의 그 시장이 꿈꾸던 불멸)과 큰 불멸, 즉 생전에 몰랐던 이들의 머릿속에도 남는 어떤 인물에 대한 추억은 구분되어야 한다. 사실 어느 날 갑자기 한 사람을, 도무지 사실 같지 않고 있음직하지 않은, 그러면서도 이론의 여지없이 가능한 그런 엄청난 불멸에 맞닥뜨리게 하는 생애들이 있다. 바로 예술가와 정치가의 생애가 그렇다.

이 시대 모든 유럽 정치가들 중에서 프랑수아 미테랑이야말로 머릿속으로 불멸을 가장 많이 생각했던 사람임이 분명하다. 나는 1981년에 그가 대통령에 당선되었을 때 거행된 그 잊을 수 없는 기념식을 기억한다. 팡테옹 광장에 열렬한 추종자들이 운집해 있었고, 그는 무리에서 혼자 떨어져 나왔다. 그는 장미 세 송이를 손에 들고, 넓은 계단을 걸어 올라갔다.(괴테가 묘사한 막에서, 바로 셰익스피어가 영광의 사원을 향해 그렇게 걸어 올라갔듯이.) 그러고는 잠시 대중의 눈앞에서 사라졌다가, 저명인사 64인의 무덤 한가운데에 혼자 다시 나타났다. 사색적인 고독에 잠긴 그를 수행한 것은 카메라 한 대와 영상기술자 팀뿐, 그밖에 수백만 프랑스인들은 베토벤의 9번 교향곡의 홍수 아래 텔레비전 화면에 눈길을 고정하고 있었다. 그는 세 송이 장미를 자신이 선택한 세 무덤 위에 차례로 하나씩 놓았다. 마치 측량사처럼, 그는 자신의 왕궁을 건립할 삼각형 경계를 짓듯, 세 송이 장미를 세 개의 푯말처럼 영원의 거대한 작업장에 심었던 것이다.

그의 전임 대통령인 발레리 지스카르 데스탱은 1974년 엘리제궁에서의 첫 번째 오찬에 도로 청소부들을 초대했다. 자신이 소박한 사람들을 사랑하며 그들의 편임을 믿게 하려는, 한 예민한 소시민의 행동이었다. 미테랑은 도로 청소부들을 닮으려 할 만큼 순진하지는 않았다.(사실 어떤 대통령도 그럴 수는 없다.) 그는 죽은 자들을 닮고자 했으며, 이는 그가 매우 지혜롭다는 증거다. 왜냐하면 죽음과 불멸은 서로 떨어질 수 없는 한 쌍의 연인 관계를 이루므로, 죽은 자들의 얼굴과 혼동을 일으키는 얼굴의 임자는 그의 생전에는 결코 멸하지 않을 것이기 때문이다.

나는 미국 대통령 지미 카터를 언제나 친절한 사람이라 여겼으며, 텔레비전 화면을 통해 한 무리의 참모들, 코치들, 경호원들과 함께 운동복 차림으로 뛰어가는 그를 보면서는 거의 애정을 느꼈다. 한데 갑자기 그의 이마에 땀이 흐르고 그의 얼굴이 일그러지자, 참모들이 그에게 달려들어 그의 허리를 감싸 안았다. 가벼운 심장 경련이었다. 그날의 달리기는 대통령에게 영원한 젊음을 과시할 기회가 될 수도 있었을 것이다. 그는 그럴 목적으로 카메라맨들을 초청한 것이나, 우리가 팔팔한 운동 선수 대신 운 나쁘게 하필 그때 심장 경련을 일으킨 늙어 가는 한 사내를 본 것은 그들의 탓이 아니다.

사람은 불멸을 갈망하지만, 어느 날 카메라는 쓰라린 경련으로 일그러진 그의 입을 우리에게 보여 주며, 그것만이 우리에게 남아 그의 전 생애를 요약하는 하나의 우화로 탈바꿈하고, 그리하여 그는 소위 우스꽝스러운 불멸 속으로 들어간다. 티코 브라헤는 위대한 천문학자였지만, 오늘날에는 프라하 황궁에서 일어난 그 유명한 식사 사건 외에 우리 기억에 남아 있는 것은 하나도 없다. 그는 식사 도중 화장실에 가고 싶은 욕구를 점잖게 참다가 기어이 방광이 터지고 말았는데, 이로써 그 수줍음과 오줌의 순교자는 곧장 우스꽝스러운 불멸자들의 일원이 되고 말았다. 나중에 영원히 얼간이 뚱뚱보로 변해 버린 크리스티아네 괴테가 그렇듯 말이다. 소설가들의 세계에서 내가 가장 소중하게 생각하는 사람은 로베르트 무질이다. 그는 어느 날 아침 아령을 들다가 죽었다. 그래서 나는 어쩌다 아령을 들 때면 혹시 나도 죽는 게 아닐까 하고 겁을 내며 맥박에 주의를 기울인다. 만약에 내가, 나의 소중한 작가처럼 손에 아령을 든 채로 죽는다면, 그로써 나는 믿을 수 없을 만큼 열렬한, 열렬하다 못해 광신적이기까지 한 한 사람의 아류가 될 것이고, 곤바로 나에게도 그런 우스꽝스러운 불멸이 보장될 테니 말이다.

# 3

로돌프 황제 시대에도 카메라(바로 카터 대통령을 불멸로 만든 것)가 있어, 티코가 의자 위에서 괴로워하고, 하얗게 질리고, 양 무릎을 비비 꼬다가, 허옇게 눈을 까뒤집고 말았던 그 궁정에서의 식사 장면을 필름에 담았다고 상상해 보자. 만약 그가 자신의 그런 모습을 무수한 방청객들이 관찰하리란 걸 알 수 있었다면, 그의 고통은 아마 열 배는 더 증폭되었을 것이며, 웃음 또한 그의 불멸의 회랑들에서 훨씬 크게 울려 퍼졌을 것이다. 필사적으로 뭔가 재미있는 화젯거리를 찾는 국민들은 틀림없이, 소변 보는 걸 부끄러워했던 이 유명한 천문학자의 영상 자료를 성(聖)실베스트르 축일 때마다 상영해 달라고 요구할 것이다.

이 이미지는 내게 한 가지 의문을 던진다. 카메라 시대에는 불멸의 성격에 변화가 일어났는가? 나는 망설임 없이 대답한다. 실질적으로 일어난 변화는 없다고. 왜냐하면 사진이라는 것은 발명되기 전에도 이미, 물질화되지 않은 고유의 본질로서 이 세상에 존재했기 때문이다. 어떤 진짜 기계가 그들을 향해 초점을 맞추지 않는데도, 이미 사람들은 마치 필름에 담기기라도 하는 듯 행동했다. 어떤 사진사 무리도 결코 괴테의 주위를 쫓아다니지 않았지만, 미래의 심층에서 그를 향해 투사된 사진사들의 그림자가 그를 뒤쫓아 다녔던 것이다. 예를 들면, 나폴레옹과의 그 유명한 회합 때가 그랬다. 당시 생의 절정에 있던 프랑스 황제는 유럽 모든 국가 수뇌들을 에르푸르트에 결집시켰다. 그들에게 자신과 러시아 황제 사이의 권력 분담을 인가하게 하기 위해서였다.

나폴레옹은 정말 프랑스인다웠다. 수많은 죽음에도 만족하지 못했고, 거기에다 작가들의 예찬까지 받고자 한 걸 보면 말이다. 그는 자신의 문화 고문에게, 오늘날 독일에서 정신적으로 가장 높은 권위를 행사하는 이가 누구인지 물었다. 고문은 첫 번째 인물로 괴테를 꼽았다. 괴테! 나폴레옹은 이마를 쳤다. 『젊은 베르테르의 슬픔』의 저자! 이집트 원정 중 어느 날, 그는 자신의 사관들이 그 책에 깊이 빠졌음을 확인했더랬다. 그 책이 어떤 책인지 자신이 잘 알았기에, 그는 열화 같은 분노에 사로잡혔다. 그는 그런 감상적인 소설 나부랭이나 읽는다며 사관들을 맹비난하면서, 앞으로는 어떤 소설도 읽지 못하게 했다. 어떤 소설도 말이다. 어째서 훨씬 더 유익한 역사물을 읽지 않는단 말인가! 그러나 이번만큼은, 괴테가 누구인지 안다는 사실이 만족스러워 나폴레옹은 그를 초청하기로 결심한다. 고문의 말에 따르면, 괴테가 특히 극작가로 유명하다고 하니 그는 더한층 기쁜 마음으로 그런 결정을 내릴 수 있었다. 소설과는 달리, 연극은 전쟁을 상기시켜 준다는 점에서 나폴레옹이 매우 좋아하는 장르였다. 그 자신이 위대한 전쟁 창작자요, 게다가 적수를 찾아볼 수 없는 연출가였던 만큼, 내심 그는 자신이 소포클레스나 셰익스피어보다도 더 위대한, 시대를 통틀어 가장 위대한 비극 시인임을 굳게 믿었다.

그 문화 고문은 유능한 인물이었지만, 그런 그도 종종 착각을 할 때가 있었다. 괴테가 연극에도 관심이 많았던 건 사실이나, 그의 영광이 그렇게 그의 극작품에 빚지지는 않았다. 나폴레옹의 고문은 어쩌면 그를 실러와 혼동한 게 아닐까! 어쨌거나 실러는 괴테와 매우 밀접한 관계였으므로, 두 친구를 합해한 사람의 시인으로 만드는 것도 그리 가당찮은 일만은 아니다. 어쩌면 그 고문은 내용을 잘 알면서도, 칭찬할 만한 어떤 교육학적 고심을 통해, 나폴레옹에게 독일 고전주의의 종합으로서 프리드리히 볼프강 실레테라는 인물을 만들어 주었는지도 모른다.

초청장을 받았을 때, 괴테는 (자신이 실레테임은 꿈에도 모른채) 그것을 받아들여야 함을 금방 깨달았다. 그는 육십 대에 이르러 있었다. 죽음이 가까이 다가왔고 죽음과 더불어 불멸 또한 가까이 다가왔으므로 (이미 말했듯이 죽음과 불멸은 마르크스와 엥겔스보다도, 로미오와 줄리엣보다도, 로렐과 하디보다도 더 아름다운, 분리할 수 없는 한 쌍의 커플을 이룬다.) 괴테로서는 불멸자의 초청을 가벼이 여길 수가 없었다. 자기 작품의 절정이라 할 『색채론』 집필 때문에 몹시 바빴지만, 그는 원고를 팽개친 채 에르푸르트로 떠났고, 거기에서 1808년 10월 2일, 불멸의 시인과 불멸의 전략가의 잊을 수 없는 만남이 이루어졌다.

4

분주한 유령 사진사들을 대동하고서, 괴테는 나폴레옹 부관의 안내에 따라 넓은 층계를 오른다. 그런 다음 층계를 또 하나 오르고, 여러 복도를 지나 어느 거대한 홀로 향하는데, 그 홀 깊숙한 곳에서 나폴레옹이 식탁에 앉아 아침을 먹고 있다. 그의 주위에는 제복 입은 사내들이 서성이며 여러 가지 보고를 올리고, 그는 계속 뭔가를 씹으며 그들의 보고에 대답한다. 잠시 후 부관이 그에게, 한쪽 편에 꼼짝 않고 서 있는 괴테를 가리켜 보인다. 나폴레옹이 눈을 치뜨더니 오른손을 상의 안쪽으로 밀어 넣어 손바닥을 위장에 갖다 붙인다. 사진사들에게 에워싸일 때, 그가 버릇처럼 하는 몸짓이다. 그는 입에 든 음식을 급히 삼키고서 (음식을 씹느라 일그러진 얼굴로 사진 찍히는 건 좋지 않기 때문이다. 그런 초상화들에 눈독을 들이는 사진사들의 심술을 알기에 말이다.) 모두가 들을 수 있도록 큰 소리로 한 마디 던진다. "사람이 왔군!"

바로 이것이 오늘날 프랑스에서 '프티트 프라즈', 즉 명언이라고 하는 것이다. 정치가들은 언제나 똑같은 얘기를 전혀 거리낌 없이 반복하면서 장황한 열변을 토한다. 어쨌거나 대중은 신문기자들이 인용하는 몇 가지 말만 알 테니 말이다. 그들은 기자들의 업무를 용이하게 하고, 어느 정도는 그들을 조종하기 위해서, 갈수록 똑같아지는 그 연설들에 아직 한 번도 발언하지 않은 문장 한두 개 정도만 삽입한다. 그 자체로 너무도 뜻밖이고, 너무도 놀라운 것이기에, 이 프티트 프라즈는 대번에 유명해진다. 오늘날의 정치 기법은 정치(polis)를 경영하는 데 있는 것이 아니라 (정치는 모호하고 통제 불가능한 자체 메커니즘의 논리에 따라 스스로 경영된다.) 프티트 프라즈들을 만들어 내는 데 있으며, 이런 문장들을 통해 정치가는 자신을 내보이고 이해받은 뒤, 여론조사에서 당락 여부를 심판받는다. 괴테는 아직 '프티트 프라즈'의 개념을 모르지만, 우리가 이미 알듯, 그런 일 역시 실질적으로 실현되고 명명되기 전에 이미 그 본질로서 여기에 있다. 괴테는 나폴레옹이 두 사람 모두에게 유익할 하나의 멋진 '프티트 프라즈'를 던진 것으로 이해한다. 기쁜 마음으로, 그가 식탁 가까이 다가간다.

여러분은 시인들의 불멸을 생각하겠지만, 시인들보다는 전략가들이 좀 더 불멸적인 존재들이다. 나폴레옹이 괴테에게 질문을 던지고, 그 반대가 아닌 건 그래서다. "연세가 어떻게 되시오?" 그가 묻는다. "예순입니다." 하고 괴테가 대답한다. "귀하는 나이에 비해 몸맵시가 훌륭하군요." 하고 나폴레옹이 공손하게 말하자 (그가 스무 살은 어리다.) 괴테가 목에 힘을 준다. 쉰 살 때 이미 그는 뚱뚱했고 이중 턱이었지만, 이에 개의치 않았다. 그 후 세월이 흐르면서 그는 죽음에 대한 강박관념에 사로잡혔고, 그러자 그런 볼썽사나운 뚱뚱보의 몸으로 불멸로 들어가는 데 대한 두려움을 느꼈다. 그래서 그는 살을 빼기로 결심했고, 그러자 곧 다시, 비록 멋지다고는 할 수 없을지라도 왕년의 근사한 풍채를 상기시켜 주기는 하는 그런 날씬한 사람으로 되돌아갔다.

"결혼은 하셨습니까?" 나폴레옹이 진지한 어투로 묻는다. "예." 괴테가 가볍게 몸을 숙이며 대답한다. "그럼 자녀들이 있습니까?" "아들놈 하나가 있습니다." 이 대목에서, 장군 한 명이 나폴레옹에게 다가와 중요한 소식 하나를 전한다. 나폴레옹이 생각에 잠긴다. 상의 속에 넣은 손을 빼내 포크로 고기 한 조각을 찍어 입에 넣고는 (이제 무대는 촬영되지 않는다.) 질겅질겅 씹으며 답한다. 그러고 나서 한참 뒤에야 다시 괴테의 존재를 생각해 낸다. 진지한 관심을 내비치며 그가 묻는다. "결혼은 하셨습니까?" "예." 괴테가 몸을 가볍게 숙이며 대답한다. "그럼 자녀들이 있습니까?" "아들놈 하나가 있습니다." "한데 귀하의 카를 아우구스트께서는 안녕하신가요?" 하고 나폴레옹이 느닷없이, 그가 좋아할 리 만무한 바이마르 공국 절대자의 이름을 괴테에게 쏘아붙인다.

괴테는 자신의 군주를 헐뜯을 생각도 없지만, 불멸자의 말을 거스르고 싶은 마음도 없기에, 능란한 외교 수완을 발휘하여 카를 아우구스트께서 과학과 예술의 발전을 위해 힘쓰신

바가 많다고 답변한다. 예술 얘기가 나오자 불멸의 전략가는 식탁에서 일어나더니 손을 다시 상의 아래에 넣고는, 시인 쪽으로 몇 걸음 다가와 그의 눈앞에서 연극에 관한 자신의 생각들을 펼친다. 즉시, 눈에 보이지 않는 사진사 무리가 술렁이며 몰려들고, 사진기들이 펑펑 소리를 낸다. 내밀한 일대일 대화를 나누기 위해 시인과 함께 한쪽으로 물러난 전략가는 홀 안 사람들이 모두 들을 수 있도록 언성을 높여야 한다. 그는 괴테에게 에르푸르트 회담에 관한 극작품을 하나 쓸 것을 제의한다. 결국 그 회담은 인류에게 평화와 행복을 보장해 주는 것일 터이기에 말이다. "연극은 말입니다……." 하고 그가 힘찬 목소리로 덧붙인다. "국민의 학교가 되어야 합니다."(바로 이것이 다음 날 신문 1면에 게재될 두 번째 프티트 프라즈다.) 그가 부드럽게 말을 계속한다. "그 극작품을 러시아 황제 알렉산드르에게 헌정한다면 얼마나 기막히겠습니까."(에르푸르트 회담은 바로 그에 관한 일이기 때문이다! 나폴레옹은 바로 그와 동맹을 맺고 싶어 하는 것이다!) 그러고 나서 그는 실레테에게 수고롭게도 짤막한 문학 강의를 하나 들려주는데, 그러다 한 부관의 보고 때문에 강의가 중단되더니, 강의의 맥락을 놓쳐 버린다. 이야기의 맥락을 되찾고자 하면서, 그는 논리도 확신도 없이 연극이 대중의 학교가 되어야 한다는 말만 두세 번 되풀이하다가, 잠시 후 (맞았어! 이제야 맥락을 찾았군!) 볼테르의 『카이사르의 죽음』으로 돌아온다. 그에 따르면, 볼테르는 국민의 교육자가 될 기회를 놓친 시인의 전형적인 예다. 그의 비극은 인류의 복지를 위해 애쓰는, 하지만 때 이른 죽음으로 결국 자신의 숭고한 구상을 실현하지 못한 한 사람의 위대한 전략가를 무대에 올렸어야 했다는 것이다. 그의 마지막 몇 마디에는 어딘지 우울한 기색이 어려 있다. 전략가는 시인의 눈을 똑바로 쳐다보며 말한다. "바로 이것이 당신이 맡아야 할 위대한 주제입니다!"

하지만 그의 얘기는 다시 중단된다. 장군들이 홀로 들어오고, 나폴레옹은 상의에서 손을 빼내 식탁에 앉아 포크로 고기 한 점을 찍더니, 각종 보고들을 들으며 우물우물 씹기 시작한다. 물론 유령 사진사들은 어느새 사라져 버렸다. 괴테는 주변을 둘러보다가 그림들 앞에서 걸음을 멈춘다. 잠시 후, 자기를 안내했던 부관에게 다가가, 알현이 끝났는지 어떤지 물어본다. 부관이 그렇다고 대답하자, 나폴레옹의 포크가 일어서고 괴테는 떠난다.

# 5

베티나는 괴테가 스물세 살 때 사랑에 빠졌던 여인, 막시밀리안 라로슈의 딸이다. 순결한 입맞춤 몇 번을 제외한다면 순전히 감정적인 형체 없는 사랑이었고, 어떤 결실을 낼 수 없는 것이었기에, 막시밀리안의 어머니는 기회가 닿자 재빨리 자신의 딸을 부유한 이탈리아 상인 브렌타노에게 시집보내 버렸다. 브렌타노는 그 청년 시인이 계속 자기 부인에게 수작을 거는 것을 보고는, 그를 자기 집에서 내쫓으며 다시는 발을 들이지 못하게 했다. 막시밀리안은 곧 아이를 열두 명 낳았고 (그녀의 그 끔찍한 이탈리아 수컷은 모두 스무 아이를 생산했다.) 개중 한 딸에게 엘리자베스라는 세례명을 주었는데, 이 딸이 바로 베티나다.

베티나는 아주 어렸을 때부터 괴테에게 끌렸다. 독일 사람이라면 누구나가 알 듯 괴테가 영광의 사원을 향해 걸어가고 있었기 때문이기도 했지만, 다른 한편으로는 자기 어머니에 대한 그의 사랑 이야기를 알았기 때문이기도 했다. 그녀는 그 흘러간 사랑에 깊은 관심을 보였다. 아득히 먼 옛날 일이기에 (맙소사, 베티나가 태어나기 십삼 년 전의 일 아닌가!) 더욱 큰 매력을 느꼈으며, 차츰 그녀의 뇌리에는 자신에게 이 위대한 시인에 대한 남모르는 권리가 있다는 생각이 자리 잡았다. 은유적인 의미에서 (시인보다 은유를 더 진지하게 다루는 사람이 누가 있는가?) 그녀는 자신을 그의 딸로 여겼던 것이다.

많은 이들이 그렇게 알듯이, 남자들에게는 부성의 의무로부터 도피하려는, 부양 비용을 지불하지 않고 부성을 부정하려는 그런 고약한 성향이 있다. 그들은 자식이라는 것이 모든 사랑의 정수임을 이해하려 하지 않는다. 비록 그 아이가 실제로 잉태되어 이 세상에 태어나지 않았다고 할지라도 말이다. 사랑의 대수학에서 아이는 두 사람의 마술적인 합을 의미하는 기호다. 한 여자를 사랑하여 그녀의 육체를 건드리지 않았다고 할지라도, 남자는 자신의 사랑이 다산성이요 그 결실이 마지막 사랑의 만남 이후 십삼 년이 지난 뒤에야 빛을 볼 가능성도 계산하지 않으면 안 된다. 바로 이런 생각이, 바이마르 공국의 괴테 저택에 발을 들여놓기 전부터 베티나의 뇌리에 오갔을 것이다. 그녀가 괴테를 방문한 것은 1807년 봄으로, 그녀 나이 스물두 살 때였으나 (말하자면 괴테가 자기 어머니에게 수작을 걸 때의 나이와 같다.) 그녀는 항상 자신을 어린아이로 느꼈다. 이 느낌은 신기하게도, 마치 유년이 무슨 방패막이나 된다는 듯 그녀를 보호해 주었다.

유년이라는 방패 뒤로 은신하는 것, 그것은 그녀가 일생 동안 써먹은 간책이었다. 간책일 뿐만 아니라 천성이기도 했다. 왜냐하면 그녀는 유년기 후에도 항상 응석 부리는 걸 즐겼기 때문이다. 언제나 그녀는 시인 오빠 클레멘스 브렌타노에게 어느 정도 애정을 품고 있었으며, 그의 무릎에 앉는 것에서 희열을 맛보았다. 이미 그때부터 (그녀 나이 열네 살 때) 그녀는 아이인 동시에 누이동생이자 사랑에 굶주린 여자라는, 모호한 삼중 상황을 음미해 온 셈이었다. 무릎 위에 앉은 아이를 쫓아 버릴 수 있는가? 아무리 괴테라도 불가능할 것이다.

그녀는 1807년, 괴테를 처음 만난 바로 그날, 그의 무릎에 앉았다. 적어도 나중에 그녀 스스로 털어놓은 얘기를 그대로 믿는다면 그렇다. 처음에는 괴테 앞에 놓인 소파에 자리를 잡았다. 괴테는 며칠 전 고인이 된 아멜리 공작부인에 대해 슬픈 표정으로 얘기했다. 베티나는 전혀 몰랐다고 대답했다. 괴테가 깜짝 놀라며 물었다. "뭐라고? 바이마르 공국에서 일어나는 일에 전혀 관심이 없다는 얘기요?" 베티나는 이렇게 대답했다. "당신 외에는 그 무엇에도 관심 없어요." 그러자 괴테는 환한 미소를 지어 보이며, 그 젊은 여인에게 이 운명적인 말을 뱉었다. "당신은 정말 매력적인 아이요." '아이'라는 말을 듣자 베티나는 모든 두려움이 눈 녹듯 사라짐을 느꼈다. 그녀는 그의 발치로 달려들며 말했다. "전 소파 위엔 오래 앉아 있을 수가 없어요." 괴테는 "그럼 편한 대로 하시오."라고 말했고, 그러자 베티나는 얼씨구나 그를 부둥켜안으며 그의 무릎 위에 앉아 버렸다. 그의 무릎 위가 얼마나 편안했던지, 곧 그녀는 그의 품에 안긴 채 잠이 들고 말았다.

그 모든 일이 실제로 그렇게 일어났는지, 아니면 베티나가 우리를 기만한 것인지는 말하기 어렵다. 하지만 설령 그녀가 우리를 기만했다 할지라도 나쁠 것은 없다. 어떻든 우리는 그녀가 자신에게 어떤 이미지를 부여하고 싶어 하는지, 어떤 방식으로 남자들에게 접근하는지, 그녀의 얘기를 통해 알 수 있는 까닭이다. 어린아이처럼 그녀는 무례할 만큼 대담한 솔직성을 보였으며 (공작부인의 죽음에 관심이 없다고 당당하게 말한다거나, 그녀 이전에 많은 고명한 방문객들이 앉았던 소파를 불편하게 생각하는 것 등) 어린아이처럼 괴테의 목에 달라붙으며 무릎 위에 앉았고, 그 극치라면 역시 어린아이처럼 그 무릎 위에서 잠들어 버린 것이다.

어린아이의 행동 방식을 택하는 것보다 유리한 것도 없다. 아직 세상 경험이 없는 천진한 아이라면, 뭐든 원하는 대로 할 수 있기 때문이다. 아직 형식이 지배하는 세상 속으로 들어가지 않은 몸이기에, 아이는 세상 예의범절에 구속받지 않는다. 그리고 예의에 구애되지 않고 자신의 감정을 마음대로 표출할 수 있다. 베티나를 어린아이로 보아 주지 않은 사람들은, 그녀를 머리가 약간 돌았거나 (언젠가는 혼자 행복에 겨워 방에서 춤을 추다 넘어져 테이블 모서리에 이마를 깬 적이 있다.) 아니면 가정교육에 문제가 있거나 (홀에서 그녀는 항상 바닥에 앉고자 했다.) 특히 치유 불가능할 정도로 감정적인 여자로 보았다. 반면 그녀를 영원한 어린아이로 본 사람들은 너무나 자연스러운 그녀의 솔직함에 매력을 느꼈다.

괴테는 이 아이에게 매료되었다. 자신의 젊은 날을 기념하는 뜻에서, 그는 그녀에게 예쁜 반지를 하나 선물했다. 그날 저녁, 그는 자신의 수첩에 짧은 문구 하나를 남겼다. 'Mamsel Brentano'(브렌타노 아가씨)

# 6

유명한 두 연인, 괴테와 베티나는 서로 몇 번이나 만났는가? 그녀는 같은 해인 1807년 가을에 다시 그를 보러 와서 바이마르에 열흘간 머물렀다. 그다음은 삼 년 후, 그녀가 보헤미아의 온천 도시 테플리체에 사흘 예정으로 들렀을 때인데, 그녀는 괴테가 온천욕을 하러 와 있는 줄 전혀 몰랐다. 그리고 그 일 년 후에, 그 운명적인 바이마르 방문이 있었다. 도착한 지 이 주 뒤에, 그녀의 안경이 땅에 떨어져 깨어져 버린 방문 말이다.

그들이 단 둘이서만 머리를 맞대고 머문 것은 몇 번이나 되는가? 불과 서너 번 정도일 것이다. 자주 만나지 못한 만큼, 그들은 편지를 많이 썼다. 아니, 정확히 말하자면 그녀가 그에게 편지를 많이 썼다고 해야 옳다. 그녀는 그에게 쉰두 통이나 되는 장문의 편지를 보냈으며, 항상 경칭 없이 친근한 어투로 사랑 얘기만 했다. 그러나 단지 말의 사태일 뿐, 실제로 이루어진 건 아무것도 없으므로, 어째서 그들의 사랑 이야기가 그토록 유명한지 자문해 보지 않을 수 없다.

그 대답은 이렇다. 그들의 사랑 이야기가 그렇게 유명해진 것은 애초부터 사랑이 아닌 다른 어떤 문제였기 때문이라는 것이다.

괴테는 얼마 되지 않아 그런 의혹에 사로잡혔다. 그가 처음으로 수상한 낌새를 느낀 것은 베티나가 그에게, 바이마르를 방문하기 훨씬 전부터 자신이 프랑크푸르트의 늙은 어머니와 매우 가깝게 지냈음을 알려 주었을 때였다. 그녀는 그에 대한 모든 것을 알고자 했으며, 베티나의 어머니는 기쁘고 우쭐한 마음에서 꼬박 며칠 동안 자신의 추억담을 그녀에게 들려주었다. 베티나는 어머니의 우정이 자신에게 좀 더 빨리 괴테 집안의 문과 괴테의 마음을 열어 주리라고 생각했다. 하지만 그 계산은 꼭 정확했다고만 할 수는 없었다. 괴테는 그녀의 어머니가 그에게 바친 찬사를 다소 우습게 생각했으며 (그는 한 번도 그녀를 만나러 프랑크푸르트에 간 적이 없다.) 괴벽스러운 딸과 천진한 어머니 사이의 그런 유대에서 어떤 위험을 감지했다.

베티나가 그 노부인을 통해 안 얘기들을 그에게 전해 주었을 때, 나는 그가 착잡한 느낌을 맛보았으리라고 생각한다. 물론 처음에는 젊은 아가씨가 보여 주는 관심이 기분 나쁘지 않았을 것이다. 그녀의 말들은 그에게서 잠자던 무수한 추억들을 일깨워 주었으며, 그 추억들에 그는 매료되었다. 하지만 곧 그는 그 일화들이 일어날 수 없었던 일들이거나, 보기에 따라서는 그를 너무도 우스꽝스럽게 만들어서 차라리 없었어야 하는 것들임을 깨닫는다. 게다가 그의 유년기나 사춘기 전체가 베티나의 얘기에서는 어떤 덧칠이 가해졌거나 어떤 의미가 보태져 불쾌하기만 했다. 베티나가 그의 유년기 추억들을 악용하려고 했다는 게 아니다. 사람들은 (괴테뿐만 아니라) 누구나 남이 자신의 삶을 자신과 다르게 해석해 얘기하는 것을 불쾌하게 생각한다. 괴테는 위험을 느끼지 않을 수 없었다. 낭만주의 운동을 외치는 젊은 지식인 무리(괴테는 이들에게 전혀 공감하지 않았다.)에서 성장한 이 아가씨는 무서우리만치 야심만만했으며, 게다가 스스로를 (뻔뻔스러울 만큼 자연스럽게) 미래의 작가로 여겼다. 언젠가 그녀는 그에게 단도직입적으로 얘기한 적이 있다. 어머니의 추억담을 바탕으로 책을 한 권 쓰고 싶다고 말이다. 그에 관한 책, 괴테에 관한 책을! 그 말을 듣는 순간, 그는 그 절절한 사랑 고백 뒤에 도사린 어떤 붓의 위협적인 공격성을 엿보았으며, 그때부터 몸을 사리기 시작했다.

하지만 몸만 사린 게 아니라, 그녀에게 미움을 사는 일도 금했다. 그녀는 그가 적으로 삼기에는 너무나 위험한 존재였다. 그러므로 그녀를 언제나 어떤 정감 어린 통제 아래 두는 편이 좋았다. 지나친 친절은 삼가면서 말이다. 별것 아닌 몸짓도 사랑의 공모를 의미하는 지표(베티나에게는 재채기 한 번조차 사랑 선언으로 해석될 수 있었다.)로 해석되어, 이 젊은 아가씨의 간담을 열 배는 부풀려 놓을 수 있기 때문이다.

언젠가 그녀는 그에게 이런 편지를 썼다. "나의 편지들을 불태우지 마세요. 찢어서도 안 돼요. 그러면 당신이 고통을 얻을지도 몰라요. 거기에 표현된 사랑은 굳게, 단단하게, 생생하게 당신과 연결되어 있기 때문이에요. 하지만 편지를 누구에게도 보여 주지는 마세요. 어떤 은밀한 아름다움처럼 감춰 두세요." 그는 그녀가 자기 편지의 아름다움에 그토록 자신만만해하는 것을 보고 너그럽게 미소 지으며 읽어 나가기 시작했다. 하지만 곧 그다음 문장, "하지만 편지를 누구에게도 보여 주지는 마세요!"에서 어떤 꺼림칙한 느낌이 들었다. 왜 이런 말을 적었을까? 마치 그가 편지를 다른 사람에게 보여 주고 싶어 한다는 듯이 말이다! 보여 주지 말라는 명령문을 통해, 베티나는 보여 주고자 하는 내밀한 욕망을 노출했던 것이다. 이따금 그녀에게 보낸 편지들에 그녀 외에 다른 독자가 있을 수 있음을 깨닫자, 그는 판사의 경고를 받은 피의자의 상황에 처한 자신을 보았다. 지금부터 당신이 하는 모든 말은 당신에게 해가 될 수도 있다는 경고 말이다.

그리하여 그는 친절과 경계 사이에서 중도를 걷고자 노력했다. 그녀의 황홀한 편지들에 대한 답신으로, 그는 우애 어린 동시에 절제로 가득 찬 쪽지들을 보냈다. 경칭을 생략한 그녀의 어투에는 오랫동안 경칭으로 응수했고, 그들이 같은 도시에 있을 때면 그녀에게 전적으로 어버이의 온정을 보였으며, 그녀를 집으로 초대할 때는 되도록 다른 사람들과 함께 있고자 했다.

그렇다면 도대체 무엇이 문제였는가?

베티나는 어느 편지에서 그에게 이렇게 적었다. "나에겐 당신을 영원히 사랑하리라는 굳고 견고한 의지가 있답니다." 진부하게 여겨지는 이 문구를 주의 깊게 읽어 보라. '사랑하다.'라는 말보다는, '영원히'와 '의지'라는 말이 더 중요하다.

이 서스펜스를 계속 끌고 가지 말자. 문제는 사랑이 아니었다. 문제는 불멸이었다.

# 7

1810년, 우연히 그들이 사흘 동안 테플리체에 함께 머물렀을 때, 그녀는 괴테에게 머지않아 자신이 시인인 아힘 폰 아르님과 결혼할 거라고 털어놓았다. 아마 뭔가 난처한 심정으로 그런 얘기를 했을 것이다. 그가 그녀의 혼인을, 그토록 황홀하게 선언한 사랑에 대한 배반으로 간주할까 봐 두려워서 말이다. 불충분한 남성 경험 탓에, 그녀는 그런 소식이 괴테에게 어떤 내밀한 기쁨을 안겨 줄지 짐작조차 하지 못했다.

베티나가 떠난 직후, 그는 크리스티아네에게 편지를 한 통 썼다. 거기에서 우리는 "Mit Arnim ists wohl gewiss."라는 유쾌한 문구를 읽을 수 있다. '아르님과 함께라면 정말 안심'이라는 뜻이다. 그리고 역시 같은 편지에서, 그는 베티나가 "그 어느 때보다도 정말 아름답고 사랑스러웠"다는 사실에 기뻐하는데, 우리는 왜 그녀가 괴테에게 그렇게 보였는지 짐작할 수 있다. 그때까지는 괴상한 언동들 때문에 그녀의 매력을 즐거운 기분으로 마음 편히 감상하지 못했으나, 이제 남편의 존재 덕분에 그런 언동들이 모습을 감출 게 확실했던 것이다.

이 상황을 좀 더 잘 이해하기 위해서는 한 가지 근본적인 요소를 잊지 않아야 한다. 괴테는 젊었을 때부터 이미 여자들의 표적이었으며, 그것이 베티나를 알기 사십여 년 전으로 거슬러 올라간다는 사실이다. 이 오랜 세월을 거치는 동안, 그에게는 약간의 충동만 받아도 즉각 시동이 걸리는 유혹자의 몸짓과 반사작용 체제가 완벽하게 배어 있었다. 그때까지는, 분명히 얘기하지만, 베티나 앞에서 그 체제가 작동하지 못하게 하느라 적잖이 애를 썼다고 해도 과언이 아니다. 한데 "아르님과 함께라면 정말 안심"임을 이해한 순간, 그는 홀가분한 심정으로 이제부터는 조심할 필요가 없다고 생각한 것이다.

바로 그날 저녁, 언제나 그렇듯 아이처럼 뽀로통해서 그녀가 그의 방으로 찾아왔다. 예의 그 매력적인, 버릇없는 어투로 얘길 하면서, 그녀는 괴테가 앉아 있는 안락의자 앞 맨바닥에 주저앉았다. 기분이 매우 좋았던지 ("아르님과 함께라면 정말 안심"이므로!) 괴테는 그녀 쪽으로 몸을 숙여 마치 어린아이에게 하듯 그녀의 뺨을 어루만졌다. 그 순간 아이는 수다를 멈추었고, 여성의 욕구와 요구가 가득한 두 눈을 들어 그를 바라보았다. 그는 그녀의 두 손을 잡고서 몸을 일으켰다. 이 장면을 좀 더 자세히 보자. 그는 앉은 채요, 그녀는 그를 향해 서 있으며, 벽에 난 창문으로 석양이 막 지고 있다. 그들은 서로 눈과 눈을 마주 바라보고 있고, 유혹 장치는 작동을 개시했으며,

괴테는 전혀 그 장치를 멈추려 하지 않는다. 줄곧 그녀의 눈을 똑바로 쳐다보면서, 전보다 한결 가라앉은 목소리로 그는 그녀에게 가슴을 열어 보라고 말했다. 그녀는 아무 말도, 아무런 몸짓도 하지 않았다. 그저 얼굴만 붉혔다. 그가 안락의자에서 몸을 일으켜 그녀의 드레스 앞가슴 단추를 풀었다. 그녀는 미동도 없이 그의 두 눈만 바라보았으며, 이마에서 가슴 아래까지 붉게 물든 그녀의 살갗에 붉은 석양빛이 뒤섞였다. 그가 그녀의 가슴에 손을 얹으며 말했다. "누군가 이 가슴에 손을 댄 적이 있나?" "아뇨." 하고 그녀가 대답했다. "그렇게 손을 대니 정말 느낌이 이상해요……."라고 대답하는 동안에도 그녀의 눈은 잠시도 그의 눈을 떠나지 않았다. 손을 그대로 그녀의 가슴에 얹은 채, 그 역시 줄곧 그녀의 두 눈을 쳐다보았고, 아무에게도 가슴을 내준 적이 없는 젊은 여인의 수줍음을 오랫동안, 탐욕스럽게, 깊이 관찰했다.

베티나 자신이 기록한 장면은 대략 이렇다. 다른 어떤 장면으로도 이어지지 않았음이 거의 확실한 이 장면은, 에로틱했다기보다 수사학적이었던 그들의 사랑 이야기에서, 성적 자극에 관한 찬란한 보석처럼 반짝이고 있다.

# 8

그들은 곧 헤어졌지만, 두 사람 모두 그 매혹적인 순간의 흔적을 마음속에 간직했다. 그 만남이 있은 직후 쓴 편지에서 괴테는 그녀를 "allerliebste", '세상에서 가장 사랑스러운' 아가씨라고 불렀다. 하지만 그는 이 사태의 근본적인 문제를 망각하지 않았으며, 뒤이은 편지에서 그녀에게 자신이 회고록『시와 진실』을 편찬하고 있음을 알리면서 도와줄 것을 요청했다. 그녀의 어머니가 이젠 이 세상 사람이 아니므로, 아무도 자신의 젊은 날을 기억하는 이가 없었다. 한데 베티나가 오랫동안 그 노부인과 함께 지냈으므로, 그녀가 들려준 얘기들을 적어 자신에게 보내 달라는 거였다.

그는 베티나 자신이 괴테의 유년에 관한 책을 출간하고 싶어 한다는 것을 몰랐는가? 그녀가 어느 편집자와 협상까지 했다는 것을? 물론 그는 알았다. 나는 그가 그녀에게 도움을 요청한 것이 도움이 진짜 필요해서가 아니라, 그녀로 하여금 그에 관한 어떤 책도 출간하지 못하게 하기 위해서였다는 걸 장담할 수 있다. 그 마지막 만남의 마법 탓에 기가 한풀 꺾인 데다, 아르님과의 결혼으로 괴테와 소원한 관계가 될까 봐 염려한 그녀는 그의 요청에 굴복했다. 그는 마치 폭탄 뇌관을 뽑아버리듯 그녀를 무장해제하는 데 성공했던 것이다.

그로부터 얼마 후인 1811년 9월, 그녀는 임신한 몸으로 신랑과 함께 바이마르에 왔다. 예전엔 무서웠으나, 이제 무장해제되어 더는 두렵지 않은 여인을 다시 보는 것보다 더 기쁜 일이 어디 있으랴! 한데 베티나는 이제 임신한 몸이요, 결혼을 한 몸이요, 그에 관한 책을 쓰기가 어려운 신세이면서도 자신이 무장해제되었다고 생각하지 않았으며 투쟁을 중단할 생각도 전혀 없었다. 나의 얘기를 곡해하지 마시라. 사랑을 위한 투쟁이 아니라, 불멸을 위한 투쟁 말이다.

괴테가 불멸을 생각했다면, 그야 그의 위치로 보아 충분히 납득이 가는 일이다. 하지만 베티나처럼 젊고 결코 유명하지도 않은 여자가 그런 생각을 품을 수 있었던 걸까? 물론이다. 어렸을 때부터 우리는 불멸을 꿈꾼다. 더구나 베티나는 태어나는 순간부터 죽음에 현혹된 낭만주의자 세대에 속했다. 독일 시인 노발리스는 삼십 대에도 이르지 않았지만, 그런 젊음에도 죽음만큼 그의 영감을 자극한 것도 없을 것이다. 사람을 호리는 죽음, 시의 술에 전 죽음이었다. 모든 이들이 두 손을 아주 먼 곳, 삶의 종말을 향해, 아니 그 너머, 비존재의 무한을 향해 뻗은 채, 그렇게 초월 속에서, 자기 초극 속에서 살고 있었다. 이미 말했듯이 죽음과 불멸은 동반자이며, 뻔뻔스럽게도 낭만주의자들은 마치 베티나가 괴테에게 하듯, 경칭 없이 불멸에게 말을 건넸던 것이다.

1807년에서 1811년 사이 해들은 아마 그녀 생애 가장 아름다운 시절이었을 것이다. 1810년, 비엔나에서 그녀는 느닷없이 베토벤을 방문했다. 이로써 그녀는 독일인들 가운데 가장 오래도록 멸하지 않을 두 존재, 잘생긴 시인 한 명과 못생긴 작곡가 한 명을 알고 지냈으며, 그 둘에게 수작을 걸었다. 이 이중의 불멸에 그녀는 도취했다. 괴테는 이미 늙었고 (당시만 해도 육십 대는 노인으로 여겨졌다.) 죽기에 딱 알맞을 만큼 무르익은 상태였다. 당시 갓 사십 대에 접어든 베토벤은 자신이 괴테보다 오 년이나 더 무덤과 가까운 줄은 꿈에도 몰랐다. 베티나는 마치 두 거대한 검은 묘석 사이 성가신 아기천사처럼, 그들 둘 사이에 몸을 웅크리고 있었다. 그것은 너무도 아름다웠고, 괴테의 이 빠진 입도 그녀는 전혀 거북하지 않았다. 오히려 그가 늙어 갈수록 더욱 매력적으로 느껴졌다. 그가 죽음에 가까이 다가간다는 건 곧 불멸에 가까워지는 것이기 때문이다. 오직 괴테 같은 고인(故人)만이 그녀 손을 잡고서 그녀를 영광의 사원으로 인도해 줄 수 있지 않겠는가. 그가 죽음에 가까이 다가갈수록, 그녀는 더욱 악착같이 그에게 매달렸다.

그래서 그녀는 1811년 9월이라는 그 운명의 달에, 결혼을 했고 임신까지 한 몸인데도 다른 어느 때보다도 더 아이처럼 굴었다. 그녀는 큰 소리로 마구 떠들어 댔고, 땅바닥이건, 식탁 위건, 서랍장 위건, 촛대 위건, 닥치는 대로 가서 앉았고, 나무에 기어오르는가 하면 덩실덩실 춤을 추며 돌아다녔고, 남들이 심각한 얘기를 나눌 때 노래를 불렀고, 남들이 노래할 때는 자기가 심각한 얘기를 꺼냈으며, 그러면서도 괴테와 단둘이 될 기회만 엿보았다. 하지만 그녀는 그 두 주가 다가도록 딱 한 번 그와 단둘이 있는 데 성공했다. 전해지는 얘기로는, 그들의 대면이 대충 다음과 같았다고 한다.

때는 저녁, 둘은 괴테 방 창문가에 앉아 있었다. 그녀는 먼저 영혼에 대한 얘기를 꺼냈다가, 곧 별들에 대해 얘기했다. 그러자 괴테는 눈을 들어 하늘을 바라보며 그녀에게 큰 별 하나를 가리켜 보였다. 그러나 베티나는 근시여서 아무것도 보지 못했다. 그가 그녀에게 망원경을 내밀며 말했다. "넌 운이 좋구나. 바로 저것이 수성이다. 지금 같은 가을철에 더욱 잘 보이는 별이지." 하지만 베티나는 천문학자들의 별이 아니라 연인들의 별을 생각했다. 그녀는 눈을 망원경에 대고는, 일부러 아무것도 보이지 않는 체하며 망원경 렌즈가 너무 약하다고 말했다. 참을성 있게 괴테는 좀 더 강력한 망원경을 찾으러 갔다. 다시 한 번 그녀는 눈을 망원경에 댔고, 또다시 아무것도 보이지 않는다고 했다. 그래서 괴테는 수성이며 화성, 그밖에 다른 혹성들, 그리고 태양이며 은하수 등에 대해 장황하게 얘기를 늘어놓았다. 그는 오랫동안 얘기했고, 그의 얘기가 끝나자 그녀는 사과를 구하고는 자기 방으로 돌아갔다. 그로부터 며칠 후 전시장에서, 그녀는 그림들이 엉터리라고 선언했으며, 이에 대한 보답으로 크리스티아네가 그녀의 안경을 땅바닥에 날려 버렸던 것이다.

# 9

안경이 깨진 그 9월 13일을 베티나는 대참패의 날로 여겼다. 처음에는 웬 뚱뚱보 얼간이가 자기를 물었노라고 바이마르가 떠나가도록 외치며 공격적으로 반응했으나, 곧 그녀는 그렇게 앙심을 품고 대들다가는 영원히 괴테를 다시 보지 못할지도 모르며, 그러다가 불멸의 존재에 대한 자신의 위대한 사랑이 자칫하면 금방 잊히고 말 통속적인 에피소드가 되어 버릴 위험이 있음을 깨달았다. 그래서 그녀는 착한 아르님을 들볶아, 괴테에게 아내를 용서해 달라는 편지를 쓰게 했다. 답장은 없었다. 부부는 바이마르를 떠났다가 1812년 1월에 다시 들렀다. 괴테는 그들을 받아들이지 않았다. 1816년에 크리스티아네가 세상을 뜨자, 얼마 뒤 베티나는 매우 굴욕적인 긴 편지 한 통을 괴테에게 보냈다. 괴테는 아무런 반응도 보이지 않았다. 1821년, 그러니까 그들의 마지막 만남 이후 십 년째 되는 해에 그녀가 바이마르에 도착하여 괴테에게 통지를 했다. 그날 저녁, 괴테는 그녀를 받아들였다. 그녀가 들어오는 것을 막을 수 없었던 것이다. 하지만 그녀에게 말 한마디 건네지 않았다. 같은 해 12월, 그녀는 다시 그에게 편지 한 통을 보냈다. 그러나 어떤 답장도 받지 못했다.

1823년, 프랑크푸르트 시 자문위원들이 괴테 기념비를 건립하기로 결의하고는, 라우흐라는 조각가에게 이를 주문했다. 전혀 마음에 들지 않는 그 밑그림을 보고, 베티나는 운명이 자신에게 절대 놓쳐서는 안 될 한 번의 기회를 주었음을 확신했다. 그림을 그릴 줄 모르면서도, 그녀는 작업을 개시하여 괴테 조각상에 대한 자신의 구상을 그림으로 옮겼다. 괴테가 고대 영웅 같은 자세로 앉아 손에 리라를 들고 있었고, 그의 두 무릎 사이에는 프시케를 나타내는 듯 어린 소녀 하나가 서 있었다. 그리고 시인의 머리카락은 타오르는 불꽃처럼 묘사되어 있었다. 그녀가 이 그림을 괴테에게 보내자, 실로 놀라운 일이 벌어졌다. 그의 눈에 눈물이 나타났던 것이다! 그리하여 장장 십삼 년간의 이별 끝에 (1824년 7월로, 당시 괴테는 일흔다섯 살, 그녀는 서른아홉 살이었다.) 마침내 그가 그녀를 저택으로 맞아들였다. 다소 서먹서먹한 감정이 남아 있기는 했지만, 어떻든 그는 그녀에게 이제 모든 것을 용서하며 몹쓸 침묵의 시기가 끝났음을 알려준 셈이었다.

내가 생각하기에 이 두 앙숙은 그즈음에 이르러 결국, 사태에 대한 냉철한 공동인식에 이른 것 같다. 두 사람 모두 도대체 무엇이 문제인지 알았고, 또한 상대가 안다는 것도 알았다.

그의 조각상을 구상하면서 베티나는 애초부터 문제는 바로 불멸이었음을 처음으로 분명하게 지적해 주었다. 발설하지는 않았지만, 그녀는 마치 오랫동안 은은히 울리는 현(絃)을 타 듯, 그 말을 은근히 울리게 했던 것이다. 괴테는 그 소리를 알아들었다. 처음 그림을 받았을 때는 순진하게도 그저 기분 좋게만 느꼈으나, 차츰 그는 (눈물을 훔친 뒤) 그 메시지의 진정한 (따라서 덜 기분 좋은) 의미를 깨달았다. 그녀는 과거의 도박이 아직 계속됨을, 자신은 아직 기대한 결과를 얻지 못했음을, 후세인들에게 전시될 그의 장례 수의(壽衣)를 재단할 사람이 바로 그녀임을 알려 주었던 것이다. 결코 그가 그녀를 막을 수 없고, 특히나 그런 심통 맞은 침묵으로는 더더욱 안 된다는 것을 그에게 알려 주었던 것이다. 그는 오래전부터 알던 사실을 다시 한 번 중얼거렸다. 베티나는 무서운 존재이며, 그런 그녀를 적으로 삼느니 경계하면서 친절하게 대해 주는 편이 낫다는 것을 말이다.

베티나는 괴테가 안다는 사실을 알았다. 화해 이후 처음인 그해 가을의 만남이 이를 잘 말해 준다. 조카딸에게 보낸 한 편지에서 그녀는 이 만남에 대해 그녀 스스로 이렇게 얘기했다. 그녀를 맞아들였을 때 "괴테는 처음에는 불평하는 태도를 보였으나, 곧 다시 나의 환심을 사기 위해 내게 상냥한 말들을 해 주었단다."

어찌 괴테를 이해하지 않을 수 있으랴! 그녀를 보자, 그는 그녀가 얼마나 자신의 신경을 건드렸는지 새삼 느끼고서 십삼 년간의 멋진 침묵이 중단된 데 대해 화가 치밀었다. 그래서 지금까지 한 번도 뱉은 적 없는 온갖 비난들을 한꺼번에 그녀에게 퍼부으려는 듯 언쟁을 시작했다. 하지만 그는 즉시 냉정을 되찾았다. 왜 내심을 보인다 말인가? 왜 그녀에게 자신의 생각을 털어놓는단 말인가? 중요한 것은 그의 결심이었다. 그녀를 무장해제하고, 날뛰지 못하게 하고, 지속적으로 그녀를 감시해 나가는 것 말이다.

베티나는 두 사람의 면담 때, 괴테가 여러 구실을 내세워 적어도 여섯 번은 대화를 중단하고서 옆방으로 가 몰래 포도주를 마셨음을 그의 숨결에서 알아챘다고 전한다. 그래서 그녀는 그를 놀리는 듯한 말투로, 왜 몰래 숨어서 술을 마셨는지 물어보았고, 괴테는 화를 냈다고 한다.

몰래 숨어서 술을 마신 괴테 이상으로 흥미로운 건 바로 베티나의 태도다. 그녀는 그런 괴테를 흥미롭게 관찰하면서도, 존경하고 삼가는 마음으로 침묵을 지켰을 당신들이나 나처럼 행동하지 않았다. 다른 사람이라면 잠자코 있을 그런 얘기("숨결에서 술 냄새가 나는군요! 왜 술을 마셨죠? 왜 몰래 숨어서 술을 마시죠?")를 그에게 한다는 것, 바로 그것이 그녀가 괴테에게 내심의 일부를 내놓도록 강요하는 방식이었고, 그와 몸 대 몸으로 대면하는 방식이었다. 언제나 그녀가 어린아이의 솔직함이라는 미명 아래 행사해 온 이 무례한 공격성에서, 곧바로 괴테는 십삼 년 전에 두 번 다시 보지 않기로 했던 베티나의 참모습을 다시 보았다. 아무 말 없이 그는 자리에서 몸을 일으켰고, 램프를 손에 들었다. 이제 면담은 끝났으며, 어두컴컴한 복도를 통해 방문객을 문까지 바래다주겠다는 의사 표시였다.

베티나는 편지 뒷부분에서, 그가 방에서 나가지 못하도록 문지방 위에 꿇어앉아 방을 마주보며 그에게 이렇게 말했다고 전한다. "당신을 방에 가둬 둘 수 있는지 보겠어요. 그래서 당신이 선령인지, 아니면 파우스트의 생쥐처럼 악령인지 알고 싶어요. 이 문지방에 입을 맞춰 축성하겠어요. 세상에서 가장 뛰어난 정신을 지녔으며 둘도 없는 나의 친구가 매일 넘나드는 이 문지방에 말예요."

괴테는 어떻게 했는가? 위 편지에 따르면 그는 이렇게 선언했다고 한다. "밖으로 나가기 위해서 너나 너의 사랑을 발로 밟을 생각은 없다. 너의 사랑은 내게 너무나 소중하지. 그러나 너의 정신은 살짝 비켜 나갈 생각이다.(실제로 그는 무릎 꿇은 베티나의 몸을 조심스레 우회했다.) 왜냐하면 너는 너무나 꾀가 많아서 너와 사이좋게 지내는 편이 낫기 때문이다."

내가 보기에는 바로 이 말, 베티나 자신이 괴테의 입에 담은 이 문장이야말로, 면담을 하는 동안 그가 그녀에게 말하지 않고 말해 온 그 모든 얘기를 요약하는 것 같다. 말하자면 이런 얘기다. 베티나, 나의 조각상을 위한 너의 그림이 하나의 기막힌 간책이었다는 걸 나는 알아. 몹쓸 노망기 탓에, 네가 나의 머리카락에 비유한 그 불꽃들에 잠시 눈물을 보이긴 했지만(아, 나의 가엾은 흰머리.) 난 금방 이해했어. 네가 나에게 그 그림만 보여 주려 한 게 아니라, 내 불멸의 어느 먼 지점을 향해 방아쇠를 당기기 위해 손에 든 그 권총 역시 보여 주려 했다는 걸 말이야. 천만에. 난 너를 무장해제하지 못했어. 물론 난 전쟁을 원하지 않아. 난 평화를 원해. 하지만 그저 평화뿐이야. 나는 너를 건드리지 않고 조심스레 피해 갈 거야. 너를 얼싸안지도 포옹하지도 않을 거야. 첫째는, 그러고 싶은 마음이 전혀 없기 때문이야. 다음으로는, 내가 하는 모든 행위가 너의 권총에 쓰일 실탄으로 변하리라는 걸 알기 때문이야.

# 10

그로부터 이 년 후 베티나가 다시 바이마르를 찾았다. 그녀는 거의 매일같이 괴테를 만났으며 (당시 그는 일흔일곱 살이었다.) 바이마르 체류가 거의 끝나갈 즈음, 카를 아우구스트 대공의 궁궐에 드나들 수 있는 기회를 엿보던 중, 그녀 비장의 무기인 그 매력적인 무례를 범하고 말았다. 그러자 전혀 예기치 못한 사태가 벌어졌다. 괴테가 그만 폭발해 버렸던 것이다. 그는 카를 아우구스트 대공에게 이렇게 썼다. "어머니께서 내게 물려주신 '이 귀찮은 쇠파리(diese leidige Bremse)'가 오래전부터 우리를 괴롭힙니다. 그녀는 줄곧 깜찍한 장난질을 해 왔으며, 그녀가 젊다는 점을 고려한다면 그 장난은 분명 사람을 즐겁게 할 수 있었습니다. 그녀의 얘기엔 꾀꼬리들이 가득하고, 그녀는 카나리아처럼 지저귑니다. 전하께서 허락하신다면, 다시는 그녀가 그런 고약한 짓을 못 하도록 숙부의 굳은 결심으로 금지하겠습니다. 그렇지 않으면 폐하께서는 아마 영원히 그녀의 그 성가신 소행들에서 벗어나지 못하실 것입니다."

그로부터 육 년 후, 다시 한 번 그녀는 괴테를 방문하겠노라 기별했다. 하지만 괴테는 그녀를 만나길 거절했으며, 베티나를 쇠파리에 비유한 것이 이 이야기의 마지막이 되어 버렸다.

이상하지 않은가. 자신의 조각상을 위한 그림을 받았을 때, 그는 어떤 대가를 치루더라도 그녀와 평화롭게 지내는 것을 원칙으로 삼았더랬다. 그녀의 존재 자체에 거부 반응을 보이면서도, 그녀와 '사이좋게' 하루 저녁을 보내기 위해 최선을 다했더랬다.(그녀가 그의 숨결에서 술 냄새를 맡아야 했던 까닭이 여기에 있다.) 그런 그가 어째서 갑자기 그 모든 노력을 수포로 돌려 버릴 수 있었단 말인가? 구겨진 와이셔츠 차림으로 불멸을 향해 떠나지 않기 위해 그렇게나 몸을 사려 온 그가, 귀찮은 쇠파리라는 그런 끔찍한 말을, 백 년이 지나고 삼백 년이 지나고, 아무도『파우스트』나『젊은 베르테르의 슬픔』을 읽지 않을 때도 사람들로부터 비난받을 구실이 될 그런 말을 쓸 수 있었단 말인가?

인생이라는 시간의 전체 틀을 이해해야 한다.

인생의 어느 순간까지는 신경 쓰고 근심하기엔 죽음이란 것이 너무나 먼 일로 여겨진다. 죽음에 대한 전망도 없고, 죽음이 보이지도 않는다. 가장 행복한, 인생의 1단계다.

그러다 갑자기, 우리는 목전에 다가선 우리의 죽음을 보게 되며, 우리 시야에서 떼어낼 수 없게 된다. 그리고 죽음에는 하디와 로렐의 관계처럼 불멸이 찰싹 달라붙어 있어, 불멸 역시 우리와 함께 있는 거라고 할 수 있다. 불멸이 눈앞에 보이면, 곧바로 우리는 열심히 불멸을 보살피기 시작한다. 우리는 불멸에게 야회복을 주문해 주고, 넥타이를 사 주며, 행여나 옷과 넥타이가 다른 사람의 손에 잘못 골라질까 봐 걱정한다. 괴테가 회고록『시와 진실』을 쓰려고 결심한 것이 바로 이 시기이며, 또한 충실한 친구 에커만을 집으로 초대하여 (흥미로운 우연의 일치다. 베티나가 그의 조각상 초안을 그려 보낸 1823년, 바로 그해의 일이다.) 그에게『괴테와의 대화』를 쓰도록 허락해 준 것도 바로 이 시기다. 초상(肖像)된 인물의 우애 어린 감호 (監護) 아래 실현된 그 아름다운 초상화 말이다.

잠시도 죽음에게서 눈을 뗄 수 없는 인생의 이 2단계가 지나면, 가장 짧고 가장 은밀한, 그래서 사람들이 잘 알지도 못하거니와 얘기도 하지 않는 세 번째 단계가 온다. 우리의 기력이 쇠하고 견디기 힘든 피로가 삶을 사로잡는다. 피로라는 것, 그것은 사람을 삶의 기슭에서 죽음의 기슭으로 나르는 침묵의 다리다. 죽음이 너무나 가까이 있으므로, 이제는 죽음을 바라보는 것조차 지겹다. 그래서 예전처럼 다시, 죽음에 대한 전망도 없고 죽음이 보이지도 않는다. 어떤 대상에 너무나 친숙하고 그 대상을 너무나 잘 알 때는, 그것에 대한 전망도 없어지는 법이다. 피로에 지친 인간이 창문을 통해 나뭇잎들을 물끄러미 바라보면서, 머릿속으로 그 이름을 부른다. 마로니에, 포플러, 단풍나무. 이 이름들은 존재 자체처럼 아름답다. 키큰 포플러는 하늘을 향해 두 팔을 올린 운동선수 같다. 혹은 화석이 된 긴 꼬리 불꽃 같기도 하다. 포플러, 아, 포플러. 불멸은 덧없는 환상이요, 깨어진 말〔言〕이요, 나비 채를 들고 좇는 바람의 숨결이다. 피로에 지친 노인이 창문을 통해 바라보는 포플러의 아름다움에 불멸을 견주어 본다면 말이다. 불멸, 피로에 지친 노인은 이제 더는 불멸을 생각하지 않는다.

피로에 지친 노인이 포플러를 바라볼 때, 웬 여자가 난데없이 나타나, 식탁을 맴돌며 춤추고 문지방에 꿇어앉아 궤변을 늘어놓으려 한다면, 그가 어떻게 반응하겠는가? 그는 그녀를 "leidige Bremse", 귀찮은 쇠파리라 부를 것이다. 뭐라 형언키 어려운 기쁨과 문득 솟구치는 활력을 느끼면서 말이다.

나는 괴테가 "귀찮은 쇠파리"라는 말을 적는 그 순간을 생각해 본다. 그가 맛보았을 기쁨을 생각하면서, 나는 그가 섬광처럼 번쩍이는 명철함을 통해 이를 깨달았으리라고 생각한다. 한 번도 자신이 하고 싶은 대로 행동한 적이 없었음을 말이다. 그는 스스로를 자기 불멸의 관리인으로 여겼고, 그 책임감에 그는 어떤 자연스러운 행동도 못 했다. 그는 도가 넘는 언행들을 두려워했다. 그에 상당한 매력을 느끼면서도 말이다. 어쩌다 그런 과오를 범했을 때는, 때때로 그가 아름다움과 동일시하곤 했던 그 미소 짓는 온건함에서 멀어지지 않기 위해 곧바로 그 과오를 무마하고자 했다. "귀찮은 쇠파리"라는 말은 그의 작품에는 물론이요 그의 인생이나 그의 불멸에도 어울리지 않는다. 그런 말은 순수한 자유에서 온 말이다. 오직 인생의 3단계에 도달한, 그리하여 더는 불멸을 관리하지도, 중요한 일로 여기지도 않는 사람만이 그런 말을 쓸 수 있다.

그런 극한까지 이르는 경우는 매우 드물지만, 일단 거기 도달한 사람은 다른 어디도 아닌 바로 거기에 진정한 자유가 있음을 안다.

이런 생각들이 괴테의 뇌리를 스쳤으나, 그는 곧 그 생각을 잊어버렸다. 그는 피로에 지친 노인이었고 기억력이 급격히 감소하고 있었기 때문이다.

# 11

돌이켜 보자. 처음으로 그를 만나러 왔을 때 그녀는 어린아이로 가장했더랬다. 그로부터 이십오 년 후인 1832년, 괴테의 중환을 알고서 그녀가 즉각 그의 저택으로 보낸 사람도 한 아이, 그녀의 아들 지그문트였다. 이 수줍음 많은 18세 소년은 도대체 뭐가 문제인지 전혀 모르는 채, 그저 어머니가 시키는 대로 바이마르에서 엿새를 보냈다. 하지만 괴테는 알았다. 그녀가 서둘러 아들을 그의 곁으로 보낸 것은, 이제 죽음이 임박했으며 괴테의 불멸은 앞으로 베티나의 수중에 있다는 것을 그에게 이해시키기 위함임을 말이다.

곧 죽음이 찾아왔다. 괴테는 일주일의 투쟁 끝에 3월 22일에 사망했고, 그로부터 며칠 후, 베티나는 괴테의 유언 집행인인 서기관 밀러 앞으로 편지를 한 통 보냈다. "사실 괴테의 죽음에 나는 지울 수 없는 깊은 인상을 받았습니다만, 그것을 반드시 슬픔이라고만 할 수는 없습니다. 정확히 뭐라 표현할 수는 없지만, 영광이라고 하는 편이 진실에 더 가까우리라고 생각합니다.”

베티나의 표현에 주의하자. 슬픔이 아니라, 영광이라는 말.

위의 편지를 보낸 직후, 그녀는 서기관 밀러에게 그녀가 괴테에게 보냈던 편지를 모두 반송해 달라고 요구했다. 그 편지들을 다시 읽으면서 그녀는 실망을 감출 수 없었다. 그 모든 이야기가, 물론 어떤 걸작의 밑그림처럼 여겨지기는 했지만, 어떻든 밑그림 이상은 전혀 아니었다. 그나마 불완전한 밑그림 말이다. 다시 작업할 필요가 있었다. 편지들을 수정하고, 다시 쓰고, 결함을 보완하는 데 꼬박 삼 년이 걸렸다. 그렇게 그녀가 자기 자신이 쓴 편지들에도 만족할 수 없었다면, 괴테의 편지들은 더욱 실망스럽게 여기는 게 당연했다. 그 편지들을 다시 읽으면서, 그녀는 간결성과 미온적인 태도에, 격에 맞지 않는 어조에 크게 낙담했다. 그녀를 진짜 어린아이로 여긴 듯, 그의 많은 편지들이 어린 학생에게 들려주는 상냥한 교훈처럼 쓰였던 것이다. 그녀는 편지 어조를 바꾸지 않을 수 없었다. “친애하는 나의 친구에게”가 “나의 소중한 이에게”로 변했고, 그녀에게 가한 비난들은 그녀가 상냥한 말로 고쳐 써 부드러워졌으며, 그 밖에도 시(詩)의 여신 베티나가 이 매력적인 시인 곁에서 담당한 역할, 말하자면 그녀가 그에게 어떻게 영감을 불어넣었는지에 대한 암시도 덧붙였다.

그리고 자기가 보낸 편지들은 아예 다시 쓰기로 했다. 아니, 어조를 바꾸었다는 얘기가 아니다. 어조는 적절했다. 그녀는 이를테면, 날짜를 바꾸었고 (둘 사이에 늘 열정이 있지는 않았다는 의심을 사기 쉬운, 오랜 침묵의 흔적을 지우기 위해서) 격에 맞지 않는 많은 내용들을 삭제했으며 (예를 들어 그녀가 괴테에게 자신의 편지를 아무에게도 보여 주지 말라고 한 내용) 그 밖에도 많은 내용들을 덧붙여 편지가 씐 상황을 보다 극적으로 만들고, 정치나 예술(특히 음악과 베토벤을 언급할 때 그랬다.)에 관한 자신의 견해를 한층 심도 있는 내용으로 수정했다.

그녀는 1835년에 책을 완성하여 『괴테와 한 어린 소녀의 서간집』이라는 제목으로 출간했다. 그들이 주고받은 편지 원본이 발견되어 출간된 1929년까지는, 아무도 그 편지의 진실성을 의심하지 않았다.

아, 어째서 그녀는 원본들을 제때 불살라 버리지 않았는가?

하지만 그녀의 입장에서 생각해 보라. 당신에게 매우 소중한 내밀한 문건들을 불살라 버린다는 것은 결코 쉬운 일이 아니다. 그렇게 한다는 건 이제 당신에게는 남은 시간이 없으며, 내일 곧 죽는다는 것을 자인하는 거나 마찬가지다. 그래서 그 파괴 행위를 무한정 연기하게 되며, 그러다 보면 언젠가는 너무 늦고 만다.

우리는 불멸을 생각하지만, 죽음과 함께 생각해야 함을 망각하는 것이다.

# 12

20세기 말이라는 시기가 제공하는 거리(距離) 덕택에, 우리는 감히 이렇게 말할 수 있을 것이다. 괴테는 유럽사의 한가운데에 있는 인물이라고. 괴테, 그는 기막힌 중심점이요, 중앙이다. 양 극단을 두려워하며 우물쭈물하는 소심한 중점이 아니라, 그 양 극단을 유럽이 두 번 다시 경험하지 못할 기막힌 균형 상태로 유지하는 견고한 중점이다. 젊었을 때 괴테는 연금술을 연구하기도 했으나, 나중에는 현대 과학의 선구자가 되었다. 그는 비애국자에 유럽인이면서도 가장 위대한 독일인이었고, 세계주의자이면서도 자신의 고향, 그 보잘것없는 바이마르 공국을 떠난 적이 거의 없다. 그는 자연인인 동시에 역사 속 인간이었다. 사랑에서도 그는 로맨틱한 동시에 자유연애주의자이기도 했다. 그리고 또 있다.

무도(舞蹈)병에 걸린 듯 발작적으로 움직이던 그 승강기 안의 아녜스를 상기해 보자. 사이버네틱스 분야 전문가면서도, 그녀는 그 기계의 머릿속에서 일어난 일을 도무지 알 수가 없었다. 전화기 옆에 놓인 소형 컴퓨터에서 세탁기에 이르기까지, 그녀가 매일 마주치는 그 모든 물건들의 작동 원리와 마찬가지로 언제나 괴상하고 불투명하기만 했다.

그런 반면 괴테는, 기술 수준이 어느 정도 일상의 안락을 허용해 주기는 하되 교양인이라면 주변 집기들의 작동 원리를 이해할 수 있는 그런 짧고 독특한 역사의 한 순간을 살았다. 괴테는 자신의 저택이 무엇으로 어떻게 건축되었으며 어째서 석유 등이 빛을 내는지 알았고, 자기가 사용하는 망원경의 원리를 알았다. 물론 감히 직접 외과수술을 해 보지는 않았을 테지만, 몇 차례 시술 과정에도 참관해 본 만큼 의술을 아는 사람으로서, 자신을 보살핀 의사와 견해를 주고받을 수 있는 정도도 되었다. 기계류 세계가 그에게는 이해할 수 있는 세계요, 불투명하지 않은 세계였던 것이다. 유럽사에서 위대한 괴테기(期)는 바로 그랬다. 이 시기는 요동하고 춤추는 승강기 안에 갇힌 인간의 가슴에 향수의 상처를 남길 것이다.

베토벤의 작품은 위대한 괴테기가 종결되는 바로 그 시점에서 시작된다. 세계는 점차 자신의 투명성을 상실하고 불투명해지며 이해할 수 없게 되어, 불가사의 속으로 걸음을 재촉하고, 그런 세계에게 배반당한 인간은 자기 내면 깊은 곳으로, 자신의 향수, 꿈들, 반항 속으로 도피한다. 내면에서 들려오는 고통스러운 목소리에 정신이 팔려, 이제 더는 바깥에서 그를 부르는 목소리들을 듣지 못한다. 그 내면의 외침은 괴테에게

는 견딜 수 없는 소란이었다. 그는 소음을 몹시 싫어했다. 그
것은 널리 알려진 사실이다. 그는 멀리 떨어진 정원에서 들려
오는 개 짖는 소리조차 견딜 수 없어 했다. 사람들은 그가 음
악을 좋아하지 않았다고 말한다. 틀린 말이다. 다만 오케스트
라를 좋아하지 않았을 뿐이다. 그는 음악을 독립적이고 변별
적인 소리들의 투명한 울림으로 여긴 바흐를 몹시 좋아했다.
그러나 베토벤의 교향곡에서는 각종 악기의 독특한 소리들이
비명과 오열의 불투명한 음향으로 융해되었다. 괴테는 오케
스트라의 그런 아우성을 견딜 수 없어 했으며, 영혼의 소란스
러운 오열을 참을 수 없어 했다. 베티나의 동료들은 귀를 틀어
막은 채 자신들을 관찰하는 성(聖) 괴테의 두 눈에서 혐오를
읽었다. 그들은 그런 그를 용서할 수 없었고, 그를 영혼의 적
으로, 항거와 감정의 적으로 간주하며 공격했다.

시인 브렌타노의 누이요, 시인 아르님의 부인이며, 베토벤
을 찬미하는 낭만파의 일원인 그 베티나가 괴테의 친구였다.
적대하는 두 왕국의 여군주. 바로 그것이 그녀의 지고한 신
분이었다.

그녀의 책은 괴테에게 바치는 화려한 경의로서 세상에 선
을 보였다. 그녀의 모든 편지들은 그에 대한 사랑의 노래와 다
름없다. 하지만 세상 사람 모두가 괴테의 부인이 베티나의 안
경을 땅바닥에 떨어뜨렸고, 그때 괴테가 부끄럽게도 얼간이
뚱뚱보를 위해 사랑하는 아이를 배반했다는 걸 아는 만큼, 그
책은 동시에 (아니, 훨씬 진실에 가까운 사실로서) 위대한 감정이
눈앞에 있는데도 비겁한 현학자처럼 행동한, 즉 하찮은 부부

간의 평화를 위해 정열을 희생한 시인에게 주는 사랑 강의이
기도 한 셈이다. 베티나의 책은 경의인 동시에 모욕이었다.

# 13

괴테가 사망한 바로 그해, 그녀는 자신의 친구 헤르만 폰 퓌
클러무스카우 백작에게 보낸 한 편지에서, 이십 년 전 어느 여
름날에 있었던 일을 얘기했다. 그녀의 말대로라면 그녀가 베
토벤에게서 직접 입수한 얘기다. 1812년 (그러니까 안정이 깨진
그 불운했던 해 바로 다음 해) 베토벤은 며칠간 테플리체에 여행
을 왔으며 거기에서 처음으로 괴테를 만났다. 그들은 함께 산
책을 했다. 그들이 어느 오솔길을 따라 걷고 있을 때, 갑자기
그들 앞에 가족과 신하들을 대동한 황녀가 나타났다. 그 행렬
을 보자 괴테는 베토벤의 얘기를 듣다 말고 걸음을 멈추었으
며, 모자를 벗어 든 채 한쪽 옆으로 길을 비켰다. 그러나 베토
벤은 모자를 더욱 깊이 눌러쓰고는 눈썹을 앞으로 몇 센티미
터나 튀어나오도록 잔뜩 찌푸린 채, 발걸음을 늦추지 않고 귀
족들 쪽으로 곧장 걸어갔다. 발걸음을 멈추고 그가 지나가도

록 길을 비켜 주며, 인사를 한 쪽은 그들이었다. 뒤이어 베토벤이 몸을 돌려 세운 건 다만 괴테를 기다리기 위해서였다. 그때 그는 괴테에게 그의 굴욕적인 행동에 대한 자신의 생각을 말해 주었다. 마치 코흘리개 어린아이를 꾸짖듯 그를 힐난했다는 얘기다.

이 장면이 실제로 있었던 일일까? 아니면 베토벤이 꾸며 낸 장면일까? 송두리째? 아니면 약간 과장한 것일까? 그것도 아니면 베티나가 이야기를 과장했을까? 아니면 그녀가 완전히 꾸며 낸 얘기일까? 이에 대해서는 아마 누구도 영원히 알 수 없을 것이다. 한 가지 확실한 것은 헤르만 폰 퓌클러에게 편지를 보낼 당시, 그녀는 이 일화의 어마어마한 가치를 잘 이해하고 있었다는 점이다. 이 일화는 그녀와 괴테 사이의 사랑 이야기의 가장 심오한 의미를 드러내 줄 수 있는 유일한 것일 수 있다. 어쨌거나, 어떻게 이 일화를 널리 알릴 것인가? 편지에서 그녀는 헤르만 폰 퓌클러에게 이렇게 물었다. "역사를 좋아하세요? Kannst Du sie brauchen?(그것을 이용할 수 있겠어요?)" 그러나 폰 퓌클러가 역사를 이용할 의사가 없었으므로 그녀는 처음에 백작과 주고받은 모든 편지를 출간할 계획을 세웠으나, 곧 최상의 해결책을 찾아냈다. 1839년, 《아데나움》이라는 잡지에, 베토벤 자신이 그런 일화를 전하는 문제의 그 편지를 게재했던 것이다! 1812년에 씌었을 그 편지의 원본은 영영 발견되지 않았다. 단지 베티나가 필사한 원고만 존재할 뿐이다. 많은 세부 사항(예를 들면 그 편지의 정확한 날짜)은 베토벤이 결코 그런 얘기를 기록한 적이 없거나, 아니면 최소한 베티나가 필사한 대로 기록한 적은 없음을 가리킨다. 하지만 그 이야기가 거짓이냐, 아니면 반만 거짓이냐 하는 따위는 이제 전혀 중요하지 않다. 이미 이 일화는 널리 알려져 세상사람 모두를 매료시키지 않았는가. 문득 모든 것이 분명해진다. 괴테가 위대한 사랑보다 얼간이 뚱뚱보를 더 좋아한 게 결코 우연이 아니라는 얘기다. 베토벤이 모자를 깊이 눌러쓰고 뒷짐을 진 채 앞으로 나아가는 반항아라면 괴테, 그는 인도로 비켜나 몸을 조아리는 비굴한 인간이라는 얘기다.

# 14

베티나는 음악을 공부했고 직접 몇몇 소품곡을 작곡하기도 했으므로 물론 베토벤 음악의 새로운 점과 아름다운 점을 이해할 수 있었다. 그렇지만 나는 이렇게 묻고 싶다. 그녀가 베토벤의 음악에 사로잡혔다면 정말 음악 그 자체에, 그의 그 음정들에 매료됐던 것일까? 그렇지 않으면 그의 음악이 표상하는 것, 다시 말해서 베티나와 그녀의 세대가 공유하는 이념이나 태도와 그의 음악 사이의 모호한 근친성에 매료됐던 것인가? 사실 예술에 대한 사랑이라는 것이 과연 존재하기나 하며 언제 존재한 적이 있었던가? 그것은 환상이 아닌가? 레닌이 베토벤의 열정을 가장 좋아한다고 선언했을 때, 실제로 그가 좋아한 것은 무엇인가? 그는 무엇을 들었는가? 음악을? 아니면 피와 우애와 교수형과 정의와 절대에 홀린, 자기 영혼의 화려한 움직임들을 상기시키는 어떤 고귀한 소란을 들었는가?

그는 음악을 들었는가, 아니면 그 음악을 통해 예술이나 아름다움과 전혀 무관한 어떤 몽상 속으로 빨려 들어갔는가? 각설하고 베티나의 얘기로 되돌아가자. 그녀는 음악가 베토벤에게 매료되었는가, 아니면 반(反)괴테 운동의 거봉 베토벤에게 매료되었는가? 그녀는 그의 음악을 내밀히 사랑하는 마음으로 좋아했는가? 우리를 어떤 마술적 은유에, 화폭 위 두 색조의 결합에 비끄러매는 그런 사랑의 마음으로? 아니면 어떤 정치적인 입장에 결부된 그런 정복의 열정으로 그의 음악을 좋아했는가? 그야 어쨌든 간에 (그 실상이 어떠했는지 아마 우리는 영원히 알지 못할 것이다.) 베티나는 모자를 깊이 눌러쓴 채 앞으로 나아가는 베토벤의 이미지를 이 세상에 내보냈으며, 그리하여 그 이미지만이 세기를 거듭하며 행진을 계속해 왔다.

1927년, 베토벤이 타계한 지 백 년이 되던 해, 독일 문예지 《문학세계》는 베토벤이 무엇을 표상하는지 얘기해 달라고 당대의 가장 중요한 작곡가들에게 요청했다. 편집진은 자신들의 기획이 결국, 모자를 이마 위에 깊이 눌러쓴 인물의 사후 처형이 될 줄은 상상조차 하지 못했다. 6인 그룹 일원인 프랑스 작곡가 오릭은 친구들의 이름으로 이렇게 선언했다. "우리들은 베토벤에게 전혀 무관심하기 때문에 그에 대해 왈가왈부할 가치조차 없다. 백 년 전에 바흐에게 그런 일이 일어났듯이, 과연 그도 어느 날 다시 옷을 입은 모습으로 재발견될 수 있을까? 천만에! 그것은 우스꽝스러운 가정이다!" 그리고 야나체크 역시 베토벤의 작품은 전혀 자기를 매료하지 못했노라고 단언했다. 그리고 라벨은 이렇게 요약했다. "나는 베토벤을 좋아하지 않는다. 왜냐하면 그의 영광은 불완전한 그의 음악이 아니라, 그의 전기에 기인하는 가공의 전설에 바탕을 두고 있음이 분명하기 때문이다."

가공의 전설. 그렇다면 그의 영광의 토대는 두 모자다. 두터운 눈썹까지 이르도록 이마를 깊이 덮은 모자 하나와, 깊이 몸을 숙인 한 인물의 손에 들린 모자 하나. 마술사들은 곧잘 모자로 장난을 친다. 모자를 통해 물건을 사라지게 하기도 하고, 모자에서 비둘기들을 꺼내 천장으로 날려 보내기도 한다. 베티나는 괴테의 모자에서 노예근성이 밴 추한 새들을 꺼냈다. 그리고 베토벤의 모자 속으로는 (분명 본의 아니게) 그의 음악을 송두리째 사라지게 했다. 그녀는 괴테에게 티코 브라헤와 카터의 운명, 즉 우스꽝스러운 불멸을 예약해 두었다. 하지만 우스꽝스러운 불멸은 우리 모두를 호시탐탐 노린다. 라벨에게는 눈썹까지 모자를 눌러쓴 채 앞으로 나아가는 베토벤이, 깊이 몸을 조아린 괴테보다 훨씬 더 우스꽝스럽게 보이지 않았는가.

결국, 불멸을 단장하고 미리 그 본을 뜨고 임의로 조작하고 하는 일이 불가능하지는 않지만, 결코 불멸은 계획한 대로 실현되는 건 아닌 것 같다. 베토벤의 모자는 불멸이 되었다. 그런 점에서는 계획이 성공했다. 하지만 그 불멸의 모자가 가질 의미, 그것은 누구도 예견할 수 없는 것이다.

# 15

헤밍웨이가 말한다. "보세요, 요한. 나 역시 그들의 영원한 구형(求刑)에서 빠져나갈 수 없는 신세랍니다. 나의 책을 읽는 대신 그들은 나에 관한 책을 써 댑니다. 내가 여편네들을 사랑하지 않았다고 하고, 아들을 잘 돌보지 않았다고도 합니다. 어느 비평가의 입을 찢어 놓았고, 성실하지 않았으며, 너무 오만했고, 남성우월주의에 사로잡혔다고도 합니다. 전쟁터에서 입은 상처가 이백여섯 군데이면서 이백서른 군데라고 떠벌렸다질 않나, 내가 상습적으로 수음을 했다는 등, 어머니에게 매우 고약하게 굴었다는 얘기도 해 대지요."

"그것이 바로 불멸인 걸 어쩌겠습니까." 하고 괴테가 대답한다. "불멸은 영원한 소송이죠."

"영원한 소송이라면 진짜 판사가 있어야죠! 채찍 든 시골 초등학교 여교사가 아니라 말입니다."

"시골 초등학교 여교사가 휘두르는 그 채찍, 바로 그것이 영원한 소송이에요! 당신은 다른 걸 상상하셨나요, 어니스트?"

"난 아무것도 상상하지 않았어요. 단지 죽은 뒤엔 좀 조용히 살 수 있길 바랐을 뿐이죠."

"당신은 불멸이 되려고 온 힘을 다 기울였습니다."

"말도 안 돼요. 난 그저 책을 썼을 뿐입니다."

"바로 그거죠!" 하고 괴테가 웃음을 터뜨렸다.

"내 책들이 불멸하는 거야 전혀 반대할 의사가 없습니다. 나는 사람들이 단어 하나 함부로 바꿀 수 없게 책을 썼지요. 그 책들이 어떤 악천후에도 견딜 수 있도록 최선을 다했어요. 허나 인간으로서, 어니스트 헤밍웨이로서, 불멸 따윈 내 알 바 아니죠!"

"이해합니다, 어니스트. 하지만 살아 있을 때 좀 더 신중하게 처신했더라면 좋았을 걸 그랬습니다. 죽은 뒤엔 더 뭘 어쩌고 자시고 해 볼 게 없지요."

"좀 더 신중하게요? 나의 허풍을 두고 하시는 말씀인가요? 그래요, 젊었을 때 내가 수탉처럼 군 건 사실입니다. 여보란 듯 굴면서, 사람들이 나에 관해 이러쿵저러쿵 수군대는 걸 즐겼지요. 하지만 말입니다. 허영을 좀 떨긴 했지만 난 괴물이 아니었고, 별로 불멸을 생각하지도 않았어요! 불멸이 호시탐탐 날 노린다는 걸 깨달은 날, 난 더럭 겁이 났어요. 사람들에게 내 삶에 끼어들지 말라고 수없이 권고했죠. 하지만 그런 권고를 할수록 상황은 더욱 나빠졌습니다. 그들을 피하기 위해

쿠바에 정착하기도 했죠. 내게 노벨상을 준다고 했을 때는, 스톡홀름으로 가는 걸 거부했습니다. 분명히 말하지만 불멸은 내 알 바 아니었어요. 아니, 불멸이 나를 두 팔로 꽉 끌어안는 걸 확인한 그날, 내가 맛본 공포는 죽음에 대한 두려움보다 더했죠. 사람은 자신의 삶에 마침표를 찍을 수 있어요. 하지만 자신의 불멸에 대해서는 속수무책입니다. 일단 불멸의 배에 오르고 나면 영원히 내릴 수가 없지요. 나처럼 두개골을 권총으로 쏘아 버려도 자살한 모습 그대로 그 배 위에 머무릅니다. 끔찍한 일이에요. 요한. 정말 끔찍해요. 죽어서 갑판 위에 누워 있을 때, 나를 에워싼 여편네 네 명을 보았지요. 다들 쪼그리고 앉아, 나에 대해 아는 모든 걸 끼적거리고 있더군요. 그 뒤에서는 아들놈도 뭔가 써 대고, 늙은 마녀 거트루드 스타인도 거기서 뭘 쓰고, 나의 모든 친구들 역시 거기서 나에 대한 온갖 뒷공론과 중상을 떠들어 댔지요. 게다가 기자 수백 명이 마이크를 들이대며 앞을 다투어 그들을 뒤쫓았고, 미국의 모든 대학에서는 교수 군단이 그 모든 얘기들을 분류하고 분석하고 발전시켜, 수없이 많은 논문과 수백 권의 책을 펴냈답니다.”

# 16

헤밍웨이가 몸서리를 치자 괴테가 그의 손을 잡으며 말했다. "진정하세요, 어니스트. 친구, 진정하세요. 당신을 이해합니다. 당신 얘기를 듣다 보니 꿈 하나가 생각나는군요. 내가 꾼 마지막 꿈이었죠. 그 후로는 꿈을 꾸지 않았거나, 꾸었다고 해도 꿈인지 생시인지 구분할 수 없었으니까. 인형극을 상연하는 작은 극장을 상상해 보세요. 나는 무대 뒤에 있고, 꼭두각시들을 움직이면서 직접 대사를 읊조립니다. 「파우스트」 공연입니다. 나의 「파우스트」. 「파우스트」는 다른 어디보다도 인형극 극장에서 상연해야 정말 멋지다는 걸 아십니까? 배우들이 없는 데다 나 자신이 그 시구들을 읊조릴 수 있어 무척 기분이 좋았지요. 그날따라 시구들이 다른 어느 때보다도 아름답게 울리더군요. 그러다 문득 객석을 바라보다가 객석이 텅 빈 걸 확인했습니다. 나는 깜짝 놀랐지요. 관객들은 어디에 있는가? 나의 「파우스트」가 사람들이 모두 떠나 버릴 만큼 따분하다는 말인가? 깜짝 놀라 주변을 두리번거리던 나는 다시한 번 아연실색하고 말았습니다. 객석에 있으리라고 생각했던 사람들이 모두 무대 뒤에 있는 게 아니겠습니까! 눈을 동그랗게 뜬 채 그들은 유심히 나를 관찰했습니다. 나와 눈이 마주치자마자 박수를 쳐 대기 시작하더군요. 그제야 나는 그들이보고 싶어 한 것은 인형극이 아니라 바로 나라는 사실을 깨달았습니다. 「파우스트」가 아니라 괴테였단 말이지요! 그때 나는 공포를 느꼈습니다. 아마 당신이 방금 말한 바로 그런 공포였을 겁니다. 그들이 내가 무슨 말인가를 하길 원한다는 걸 느꼈지만, 도저히 그럴 수가 없었습니다. 목이 꽉 막히는 걸 느끼며 나는 아무도 보지 않는 그 환한 무대 위에 꼭두각시들을팽개쳤습니다. 그러고는 짐짓 태연하게 보이려고 애쓰면서,아무 말 없이 모자가 걸린 옷걸이 쪽으로 걸어갔고, 모자를 머리에 눌러쓰고는 호기심에 찬 관객들 쪽은 거들떠 보지도 않고 집을 향해 발길을 옮겼습니다. 나는 좌우는 물론, 특히 뒤를 돌아보지 않았습니다. 그들이 날 뒤쫓으리란 걸 알기 때문이었죠. 열쇠를 돌려 저택의 육중한 현관문을 열고는 잽싸게들어가 문을 잠갔습니다. 기름 램프에 불을 켜고, 떨리는 손으로 그 램프를 들고는 나의 서재로 향했습니다. 내가 수집해 온광물 진열장 앞에서 그날의 곤욕을 잊으려 했지요. 한데 램프를 책상 위에 내려놓기 무섭게 나의 시선은 창문으로 향했습니다. 창문에 빼곡히 들러붙은 그들의 얼굴이 보였습니다. 그때 나는 알았습니다. 이제 영원히, 정말 이젠 두 번 다시 그들을 떨쳐 버릴 수 없다는 걸 말이죠. 내게 고정된 그들의 커다란 눈동자에서, 문득 나는 램프가 나의 얼굴을 비춘다는 걸 깨달았습니다. 램프를 껐죠. 그것이 잘못임을 번연히 알면서도 말입니다. 앞으로 그들은 내가 겁을 내고 숨으려 한다는 걸 알고서, 더욱 날뛸 테니까요. 그러나 이미 두려움이 이성을 압도했으므로 나는 허겁지겁 침실로 달려가 침대보를 끌어올려 머리까지 푹 뒤집어쓰고는, 방 한쪽 모서리 벽에 찰싹 달라붙은 채 꼼짝도 하지 않았습니다……."

# 17

 

 

괴테와 헤밍웨이는 저승 길을 따라 멀어져 갔다. 당신들은
내게 묻는다. 어째서 하필이면 이들 두 사람을 만나게 할 생각
을 품었느냐고. 이들보다 더 임의적인 커플을 상상할 수 있는
가? 이들에겐 공통점이라곤 정말 전혀 없지 않은가! 그래서?
당신들이라면 괴테가 저승에서 누구와 함께 시간을 보내고
싶어 할 것 같은가? 헤르더와? 횔덜린? 베티나? 에커만? 아네
스를 생각해 보라. 매일 사우나에서 듣는 그 여자들의 목소리
를 죽은 뒤에도 또 들어야 하는지 상상하는 것조차 끔찍하게
생각했던 그녀를 말이다. 그녀는 폴이나 브리지트를 다시 보
는 일도 원치 않았지 않은가! 그렇다면 괴테라고 해서 죽은 후
에 헤르더를 다시 보고 싶어 할 까닭이 뭐가 있는가? 감히 말
하지만, 나는 그가 실러조차 다시 보고 싶어 하지 않았으리라
고 생각한다. 물론 그가 생전에 그런 말을 한 적은 없다. 일생

동안 친한 친구 한 명 없다는 건 슬픈 일일 테니 말이다. 실러는 분명 그의 가장 친한 친구였다. 그러나 가장 친하다는 말은 다른 모든 사람에 비해 더 친하다는 말일 뿐, 솔직히 말해서 그는 그들과 그리 친하지 않았다. 그저 동시대인들이었을 뿐, 그가 그들을 선택한 게 아니었다. 살다 보니 자기 주변에 그런 사람들을 그러모은 걸 분명히 깨달은 어느 날, 아마 어떤 고뇌가 그의 마음을 옥죄었을 것이다. 하지만 어쩌겠는가. 그는 체념해야 했다. 그렇지만 그가 죽은 뒤에까지 그들과 자주 만나고 싶어 할 까닭이야 없지 않은가?

그러므로 내가 그에게, 그를 매료할 수 있는 어떤 동반자,(혹시 여러분들이 잊었을지도 모르므로, 나는 생전에 괴테가 아메리카에 깊은 호기심을 품었음을 여러분께 상기시킨다.) 그의 만년에, 독일 전역에 득시글거리던 얼굴이 창백한 그 낭만주의자 패거리를 연상시키지 않는 사람과 함께 있게 해 주어야겠다고 생각한 것은 정말 사심 없는 애정에서 우러난 것이다.

헤밍웨이가 말했다. "이보세요, 요한. 당신과 함께 있다는 건 나로서는 큰 행운입니다. 당신 앞에서는 사람들이 모두 존경심으로 몸을 떨죠. 그러니 나의 여편네들이나 늙은 할망구 거트루드 스타인조차도 당신을 피해 되도록 멀리 물러날 겁니다." 그리고 나서 그는 웃음을 터뜨리며 덧붙였다. "당신의 그 해괴한 옷차림 때문에라도 말입니다!"

불멸의 존재들이 저승에서 산책할 때는, 생전 그들의 여러 겉모습 중 그들이 가장 좋아하는 모습을 선택할 수 있다는 사실을 밝혀 주어야만 헤밍웨이의 말을 이해할 수 있을 것이다.

괴테는 만년의 내밀한 모습을 택했다. 가족이 아닌 누구도 본 적 없는 모습이었다. 그의 정체를 폭로할 두 눈을 가리기 위해, 그는 이마 위에 투명한 초록 챙을 얹고는 가는 끈으로 둘러매어 머리에 고정했다. 발에는 슬리퍼를 신었고, 감기가 들지 않도록 울긋불긋한 큰 숄로 온몸을 포근히 감쌌다.

자신의 해괴한 복장 얘기에, 그는 마치 헤밍웨이가 큰 찬사를 보내기라도 한 듯 행복한 웃음을 지었다. 그러고는 그에게로 몸을 기울여 낮은 목소리로 말했다. "내가 이런 옷차림을 한 것은 베티나 때문입니다. 그녀는 가는 곳마다 나에 대한 위대한 사랑을 떠벌립니다. 그래서 나는 그 사랑의 대상을 사람들에게 보여 주고 싶은 거죠! 그녀는 멀리서 내가 보이면 부리나케 달아납니다. 나는 알아요. 내가 이런 모습으로, 이도 머리카락도 없이, 눈 위에 이런 해괴한 물건을 얹은 모습으로 산책하는 걸 보고는, 그녀가 화가 나서 발을 동동 구르고 있다는 걸 말입니다."

# 3부
투쟁

# 자매

지금 내가 듣는 라디오 방송은 국영이므로, 광고를 하지 않고 뉴스와 논평을 가장 최근에 되풀이되는 화제들과 함께 번갈아 내보낸다. 이웃 방송은 사설이다. 음악 대신 광고가 나오지만, 그 광고가 상투적으로 되풀이되는 최근 화제들과 흡사하여 지금 내가 어느 방송을 듣는지 도무지 알 수가 없다. 게다가 걸핏하면 잠에 빠져들기 때문에 더욱 더 갈피를 잡지 못한다. 선잠 상태에서 나는 종전 이후 200만 명이 유럽 차도에서 죽었다는 소식과, 매년 프랑스에서 평균적으로 사망자 1만 명, 부상자 3만 명이, 팔다리 없고 눈귀 없는 군대 때문에 생겨난다는 소식을 듣는다. 이 가공할 수치에 격분한 국회의원 베르트랑 베르트랑(그의 이름은 자장가처럼 감미롭다.)이 기막힌 해결책을 발의했다고 하나, 바로 그 순간 졸음이 나를 덮쳐 버렸으므로 나는 삼십 분 뒤, 그 똑같은 뉴스가 되풀이될 때에야 그것이 뭔지 알게 된다. 국회의원 베르트랑 베르트랑, 이름이 자장가처럼 감미로운 이 국회의원이 맥주 광고 전면 금지안을 국회에 상정했다는 것이다. 그의 제안은 국회에 큰 물의를 일으켰고, 라디오와 텔레비전 대표들이 후원하는 많은 국회의원들이 그의 안에 반대했다. 그런 광고를 금지하면 자신들이 상당한 재정적 타격을 입기 때문이다. 뒤이어 베르트랑 베르트랑의 목소리가 들려온다. 그는 죽음에 맞선 투쟁, 삶을 위한 투쟁을 말한다. 그의 짧은 연설에서 다섯 번이나 반복된 '투쟁'이라는 말이 내게 옛 조국 프라하를 상기시킨다. 붉은 깃발과 포스터들, 행복을 위한 투쟁, 정의를 위한 투쟁, 미래를 위한 투쟁, 평화를 위한 투쟁을 상기시킨다. 만인에 의한 만인의 괴멸에 이르기까지, 평화를 위해 싸운다는 투쟁에는 어김없이 체코 국민의 지혜가 덧붙는다. 하지만 나는 어느새 잠이 들었고 (베르트랑 베르트랑이라는 이름이 발음될 때마다 나는 달콤한 잠에 빠져든다.) 내가 다시 깼을 때는 원예에 관한 논평이 진행 중이었다. 나는 이웃 방송으로 단추를 돌린다. 여기에서도 베르트랑 베르트랑 의원과 그의 맥주 광고 전면 금지안이 화제다. 여러 논리적 관계가 점차 분명해진다. 사람들은 마치 전쟁터에서처럼, 자동차로 서로 죽이고 죽는다. 하지만 현대인의 긍지인 자동차를 금할 수야 없다. 이 재앙의 상당 퍼센트는 운전자들의 취기 때문이지만, 프랑스의 기념비적 영광을 대변하는 포도주를 금할 수야 없다. 대중들은 분명 맥주 때문에 취하기도 하지만, 그렇다고 맥주를 금할 수도 없다. 거래 자유에 관한 국제조약에 위배되기 때문이다. 맥주를 즐겨 마시는 많은 사람들이 광고에 자극받아 술자리로 간다. 여기에서 적의 아킬레스건이 모습을 드러낸다. 우리의 용감한 국회의원이 과감한 치료를 단행키로 한 곳이 바로 여기다! 베르트랑 베르트랑 만세, 그렇게 혼자 중얼거려 본다. 하지만 이 이름의 자장가 효과 때문에 나는 곧 잠에 곯아떨어졌다가, 몹시 귀에 익은 목소리를 듣고 다시 깨어난다. 벨벳처럼 부드러운 매력적인 목소리. 그렇다, 아나운서 베르나르다. 마치 오늘은 도로에 관한 것 외에 다른 뉴스가 없다는 듯, 그 교통사고 얘기를 한다. 지난 밤, 젊은 아가씨 하나가 달려오는 자동차들을 등진 채 차도에 앉아 있었다. 자동차 세 대가 시차를 두고 한 대씩 아슬아슬하게 그녀를 피해 도랑에 처박혔으며, 사상자가 여럿 생겨났다. 자살하려던 여자는 목적을 이루지 못한 채 종적 없이 사라져 버렸고, 사람들은 부상자들의 한결같은 증언에 따라 그런 여자가 있었다는 사실을 알았다. 이 소식에 나는 몹시 두려워 더는 잠을 이룰 수 없었다. 이제 내가 할 일은 잠자리에서 일어나 간단히 아침식사를 하고 타자기 앞에 앉는 것이다. 하지만 그러고도 오랫동안 정신을 가다듬을 수 없었다. 나의 눈앞에는 이마를 양 무릎 사이에 처박은 채 차도 위에 몸을 움츠린 젊은 아가씨 모습이 아른거렸고, 두 귀에는 도랑에서 들려오는 비명소리가 울렸다. 다시 나의 소설을 계속 써 나가기 위해서는 그 이미지를 쫓아 버려야 했다. 나의 소설은, 여러분이 잘 기억하듯, 수영장 가장자리에서 아베나리우스 교수를 기다리던 중 웬 여자가 수영 선생에게 던진 작별인사를 본 데서 시작되었다. 그 몸짓을 우리는 아네스가 같은 반의 수줍음 많은 남자 친구와 작별할 때 다시 보았다. 그녀는 남자 친구가 정원 쇠창살 문까지 데려다 줄 때마다 그 몸짓을 되풀이했다. 어린 동생 로라는 덤불숲 뒤에 숨어 언니가 돌아오길 기다리고 있었다. 로라는 그들이 나누는 입맞춤을 보고자 했고, 그러고 나서는 혼자 저택 현관 쪽으로 올라가는 아녜스를 뒤쫓고자 했다. 그녀는 아녜스가 뒤돌아서서 팔을 허공으로 날리는 순간을 기다렸다. 그 동작 속에는 그녀로서는 도무지 알 수 없는 어렴풋한 사랑의 관념이 요술처럼 담겨 있었고, 그 후 그 관념은 언니의 사랑스럽고 매력적인 이미지와 결부된 채 영원히 남는다.

로라가 제 여자 친구들과 작별할 때 그 몸짓을 흉내 내는 것을 우연히 본 아녜스는 우리가 알고 있듯 그 사실을 불쾌하게 여기고서, 그 후로는 아무런 손짓 없이 그냥 남자 친구들을 보내기로 마음먹었다. 한 몸짓의 이 짧은 역사는 우리로 하여금 이 자매 관계의 메커니즘을 짐작케 한다. 동생은 언니를 흉내 내면서 언니를 향해 두 손을 내미나, 언니는 항상 마지막 순간 동생의 손길에서 빠져나간다.

대학 입학 자격증을 받은 아녜스는 공부를 계속하러 파리로 갔다. 로라는 두 사람이 모두 사랑했던 풍경들을 포기한 언니를 원망했으나, 그녀 역시 대학 입학 시험을 치른 후 파리로 갔다. 아녜스는 수학을 공부했다. 학업이 끝났을 때, 사람들은 모두 그녀가 뛰어난 과학자로 살아갈 것이라 예상했으나, 아녜스는 연구를 계속하는 대신 폴과 결혼했고, 보수는 두둑하되 영광을 누릴 전망이 전혀 없는 평범한 일자리를 받아들였다. 로라는 이 사실을 슬퍼했으며, 콩세르바투아르라는 국립 고등음악학교에 들어가 언니의 실패를 바로잡고 언니 대신 유명해지기로 결심했다.

어느 날, 아녜스는 로라에게 폴을 소개했다. 그를 보는 순간 로라는 보이지 않는 누군가의 목소리를 들었다. "이 사람이 다! 진정한 남자. 유일한 남자. 이 세상에 하나뿐인 남자." 그 목소리의 주인공은 누구였는가? 어쩌면 아녜스 바로 그녀가 아닐까? 그렇다. 언제나 여동생에게 길을 가리켜 준 사람은 그녀였다. 그 길을 가로막으면서 말이다.

로라에게 매우 따뜻한 태도를 보이면서 아녜스와 폴은 정성을 다해 그녀를 보살폈으므로, 로라는 파리의 집에서 옛날 고향집에서처럼 편히 지냈다. 그런 가족적인 분위기에 머물며 그녀는 행복을 맛보았으나, 거기에는 어떤 우수도 없지 않았다. 그녀가 사랑할 수 있는 유일한 남자가 그녀에게 금지된 유일한 남자라는 데서 오는 우수다. 그들 부부와 삶을 공유하는 동안, 행복한 순간들과 슬픈 위기들이 교차했다. 그녀가 말없이 허공을 멍하니 바라보고 있으면, 아녜스가 그녀의 두 손을 잡으며 말했다. "무슨 일이니, 로라? 왜 그러니?" 때로는 똑같은 상황과 똑같은 감정에서 폴이 그녀의 손을 잡았으며, 그렇게 세 사람은 우애와 사랑, 동정과 욕정 등, 여러 감정이 뒤섞인 관능의 욕조 속으로 빠져들어 갔다.

그 후 그녀도 결혼을 했다. 아녜스의 딸 브리지트가 열 살이던 해, 로라는 브리지트에게 사촌을 만들어 주기로 결심했다. 그녀는 남편에게 자신을 임신시켜 달라고 부탁했고 남편

은 어렵잖게 그 부탁을 들어주었으나 결과는 비통했다. 로라
는 유산했고 의사들은 앞으로는 그녀가 중한 외과 수술을 받
지 않고는 아이를 가질 수 없을 거라고 경고했다.

# 검은 선글라스

아녜스는 검은 선글라스에 열을 올린 적이 있다. 아직 고등
학교에 다닐 때였다. 그녀가 검은 선글라스를 쓴 것은 태양으
로부터 눈을 보호하기 위해서라기보다는, 좀 더 예뻐 보이고
신비감을 불러일으키기 위해서였다. 그래서 선글라스는 그녀
의 상징물이 되었다. 어떤 남자들이 벽장을 넥타이로 가득 채
우고, 어떤 여자들이 보석함을 반지로 가득 채우듯, 그녀는 검
은 선글라스를 수집했다.

로라는 아이를 유산한 다음 날부터 검은 선글라스에 몰두
하기 시작했다. 당시 그녀는 거의 매일 검은 선글라스를 착용
했으며, 친구들에게는 이렇게 변명했다. "날 원망하지 말아
요. 눈물 때문에 얼굴이 상해 선글라스를 쓰지 않으면 나다닐
수가 없으니까." 그때부터 검은 선글라스는 그녀에겐 슬픔을
의미했다. 그녀는 눈물을 감추기 위해 선글라스를 쓴 것이 아

니라, 자신이 울고 있음을 알리기 위해 선글라스를 썼다. 선글라스는 눈물의 대용품이 되었다. 실제 눈물과는 달리 눈썹을 상하게 하지도 않고, 붉게 물들이거나 부풀어 오르게 하지도 않았으며, 그녀의 용모에 잘 어울리기까지 했다.

로라에게 검은 선글라스 취미를 불어넣은 사람 역시 아네스였다. 하지만 이 선글라스 이야기는 이 자매의 관계가 단순히 동생이 언니를 모방하는 관계로만 환원될 수 없다는 사실도 보여 준다. 물론 동생은 언니를 모방했다. 하지만 수정을 거친 모방이었다. 그녀는 검은 선글라스에 좀 더 심오한 내용, 좀 더 심각한 의미를 부여함으로써, 언니가 쓰는 검은 선글라스의 경박성을 부끄럽게 했다. 로라가 검은 선글라스를 쓰고 나타나는 것은 언제나 그녀가 고통 받고 있음을 의미했으며, 아네스는 겸손과 그녀를 배려하는 마음에서 자신이 쓴 선글라스를 벗어 버려야 한다고 느꼈던 것이다.

선글라스 이야기는 또 한 가지 사실을 드러내 준다. 아네스는 운명의 여신에게 사랑받는 존재요, 로라는 사랑받지 못하는 존재로 보이게 하는 것이다. 결국 두 자매는 자신들이 운명 앞에 평등하지 않다고 믿게 되었으며, 어쩌면 이는 로라보다도 아네스의 마음을 더 상하게 한 것 같다. "나를 사랑하는 어린 동생이 악운에 시달린다."라고 그녀는 중얼거리곤 했다. 그래서 그녀는 로라를 파리로 기쁘게 맞아들였고, 자기를 사랑하듯 다정하게 대해 주라는 부탁과 함께 폴에게 인사시켰다. 그래서 그녀는 로라에게 인근의 안락한 원룸을 하나 구해 주었으며, 그녀가 슬퍼할 거라는 생각이 들 때마다 집으로 그녀를 초대했던 것이다. 하지만 그러면 무슨 소용인가. 그녀는 언제나 운명의 여신이 총애하는 존재였고, 로라는 언제나 운명의 여신에게 사랑받지 못하는 존재였다.

로라는 음악에 탁월한 재능을 보였다. 피아노 연주 솜씨가 훌륭했으나, 그녀는 콩세르바투아르에서 노래를 공부하기로 결심했다. "피아노를 연주할 때는 왠지 낯설고 적의에 찬 물건을 마주하는 느낌이야. 음악이 나에게 깃든 게 아니라, 나를 마주보는 그 검은 악기에게 깃든 듯한 느낌이거든. 하지만 노래를 부를 때는 정반대야. 내 전신이 파이프오르간으로 변하면서 내가 음악이 돼." 불행하게도 그녀의 목소리는 너무 약했고, 그래서 실패한 것은 그녀 잘못이 아니리라. 그녀는 독창을 하지 못했고, 음악에 대한 그녀의 야망은 아마추어 합창 단원으로 축소되어, 연례행사로 열리는 몇몇 콘서트 리허설을 위해 일주일에 두어 번 합창단에 들르는 것이 고작이었다.

그녀가 자신의 모든 선의를 투자한 결혼마저도 육 년 만에 끝장나고 말았다. 물론 매우 부유한 남편이 위로금으로 그녀에게 멋진 아파트를 하나 증여했고, 상당히 많은 생계비를 꼬박꼬박 지불하며, 덕택에 그녀가 가게를 하나 구입해 놀라운 수완으로 모피 의류들을 팔기는 한다. 하지만 그런 성공은 그녀가 감내한 훨씬 높은 수준의 정신적, 감정적 불의를 보상하기에는 너무나 속되었다.

이혼녀가 된 그녀는 애인들을 갈아치웠고, 정열적인 정부(情婦)라는 명성을 얻었으며, 마치 십자가를 짊어지듯 자신의 사랑들을 짊어지고 가는 체했다. "내 인생에는 사내들이 너무 많아." 그녀는 운명을 탓하듯, 심각하고 우울한 어조로 종종 그렇게 말하곤 했다.

"난 네가 부러워." 아녜스는 그렇게 대꾸했고, 로라는 슬픔의 표시로 검은 선글라스를 썼다.

아녜스가 정원 쇠창살 문 앞에서 남자 친구들에게 작별인사 하는 것을 훔쳐보던 어린 시절부터, 로라는 아녜스에게 시종일관 감탄했으며, 그런 언니가 과학자의 생애를 포기한 걸 안 날, 실망감을 감출 수가 없었다.

"도대체 뭘 비난하겠다는 거니?" 아녜스가 변명했다. "넌 오페라에서 노래하는 대신 모피 옷을 팔고, 난 학술회의를 전전하는 대신 컴퓨터 회사에서 스트레스 받지 않을 정도의 평범한 일을 맡고 있잖니."

"하지만 난 노래를 하려고 최선을 다했어. 그런데 언니는 자신의 야망을 제 발로 차 버렸잖아. 난 패배했지만 언니는 항복했다고."

"한데 왜 내가 꼭 그렇게 살아야만 했다는 거지?"

"언니! 인생은 한 번뿐이야! 피할 일이 아니라고! 그래도 뭔가 우리 뒤에 남겨둬야 하지 않겠어!"

"우리 뒤에 뭔가 남겨둔다고?" 놀란 듯한 회의적인 어조로 아녜스가 되물었다.

로라는 고통스럽기조차 한 두 사람의 견해 차이를 이렇게 선언했다. "언니, 언니는 부정적이야!"

사실 그녀는 이런 비난을 언니에게 자주 퍼부었으나, 늘 머릿속으로 그랬을 뿐이었다. 그녀가 실제로 언성을 높여 비난한 것은 두세 번에 불과하다. 마지막으로 언니를 비난한 게 바로, 어머니가 돌아가신 뒤 아버지가 사진을 찢는 것을 보았을 때였다. 아버지의 행위는 그녀로서는 용납할 수 없는 일이었다. 아버지는 생의 일부, 어머니와 함께 한 생의 일부를 찢은 것이었다. 아버지가 그 사진들을 찢은 것은, 결코 아버지만의 것이라고 할 수 없는 가족 모두의 추억, 특히 자매의 추억들을 찢은 거였다. 아버지에게는 그럴 권리가 없었다. 그녀가 아버지의 행동을 비난하기 시작하자 아녜스가 아버지를 편들고 나섰다. 둘만 남자 자매는 생애 처음으로 증오를 품고 격렬하게 말다툼을 했다. "언니는 부정적이야! 언니는 부정적이라고!" 로라는 그렇게 외쳤더랬다. 그러고는 분을 못 참고 눈물을 흘리다가 검은 선글라스를 찾아 쓰고는 그 길로 떠나 버렸다.

# 육체

유명한 화가 살바도르 달리와 그의 아내 갈라는 완전한 노년기에 이르러 토끼를 한 마리 길렀는데, 토끼는 그들과 더불어 살며 그들 곁을 한 걸음도 떠나지 않았다. 노부부는 그 토끼를 몹시 사랑했다. 그러던 어느 날 어디 멀리 여행을 떠나게 되자, 그들은 토끼를 어떻게 해야 할지를 놓고 밤늦게까지 의견을 나누었다. 토끼를 데려가는 것도 어려웠지만, 누구에게 맡기는 것도 그에 못지않게 어려웠다. 그 토끼가 사람들을 꺼려한 까닭이었다. 다음 날, 갈라는 오찬을 준비했고 달리는 매우 즐거운 마음으로 식사를 하다가, 자기가 먹는 게 토끼 고기 스튜라는 것을 알았다. 그는 식탁에서 벌떡 일어나 급히 화장실로 달려가서는, 변기에 그 사랑하는 짐승을, 늘그막의 그 충실한 동반자를 토해 냈다. 반면 갈라는 자신이 애지중지하던 가축이 자신의 내장 속으로 들어가, 내장을 천천히 어루만져 주다가 마침내 제 여주인의 신체 일부가 된다는 사실이 그렇게 흐뭇할 수가 없었다. 그녀로서는 사랑하는 가축을 섭취하는 것보다 더 절대적인 사랑의 성취는 없었다. 두 육체의 이러한 융합에 비하면, 신체적 사랑 행위 따위는 극히 하찮은 욕망으로 여겨졌다.

로라는 갈라와 같았다. 아네스는 달리와 같았다. 아네스는 많은 사람들, 많은 남자와 여자를 좋아했다. 하지만 어떤 이상한 행정 계약이 그녀에게 정기적으로 그들의 코를 풀어 주는 의무를 짊어지운다면, 그녀는 차라리 친구 없이 사는 편이 더 좋았다. 언니의 그런 혐오감을 알고서 로라는 언니를 이렇게 닦아세웠다. "언니가 어떤 사람에게 느끼는 공감이 의미하는 게 뭐지? 그 공감에서 어떻게 육체를 배제할 수 있지? 육체 없이도 사람이 여전히 사람일 수 있을까?"

그렇다. 로라는 갈라와 같았다. 자신의 육체에 완전히 동화해, 육체 안에 완벽하게 자리 잡았다. 게다가 육체는 거울을 통해 보는 그런 육체만을 의미하는 게 아니었다. 육체의 가장 소중한 부분은 내부에 있었다. 그래서 그녀는 자신의 어휘집에서 특별한 자리를 내부 장기 이름들에 할당해두었다. 간밤에 애인이 자신을 절망의 늪에 빠트린 일을 표현하기 위해 그녀는 이렇게 말하곤 했다. "그가 떠나자마자 난 토하러 갔어." 걸핏하면 구토를 들먹이지만 아네스는 동생이 정말 한 번이라도 구토를 한 적이 있는지 의심스러웠다. 구토는 그녀의 진실이 아니라 시였다. 실망과 불쾌에 대한 서정적 이미지요, 은유였다.

자매가 나란히 속옷 가게로 쇼핑을 하러 간 날, 아녜스는 로라가 판매원이 내미는 브래지어를 만지작거리는 것을 보았다. 바로 그런 순간들을 통해 그녀는 자신과 동생이 어떻게 다른지 확연히 깨닫곤 했다. 아녜스에게 있어 브래지어란 어떤 신체 결핍, 예를 들면 붕대라든가 보정기라든가 안경이라든가 목뼈를 다친 환자들이 착용하는 경부 코르셋처럼, 어떤 신체 결핍을 보상하는 데 쓰이는 물건이었다. 브래지어의 기능이란 예상보다 무거운 어떤 것을 떠받치는 데 있었다. 마치 무게 계산을 잘못하여 건축된 어떤 건물 발코니를 버팀목이나 부벽으로 떠받치듯이, 어떻게든 좀 떠받쳐 줄 필요가 있는 그런 뭔가를 지탱하는 것이었다. 달리 말하면 브래지어는 여자 몸의 기술적 특성을 드러내 주는 것이었다.

　끊임없이 자신의 육체를 의식하지 않고도 살 수 있는 폴이 아녜스는 부러웠다. 그가 숨을 들이쉬고 내쉬면, 폐는 마치 거대한 자동 풀무처럼 작용하는데, 그는 자신의 육체를 그런 것으로 지각했다. 유쾌하게 그 육체를 망각하면서 말이다. 육체적으로 뭔가 불편한 게 있어도, 그는 결코 그것을 입 밖에 내지 않는다. 겸손해서라기보다는 우아함에 대한 헛된 욕망에서다. 병이라는 것을 그는 자신이 수치로 여기는 불완전함과 같은 것으로 생각했기 때문이다. 수년 동안 그는 위궤양을 앓아 왔지만, 그가 법정에서 극적인 구두 변론을 편 직후 끔찍한 발작으로 쓰러졌다가 구급차로 병원에 실려 간 날에야 아녜스는 그 사실을 알았다. 그런 허영심은 웃음거리가 될 수도 있으나, 아녜스는 오히려 감동을 느꼈고 그런 그가 부럽기까지

했다.

어쩌면 폴이 일반인에 비해 허영심이 좀 많은 편이라 하더라도, 그의 그런 행동은 여성과 남성의 신체 조건 차이를 드러내 주는 거라고 아녜스는 생각했다. 여자는 훨씬 많은 시간을 자신의 육체적 관심사에 관한 얘기로 보낸다. 여자는 육체를 마음 편히 잊어버리지 못한다. 육체에 대한 관심은 초경의 충격으로 시작된다. 갑자기 육체가 여기에 있고, 여자는 마치 혼자서 어떤 작은 공장을 돌려야 하는 책임을 진 기술자처럼 그 육체 앞에 선다. 여자는 매달 마개를 써야 하고, 알약을 먹어야 하고, 브래지어를 걸쳐야 하고, 생산 준비를 해야 한다. 아녜스는 나이 든 남자들을 부러운 눈으로 바라보곤 했다. 그들은 다르게 늙어 가는 것 같았다. 아버지의 육체는 눈에 띄지 않게 그 자신의 그림자로 변해 갔더랬다. 서서히 물성에서 벗어나다가, 무심히 육화되었던 영혼만 이 세상에 남은 것 같았다. 반면 여성의 육체는 날이 갈수록 쓸모없어지고, 점점 더 육체가 되어 간다. 묵직하게 현전하는 육체. 그 육체는 파괴해야 할 낡은 공장 같은데도, 그 곁에서 여성의 자아는 마지막까지 관리인 자격으로 머물러야만 한다.

아녜스와 육체의 관계를 변화시킬 수 있는 게 있다면 그게 무엇일까? 다름 아닌 흥분의 순간이다. 흥분, 그것은 육체의 일시적 구원이었다.

그러나 이 점에 있어서도 로라의 견해는 다를 것이다. 구원의 순간이라고? 어째서 순간이라는 거지? 로라에게 육체란 애초부터, 선험적으로, 전적이고 항구적으로, 본질적으로, 성적인 것이었다. 그녀가 누군가를 사랑한다는 것은, 그에게 자신의 육체를 가져다주는 것을 의미했다. 그의 앞에 그녀의 육체를, 내면 외면 할 것 없이 송두리째, 육체를 있는 그대로 내려놓는 것을 의미했다. 부드럽게, 천천히, 육체를 망가뜨리는 시간과 함께 말이다.

아녜스에게 육체란 성적인 게 아니었다. 아주 드문 순간에만, 즉 흥분이 육체에 어떤 인공적이고 비현실적인 광채를 쏘고, 그 빛이 육체를 아름답고 탐스럽게 만들어 줄 때만 육체는 성적인 것이 되었다. 바로 그래서 아녜스는, 사람들 대부분이 설마라고 할지는 모르겠으나, 줄곧 육체적 사랑에 대한 강박관념에 사로잡혀 집착해 왔다. 사람이 없다면, 육체는 어떤 구제책 없이 그저 속수무책으로 비참할 테니 말이다. 정사를 나눌 때 그녀는 눈을 뜨고 있었고, 가까이에 거울이 있을 때는 거울을 통해 자신을 관찰했다. 그럴 때 그녀의 육체는 환히 빛나는 것 같았다.

하지만 환히 빛나는 자신의 육체를 바라보는 것은 위험한 장난이다. 언젠가 정부와 정사를 나눌 때 그녀는 거울을 통해 자기 몸의 결점을 몇 가지 발견했다. 그녀는 이전까지의 만남들(그들은 파리의 어느 큰 호텔에서, 일 년에 한두 번 정도 만났다.)에서는 발견치 못했던 그 결점들에서 도무지 눈을 뗄 수가 없었다. 더는 정부도 보이지 않았고, 정사 중인 두 육체도 보이지 않았다. 그녀를 잠식하기 시작한 늙음만 보일 뿐이었다. 흥분은 일시에 그들의 방에서 사라져 버렸다. 아녜스는 눈을 감고서, 파트너에게 자신의 생각을 간파당하지 않으려고 사랑의 동작에 속도를 가했다. 그녀는 이번이 마지막 만남이라고 마음을 굳혔다. 그녀는 허전했고, 침대 맡 작은 램프가 언제나 꺼져 있는 부부 침대를 갖고 싶었다. 어떤 위안 같은, 캄캄한 항구 같은, 그런 침대를 갖고 싶었다.

# 덧셈과 뺄셈

매일 점점 더 많은 얼굴들이 등장하고 그 얼굴들이 날이 갈수록 서로 닮아 가는 이 세상에서, 사람이 자아의 독창성을 확인하고 흉내 낼 수 없는 자기만의 유일성을 확신한다는 것은 쉬운 일이 아니다. 자아의 유일성을 가꾸는 데는 두 가지 방법이 있다. 덧셈 법과 뺄셈 법이다. 아녜스는 자신의 순수한 본질에 다가가기 위해, 자신의 자아에서 외적인 것과 빌려온 것을 모두 추려 냈다.(이 경우 연이은 뺄셈 때문에 자아가 0이 되어 버릴 위험이 있다.) 로라의 방법은 정확히 그 반대다. 자신의 자아를 좀 더 잘 보이게 하고, 좀 더 파악하기 쉽게 하고, 좀 더 두텁게 하기 위해서, 그녀는 끊임없이 새로운 것을 덧붙여 그것에 자기를 동화했다.(이 경우 덧붙은 속성들 때문에, 자아의 본질을 상실해 버릴 위험이 있다.)

그녀의 암컷 샴고양이를 예로 들어 보자. 이혼을 하자 로라는 넓은 아파트에서 다시 혼자가 되었으며 슬픔을 느꼈다. 그녀는 자신의 고독을 누군가와 나누고 싶었으며, 작은 동물도 괜찮을 것 같았다. 처음에는 강아지를 기를까 생각했지만, 개는 자신이 감당할 수 없는 많은 보살핌을 필요로 한다는 사실을 깨달았다. 그래서 그녀는 암고양이를 한 마리 구했다. 예쁘지만 성질이 고약한, 덩치 큰 샴고양이였다. 고양이와 함께 살며 친구들에게 고양이 얘기를 떠들어 대다가, 점점 더 그녀는 이 샴고양이를 중요시하게 되었다. 별 확신 없이, 오히려 우연히 손에 넣은 (어쨌거나 애초에는 개를 기를 생각이었으므로!) 고양이를 말이다. 그녀는 이 고양이의 장점을 사방에 떠벌리고 다니면서 만나는 사람마다 고양이에 대한 찬사를 강요했다. 이 고양이에게서 그녀는 아름다운 독립심과 자존심, 거동의 자유와 매력의 항구성(때때로 결점을 드러내거나 빛을 잃는 인간의 매력과는 전혀 다르게)을 보았다. 그녀는 자신의 샴고양이에게서 하나의 모범을 보았다. 바로 자기 자신을 보았던 것이다.

로라가 이 샴고양이와 성격도 닮았느냐 그렇지 않느냐 하는 것은 전혀 중요하지 않다. 중요한 것은 그녀가 이 고양이를 자신의 가문(家紋)에 그려 넣었고, 이 암고양이가 그녀 자아의 한 속성이 되었다는 것이다. 그녀의 애인 가운데 많은 사내들이, 공연히 침을 뱉어 대고 발톱으로 할퀴는 이 자기중심적이고 버릇 나쁜 짐승 앞에서 대번에 반감을 나타냈으므로, 샴고양이는 로라의 권력을 시험하는 도구가 되었다. 로라는 그들에게 '나를 가져. 하지만 있는 그대로의 나, 말하자면 나의 샴고양이와 함께 나를 가져.'라고 말하는 듯했다. 샴고양이는 그녀 영혼의 이미지였고, 애인들은 그녀의 몸을 갖고 싶다면 먼저 그녀의 영혼을 받아들여야 했다.

이 덧셈 법이, 자신의 자아에 개나 고양이, 구운 돼지고기, 바다에 대한 사랑, 혹은 냉수 샤워에 대한 사랑 등을 덧붙여 나가는 거라면, 대단히 재미있는 방법이라 할 수도 있다. 하지만 자아에 공산주의니 조국이니 무솔리니, 가톨릭 교회, 무신론, 파시즘 혹은 반파시즘 등에 대한 열정을 덧붙이는 것은 훨씬 덜 목가적이다. 두 경우 모두 방법은 정확히 같다. 고양이가 다른 동물보다 우월하다는 주장을 완강하게 고집하는 자는 무솔리니야말로 이탈리아의 유일한 구원자라고 주장하는 자와 본질적으로 전혀 다를 게 없다. 그는 자아의 한 속성을 뽐내면서, 그 속성(고양이든 무솔리니든)이 주변 사람 모두로부터 사랑받고 인정받도록 노력하는 것이다.

바로 여기에 덧셈 법에 따라 자아를 가꾸고자 하는 사람들을 희생하는 묘한 역설이 있다. 그들은 흉내 낼 수 없는 고유의 자아를 창출하기 위해 뭔가를 덧붙이고자 애쓰지만, 이와 동시에 그 덧붙은 속성들을 선전하며 최대한 많은 이들이 자기들과 닮게 하려고 최선을 다한다. 그러나 그렇게 되면 그들 자아의 유일성(그토록 고생한 끝에 획득한)이 즉각 사라져 버리고 마는 것이다.

그러므로 우리는 왜 고양이(혹은 무솔리니)를 사랑하는 사람은 자신의 사랑으로 만족하지 않고 굳이 다른 사람들까지 그렇게 해 주길 요구하는지 자문해 볼 수 있다. 냉수 샤워에 대한 자신의 취미를 매우 도발적으로 선언했던 사우나의 그 젊은 여자를 돌아보면서 이 물음에 답해 보자. 그런 선언을 통해 그녀는 절반의 다른 사람들, 즉 온수 샤워를 더 좋아하는 사람들과 자신을 대번에 차별화할 수 있었다. 불행은 인류의 다른 절반 역시 그녀와 다를 바 없다는 데 있다. 아, 이 얼마나 슬픈 일인가! 사람은 많은데 생각은 적으니, 어떻게 해야 우리를 차별화할 수 있단 말인가? 자신이 헤아릴 수 없이 많은 냉수 샤워 애호가들 무리와 유사하다는 이 결함을 그녀는 어떻게 극복할 수 있는가? 그녀가 아는 방법은 하나뿐이었다. 냉수 샤워를 좋아하는 수많은 다른 여인들을 대번에 자신을 따라하는 보잘것없는 사람으로 만들어 버리기 위해서, 사우나실의 문지방을 넘어서기 무섭게 온 힘을 다해 "나는 냉수 샤워를 좋아해요!"라는 돈호법을 던져야 했던 것이다. 달리 말해서, 만약 우리가 샤워에 대한 사랑(전혀 무의미한)이 우리 자아의 일부가 되길 원한다면, 이 사랑을 위해 기꺼이 싸울 각오가 되었음을 온 세상에 알려야 하는 것이다.

무솔리니에 대한 열정을 자아의 일부로 만드는 이는 정치 투사가 되고, 고양이를, 음악을, 혹은 고가구를 찬양하는 이는 친구들에게 그것을 선물한다.

슈만을 좋아하고 슈베르트를 싫어하는 친구가 있다고 하자. 그와는 달리 당신은 슈베르트를 미치도록 좋아하고 슈만이라면 진저리를 친다. 당신이라면 친구에게 생일 선물로 누구의 음반을 줄 것인가? 그가 좋아하는 슈만의 음반인가, 아니면 당신이 좋아하는 슈베르트의 음반인가? 물론 슈베르트의 음반이다. 슈만의 음반을 선물한다면 당신은 성실한 행동이 아니라는 불쾌한 느낌을 받을 것이다. 그의 환심을 사려는 치사한 욕망에서, 그를 기쁘게 해 주기 위해 일종의 뇌물을 친구에게 준다는 그런 달갑잖은 느낌 말이다. 어쨌거나 당신이 어떤 선물을 한다면 그것은 애정 때문이요, 당신 자신의 일부를, 당신 마음의 한 조각을 주기 위함이 아니겠는가! 그래서 당신은 친구에게 슈베르트의 '미완성 교향곡'을 선물할 것이고 당신이 떠난 뒤 그 친구는 장갑을 끼고 음반에 침을 뱉은 다음, 두 손가락으로 그것을 집어 휴지통에 던져 버릴 것이다.

수년에 걸쳐 로라는 언니와 형부에게 식기 세트와 과일 그릇, 램프, 흔들의자, 재떨이 대여섯, 식탁보, 그리고 건장한 장정들이 어느 날 갑자기 가져와서 어디에 놓아야 하는지 물었던 피아노 한 대를 선물했다. 로라는 기쁜 표정으로 말했다. "제가 두 분과 함께 있지 않을 때도, 계속 저를 생각하도록 선물을 하고 싶었어요."

이혼을 한 뒤, 로라는 시간이 날 때마다 아녜스의 집에 들렀다. 그녀는 브리지트를 친딸처럼 보살폈고, 언니에게 피아노를 사 준 것도 조카가 피아노 연주를 배우게 하기 위함이었다. 하지만 브리지트는 피아노를 싫어했다. 로라가 마음 상할까 봐, 아녜스는 딸에게 좀 힘이 들더라도 흑백 건반들에 애착을 가져 보라고 간청했다. 그러자 브리지트는 이렇게 반문했다. "그렇담 이모를 즐겁게 해 주려고 제가 피아노를 배워야 한다는 거예요?" 얘기는 그런 식으로 좋지 않게 끝났고, 몇 달이 지나자 피아노는 장식물, 아니 오히려 성가신 물건이 되고 말았다. 낙태된 계획만 우울하게 상기시켜 주는, 아무도 원치 않은 희고 (그렇다, 피아노는 흰색이었다.) 커다란 육체 말이다.

　사실 아녜스는 피아노는 물론, 식기 세트나 흔들의자도 좋아하지 않았다. 그 물건들이 나빠서가 아니라, 아녜스의 기호나 타고난 성향과는 잘 어울리지 않는 괴상한 뭔가가 있었다. 그랬기에 그녀는 어느 날 (그즈음은 벌써 육 년째 아무도 피아노를 건드리지 않았다.) 로라가 너무나 즐거운 표정으로, 폴의 젊은 친구 베르나르와 사랑에 빠졌노라고 통고했을 때, 진정한 기쁨만이 아니라 어떤 이기적인 홀가분함 역시 맛보았다. 열애를 시작하는 여인이라면, 언니에게 선물들을 가져다 준다거나 조카의 교육에 신경 쓰는 것보다는 더 나은 일이 있으리라고 아녜스는 생각했던 것이다.

# 연상 여자, 연하 남자

"정말 놀라운 소식이로군." 로라가 자신의 사랑 얘기를 털어놓자, 폴은 그렇게 말하며 자매를 저녁식사에 초대했다. 자신이 좋아하는 두 사람이 서로 사랑하는 게 너무나 기뻤으므로 그는 몹시 비싼 포도주를 두 병 주문했다.

"이제 로라는 프랑스에서 가장 훌륭한 가문의 하나와 연결되는 셈이야. 베르나르의 아버지가 누군지 알아?" 그가 로라에게 물었다.

로라가 말했다. "물론이죠! 국회의원이요!" 그러자 폴이 말했다. "그것만으로는 안다고 할 수가 없지. 국회의원 베르트랑 베르트랑은 국회의원 아르튀르 베르트랑의 아들이야. 가문의 성에 큰 긍지를 품고 있던 아르튀르는 자기 아들이 가문을 더욱 빛내 주길 바랐지. 아들에게 어떤 이름을 지어 줄까 하고 오랫동안 고민하던 끝에, 베르트랑으로 불러야겠다는 기발한 발상을 냈어. 이름이 그렇게 두 번 중복되면 누구도 무관심할 수 없을 것이고, 누구도 잊어버리지 못할 테니까! 그냥 베르트랑 베르트랑이라 부르기만 해도, 그의 이름은 마치 열렬한 갈채처럼, 환호처럼 울려 퍼져. 베르트랑! 베르트랑! 베르트랑! 베르트랑! 베르트랑! 베르트랑!"

　그 단어를 몇 번이나 되풀이하면서, 폴은 마치 건배를 하듯, 군중에게 총애받는 대장의 이름에 박자를 맞추듯, 잔을 높이 들어올렸다. 그는 포도주를 한 모금 들이켠 뒤 "포도주 맛이 기가 막히군." 하고는 얘기를 계속했다. "우리 모두가 불가사의하게 그의 이름의 영향을 받는데, 하물며 베르트랑 베르트랑 자신은 어땠을까. 날마다 몇 번이나 자기 이름이 리드미컬하게 반복되는 것을 듣다 보니, 자기 인생 전체가 그 듣기 좋은 네 음절의 가상 영광에 짓눌리는 느낌이었지. 대학 입학 시험에 낙제했을 때, 그 일을 그는 다른 친구들보다 훨씬 더 나쁘게 받아들였어. 중복되는 그의 이름이 저절로 그의 책임감을 배가하기라도 한 듯 말이야. 겸손하기로 소문이 난 만큼 아마 그는 자신에게 가해지는 수치는 견뎌 낼 수 있었을 거야. 하지만 자신의 이름에 가해진 모욕만큼은 감수할 수 없었지. 스무 살 때 그는 자신의 이름을 걸고 선을 위한 투쟁에 인생을 바치기로 엄숙하게 약속했어. 하지만 선과 악이라는 것은 분별하기가 매우 어렵다는 것을 곧 확인했지. 예를 들면 그의 아버지 아르튀르는 대다수 국회의원들과 함께 뮌헨협약에 찬성표를 던졌어. 그는 평화를 구하고자 했어. 평화란 누가 뭐래도 선이 분명하니까. 한데 나중에 사람들은 분명 악일 수밖에 없는 전쟁으로의 길을 터 놓았다며 그를 비난했어. 아버지의 그런 실수를 두 번 다시 범하지 않기 위해, 아들은 몇 가지 기본적인 신념을 마음속 깊이 간직했어. 그는 팔레스타인인들이나 이스라엘에 관해서, 시월혁명이나 카스트로에 관해서, 심지어는 테러리즘에 대해서조차도 입 한번 벙긋하지 않았어. 어떤 경계를 넘어서면 살인도 영웅 행위가 된다는 것을, 그리고 자신이 앞으로도 늘 그 경계를 분간할 수 없으리란 걸 알았기 때문이야. 그래서 그는 히틀러와 나치주의와 가스실에 열렬히 분개하지만, 어느 면에서는 히틀러가 사법성의 잔해 속으로 사라져 버린 것을 유감스러워해. 그날로부터 선과 악은 참을 수 없을 만큼 상대적인 것이 되어 버렸기 때문에 말이야. 이러한 모든 일들이 그를 선에 헌신하게 하되, 아직 정치 때문에 변형되지 않은, 선의 가장 직접적인 측면에 헌신하도록 이끌었어. "선, 그것은 바로 생명이다."가 그의 좌우명이야. 그리하여 낙태 반대, 안락사 반대, 자살 반대를 위한 투쟁이 그의 삶의 목표가 되었지."

로라가 웃으면서 항변했다. "형부 얘기가 사실이라면, 그는 약해 빠진 얼간이게요!"

"어라, 벌써 애인의 가문을 옹호하고 나서는데." 폴이 아녜스를 돌아보며 말했다. "찬사를 받을 만해. 잘 골랐다고 갈채를 보내야 할 이 포도주처럼 말이야. 최근 안락사를 다룬 한 방송에서, 베르트랑 베르트랑은 혀가 잘리고, 눈이 멀고, 끝없는 고통으로 괴로워하는 한 전신마비 환자의 머리맡에서 촬영을 허락한 적이 있어. 그는 침대 가장자리에 앉아 환자 쪽으로 몸을 기울이고, 카메라는 환자에게 좀 더 나은 내일의 희망을 열심히 불어넣는 그의 모습을 보여 주었지. 그가 "희망"이라는 말을 세 번째 내뱉는 순간, 환자가 갑자기 흥분하더니, 흡사 말이나 황소나 코끼리 비명 같은, 혹은 그 세 마리 짐승의 비명을 모두 합쳐 놓은 것 같은 길고도 끔찍한 비명을 질렀고, 베르트랑 베르트랑은 겁에 질려 버렸지. 그는 더 이상 말을 할 수 없었어. 초인적인 노력으로 그저 얼굴에 미소만이라도 유지하고자 했고, 카메라는 겁에 질린 국회의원의 화석처럼 굳은 미소를, 그의 곁에 누운 빈사 상태 환자의 아우성치는 얼굴과 함께 오랫동안 영상에 담았지. 하지만 내가 하려 한 얘기는 그게 아니야. 내가 하고 싶었던 얘기는 그가 자기 아들 이름을 고르면서 정말 일을 망쳐 버렸다는 거야. 처음에는 베르트랑이라는 이름을 줄 생각이었지만, 곧 그는 이 세상에 베르트랑 베르트랑이 둘이나 된다는 건 우스꽝스러운 일이라는 걸 시인하지 않을 수가 없었어. 다른 사람들로서야 도대체 두 사람을 말하는 건지, 네 사람을 말하는 건지 결코 알 수 없을 테니까 말이야. 그렇지만 그는 자기 이름의 메아리를 아들 이름에서 듣는 행복을 완전히 포기하고 싶지는 않았어. 그래서 아들에게 베르나르라는 이름을 주어야겠다는 생각이 떠오른 거야. 안된 일이야. 베르나르 베르트랑, 이 이름은 열렬한 갈채나 환호처럼 울려 퍼지는 게 아니라, 알아듣기 힘들게 얼버무리는 것 같아. 좋게 말하면, 배우나 아나운서들이 말을 실수 없이 빨리 발음하는 법을 배우기 위해 열심히 연습하는 발성 연습용 말 같다고나 할까. 이미 말했듯이, 우리 이름에는 불가사의하게 우리를 원격 조정하는 면이 있어. 베르나르라는 이름은 그에게 언젠가는 방송에서 말을 할 운명을 이미 요람에서 부여했다는 거지."

폴이 이처럼 장황하게 객설을 풀어 놓는 것은, 그의 머릿속에서 맴도는 한 생각을 처제 앞에서 감히 큰 소리로 표현할 수 없었기 때문이다. 로라와 젊은 베르나르 사이의 팔 년이라는 나이 차, 그 팔 년에 그는 매료되었던 것이다! 사실 폴은 스물다섯 살 때 남몰래 알고 지낸 열다섯 살 연상의 한 여인에 대한 매력적인 추억을 간직하고 있었다. 그는 그런 얘기를 하고 싶었다. 남자들은 연상의 여인과 사랑을 해 보아야 한다고, 다른 어떤 사랑도 이보다 더 소중한 추억을 남기지는 않는다고 로라에게 설명해 주고 싶었다. 그는 다시 한 번 잔을 높이 쳐들면서 "연상의 여인이란 남자의 인생을 빛내는 자수정이야!"라는 말을 외치고 싶었다. 하지만 그는 그런 뜬금없는 몸짓을 포기하고서, 잠자코 지난날의 그 여인을 회상하는 것으로 만족했다. 그녀는 그에게 자기 아파트 열쇠꾸러미를 맡겼더랬다. 당시 폴은 아버지와 사이가 좋지 않아 되도록 그의 집에 들르고 싶지 않았으므로, 자신이 원할 때 들를 수 있고 자신이 하고 싶은 것을 할 수 있는 그녀의 아파트는 그래서 더욱 안락한 거처였다. 그렇다고 그녀가 그의 저녁시간들을 빼앗은 것도 아니었다. 그는 여유가 있을 때 그녀를 만났고, 그녀를 만날 시간이 없을 때도 굳이 어떤 해명을 할 필요가 전혀 없었다. 그녀는 한 번도 함께 외출을 하자며 그를 구속한 적이 없었고, 다른 사람들과 함께 있을 때는, 사랑스러운 조카에게 무엇이라도 해 줄 것 같은 자애로운 친척처럼 행동했다. 그가 결혼을 하자 그녀는 화려한 결혼 선물을 해 주었고, 그 선물은 오늘날까지도 아네스에게 수수께끼로 남아 있다.

하지만 그가 로라에게 이렇게 말할 수야 없다. 나의 친구가 연상의 여인을, 마치 멋쟁이 조카를 사랑하는 숙모처럼 대해 줄 여인을 사랑한다는 사실이 기쁘다고 말이다. 아무래도 그 보다는 로라 편에서 그런 말을 꺼내기가 쉽다.

"정말 신나는 일은, 그와 함께 있으면 제가 십 년은 젊게 느껴진다는 거예요. 그의 존재 덕택에, 저의 비참했던 지난 십 년 내지는 십오 년의 삶을 지워 버릴 수 있어요. 어제 막 스위스에서 도착해서 그를 만난 듯한 느낌이라니까요."

이 증언에 폴은 자신의 자수정 얘기를 입 밖에도 내지 못했다. 그는 그 추억들을 혼자서만 간직한 채 포도주를 음미하는 것으로 만족했으며, 더 이상 로라의 얘기는 듣지도 않았다. 그러다 한참 뒤에야 다시 대화에 끼어들어 이렇게 물었다. "베르나르가 자기 아버지에 대해서는 뭐라고 했지?"

"아무 얘기도 하지 않았어요. 우리가 나누는 대화에 그의 아버지가 화제가 되는 일은 없어요. 그들의 가문이 훌륭하다는 건 저도 알아요. 하지만 그 훌륭하다는 가문들을 제가 어떻게 생각하는지 형부도 아시잖아요."

"좀 더 자세히 알고 싶은 마음이 없어?"

"전혀." 로라가 명랑하게 웃으며 말했다.

"좀 더 알아보았어야 하는 건데. 베르트랑 베르트랑은 베르나르 베르트랑의 주된 관심사니까 말이야."

"절대 그렇지 않아요!" 하고 로라가 외쳤다. 베르나르의 주된 관심사는 바로 그녀 자신임을 확신하는 눈치였다.

"베르트랑 노인이 베르나르에게 정치가의 길을 예정해 두었던 건 아니?" 하고 폴이 물었다.

"몰라요." 로라가 어깨를 으쓱하며 대답했다.

"그 가문은 마치 농사를 대물림하듯 정치 인생을 대물림해 왔어. 베르트랑 베르트랑은 언젠가는 자기 아들이 자기 대신 국회의원 위임장을 얻으려 하리라는 걸 믿어 의심치 않았어. 한데 베르나르는 스무 살 때, 우연히 라디오에서 이런 뉴스를 들었지. "대서양 상공에서 끔찍한 항공기 사고가 발생했습니다. 승객 103명이 실종되었는데, 개중에는 어린아이 7명과 기자 4명이 포함되어 있다고 합니다." 이런 일이 일어나면 으레 어린아이들은 인류 중에서도 특별히 소중한 족속인 양 언급되므로 우리는 놀라지 않아. 한데 이번에는 여자 아나운서가 어린아이들에 기자들을 덧붙였는데, 이것이 베르나르에게는 한 줄기 빛과 같았지. 정치가란 오늘날에는 그저 우스꽝스러운 인물일 뿐임을 깨닫고서, 그는 기자가 되기로 결심했어. 그 즈음 마침 나는 우연히도 그가 다니던 법과대학에서 세미나를 하나 맡고 있었지. 그가 아버지에 대한 배신을 완성한 곳이 바로 거기였어. 베르나르가 그런 얘길 해 주던가?"

"물론이에요! 그는 형부를 무척 좋아해요."

그때 한 흑인이 꽃바구니를 들고 홀로 들어왔다. 로라가 그에게 손짓을 했다. 흑인이 눈부시도록 흰 치아를 드러내자, 로라는 바구니에서 반쯤 시든 카네이션 다섯 송이 묶음을 꺼내 폴에게 내밀며 말했다. "저의 행복은 모두 형부 덕분이에요."

폴이 손을 바구니에 넣더니 카네이션 다발을 또 하나 꺼내 그녀에게 내밀며 말했다. "오늘 축하받을 사람은 내가 아니라 처제야."

"그래요, 오늘은 로라의 축제예요." 바구니에서 세 번째 카네이션 다발을 꺼내며 아네스가 말했다.

로라의 두 눈이 촉촉해졌다. "두 분과 함께 있으면 이렇게 좋아요. 정말 좋아요." 그렇게 말하며 그녀가 몸을 일으켰다. 그녀는 꽃 묶음 두 개를 자신의 가슴에 붙인 채, 왕처럼 서 있는 흑인 바로 옆에 서서 꼼짝도 하지 않았다. 흑인들은 모두 왕을 닮았다. 그 흑인은 아직 데스데모나를 사랑하기 전의 오셀로 같았고, 로라는 자신의 왕을 사랑하는 데스데모나 같았다. 폴은 곧 무슨 일이 일어날지 알았다. 로라는 취기가 돌면 언제나 노래를 불렀다. 천천히, 그녀의 육체 깊은 곳으로부터 노래를 하고 싶은 욕망이 목구멍으로 올라왔으며, 그 욕망이 너무나 강렬하여, 저녁 식사를 하러 온 많은 손님들이 호기심을 품고 그녀 쪽으로 고개를 돌렸다.

"로라, 이런 레스토랑에서는 너의 말러가 평가를 못 받을지도 몰라!" 하고 폴이 속삭였다.

양쪽 가슴에 꽃 묶음을 하나씩 붙인 로라는, 자신이 오페라 무대 위에 서 있는 것만 같았다. 자신의 손가락들 아래에서, 두 젖꼭지가 음정들로 가득 부풀어 오르는 것 같았다. 하지만 그녀에게는 언제나 폴의 바람이 곧 명령이었다. 그녀는 복종했고 그냥 이렇게 탄식하고 말았다. "정말 뭔가를 하고 싶어요……."

그때 그 흑인이 왕들 특유의 묘한 본능에 이끌려, 꽃바구니 바닥에 마지막으로 남은 흐트러진 카네이션 다발 두 개를 꺼내 멋들어진 몸짓으로 그녀에게 내밀었다. 로라가 말했다. "언니, 사랑하는 언니, 언니가 아니었다면 내가 파리에 왔을 리 없고, 언니가 아니었다면 내가 폴을 알았을 리 없고, 폴이 아니었다면 내가 어찌 베르나르를 알았을까." 그렇게 말한 뒤 그녀는 테이블 위, 언니 앞에 꽃다발 넷을 모두 내려놓았다.

# 열한 번째 계명

예전에는 기자의 영예를 가리키는 상징을 어니스트 헤밍웨이라는 위대한 이름에서 찾을 수 있었다. 헤밍웨이의 간결하고 허식 없는 문체는 물론이요 그의 작품 전체가, 사실은 청년시절 그가 캔자스시티 신문들에 보냈던 취재 기사들에 그 뿌리를 뒀다. 당시 기자가 된다는 것은 삶의 숨겨진 구석들을 파헤치고, 거기에 자신의 손을 집어넣어 스스로를 더럽히기도 하면서, 그 어떤 직업보다 더 현실의 삶 가까이 다가간다는 걸 의미했다. 헤밍웨이는 그토록 삶의 밑바닥에 있음과 동시에 그토록 예술의 하늘 높은 곳에 자리 잡은 그런 책들을 쓴 데 대해 자부심을 갖고 있었다.

'기자'(오늘날 프랑스에서는 라디오나 텔레비전 방송 종사자와 출판물 사진기자들까지 포괄하는 명칭이다.)라는 말을 생각할 때, 베르나르가 꿈꾸는 이는 헤밍웨이가 아니요, 그가 두각을 나타내고 싶은 문학 장르 역시 취재 기사는 아니다. 그는 어떤 주간지를 통해, 아버지 같은 정치가들을 떨게 할 사설을 쓰길 꿈꾼다. 아니면 인터뷰 기사를 쓰거나. 근래 가장 주목할 만한 기자로 누구를 꼽을 수 있는가? 참호에서의 경험담을 얘기하는 헤밍웨이 같은 이는 아니요, 프라하 창녀들의 단골이었던 에곤 에르빈 키슈 같은 이도 아니며, 파리 거지들과 일 년을 함께 생활했던 오웰 같은 이도 아니다. 그는 바로 1969년에서 1972년까지 이탈리아 잡지《에우로페오》에 당대 가장 저명한 정치가들과의 대담을 시리즈로 실었던 오리아나 팔라치다. 그 대담들은 대담 이상의 어떤 것, 말하자면 결투였다. 권력이 막강한 정치가들은 링 위에 케이오로 나둥그러지고 나서야 자신들이 대등하지 않은 무기로 싸웠다는 사실 ─ 질문을 던진 쪽은 그들이 아니라 항상 그녀였으니까. ─ 을 깨달았다.

이 결투는 상황 변화를 말해 주는 시대적 징후다. 기자들은 질문이라는 것이 단지 손에 수첩을 들고 겸손하게 설문 조사나 하는 그런 리포터의 작업 방식이 아니라, 권력을 행사하는 하나의 방식임을 깨닫고 있었다. 기자란 그저 질문을 던지는 자가 아니라, 아무에게나 어떤 주제에 관해서나 질문을 던질 수 있는 신성한 권리를 지닌 자다. 하지만 우리 모두가 그런 권리를 갖고 있지 않느냐고? 그리고 모든 질문은 인간과 인간 사이의 이해의 가교가 아니냐고? 어쩌면 그럴 것이다. 그러므로 나는 나의 주장을 좀 더 명확히 하고자 한다. 기자의 권력은 질문을 던질 권리를 바탕으로 하는 것이 아니라 대답을 요구할 권리를 바탕으로 한다고 말이다.

부탁하건대, 모세가 정리한 하느님의 십계명 가운데 "거짓말하지 말라."라는 계명은 없었다는 사실에 주목해 보라. 이는 우연이 아니다! 왜냐하면 "거짓말 마."라고 말하는 자는 그이전에 "대답하라!"라고 말했을 게 분명한데, 하느님은 타인에게 대답을 강요할 권리를 누구에게도 부여한 적이 없기 때문이다. "거짓말을 말라." "진실을 말하라." 따위는 한 인간이다른 인간에게, 상대를 자신과 동등하게 여기는 한 해서는 안될 명령들이다. 오직 하느님만이 그런 명령을 내릴 수 있을지모르겠으나, 전지하신 그분이야 우리 대답이 필요할 리 만무하니 그렇게 할 이유가 전혀 없다.

명령하는 자와 복종해야 하는 자 사이의 불평등조차도, 대답을 요구할 권리를 지닌 자와 대답할 의무를 지닌 자 사이의불평등만큼은 근본적이지 않다. 그래서 대답을 요구할 권리는 특별한 경우를 제외하고는 주어진 적이 없다. 이를테면 범죄 사건을 심리하는 판사에게나 주어졌던 것이다. 우리 시대에 이르러서는 공산주의 국가나 파시스트 국가가, 예외가 아니라 오히려 영원한 자격으로, 스스로 이 권리를 가졌다. 그런나라의 국민들은 언제라도 자신이 누군가로부터 다음과 같은 질문들에 대한 대답을 강요받을 수 있으리란 사실을 알았다. 간밤에 무엇을 했는가? 마음속 깊이 생각하는 것이 무엇인가? A와 무슨 얘기를 나누었는가? B와 내밀한 관계인가?이것이 바로 "거짓말을 말라! 진실을 말하라!"라는 신성 명령문으로, 이 열한 번째 계명의 횡포 앞에 그들은 저항할 방도를몰랐고, 그리하여 이 계명은 그들을 가엾은 어린아이들의 행렬로 탈바꿈해 놓았다. 하지만 가끔씩 자신이 A와 무슨 얘기를 나누었는지 말하기를 완강히 거부하는 C라는 자도 있다. 자신의 반항을 표현하기 위해서 (대개 이는 유일하게 가능한 반항이었다!) 그는 진실 대신 거짓을 말했다. 하지만 경찰은 이를 알고 있었고 그의 집에 도청 장치를 했다. 어떤 비난받을 만한 동기 때문이 아니라, 다만 거짓말쟁이 C가 감추는 진실을 알기 위해서였다. 단지 대답을 요구할 자신의 신성한 권리에 충실했던 것이다.

민주주의 국가에서는, 어떤 시민에게 그가 A와 무슨 얘기를 나누었는지, 그가 B와 내밀한 관계인지 묻는 경찰관이 있다면 모든 시민이 그에게 혀를 내밀며 야유를 보낼 것이다. 하지만 그런 나라에도 열한 번째 계명의 지상권은 행사된다. 어떻든, 십계명이 거의 잊힌 세기에, 하나의 계명이 행사되는 일은 필요하다. 우리 시대의 도덕 체계는 이 열한 번째 계명에 의거하며, 기자들은 이 계율의 운영이 자신들의 손에 달렸음을 분명히 자각했다. 역사의 은밀한 주문이 이를 원하여, 헤밍웨이나 오웰조차 감히 꿈꾸어 보지 못한 권력을 오늘날의 기자에게 위임하고 있는 것이다.

이러한 사실이 맑은 샘물처럼 분명해진 것은 미국인 기자 칼 번스타인과 밥 우드워드가 질문을 통해, 선거운동 기간 중 행해진 닉슨 대통령의 부정행위들을 폭로한 날이었다. 질문을 통해 그들은, 지구상에서 가장 유력한 한 인간이 처음에는 거짓말을 공개적으로 하게 해 놓고, 이어 그 거짓말을 공개적으로 시인하게 한 뒤, 결국 머리를 조아린 채 백악관을 떠나지 않을 수 없게 만들었다. 그때 우리는 만장일치로 박수갈채를 보냈다. 정의가 구현되었기 때문이다. 폴은 더욱 힘찬 박수를 보냈다. 이 일화에서 그는 하나의 거대한 역사적 변화를, 어떤 획기적인 전기를, 어떤 교체의 잊을 수 없는 순간을 예감했기 때문이었다. 당시까지 정치가와 동의어였던 노회한 권력전문가를 권좌에서 물러나게 할 수 있는 유일한 새로운 권력이 등장한 것이다. 무기나 음모를 통해서가 아니라, 단순히 질문의 힘으로 그를 권좌에서 몰아낸 권력 말이다.

"진실을 말하라!"라고 기자들은 요구하고, 우리는 물론 이렇게 자문해 볼 수 있다. 열한 번째 계명을 경영하는 자에게 있어 "진실"이라는 말은 무엇을 함의하는가? 오해를 피하기 위해서, 그것이 얀 후스를 화형대에 매단 신의 진실도 아니요 조르다노 브루노에게 그런 죽음을 안겨 준 과학적 진실도 아니라는 점을 강조해 두자. 열한 번째 계명이 요구하는 진실은 신앙이나 사상에 관한 것이 아니라, 존재론적으로 가장 낮은 층의 진실, 전적으로 실증주의적인 사실관계의 진실이다. 즉 C가 어제 한 일, 그가 마음속으로 하는 생각, 그가 A를 만나 하는 말, 그리고 그가 B와 내밀한 관계인지 하는 그런 것들이다. 하지만 비록 존재론적으로 가장 낮은 층에 있다고는 하나, 이는 우리 시대의 진실이요 지난날의 얀 후스나 조르다노 브루노의 진실 못지않은 폭발적인 힘을 내포한다. "B와 내연의 관계입니까?" 하고 기자가 묻는다. C는 거짓말로 B를 알지조차 못한다고 대답한다. 하지만 기자는 속으로 웃는다. 이미 오래전에, 그가 일하는 신문사의 한 리포터가 C의 품에 안긴 벌거벗은 B 사진을 찍어 두었기 때문이다. 이제 그에게 남은 일은, B를 안다는 사실을 비겁하고 뻔뻔스럽게 끝까지 부인한 거짓말쟁이 C의 말을 덤으로 얹어서, 그 스캔들을 대중에게 폭로하는 것뿐이다.

선거철이 되면 정치가는 비행기에서 헬리콥터로, 헬리콥터에서 또 자동차로 옮겨 가며 동분서주 뛰어다닌다. 땀을 흘리고 뛰어가면서 점심을 삼키고, 마이크 앞에서 아우성을 치며 두 시간 동안 연설을 해 대지만, 그가 외친 5만여 문구 중에서 신문에 실리거나 라디오에 방송될 문구를 결정하는 사람은 우드워드나 번스타인과 같은 이다. 그래서 정치가는 텔레비전이나 라디오에서 직접 말하고 싶어 하지만, 그러자면 프로그램 주도권을 쥐고서 질문을 던지는 오리아나 팔라치 같은 중개인이 필요하다. 모든 국민이 그를 볼 수 있는 그 짧은 순간을 이용하여, 정치가는 서둘러 마음속에 품었던 얘기를 하려 하지만, 우드워드는 그의 의중에 없던 주제들, 그가 말하고 싶지 않은 주제들에 대해 질문을 던진다. 그래서 그는 마치 질문을 받고 칠판 앞에 나선 중고생 같은 꼴이 되어서는, 케케묵은 수법을 써먹으려 든다. 질문에 대답하는 척하며 사실은 집에서 방송을 위해 준비해 온 말들을 꺼내는 것이다. 하지만 그런 수법이 옛날에는 선생을 속여 넘길 수 있었을지 모르나 "당신은 나의 질문에 대답하지 않았습니다!"라며 가차 없이 그를 몰아세우는 번스타인을 속이지는 못한다.

이런 시대에 대체 누가 정치가의 길을 가고자 한단 말인가? 칠판 앞에 나가 자신의 전 생애를 신문받고 싶어 하는 자가 누구란 말인가? 국회의원 베르트랑 베르트랑의 아들은 분명 아니다.

# 이마골로기

정치인은 기자 손에 달렸다. 그렇다면 기자들은 누구 손에 달렸는가? 그들에게 돈을 지불하는 이들에게다. 그들에게 돈을 지불하는 이들이란 곧, 광고를 위해 신문 지면이나 방송 시간을 사는 광고 에이전시들이다. 얼핏 생각하기에는 이 에이전시들이 상품 판매를 촉진해 줄 수 있을 모든 신문들에 망설임 없이 광고 신청을 할 것 같다. 순진한 생각이다. 상품 판매는 우리가 생각하는 것보다 덜 중요하다. 공산주의 국가들에서 일어나는 일을 생각해 보면 안다. 어쨌거나 당신 발길이 닿는 곳곳에 붙어 있는 무수한 레닌 포스터가 당신에게 레닌을 더욱 소중한 존재로 만들어 준다고 할 수는 없지 않은가. 공산당 홍보 에이전시들(그 유명한 당선전국)은 이미 오래전부터 실제 목표(공산주의 체제를 좋아하게 하는 것)를 잊어버렸으며, 자기들 자체가 목적이 되어 버렸다. 그들은 어떤 언어, 상투적인 표현들, 어떤 미학,(이 에이전시들의 수장들은 과거에는 자기 나라 예술의 절대적 스승들이었다.) 어떤 독특한 생활 방식을 만들어 냈고, 이를 발전시켜 가엾은 인민들에게 공표하고 부과했다.

광고와 선전은 서로 무관한 거라고 이의를 제기하실 텐가? 하나는 시장에서 쓰이고, 하나는 이데올로기에 쓰이는 거라고? 당신은 전혀 이해를 못 하고 있다. 약 백여 년 전 러시아에서 박해받던 마르크스주의자들은 작은 비밀 모임들을 만들어, 그 모임에서 함께 마르크스의 『공산당 선언』을 연구했다. 그들은 다른 모임들에 전파하기 위해 이 이데올로기의 내용을 단순화했고, 그 다른 모임 구성원들은 간추려진 내용을 다시 간추려 전하고 선전했다. 지구상에 널리 알려지고 강력해진 마르크스주의가, 결국 하나의 이데올로기로 보기 어려울 만큼 전체적 연관성이 빈약한 슬로건 모음 여섯 내지 일곱 개로 축소되어 버릴 때까지 말이다. 그리하여 마르크스의 유산이 이제 더는 어떤 논리적 관념들의 체계가 아니라, 다만 일련의 이미지와 암시적 상징의 연속(망치를 든 채 웃는 노동자, 황인과 흑인에게 손을 내민 백인, 비상하는 평화의 비둘기 등)을 이룰 뿐이므로, 당연히 우리는 이데올로기가 총체적이고 전 지구적으로 서서히 이마골로기로 변해 버린 거라고 말할 수 있다.

이마골로기! 최초로 이 멋진 신조어를 만들어 낸 이는 누구인가? 폴인가 나인가? 아무려면 어떤가. 중요한 것은 서로 명칭이 너무나 다른 여러 현상들을 한 지붕 아래 그러모을 수 있는 단어 하나가 마침내 존재한다는 사실이다. 광고 에이전시들, 정부 수반들의 커뮤니케이션 고문들, 신형 자동차나 헬스장 설비를 기획하는 디자이너들, 유행 창조자들과 유명 패션 디자이너들, 미용사들, 신체 아름다움의 규범을 결정짓는 쇼비즈계의 스타들 등, 이마골로기의 모든 분과가 이들을 본받을 것이다.

물론 이마골로그들은 오늘날 우리가 잘 아는 막강한 사설 학원 창설 이전부터 존재했다. 히틀러에게도 개인 이마골로그가 있었다. 그는 총통 앞에 꼼짝 않고 서서, 대중의 열광을 이끌어 내기 위해 총통이 연단에서 취해야 할 몸짓들을 끈기 있게 연기해 보이곤 했다. 한데 만약 이 이마골로그가 어느 기자와의 인터뷰를 통해 독일 국민들에게, 총통이 손동작을 제대로 할 수 없는 사람이라는 등의 얘기를 지껄여 댔다면 아마도 그는 반나절도 살아남지 못했을 것이다. 그러나 오늘날의 이마골로그는 자신의 일을 감추지 않는다. 오히려 그는 그런 얘길 하는 걸 몹시 좋아하며, 자신의 정치인 고객이 입회한 자리에서 그러는 경우도 허다하다. 자신이 고객에게 가르쳐 주려 한 모든 것, 즉 버려야 할 나쁜 습관, 그에게 해 준 여러 지적, 앞으로 그가 이용할 슬로건이며 홍보 문구들, 그가 맬 넥타이 색깔 등을 공개적으로 설명하고 싶어 안달하는 것이다. 하지만 그들의 그런 자부심이 전혀 놀랍지는 않다. 이마골로기는 이미 수십 년 전에 이데올로기에 대한 역사적 승리를 거두었기 때문이다.

모든 이데올로기가 패했다. 그들의 도그마가 결국 환상임이 드러났고, 어느 순간부터 사람들은 그것들을 진지하게 생각하지 않았다. 한 예로 공산주의자들은 자본주의의 발전이 프롤레타리아 계급을 점점 더 가난하게 만들 거라고 믿었다. 그러나 어느 날 유럽 노동자들이 모두 자동차로 출근하는 것을 보고, 그들은 현실이 속임수를 쓴 거라고 외치고 싶었다. 현실은 이데올로기보다 강했다. 이마골로기가 이데올로기를 능가한 것은 바로 그런 의미에서다. 이마골로기는 현실보다도 강했던 것이다. 이미 오래전부터 현실은 모라비아의 시골 마을에서 모든 것을 경험을 통해 깨우친 나의 할머니에게 나타났던 방식으로 나타나지 않는다. 어떻게 빵을 굽는지, 집은 어떻게 짓고 돼지는 어떻게 잡아 어떻게 훈제하는지, 털 이불은 무엇으로 만들고 신부님은 세상을 어떻게 생각하는지, 선생님은 또 어떤 생각을 하는지를 할머니는 경험을 통해 알았다. 매일같이 모든 마을 주민들을 만났으므로, 할머니는 십 년 동안 그 지역에 살인 사건이 몇 건 일어났는지 알았다. 말하자면 그녀는 현실을 자신의 개인적인 통제 아래 뒀으며, 따라서 그 무엇도 할머니로 하여금 집에 먹을 양식이 없는데도 모라비아의 농사가 번성하리라고 믿게 할 수는 없었다. 그러나 오늘날 파리에서, 같은 층에 사는 나의 이웃은 낮에는 사무실에서 다른 동료 직원을 마주보고 앉아 시간을 보낸 뒤, 집에 돌아오면 세상 돌아가는 일을 알기 위해 텔레비전을 켠다. 텔레비전에서 아나운서가 최근 여론조사를 해설하면서, 대다수 프랑스인이 프랑스를 유럽에서 가장 안전한 나라로 생각한다는 정보를 알려 주면 (나는 최근에 이런 여론조사를 읽었다.) 그는 매우 기뻐하며 샴페인 병을 딴다. 그러나 바로 그날, 자신이 사는 골목에서 일어난 강도 사건 세 건과 살인 사건 두 건을 그는 절대 알지 못할 것이다.

여론조사는 이마골로기 권력의 완벽한 도구다. 이 권력이 대중과 완벽한 조화를 이루며 살 수 있는 것은 여론조사 덕분이다. 이마골로그는 사람들에게 질문 공세를 퍼붓는다. 프랑스 경제는 어떻게 굴러갈 것인가? 프랑스에 인종차별주의가 있는가? 인종차별주의는 좋은 것인가 나쁜 것인가? 역사상 가장 위대한 작가는? 헝가리는 유럽에 속하는가, 폴리네시아에 속하는가? 세계 모든 국가 수뇌들 중 가장 섹시한 이는 누구인가? 현실이라는 것이 오늘날에는 사람들이 별로 찾지 않는, 그래서 사람들이 별로 좋아하지 않는다고도 할 수 있는 그런 땅이 되어 버렸으므로, 여론조사는 일종의 상급 현실처럼 되어 버렸다. 달리 말하면, 여론조사가 곧 진실이 되어 버린 것이다. 여론조사는 진실의 창출, 더군다나 역사상 가장 민주적인 진실의 창출을 사명으로 하는 영구적인 국회 같다. 이마골로그들의 권력은 이 진실의 국회와 대립 상황에 처하는 일이 결코 없을 것이기에, 영원히 진실 안에서 살 것이다. 그렇기에 나는 인간적인 모든 것은 소멸한다는 사실을 알면서도, 과연 어떤 힘이 이 권력을 깨뜨릴 수 있을지 상상이 되지 않는다.

이데올로기와 이마골로기의 관계에 관해 이것 하나를 덧붙이고 싶다. 이데올로기란 전쟁과 혁명과 개혁을 촉발하면서 무대 뒤에서 돌아가는 거대한 바퀴 같다. 이마골로기의 바퀴도 돌아가지만, 그 회전은 역사에 어떤 영향도 미치지 않는다. 이데올로기들은 서로 투쟁하며, 각각의 이데올로기는 한 시대 전체를 포위해 버릴 수 있다. 이마골로기는 시즌의 경쾌한 리듬에 따라, 스스로 자기 체계의 평화적 교체를 이루어 낸다. 아마 폴이라면 이렇게 말할 것이다. 이데올로기들은 역사에 속하지만, 이마골로기의 통치는 역사가 끝나는 곳에서 시작된다고 말이다.

우리 유럽이 몹시 사랑하는 변화라는 말은 새로운 의미를 하나 갖게 되었다. 이제 그것은 지속적인 발전 과정 속에서의 어떤 새로운 단계(비코, 헤겔, 혹은 마르크스가 말하는 의미에서)를 뜻하는 것이 아니라, 왼쪽에서 오른쪽으로, 오른쪽에서 뒤쪽으로, 뒤쪽에서 왼쪽으로 등과 같이(다음 시즌의 재단법을 창조하는 유명 패션디자이너들이 쓰는 의미에서) 한 장소에서 다른 장소로의 이동을 의미한다. 아녜스가 드나들던 헬스클럽에서 이마골로그들이 대형 거울들을 벽에 부착하기로 한 것은 운동을 하는 이들이 자신의 동작을 잘 볼 수 있게 하기 위해서가 아니라, 그 당시에는 거울이 이마골로기의 룰렛에서 행운의 수로 여겨졌기 때문이다. 내가 이 글을 쓰는 지금 이 순간, 만약 사람들이 철학자 마르틴 하이데거를 엉터리요 치사한 인간으로 보기로 했다면, 이는 다른 철학자들이 그의 사상을 능가했기 때문이 아니라, 지금 현재 그가 이마골로기의 룰렛에서 불운한 수요, 반(反)-이상(理想)이 되었기 때문이다. 이마골로그들은 이상과 반-이상 체계들을 만들어 낸다. 이 체계들은 그리 오래 지속되지도 않고, 하나의 체계는 곧 다른 체계로 대체되어 버리지만, 우리 행동이나 정치 견해, 아름다움에 대한 취미 등에 영향을 미친다. 살롱의 양탄자 색깔은 물론이요 책 선택에 있어서까지, 이데올로그들의 옛 체계들만큼이나 강력하게 영향을 미치는 것이다.

이런 고찰들과 함께, 내 성찰의 출발점으로 돌아가 보자. 정치가는 기자 손에 달려 있다. 그러면 기자는 누구 손에 달려 있는가? 이마골로그들에게 달려 있다. 이마골로그란 확신과 원칙의 인간이다. 그는 기자에게 그의 신문(혹은 그의 텔레비전 프로그램이나 라디오 방송)이 해당 시기 이마골로기 체계의 정신에 부응할 것을 요구한다. 이마골로그들이 어떤 신문을 지지할 것인가 말 것인가를 결정할 때, 수시로 확인하는 바가 바로 이것이다. 어느 날 그들은 베르나르가 편집을 맡고 폴이 사회를 보는, 매주 토요일마다 방송되는 '법과 권리'라는 라디오 방송을 검토했다. 그들은 많은 광고 계약과 파리 전역에 포스터를 붙이는 대대적인 홍보를 이 방송에 약속하면서 몇 가지 조건을 내세웠는데, 별명이 그리즐리, 즉 회색곰인 편성국장은 그들의 조건에 응하지 않을 수 없었다. 그래서 그는 지겨운 성찰로 청취자들을 따분하게 하지 않도록 모든 해설들을 조금씩 줄여 나갔다. 출연자의 발언 도중 다른 출연자가 질문을 할 수 있게 하여 독백 형식을 대화 형식으로 바꿔 놓았고, 종종 대화 중에도 배경음악이 계속될 정도로까지 음악이 나오는 횟수를 늘였다. 또한 그는 모든 동료 직원들에게, 마이크에 대고 말할 때는 젊고 근심걱정이 없는 어조, 태평하고 가벼운 어조를 유지토록 권고했는데, 바로 그런 가벼움이 일기예보를 희가극 형식으로 만들면서, 나의 새벽녘 꿈들을 몹시도 아름답게 꾸며 주곤 했다. 부하직원들에게 언제나 전능한 회색 곰으로 보였으면 하는 바람에서 그는 모든 동료들이 각자의 자리를 지킬 수 있도록 최선을 다했다. 그는 단 한 가지에만 굴복했다. '법과 권리'라는 방송을 이마골로그들은 의심할 바 없이 지루한 방송으로 여겼고, 그들은 누가 그 방송을 들먹이면 새하얀 이를 드러내며 큰 소리로 웃어 버릴 뿐, 그에 대해 논하는 것조차 거부했다. 그들에게 이 방송을 없애겠다고 약속하고서, 회색곰은 그렇게 굴복한 데 부끄러움을 느꼈다. 폴이 그의 친구였기에, 그의 부끄러움은 더욱 더 생생했다.

# 자신의 무덤을 파는 자들의 총명한 동맹자

편성국장의 별명 그리즐리는 그에게 너무나 잘 어울렸다. 그는 체격 좋고 느린 데다 무골호인이었으나, 언제든 화가 나면 그 육중한 팔이 상대를 칠 수 있다는 걸 누구나 알았다. 이마골로그들은 그에게 일을 가르쳐 주려 들 만큼 뻔뻔스러워서, 그의 곰 같은 인내심이 한계에 이르러 있었다. 그래서 그는 라디오 방송국 구내매점 테이블에 앉아, 동료들에게 하소연했다. "그 광고 사기꾼들 말이야. 꼭 무슨 화성인들 같아. 행동거지가 정상적인 인간들 같지가 않아. 지극히 불쾌한 지적을 할 때 보면, 놈들 얼굴이 환희로 빛나. 활용하는 어휘 수는 잘해야 예순 단어쯤 되는 것 같고, 절대 낱말 네 개가 넘지 않는 짧은 문장만 구사해. 알아들을 수 없는 기술 용어 두세 개를 섞어서, 기껏해야 어지러울 만큼 초보적인 한두 가지 아이디어를 떠들어 대는 게 고작이라고. 이 작자들은 스스로를 부끄러워하지 않아. 도무지 열등감을 몰라. 바로 그게 그들의 권력을 말해 주는 거지."

그때 폴이 구내매점에 나타났다. 모여 있던 사람들은 폴의 기분이 너무나 좋아 보여 더욱 더 거북한 느낌이었다. 그는 계산대에서 커피를 한 잔 사 들고 동료들이 있는 쪽으로 왔다.

폴의 등장에 그리즐리는 마음이 편치 못했다. 그는 폴을 수수방관하며 차마 그에게 말할 용기조차 내지 못했던 점을 후회했다. 또다시 이마골로그들에 대한 증오심이 일자 그가 말을 이었다. "그 백치들을 만족시키려면 일기예보를 어릿광대의 대화로 바꿔 놓아야 할 거야. 하지만 그리고 나서 바로 비행기 사고로 백여 명의 사람이 죽었다는 사실을 베르나르가 알리는 걸 듣는다는 게 나는 거북스러워. 나도 프랑스인을 즐겁게 해 주는 데 나의 인생을 바칠 마음의 준비가 되어 있지만 뉴스가 광대극이 될 수는 없다고."

모두가 동의하는 것 같았으나 폴만은 예외였다. 그는 유쾌한 선동가 같은 웃음을 터뜨리며 대화에 끼어들었다. "그리즐리! 이마골로그들이 옳아. 자넨 뉴스를 야간 수업으로 착각하고 있어!"

그리즐리는 폴이 맡았던 방송을 생각해 보았다. 때로는 재기 넘치지만, 늘 지나치게 기교를 부리는 편이었고 알 수 없는 말들이 가득해서 편집부 직원 모두가 남몰래 사전을 뒤적여 그것이 무슨 의미인지 찾아보곤 했다. 그렇지만 지금은 그런 얘기를 하지 않는 게 좋을 것 같아, 그는 자신의 모든 위엄을 그러모아 대답했다. "언제나 난 언론을 다른 무엇보다도 존중하고, 앞으로도 이 생각을 바꿀 의사가 없어."

폴이 말을 이었다. "새로운 뉴스를 듣는다는 것, 그건 담배한 개비를 피우는 것과 같아. 피우고 나선 던져 버리지."

"바로 그 점을 난 받아들일 수 없다고."

"하지만 자네는 골초가 아닌가! 어째서 뉴스가 담배 같다는 게 불만이지?" 폴이 웃으면서 말했다. "담배야 건강에 해롭지만 뉴스는 위험하지도 않을뿐더러 일과를 시작하기 전에 기분전환을 해 주지."

"이란과 이라크 간의 전쟁이 기분전환거리란 말인가?" 그리즐리가 물었다. 폴을 동정하는 그의 마음에 약간 신경질이 섞였다. "오늘날 철도 사고들, 이 모든 살육을 자네는 재미있다고 생각하나?"

"자네도 남들처럼 죽음을 비극으로 보는 잘못을 범하는군." 건강 상태가 아주 좋아 보이는 폴이 말했다.

"물론 난 언제나 죽음을 비극으로 봐." 그리즐리가 싸늘한 목소리로 말했다.

"바로 그게 잘못이야. 철도 사고는 그 기차를 타고 여행하는 사람이나, 자식을 거기 태워 보낸 사람에겐 끔찍한 일이겠지. 그러나 라디오 뉴스에서의 죽음은 애거사 크리스티의 소설에 등장하는 죽음과 같아. 살인을 오락으로 바꿔 놓았다는 점에서 그녀는 시대를 통틀어 가장 위대한 마술사라 할 수 있지. 그것도 한 건이 아니라 수십 건, 수백 건의 살인과 연쇄살인이야. 자신의 추리소설이라는 학살 캠프에서, 우리가 좀 더 큰 기쁨을 만끽하도록 말이야. 아우슈비츠는 잊혔지만 애거사의 소설에 나오는 화장터 화로는 영원히 연기를 하늘로 날려 보내네. 세상물정을 아주 모르는 사람이 아니고서야, 그것이 비극의 연기라고 주장하지는 않을걸."

그리즐리는 기억한다. 폴이 이와 같은 역설들로 오래전부터 팀에 영향을 주어 왔으며, 팀원들이 이마골로그들의 불길한 시선 아래에서 내심 자신들의 보스가 구식이라고 생각하며 그를 별로 지지하지 않았다는 사실을 말이다. 자신이 굴복하고 만 데 대해 자책을 하긴 했지만, 그리즐리는 다른 선택이 불가능했음을 알았다. 그렇게 울며 겨자먹기로 시대정신과 타협하는 것은 이 시대를 혐오하는 사람들에게 총파업을 호소하지 않는 한 흔한 일이요 결국 불가피한 일이었다. 그런데 폴의 경우는 그런 타협이라 할 수가 없었다. 그는 뭘 몰라서가 아니라 사정을 잘 알면서도, 그리즐리가 보기에 지나치다 싶을 만큼 열성적으로 자신의 이성과 재기 번뜩이는 역설들을 이 시대에 빌려주었다. 그래서 더욱 더 쌀쌀맞은 어조로 그리즐리가 대답했다. "나도 애거사 크리스티라면 읽네! 피곤할 때나, 잠시 어린 시절로 되돌아가고 싶을 때 말이야. 그렇지만 삶이 송두리째 어린아이의 놀이가 되어 버린다면, 세상은 알랑대는 미소와 재잘거림 아래 끝장나고 말 거야."

폴이 말했다. "나로선 쇼팽의 「장송행진곡」보다는 그런 재잘거림을 들으며 끝장나는 게 나아. 한마디 덧붙여 볼까? 악이라는 건 바로 죽음을 예찬하는 그 음울한 행진에서 나온다네. 음울한 행진이 적다면 아마 죽는 사람도 적을 거야. 내 말을 잘 이해하게. 비극이 불러일으키는 경외심은 유치한 재잘거림의 그 철없음보다 훨씬 더 위험한 거란 얘기야. 비극의 영원한 조건이 뭔가? 인간의 삶보다 가치가 월등히 높은 이상(理想)이 존재한다는 거지. 전쟁의 조건은 또 뭔가? 마찬가지야. 자네 삶보다 우월한 뭔가가 있기에, 자네에게 죽음을 요구하는 거지. 전쟁은 비극 세계에서만 존재할 수 있어. 유사 이래로 인간은 비극의 세계만 알았고 거기에서 헤어나질 못했네. 비극 시대는 경박의 혁명에 의해서만 막을 내릴 수 있어. 사람들은 이제 베토벤의 「9번 교향곡」에서, 벨라 향수 광고를 반주하는 기쁨의 찬가 네 소절밖에 알지 못하지. 나로선 이것이 조금도 분개할 일이 아냐. 비극은 이 세상에서 추방될 거야. 가슴에 손을 얹고 쉰 목소리로 떠들어 대는 늙은 뜨내기 배우처럼 말이야. 경박은 근본적인 다이어트 요법이라네. 사물들은 자신들의 의미를 90퍼센트 상실하고 가벼워질 거야. 의미가 그렇게 희박해지면 광신이 사라지지. 전쟁이 불가능해져."

"마침내 자네가 전쟁을 없앨 방법을 찾아낸 걸 보니 기쁘군." 그리즐리가 말했다.

"프랑스의 젊은 세대가 조국을 위해 싸우려 할 것 같은가? 이제 유럽에서는 전쟁이란 생각할 수 없는 것이야. 정치 차원에서가 아니라 인류학 차원에서 말이야. 유럽에서는 사람들이 더 이상 전쟁을 할 능력이 없어."

이처럼 근본적으로 의견이 맞지 않는 두 사람이 서로 좋아할 수 있다는 건 말이 안 된다. 그것은 동화 같은 얘기다. 그들이 각자의 의견을 마음에만 담아 둔다면, 혹은 그 중요성을 축소하기 위해 익살스러운 어조로 의견들을 말한다면 서로 좋아할 수 있을지도 모른다.(하기야 폴과 그리즐리는 지금껏 그런 식으로 말해 왔다.) 그러나 일단 말다툼이 터지면 이미 늦고 만다. 서로 자신의 주장을 그만큼 확신해서가 아니라, 자신이 옳지 않다는 걸 용납하지 못하는 것이다. 이 두 사람을 보라. 어쨌든 그들의 말다툼은 아무것도 바꿔 놓지 못하고 어떤 결정에도 이르지 못하며 사태의 흐름에 전혀 영향을 끼치지 못할 것이다. 그들의 다툼은 어떤 결실도 맺지 못하고 쓸모없으며, 냄새나는 이 구내매점에 한정된 것으로, 청소부들이 창문을 열 때 냄새와 함께 사라져 버릴 것이다. 그럼에도 탁자를 에워싼 작은 청취자 무리는 온통 정신을 집중한다! 그들은 커피를 홀짝거리는 것도 잊은 채, 잠자코 귀를 기울인다. 두 적수는 자기들 둘 가운데 하나를 진실의 소유자로 지명할 이 소규모 여론에 한사코 매달린다. 진실을 보유하지 않은 자로 지명된다는 것은 곧 명예를 잃는 것을 의미한다. 아니면 자기 자아의 한 조각을 잃는 것을 의미한다. 사실 그들이 주장하는 생각이 그들에게 중요한 건 아니다. 다만 그 생각들이 그들 자아의 속성을 이루기 때문에, 그 생각에 타격이 가해질 때마다 그들은 살이 따끔거리는 아픔을 맛보는 것이다.

마음 한구석으로 그리즐리는 이제 더는 폴이 라디오 방송에서 억지스러운 해설들을 떠들어 대지 못하는 데 대해 만족했다. 큰 곰의 긍지가 잔뜩 밴 그의 목소리는 점점 더 낮아지고 냉혹해졌다. 반대로 폴은 점점 더 어조를 높였고, 그의 머리를 거쳐 나오는 생각들은 점점 더 극단적이고 선동적이 되었다. 그는 말했다. "위대한 문화란 우리가 '역사'라고 부르는 유럽의 병적 태도가 낳은 딸이라네. 무슨 말이냐 하면, 언제나 앞을 향해서만 뛰어가면서, 세대의 연속을 마치 각각의 선수가 앞 주자를 앞지르고 다시 뒤 주자에게 추월당하는, 그런 릴레이 경주로 여기는 광기 말이야. 우리가 '역사'라고 부르는 이 릴레이 경주가 없다면 유럽 예술도 없을 것이요, 유럽 예술의 특징, 즉 독창성이나 변화에 대한 욕구도 없을 거야. 로베스피에르, 나폴레옹, 베토벤, 스탈린, 피카소 등은 모두 릴레이 선수들이요, 모두 같은 경기장에서 뛰고 있어."

"정말 자네는 베토벤과 스탈린을 비교할 수 있다고 생각하나?" 그리즐리가 빈정거리는 투로 물었다.

"물론이지. 자네에겐 충격적으로 들리겠지만 말이야. 전쟁과 문화는 유럽의 두 축이라네. 유럽의 하늘과 지옥이요, 그 영광이며 수치요, 그럼에도 이 둘을 떼어 놓을 수는 없어. 유럽을 어느 하나로만 만들려고 하면, 둘 다 함께 사라지고 말아. 오십 년 전부터 유럽에 전쟁이 없다는 사실은 오십 년 전부터 우리가 어떤 피카소도 알지 못한다는 사실과 불가사의한 관계를 맺고 있어."

"폴, 자네에게 하나 일러줄 게 있네." 하고 왠지 불안하게 느릿느릿, 마치 내리치기 위해 육중한 앞발을 들어 올리듯이 그리즐리가 말을 꺼냈다. "만약 위대한 문화가 끝장났다면, 자네 역시 끝장난 거야. 자네의 그 역설적인 생각들과 함께 말이야. 그런 역설은 위대한 문화에서 나오는 것이지, 어린아이의 재잘거림에서 나오는 게 아니니까. 자네는 과거 나치나 공산주의 운동에 뛰어든 젊은이들을 연상시켜. 악에 대한 욕구나 출세욕 때문이 아니라, 지나친 총명함 때문에 말이야. 사실비(非)사유를 합리화하려는 논증보다 더 사유의 노력을 요구하는 것도 없지. 난 그걸 내 두 눈으로 똑똑히 확인했더랬어. 전쟁 후, 지식인과 예술인들이 소 떼처럼 공산당에 몰려들었을 때 말이야. 그러자 당(黨)은 기쁘게 그들을 일괄 숙청해 버렸지. 자네가 바로 그런 짓을 하고 있어. 자넨 자네 무덤을 파는 자들의 총명한 동맹자라네."

# 완전한 당나귀

그들의 머리맡에 놓인 트랜지스터라디오에서 곧 개봉될 영
화에 출연한 영화배우를 인터뷰하는 베르나르의 친근한 목소
리가 흘러나왔다. 영화배우의 도도한 목소리가 그들을 선잠
에서 끌어냈다.

"난 영화 얘기를 하러 나왔지 내 아들 얘기를 하자고 나온
게 아닙니다."

"걱정 말아요, 곧 영화 차례가 올 겁니다." 베르나르의 목소
리가 말했다. "하지만 뉴스는 뉴스대로 요구하는 게 있죠. 당
신 아들의 스캔들과 관련하여, 당신이 어떤 역할을 했다는 소
문이 돌던데요."

"날 방송에 초대할 때, 영화에 관해서라고 분명히 말하지
않았습니까. 그러니 내 사생활 얘기는 그만두고 영화 얘기를
합시다."

"당신이 공인이기 때문에 당신에게 우리 청취자들이 관심 있어 하는 질문을 던지는 겁니다. 난 내 할 일을 할 뿐이에요."

"영화에 관한 질문이라면 뭐든지 대답하겠소."

"좋으실 대로 하시지요. 하지만 당신이 대답을 거부하는 걸 보고 청취자들이 놀랐을 겁니다."

아녜스는 침대를 떠났다. 십오 분쯤 후 그녀는 일터로 갔고, 이번에는 폴이 일어나서 옷을 입고 수위실로 우편물을 가지러 내려갔다. 우편물 가운데 그리즐리라고 서명된 편지 하나가 매우 완곡한 어조로, 신랄한 유머에 사과를 섞어, 이미 우리가 아는 사실을 알렸다. 방송국은 이제 폴의 노고를 필요로 하지 않는다는 얘기 말이다.

그는 그 편지를 네 번이나 읽었다. 그러고는 별일 아니라는 몸짓을 해 보이고는 자신의 사무실을 향해 떠났다. 하지만 그는 살갗이 따끔거렸고 정신을 집중할 수가 없었으며, 그 편지만 생각했다. 그것이 그에게 그토록 심한 타격이었던가! 실리적인 면에서는 전혀 그럴 게 없었다. 하지만 그는 상처를 입었다. 살면서 내내 그는 법률학자들의 세계에서 벗어나려고 애를 썼다. 그는 대학에서 세미나를 하는 게 행복했고, 라디오 방송에 출연하는 것이 즐거웠다. 변호사 직업이 그의 마음에 들지 않아서가 아니었다. 오히려 그는 피의자들을 좋아했으며 그들의 범죄를 이해하려 애썼고, 거기에 의미를 부여하려 했다. "나는 단순한 변호사가 아니라, 변론하는 시인이야!" 우스갯소리로 그는 그렇게 말하곤 했다. 그는 일부러 성의를 다해 무법자들 편에 서곤 했다. 환멸을 느낀 식자의 가벼운 혐오감과 더불어, 언제나 양손에 끼고 다니며 참조하던 그 두터운 책들에 해설된 비인간적인 법률 세계에서 (어느 정도는 허영심에서) 스스로를 반역자로, 스파이로, 인정 많은 게릴라로 여기면서 말이다. 그래서 그는 법원 담장 밖 인간 관계를 유지하려고 했다. 그들과 한 가족이 된다는 확신(환상만이 아니라)을 갖기 위해, 학생들이며 작가들, 기자들과의 관계를 애써 유지하고자 했다. 이렇게 그들에게 애착을 느꼈기에, 그를 변호사 사무실과 법정으로 되돌려 보내는 그리즐리의 편지가 견디기 힘들었던 것이다.

그가 의기소침해진 데는 또 다른 이유가 있었다. 전날 그리즐리가 그를 제 무덤 파는 자들의 총명한 동맹자라고 규정지었을 때, 폴은 거기서 고상한 악의만 보았을 뿐 구체적인 의미는 보지 못했다. "무덤 파는 자들"이라는 말이 그에겐 그리 큰 의미를 지니지 않았다. 그때는 그의 무덤을 파는 자들을 알지 못했기 때문이다. 그러나 그 편지를 받은 지금, 그는 분명한 사실 하나를 인정해야 했다. 무덤 파는 자들은 실제로 있었고, 그들은 미리 그를 점찍어 두고서 그를 기다렸다는 것이다.

문득 그는, 그가 자신을 보는 것과는 다른 식으로, 그의 생각과는 다른 모습으로 남들이 자기를 봄을 깨달았다. 방송국 모든 동료들 가운데 떠나야 할 유일한 인물은 그였다. 그리즐리가 나름대로 최선을 다해 (그는 짐작조차 못했지만) 그를 옹호했음에도 말이다. 그의 어떤 점에 광고업자들이 화났단 말인가? 게다가 그는 순진하게도, 자신을 용납하지 못할 인물로 본 게 그 작자들뿐이었을 거라고 믿었다. 하지만 아마 다른 많은 사람들도 그들과 같은 견해였을 것이다. 그의 이미지에 무슨 일이 일어난 걸까? 무슨 일이 생기긴 했으나 그는 그 일이 뭔지 알지 못했고 앞으로도 알지 못할 것이다. 이는 누구에게나 예외 없이 적용되는 법칙이다. 아마 우리는 왜, 그리고 어떤 점에서 우리가 타인들의 신경에 거슬리는지, 우리의 어떤 점이 그들에게 호감을 주며, 어떤 점이 우스꽝스러워 보이는지 영원히 알지 못할 것이다. 우리 자신의 이미지야말로 우리에게 가장 큰 미스터리인 것이다.

폴은 자신이 온종일 다른 생각을 하지 못하리라는 것을 깨달았다. 그래서 수화기를 들어 베르나르에게 식당에서 점심을 사겠다고 했다.

그들은 마주보고 앉았다. 폴은 그 편지에 대해 말하고 싶어 속이 탔으나, 교양인답게 첫마디엔 예를 차렸다. "오늘 아침 자네 방송을 들었네. 그 배우를 마치 산토끼 쫓듯 하더군."

"그래요." 하고 베르나르가 말했다. "어쩌면 너무 지쳤는지도 모르죠. 하지만 몹시 불쾌한 상태였어요. 사실은 어제 평생 잊지 못할 방문객이 하나 찾아왔어요. 웬 낯선 작자가 절 만나러 왔죠. 저보다 머리 하나는 더 큰 데다, 배가 엄청 뚱뚱한 사내였습니다. 그자는 자기를 소개한 뒤, 끔찍할 만큼 상냥한 태도로 제게 미소하며 말하더군요. '당신에게 이 증서를 드려 영광입니다.' 제 손에 둥글게 말린 두꺼운 종이를 쥐어 주면서 말입니다. 그러고는 한사코 자기 앞에서 펼쳐 보라는 거예요. 안에 보니 증서가 한 장 들어 있더군요. 컬러 증서였어요. 훌륭한 글씨체로 이렇게 적혀 있었어요. '베르나르 베르트랑을 완전한 당나귀로 임명함.'"

"뭐라고?" 웃음을 터뜨리며 폴이 말했다. 하지만 웃음기라곤 찾아볼 수 없는 심각하게 굳은 베르나르의 얼굴 앞이었기에 그는 곧 웃음을 자제했다.

"그래요." 우울한 어조로 베르나르가 다시 한 번 말했다. "제가 완전한 당나귀로 임명되었단 말입니다."

"한데 누가 자네를 임명했단 말인가? 무슨 기관명이 있던가?"

"아뇨, 알아보기 힘든 서명만 있었어요."

베르나르는 자신에게 일어난 일을 몇 번이고 되풀이해 말하더니 이렇게 덧붙였다. "제 눈을 믿을 수가 없더군요. 테러를 당한 느낌이었어요. 그래서 소리를 지르고 경찰을 부르려고 했죠. 하지만 곧 제가 아무 짓도 하지 못하리라는 걸 깨달았어요. 그 작자가 웃는 얼굴로 제게 손을 내밀며 말하더군요. '축하를 드려도 될까요!'라고. 저는 얼떨결에 그의 손을 잡고 말았어요."

"그자의 손을 잡았다고? 정말로 그자에게 감사를 표했단 말인가?" 안간힘을 다해 웃음을 참으며 폴이 말했다.

"전 경찰이 그자를 체포하도록 할 수 없다는 걸 알았고, 그래서 태연하게 보이려고, 마치 모든 게 정상이고 내가 조금도 상처받지 않은 듯 행동하고 싶었던 거죠."

"수학적이로군. 당나귀로 임명되면 당나귀처럼 행동하게 되나 보네."

"그러게 말입니다."

"그자가 누군지 모르는가? 그가 자기 소개를 했다지 않았나!"

"그때는 너무 흥분해서 듣자마자 이름을 잊어버렸죠."

폴은 더 이상 참을 수 없어, 그만 웃음을 터뜨리고 말았다.

"그래요, 저도 알아요. 선배님은 그것이 그저 농담일 뿐이라고 말하려는 거죠. 물론 선배님 말이 맞을 거예요. 사실 장난 같은 일이죠." 하고 베르나르가 말을 이었다. "하지만 어떻게 해야 할지 모르겠어요. 그때 이후로 도통 다른 생각을 할 수 없단 말입니다."

폴은 베르나르의 얘기가 진심임을 깨닫고 웃음을 그쳤다. 그는 지난밤부터 계속 그 생각만 한 게 분명했다. 폴이 그런 증서를 받았다면 어떻게 반응했겠는가? 베르나르와 마찬가지일 것이다. 누가 당신을 완전히 당나귀로 규정짓는다는 것은 적어도 어느 누구 한 사람은 당신을 당나귀로 보며, 또 그 사실을 당신이 알아 주길 바라는 것을 의미한다. 그 자체로도 이미 화가 나고도 남을 일이다. 그런데다 그것을 주도한 자는 혼자가 아니라 십여 명일 수도 있다. 그리고 그자들이 또 다른 공격, 예를 들면 신문에 광고를 낸다든가 하는 식으로 또 다른 공격을 준비할 수도 있다. 그렇게 해서 내일《르몽드》신문 알림난, 말하자면 장례식이나 결혼식 또는 훈장 수여 등을 알리는 난을 통해서, 모든 사람들이 베르나르가 완전한 당나귀로 임명되었음을 알 수도 있는 것이다.

뒤이어 베르나르는 그 증서를 받은 뒤, 만나는 사람마다에게 그것을 보여 주었다고 털어놓았다.(폴은 후배의 행동에 대해 웃어야 할지 울어야 할지 알 수 없었다.) 그는 혼자서만 그런 모욕 감에 빠져 있고 싶지 않았고, 다른 사람들을 끌어들여 그런 공격이 자기만 대상으로 한 게 아님을 모든 이들에게 설명해 주고자 했다. '나 혼자만의 문제라면 그들은 집으로 증서를 보냈을 겁니다. 한데 그들은 방송국으로 날 찾아왔단 말이에요. 이건 기자에 대한 공격입니다! 우리 모두에 대한 공격이란 말입니다!'라고 말이다.

폴은 접시에 담긴 고기를 자르고, 포도주를 홀짝이며 속으로 중얼거렸다. 한 사람은 완전한 당나귀라 불리고, 또 한 사람은 제 무덤 파는 자들의 총명한 동맹자로 불리니, 그야말로 둘도 없는 단짝 아닌가. 그는 앞으로 자신이 마음속으로는 절대 이 친구를 베르나르라 부르지 않고 언제나 완전한 당나귀로 부르리라는 것을 깨달았다.(그래서 그는 이 후배가 더욱 소중하게 느껴졌다.) 악의가 아니라 그렇게 기막힌 호칭을 쓰지 않고는 못 견딜 터이기에 말이다. 마찬가지로 베르나르가 흥분한 나머지 이성을 잃고 그 증서를 보여 준 모든 사람들도 언제나 그를 그렇게 부를 게 분명했다.

그의 경우에 비하면, 그저 테이블에 앉아 대화를 나누는 도중에 자신을 제 무덤 파는 자들의 총명한 동맹자로 규정한 그리즐리는 대단히 호의적이었던 셈이라는 생각도 들었다. 어쨌거나 그리즐리도 그에게 임명장을 수여할 수도 있었고, 그랬더라면 사태가 훨씬 나빴을 게 아닌가. 친구의 슬픔 덕택에 폴은 자신의 고통을 거의 잊었고, 그래서 베르나르가 "선배님도 걱정거리가 있어 보이는데요?"라고 물었을 때 그는 한 마디로 잘라 말했다. "별 거 아냐." 그러자 베르나르가 그의 말에 맞장구쳤다. "저도 선배님이 잘 이겨 냈구나 하는 생각이 들었어요. 하긴, 선배님껜 훨씬 더 흥미로운 다른 많은 일들이 있으니까요."

베르나르가 차 있는 데까지 그를 바래다주었을 때, 폴은 아주 침울한 어조로 그에게 말했다. "그리즐리가 틀렸고, 이마골로그들이 옳아. 인간이란 자기 이미지 외에 다른 무엇도 아냐. 철학자들은 세상 여론 따윈 중요치 않으며, 문제는 우리가 어떤 인간이냐는 거라고 설명하겠지. 하지만 철학자들은 전혀 이해하지 못하는 거야. 사람들 틈에 끼어 사는 한, 사람들이 우리를 보는 모습이 곧 우리일 거라고. 다른 사람들이 우리를 어떻게 보는지에 대해 끊임없이 신경쓰면서, 가능한 한 호감을 주려고 애쓰면 협잡꾼이나 사기꾼으로 간주되지. 그렇지만 나의 자아와 타인의 자아 사이에 눈이라는 매개를 통하지 않는 직접적인 접촉이 있을 수 있는가? 사랑하는 사람의 생각에 비칠 자신의 이미지에 대한 불안한 탐색을 빼고서 사랑을 생각한다는 게 가능한 일인가? 상대가 자기를 어떻게 보는지에 대해 고민하지 않는다면, 이미 그를 더는 사랑하지 않는 거라고."

"선배님 말씀이 옳아요." 맥없는 목소리로 베르나르가 말했다.

"우리 이미지란 단순한 겉모습일 뿐이고, 그 뒤에 세상 시선과는 무관한 우리 자아의 실체가 숨어 있을 거라고 믿는 건 천진한 환상이야. 이마골로그들은 철저하게 냉소적으로 그

역이 사실임을 증명해. 우리 자아는 포착될 수 없고, 묘사할 수 없으며, 흐릿한, 단순한 한 외양인 반면, 너무나 포착하기도 쉽고 묘사하기도 쉬운 유일한 실재는 바로 타인의 눈에 비친 우리 이미지라는 걸 말이야. 그런데 더욱 끔찍한 사실은 자네가 자네 이미지의 주인이 아니라는 거지. 물론 처음에는 자네 스스로 그 이미지를 그리려고 애쓰지. 그러다가 적어도 그 이미지에 영향력만이라도 행사하고, 어떻게든 통제를 해 보려 들지만 헛수고야. 자네를 보기 딱한 우스꽝스러운 존재로 만들어 버리는 데는 적의에 찬 쪽지 하나면 족하니까."

그들은 자동차 옆에서 멈추어 섰다. 폴은 더욱 수심이 깊어지고, 더욱 창백해진 그의 얼굴을 마주보았다. 자신은 친구를 위로해 줄 의도에서 한 얘기였으나, 오히려 친구에게 타격을 주었음을 그는 확인했다. 그는 후회했다. 그가 그런 생각들을 한 것은 자기 자신을 생각해서, 자신의 경우를 염두에 두고서였다. 하지만 이미 엎질러진 물이었다.

작별을 할 때 베르나르가 거북한 표정으로 한 말이 폴의 마음을 흔들어 놓았다. "부탁해요, 로라에게는 얘기하지 말아 주세요. 아녜스한테도요."

폴은 그의 손을 다정하게 잡아 주며 말했다. "나를 믿게나."

사무실로 돌아와 그는 일을 시작했다. 이상하게도 베르나르와의 만남이 그에게 위로가 되어, 아침보다 한결 기분이 나아졌다. 그는 오후 늦게 집으로 돌아가 아녜스를 다시 만났다. 그녀에게 그리즐리의 편지 얘기를 해 주고는, 잊지 않고 곧바로 별일 아니라는 말을 덧붙였다. 말을 하면서 그는 줄곧 웃으려 했으나, 아네스는 말과 웃음 사이로 간간이 터지는 폴의 헛기침을 놓치지 않았다. 그녀는 그 헛기침의 의미를 잘 알았다. 무슨 걱정거리가 있어도 언제나 폴은 자신을 통제할 줄 알았다. 오직 어색한 헛기침만이 그의 속내를 드러내는 줄을, 폴자신은 미처 깨닫지 못했다.

"좀 더 재미있고, 좀 더 젊은 방송을 내보내고 싶었나 보지." 하고 아네스가 말했다. 그녀의 지적은·폴의 방송을 없앤 사람들을 비꼬아 줄 의도에서 나온 거였다. 그러고 나서 그녀는 폴의 머리카락을 쓰다듬어 주었다. 하지만 그녀의 말은 절대 해서는 안 될 말이었다. 아네스의 눈을 통해 폴은 자신의 이미지를 보았던 것이다. 이제 더는 젊지도, 재미있지도 않은 인물로 규정된, 모욕당한 한 남자의 이미지를 말이다.

# 암고양이

우리 모두는 관습과 성적 터부들을 어기고서, 금기의 왕국 속으로 취해 들어가고자 한다. 그러나 우리에겐 그럴 만한 담력이 없다……. 연상 여자나 연하 남자를 애인으로 삼는 것, 이는 가장 손쉽고 누구나 할 수 있는 위배 방식으로 추천할 만하다. 로라는 처음으로 자기보다 젊은 애인을 가졌고, 베르나르도 처음으로 자기보다 나이 많은 애인을 가졌으며, 둘은 이 첫 경험을 자극적인 원죄로 체험했다.

로라는 폴에게 베르나르가 그녀를 십 년은 젊게 해 준다고 말했더랬다. 그녀의 말은 진심이었다. 당시 그녀는 어떤 에너지의 물결에 잠겨 있었다. 하지만 그것이 곧 그녀가 자신을 그보다 더 젊게 느꼈다는 의미는 아니다. 오히려 그녀는 자기보다 더 젊은 애인, 말하자면 자신이 더 연약하다고 생각하고, 경험 많은 애인이 자신을 옛 애인들과 비교할 거라고 생각하며 겁을 내는 그런 애인을 가졌다는 생각을, 지금까지 몰랐던 쾌감을 맛보며 음미했다. 성애는 춤과 같다. 언제나 파트너 가운데 한 사람이 다른 한 사람을 리드한다. 처음으로 로라는 한 남자를 리드했고, 베르나르가 리드당한다는 사실에 도취된 만큼이나 그녀는 리드한다는 사실에 도취했다.

연상 여자가 연하 남자에게 줄 수 있는 것, 그것은 다른 무엇보다도 그들의 사랑이 결혼의 위험 부담과는 거리가 멀게 펼쳐질 거라는 확신이다. 어떤 경우에도, 미래가 창창한 남자가 여덟 살이나 나이 많은 여자와 결혼하리라고는 누구도 생각지 않을 것이기 때문이다. 바로 그런 이유에서, 베르나르는 예전에 폴이 영원히 자수정으로 남을 그 부인에게 보냈던 것과 같은 시선으로 로라를 보았다. 말하자면 그는 언제나 자신의 정부를, 부모님께 소개해도 놀라시지 않을 젊은 여자가 등장하는 날 모습을 감출 존재로 여겼던 것이다. 로라의 모성애적 지혜를 믿었기에, 그는 그녀가 자기 결혼식 때 증인이 되어 줄 수도 있으리라고 생각했다. 젊은 신부에게 자신이 베르나르의 애인이었던 사실(그렇지 않으면, 계속 애인으로 남을 수도 있다.)을 완전히 숨겨 줄 거라고 말이다.

그들의 행복에는 이 년 동안 구름 한 점 없었다. 그러다가 베르나르가 완전한 당나귀로 임명된 뒤부터 그의 말수가 줄어들었다. 로라는 임명장 건에 대해서는 전혀 몰랐고 (폴이 입을 다물어 주었던 것이다.) 베르나르의 일에 대해 묻는 습관이 없었기에, 그녀는 그의 직장과 관련된 다른 여러 걱정거리(우리가 잘 알듯, 불행이란 결코 혼자 오지 않는 법이다.)에 대해서도 전혀 알지 못했다. 그래서 그녀는 그의 침묵을, 더는 그녀를 사랑하지 않는다는 증거로 간주했다. 그녀는 이미 수차례나 그에게 그런 의혹을 넌지시 내비쳤다. 그러나 그는 그녀가 무슨 말을 하는지 알지 못했고, 그녀는 그런 침묵의 순간들에 그의 머릿속에 다른 여자가 있다고 확신했다. 아! 사랑에서는 아주 사소한 것이 절망을 부르지 않는가!

어느 날 그가 침울한 생각에 빠진 모습으로 그녀 집으로 왔다. 그녀가 옷을 갈아입으러 옆방으로 사라진 사이, 그는 커다란 샴고양이와 함께 거실에 있었다. 그는 그 고양이에 대해 어떤 특별한 호감도 없었으나, 그의 애인에게는 그 동물이 대단한 존재임을 잘 알았다. 안락의자에 앉아 그는 침울한 생각들에 젖은 채, 고양이를 어루만져 주려는 마음에서 기계적으로 손을 고양이쪽으로 내밀었다. 그러나 고양이는 야옹거리며 울기 시작하더니 그의 손을 물어 버렸다. 지난 몇 주 동안 온갖 모욕과 좌절을 겪은 데다 고양이한테 물리기까지 하자, 그는 화가 벌컥 치밀어 의자에서 펄쩍 뛰며 고양이를 주먹으로 위협했다. 고양이는 한쪽 구석으로 달아나더니 소름끼치는 울음소리를 내면서 등을 곧추세웠다.

그러다 뒤를 돌아본 그는 로라의 존재를 알아차렸다. 문지방에 선 채, 그녀는 사태의 진행을 줄곧 지켜본 듯했다. "안 돼." 하고 그녀가 말했다. "혼내서는 안 돼. 고양이는 제 권리를 행사한 것뿐이야."

베르나르는 놀란 눈으로 그녀를 물끄러미 바라보았다. 물린 상처가 아파 왔다. 그는 자신의 애인이 그와 합심하여 고양

이를 혼내 주지는 않더라도, 최소한 정의의 기본적인 의미에
만은 동의해 주리라고 기대했다. 그는 그 짐승에게 천장에 들
러붙어 버릴 정도로 세찬 발길질을 해 주고 싶은 마음이었다.
그는 치미는 화를 가까스로 억눌렀다.

로라는 한 마디 한 마디 또렷한 발음으로 말을 이었다. "고
양이는 누가 자기를 쓰다듬을 때는 한눈을 팔지 않기를 요구
해. 나도 그래. 누가 나와 함께 있으면서 다른 생각을 하는 걸
참지 못하지."

좀 전에 샴고양이가 베르나르의 넋 나간 듯한 태도에 그토
록 사납게 반응하는 걸 보고, 그녀는 돌연 그 짐승에게 연대감
을 느꼈다. 베르나르는 몇 주 전부터 고양이를 대하듯 그녀를
대해 왔던 것이다. 그녀를 애무하면서도 그의 생각은 다른 데
가 있었고, 그녀와 함께 있으면서도 그녀의 말을 듣지 않았다.

고양이가 애인을 무는 걸 보고서 그녀는 자신의 또 다른 자
아가, 저 샴고양이로 나타난 신비스럽고 상징적인 자아가, 그
런 식으로 그녀를 격려하며 본보기로 삼아야 할 행동을 보여
주는 거라는 느낌을 받았다. 발톱을 세워야 할 때도 있는 거라
고 그녀는 속으로 생각했다. 바로 그날 저녁, 둘이 서로 머리
를 맞대고 저녁 식사를 할 식당에서 마침내 용기를 내어 마음
속에 품은 생각을 실행에 옮기리라고 그녀는 결심했다.

미리 분명히 밝혀 두자. 그녀의 그런 결심보다 더 어리석은
행위는 상상하기 어렵다고 말이다. 그녀가 하려는 짓은 그녀
의 이익에 완전히 배치되는 것이었다. 베르나르가 그녀를 만
난 후 이 년 내내 그녀와의 동거에 행복해했다는 걸, 어쩌면

로라가 생각하는 것 이상으로 행복해했다는 걸 짚고 넘어가
야 한다. 그에게는 그녀의 존재가 그의 아버지, 발음하기 좋은
베르트랑 베르트랑이 어릴 적부터 그에게 준비시켜 온 삶으
로부터의 도피처요 안식처였다. 그는 마침내 자신의 욕망에
따라 자유롭게 살 수 있었고, 가족 중 어느 누구도 호기심으로
머리를 디밀지 못하는 비밀 구역을 가질 수 있었으며, 이 구역
에서는 삶이 다른 습관들에 따라 펼쳐졌다. 그는 로라의 자유
분방한 행동 방식이 좋았고, 그녀가 이따금 연주하는 피아노,
자신을 데리고 간 연주회들, 그녀의 마음가짐과 그녀의 엉뚱
한 행동들이 좋았다. 그녀와 함께 있으면, 그의 아버지가 주로
만나는 그 지긋지긋한 부자들로부터 멀리 떨어져 있는 느낌
이었다. 하지만 그들의 행복에는 한 가지 조건이 있었다. 바로
그들이 독신으로 남아 있어야 한다는 조건이었다. 만약 그들
이 결혼을 한다면 모든 게 단번에 달라질 것이다. 그들의 결합
은 베르나르 가족의 온갖 간섭에 직면할 테요, 그러면 그들의
사랑은 매력만이 아니라 의미마저 상실하고 말 것이다. 그리
고 로라는 그때껏 베르나르에 대해 행사해 오던 모든 권력을
박탈당할 것이다.

　그녀는 어떻게 해서 그처럼 어리석은, 자신의 이익에 그처
럼 배치되는 결심을 했을까? 자기 연인에 대해 그렇게나 몰랐
단 말인가? 그토록 그를 이해하지 못했단 말인가?

　그렇다. 매우 이상해 보이기는 하지만 그녀는 그를 잘 알지
못했고, 그를 이해하지 못했다. 심지어 그녀는 자신이 베르나
르의 사랑에만 관심을 두는 점을 자랑스럽게 여기기까지 했

다. 그녀는 한 번도 그의 아버지에 대해 물은 적이 없었다. 그의 가족에 대해 그녀는 아무것도 알지 못했다. 그가 스스로 가족에 대해 말할라치면 그녀는 드러내 놓고 지겨워했으며, 베르나르에게 쏟을 귀중한 시간을 낭비하는 데 대한 거부 의사를 표했다. 더욱 더 이상한 것은, 임명장 사건 이후 우울한 몇 주 내내 그가 입을 꾹 다물고는 그저 걱정거리가 있다고만 했을 때, 그녀는 줄곧 그에게 "그래요, 걱정거리 말이지, 알겠어."라는 말만 되풀이 했을 뿐, 한 번도 이런 간단한 질문조차 던지지 않았다. "무슨 걱정거리지? 구체적으로 무슨 일이지? 말해 봐, 무슨 일인지!"

묘한 일이다. 그녀는 베르나르에게 빠졌으면서도, 그에게 관심이 없었다. 이렇게까지 말할 수 있을 것이다. 그녀는 베르나르에게 빠졌고 바로 그래서 그에게 관심이 없었던 거라고 말이다. 만약 우리가 애인에게 관심이 없었다고 그녀를 비난하거나, 애인을 알지 못했다고 책망한다면 그녀는 그러는 우리를 이해하지 못할 것이다. 왜냐하면 로라는 누군가를 안다는 것이 무엇을 의미하는지 알지 못했기 때문이다. 애인과 입맞춤을 너무 많이 하면 아기가 생기는 게 아닌가 하고 걱정하는 처녀 같았다고나 할까! 언제부턴가 그녀는 거의 내내 베르나르 생각만 했다. 그의 몸, 그의 얼굴을 상상했고, 항상 그와 함께 있다는 느낌을 가졌고, 온통 그의 생각에 젖어 있었다. 그래서 그녀는 마음으로 그를 안다고, 여태껏 그와 알고 지낸 다른 누구보다도 그를 잘 안다고 믿었다. 사랑의 감정은 이렇듯 상대를 안다는 환상으로 우리를 속여 넘기는 것이다.

이런 사실들로 미루어, 우리는 아마도 그녀가 디저트를 먹을 즈음해서 그에게 이렇게 선언했으리라고 생각할 수 있다.(그녀의 실수를 예쁘게 봐주기 위해, 그들이 포도주 한 병과 코냑을 두 병 마신 걸로 할 수도 있겠지만, 나는 그녀가 술을 마시지 않은 상태에서도 같은 말을 했으리라고 확신한다.) "베르나르, 나와 결혼해 줘!"라고 말이다.

# 인권침해에 대한 항의의 몸짓

브리지트는 독일어 수업을 마치고 나오면서 다시는 오지 않겠다고 굳게 결심했다. 한편으로는 괴테의 언어가 그녀에겐 전혀 실용성이 없는 것 같았고 (그녀가 수업을 들은 것은 어머니의 강요 때문이었다.) 다른 한편으로는 독일어와의 뿌리 깊은 불화를 느꼈기 때문이었다. 그 언어의 비논리성이 그녀의 신경에 거슬렸던 것이다. 바로 이번 수업에서 그 정도가 극에 달했다. 전치사 ohne(없이)는 목적격을 요구하고, 전치사 mit(함께)는 여격을 요구한다. 어째서 그런가? 이 두 전치사는 사실 동일한 관계의 부정적인 면과 긍정적인 면을 의미하는 것이며, 따라서 동일한 어미변화를 유도해야 할 것이다. 브리지트는 이 점을 선생에게 지적했고, 그녀의 이의 제기에 당황한 독일 청년은 즉각 죄책감을 느꼈다. 친절하고 섬세한 그 사내는 자신이 히틀러가 통치한 민족의 일원이었다는 사실을 괴로워하고 있었다. 모든 결함을 자신의 고국에 떠안길 마음의 준비가 되어 있었기에, 곧바로 그는 어떤 이유로도 두 전치사 mit와 ohne에 두 가지 다른 어미변화가 있어야 할 타당성을 증명하지는 못한다고 인정했다.

"논리적이지 않다는 건 나도 알아요. 하지만 몇 세기에 걸쳐 이루어진 용법인걸요." 역사의 심판을 받은 언어에 대해 젊은 프랑스 여자에게 동정을 구하고 싶은 듯이 그가 말했다.

"사실을 인정하시니 기쁘군요. 논리적이지가 않아요. 그런데 언어라는 것은 마땅히 논리적이어야 해요."

독일 젊은이가 동의했다. "안타까운 일이지만, 우리에겐 데카르트가 없었습니다. 이는 우리 역사에서 용납하지 못할 결함이지요. 독일에는 당신네들과 같은 이성과 명철함의 전통이 없어요. 온통 형이상학의 안개로 뒤덮여 있죠. 독일 하면 바그너의 음악이고, 바그너를 가장 찬미했던 자가 히틀러라는 건 우리 모두가 압니다!"

히틀러니 바그너 따위엔 아랑곳없이 브리지트는 자신의 추론을 계속 이어나갔다. "어린아이는 이성을 타고나지 않기 때문에 비논리적인 언어를 배울 수 있어요. 하지만 성인인 외국인은 절대 그런 언어를 배우지 못할 겁니다. 그렇기 때문에 제가 보기에 독일어는 세계적으로 통용될 수 있는 언어가 아닙니다."

"당신 말이 전적으로 옳습니다." 독일인이 말했다. 그리고 그는 낮은 목소리로 덧붙였다. "세계를 지배하려던 독일의 의도가 얼마나 터무니없었는지 잘 알지 않습니까."

스스로에게 만족하며 브리지트는 자동차에 올라 와인 가게 '포숑'으로 포도주를 한 병 사러 갔다. 아무리 찾아도 주차할 자리가 없었다. 자동차 행렬이 인도를 따라 범퍼를 맞댄 채 반경 일 킬로미터까지 줄지어 있었다. 십오 분을 뱅뱅 돈 그녀는 빈자리가 없다는 사실에 화도 나고 놀랍기도 했다. 그녀는 차를 인도에 세우고 시동을 껐다. 그러고는 걸어서 가게 쪽으로 갔다. 멀리서 그녀는 뭔가 이상한 일이 일어나는 걸 보았다. 가까이 다가서야 그녀는 무슨 일인지 알았다.

모든 것이 다른 상점보다 열 배는 비싸, 먹는 것보다는 돈 쓰는 일을 큰 즐거움으로 여기는 사람들이 단골로 다니는 유명한 식료품점 안팎으로, 허름한 옷차림을 한 백여 명의 사람들, 실업자들이 득실거렸다. 기이한 시위였다. 그들은 무엇을 부수거나 협박하거나 구호를 외치려고 온 게 아니었다. 다만 그들은 부자들을 곤혹스럽게 하고 좋은 포도주와 캐비아를 사는 그들의 즐거움을 잡쳐 놓으려고 거기에 와 있었다. 그래서 판매자들과 구매자들 양쪽이 모두 겁먹은 미소를 짓고 있었고, 사는 행위만큼이나 파는 행위도 불가능해 보였다.

브리지트는 군중들을 헤치며 가게 안으로 들어섰다. 그녀는 실업자들이 불쾌하지도 않았고, 또한 밍크코트를 두른 부인들을 비난할 이유도 없었다. 그녀는 큰 소리로 보르도 포도주를 한 병 주문했다. 그녀의 단호한 태도는 여점원을 놀라게 했을 뿐 아니라, 시위 군중이 전혀 위협적인 존재가 아니며 젊은 여자 고객을 접대하는 걸 방해하지도 못한다는 점도 깨우쳐 주었다. 브리지트는 포도주 값을 지불한 뒤 자동차로 돌아왔다. 자동차 앞에 경찰관 두 명이 손에 펜을 든 채 기다리고 있었다.

그녀는 그들에게 무슨 일이냐고 물었다. 잘못 주차된 자동차가 인도를 막았다는 그들의 설명에 그녀는 꼬리를 물고 주차된 자동차들을 가리켜 보이며 말했다. "내가 어디에 주차를 했어야 한단 말입니까? 자동차를 사게 했으면, 세워 둘 자리를 보장해야 하는 것 아닌가요? 논리적이어야죠!"

내가 이런 얘기를 하는 것은 단지 다음과 같은 사실을 말하기 위함이다. 경찰들에게 말을 거는 순간 브리지트는 식료품 가게 앞에서 시위하는 실업자들을 떠올렸고, 문득 그들에게 강한 공감을 느꼈다. 그녀는 그들과 한편이 되어 그들의 전투에 동참하는 것 같았다. 그것이 그녀에게 용기를 불어넣었고, 그래서 그녀는 목소리를 높였다. 경찰들은 (실업자들 앞에 선 밍크코트 부인들만큼이나 당황하여) '금지'니 '허용되지 않는다'느니 '징계'니 '명령'이니 하는 따위의 말만 바보처럼 되풀이하다가 결국 딱지를 떼지 않고 그녀를 보내 주었다.

입씨름을 하는 동안, 브리지트는 어깨와 눈썹을 추켜올리며, 짧고 민첩하게 머리를 가로젓는 몸짓을 곁들였다. 집으로 돌아와 이 일을 아버지에게 얘기할 때도 그녀의 머리는 똑같은 동작을 보였다. 이미 우리는 이 몸짓을 대한 적이 있다. 우리의 가장 기본적인 권리를 부정하려는 자들을 대할 때의 분노 어린 놀람을 표현하는 몸짓이다. 그러므로 이 몸짓을 인권 침해에 대한 항의의 몸짓이라 부르도록 하자.

인권이라는 개념은 두 세기를 거슬러 올라가나, 그 영광이 절정에 이른 때는 20세기의 1970년대 후반이다. 바로 솔제니친이 러시아에서 추방당한 시기다. 턱수염을 기르고 수갑을 찬 이 비범한 인물은 위대한 운명에 굶주렸던 서양 지식인들을 매료했다. 솔제니친 덕택에 오십 년 늦게나마, 공산 러시아에 정치범 수용소가 존재한다는 사실을 마침내 알았던 것이다. 사상 때문에 사람을 가둔다는 것은 정당하지 않은 일임을 진보진영에서도 갑자기 인정했다. 자신들의 새로운 태도를 확고히 하기 위해, 그들은 훌륭한 논거 하나를 찾아냈다. 말하자면 러시아 공산주의자들은 프랑스 혁명에서 엄숙하게 선언된 인권을 침해했다는 것이다!

이렇게 솔제니친 덕택에 다시 '인권'이라는 표현이 우리 시대 어휘집에 자리 잡았다. 나는 '인권을 위한 투쟁'이니 '조롱당한 인권'이니 하는 말을 하루에 열 번씩 들먹이지 않는 정치인을 알지 못한다. 한데 강제수용소의 위협 아래 살지 않는, 그래서 무엇이든 말하고 쓸 수 있는 서방 세계에서, 인권을 위한 투쟁은 대중화될수록 점점 구체적인 내용을 상실한 채, 결국 만인에 대한 만인의 공통된 태도가 되었고, 모든 욕구를 권리로 바꿔 놓는 일종의 에너지가 되어 버렸다. 세계 전체가 하나의 인권이 되었고, 모든 것이 권리로 바뀌었다. 사랑의 욕구는 사랑의 권리로, 휴식의 욕구는 휴식의 권리로, 우정의 욕구는 우정의 권리로, 과속으로 달리고 싶은 욕구는 과속으로 달릴 권리로, 행복의 욕구는 행복의 권리로, 책을 출판하고 싶은 욕구는 책을 출판할 권리로, 야밤에 길거리에서 소리치고 싶은 욕구는 야밤에 길거리에서 소리칠 권리로 바뀌었던 것이다. 실업자들에겐 고급 식료품 가게를 점령할 권리가 있고, 밍크를 두른 부인네들에게는 캐비아를 살 권리가 있고, 브리지트에겐 인도에 차를 세울 권리가 있다. 실업자들이나 밍크 두른 부인네들이나 브리지트나 모두가 인권을 위해 싸우는 동일한 군대에 속한 것이다.

브리지트 맞은편 안락의자에 앉아 폴은 그녀가 고개를 왼쪽에서 오른쪽으로 바쁘게 흔들어 대는 걸 다정한 눈길로 바라본다. 그는 딸이 자기를 좋아한다는 걸 알며, 이는 아내가 자신을 좋아하는 것보다 더 중요했다. 딸의 감탄 어린 눈길은 아네스가 줄 수 없는 것을 그에게 주기 때문이었다. 그가 젊음을 잃지 않았다는 증거요, 여전히 젊은이들 편에 함께 있다는 증거였던 것이다. 아네스가 그의 헛기침에 마음이 움직여 그의 머리카락을 쓰다듬은 지 이제 두 시간이 흘렀다. 그 굴욕적인 어루만짐에 비하면 브리지트의 고갯짓은 얼마나 더 좋은가! 딸의 존재는 그가 에너지를 끌어 쓰는 축전지 같았다.

# 절대적으로 현대적이 된다는 것

역사에 대해, 베토벤에 대해, 피카소에 대해 날카로운 일격을 가함으로써 그리즐리를 자극하고 그의 화를 돋우려 했던, 아, 우리의 폴⋯⋯. 그는 내가 이십 년 전에 탈고한 소설의 작중 인물 야로밀과 혼동을 일으키는데, 다음 장에서 나는 그 소설 한 부를 아베나리우스 교수에게 줄 생각으로 몽파르나스의 어느 선술집에 맡긴다.

지금 우리는 1948년의 프라하에 있다. 열여덟 살의 야로밀은 현대시를 사랑했다. 그는 데스노스, 엘뤼아르, 브르통, 비테슬라프 네즈발 등을 열렬히 사랑했고, 그들과 마찬가지로, 「지옥에서 보낸 한 철」에서 랭보가 쓴 구절, "절대적으로 현대적이어야 한다."를 자신의 슬로건으로 삼았다. 한데 어느 날 갑자기 프라하에서 절대적으로 현대적이 된 것은 사회주의 혁명이었으며, 이 혁명은 야로밀이 죽도록 사랑하던 현대

예술을 즉각, 그리고 거침없이 규탄했다. 그래서 우리의 주인
공은 "절대적으로 현대적이어야 한다."라는 위대한 계명을 거
역하지 않기 위해 몇몇 친구들(그에 못지않게 현대예술을 죽도
록 사랑하는)이 보는 앞에서 자신이 사랑하던 모든 것(그가 정
말로, 진심으로 좋아하던 모든 것)을 냉소하며 부인했다. 난폭 행
위를 통해 성년의 삶으로 들어가고자 하는 풋내기 젊은이들이
그러듯, 그는 이 부인 행위에 자신의 모든 열정과 광신을 쏟았
다. 그의 친구들은 그가 무엇보다 사랑하던 것들, 그에게 존재
이유였고 그에게 생의 가치를 제공하던 그 모든 것들을 얼마
나 철저하게 부인하는지를 보고서, 피카소, 살바도르 달리, 브
르통과 랭보마저 레닌과 붉은 군대(당시에는 현대성의 첨단을
표상하던)의 이름으로 부인하는 것을 보고서 숨통이 막힘을 느
꼈고, 처음엔 어리둥절했다가 곧 역겨움을 느꼈으며, 마침내
는 소름 끼쳐 했다. 그 풋내기가 자칭 현대적이라는 것에 가담
하는 광경, 그것도 비겁해서(자기 앞날을 위해서)가 아니라, 자
신이 사랑하는 것을 아프게 희생하는 사내다운 용기 때문에
거기에 가담하는 광경, 그렇다, 그 광경에는 소름 끼치는 뭔
가(임박한 공포에 대한, 유형과 교수형에 대한 두려움을 예고하는)
가 있었다. 그때 누가 그를 보았더라면 이렇게 말했을 것이다.
'야로밀은 자신의 무덤을 파는 자들의 동맹자'라고 말이다.

물론 폴과 야로밀은 조금도 닮은 데가 없다. 그들의 유일한
공통점은 '절대적으로 현대적이어야 한다.'라는 열정에 찬 확
신뿐이다. '절대적으로 현대적'이라는 말은 내용이 늘 변하는,
파악할 수 없는 개념이다. 물론이지만 1872년 랭보는 이 말에

서 수없이 많은 레닌과 스탈린 흉상을 상상하지는 않았다. 홍
보 영화들이며 컬러 사진들, 로큰롤 가수의 넋 나간 얼굴 등은
더더욱 상상하지 않았다. 하지만 그런 건 중요치 않다. 절대적
으로 현대적이 된다는 것, 그것은 현대적인 것의 내용을 절대
의문시하지 않는다는 것이요, 마치 절대자에 봉사하듯이, 다
시 말해 조금도 의심을 품지 않고 현대적인 것에 봉사함을 의
미하기 때문이다.

야로밀과 마찬가지로 폴도 내일의 현대성이 오늘의 현대성
과 다르며, 현대적인 것의 영원한 명령을 위해서는 현대성의
일시적인 내용을 배반할 줄 알아야 함을 알고 있었다. 랭보의
슬로건을 위해서는 랭보의 시구를 배반할 줄 알아야만 하는 것
이다. 1968년 파리에서 학생들은 1948년 프라하에서 야로밀
이 받아들였던 것보다 훨씬 더 급진적인 용어를 받아들이면
서, 있는 그대로의 세계를 거부했다. 안락과 시장과 광고의 피
상적인 세계, 사람들의 머릿속을 멜로드라마로 가득 채워 놓
는 어리석은 대중문화의 세계, 관습의 세계, 아버지의 세계를
거부했다. 당시 폴은 바리케이드 위에서 며칠을 보냈으며, 그
의 목소리는 이십 년 전 야로밀의 목소리만큼이나 단호하게
울려 퍼졌더랬다. 그 무엇도 그의 기를 꺾을 수는 없었다. 학
생 혁명이 내미는 팔에 의지한 채, 서른다섯이라는 나이에 마
침내 성인이 되기 위해 아버지들의 세계에서 멀어져 갔던 것
이다.

그 후로 세월이 흘렀고, 그의 장성한 딸은 있는 그대로의 세
계에서 편안함을 느낀다. 텔레비전과 록음악과 광고와 대중

문화와 멜로드라마 세계에서, 가수들과 자동차와 유행과 고급 음식과 스타 대접 받는 실업계 귀공자들의 세계에서 안락함을 느낀다. 폴은 교수들에 맞서, 경찰들에 맞서, 도지사들과 장관들에 맞서 끈질기게 자신의 입장을 고수할 줄은 알면서도, 딸에 맞서서는 전혀 그런 것을 지킬 줄 몰랐다. 딸은 그의 무릎 위에 앉길 좋아했으며, 그가 예전에 그랬던 것처럼 성년으로 들어서기 위해 아버지의 세계를 떠나려고 안달하지도 않았다. 오히려 그녀는 가능하면 오랫동안 너그러운 아버지와 한 지붕 아래 머물고 싶어 했고, 아버지는 (눈시울까지 붉히며) 그녀가 매주 토요일 애인과 함께 그들의 옆방에서 자는 것을 허락했다.

이젠 젊다고 할 수 없는 나이에, 또 그만한 나이의 자신과는 너무도 다른 딸을 두었을 때, 절대적으로 현대적이 된다는 것은 무엇을 의미하는가? 폴은 어렵잖게 그 대답을 찾았다. 이 경우 절대적으로 현대적이 된다는 것은 전적으로 그의 딸과 같아지는 것을 의미했다.

나는 아녜스랑 브리지트와 함께 저녁 식탁에 앉은 폴을 상상한다. 브리지트는 의자를 반쯤 돌려 앉은 채 텔레비전을 보며 우물거린다. 그들 세 사람 중, 누구도 말 한마디 없다. 텔레비전 소리가 큰 까닭이다. 폴의 머릿속에는 아직도 그더러 자기 무덤을 파는 자들의 총명한 동맹자라고 한 그리즐리의 불쾌한 말이 떠나지 않고 있다. 그러다 브리지트의 웃음소리에 그의 생각이 중단된다. 무슨 일인가 하고 보니, 텔레비전 화면에 광고 하나가 펼쳐지고 있다. 한 살쯤 된 벌거숭이 아기가 화장지를 잡아당기며 요강에서 일어나는데, 흰 화장지가 마치 장엄하게 끌리는 웨딩드레스 자락처럼 펼쳐진다. 그때 폴은 얼마 전에 브리지트가 랭보의 시 한 편 읽지 않았다는 사실을 알고 놀랐던 일을 떠올린다. 브리지트 나이였을 때 그가 얼마나 랭보를 좋아했던가를 생각해 본다면, 당연히 그는 딸을 그의 무덤을 파는 자로 간주할 수 있을 것이다.

그 위대한 시인을 알지 못하고, 얼빠진 텔레비전 방송이나 보면서 좋아하는 딸의 가식 없는 웃음소리를 들으며 그는 서글픔을 맛본다. 그래서 스스로 자문해 본다. 왜 그는 그토록 랭보를 좋아했던가? 어떻게 그런 열정에 이르렀는가? 그의 시들에 매료되었던 걸까? 아니다. 그 당시 랭보는 그의 머릿속에서 트로츠키, 브르통, 마오, 카스트로 등과 혼동되며 하나의 혁신적인 혼합체를 이루고 있었다. 그가 랭보에게서 맨 먼저 알아본 것은, 사람들 입에 오르내렸던 슬로건, 삶을 바꾸어라였다.(이런 흔해 빠진 말을 격문화하는 데 천재 시인이 있어야 했다는 듯이……) 물론 폴은 그 후 랭보의 시를 읽었다. 어떤 시구들은 외우기도 하면서 진정으로 좋아했다. 그러나 그가 랭보의 시를 전부 읽은 건 아니었다. 주변 사람들이 그에게 일러준 것들 (그들 또한 다른 데서 얻어 듣고서) 가운데 마음에 드는 것만 읽은 것이다. 따라서 랭보는 그의 심미적 사랑의 대상이 아니었으며, 어쩌면 그는 심미적 사랑이라곤 알지 못하는지도 모른다. 그는 사람들이 어떤 당에 가입하듯, 어떤 축구팀을 지지하듯, 어떤 깃발에 홀리듯, 랭보라는 깃발에 홀렸던 것이다. 사실 랭보의 시구가 그에게 무엇을 가져다주었는가? 랭보

시를 좋아하는 사람들 축에 들었다는 긍지뿐이지 않은가.

폴의 생각은 자꾸만 최근에 있었던 그리즐리와의 대화 쪽으로 쏠렸다. 그렇다, 그는 과장했고 역설에 집착하면서 그리즐리와 다른 사람들의 성미를 건드렸던 게 사실이다. 하지만 어쨌거나 그는 진실을 말하지 않았는가? 그리즐리가 그렇게나 존중하며 '문화'라고 부르는 것, 그것은 우리의 공상이 아닐까? 물론 아름답고 소중하지만, 우리가 함부로 떠들어 대는 것보단 훨씬 덜 중요한 게 아닐까?

며칠 전, 폴은 그리즐리를 화나게 했던 생각들을, 일부러 되도록 똑같은 표현들을 써서 브리지트 앞에서 펼쳐 보였다. 딸의 반응을 알고 싶었던 것이다. 그녀는 그의 선동적인 주장에 화를 내기는커녕, 오히려 그보다 더 극단으로 치달을 태세였다. 폴에게 중요한 건 바로 그것이었다. 그는 점점 더 딸에게 애착을 느꼈고, 몇 년 전부터는 자신이 부닥치는 온갖 문제들에 대해 그녀에게 의견을 물어 온 터였기 때문이다. 처음에는 교육적인 이유에서 그녀가 심각한 일들에 신경을 쏟게 하려 했던 것이었으나, 어느새 서로의 역할이 뒤바뀌어 버렸다. 이제 그는 질문을 통해 소심한 학생에게 용기를 불어넣어 주는 선생의 모습이 아니었고, 오히려 스스로에게 자신이 없어 점쟁이를 찾는 사람과 비슷했다.

우리는 점쟁이의 지혜가 대단하길 요구하는 게 아니라 (폴은 딸의 재능이나 지식에 대해 환상을 품고 있지 않다.) 점쟁이가 외부의 어떤 지혜 창고와 보이지 않는 관으로 연결되어 있기를 요구한다. 브리지트가 의견을 말할 때, 그 의견을 그는 딸의 독창성으로 간주하지 않았으며, 젊은이들이 공유하는 지혜가 그녀의 입을 통해 표현된 것으로 여겼다. 그래서 그는 날이 갈수록 점점 더 신뢰하는 마음으로 그녀의 말을 들었던 것이다.

아녜스는 식탁에서 일어나 접시들을 부엌으로 내갔고, 브리지트는 아예 텔레비전 화면 쪽으로 의자를 돌려 앉았으며, 폴 혼자 식탁에 남았다. 그의 머릿속에 부모님들이 즐겨 하시던 사교 오락 하나가 떠올랐다. 열 사람이 의자 열 개 주위를 돌다가, 신호가 떨어지면 모두 자리에 앉아야 한다. 의자마다 글이 적혀 있다. 그에게 걸린 의자에는 이렇게 적혀 있다. 자기 무덤을 파는 자들의 총명한 동맹자. 그는 안다. 이미 게임은 끝났으며 자신이 언제까지고 그 의자 위에 앉아 있으리란 것을.

어떻게 할 것인가? 아무것도. 한데 제 무덤 파는 자들의 동맹자가 되어선 안 될 까닭은 또 뭐란 말인가? 그들과 주먹질을 하며 싸워야 한단 말인가? 그래서 그들이 그의 관에 침까지 뱉게 하라고?

다시 한 번 그는 브리지트의 웃음소리를 들었고, 그 순간 다른 어떤 것보다도 역설적이며 그 무엇보다도 과격한 새로운 정의 하나가 그의 머릿속에 떠오른다. 그는 슬픔을 잊어버릴 만큼이나 그 정의가 마음에 들었다. 그 정의는 이렇다. 절대로 현대적이 된다는 것, 그것은 제 무덤 파는 자들의 동맹자가 되는 것이다.

# 스스로의 영예에 희생되다

베르나르에게 "나와 결혼해 줘."라고 말한 것은 어떤 이유에서건 잘못이었다. 완전한 당나귀로 임명된 그에게 그런 말을 한 것은 몽블랑만큼이나 거대한 실수였다. 베르나르를 이해하려면 한 가지 상황을 고려해야 한다. 도무지 사실 같지 않지만, 꼭 상기해 볼 필요가 있다. 사실 베르나르는 어렸을 때홍역을 앓은 것을 제외하고 한 번도 병에 걸린 적이 없으며, 그가 가까이에서 본 유일한 죽음은 아버지가 기르던 사냥개의 죽음이었고, 시험에서 몇 번 좋지 않은 성적을 낸 걸 제외하면 지금까지 실패라는 걸 몰랐다. 그는 자신이 행복을 타고난 존재요, 모든 이들에게 호감을 주는 존재라는 확신 속에서 살아왔다. 완전한 당나귀로 임명된 것이 그로서는 최초의 치명적인 타격이었다.

하필이면 그때 묘한 우연의 일치가 하나 있었다. 바로 그 무렵, 이마골로그들이 베르나르의 라디오 방송을 위한 대대적인 홍보에 뛰어들었고, 그래서 편집 팀원들의 컬러 사진이 프랑스 전역의 대형 벽보마다 나붙었던 것이다. 푸른 하늘색을 배경으로 그들은 모두 흰색 셔츠를 입고 소매를 걷어 올린 채 입을 벌리고 있었다. 그들은 웃고 있었다. 파리 거리를 산책하면서, 베르나르는 처음에는 자부심에 가슴이 벅차오름을 느꼈다. 한데 그런 영광의 시간이 더러워지지 않은 채 한두 주 지났을 때, 그 배불뚝이 식인귀가 그를 찾아와 미소 띤 얼굴로 둥글게 말린 두꺼운 종이를 내밀었다. 그런 일이 좀 더 일찍, 그러니까 그의 대형 초상화가 온 세상에 제공되지 않았을 때 일어났다면 아마도 베르나르는 충격을 좀 더 잘 견뎌 냈을 것이다. 사진의 영예는 임명장의 모욕에 일종의 공명현상을 일으켰다. 모욕을 증폭한 것이다.

베르나르 베르트랑이라는 웬 낯선 작자가 완전한 당나귀로 임명되었다는 사실을 《르몽드》에서 읽는 것과, 사진이 벽마다에 나붙은 인물이 그런 임명장을 받았다는 사실을 아는 것은 얘기가 전혀 다르다. 영예는 우리에게 일어나는 모든 일에 메아리를 백배 덧붙인다. 자기 뒤에 메아리를 끌며 이 세상을 돌아다닌다는 건 유쾌한 일이 아니다. 베르나르는 최근에 자신이 얼마나 취약해졌는지 문득 깨달았으며, 영예야말로 자신이 한 번도 꿈꾼 적이 없는 거라고 생각했다. 물론 그는 성공을 꿈꾸었지만, 성공과 영예는 다르다. 영예의 의미는, 많은 사람들이 당신을 아나 당신은 그들을 모른다는 것이다. 그들은 당신에게 뭐든지 할 수 있다고 생각하며, 당신에 관한 모든 것을 알고자 하며, 마치 당신이 자기들의 소유인 양 행동한다. 물론 배우나 가수, 정치인 들은 그렇게 자신을 다른 사람들에게 제공하는 데서 일종의 관능을 맛본다. 하지만 베르나르는 그런 관능을 바라지 않았다. 최근 아들이 불미스러운 일에 연루된 한 배우를 인터뷰하면서, 그는 어떻게 그 남자의 영예가 그의 아킬레스건이 되고, 그의 약점, 그의 흠결이 되며, 영영 그를 붙잡아 흔들 수 있는 갈기가 되는지를 보면서 기쁨을 맛보았다. 베르나르는 질문을 던지는 자가 되고 싶었지, 대답을 강요받는 자가 되고 싶지는 않았다. 한데 영예는 대답을 하는 자 쪽에 있지, 질문을 던지는 자 쪽에 있지 않다. 대답을 하는 자는 프로젝터의 조명 아래에 있고, 질문을 하는 자는 뒷모습이 촬영된다. 밝은 빛 아래 나타나는 자는 닉슨이지 우드워드가 아니다. 베르나르는 프로젝트들이 집중되는 자의 영예를 바라는 게 아니라, 그늘 속에 있는 자의 권력을 바란다. 호랑이를 잡는 사냥꾼의 힘을 원하지, 사람들이 찬미하는 호랑이, 그러나 곧 그들의 침대 깔개로 쓰일 호랑이의 영예를 원하는 게 아닌 것이다.

하지만 영예가 유명인들만의 것은 아니다. 우리 모두가 한 번쯤은 자기만의 작은 영예를 경험하며, 적어도 한 순간은 그레타 가르보나 닉슨, 혹은 가죽 벗은 호랑이 같은 영예를 맛본다. 베르나르의 벌어진 입은 도시의 벽들마다에서 웃고 있었다. 그는 죄인 공시대(公示臺)에 매달린 기분이었다. 모든 사람들이 그를 쳐다보았고, 그를 살폈고, 그를 판단했다. 로라가 그에게 "베르나르, 나와 결혼해줘!"라고 말했을 때, 그는 자기와 나란히 죄인 공시대에 매달린 그녀를 상상했다. 불현듯 (전에는 한 번도 그런 일이 없었다.) 그녀가 늙어 보였으며, 불쾌하리만큼 엉뚱해 보였고, 약간 우스꽝스러워 보이기도 했다.

하필이면 그가 그 어느 때보다도 그녀를 필요로 할 때였기에, 모든 게 그 이상 어리석을 수가 없었다. 연상 여자와의 사랑은, 그 사랑이 더욱 은밀해지고 그녀가 더욱 더 지혜와 조심성을 보일 때라야만 그에게 더없이 유익한 사랑으로 남을 터였다. 어리석게도 로라가 그에게 결혼을 제의할 게 아니라, 둘의 사랑을 대중으로부터 동떨어진 호화 별장처럼 만들 생각을 했더라면 베르나르를 잃을 걱정은 하지 않아도 되었을 것이다. 한데 골목골목마다 나붙은 초대형 사진을 보면서, 로라는 그것을 연인의 달라진 태도며 그의 침묵, 그의 넋 나간 태도와 결부했고, 성공하니 그에게 다른 여자가 생겨 이제 그 여자가 그의 생각을 온통 사로잡은 거라고 속단했다. 얌전히 물러나고 싶은 마음이 없었기에 로라는 공격을 개시했다.

이제 여러분은 왜 베르나르가 뒷걸음질쳤는지 이해할 것이다. 한쪽이 공격하면 다른 한쪽은 물러선다. 그것이 게임의 법칙이다. 누구나 알듯, 퇴각보다 어려운 전술도 없다. 베르나르는 퇴각에 수학자의 정확성을 기했다. 예전에는 일주일에 나흘 밤을 로라의 집에서 묵었으나, 그것을 이틀 밤으로 줄였다. 전에는 그녀와 주말마다 이틀 꼬박 여행을 떠났으나, 이제는 이틀 중 일요일만 그녀에게 바쳤으며, 그 밖에도 여러 가지 새로운 제한을 준비했다. 그는 성층권에 들어서면서 갑자기 제동을 걸어야 하는 우주선 선장처럼 행동했다. 그리하여 그는 신중하면서도 단호하게 제동을 걸었다. 하지만 그의 그 인자하고 어머니 같던 애인은 눈앞에 나타나지 않았다. 대신 지혜도 성숙함도 찾아볼 수 없는, 불쾌할 만큼 능동적인 잔소리꾼 여자가 있었다.

어느 날 그리즐리가 그에게 말했다. "자네의 약혼녀를 만났다네."

베르나르가 부끄러움에 얼굴을 붉혔다.

그리즐리가 말을 계속했다. "두 사람 사이에 오해가 있다고 하더군. 정이 많은 분 같던데. 그녀에게 친절하게 대해 주게나."

베르나르는 분노로 얼굴이 하얗게 질렸다. 그리즐리가 혀를 가만히 두지 못하는 사람임을 알기에, 이제 방송국의 모든 사람들이 자기 애인의 정체를 알 게 분명했다. 연상 여인과의 관계가 이때까지는 그에게 어떤 매력적인 변태성욕으로, 어떤 대담한 시도로 여겨졌더랬으나, 이제 그는 동료들이 그것을 그의 당나귀다움을 확인해 주는 새로운 확증으로 보리란 걸 깨달았다.

"왜 낯선 사람에게 불평을 늘어놓는 거지?"

"낯선 사람에게? 누구 얘길 하는 거야?"

"그리즐리 말이야."

"당신 친군 줄 알았는데!"

"설령 친구라 하더라도, 왜 그에게 우리 사생활을 얘기해?"

그녀는 슬픈 어조로 대답했다. "난 당신에 대한 나의 사랑을 숨기지 않아. 그런 얘길 하지 말라는 거야? 당신은 날 부끄러워하는가 보지?"

　베르나르는 대답하지 않았다. 그랬다. 그는 그녀를 부끄러워했다. 비록 그녀와 함께 있는 게 행복했다 해도, 그는 그녀를 부끄럽게 여겼다. 아니, 자신이 그녀를 부끄러워한다는 사실을 잊는 순간들에만 그녀와 함께 있는 게 행복했다.

# 투쟁

사랑의 우주선에 승선한 로라는 감속을 견디기 어려웠다.

"무슨 일이야? 제발 설명 좀 해 봐."

"아무것도 아냐."

"당신은 변했어."

"혼자 좀 있어야겠어."

"무슨 일 있었어?"

"걱정거리가 있을 뿐이야."

"걱정거리가 있다면 더더욱 혼자 있어서는 안 돼. 다른 사람이 필요한 건 걱정거리가 있을 때니까."

어느 금요일, 그는 그녀를 초대하지 않고 그의 시골집으로 가 버렸다. 하지만 다음 날인 토요일에 그녀가 그의 집으로 찾아갔다. 그렇게 행동해서는 안 된다는 것을 알았지만, 그녀에겐 이미 오래전부터 해서는 안 될 짓을 하는 습관이 배어 있었으며 그녀는 그에 자부심마저 품고 있었다. 바로 그런 점 때문에 사람들이 그녀에게 감탄했기 때문이다. 다른 누구보다도 특히 베르나르가 그랬다. 연극을 보러 가서나 연주회가 마음에 들지 않을 때, 이따금 그녀는 항의의 표시로 도중에 몸을 일으키곤 했다. 불쾌해하는 옆 사람들의 성난 눈초리는 아랑곳없이, 소란을 떨며 여보란 듯 자리를 떴다. 언젠가는 베르나르가 관리인 딸을 시켜 로라에게, 그녀가 애타게 기다리던 편지를 가게로 갖다 주도록 부탁한 적이 있었다. 그녀는 기뻐 어쩔 줄 몰라 하다가, 진열장에서 못 잡아도 2000프랑은 나가는 모피 모자를 하나 집어 열여섯 살 난 그 아가씨에게 줘 버렸다. 또 언젠가는 바닷가에 빌라 한 채를 빌려 베르나르와 함께 이틀을 보낸 적이 있었다. 그때 그녀는 내가 모르는 어떤 이유로 그를 혼내 주기 위해, 마치 연인의 존재는 까맣게 잊어버렸다는 듯, 오후 내내 이웃에 사는 어느 낚시꾼의 아들인 열두 살짜리 꼬마와 장난하며 시간을 보냈다. 놀라운 것은, 마음이 상했는데도 베르나르가 결국 그녀의 그런 행동에서 비난할 수 없는 여성성(아이에게 어떤 모성애 같은 정감을 느낀 게 아니겠는가?)과 결부된 어떤 매혹적인 충동성("그 아이 덕택에 하마터면 세상만사를 까맣게 잊을 뻔했어요!")을 보았으며, 다음 날 그녀가 낚시꾼의 아들을 잊고 다시 그에게 돌아왔을 때는 모든 화가 눈 녹듯 사라져 버렸다는 것이다. 베르나르의 애정과 감탄 어린 시선 아래에서, 그녀의 변덕스러운 생각들은 풍성하게 피어나 마치 장미처럼 꽃을 피운 거라고 할 수도 있을 것이다. 그런 엉뚱한 행동과 분별없는 말들을 로라는 독창성의 징표처럼, 자아의 은총처럼 여겼고, 그랬기에 그녀는 행복했다.

베르나르가 그녀를 피하기 시작했을 때도 그녀의 그런 허세는 여전했지만, 그러나 곧바로 그 행복하고도 자연스러운 성격을 상실해 버렸다. 초대받지 않았는데도 그의 집으로 가기로 결심한 그날, 그녀는 이번만큼은 결코 그의 찬사를 얻어 내지 못하리라는 것을 알았으며, 염려하는 마음으로 그의 집에 들어섰다. 그런 마음가짐에, 전엔 천진하고 매력적이기만 하던 그녀 행동의 뻔뻔스러움은 일그러지고 공격적인 것이 되었다. 그녀는 그것을 알아차렸고, 얼마 전까지만 해도 그녀 자신에게서 맛보던 그런 쾌감을 박탈해 버린 베르나르를 용서할 수 없었다. 그 쾌감이 취약하고 뿌리를 갖지 못했으며, 전적으로 베르나르에게, 그의 사랑과 그의 찬사에 달려 있음이 문득 드러났던 것이다. 이제 그녀는 더욱 더 괴상하고 분별없는 행동으로 그의 성깔을 건드리는 수밖에 달리 도리가 없었다. 폭풍우가 지나가고 구름이 걷히면 모든 것이 예전처럼 되돌아오리라는 막연하고도 은밀한 희망과 함께, 그녀는 어떤 폭발을 자초하고 싶었다.

"내가 왔어. 당신이 기뻐했으면 좋겠어." 웃으면서 그녀가 말했다.

"그래. 기뻐. 하지만 난 지금 여기서 일을 하는 중이야."

"일을 방해하려는 게 아냐. 아무것도 요구하지 않겠어. 단지 당신과 함께 있고 싶을 뿐. 언제 내가 당신 일을 방해한 적이 있어?"

그는 대답하지 않았다.

"당신이 방송 준비를 할 때 종종 당신을 따라 시골로 갔었어. 내가 한 번이라도 당신 일을 방해한 적이 있었어?"

그는 대답하지 않았다.

"내가 당신 일을 방해했었어?"

어쩔 수 없는 노릇이다. 대답을 하지 않을 수가 없다. "아니. 방해하지 않았어."

"그렇다면 어째서 지금은 방해가 된다는 거지?"

"지금도 방해가 되지 않아."

"거짓말 마! 적어도 남자라면 부르지도 않았는데 찾아온 내가 끔찍할 만큼 성가시다고 말할 용기는 있어야지. 난 비겁한 작자들은 질색이야. 차라리 내게 꺼지라고 말해 주는 편이 난 더 좋아. 그렇게 말해 봐!"

당황한 그는 어깨를 으쓱했다.

"왜 그렇게 비겁하지?"

그는 다시 한 번 어깨를 으쓱했다.

"어깨를 으쓱거리지 마!"

다시 한 번, 세 번째로 어깨를 으쓱하고 싶었으나 그는 그렇게 하지 않았다.

"무슨 일이야. 제발 설명 좀 해 봐."

"아무것도 아니야."

"당신은 변했어."

"로라! 걱정거리가 있다니까!" 그가 언성을 높이며 말했다.

"나도 걱정거리가 있어!" 그녀 역시 언성을 높여 대답했다.

그는 자신이 바보처럼, 마치 어머니에게 꾸중 맞는 꼬맹이처럼 행동한다는 것을 알았고, 그녀가 혐오스러웠다. 어떻게 해야 하는가? 여자들에게 사랑스럽고 재미있으며 어쩌면 매력적이기도 한 그런 처신은 알았으나, 도무지 고약하게 대할 줄은 모르는 그였다. 어느 누구도 그에게 그런 짓을 가르쳐 주지는 않았다. 모든 사람들이 하나같이 절대 여자들에게 고약하게 대해서는 안 된다는 것만 머릿속에 쑤셔 넣어 주었던 것이다. 초대하지도 않았는데 찾아온 여자를 남자는 어떻게 대해야 하는가? 이런 일에 대해 배울 수 있는 대학은 어느 대학인가?

대꾸를 거부한 채, 그는 옆방으로 건너가 소파 위에 드러누워 손에 잡히는 대로 책을 한 권 집었다. 포켓판 범죄 소설이었다. 등을 깔고 누워 책을 가슴팍 위로 펼쳐든 채, 그는 짐짓 읽는 체했다. 잠시 후 그녀가 들어와 그의 앞에 놓인 안락의자에 앉았다. 그러고는 책 표지를 장식한 컬러 사진을 주시하면서 물었다. "어떻게 이따위 책을 읽을 수 있지?"

놀란 표정으로 그가 그녀 쪽으로 머리를 돌렸다.

"이 표지 말이야!"

그는 아직도 영문을 몰랐다.

"어떻게 감히 내 코앞에 이런 저질 표지를 들이밀 수가 있지? 내가 보는 앞에서 그 책을 읽고 싶다면, 그 표지를 찢어 버리는 기쁨을 맛보게 해 줘."

베르나르는 아무런 대꾸 없이 표지를 찢어 그녀에게 내밀고는 다시 책 속으로 빠져 들어갔다.

로라는 고함을 질러 주고 싶었다. 자리를 박차고 일어나 두 번 다시 그를 보지 않아야 한다는 생각이 들었다. 아니면 그 책을 산산조각으로 찢어 버린 뒤 그의 얼굴에 침을 뱉어 주거나 해야 했다. 하지만 그녀에게는 그렇게 할 용기가 없었다. 오히려 그녀는 그에게 몸을 던지는 편을 택했고 (책이 양탄자 위로 떨어졌다.) 그에게 불같은 키스 세례를 퍼부으면서 두 손으로 그의 온몸을 더듬었다.

베르나르는 정사를 할 욕망이 추호도 없었다. 그러나 대화는 감히 거부했어도 성적 호소마저 거부할 수는 없었다. 그런 점에서는 그 역시 이 시대 모든 사내들과 다를 바 없었다. 애정 어린 손을 사타구니로 들이미는 여자에게 감히 '손을 떼라!'라고 말할 남자가 어디 있겠는가? 그래서 방금 책 표지를 찢어 지극한 경멸과 함께 애인에게 내민 바로 그 베르나르가, 돌연 그녀의 애무에 얌전히 응하면서 바지 단추를 열며 그녀를 포옹했다.

한데 정사를 치를 마음이 없기는 그녀 역시 마찬가지였다. 그녀가 그의 품으로 뛰어든 건 어찌 해야 할지 모를 절망감과 뭔가 해야겠다는 필요성 때문이었다. 그녀의 조급하고도 열정에 찬 애무는 한마디 말조차 필요 없는 욕망, 어떤 행위에 대한 맹목적인 욕망을 표현해 준다. 정사가 시작되자 그녀는 안간힘을 다해, 어떤 화재처럼 거창한, 전에 없이 야만적인 포옹을 해 댔다. 한데 침묵의 교미(가쁜 숨결 끝에 웅얼거리는 몇 마디 서정적인 말뿐, 줄곧 말없이 사랑을 나누었으므로)를 통해 어떻게 거기에 이를 것인가? 그렇다, 어떻게 거기에 이를 것인가? 격렬하고도 급속한 움직임을 통해서? 탄성의 음향을 점차 높임으로써? 체위 변화를 통해서? 별달리 아는 방법이 없었기에 그녀는 그 세 가지를 모두 이용했다. 특히 그녀는 자신이 주도하여 수시로 체위를 바꾸었다. 때로는 네 손발로 땅을 짚기도 하고, 때로는 말을 타듯 그의 몸을 타고 앉기도 하고, 또 때로는 그들이 한 번도 시험해 보지 않은 지극히 어려우면서 전혀 새로운 체위를 시도하기도 했다.

이 예기치 못한 능란한 몸동작을 베르나르는 자신이 응수하지 않으면 안 될 하나의 도전으로 생각했다. 새삼 그는 남들이 자신의 성적 재능과 성숙도를 낮게 평가할지도 모른다는 그 오랜 청년기의 불안을 느꼈다. 그 불안은 로라에게, 그녀가 언젠가부터 잃어버렸던 권력, 예전에 그들 관계의 토대를 구축했던 그 권력을 되돌려주었다. 바로 연상의 여인이 갖는 권력이었다. 다시 한 번 그는 로라가 자신보다 훨씬 경험이 풍부하며, 자기가 모르는 것을 알고, 자신을 다른 사내들과 비교하며 평가할 수 있으리라는 그 꺼림칙한 느낌을 맛보았다. 그래서 그는 유난히 성의를 다해 필요한 동작들을 시행했으며, 로라가 다른 체위를 원하는 듯한 낌새만 보여도, 훈련받는 군인처럼 군말 없이 잽싸게 응해 주었다. 이 사랑의 체조는 너무나 많은 응용을 요구했으므로, 대체 자신이 흥분이나 한 건지 어떤지, 욕정이라 불릴 그런 뭔가를 느끼거나 했는지, 미처 자문해 볼 겨를조차 없었다.

그녀 역시 쾌감이나 흥분 따윈 생각조차 하지 않았다. 널 놓아주지 않을 테야. 순순히 쫓겨나진 않겠어. 널 갖기 위해 투쟁할 거야. 그렇게 그녀는 자신에게 속삭였다. 그리하여 그녀의 성기는 아래위로 움직이면서, 그녀가 작동해 조종하는 하나의 전쟁 도구로 탈바꿈했다. 이 무기야말로 자신에게 남은 유일의 강력한 무기라고, 그녀는 속으로 중얼거렸다. 동작의 리듬에 맞춰, 그녀는 마치 어느 음악 소절의 저음부 오스티나토인양 속으로 되풀이했다. 나는 투쟁할 거야, 나는 투쟁할 거야, 나는 투쟁할 거야. 그녀는 자신의 승리를 믿었다.

사전을 한번 펼쳐 보라. 투쟁이란 자신의 의지를 타인의 의지에 대립하는 것을 의미한다. 타인을 쳐부수고, 무릎 꿇리고, 그를 죽이기 위해서 말이다. "인생은 투쟁이다."라는 표현이 최초로 쓰였을 때는 어떤 쓸쓸하고 체념 섞인 탄식처럼 발언되었을 게 분명하다. 그러나 낙천주의와 학살의 우리 시대는 이 끔찍한 표현을 흥겨운 노랫가락으로 바꾸어 놓았다. 어쩌면 당신은 누군가에 대해 투쟁하는 것은 이따금 끔찍할 때도 있지만, 무엇을 위해 투쟁하는 것은 고귀하고 아름답다고 말할지도 모른다. 물론 행복(혹은 사랑, 정의 등)을 위해 노력하는 것은 아름답다. 하지만 당신이 당신의 노력을 투쟁이라는 말로 지칭하고 싶다면, 그것은 곧 당신의 소중한 노력 속에 누군가를 땅바닥에 처박아 버리고자 하는 욕망이 숨어 있음을 함축한다. 무엇을 위한 투쟁은 무엇에 대한 투쟁과 불가분이며, 투쟁하는 동안에는 언제나 '대한'이라는 전치사를 위해 '위한'이라는 전치사를 망각하고 만다.

로라의 성기가 강력하게 아래위로 움직였다. 로라는 투쟁했다. 그녀는 사랑했으며 투쟁했다. 그녀는 베르나르를 위해 투쟁했다. 한데 누구에 대해 투쟁했는가? 포옹을 하다가 체위

를 바꾸게 하려고 다시 밀쳐 낸 자에 대해 투쟁했다. 소파 위
와 양탄자 위에서, 그들을 땀 흘리게 하고 숨을 할딱이게 한
그 힘든 행위는 투쟁의 무언극에 다름 아니었다. 그녀는 공격
했고 그는 방어했으며, 그녀는 명령을 내렸고 그는 명령에 따
랐다.

# 아베나리우스 교수

　아베나리우스 교수는 멘 거리를 내려와 몽파르나스 역을 한 바퀴 둘러본 후, 발걸음을 서두를 이유가 전혀 없었으므로 라파예트 백화점에 들러 보기로 했다. 여성복 코너에서 그는 사방에서 그를 주시하는, 최신 유행 의상을 걸친 마네킹들에 둘러싸였다. 아베나리우스는 그 마네킹들을 좋아했다. 활짝 벌어진 입술이 웃음이라기보다는 (입술들이 늘어지지 않았다.) 어떤 놀라움을 나타내는, 광적 흥분 상태의 몸짓 그대로 굳어 버린 그 여자들에게서 그는 묘한 매력을 발견했다. 아베나리우스 교수의 상상 세계에서, 돌처럼 굳은 이 여자들은 모두 그의 성기, 비단 거대할 뿐 아니라 *끄트머리가 요상한 뿔처럼 생긴 귀두부* 때문에 여느 음경과는 구별되는 그의 성기의 황홀한 발기를 지금 막 간파한 참이었다. 황홀한 충격을 나타내는 마네킹들 곁에, 또 다른 마네킹 한 무리가 진홍 입술을 동그

랗고 뾰족하게 내밀고 있었는데, 그 입술들 사이에서는 금방
이라도 혀가 튀어나와 아베나리우스를 어떤 황홀한 입맞춤으
로 초대할 것만 같았다. 그리고 제3의 범주로 분류할 수 있을
여자들, 입술이 꿈꾸는 듯 나른한 미소를 그리는 여자들이 있
었다. 그들의 반쯤 감긴 눈동자가 뜻하는 것은 의심할 바 없이
분명했다. 지금까지 그녀들은 교접의 관능을 오랫동안 말없
이 음미해 온 것이다.

이 마네킹들이 마치 핵에너지 방사능 광선처럼 대기 중에
퍼뜨리는 그 엄청난 성 충동은 사람들에게서 전혀 메아리를
얻어 내지 못했다. 사람들은 피로에 지쳐, 그늘지고 무감각하
며 짜증스러운 표정으로 상품 사이를 배회할 뿐, 성(性)에는
전혀 관심이 없었다. 오직 아베나리우스 교수만이 이곳을 지
나칠 때, 거창한 섹스 파티의 선봉에 서 있는 양 행복해했던
것이다.

안됐지만 신나는 일엔 언제나 끝이 있게 마련이다. 아베
나리우스 교수는 백화점을 빠져나와, 거리를 꽉 메운 자동차
의 물결을 피할 생각으로, 지하철로 통하는 계단 쪽으로 향했
다. 이 장소에 익숙한 그는 눈앞의 광경에 놀라지 않았다. 복
도에는 언제나 같은 패거리가 죽치고 있었다. 두 건달이 포도
주를 홀짝이고 있는데, 개중 한 명은 붉은 포도주 병을 움켜쥔
채 이따금씩 행인을 불러 세워 나긋나긋한 웃음을 팔면서, 포
도주를 또 한 병 살 현금을 아무런 거리낌 없이 동냥하고 있었
다. 그리고 웬 청년 하나가 벽에 등을 기대고 바닥에 앉아 얼
굴을 두 손 사이에 묻고 있었는데, 그의 앞에는 자신이 지금

막 감방에서 출소했으며 직장을 구하지 못해 굶주린다는 내용을 연필로 쓴 쪽지가 놓여 있었다. 마지막으로 (출소자 맞은편) 벽 쪽에, 피로에 지친 악사 한 명이 서 있었는데, 그의 발치 한쪽에는 동전 몇 개가 든 모자가, 다른 한쪽에는 트럼펫이 하나 놓여 있었다.

그저 지극히 정상적인 광경일 뿐이었으나, 다만 전에 보지 못한 한 가지 작은 변화가 아베나리우스 교수의 주의를 끌었다. 출소자와 술 취한 두 건달 사이의 정확히 중간 지점에, 그것도 벽 쪽에 붙어 선 게 아니라 복도 정중앙에, 아직 마흔이 채 되지 않아 보이는 제법 예쁜 부인이 한 명 서 있었던 것이다. 그녀는 손에 빨간 동전 통을 들고 서서, 여성 특유의 환한 미소를 띤 채 행인들에게 통을 내밀고 있었다. 동전 통 위에는 "나병 환자를 도웁시다."라는 글이 적혀 있었다. 그녀의 우아한 의상은 배경과 매우 대조적이었으며, 열의에 찬 표정은 마치 등불처럼 어두운 복도를 환히 비추고 있었다. 분명 그녀의 존재는 여기서 하루를 보내는 데 익숙해진 그 걸인들의 신경을 건드린 듯했고, 악사의 발치에 놓인 트럼펫은 이 불공정한 경쟁자에 대한 항복을 대변해 주고 있었다.

행인의 시선을 끌 때마다 부인은 분명하게, 하지만 거의 알아들을 수가 없어 어쩔 수 없이 그녀의 입술 모양에서 짐작해야 하는 그런 목소리로 "나병 환자들을!"이라는 말을 발음했다. 아베나리우스 교수도 그녀의 입 모양에서 그 말들을 읽어낼 준비를 했으나, 부인은 그를 보더니 "나……."라는 말만 발음하고서 나머지는 삼켜 버렸다. 아는 사람이었기 때문이다.

아베나리우스 역시 그녀를 알아보았으나, 왜 그녀가 이런 장소에 있는지는 이해되지 않았다. 그는 뛰다시피 층계를 올라 다른 쪽 출구로 빠져나왔다.

그제야 그는 자신이 지하보도를 이용한 것이 괜한 짓이었음을 깨달았다. 도로는 여전히 막혀 있었기 때문이다. 레스토랑 '라쿠폴'에서 렌 거리까지, 시위 군중이 차도를 완전히 점거한 채 천천히 나아가고 있었다. 모두 하나같이 구릿빛 낯인 점으로 미루어, 아베나리우스 교수는 인종차별에 대한 아랍인들의 항의 시위이겠거니 생각했다. 그들이야 어쨌건, 그는 몇십 미터 정도 길을 헤치고 나가다가 어느 술집 문을 밀치고 들어섰다. 술집 주인이 말했다. "쿤데라 선생은 좀 늦을 겁니다. 기다리는 동안 기분전환이나 하라고 이 책을 두고 가셨습니다." 그러면서 그는 '폴리오'라는 보급판으로 발행된 나의 소설 『삶은 다른 곳에』를 그에게 내밀었다.

아베나리우스 교수는 책을 거들떠보지도 않고 호주머니에 쑤셔 넣었다. 그 순간, 다시 빨간 동전 통을 든 부인이 떠올랐기 때문이다. 그녀를 다시 보고 싶었다. 그는 "금방 되돌아오겠소."라고 말하고는 술집을 나섰다.

피켓들에 적힌 문구들을 보고서야 그는 데모 군중이 아랍인들이 아니라 터키인들이며, 프랑스인의 인종차별에 항의하는 것이 아니라, 불가리아에 사는 소수 터키인들을 불가리아에 통합하려는 정책에 항의하는 것임을 깨달았다. 시위대는 주먹을 쳐들고 있었으나, 보도를 거니는 파리 시민들의 철저한 무관심이 그들을 절망의 기슭으로 인도한 듯, 그들의 몸짓에는 다소 지친 기색이 엿보였다. 한데 보도를 같은 방향으로 걸어가며 그들과 함께 "러시아인들을 타도하자! 불가리아인들을 타도하자!"를 외치며 주먹을 치켜드는 웬 사내의 위협적인 뚱뚱한 배를 보자, 곧 그들은 다시 기운이 솟구침을 느꼈고 그들의 구호는 거리 위로 더한층 높이 날아올랐다.

지하철 입구, 몇 분 전 자신이 올라왔던 계단 근처에서 아베나리우스는 전단을 배포하기에 여념이 없는 못생긴 여자 두 명을 보았다. 반(反)불가리아 투쟁에 관해 좀 더 상세하게 알아보려는 생각에서 그는 한 여자에게 물었다. "당신은 터키인입니까?" 그러자 그 여자는 "신께서 면케 해 주셨죠!"라며, 마치 무슨 끔찍한 비난을 듣기라도 한 듯이 대꾸했다. "우린 이 시위대완 전혀 무관해요! 우리가 여기 나온 건 인종차별에 대해 투쟁하기 위해서입니다!" 그녀들 각각에게서 전단을 받아 든 아베나리우스는 지하철 난간에 태평스레 등을 기대고 선 한 젊은이와 또 마주쳤다. 그 청년 역시, 맹랑한 듯 도전적인 표정으로 전단 한 장을 내밀었다.

"이건 뭐에 대한 거요?" 하고 아베나리우스 교수가 물었다.

"카낙 민족의 자유를 위해섭니다."

그리하여 아베나리우스 교수는 전단 석 장을 손에 들고 지하도로 내려왔다. 입구에 들어서자마자 그는 지하도 안의 분위기가 달라졌음을 확인했다. 피로와 권태는 어디론가 날아가 버리고, 무슨 일인가가 벌어지고 있었다. 아베나리우스는 신이 난 트럼펫 소리와 박수 소리, 웃음소리를 들었다. 곧 그는 무대 전면을 보았다. 빨간 동전 통을 든 여인은 여전히 거기에 있었으나, 두 건달에게 둘러싸여 있었다. 한 건달은 동전 통을 들지 않은 그녀의 왼손을 움켜잡고 있었고, 다른 한 건달 은 통을 든 오른팔을 살짝 붙들고 있었다. 그녀의 손을 잡은 녀석은 앞으로 세 발짝 뒤로 세 발짝, 가벼운 보폭으로 춤을 추는 시늉을 하고 있었다. 그녀의 팔꿈치를 잡은 녀석은 악사 의 모자를 행인들에게 내밀며 "나병 환자들을 위하여! 아프리 카를 위하여!"를 외쳐 댔고, 악사는 그 옆에서 트럼펫을 숨이 끊어질 듯이, 아, 전에 없이 힘차게 불어 댔다. 자연히 사람들 이 막을 둘러치고 재미있다는 듯 미소 띤 얼굴로 모자 속에 동 전을, 심지어는 지폐까지 던져 넣자 그 건달은 "아, 프랑스는 얼마나 자비로운가! 감사합니다! 프랑스가 없다면 가엾은 짐 승처럼 돼지고 말 나병한자들을 대신해 감사드립니다! 아, 프 랑스는 얼마나 자비로운가!"라며 감사를 연발했다.

그 부인은 어찌할 바를 몰랐다. 때로는 몸을 빼려 하기도 하 고, 때로는 박수 소리에 어쩔 수 없이 앞뒤로 움직이며 춤추는 시늉을 하기도 했다. 그러다 마침내 그 건달이 그녀와 몸과 몸 을 맞대고 춤을 추기 위해 그녀를 껴안듯이 안으려 한 순간이 닥쳤다. 그녀는 심한 알코올 냄새를 맡고서 서투르게 몸을 빼 려 했다. 그녀의 얼굴에는 두려움과 고뇌의 빛이 역력했다.

그때 갑자기 감방에서 갓 출소한 사내가 벌떡 몸을 일으키 더니 건달들에게 위험을 알리려는 듯 크게 손짓을 해 댔다. 경 찰 두 명이 다가오고 있었다. 그들을 보자 아베나리우스 교수 는 직접 춤사위 속으로 들어갔다. 그가 자신의 거대한 배를 왼 쪽에서 오른쪽으로 흔들고, 반쯤 접힌 두 팔을 번갈아 앞으로 내던지며 무대를 향해 미소를 지어 보이자, 그의 주위로 뭐라 형언키 어려운 태평스럽고 평화스러운 분위기가 퍼져나갔다. 경찰들이 그들이 있는 곳에 이르렀을 때, 그는 그 부인에게 은근한 미소를 지어 보이고는 트럼펫과 보폭의 리듬에 맞춰 손뼉을 쳐 대기 시작했다. 경찰들은 눈살을 찌푸리며 그를 바라보다가 순찰을 계속하러 떠나갔다.

임기응변이 성공하자 신이 난 아베나리우스는 흥을 더욱 북돋워 어울리지 않게 경쾌한 몸짓으로 마당을 한 바퀴 빙 돌더니 앞뒤로 폴짝거렸고, 캉캉 춤을 추는 여자처럼 치맛자락을 걷어 올리는 시늉을 하며 다리를 앞으로 높이 내찼다. 그의 그런 몸짓은 부인의 팔꿈치를 잡은 건달에게 즉시 한 가지 생각을 제공했다. 건달은 몸을 숙여 그녀의 치맛단을 거머쥐었다. 그녀는 그의 손길을 뿌리치려 했지만, 격려의 미소와 함께 자신을 바라보는 그 배불뚝이 사내의 눈길에서 시선을 뗄 수가 없었다. 그녀가 그에게 미소로 답하고자 했을 때, 건달이 그녀의 치마를 허리까지 걷어 올려 맨 두 다리와 초록색 속치마(빨간 치마와 매우 잘 어울리는)를 드러냈다. 그녀는 다시 한 번 몸을 빼려고 했으나, 어떻게 해 볼 수가 없었다. 손 하나는 동전 통을 들고 있었고 (아무도 동전 한 푼 던져 주지 않는다 해도 그녀는 마치 자신의 행복, 인생의 의미, 어쩌면 자신의 영혼조차도 그 통 속에 들어 있기라도 하듯 통을 굳게 움켜쥐고 있었다.) 다른 한 손은 건달에게 꼼짝달싹 못 하게 붙잡혀 있었던 것이다. 누가 그녀를 강간하려고 두 팔을 묶었다 해도 상황이 이보다 나쁘지는 않았을 것이다. 건달이 다시금 치맛단을 높이 걷어 올리며 "나병 환자를 위하여! 아프리카를 위하여!"를 외치자, 부인의 뺨 위로 수모의 눈물이 흘러내렸다. 하지만 수모를 당한 것처럼 보이지 않으려고 (수모를 시인한다는 것은 수모를 배가하는 것이므로) 그녀는 마치 그 모든 일이 아프리카를 위해, 그리고 자신의 동의하에 이루어지기라도 한 듯, 미소를 지으려고 애썼다. 심지어는 약간 짧은 듯한 예쁜 다리로 허공을 내차기까지 했다.

그때 고약한 악취가 그녀의 코를 자극했다. 건달의 가쁜 숨결에서 묻어나는 악취가, 밤낮으로 걸치고 다녀 결국 그의 살갗에 딱지처럼 달라붙고 만 (만약 그가 교통사고를 당했더라면 수술 팀이 수술대 위에 눕히기 전 그의 누더기를 걷어 내는 데만 한 시간은 족히 걸렸을 것이다.) 그의 옷가지 냄새 못지않게 지독했던 것이다. 그녀는 더는 견딜 수가 없었다. 마지막 안간힘을 다해, 그의 포옹에서 빠져나온 그녀는 동전 통을 가슴에 안고서 아베나리우스 교수 쪽으로 달려갔다. 그는 두 팔을 활짝 펼쳐 그녀를 껴안았다. 그의 품에 안긴 채 그녀는 몸을 떨며 오열했다. 그는 서둘러 그녀를 진정시키고는 그녀의 손을 잡고 지하철 바깥으로 이끌었다.

# 육체

"많이 야위었구나, 로라." 레스토랑에서 동생과 함께 점심 식사를 하면서 아녜스가 근심스러운 듯 말했다.

"식욕이 없어. 먹어도 모조리 토해 버리고." 로라가 늘 마시던 포도주 대신 주문한 생수 한 모금을 삼키며 대답했다. 그러고 나서는 "이것도 너무 센 것 같아." 하고 덧붙였다.

"생수가?"

"그냥 물을 좀 타야 할까 봐."

"로라……!" 아녜스는 뭔가 항변하고 싶었으나 그저 "그렇게 자학해선 안 돼." 하고 말하고 말았다.

"만사 끝장이야, 언니."

"도대체 둘 사이에 변한 게 뭐지?"

"모조리. 하지만 여전히 옛날처럼 섹스는 해. 미친 듯이 말이야."

"미친 듯이 섹스도 하는데, 뭐가 변했다는 거지?"

"그가 나와 함께 있다는 확신을 갖는 건 그때뿐이야. 섹스가 끝나자마자 그의 생각은 어디론가 다른 데로 날아가 버린다고. 골백번 섹스를 한들 무슨 소용이야. 다 끝난 일인걸. 섹스라는 것도 무의미한 짓이 되고 말았어. 내게 중요한 건 그게 아냐. 중요한 건 그가 날 생각하는 거야. 인생을 살면서 지금까지 많은 사내들을 만났지만, 이제 어느 누구도 나에 대해 아는 게 없어. 나 역시 그들에 대해 전혀 모르지. 그래서 이런 의문이 들어! 이 세상에 나의 흔적을 조금이라도 간직한 사람이 아무도 없다면, 도대체 난 왜 산 거지? 내 인생에서 남은 게 뭐지? 아무것도 없어, 언니. 아무것도 없다고! 하지만 지난 이 년 동안 난 정말 행복했어. 베르나르가 날 생각한다는 걸 알았으니까. 내가 그의 머릿속에 살고 그의 안에 살아 있다는 걸 말이야. 내게 있어 진정한 삶이란 그런 것 같아. 다른 누군가의 생각 속에 살아 있는 것 말이야. 그렇지 않다면, 난 산송장이나 다름없어."

"그렇지만 네가 집에 혼자 있으면서 음악을 들을 때, 너의 말러가 뭐랄까, 어떤 최소한의 자그마한 행복 같은 걸 주지는 않니? 그것만으로도 살아 볼 만하지 않니? 그것으로는 불충분해?"

"언니, 뻔히 알면서 그런 바보 같은 소리를 하다니. 말러는 내게 전혀, 정말 전혀 무의미해. 내가 혼자라면 말이야. 말러가 내게 어떤 즐거움을 준다면, 그건 내가 베르나르와 함께 있거나 혹은 그가 날 생각한다는 걸 알 때뿐이야. 그가 없으면

난 침구 정돈할 기력조차 없어. 세수는 물론 속옷 갈아입을 마음조차 없어진다고."

"로라! 너의 베르나르가 세상에 유일한 건 아냐!"

"유일해." 로라는 잘라 말했다. "내가 말도 안 되는 소리를 떠들어 대길 원해? 베르나르는 나의 마지막 기회야. 난 이제 이십 대도 삼십 대도 아니잖아. 베르나르 이후는 사막이야."

그녀는 생수를 한 모금 마시고는 다시 한 번 말했다. "이 물은 맛이 너무 강해." 그러고는 종업원을 불러서 물병을 주문했다.

"한 달 후, 그는 마르티니크에서 보름 동안 지낼 거야." 그녀가 말을 계속했다. "나도 이미 두 번이나 그와 함께 그곳으로 여행했더랬지. 이번에는 자기 혼자 갈 거라고 미리 얘길 하더군. 덕택에 이틀 동안 아무것도 먹을 수가 없었어. 하지만 난 내 할 일을 알아."

물병이 테이블 위에 나타나자, 로라는 종업원의 휘둥그레진 시선을 받으며, 마시던 생수 잔에 맹물을 부었다. 그러고는 다시 한 번 되풀이 했다. "그래, 내가 뭘 해야 하는지 난 알아."

그러고 나서 그녀는 입을 다물어 버렸다. 마치 이 침묵으로 언니의 질문을 유도하고 싶다는 듯이. 아네스는 그런 줄 알면서도 일부러 아무 질문도 하지 않으려 했다. 하지만 침묵이 계속되자 그녀는 굴복하고 말았다. "뭘 할 건데?"

로라는 지난 몇 주 동안 적어도 다섯 의사를 번갈아 찾아다니며 그들 각각에게서 수면제를 처방받았노라고 대답했다.

로라가 입에 발린 듯이 하던 불평들을 자살에 대한 은근한 암시로 끝맺기 시작한 이후부터, 아녜스는 지치고 맥이 풀려 버린 느낌이었다. 이미 수도 없이 그녀는 논리적이거나 감정적인 변론들로 동생의 생각을 반박했다. 사랑을 앞세워 그녀를 달래 보았으나 ("네가 나에게 그런 짓을 할 수는 없어!") 전혀 소용 없었다. 로라는 아무 얘기도 듣지 못했다는 듯, 늘 새롭게 자살을 입에 담았던 것이다.

"그보다 일주일 먼저 마르티니크로 떠날 생각이야." 그녀가 말을 이었다. "나에게도 열쇠가 있어. 빌라는 비었고. 거기서 날 발견하게 해 줄 거야. 영원히 잊지 못하도록 말이야."

로라가 그런 엉뚱한 짓을 능히 범할 수 있는 인간임을 알기에 아녜스는 "거기서 날 발견하게 해 주겠다."라는 말에 두려움을 느꼈다. 그녀는 열대의 빌라, 그 저택 거실 한가운데에 꼼짝 않고 누운 로라의 육체를 상상해 보고는, 그 영상이 전혀 거짓 같지 않고 충분히 수긍이 가는, 로라에게 딱 어울리는 것임을 깨닫고서 등골이 서늘해짐을 느꼈다.

로라에게 누군가를 사랑한다는 건, 곧 자신의 육체를 그에게 바치는 것을 의미했다. 언니에게 흰색 피아노를 가져다 주었듯 그에게 자신을 가져다 주는 것, 아파트 한가운데에 자신의 육체를 내려놓는 것을 의미했다. '내가 여기 있어요, 나의 57킬로그램, 나의 살과 뼈가 여기 있어요, 당신 것이기에, 당신 집에 버립니다.' 이러한 봉헌은 그녀에게는 성적 몸짓 같았다. 왜냐하면 그녀가 보기에 육체란 흥분 상태인 어떤 특별한 순간에만 성적인 것이 아니라, 이미 말했듯 애초부터, 선험적으로, 항구적이고 전적으로, 내면 외면 가릴 것 없이, 자나 깨나, 심지어는 죽은 후조차도 성적이기 때문이다.

아녜스에게 성이란 육체가 욕망을 일으키고 아름답게 되는 그런 흥분의 순간에 한정된다. 오직 그런 순간만이 육체를 정당화하고 보상했다. 그러다 일단 이 인공의 빛이 꺼지면, 육체는 다시 보살피지 않으면 안 될 어떤 지저분한 메커니즘으로 전락해 버린다. 그래서 아녜스라면 "거기서 날 발견하게 해 주겠다." 따위의 말은 절대 할 수가 없을 것이다. 그녀는 사랑하는 이가 자신을, 성을 잃어버린 하나의 단순한 육체로, 더이상 그녀가 통제할 수 없는 그런 자세로 얼굴이 경직된 채 그어떤 매력도 없이 발가벗은 그런 육체로 본다는 건 생각만 해도 끔찍한 일이었다.

그러나 아녜스는 동생이 자기와 다르다는 것을 알았다. 생명 잃은 육체를 연인의 거실에 전시한다는 것, 그런 생각은 로라와 육체의 관계에서, 그녀의 사랑하는 방식에서 오는 것이다. 그래서 아녜스는 두려움을 느꼈다. 테이블 위로 몸을 숙이며 그녀는 동생 손을 잡았다.

"날 이해해 줘." 로라가 낮은 목소리로 말했다. "언니에겐 폴이 있어. 더 바랄 수 없는 최상의 남자지. 나에겐 베르나르가 있어. 베르나르가 날 떠나는 순간 내겐 아무것도, 아무도 없는 거야. 게다가 내가 쉬 만족할 줄 모르는 사람이란 걸 언니도 잘 알잖아! 난 내 인생의 비참한 꼴을 보지 않을 테야. 인생이 내게 전부 다 주든가, 아니면 내가 떠나 버리든가, 둘 중 하나야. 이해할 거야. 언니니까."

아녜스가 뭔가 대꾸할 말을 찾는 사이, 잠시 침묵이 흘렀다.

그녀는 지쳤다. 매주 늘 똑같은 대화가 되풀이되었으며, 아녜스가 한 모든 말들은 결국에는 쓸데없는 말로 드러나고 말았다. 무기력과 피로뿐인 이런 순간에, 문득 전혀 뜻밖의 엉뚱한 말들이 침묵의 공간에 울려 퍼졌다.

"베르트랑 베르트랑 노인이 또 다시 국회에서 자살 풍조에 대해 노발대발했다더군! 마르티니크에 있는 그 빌라의 소유주가 바로 그야. 내가 그에게 안겨 줄 즐거움을 상상해 봐!" 웃음을 터뜨리며 로라가 하는 말이었다.

비록 신경에 거슬리고 쥐어짜 낸 듯한 웃음이었으나, 아녜스에겐 뜻밖의 원군이었다. 그녀 역시 웃음을 터뜨렸고, 그들의 웃음에 지금까지의 일그러진 분위기가 일시에 가셨다. 그것은 마음의 짐을 덜어 주는 웃음, 갑자기 나타난 진짜 웃음이 되었고, 자매는 눈물까지 흘리며 웃어 댔다. 자기들이 서로 사랑한다는 것을, 로라가 자살하지 않으리란 것을 잘 알아서였다. 그녀들은 손을 꼭 잡은 채 다투듯 얘기를 주고받았다. 그녀들이 주고받은 사랑의 말들 뒤로 스위스의 어느 정원에 자리 잡은 빌라 한 채와, 마치 울긋불긋한 풍선인 양, 여행 초대인 양, 뭐라 형언할 수 없는 어떤 미래에 대한 약속인 양, 허공을 향해 수직으로 던진 손짓 하나가 나타났다. 지켜지지는 않았지만, 그 약속의 메아리는 지금도 여전히 그녀들에게 매력적으로 울렸다.

현기증 나는 순간이 지나자, 아녜스가 말했다. "로라, 바보 같은 짓을 해선 안 돼. 너를 괴롭힐 자격을 지닌 사내는 없어. 나를 생각해. 내가 널 사랑한다는 걸 생각하라고."

"그렇지만 난 뭔가 하고 싶어. 정말 뭔가 하고 싶다고."

"뭔가를? 뭔가라고?"

로라는 언니의 두 눈을 깊이 응시하면서 그 '뭔가'의 내용이 아직 자기에게도 분명하지 않음을 알리려는 듯 어깨를 으쓱했다. 그러고 나서 그녀는 머리를 가볍게 뒤로 젖힌 채, 얼굴에 우수 어린 희미한 미소를 떠올리고서 손가락 끝으로 가슴 한복판의 움푹 팬 자리를 짚었다가 '뭔가'를 거듭 되뇌며 두 팔을 앞으로 던졌다.

아네스는 마음이 가벼워졌다. 물론 그녀로서는 그 '뭔가'라는 것을 구체적으로 상상해 낼 수는 없었지만, 로라의 몸짓만은 의혹의 여지가 없었다. 그 '뭔가'는 어떤 숭고한 것을 겨냥한 것이지, 열대의 어느 거실 바닥에 늘어져 누운 시체와는 무관할 수밖에 없었다.

그로부터 며칠 후, 로라는 베르나르의 아버지가 주관하는 '프랑스-아프리카 결연 협의회'에 찾아갔고, 거리로 나가 나병 환자들을 위한 기금을 모집하는 일에 지원했다.

# 불멸에 대한 욕망의 몸짓

베티나의 첫사랑은 남동생이자 미래의 위대한 낭만파 시인 클레멘스였다. 그다음에는 우리가 알듯, 괴테를 사랑했고 베토벤을 흠모했으며, 그녀의 남편이자 그 역시 대시인인 아힘 폰 아르님을 사랑했다. 그다음엔 대시인은 아니었으나 많은 책을 쓴 헤르만 폰 퓌클러무스카우 백작에게 반했으며 (그녀는 『어린 소녀와 괴테의 서간집』을 바로 그에게 헌정했다.) 오십 대에 이르러서는, 책을 저술하지도 않았으나 그녀와 편지를 주고받은 (그녀는 이 편지들을 책의 일부로 넣어 간행했다.) 두 젊은이 필립 나투시우스와 율리우스 되링에게 모성애적 감정을 품었다. 그리고 카를 마르크스를 흠모하여, 어느 날 마르크스의 약혼녀 제니 집을 방문했을 때, 그를 졸라 오랫동안 함께 밤 산책을 했으며 (마르크스는 산책할 마음이 조금도 없었고, 베티나보다는 제니와 함께 산책하는 것이 좋았다. 하지만 아무리 이 세계를 들었다 놓았다 할 수 있는 능력의 그일지라도 괴테와 경청 없이 대화하는 여자를 거부할 수는 없었다.) 프란츠 리스트를 남몰래 사랑했으나, 곧바로 리스트는 오직 자신의 영광에만 관심이 있어 싫다고 선언한 사실로 미루어 볼 때, 매우 일시적인 감정이었다. 그녀는 정신병에 걸린 화가 카를 블레헨을 돕고자 열을 올렸고 (그녀는 그의 부인을 옛 괴테 부인만큼이나 경멸했다.) 삭스바이마르 왕의 상속자 샤를알렉상드르와 많은 편지를 주고받았으며, 프러시아의 왕 프리드리히빌헬름 왕에게 『왕의 책』을 써 주어 신하들에 대한 왕의 의무를 제시하는 한편, 『빈자(貧者)들의 책』을 간행하여 국민의 끔찍한 생활고를 기술하기도 하고, 다시 왕에게 편지를 써서 공산주의 역모를 꾀한 혐의로 기소된 빌헬름 프리드리히 슐뢰펠의 석방을 간하는 한편, 그로부터 얼마 뒤엔 어느 프러시아 감옥에서 처형 날짜만 기다리던 폴란드 혁명 지도자 루드비크 미에로슬라프스키를 위해 중재에 나서기도 했다. 그녀가 흠모한 마지막 인물은 그녀가 한 번도 만난 적 없는 인물이었다. 그는 1848년의 반란군 대열에서 스물여섯이라는 젊은 나이로 요절한 헝가리 시인 산도르 페퇴피라는 이다. 그녀는 한 사람의 위대한 시인(그녀는 그를 '소넨고트', 즉 '태양신'이라고 불렀다.)을 전 세계에 알렸을 뿐만 아니라, 당시까지만 해도 그 존재가 유럽에 거의 알려지지 않았던 그의 조국 역시 지구상에 널리 알렸다. 1956년 헝가리 지식인들이 러시아 제국에 맞서 최초의 반(反)스탈린 봉기를 획책하면서 자신들을 '페퇴피 서클'이라고 명명했다는 점을 고려해 볼 때, 베티나가 자신의 사랑을 통해 18세기부터 20세기 초반에 이르기까지의 광활한 유럽사 곳곳에 출현했음을 확인할 수 있다. 용감하고 고집 센 베티나, 그녀는 역사의 요정이요 무녀였다. 역사라는 것이 그녀에게는 '신의 구현'(그녀의 친구들이 모두 이 은유를 사용했다.)과 다름없었으므로, 내가 무녀라는 표현을 사용한 것은 정당하다 할 것이다.

이따금 그녀의 친구들은 그녀가 가정에서나 어머니로서의 신분은 잊은 채, 앞뒤 헤아리지 않고 타인들을 위해 희생만 한다고 비난했다.

"지금 당신들이 하는 말에 난 흥미 없어요. 난 회계사가 아녜요. 나란, 바로 이런 인간이에요!"라고 대답하며 그녀는 손가락 끝을 가슴에, 정확히 두 젖가슴 사이에 얹었다. 그러고는 머리를 가볍게 뒤로 젖히고 얼굴을 미소로 가린 채 두 팔을 갑작스럽게, 그러면서도 우아하게 앞으로 던졌다. 동작 초기에는 손마디들이 모두 붙은 상태였으나, 마지막 순간에 두 팔이 떨어지면서 두 손바닥도 활짝 펼쳐졌다.

그렇다. 여러분의 기억은 정확하다. 앞 장에서 '뭔가' 하고 싶다고 말할 때 로라가 바로 그런 몸짓을 했다. 그 상황을 돌이켜 보자.

아녜스가 "로라, 바보 같은 짓을 해선 안 돼. 널 괴롭힐 자격이 있는 사내는 없어. 날 생각해. 내가 널 사랑한다는 걸 생각하라고."라고 말했을 때, 로라는 이렇게 대답했다. "하지만 난 뭔가 하고 싶어. 정말 뭔가를 하고 싶다고."

그렇게 말하면서 그녀는 막연하게 다른 어떤 사내와의 동침을 꿈꾸었다. 그녀는 진작부터 그런 생각을 종종 품어 왔으며, 또한 그 생각은 자살에 대한 그녀의 욕망과도 결코 모순되지 않았다. 이 둘은 모두 극단적인 반응으로, 모욕당한 여인에게는 전적으로 정당한 욕망인 것이다. 그녀의 막연한 외도 욕망은 얘기를 분명히 하고자 하는 아네스의 불쾌한 개입 때문에 돌연 중단되었다.

"뭔가를? 뭔가라고?"

방금 자살 얘기를 하다가 갑자기 외도 얘기를 한다는 게 우스꽝스러움을 알았기에, 로라는 당혹감을 느끼며 그저 다시 한 번 '뭔가'를 되풀이하고만 말았다. 한데 아네스의 시선이 좀 더 분명한 대답을 요구하자 그녀는 몸짓으로나마 자신의 그런 막연한 표현에 어떤 의미를 부여하고자 했다. 그래서 두 손을 가슴에 얹었다가 앞으로 내던졌던 것이다.

어째서 그런 몸짓을 할 생각이 그녀의 뇌리에 떠올랐는가? 그녀는 이전에 한 번도 그런 몸짓을 한 적이 없다. 대사를 잊어버린 배우에게 누가 대사를 속삭여 주듯 미지의 누군가가 그녀에게 속삭여 주었을 것이다. 구체적인 뭔가를 전혀 표현하지는 않으나 그 몸짓은 '뭔가를 한다.'라는 것이 곧 스스로를 희생하는 것, 자신을 세상에 바치는 것, 자신의 영혼을 한 마리 흰 비둘기처럼 아득히 먼 저 푸르른 곳을 향해 날려 보내는 것을 의미함을 가리켰다.

조금 전까지만 해도 로라에게는 동전 통을 들고 지하철로 내려간다는 계획 같은 건 이상한 일이 분명했다. 만약에 그녀가 손가락들을 두 가슴 사이에 얹었다가 두 팔을 앞으로 내던지지만 않았더라도 그런 생각은 꿈에도 그녀의 머릿속에 떠오르지 않았을 것이다. 그 몸짓 자체가 고유 의지를 지닌 듯했다. 그 몸짓이 명령했고, 그녀는 따랐던 것이다.

로라의 몸짓과 베티나의 몸짓은 같은 것이요 먼 이국 나병 환자들을 도우려는 로라의 욕망과 폴란드 사형수들을 구하려는 베티나의 노력 사이에는 분명 어떤 관계가 있다. 하지만 이 비교는 터무니없어 보인다. 나는 동전 통을 들고 지하철에서 구걸하는 베티나 폰 아르님은 상상할 수 없다. 베티나는 자선에는 전혀 취미가 없었다. 그녀는 가난한 사람들을 위해 모금운동을 펴며 하루하루를 보낼 그런 한가로운 귀부인이 아니었다. 그녀는 남편이 질책할 정도로 하인들을 심하게 다루었다.(남편은 그녀에게 보낸 편지에서 "하인들에게도 영혼이 있어요."라며 각성을 촉구했다.) 그녀의 행위를 촉발한 것은 자선에 대한 열정이 아니라 역사에 구현되었다고 믿는 신과 개인적이고 직접적으로 접촉하고자 하는 욕망이었다. 유명인들(다른 이들에겐 관심이 없었다.)에 대한 그녀의 모든 사랑은 다만 하나의 도약대와 다름없었다. 그녀는 매우 높이, (역사 속에 구현된) 신이 자리 잡은 저 하늘까지 뛰어오르기 위해, 온 체중을 다해 그 도약대 위로 뛰어내렸던 것이다.

그렇다, 이 모든 얘기는 사실이다. 하지만 주의하라! 로라 역시 자선단체를 주관하는 그런 착한 부인들과는 거리가 먼 사람이다. 그녀에게는 걸인들에게 동냥을 주는 습관이 없었다. 그들을 지나칠 때 2~3미터 정도만 떨어져도 그녀는 그들을 보지 못했다. 정신적 노안(老眼)이었던 것이다. 그러므로 그녀에게는, 오히려 4000킬로미터나 떨어진, 나병에 걸려 육신이 문드러져 가는 흑인들이 더 가까웠다. 그들은 그녀 두 팔의 몸짓이 그녀의 괴로워하는 영혼을 날려 보낸 바로 그 지점에 있었다.

하지만 사형선고를 받은 폴란드인을 돕는 것과 나병에 걸린 흑인들을 돕는 것 사이에는 분명한 차이가 있다! 베티나의 행위는 '역사'에 개입하는 것이지만, 로라의 행위는 단순한 자선행위일 뿐이다. 그러나 이는 전혀 로라의 책임이 아니다. 세계의 '역사'는 그 혁명들, 그 유토피아, 그 희망, 그 공포들과 더불어 이미 유럽 무대를 떠나 버렸고 단지 향수만 남았기 때문이다. 프랑스인이 자선을 국제화한 것도 바로 그래서다. 그들이 자선사업을 하는 것은 이웃에 대한 기독교적 사랑(예를 들면 미국인들이 그렇듯이)에서가 아니라 바로 그 잃어버린 '역사'에 대한 향수, '역사'를 상기하고자 하는 욕망에서요, 하다못해 흑인들을 위한 모금운동용 빨간 동전 통의 형태로나마 '역사' 속에 현전하고자 하는 욕망에서인 것이다.

베티나와 로라의 그 몸짓을 불멸에 대한 욕망의 몸짓이라 명명하자. 큰 불멸을 갈망하는 베티나는 이렇게 말하고 싶을 것이다. '나는 현재와 더불어, 현재의 온갖 근심과 더불어 사라지길 거부한다. 나는 나 자신을 초극하여 역사의 일부가 되고자 한다. 역사는 영원한 기억이기 때문이다.' 그리고 비록 작은 불멸을 희망할 뿐이지만, 로라 역시 같은 것을 원한다. 자기 자신을 초극하고 자신이 겪는 불행한 순간을 초극하여, 자신을 알았던 모든 이들의 기억 속에 머무르기 위해 '뭔가'를 한다는 점에서 말이다.

# 모호성

어렸을 때부터 이미 브리지트는 아버지의 무릎 위에 앉는 것을 좋아했으나, 그녀가 그 행위에서 정말 쾌감을 맛본 것은 열여덟 살이 되어서인 것 같다. 그에 대해 아녜스는 전혀 트집을 잡지 않았다. 브리지트는 종종 부부 침대 속으로 미끄러져 들어왔고 (예를 들면 그들이 텔레비전 앞에서 밤을 새울 때) 그래서 세 사람 사이는 과거 아녜스와 그녀의 부모 사이에서보다 훨씬 더한 신체적 친밀감이 지배했다. 그렇다고 아녜스가 그런 그림의 모호성을 헤아려 보지 않은 것은 아니다. 젖가슴이 불거지고 엉덩이가 튀어나온 다 큰 처녀가 한창 혈기왕성한 남자의 무릎 위에 앉아 터질 듯 팽팽한 가슴으로 남자의 얼굴과 어깨를 스치며 그를 '아빠'라고 부르는 그림 말이다.

어느 날 저녁 그들은 유쾌한 친구들 패거리를 초대했는데, 개중에는 로라도 있었다. 한참 신나게 먹고 마시던 중, 아버지의 무릎 위에 앉은 브리지트를 보면서 로라가 말했다. "나도 저렇게 좀 앉아 보았으면 좋겠어!" 그러자 브리지트가 그녀에게 무릎 하나를 양보했고, 그리하여 둘은 말을 타듯 폴의 두 허벅지 위에 나란히 걸터앉았다.

이 상황은 다시 한 번 우리에게 베티나를 생각하게 한다. 다름 아닌 바로 그녀 덕택에, 무릎 위에 앉는 것이 성적 모호성의 전형으로 굳었기 때문이다. 나는 베티나가 한평생 유년을 방패막이로 하여 사랑의 전쟁터를 전전했다고 말했다. 이 방패를 그녀는 오십 대가 되어서도 지니고 있었다. 그것을 어머니라는 방패로 바꿔서, 이번에는 젊은이들을 자신의 무릎 위에 앉히기 위해 말이다. 그러자 또 다시 상황이 신기할 정도로 모호해졌다. 자식에 대해 성적 의도를 품었다며 어머니를 의심하는 일은 금지였으므로, 성숙한 여인(은유적인 의미에서만)의 무릎 위에 앉은 젊은이라는 이미지에는, 안개 낀 듯 흐릿하기에 더욱 강렬한, 여러 가지 성적 의미가 가득한 것이다.

모호성의 기법 없이는 진정한 성애(性愛)도 없다고 나는 단언한다. 모호하면 모호할수록 흥분이 더욱 강렬해진다고 말이다. 어렸을 때의 그 재미난 의사놀이를 기억하지 못하는 이가 있는가? 어린 아가씨가 땅바닥에 누워 있고, 소년이 진찰한다는 핑계로 그 애의 옷을 벗긴다. 어린 소녀는 얌전하게 군다. 자기를 관찰하는 이가 호기심에 찬 소년이 아니라, 자신의 건강을 보살피는 심각한 전문의이기 때문이다. 이 상황의 성적 전하(電荷)는 신비스러운 만큼이나 막대하다. 두 아이 모두 숨이 턱까지 차오른다. 그렇게 숨차면서도 소년은 잠시도 의

사 행세를 멈추지 않으며, 소녀의 속옷을 벗기면서 정중한 어투로 소녀에게 말을 건넨다.

유년기의 이 축복받은 순간은 내게 좀 더 아름다운 추억 하나를 상기시킨다. 어느 젊은 여자가 파리에 살다가 1969년에 다시 돌아와 정착한 체코의 어느 시골마을에서 있었던 일이다. 그녀는 1967년에 프랑스로 유학을 떠났다가 이 년 후 러시아군에 점령된 조국을 다시 찾았다. 당시 사람들은 잔뜩 겁에 질려 있었고, 유일한 소망이라면 어딘가 다른 곳, 자유가 있는 곳, 유럽 같은 곳에 있는 것이었다. 파리 유학 이 년 동안 체코 아가씨는 열심히 세미나를 쫓아다녔다. 당시에는 지성계 심장부에 자리를 잡으려면 그 세미나를 열심히 쫓아다녀야 했기 때문이다. 세미나에서 그녀는 유아가, 오이디푸스기(期)에 앞선 유년 초에, 세미나를 주관한 저명한 정신분석가가 거울 단계라 명명한 시기를 거친다는 사실을 알게 되었다. 유아가 아버지, 어머니의 육체와 대면하기 전에 자기 자신의 육체를 발견한다는 생각에서 붙은 명칭이다. 고국으로 돌아온 이 체코 아가씨는 참으로 애석하게도, 많은 동포들이 성장 과정에서 바로 이 단계를 건너뛰어 버렸다고 생각했다. 파리 유학과 그 유명한 세미나의 권위에 힘입어 그녀는 젊은 여인들의 서클을 하나 조직했다. 그녀는 그 젊은 여성들에게 아무도 이해하지 못하는 이론 수업을 해 주었고, 이론이 복잡한 만큼이나 간단한 실습도 지도해 주었다. 즉 먼저 모두 알몸이 되어 각자 큰 거울 앞에서 자기 몸을 조사하고, 그런 다음 모두 함께 극도의 주의를 기울여 서로의 몸을 살펴보며, 마지막으로는 손거울을 통해 자신의 신체 일부를 살펴보는데, 이 손 거울은 각자가 이전에 한 번도 본 적이 없는 것을 볼 수 있게 해 주기 위해 본인 아닌 다른 사람이 비춰 준다. 그러는 동안 여교습원은 단 한 순간도 이론 강의를 중단하지 않았으며, 이 론의 매력적인 불투명성은 그들을 고향땅과 러시아의 점령으 로부터 멀리 데려가 주었다. 그녀들에게 뭐라 이름 붙일 수 없 는 신비로운 흥분을, 그들이 모두 언급을 꺼려하는 어떤 흥분 상태를 안겨 주면서 말이다. 물론 그 여교습원은 위대한 라캉 의 제자였을 뿐 아니라 레즈비언이기도 했다. 하지만 나는 그 서클에 진짜 레즈비언들이 많았다고 생각하지는 않는다. 솔 직히 말해 그 모든 여자들 중에서 나의 몽상을 가장 많이 차지 한 여자는 순진하기 짝이 없는 한 젊은 아가씨다. 그녀에게는 그런 회합이 진행되는 내내, 체코어로 잘못 번역된 라캉의 캄 캄한 이론이 있었을 뿐 그 밖에 어떤 것도 이 세상에 존재하지 않았다. 아! 벌거벗은 여인들의 학술 모임, 러시아 순찰대들 이 순찰을 도는 동안 체코의 어느 작은 마을 한 아파트에서 벌 어진 이 회합, 이 모임이야말로 각자가 필요한 몸짓만 하려고 애쓰는, 모든 것이 합당하고 오직 하나의 의미, 슬플 만큼 하 나뿐인 의미만 갖는 섹스파티보다 얼마나 더 자극적인가! 하 지만 어서 이 작은 체코 마을을 떠나 폴의 무릎으로 돌아가자. 로라가 그의 한쪽 무릎 위에 앉아 있다. 다른 한쪽에는 이제 실험 삼아 브리지트가 아니라 그녀의 어머니가 앉았다고 상 상해 보자.

로라로서는 남몰래 욕망하는 사내의 허벅지에 자신의 엉덩이를 접촉하는 것이 기분 나쁠 리 없다. 그 느낌은 애인 자격으로 폴의 허벅지를 타고 앉은 것이 아니라, 처제로서, 더욱이 그의 부인의 완전한 동의 아래 앉아 있기에 더욱 자극적이다. 로라는 모호성에 중독되었다.

아녜스는 이 상황이 전혀 자극적이지 않으며, 자꾸만 머릿속을 맴도는 우스꽝스러운 문구 하나를 떨쳐 버릴 수가 없다. '폴의 두 무릎 위에 여자의 항문이 하나씩 앉아 있다! 폴의 두 무릎 위에 여자의 항문이 하나씩 앉아 있다!' 아녜스는 모호성의 냉철한 관찰자다.

그러면 폴은? 그는 큰 소리로 떠들어 댄다. 그는 귀여운 조카들을 즐겁게 해 주기 위해 언제라도 뜀박질하는 말로 변신할 준비가 된 그런 숙부다운 쾌활함을 두 자매에게 납득시키려는 듯, 두 무릎을 번갈아 위로 추켜올리며 농지거리를 해 댄다. 폴은 모호성의 얼간이다.

로라는 사랑의 슬픔을 견디기 어려울 때마다 폴에게 조언을 구했고, 카페들을 전전하며 그를 만났다. 그들의 대화에는 자살이 화제로 등장하지 않았다는 사실에 주목하자. 로라는 아녜스에게 자신의 그런 슬픈 계획을 비밀에 부쳐 달라고 부탁했으며, 폴 앞에서는 그것에 대해 한 번도 언급한 적이 없다. 그랬기에 그 끔찍한 죽음의 영상이, 폴과 로라가 가끔씩 서로 어루만져 주며 얼굴을 맞대고 앉아 있는, 애틋한 슬픔을 후광으로 한 우아한 한 폭의 그림을 찢은 적은 한 번도 없었다. 폴은 용기와 신뢰를 심어 주려는 듯 로라의 손과 어깨를 꼭 잡아 주곤 했다. 로라는 베르나르를 사랑했고, 사랑을 하는 이는 누군가의 지원을 받을 자격이 있기 때문이다.

나는 그런 순간에 그가 그녀의 눈을 뚫어지게 바라보았노라고 말할 참이었으나, 정확한 얘기가 아닐 것이다. 그럴 때마다 로라가 검은 선글라스를 쓰고 있었기 때문이다. 폴은 그 까닭을 알았다. 그녀는 눈물로 부어오른 눈꺼풀을 보여 주고 싶지 않았던 것이다. 문득 선글라스가 다양한 의미를 띠게 되었다. 선글라스는 로라에게 어떤 냉엄한, 범접할 수 없을 듯한 우아함을 부여해 주었다. 그와 동시에 매우 관능적인, 매우 육감적인 뭔가를 가리키기도 했다. 눈물에 젖은 눈 하나, 문득 신체의 구멍이 된 눈 하나, 아폴리네르의 유명한 시가 말하는 여성 신체의 아름다운 아홉 개 문(門)들 가운데 하나, 선글라스라는 국부 가리개 뒤에 숨은 젖은 구멍 하나를 말이다. 선글라스 뒤의 눈물이라는 관념은 때로 너무나 강렬해서, 상상된 그 눈물은 타는 듯이 뜨거워서, 두 사람 모두를 감싸 버리는 뿌연 증기로 변해 그들의 판단력과 시각을 앗아 버렸다.

폴은 그 증기를 보았다. 하지만 그 의미도 이해했는가? 나는 그렇게 생각하지 않는다. 의사놀이 장면을 다시 한 번 그려 보자. 어린 소녀가 소년을 보러 왔다. 소녀가 "의사 선생님, 저를 진찰해 주세요."라고 말하며 옷을 벗기 시작한다. 그러자 소년은 이렇게 잘라 말한다. "하지만 어린 아가씨! 나는 의사가 아니라오!"

폴은 바로 그렇게 행동했던 것이다.

# 여자 점쟁이

그리즐리와 토론할 때는 경박함의 명철한 지지자로 행세한 폴이, 어째서 무릎 위 자매와는 별로 경박하지 않게 처신한 것일까? 나의 설명은 이렇다. 그의 관념 속에서 경박함은 그가 문화, 대중생활, 예술, 정치 등에 적용하고 싶은 유익한 관장(灌腸)이다. 괴테와 나폴레옹에게 하면 좋을 관장이지만, 그러나 (명심하시라!) 절대 로라와 베르나르에게 해서는 안 될 관장이다. 베토벤이나 랭보에 대해 폴이 느끼던 뿌리 깊은 불신은, 그가 사랑에 부여한 무한한 신뢰로 벌충되었던 것이다.

그의 정신에서, 사랑의 개념은 가장 격동적인 요소인 바다의 이미지에 연결되어 있었다. 아네스와 함께 바캉스를 떠났을 때, 으레 그는 호텔 방 창문을 활짝 열어 두곤 했다. 그들이 나누는 사랑의 헐떡임이 파도 소리와 결합하고, 그리하여 그들의 열정이 그 위대한 소리와 융해되도록 말이다. 그는 부인과 그렇게 행복하면서도, 더없이 그녀를 사랑하면서도, 내밀한 마음 한구석에서는 자신의 사랑이 좀 더 극적으로 나타난 적이 한 번도 없다는 생각에 가벼운 실망감을 맛보고 있었다. 그는 로라가 사랑의 도정에서 맞닥뜨린 그 장애들에 대해 은근히 부러움을 느끼기까지 했다. 그가 보기에는 오직 그런 장애들만이 사랑을 사랑의 역사로 바꿔 놓을 수 있는 까닭이었다. 그래서 그는 그녀에게 정감 어린 연대감을 느꼈다. 그녀의 고통을 마치 자신의 고통인 양 아파하면서 말이다.

어느 날 로라는 그에게 전화를 걸어 베르나르가 며칠 후 마르티니크에 있는 자기 집 별장으로 가는데, 비록 초대받지는 않았지만 자기도 거기에 가기로 결심했다고 말했다. 거기서 그녀가 미지의 여인과 함께 있는 그와 맞닥뜨린다 해도 어쩔 수 없는 일이다. 적어도, 모든 게 분명해지기는 할 테니까.

폴은 쓸데없는 갈등은 피하는 게 좋으리라는 생각에서 그녀를 단념시키고자 했다. 그러나 대화는 끝없이 이어졌다. 로라는 계속 똑같은 말만 되풀이했으며, 어쩔 수 없이 폴은 "그럼 가. 그렇게 깊이 확신한다면 그 결심이 옳겠지!"라고 말해 버릴 참이었다. 한데 로라는 그에게 그런 말을 할 시간조차 주지 않고 잘라 말했다. "저의 이번 여행을 말릴 수 있는 건 오직 한 가지뿐이에요. 그건 형부의 금지령이에요."

지금 그녀는 절망과 투쟁의 끝까지 가기로 결심한 여자의 자존심마저 유보하면서, 자신의 결심을 단념시키려면 그가 무슨 말을 해야 하는지를 매우 분명하게 암시해 준 거였다. 그녀가 폴을 처음 만났을 때로 돌아가 보자. 그때 그녀는 자신의 머릿속에서 바로 나폴레옹이 괴테에게 했던 말, "사람이 왔군!"을 들었다. 폴이 정말 그냥 사람이었다면, 그는 잠시도 망설이지 않고 그 여행을 금지했을 것이다. 유감스럽게도 그는 그냥 사람이 아니라, 원칙을 가진 인간이었다. 오래전에 그는 자신의 어휘집에서 '금지하다.'라는 말을 삭제해 버렸으며, 이에 대해 자부심을 갖고 있었다. 그가 항변했다. "내가 어느 누구에게든 뭘 금지해 본 적이 없는 사람이란 걸 처제도 알잖아."

로라는 막무가내였다. "하지만 난 형부의 금지와 명령을 원해요. 물론 다른 어느 누구도 내게 그런 명령을 내릴 권리는 없어요. 난 형부의 말대로 할 거예요."

폴은 당혹감을 느꼈다. 그는 한 시간이 넘도록 그녀에게 왜 떠나서는 안 되는지 설명했으며, 한 시간 내내 그녀는 반대 주장만 했다. 어째서 그녀는 설득당하는 대신 금지를 요구하는 것일까? 그는 침묵했다.

"두렵나요?"

"뭐가?"

"형부의 의사를 내게 강요하는 것."

"내가 처제를 끝내 설득하지 못했다면, 처제에게 뭔가를 금지할 권리도 없는 거야."

"내 말이 그 말이에요. 형부는 겁을 내는군요."

"난 처제를 이성으로 설득하고 싶었어."

그녀가 웃음을 터뜨리며 말했다. "형부의 의사를 내게 강요하는 게 두렵기 때문에, 이성을 방패막이로 삼는 거라고요. 내가 형부를 두렵게 하다니!"

그녀의 웃음은 그를 더 한층 깊은 당혹감 속으로 빠져들게 했으며, 그는 서둘러 대화를 끝내려고 했다. "생각해 보겠어."

그러고 나서 그는 아녜스에게 견해를 물었다.

그녀는 말했다. "떠나게 해선 안 돼. 그보다 더한 바보짓도 없을 거야. 기왕 말을 해 줄 거면, 무슨 수를 써서라도 못 떠나게 해야 해!"

그러나 아녜스의 견해는 크게 중요하지 않았다. 폴의 주된 조언자는 브리지트였기 때문이다.

그가 브리지트에게 현재 그녀의 이모가 처한 상황을 설명 해주자 즉시 그녀는 이렇게 말했다. "왜 이모가 거기 가지 말 아야 하죠? 사람은 자기가 하고 싶은 것을 해야 해요."

"하지만 그녀가 웬 딴 여자와 함께 있는 베르나르를 본다고 가정해 봐. 끔찍한 일이 일어나지 않겠니?"

"여자와 함께 갈 거라고 말했나요?"

"아니."

"말했어야 해요. 그렇게 하지 않았다면 그는 비겁한 사람 이고, 따라서 이모는 그에게 매달릴 이유가 전혀 없어요. 로라 이모가 잃을 게 뭐죠? 아무것도 없잖아요."

어째서 브리지트는 폴에게 하필이면 그런 견해를 주었는 지 생각해 보자. 로라를 편들어서일까? 그렇지는 않을 것이 다. 로라는 걸핏하면 마치 자기가 폴의 딸인 듯이 행동했으며, 그것을 브리지트는 우스꽝스럽고 불쾌하게 생각했다. 그녀는 이모를 편들 생각은 추호도 없었다. 그녀의 생각은 오직 아버지를 즐겁게 해 주는 것뿐이었다. 그녀는 폴이 자기를 마치 점쟁이처럼 여기며 견해를 묻는다고 느꼈고, 그런 마술적 권위를 좀 더 굳히고 싶었다. 어머니는 틀림없이 로라의 여행에 찬성하지 않으리라고 생각하고서 그 반대 입장을 택하고자 했으며, 자신의 입으로 청춘의 목소리를 쏟아 내고 즉각적이고 용기 있는 몸짓으로 아버지를 매혹하고 싶었던 것이다.

그녀는 어깨와 눈썹을 추켜올리며, 머리를 왼쪽에서 오른쪽, 오른쪽에서 왼쪽으로 재빠르게 내저었고, 폴은 다시 한 번 자신의 딸에게서, 에너지를 끌어 쓰는 축전지를 얻은 듯한 묘한 느낌을 맛보았다. 그는 속으로 중얼거렸다. 만약 아녜스에게 그를 추적하는 습관이 있었다면, 비행기를 타고 어느 먼 섬으로 그의 정부들을 뒤쫓는 습관이 있었다면, 자신이 좀 더 행복했을지도 모른다고 말이다. 언제나 그는 사랑하는 여인이 자기 때문에 벽에 머리를 부딪을 준비를 하길 바랐다. 아파트에서 절망으로 길길이 뛰고 환희로 폴짝거릴 마음의 준비를 하길 바랐던 것이다. 그는 브리지트나 로라가 용기와 광기의 편에 있으며, 그런 한 조각의 광기마저 없다면 인생은 살 가치가 없는 거라고 중얼거렸다. 그렇다면 로라는 마음의 목소리가 이끄는 대로 따른 게 아닌가! 우리의 행동 하나하나를 크레이프를 굽듯 일일이 이성의 프라이팬 위에 얹어 돌리고 또 돌려야 할 까닭이 무엇이겠는가?

"어쨌든 로라가 예민한 여자라는 사실을 잊어서는 안 된다." 그가 다시 한 번 반박했다. "이 여행은 그녀를 괴롭힐 뿐이야."

"제가 이모라면 전 떠날 거예요. 아무도 날 말리지 못할 거예요." 브리지트가 단호한 어조로 말했다.

그 후 로라가 폴에게 다시 전화를 걸었다. 빨리 말을 끝낼 생각으로 그는 단숨에 말했다. "많이 생각해 봤는데, 내 생각엔, 네가 정말 하고 싶은 것을 해야 한다는 거야. 네가 떠나고 싶다면, 떠나!"

"거의 포기할 생각이었어요. 이 여행이 형부에게 큰 심려를 끼칠 것 같아서요. 하지만 이번엔 찬성해 주셨으니, 내일 떠나겠어요."

폴은 마치 찬물을 뒤집어쓴 느낌이었다. 그는 로라가 그의 격려 없이는 절대 마르티니크로 떠나지 않으리라는 걸 깨달았다. 그러나 그는 이제 뭐라 덧붙일 수가 없었다. 얘기는 그것으로 끝나 버렸던 것이다. 다음 날, 비행기 한 대가 로라를 대서양 상공으로 실어 날랐고, 폴은 이에 대해 책임감을 느꼈다. 아녜스와 마찬가지로 그 역시 이 여행을 완전히 터무니없는 것으로 생각했던 것이다.

# 자살

로라가 비행기에 오른 지 이틀이 지난 뒤였다. 아침 6시, 전화벨이 울렸다. 로라였다. 그녀는 언니와 형부에게 마르티니크는 지금 자정이라고 말했다. 그녀의 목소리는 밝았으나 꾸며 낸 듯 어딘지 부자연스러운 기색이 어렸으며, 그래서 아녜스는 즉각 뭔가 일이 잘못되었다고 결론지었다.

그녀의 생각은 틀리지 않았다. 베르나르는 빌라로 이어지는 야자나무 오솔길로 접어드는 로라를 보자, 분노로 얼굴이 새하얘져 매섭게 소리쳤다. "내가 오지 말라고 하지 않았어." 그녀는 뭔가 변명을 하려고 했으나, 그는 말 한마디 없이 와이셔츠 두 개를 옷가방에 챙겨 넣고는 차를 타고 떠나 버렸다. 혼자 남은 그녀는 집 안을 어슬렁거리다가, 장롱에서 지난번에 왔을 때 잊고 간 자신의 빨간색 수영복을 발견했다.

"겨우 이 수영복만 날 기다리고 있었어. 오직 이 수영복만……." 그렇게 말하며 그녀는 미친 듯이 웃다가 울음을 터뜨리고 말았다. 그녀는 눈물을 삼키며 말을 이었다. "수치스러웠어. 구토를 했지. 그리고 머물기로 결정했어. 이 빌라에서 끝장을 볼 작정이야. 베르나르가 돌아오면 여기서 이 수영복을 입고 있는 날 발견할 거야."

로라의 목소리가 그들의 침실에 울렸다. 그들은 둘 다 그녀의 목소리를 듣고 있었으나, 전화기가 하나뿐이었으므로 서로 돌려가며 전화를 받았다.

"제발 진정해." 하고 아녜스가 말했다. "절대 흥분해선 안돼. 냉정을 되찾아."

로라가 웃으면서 다시 말했다. "떠나오기 전에 수면제를 스무 곽이나 사 놓고는, 깜박 잊고 파리에 모두 두고 온 걸 생각하면 신경질이 나."

"정말 다행이다, 다행이야." 그렇게 말하며 아녜스는 참으로 안도의 한숨을 내쉬었다.

"한데 여기, 장롱 서랍에서 권총을 찾아냈어." 그러고는 더욱 요란하게 웃으며 로라가 말을 이었다. "베르나르가 생명에 위협을 느꼈던 모양이야. 깜둥이들이 쳐들어올까 봐 두려웠던가 보지! 이건 하나의 신호인 것 같아."

"신호라니!"

"이 권총을 날 위해 남겨 둔 것 같다는 얘기야."

"미쳤구나! 그는 네게 아무것도 남겨 두지 않았어! 그는 너의 도착을 기다리지 않았다고!"

"물론 그가 일부러 이걸 남겨 두지 않은 건 확실해. 하지만 그는 권총을 샀고, 그걸 이용할 사람은 나뿐이야. 그러니 결국 날 위해 남겨 둔 셈이지."

아녜스는 다시 한 번 전신에 맥이 탁 풀리는 것을 느꼈다. "제발, 그 권총을 원래 위치에 갖다 두렴."

"난 이 권총을 어떻게 사용하는지 모르겠어. 한데 폴은…… 폴, 내 말 들려요?"

폴이 수화기를 잡았다. "들려."

"폴, 목소리를 들으니 정말 기뻐요."

"나도 그래, 로라. 한데 제발……."

"알아요, 폴. 하지만 더 이상은 어쩔 수가……." 그녀는 울음을 터뜨렸다.

잠시 침묵이 흘렀다.

잠시 후 로라가 다시 말했다. "제 앞에 권총이 있어요. 권총에서 눈을 뗄 수가 없어요."

"그러니 그걸 어서 원위치에 놓아 둬."

"폴, 폴은 군복무를 했죠?"

"물론."

"장교였군요!"

"육군 소위였지."

"다시 말해 권총 사용법을 안다는 얘기군요."

폴은 난처했으나 대답을 하지 않을 수 없었다. "알지."

"권총에 실탄이 장전되었는지는 어떻게 알죠?"

"총알이 발사되면 장전된 거야."

"방아쇠를 당기면 총알이 나가나요?"

"그럴 수 있지."

"그럴 수 있다는 게 무슨 말이죠?"

"안전장치가 풀려 있으면 총알이 나가."

"그럼 그게 풀려 있는지는 어떻게 알죠?"

"도대체 지금 걔에게 자살 방법을 설명해 주려는 거야!" 아네스가 소리치며 폴의 손에서 수화기를 빼앗아 들었다.

로라가 말을 이었다. "난 그저 이걸 어떻게 사용하는지 알고 싶을 뿐이야. 사실 누구나 다 권총 사용법은 알아야 하는 거라고. 안정장치는 어떻게 제거하죠?"

"그만해. 권총 얘긴 이제 입에 담지 마. 그걸 원위치에 갖다 둬. 그만하면 됐어. 농담은 이 정도로 충분해!" 아네스가 말했다.

로라가 문득 다른 목소리로, 심각한 목소리로 말했다. "언니! 농담하는 게 아냐!" 그렇게 말하며 그녀는 다시금 울음을 터뜨렸다.

대화가 끝없이 이어졌다. 아네스와 폴은 로라에게 자신들의 사랑을 다짐하면서, 자신들과 함께 머무르며 다시는 자신들 곁을 떠나지 말아 달라고 간청하면서 같은 말을 수도 없이 되풀이했고, 그리하여 마침내 그녀는 권총을 서랍에 도로 넣어 두고 잠자리에 들 것을 약속했다.

수화기를 내려놓은 후, 그들은 너무나 진을 뺀 탓에 한참 동안 말 한마디 없이 그대로 머물렀다.

한참 뒤에야 아네스가 말했다. "대체 쟤가 왜 저러는 거지! 왜 저런 짓을 하지?"

폴이 말을 받았다. "내 잘못이야. 처제를 그곳으로 보낸 게 나니까."

"어떻게 했어도 걘 떠났을 거야."

폴이 머리를 가로저었다. "아냐. 처젠 머물 마음이 있었어. 내 생애 최대의 실수를 범하고 말았군."

아녜스는 폴이 죄책감을 느끼지 않게 해 주고 싶었다. 동정 때문이라기보다는 오히려 질투 때문이었다. 그녀는 그가 이런 식으로 로라에게 책임을 느끼는 것을 원치 않았으며, 그가 정신적으로 그녀와 이만큼이나 연관되는 것도 원치 않았다. 그래서 그녀는 이렇게 말했다. "어째서 당신은 걔가 권총을 찾아냈다고 그렇게 확신하지?"

폴은 순간적으로 그 말의 의미를 이해하지 못했다. "그게 무슨 말이야?"

"권총 따윈 애당초 없을 수도 있다는 얘기야."

"아녜스! 처제는 지금 연극을 하는 게 아냐! 그런 건 느낌으로 알아!"

아녜스는 자신의 의구심을 좀 더 신중하게 표현하고자 했다. "어쩌면 권총을 가졌을지도 모르지. 하지만 수면제를 가지고 있을 가능성도 있어. 그러면서 우리를 속이려고 권총 얘기만 했을 수도 있다고. 그리고 권총도 수면제도 없으면서, 우릴 괴롭히려 할 가능성도 배제할 수는 없어."

"아녜스, 당신 그러면 나빠."

폴의 비난이 그녀의 경계심을 일깨웠다. 언젠가부터 그는 자신도 의식하지 못하는 사이에 아녜스보다는 오히려 로라와 더 가까워져 있었다. 그는 로라를 생각했고, 그녀에게 주의를 기울였고, 그녀를 세심히 보살폈고, 그녀에게 감정적으로 공감하는 태도를 보여 왔으며, 그래서 아네스는 어느 날 문득, 그가 자기를 여동생과 비교하고, 이 비교에서 바로 자신 쪽이 덜 섬세한 사람으로 보이리라는 상상을 하지 않을 수 없었던 것이다.

그녀는 자신의 입장을 변호하고자 했다. "난 나쁜 여자가 아냐. 난 단지 로라가 무슨 수를 써서든 주의를 끌려 한다는 걸 말하고 싶은 거야. 개로서는 당연하지. 고통을 겪고 있으니까. 사람들은 모두 개가 겪는 사랑의 슬픔에 대해 웃어 버리거나 그저 어깨만 으쓱해 버리고 말아. 하지만 권총을 손에 쥐면, 아무도 더는 웃을 수가 없지."

"그렇다면 주의를 끌려는 욕망이 처제를 자살로까지 몰고 간다면? 그런 일은 가능하지 않을까?"

"가능해." 아네스는 그의 가정을 인정했다. 다시 한 번 괴로운 긴 침묵이 두 사람을 짓눌렀다.

한참 후 아네스가 말했다. "나 역시, 이런 경우 누구나 끝장을 내 버리고 싶어 한다는 걸 이해해. 고통을 더 참을 수 없다는 걸 말이야. 영원히, 영원히 떠나 버리고 싶어 하지. 사람에겐 누구나 자살할 권리가 있어. 그건 우리 자유야. 그것이 떠나 버리는 하나의 방식인 한, 난 전혀 자살을 반대하지 않아."

그녀는 잠시 말을 중단했다. 더 이상 군말을 덧붙이고 싶지 않았으나, 동생의 불순한 책략에 너무나 격한 적의를 느껴 말을 잇지 않을 수 없었다. "하지만 개의 경운 달라. 개는 떠나고 싶은 게 아냐. 걔가 자살을 생각하는 건, 바로 그것이 머무는 방식이기 때문이야. 그의 곁에, 우리 곁에 머무는 방식, 자신을 우리의 기억에 영원히 각인하는 방식, 우리 삶에 큰 대자로 덮쳐들어, 우리를 깔아뭉개는 방식 말이야."

"당치 않은 말이야. 처제는 고통 받고 있어."

"알아." 그렇게 말하고 나서 아녜스는 눈물을 흘렸다. 그녀는 죽은 동생을 상상해 보았다. 방금 자신이 한 모든 말들이 천박하고 고약하며 용서받을 수 없는 것 같았다.

"한데 걔가 단지 우리를 안심시키기 위해 권총을 제자리에 두겠다고 약속했으면 어떡하지?" 그렇게 말하며 그녀는 마르티니크 별장의 전화번호를 돌렸다. 아무도 전화를 받지 않자, 그들은 이마에 식은땀이 흐르는 것을 느꼈다. 그들은 자신들이 결코 수화기를 내려놓을 수 없으며, 로라의 죽음을 뜻하는 신호 가는 소리를 끝없이 들을 것임을 알았다. 마침내 그들은 이상하게 건조해진 그녀의 목소리를 들었다. 그들은 어디냐고 물어 보았다. "옆방에 있었어."라고 그녀가 대답했다. 아녜스와 폴은 전화기에 동시에 말을 해 댔다. 그들은 로라가 전화를 받지 않아 얼마나 속이 탔는지 모른다고 얘기해 주었다. 그녀에 대한 자신들의 사랑을 거듭 전하면서, 한시라도 빨리 파리에서 다시 보고 싶다고 했다.

그들은 늦게 직장으로 떠났으며, 하루 종일 그녀 생각만 했다. 그날 저녁 그들은 다시 그녀에게 전화를 걸었고 다시 한 번 한 시간 가까이 긴 통화를 했으며, 다시 한 번 자기들의 사랑과 조바심을 전했다.

그로부터 며칠 뒤, 그녀가 현관 벨을 울렸다. 폴이 혼자 집에 있었다. 문지방에 선 그녀는 검은 선글라스를 쓰고 있었다. 그녀는 그의 품에 쓰러졌다. 그들은 거실로 갔고, 안락의자에 마주보고 앉았으나, 마음이 몹시도 불안한 듯 그녀는 금방 다시 몸을 일으켜 거실을 서성대기 시작했다. 맥이 풀린 목소리로 그녀가 말했다. 그러자 그 역시 자리에서 일어나 거실을 서성거리면서 말했다.

그는 자신의 옛 제자이자 자신이 보호자 노릇을 해 온 그 친구에 대해 경멸조로 얘기했다. 물론 그것은 로라에게서 이별의 고통을 덜어 주려는 사려로 해석될 수 있다. 한데 그는 자신이 말한 것, 즉 베르나르가 틀려먹은 아이요, 돈만 많은 애송이며 게다가 뻔뻔하기까지 한 녀석이라는 얘기를 자신이 얼마나 심각하고 진지하게 생각하고 있는지 확인하고는 스스로 놀라고 말았다.

벽난로에 등을 기댄 채 로라는 폴을 바라보았다. 폴은 어느 순간 문득, 그녀가 선글라스를 벗어 버렸음을 알아차렸다. 그녀는 선글라스를 손에 든 채, 축축이 젖어 부풀어 오른 두 눈으로 폴을 뚫어지게 쳐다보았다. 그는 로라가 어느 순간부터 자신의 말을 듣지 않았음을 깨달았다.

그는 입을 다물었다. 무거운 침묵이 거실을 엄습해 왔고, 어떤 알 수 없는 힘이 그를 그녀 쪽으로 다가서게 했다. 그녀가 말했다. "폴, 왜 우린 좀 더 일찍 만나지 못했을까요? 다른 모든 사람들보다 먼저……."

그 말들이 둘 사이에 마치 안개처럼 퍼졌다. 폴은 팔을 앞으로 뻗어, 앞 못 보는 소경처럼 더듬거리며 그 안개 막 속으로 뚫고 들어갔다. 그의 손이 로라를 쓰다듬었다. 로라가 한숨을 내쉬며 폴의 손이 살갗에 닿는 대로 내버려두었다. 그러다 옆으로 한 걸음 비켜서며 선글라스를 다시 썼다. 이 몸짓이 안개막을 걷었고, 다시 그들은 형부와 처제로 마주 섰다.

그로부터 얼마 후 아녜스가 직장에서 돌아와 거실로 들어섰다.

# 검은 선글라스

마르티니크에서 돌아온 로라를 처음으로 다시 보면서 아녜스는 살아 돌아온 사람을 대하듯 그녀를 품에 와락 껴안기는커녕 놀라울 만큼 냉담한 태도를 보였다. 그녀는 자신의 여동생을 보지 않았다. 그녀는 그 검은 선글라스, 재회를 말하고 싶어 하는 그 비극의 마스크를 보았다. 그러나 그녀는 마치 그 마스크를 보지 못했다는 듯이 말했다. "로라, 끔찍하게 야위었구나." 그러고는 로라 쪽으로 다가가, 서로 아는 사람들끼리 하는 프랑스식 관습에 따라 입술을 그녀의 두 볼에 살짝 갖다 댔다.

그렇게 극적인 며칠을 보낸 후 그녀가 처음으로 뱉은 말들임을 감안한다면, 누구라도 그녀의 말이 부적합하다고 생각할 것이다. 삶 얘기도, 죽음 얘기도, 사랑 얘기도 아니요 기껏 살이 빠졌다는 얘기가 아닌가. 그러나 말 자체만으로는 그리

심각하게 문제될 건 없었다. 로라는 자신의 몸에 대해 말하는 것을 좋아했으며, 그 말을 그녀의 감정에 대한 은유로 간주했기 때문이다. 진짜 나빴던 것은 이 말이 조금도 염려하는 마음 없이, 로라를 야위게 만든 고통들에 대한 그 어떤 우수 어린 예찬 없이, 명백한 혐오와 지겨움에서 발설되었다는 것이다.

물론 로라는 아녜스가 선택한 어조를 분명히 알아들었으며, 그것이 뭘 의미하는지 알았다. 그러나 그녀는 그녀대로 짐짓 언니의 생각을 전혀 모르는 체하며 괴로운 목소리로 대답했다. "응, 7킬로그램이나 빠졌어."

아녜스는 고함을 질러 주고 싶었다. "됐어! 됐다고! 정말 지긋지긋해! 그만둬!" 그러나 그녀는 마음을 다스리고서 아무 말도 하지 않았다.

로라가 손을 들며 말했다. "봐, 이건 팔이 아니라 숫제 꼬챙이야……. 이젠 치마도 입을 수가 없어. 옷 속을 떠다니는 것 같거든. 코피도 쏟고……." 그러고는 방금 한 말을 몸으로 보여 주려는 듯 머리를 뒤로 젖히고서 한동안 코로 숨을 쉬었다.

아녜스는 억누를 수 없는 혐오감을 느끼며 그녀의 야윈 육체를 물끄러미 바라보다가 생각에 잠겼다. 로라가 잃어버린 7킬로그램은 어디로 갔을까? 소진되는 에너지처럼 허공에 용해되어 버린 것일까? 아니면 똥이 되어 하수구로 빠져나갔을까? 로라의 대체할 수 없는 육체의 그 7킬로그램은 어디로 가 버렸을까?

그 사이 로라가 선글라스를 벗어서는 팔꿈치를 기댔던 벽난로 위에 놓았다. 그녀는 퉁퉁 부은 두 눈을 언니 쪽으로 돌렸다. 바로 얼마 전에 폴을 그렇게 바라보았듯이.

그녀가 선글라스를 벗어 버리자, 마치 그녀의 얼굴이 발가 벗은 것 같았다. 옷을 벗어 버린 것 같았다. 그러나 여자가 애인 앞에서 옷을 벗는 것 같았다기보다는, 자기 육체에 대한 책임을 맡기는 의사 앞에서 옷을 벗는 것 같았다.

줄곧 머릿속에서 맴돌던 말들을 더는 멈출 수가 없어 아네스가 큰 소리로 외쳤다. "됐어! 그만둬. 우리 모두 올 데까지 왔어. 무수한 여자들이 무수한 남자들과 헤어지듯, 그렇게 자살 소동을 피울 것 없이 베르나르와 헤어지면 돼."

몇 주에 걸쳐 끊임없이 대화하면서 줄곧 동생에게 자신의 사랑을 맹세해 온 아네스였기에, 그녀의 이런 폭발에 로라가 깜짝 놀랐으리라고 생각할 수 있겠지만, 묘하게도 로라는 놀라지 않았다. 로라는 아네스의 그런 말을 오래전부터 기다리기라도 한 듯이 반응했다. 그녀는 더없이 차분한 목소리로 대답했다. "내 생각을 말해 주겠어. 언니는 사랑이라는 걸 전혀 몰라. 한 번도 안 적이 없고, 앞으로도 영원히 알지 못할 거야. 사랑은 한 번도 언니의 장점이 아니었어."

로라는 언니의 약점이 어디에 있는지 알았고, 아네스는 두려움을 느꼈다. 그녀는 로라가 그렇게 말한 것은 폴이 같이 있기 때문임을 알았다. 문득 모든 게 분명해졌다. 이젠 더 이상 베르나르가 문제가 아니었다. 이 모든 자살 소동은 그와 전혀 무관했다. 아무리 생각해 보아도, 그는 이 소동에 대해 전혀 모를 것 같았다. 이 소동은 오직 폴과 아네스를 대상으로 하는 것이었다. 그녀는 다시금 속으로 중얼거렸다. '일단 투쟁이 시작되면, 이때 작동되는 힘은 첫 번째 표적에서 멈추지 않아. 베르나르라는 첫 번째 표적 뒤에, 다른 표적들이 있는 거야.'

이제 투쟁을 피해 가기란 불가능했다. 아녜스가 말했다. "만약 네가 베르나르 때문에 7킬로그램을 잃어버렸다면, 그것은 실제적이고 부인할 수 없는 사랑의 증거야. 한데 난 정말 널 이해할 수가 없어. 내가 만약 누군가를 사랑한다면, 난 그가 잘되길 빌어. 누군가를 싫어하면 물론 그가 못되길 빌지. 한데 넌 이미 오래전부터 베르나르를 괴롭히고, 우리마저 괴롭혀. 사랑과 무슨 관계가 있지? 아무런 관계도 없어."

그 거실을 연극 무대라고 생각해 보자. 오른쪽 끝에는 벽난로가 있고, 왼쪽 끝에는 서가가 있다. 무대 한가운데에는 소파 하나와 낮은 테이블 하나, 그리고 안락의자 두 개가 놓여 있다. 폴은 거실 한가운데 서 있고, 로라는 벽난로 곁에 서서, 두 걸음쯤 떨어진 아녜스를 뚫어지게 바라본다. 로라의 퉁퉁 부은 두 눈은 언니의 잔인함과 몰이해와 냉담을 비난하고 있다. 아녜스가 말을 해 댈수록 로라는 무대 가운데 쪽으로, 폴이 서 있는 쪽으로 뒷걸음질치는데, 마치 그런 퇴각으로 언니의 부당한 공격에 질린 자신의 경악을 나타내려는 것 같다.

폴과 두 걸음쯤 떨어진 곳에 이르자 그녀는 뒷걸음질을 멈추며 좀 전의 말을 되풀이했다. "언닌 사랑이 뭔지 전혀 몰라."

아녜스는 앞으로 나아가 방금 동생이 떠난 벽난로 근처 자리를 차지한다. 그녀가 말한다. "사랑이 뭔지 잘 알아. 사랑할 때 중요한 건 사랑하는 대상이야. 문제는 그것이지, 다른 그 무엇도 아냐. 그래서 난 도대체 자기 자신밖에 볼 줄 모르는 여자에게는 사랑이란 게 뭘까 하고 자문한다고. 철저하게 자기중심적인 여자에게 사랑이란 게 어떤 의미인지 말이야."

"미안하지만 언니, 사랑이 뭔지 따지는 건 아무런 의미도 없어." 하고 로라가 말한다. "사랑은 그냥 사랑일 뿐이야. 사랑을 하느냐 하지 않느냐의 문제일 뿐. 사랑은 마치 새장 속 새인양 나의 가슴속에서 파닥거리는 날개 같아. 언니에겐 엉뚱하게만 보이는 일들을 나더러 하게 하는 날개 말이야. 언니에겐 한 번도 그런 일이 없었지. 내가 나 자신밖에 볼 줄 모른다고 하는데, 난 언니를 분명히 봐. 깊은 곳까지 말이야. 최근에 언니가 내게 수도 없이 사랑을 다짐했을 때, 난 언니의 입에서 나오는 그런 말이 아무 의미도 없다는 걸 분명히 알았어. 하나의 간책일 뿐이었지. 날 진정하기 위한 말. 내가 언니의 평온을 깨뜨리지 못하게 하려고 하는 말. 언니, 난 언니를 알아. 언니는 평생 사랑의 다른 쪽에만 있었어. 완전히 다른 쪽, 사랑 저 너머에 말이야."

사랑을 말하면서 두 여인은 서로 이를 갈아 댔다. 그리고 그들과 함께 있는 사내는 그에 대해 절망했다. 그는 견딜 수 없는 긴장을 누그러뜨리기 위해 뭔가 하고자 했다. "우리 세 사람 모두 올 데까지 왔어. 우리 세 사람 모두 어디론가 멀리 떠나, 베르나르를 잊어버릴 필요가 있는 것 같아."

하지만 베르나르는 이미 까맣게 잊힌 존재였으며, 폴의 개입은 언쟁을 침묵으로 전환하는 효과만 낳았을 뿐이다. 그 침묵 안에서는 자매 사이의 어떤 공감도, 어떤 공동 추억도 없었고, 연대감 역시 그림자조차 찾아볼 수 없었다.

무대 전체에서 눈을 떼지 말자. 오른쪽엔 아네스가 벽난로에 등을 기대고 서 있다. 거실 중앙에는 로라가 언니 쪽을 쳐다보며 폴과 두 걸음 떨어진 곳에 서 있다. 자신이 사랑하는 두 여자 사이에서 터무니없이 폭발해 버린 증오 앞에서 폴은 절망적인 무력감을 손짓으로 표현했다. 두 사람을 비난한다는 뜻으로, 그는 되도록 그들로부터 멀리 떨어지고 싶다는 듯 뒤돌아서 서가 쪽으로 갔다. 그러고는 서가에 등을 기댄 채 머리를 창문 쪽으로 돌리고는 더 이상 그들을 보지 않으려 했다.

아네스는 벽난로 위에 놓인 검은 선글라스를 보고서 기계적으로 집었다. 그녀는 마치 동생의 시커멓고 큼직한 두 눈물방울을 손에 쥐기라도 한 듯, 앙심을 품고 그것을 뜯어보았다. 그녀는 로라의 육체에서 오는 모든 것에 혐오감을 느꼈으며, 그 굵은 유리 눈물들은 로라의 몸이 배출해 낸 것 같았다.

로라는 아네스의 손에 들린 선글라스를 보았다. 문득 그녀는 그 선글라스를 갖고 싶어졌다. 그녀에겐 어떤 방패가, 언니의 증오 앞에서 얼굴을 가릴 어떤 베일이 필요했다. 그러나 일부러 발걸음을 옮겨 언니라는 적에게까지 걸어가 그것을 되찾을 기력은 없었다. 그녀는 아네스가 무서웠다. 그래서 그녀는 일종의 자학적 열정에 따라, 고통의 온갖 흔적들이 각인된 자기 얼굴의 취약한 나체성과 자신을 동일시했다. 그녀는 자신의 육체와 또 그 육체에 대한 자신의 말들, 그 잃어버린 7킬로그램에 대한 말들이 아네스의 신경을 극도로 자극했음을 잘 알았다. 그녀는 본능적이고 직관적으로 그것을 알았으며,

도전하고 반항하는 뜻에서, 자신을 되도록 육체화하고자 한 것은 그래서였다. 다른 그 무엇도 아닌 하나의 육체, 거부되어 내팽개쳐진 하나의 육체로만 자신을 제시하고자 한 것은 바로 그래서였던 것이다. 그녀는 육체를 거실 한가운데에 뉘고 거기 그대로 버려두고 싶었다. 꿈적도 않는 무거운 육체를 거기에 버려두고 싶었다. 그리하여 만약 그 육체가 그들의 집 안에 있는 것이 싫다면 그 육체, 한 사람은 그녀 육체의 팔을 잡고 또 한 사람은 다리를 잡아, 마치 낡아 못 쓰는 매트리스를 한밤중에 몰래 내다버리듯 보도로 내버리도록 그들에게 강요하고 싶었다.

아녜스는 선글라스를 손에 든 채 벽난로 가까이에 서 있다. 무대 중앙에서는 로라가 언니를 바라보며 뒷걸음질로 계속 그녀에게서 멀어진다. 곧 그녀는 마지막 한 걸음을 디뎌 폴의 몸에 등을 기댔고, 서가에 등을 기댔던 폴에게 자신의 등을 긴밀하게, 아주 긴밀하게 밀착했다. 로라는 두 손으로 폴의 허벅지를 꽉 붙잡았다. 그러고는 머리를 뒤로 젖혀, 폴의 가슴에 머리를 기댔다.

아녜스는 선글라스를 손에 든 채 무대 한쪽 끝에 있다. 다른 한쪽 끝, 그녀의 앞 멀리 떨어진 곳에서 로라와 폴이 마치 하나의 조각상처럼 굳은 듯 꼼짝도 않고 서 있다. 아무도 아무 말도 하지 않는다. 그런 어느 순간 아녜스가 자신의 엄지와 검지를 벌린다. 검은 선글라스, 그 슬픔의 상징, 그 변신한 눈물이 벽난로 주변에 박힌 타일 위로 떨어져 산산조각나 버린다.

# 4부
## 호모 센티멘탈리스

# 1

괴테에게 제기된 그 영원의 소송이 진행되는 동안, 사람들은 그에게 무수한 비난의 화살을 퍼부었고 베티나 사건에 관해 숱한 증언을 제공했다. 그것들을 대수롭잖은 것까지 일일이 열거하여 독자를 따분하게 하는 일이 없도록, 중요하다고 생각하는 세 가지 증언만 채택하고자 한다.

첫째, 괴테 이후 독일 최대의 시인인 라이너 마리아 릴케의 증언.

둘째, 1920년대와 1930년대 사이 우랄 산맥과 대서양 사이에서 가장 널리 읽힌 소설가 중 한 사람이자 반파시스트, 휴머니스트, 평화주의자였고, 혁명의 친구요 진보지식인으로서 남다른 권위를 행사하기까지 한 로맹 롤랑의 증언.

셋째, 소위 '전위 문학'의 탁월한 대변자이자 사랑의 대서사시인, 혹은 그 자신의 표현에 따르자면 사랑-시(그의 가장 아름다운 시집들 가운데 하나의 제목이 『사랑 시(L'amour la poésie)』인 데서 알 수 있듯이, 그의 정신 안에서 이 두 개념은 하나로 융해되어 있다.)의 위대한 노래꾼인 폴 엘뤼아르의 증언.

# 2

영원의 소송에 증인으로 호출된 릴케는 1910년에 간행된 그의 유명한 산문집 『말테의 수기』에서, 그가 베티나에게 다음과 같은 장문의 돈호법으로 말한 바로 그 말들을 사용한다.

"어째서 사람들은 아직도 너의 사랑에 대해 얘길 하지 않는단 말인가? 그 이후로 더욱 기억할 만한 무슨 일이 있었단 말인가? 무슨 일이 사람들의 머릿속을 차지했는가? 하지만 너, 너는 네 사랑의 가치를 알았고, 그것을 너의 가장 위대한 시인에게 큰 소리로 말했다. 사랑은 여전히 인간의 요소였기에 너의 사랑이 그를 인간답게 만들도록 말이다. 그러나 시인은 네게 보낸 편지에서, 사람들의 그런 생각을 단념시켰다. 사람들은 모두 그의 대답을 읽었고 더욱이 그것을 믿기까지 했다. 그들에게는 자연보다는 시인의 말이 더욱 알아듣기 쉬웠기 때문이다. 그러나 아마도 그들은 언젠가는 바로 거기에, 그의 위대성의 한계가 있음을 이해할 것이다. 이 사랑스러운 여인(diese Liebende)은 그에게 부과(auferlegt, 이 '부과'라는 말은 마치 숙제나 시험처럼 부과되었다는 뜻이다.)되었고, 그는 실패했다.(er hat sie nicht bestanden, 즉 그가 베티나라는 시험을 통과하는 데 성공하지 못했다는 뜻이다.) 그가 그녀의 사랑에 대한 보답(erwidern)을 지불할 수 없었다는 것은 무엇을 의미하는가? 그런 사랑은 보답을 필요로 하지 않으며, 그 자신 안에 호소의 외침과 대답을 담고 있다. 그런 사랑은 스스로 자신의 소청을 들어준다. 시인은 그 사랑 앞에서, 그 위대함 안에서, 마땅히 자신을 낮추어야 했으며 그 사랑이 받아 적게 한 것, 그것을 그는 파티모스 섬에서 세례요한이 그랬듯, 무릎 꿇고 두 손으로 적어야 했을 것이다. '천사부(天使府)를 경영하는(das Amt der Engel verrichtete)' 그 목소리 앞에서, 그를 휘감아 영원으로 데려가기 위해 온 그 목소리 앞에서, 그에겐 달리 선택의 여지가 없었다. 바로 거기에 하늘을 가로지르는 그의 불타는 여행을 위한 수레가 있었다. 그가 죽었을 때, 그가 비워 둔 어두운 신화(der dunkle Mythos)가 준비된 곳이 바로 거기였다."

# 3

로맹 롤랑의 증언은 괴테, 베토벤, 베티나, 이 세 사람의 관계에 의거한다. 소설가는 1930년 파리에서 간행된 『괴테와 베토벤』이라는 에세이에서 이를 상세히 설명했다. 그의 태도에 미묘한 여운이 없는 건 아니지만, 그는 특히 베티나에게 쏠리는 자신의 공감을 숨기지 않는다. 그녀와 거의 같은 시각에서 사건을 해석하는 것이다. 괴테의 위대함을 부인하지는 않으나 괴테는 그를 슬프게 한다. 정치적인 면에서나 미학적인 면에서의 그 조심스러운 태도가 재능에 어울리지 않는다는 얘기다. 그럼 크리스티아네는? 아, 그녀에 대해서는 얘기를 않는 편이 낫다. '에스프리가 전혀 없는' 여인이라니까.

다시 한 번 말하지만 로맹 롤랑의 이러한 관점은 미묘하고 절제된 감각으로 표현되었다. 하지만 언제나 그렇듯, 아류들은 자기들에게 영감을 준 이들보다 더 급진적이다. 지금 내 수

중에는 1960년대에 프랑스에서 발간된 베토벤 전기가 많다. 그 전기들에서 사람들은 괴테의 '비겁함'과 그의 '노예근성', '혁신에 대한 노인 특유의 두려움' 등을 단호히 떠들어 댄다. 그런 반면 베티나는 '그에게 재능의 여러 차원을 눈뜨게 해 준, 강력한 예지 능력과 통찰력의 자질'을 타고난 여인이다. 그리고 크리스티아네는 언제나처럼 가엾은 '뚱뚱보 마누라' 일 뿐이다.

# 4



비록 베티나 편에 서 있기는 하지만 릴케와 롤랑은 그래도 경의를 품고 괴테에 대해 이야기한다. 그러나 사랑-시의 진정한 사도 폴 엘뤼아르는 1949년에 발표한『시의 길과 오솔길』이라는 글에서 (당시 정황을 참작하자는 뜻에서 부언하자면, 이때는 시인이 일생을 통해 가장 불행했던 시기로, 당시 그는 스탈린의 열렬한 지지자였다.) 훨씬 더 험한 태도를 보인다.

"자신의 일기에서 괴테는 베티나 브렌타노와의 첫 만남에 대해 단 두 마디, '브렌타노 아가씨'라고만 적었다. 위세당당한 시인,『베르테르』의 저자가 열정의 힘찬 광란보다도 가정의 평화를 선호했던 것이다. 베티나의 모든 상상력, 그 모든 재능조차 그의 올림포스의 꿈을 방해하지는 못한 것 같다. 만약 괴테가 굴복했다면, 아마도 그의 노래는 지상으로 내려왔을 테지만, 그렇다고 우리가 그의 노래를 덜 사랑하지는 않았

으리라. 그랬더라면 아마도 그는 신하 역할로 귀착하지 않을
수도 있었고, 무질서보다는 차라리 불의가 낫다며 온 백성을
전염시키지도 않았을 테니 말이다."

# 5

릴케는 "그 사랑스러운 여인은 그에게 부과되었다."라고 적었는데, 이에 대해 우리는 이렇게 자문해 볼 수 있다. 이 수동형이 의미하는 것은 무엇인가? 다시 말해서, 이 사랑스러운 여인, 그녀를 그에게 부과한 이는 누구인가?

이 의문은 1807년 6월 15일 베티나가 괴테에게 보낸 편지를 읽을 때도 우리의 뇌리에 떠오른다. "이런 감정에 빠져드는 데 대해 저는 두려움을 가져서는 안 돼요. 그 감정을 저의 가슴에 심은 이는 제가 아니기 때문이에요."라는 문장을 읽을 때 말이다.

그렇다면 그런 감정을 그녀에게 심은 이는 누구인가? 괴테인가? 베티나는 분명 그런 말을 하고자 했던 게 아니다. 그녀의 가슴에 사랑을 심은 이는 그녀보다 높고 괴테보다도 높은 이다. 신이거나, 아니면 릴케가 말하는 그 천사들 가운데 어느 하나인 것이다.

얘기가 여기에 이르면 우리는 괴테를 옹호할 수 있다. 만약 어떤 이(신이건 천사건)가 베티나의 가슴에 어떤 감정을 심었다면, 그녀가 그 감정에 복종하는 것은 당연하다. 그것은 그녀의 가슴속에 있으며, 따라서 그녀에게 속하는 그녀의 감정이다. 하지만 아무도 괴테의 가슴에는 그런 감정을 심지 않은 것 같다. 베티나는 그에게 '부과'되었다. 숙제로 주어졌다. 'Auferlegt.' 그렇다면 자신의 의사에 반해서, 게다가 예고조차 없이 부과된 숙제에 대해 반발한다고 해서, 어찌 릴케가 그런 괴테를 비난할 수 있단 말인가? 어째서 그가 무릎을 꿇고 저 높은 곳의 목소리가 '일러주는' 것을 '두 손으로' 받아 적었어야 했단 말인가?

이 물음에 대해 합리적으로 답할 수가 없기에, 어쩔 수 없이 나는 한 가지 비유에 의존하고자 한다. 티베리아데 호수에서 고기를 잡는 시몬을 상상해 보자. 예수가 다가와서 그에게 그물을 놓고 자기를 따르라고 주문한다. 그러자 시몬이 말한다. "날 조용히 내버려 두시오. 나는 나의 그물과 고기가 더 좋소." 이런 시몬은 즉각 우스운 인물, 복음의 팔스타프가 되어 버릴 것이다. 릴케가 보기에 괴테는 바로 이런 식으로 사랑의 팔스타프가 되어 버린 것이다.

# 6

릴케는 베티나의 사랑에 대해 이렇게 말한다. "그런 사랑은
보상을 필요로 하지 않는다. 그 사랑은 호소의 외침과 대답을
내포한다. 그 사랑은 스스로 자신의 소청을 들어준다." 천사
들의 정원사가 인간의 가슴에 심어 준 사랑은 그 어떤 대상도,
그 어떤 메아리도, 베티나가 말했듯 그 어떤 'Gegen-Liebe(사
랑의 보상, 보답으로서의 사랑)'도 필요로 하지 않는다. 애인(예
를 들어 괴테)이 사랑의 동기도 목표도 아니기 때문이다.

괴테와 편지를 주고받던 바로 그 시기, 베티나는 아르님에
게도 사랑의 편지를 보냈다. 그중 한 편지에서 그녀는 이렇
게 적었다. "진정한 사랑(die wahre Liebe)은 부정을 저지를 수
가 없어요." 보상을 염두에 두지 않는 그 사랑('die Liebe ohne
Gegen-Liebe')은 "온갖 것으로 변신하면서 애인을 찾죠."

만약 베티나의 가슴에 사랑을 심은 이가 하늘나라 정원사

가 아니라 괴테나 아르님이었다면, 괴테나 아르님에 대한 사랑이 그녀에게서 활짝 피어났을 테요, 모방할 수 없고 교환할 수 없는 그 사랑은 사랑을 심은 자, 즉 사랑의 대상을 향한 것이기에 변신을 하지 않을 것이다. 우리는 그런 사랑을 관계로, 즉 두 사람 간의 특별한 관계로 정의할 수 있다.

반면 베티나가 'Wahre Liebe(진정한 사랑)'라 부르는 것은 그런 '관계-사랑'이 아니라 감정-사랑이다. 어떤 천상의 손길이 인간의 영혼에 피우는 불꽃, 사랑하는 이가 손에 들고 "온갖 것으로 변신하면서 애인을 찾는" 횃불 같은 것이다. 그런 사랑(감정-사랑)은 부정(不貞)을 모른다. 대상이 바뀔지라도 사랑은 여전히 똑같은 하늘의 손길이 피운 똑같은 불꽃으로 남는 까닭이다.

생각이 여기에 이르고 보면, 이제 우리는 어째서 베티나가 그렇게 많은 편지를 쓰면서도 괴테에게 질문을 거의 하지 않았는지 이해할 수 있을 것 같다. 당신이 괴테 같은 인물과 편지를 주고받을 수 있다고 상상해 보라! 그에게 물어보지 못할 게 무엇이겠는가! 그의 모든 책들에 관해 물어볼 수 있을 것이요, 그의 동시대인들이 쓴 책에 관해서, 시에 관해서, 산문에 관해서, 그림에 관해서, 독일에 관해서, 유럽에 관해서, 그리고 과학과 기술에 관해서도 물어볼 수 있을 것이다. 당신은 그를 막다른 골목으로 몰고 가서 입장을 분명히 밝히도록 몰아세울 수도 있을 것이다. 그와 논생을 벌여 그때까지 그가 한 번도 말하지 않은 것을 말하게 할 수도 있을 것이다.

한데 베티나는 괴테와 토론을 하지 않는다. 예술에 관해서조차도 말이다. 유일한 예라면 그에게 음악에 관한 자신의 생각을 개진한 것뿐이다. 그나마 가르침을 내리는 사람은 바로 그녀가 아닌가! 그녀는 괴테의 견해가 자신과 다르다는 것을 잘 알았다. 그렇다면 어째서 그에게 그런 견해차에 대한 설명을 요구하지 않는단 말인가? 그녀가 질문을 던질 줄만 알았더라도 괴테의 대답은 우리에게 음악의 낭만주의에 대한 최초의 비판을 제공했을 것이다. 낭만주의라는 명칭이 생겨나기도 전에 말이다!

천만의 말씀, 우리는 그 방대한 편지에서 그런 것은 전혀 찾아볼 수 없다. 그 편지들이 괴테에 관해 알려 주는 것은 별 게 없다. 다른 이유에서가 아니라 그저 괴테에 대한 베티나의 관심이 사람들의 생각보다 훨씬 덜했기 때문이다. 그녀가 품은 사랑의 동기와 의미는 괴테가 아니라 바로 사랑이었기 때문이다.

# 7

흔히 유럽 문명은 이성에 바탕을 뒀다고 간주된다. 하지만 유럽을 감정의 문명이라고도 할 수 있을 것이다. 유럽은 내가 감정적 인간, 호모 센티멘탈리스라 명명하고 싶은 인간형을 탄생시켰다.

유대교는 신자들에게 한 가지 율법을 정해 두었다. 이 율법은 이성적으로 받아들여지길 원한다.(「탈무드」는 성경의 가르침에 관한 끝없는 추론이다.) 신자들에게 초자연적인 것에 대한 불가사의한 의미도, 특별한 추앙도, 영혼을 태우는 신비적인 불도 요구하지 않는다. 선과 악의 기준이 목표다. 이 율법은 기술된 율법으로, 문제는 이해하고 준수하는 것이다.

이 기준, 기독교는 이 기준을 뒤집어 버렸다. 하느님을 사랑하라, 그리고 마음이 좋는 바를 행하라!라고 성 아우구스티누스는 말한다. 선악의 기준이 개인의 영혼에 이전되어 주관적이

되었다. 어떤 이의 영혼이 사랑으로 가득하다면 모든 것이 선을 지향한다. 그는 선한 인간이기에 그가 행하는 모든 것이 선하다.

베티나는 아르님에게 다음 편지를 쓸 때, 성 아우구스티누스처럼 생각했다. "멋진 격언을 하나 찾아냈어요. '진정한 사랑은 언제나 옳다. 비록 틀렸다 할지라도.'라는 거예요. 루터는 어느 편지에서 이렇게 말했어요. '진정한 사랑은 종종 틀린다.'라고 말예요. 이는 나의 격언보다 못한 것 같아요. 그런데 루터는 이런 말도 했죠. '사랑은 모든 것에 앞선다. 희생이나 기도보다도 앞선다.' 결론적으로 사랑이야말로 최상의 덕목이에요. 사랑은 우리의 의식에서(macht bewusstlos) 지상의 것을 지우고, 천상의 것으로 우리를 가득 채워요. 그래서 사랑은 우리를 모든 죄의식(macht unschuldig)으로부터 벗어나게 하죠."

유럽의 독창적인 권리의식과, 피의자의 감정 상태를 고려하는 독창적인 죄의식 이론은, 사랑은 인간을 무죄로 만든다는 이러한 확신에 의거한다. 만약 당신이 돈 때문에 어느 냉혈한을 살해한다면, 당신에겐 변명의 여지가 전혀 없다. 당신을 모욕했기 때문에 그를 살해한다면, 당신의 분노에는 정상참작의 소지가 있고 형량도 줄어든다. 마지막으로 만약 당신이 질투라든가 상처 입은 사랑의 감정으로 살인에 이르렀다면 배심원은 당신에게 공감할 것이고 당신의 변호를 담당한 변호사로서 폴은 그 희생자에게 최고형을 요구할 것이다.

# 8

　　호모 센티멘탈리스는 감정을 느끼는 사람이 아니라 (왜냐하
면 모든 사람이 감정을 느낄 수 있으므로.) 감정을 가치로 정립한
사람으로 정의해야 한다. 감정이 하나의 가치로 간주되면 그
때부터는 모든 사람이 그것을 느끼고 싶어 하며, 또한 우리 모
두가 우리의 가치들에 긍지를 느끼는 만큼 우리의 감정들을
전시하고자 하는 유혹이 커진다.

　　유럽에서 감정이 가치로 전환된 것은 12세기쯤이다. 귀부
인을 향한, 가까이 할 수 없는 어느 사랑하는 여인을 향한 무
한한 정열을 노래할 때, 그 음유시인들은 세상사람들의 눈에
너무도 멋지고 훌륭하게 보였으며, 그리하여 사람들은 모두
그들을 본받아 어찌할 수 없는 어떤 마음의 움직임에 사로잡
힌 것을 자랑하고자 했다.

　　세르반테스만큼이나 통찰력 있게 호모 센티멘탈리스를 간

파해 낸 사람도 없다. 돈키호테는 잘 알지 못하면서도 둘키네라는 어느 부인을 사랑하기로 결심한다.(우리에게는 전혀 놀랍지 않은 일이다. 'Wahre Liebe', 즉 진정한 사랑에서는 사랑의 대상이 거의 중요치 않다는 것을 이미 아는 까닭이다). 1부 25장에서 돈키호테는 산초를 데리고 황량한 산속으로 은둔하는데, 거기서 그는 산초에게 자신의 열정이 얼마나 대단한지 보여 주고자 한다. 하지만 어떤 불꽃이 자신의 영혼 속에서 타오름을 어떻게 입증할 것인가? 더구나 산초처럼 유치하고 투박한 인물에게 어떻게 입증할 것인가? 그래서 돈키호테는 어느 가파른 오솔길 위에서 옷을 홀홀 벗어 버리고는 윗도리 하나만 걸친다. 그러고는 하인에게 자신의 엄청난 감정을 전시하기 위해 그가 보는 앞에서 재주넘기를 하기 시작한다. 그의 머리가 아래로 향할 때마다 윗도리가 어깨까지 미끄러져 내리고, 산초는 덜렁거리는 그의 성기를 곁눈질한다. 기사의 그 죄 없는 작은 신체 일부가 제공하는 광경은 슬프도록 우스꽝스럽고 가슴 저몄으므로, 영혼이 투박한 산초조차 더는 배겨 내질 못하고 로시난테를 걸터타고는 똥줄이 빠지게 달아나 버린다.

아버지가 돌아가셨을 때 아녜스는 장례 일정을 세워야 했다. 그녀는 조사(弔辭)는 일체 없이 음악만으로, 생전에 아버지가 특별히 좋아하셨던 말러의 교향곡 10번 「아디지오」만으로 장례식을 진행하길 바랐다. 한데 이 음악은 끔찍할 만큼 슬펐으므로 아녜스는 장례식이 거행되는 동안 눈물을 참지 못할까 봐 두려웠다. 대중 앞에서 오열을 터뜨리는 것이 스스로 용납할 수 없는 일이었기에, 그녀는 전축으로 그 아다지오를 틀어 놓고 귀를 기울여 보았다. 한 번, 두 번, 세 번. 음악은 아버지에 대한 추억을 상기시켰고, 그녀는 울음을 터뜨렸다. 한데 '아다지오'가 여덟 번, 아홉 번째 방 안에 울려 퍼졌을 때 음악의 힘은 무뎌졌으며, 열세 번째 들었을 때는 마치 누가 그녀 앞에서 파라과이 애국가를 연주하기라도 한 듯 아무런 감동도 느껴지지 않았다. 이 훈련 덕택에 그녀는 장례식 때 울음을 터뜨리지 않았다.

정의를 내리자면, 감정이란 우리 몰래, 그리고 대개는 우리 육체를 거스르면서 솟아오르는 것이다. 우리가 감정을 느끼고 싶어 하는 순간부터 (둘키네를 사랑하기로 결심한 돈키호테처럼, 우리가 그것을 느끼기로 결심하는 순간부터) 감정은 더는 감정이 아니라 모방이요 감정의 과시다. 그것을 사람들은 흔히 히스테리라고 부른다. 그래서 호모 센티멘탈리스(다시 말해서 감정을 가치로 정립한 사람)는 사실 호모 히스테리쿠스와 같다.

그렇다고 해서 감정을 모방하는 인간은 감정을 느끼지도 않는다는 얘기는 아니다. 늙은 리어 왕 역을 하는 배우는 무대 위, 관객들 앞에서, 버림받고 배반당한 한 사나이의 진짜 슬픔을 느낀다. 그러나 그 슬픔은 연극이 끝나는 순간 어디론가 증발해 버린다. 그래서 호모 센티멘탈리스는 자신의 그 위대한 감정으로 우리를 사로잡아 놓고는 금방 이해할 수 없는 무심한 태도를 보이며 우리를 어리둥절하게 하는 것이다.

# 9

돈키호테는 동정이었다. 괴테와 단둘이 있게 된 테플리체의 그 호텔 방에서 처음으로 남자의 손을 가슴에 느꼈을 때, 베티나는 스물다섯 살이었다. 그리고 괴테의 전기를 쓴 저자들의 얘기를 믿자면, 괴테가 처음으로 육체적 사랑을 경험한 것은 널리 알려진 그의 이탈리아 여행 때로, 당시 그는 거의 사십 대에 가까웠다. 그는 여행 직후 바이마르에서 스물세 살 여자 노동자를 만나 계속 관계를 맺으며 첫 번째 애인으로 삼았다. 그녀가 바로 크리스티아네 불피우스로서, 수년간 동거 후 1806년에 그의 부인이 되었으며, 문제의 그 1811년 어느 날 베티나의 안경을 땅에 팽개쳐 버린 장본인이다. 그녀는 남편에게 충실히 헌신했으며 (나폴레옹의 난폭한 군대 앞에서 남편을 온몸으로 보호했다고 한다.) 괴테가 즐겨 'mein Bettschatz', 즉 '내 침상의 보물'이라 옮길 수 있을 그런 표현으로 그녀를 지칭한 데서 알 수 있듯, 분명 훌륭한 애인이었다.

그런데도 괴테 성전(聖傳)에서 크리스티아네는 사랑 저 너머의 존재로 등장한다. 19세기(영혼이 여전히 이전 세기에 사로잡혀 있는 우리의 20세기에도 마찬가지지만)는 크리스티아네를 샤를로테(『베르테르』에 등장하는 로테의 모델이 된 여인)라든가 프레데리크, 릴리, 베티나, 혹은 울리케 등과 함께 괴테의 사랑의 갤러리에 들이길 거부했다. 아마도 여러분은 그녀가 그의 부인이었기 때문이라고 말할 것이다. 우리는 흔히 결혼을 반(反)시적인 것으로 여기는 습관이 있기 때문이라고 말이다. 그러나 나는 그 진짜 이유가 좀 더 뿌리 깊은 것이라고 생각한다. 대중이 크리스티아네를 괴테의 사랑으로 보길 거부한 것, 그것은 다만 괴테가 그녀와 잠자리를 했기 때문인 것이다. 왜냐하면 사랑의 보물과 침상의 보물은 서로 양립할 수 없는 것처럼 여겨지기 때문이다. 19세기 작가들이 자신들의 소설을 즐겨 결혼으로 결론 맺었다면, 그것은 사랑 이야기를 부부 사이의 권태로부터 보호하기 위해서가 아니었다. 천만에, 사랑 이야기를 성교로부터 보호하기 위함이었다.

유럽의 위대한 사랑 이야기들은 성교 밖의 공간에서 펼쳐진다. 클레브 공작부인의 이야기가 그렇고, 폴과 비르지니 이야기가 그렇고, 주인공 도미니크가 포옹조차 한번 해 본 적 없는 한 여인만을 평생 사랑하는 프로망탱의 소설이 그렇다. 베르테르 이야기는 물론이요, 빅토리아 드 함순 이야기, 피에르와 루스 이야기, 한때 유럽 전역의 독자들을 울렸던 로맹 롤랑의 등장인물 등도 그렇다. 『백치』에서 도스토옙스키는 나스타샤 필립포프나로 하여금 선착순으로 상인과 동침하게 하지만, 진짜 열정이 문제되었을 때, 말하자면 나스타샤가 미슈킨 공작과 로고진 사이에 있을 때, 성(性) 문제는 그들 세 사람의 가슴속에서 마치 세 찻잔 속 설탕 조각처럼 녹아 버리고 만다. 안나 카레니나와 브론스키의 사랑은 첫 번째 성행위로 막을 내리는데, 그것이 사랑 그 자체의 조락(凋落)일 뿐인데도 우리는 왜 그렇게 되었는지 이유조차 알지 못한다. 그들의 섹스가 너무 형편없었기 때문일까? 아니면 반대로 너무나 화려해서, 그 육욕의 힘이 그들의 마음에 원죄의식을 잉태시킨 때문일까? 그 대답이 어떠하건 언제나 우리는 동일한 결론에 이른다. 성교 전의 사랑 이후에는 위대한 사랑이 없으며, 더는 그런 사랑을 가질 수 없다는 결론 말이다.

그렇다고 해서 성교 외의 사랑이 무구하고 천사 같으며 어린아이같이 순수하다는 얘기는 결코 아니다. 오히려 그런 사랑은 이 지상에서 상상 가능한 온갖 끔찍한 것을 드러내 준다. 나스타샤 필립포프나는 천박한 갑부들과 너무도 마음 편하게 동침했다. 한데 이미 말했듯 성 문제가 감정을 담는 커다란 사모바르 주전자 속에서 녹아 버린 만남, 즉 미슈킨과 로고진을 만나고 나서부터, 그녀는 재앙 지대로 들어가 그 일로 근심에 빠진다. 프로망탱의 『도미니크』에 나오는 멋진 한 장면도 돌이켜 보라. 수년 동안 손 한번 잡아 보지 않고 서로 사랑해 온 연인이 말을 타고 산책을 나서는데, 그 상냥하고 섬세하고 우아한 마들렌이 그의 말을 발작하듯 치닫게 하는 뜻밖의 잔인함을 내보인다. 도미니크가 풋내기 기사라는 사실과, 자칫 그의 목숨을 잃게 할 위험이 있음을 잘 알면서도 말이다. 성교 외의 사랑, 그것은 불길 위의 냄비다. 이 냄비 속에서 비등점에 이른 감정은 열정으로 변하여 뚜껑을 튀어 오르게 하고 미친 듯이 춤추게 하는 것이다.

유럽의 사랑 개념은 성교 밖 토양에 뿌리를 내리고 있다. 20세기, 성을 해방했다고 자부하며 곧잘 낭만적 감정들을 조소하는 20세기는 사랑의 개념에 어떤 새로운 의미도 부여하지 못했다.(이는 20세기의 여러 실패 중 하나로 꼽을 수 있다.) 그래서 오늘의 유럽 청년은 마음속으로 사랑이라는 이 위대한 말을 발음할 때, 그가 원하건 원하지 않건 마법의 날개를 타고 날아가, 베르테르가 로테에게 사랑을 느꼈던, 그리고 도미니크가 자칫 낙마할 뻔했던 바로 그 지점에 이른다.

# 10

베티나 예찬자인 릴케가 한동안 러시아를 자신의 정신적 고국으로 여길 만큼 예찬했다는 사실은 의미심장하다. 왜냐하면 러시아는 특히 기독교적 감성의 고향이기 때문이다. 러시아는 중세 스콜라철학의 합리론 영향을 받지 않았고, 르네상스를 겪지 않았다. 데카르트의 비판적 사유에 바탕을 둔 현대도 한두 세기 늦게 러시아에 영향을 끼쳤다. 따라서 호모 센티멘탈리스는 러시아에서는 충분한 평형추를 찾아내지 못했으며, 그래서 과장된 형태로 나타나는데, 그것을 사람들은 이구동성으로 슬라브 영혼이라 부른다.

러시아와 프랑스는 서로 끊임없이 영향을 주고받는 유럽의 양대 지주다. 프랑스는 감정이 형태로만 남은 늙고 지친 나라다. 어떤 편지의 결론을 맺을 때, 프랑스인은 이렇게 쓴다. '친애하는 선생님, 저의 각별한 감정을 받아들여 주십시오.' 내가 갈리마르 출판사로부터 어느 여비서의 이름이 서명된 그런 편지를 처음 받았을 때, 나는 아직 프라하에 살고 있었다. 나는 기뻐 어쩔 줄 몰라 하며 좋아했다. 파리에 나를 사랑하는 여자가 한 사람 있구나! 공식 서한의 마지막 몇 행에 이렇게 살그머니 애정 선언을 집어넣다니! 그녀는 비단 나에게 감정을 느낄 뿐만 아니라, 그것이 각별함을 드러내 놓고 강조하지 않는가! 어떤 체코 여인이 내게 그런 말을 해 준 적이 있는가!

그로부터 한참 후 내가 파리에 정착했을 때, 사람들은 내게 그것이 프랑스 편지글에서 예의상 쓰이는 말로, 의미가 부챗살처럼 다양한 문구들이 있다고 설명해 주었다. 그런 문구들 덕택에 프랑스인은 자신이 느끼지는 않으나 수취인에게 표현하고 싶은 감정을 약사처럼 정확하게 고를 수 있다고 한다. 그 넓은 선택 폭에서 '각별한 감정'이라는 표현은 거의 경멸에 가까운, 가장 저급한 행정상 예의라는 것이다.

오, 프랑스여! 러시아가 감정의 나라라면 너는 형식의 나라다! 바로 그래서, 어떤 불꽃이 가슴속에 타오르는 것을 영원히 느낄 수 없게 된 프랑스인은 시기심과 향수 어린 눈길로 도스토옙스키의 나라를 바라보는 것이다. 사람들이 타인에게 우애의 입술을 내밀고 있는, 그 입맞춤을 거절하는 자라면 누구라도 목을 따려 드는 그런 나라를 말이다.(게다가 그런 상대의 목을 딴다고 해도, 즉각 그들을 용서해 주어야 한다. 그들의 행위는 상처 받은 사랑 때문에 빚어진 것이기 때문이다. 베티나는 우리에게 사랑은 사랑하는 자를 무죄로 만든다고 가르쳐 주지 않았는가. 최소한 파리 변호사 백스무 명이 그 치정 살해범을 변호하기 위해 모스크

바행 열차 하나를 통째로 전세 내려 할 것이다. 그 어떤 동정(그들의 나라에서는 거의 찾아볼 수 없는 매우 이국적인 감정이다.)에 떼밀려서가 아니라, 그들의 유일한 열정인 추상적 원리에 떼밀려서 말이다. 그 러시아인 살인자는 그런 사정은 전혀 알지 못한 채, 무죄 판결이 내리자마자 자신의 프랑스인 변호사에게 달려들어 그를 껴안으며 입맞춤을 하려고 할 것이다. 그러면 프랑스인은 질겁하여 뒤로 물러날 것이고, 모욕당한 러시아인이 그의 가슴에 비수를 꽂을 것이며, 그리하여 이 모든 이야기는 강아지와 순대의 셈노래처럼 되풀이될 것이다.)

# 11

아, 러시아인들······.

아직 프라하에 살 때, 나는 러시아인의 영혼에 관한 이런 재미난 이야기를 하나 들었다. 어느 체코인이 놀랄 만큼 신속하게 러시아 여자를 유혹한다. 섹스가 끝나자 그녀가 그에게 더없이 경멸에 찬 어조로 말한다. "너는 내 몸을 가졌어. 하지만 내 영혼, 영혼만은 절대 갖지 못할 거야!"

아름다운 일화. 베티나는 괴테에게 편지를 마흔아홉 통 썼다. 그 편지들에는 영혼이라는 말이 쉰 번 나오고, 심장이라는 말은 백열아홉 번 나온다. 심장이라는 말이 문자 그대로 해부학적 의미로 사용된 경우("나의 심장이 뛰었다.")는 드물다. 종종 그것은 가슴을 가리키는 제유법으로 사용되었으며 ("당신을 저의 심장 위에 끌어안고 싶어요.") 대부분은 영혼이라는 말과 동일한 것, 즉 감성적 자아를 의미했다.

나는 생각한다, 고로 존재한다는 치통을 과소평가하는 지식인의 말이다. 나는 느낀다, 고로 존재한다야말로 모든 생물을 포괄하는, 훨씬 일반적으로 받아들일 수 있는 진실이다. 나의 자아는 사유에 의해서는 당신의 자아와 본질적으로 구분되지 않는다. 사람은 많으나 생각은 적다. 우리 모두는 서로 전달하고 차용하고 서로 상대의 생각을 훔치기도 하면서 거의 동일한 것을 생각하는 것이다. 하지만 만약 누군가가 나의 발을 밟는다면 고통을 느끼는 사람은 나 혼자다. 자아의 토대는 사유가 아니라 고통, 즉 감정 중에서 가장 기초적인 감정인 것이다. 고통을 당할 때는 고양이조차도 상호 교환이 불가능한 자신의 유일한 자아를 의심할 수 없다. 고통이 극에 달할 때 세상은 흔적 없이 사라지며, 우리들 각자는 자기 자신과 홀로 남는다. 고통이야말로 자기중심주의의 위대한 학교인 것이다.

"당신은 저를 몹시 경멸하지 않습니까?" 하고 이폴리트가 미슈킨 공작에게 묻는다.

"왜요? 당신이 고통 받았고 우리보다 더 고통 받기 때문에 말인가요?"

"아뇨, 그게 아니라 제가 그런 고통을 누릴 자격이 없는 사람이기에 말입니다."

나는 나의 고통을 누릴 자격이 없다는 이 말. 위대한 문구다. 이 문구는 고통이 비단 자아의 토대일 뿐 아니라, 자아의 확실하고 유일한 증거이기도 하며, 가장 존중되어 마땅한 것, 즉 가치 중의 가치임을 함축한다. 그래서 미슈킨은 모든 고통 받는 여자를 찬미한다. 나스타샤 필립포프나의 사진을 처음으로 보면서 그는 말한다. "이 여인은 많은 고통을 겪었을 것이다." 이 말은 나스타샤 필립포프나를 한 개인으로 바라볼 틈조차 주지 않고, 그녀가 다른 모든 존재의 우위에 있음을 규정해 버린다. "나는 아주 무가치한 존재요. 하지만 당신, 당신은 고통 받았소."라고, 미슈킨은 1부 15장에서 나스타샤 필립포프나에게 홀린 듯이 말하며, 그때부터 그는 패자일 수밖에 없다.

나는 미슈킨이 모든 고통 받는 여자를 찬미한다고 말했는데, 그 반대도 사실이다. 어떤 여인이 마음에 들면, 곧바로 그는 고통 받는 그녀의 모습을 상상하는 것이다. 게다가 혀를 가만히 두지 못하는 사람이라, 지체 없이 여자에게 그 얘기를 해 준다. 이는 멋진 유혹 방법이기도 한데 (공작이 그것을 이용할 줄 모른다는 게 유감스럽지만) 왜냐하면 어떤 여인에게 "당신은 몹시 괴로워하는군요."라고 말하는 것은 마치 그녀의 영혼에 직접 말을 거는 것 같은, 그 영혼을 어루만져 주고 그 영혼의 요동을 쓰다듬어 주는 것 같기 때문이다. 그런 상황에서는 모든 여자가 이렇게 말하려 할 것이다. "당신은 내 몸을 갖지는 않았지만, 내 영혼은 이미 당신 거예요!"

미슈킨이 보기에 영혼은 끊임없이 커 가는 무엇이다. 오 층짜리 저택만큼이나 높은 거대한 버섯 같고, 언제라도 승무원들과 함께 하늘로 날아가 버릴 수 있는 어떤 열기구 같다. 바로 이것이 내가 영혼의 이상 팽창이라고 부르는 것이다.

# 12

우리가 기억하듯, 베티나로부터 조각상 계획에 관한 편지를 받았을 때, 괴테는 눈물이 솟아오름을 느꼈다. 그때 그는 자신의 깊은 내면이 결국 그에게 진실을 일깨워 준 거라고 확신했다. 베티나가 그를 실제로 사랑했으며, 그녀에 대한 자신의 태도가 부당했다는 것을 말이다. 그러다 나중에 그는 그 눈물이 베티나의 헌신에 관한 놀라운 진실을 드러내 준 게 아니라 오히려 그 자신의 허영심에 관한 속된 진실을 드러내 주었음을 이해했다. 그는 눈물의 선동에 속은 게 부끄러웠다. 사실 그는 이미 오십 대 이후부터 오랫동안 그런 경험을 해 왔다. 누군가의 칭송을 들을 때마다, 혹은 자신이 기도한 이런저런 업적 앞에서 자기만족에 빠질 때마다 그는 눈물을 흘렸다. 눈물이란 무엇인가? 종종 괴테는 그런 의문을 품어 보았지만, 한 번도 답을 알아내지는 못했다. 그렇지만 한 가지만은 분명했다. 눈물이 너무나, 너무나 자주 괴테의 눈에 비친 괴테 자신의 모습에 감동하여 생겨났다는 것이다.

아네스가 끔찍하게 죽은 지 일주일쯤 지났을 때, 로라가 고통에 짓눌린 폴을 방문했다.

"폴, 이제 이 세상엔 우리뿐이군요." 하고 그녀가 말했다.

폴은 눈물이 솟아오름을 느끼며 괴로움을 감추려는 듯 고개를 돌렸다.

바로 그 고개의 움직임이 로라를 자극하여 그의 팔을 굳게 붙잡게 만들었다. "폴, 울지 말아요!"

눈물을 통해 그녀를 바라보면서 그는 그녀의 눈 역시 젖었음을 확인했다. 그는 미소를 지었다. 그러고는 떨리는 목소리로 말했다. "우는 사람은 오히려 너야."

"폴, 뭐든 필요한 게 있으면 제가 여기 있다는 걸 생각하세요. 저의 모든 것이 당신과 함께한다는 걸 말이에요."

폴은 그녀에게 대답했다. "알아."

로라의 눈에 고인 눈물은 사라진 언니의 남편 곁에 머물면서 일생을 희생하기로 결심한, 로라의 눈에 비친 로라 자신의 모습에 감동한 눈물이었다.

폴의 눈에 고인 눈물은 죽은 동반자의 그림자, 그녀의 모방품, 그녀의 동생 외에 다른 여자와는 함께 살 수 없다는 폴의 정절이 폴에게 야기한 감동의 눈물이었다.

그 후 어느 날, 그들은 넓은 침상에 함께 누웠고, 눈물(눈물의 자비로움)은 자기들의 행위가 망자에 대한 배신이 아닐까 하는 한 가닥 의구심마저 가져가 버렸다.

성적 모호성의 천년 묵은 기법이 그들을 도왔다. 그들은 부부가 아니라 오누이로서 나란히 몸을 뉜 거였다. 폴에게 로라는 금기였다. 한 번도 그는 지극히 내밀한 생각 속에서조차 그녀를 성적 이미지와 연결한 적이 없었다. 그는 자신을 그녀의 오빠로 느꼈고, 이제부터는 그녀의 죽은 언니 노릇까지 해야 한다고 느꼈다. 처음에는 그런 감정이 도덕적으로 좀 더 쉽게 그녀와 함께 잠자리에 드는 것을 허용했으며, 그러다가 전혀 예기치 못한 흥분에 사로잡혔다. 그들은 서로를 속속들이 알았고(오누이처럼) 그들을 분리해 온 것은 낯섦이 아니라 금기였다. 이십 년 전부터의 금기, 시간이 흐를수록 더욱 더 범할 수 없게 된 금기였다. 상대의 육체보다 더 가까운 건 없었다. 상대의 육체보다 더 금지된 것도 없었다. 근친상간의 자극적인 느낌과 더불어 (또한 눈에 눈물을 달고서) 그는 그녀와의 섹스를 시작했고, 그녀를 야만스럽게 사랑했다. 마치 일생 동안 아무도 사랑하지 않은 사람처럼.

# 13

건축이라는 관점에서 보면, 유럽 문명보다 우수한 문명들이 많이 있으며 고대 비극을 능가하는 것은 영원히 나타나지 않을 것이다. 하지만 어떤 문명도, 음(音)을 토대로 온갖 형태와 양식을 자랑하는 천년의 유럽 음악사 같은 기적을 창조해 내지는 못했다! 유럽이란 곧 위대한 음악과 호모 센티멘탈리스다. 둘은 같은 요람에 나란히 누운 쌍둥이 같다.

음악은 유럽인에게 감성을 가르쳐 주었을 뿐 아니라, 감정과 감성적 자아를 숭배하는 힘도 가르쳐 주었다. 당신은 이런 상황을 잘 안다. 단상 위에서 바이올리니스트가 두 눈을 지그시 감고서 천천히 첫 두 음정을 켠다. 음악을 감상하는 이 역시 두 눈을 감고서, 영혼이 가슴에서 가득 부풀어 오름을 느끼며 탄식한다. "이 얼마나 아름다운가!" 하지만 그는 겨우 두 음정을 들었을 뿐이다. 그 자체로는 작곡가의 어떤 사상, 어떤 창조적 기획도 담을 수 없는, 따라서 어떤 예술도, 어떤 아름다움도 표현할 수 없는 음정 두 개를 말이다. 하지만 그 두 음정이 그의 이성은 물론이요 아름다움에 대한 그의 판단에까지 침묵을 강요하면서 감상자의 심금을 울렸다. 단순한 음정 하나가 마치 어떤 여인에게 고정된 미슈킨의 시선이나 마찬가지로 우리에게 작용하는 것이다. 음악, 그것은 영혼을 부풀리는 펌프다. 이상 팽창된 영혼들이 거대한 풍선들로 변하여 공연장 천장 아래를 떠다니며 끔찍한 혼잡 속에서 서로 부딪쳐 댄다.

로라는 음악을 마음속 깊이 진심으로 사랑했다. 말러에 대한 그녀의 사랑이 정확히 무엇을 의미하는지 나는 안다. 말러는 여전히 천진하고 직접적으로 호모 센티멘탈리스에 호소하는 최후의 위대한 작곡가다. 말러 이후 감정은 음악에서 수상쩍은 것이 된다. 드뷔시는 우리를 매혹하고자 하지 감동시키고자 하지 않으며, 스트라빈스키는 감정을 부끄러워한다. 로라에게 말러는 최후의 작곡가이며, 브리지트의 방에서 울리는 록의 아우성을 들을 때, 전자 기타 음악에 눌려 소멸해 가는 유럽 음악에 대한 그녀의 상처 입은 사랑은 그녀를 분노케 했다. 그래서 그녀는 폴에게 최후통첩을 보낸다. 말러냐 록이냐를 선택하라고 말이다. 이는 곧 나냐 브리지트냐, 둘 중 하나를 선택하라는 뜻이다.

하지만 좋아하지 않기는 매일반인 두 음악 중에서 어찌 선택을 한단 말인가? 록은 폴에게는 너무나 소란스럽고 (괴테처럼 그의 귀도 섬세하다.) 낭만파 음악은 그에게 고뇌의 감정을 일깨운다. 전쟁 중 어느 날, 주변 모든 사람들이 '역사'의 위협적인 행진 앞에서 공포에 질렸을 때, 라디오는 탱고와 왈츠 대신 무겁고 슬픈 음악을 단조화음으로 방송하기 시작했다. 그 단조화음들은 어린아이의 기억 속에 영원히 재앙의 메신저로 각인되었다. 그로부터 오랜 세월이 흐른 후, 그는 낭만적 음악의 파토스가 전 유럽을 하나로 묶고 있음을 깨달았다. 어떤 대통령이 살해되거나 전쟁이 터질 때마다, 좀 더 자발적으로 스스로를 죽일 수 있도록 사람들의 머릿속을 영예로 채울 필요가 있을 때마다, 사람들은 그런 음악을 듣는다. 서로 상대를 찢어발긴 국가들이 쇼팽의 '장송행진곡'과 베토벤의 '영웅교향곡'이라는 굉음을 들으며 사이좋게도 똑같은 감동에 젖어 있었던 것이다. 아, 세상만사가 폴의 뜻대로라면 말러는 물론 록이 없어도 세상은 잘만 굴러갈 것이다. 하지만 두 여자는 그에게 빠져나갈 구멍을 남기지 않았다. 그녀들은 그에게 선택을 강요했다. 두 음악 중에서, 두 여자 중에서 하나를 택하라고 말이다. 그러나 그 두 여자를 모두 사랑하기에, 그는 어찌해야 할지 몰랐다.

반면 그녀들은 서로를 싫어했다. 브리지트는 수년 동안 그저 휴대품이나 올려놓곤 하던 그 흰색 피아노를 끔찍하도록 슬픈 심경으로 바라보곤 했다. 피아노는 그녀에게 아녜스를 상기시켰다. 동생을 사랑하는 마음에서 자신에게 피아노 연주를 배우도록 간청하던 아녜스, 아녜스가 죽자마자 피아노는 환생하여 하루도 빠짐없이 울려 퍼졌다. 브리지트는 록을 폭발시킴으로써 배신당한 어머니의 복수를 하고 불청객을 내쫓고자 했다. 그러다 로라가 남으리라는 사실을 깨닫자, 그녀 자신이 집을 떠났다. 록이 침묵했다. 음반이 턴테이블 위에서 돌아갔고, 말러의 트롬본이 아파트에 울려 퍼지면서 브리지트의 부재로 실의에 빠진 폴의 가슴을 찢었다. 로라가 폴의 머리를 붙잡고는 그의 두 눈을 똑바로 들여다보며 말했다. "당신의 아이를 갖고 싶어요." 두 사람 모두 이미 오래전에 의사들이 그녀에게 다시는 아이를 갖지 말도록 권고했음을 안다. 그래서 그녀는 이렇게 덧붙였다. "필요하다면 어떤 수술도 달게 받겠어요."

여름이 왔다. 로라는 가게를 닫았고, 두 사람은 보름 동안 바다로 떠났다. 파도가 해안에서 부서지며 그 흐느낌이 폴의 가슴을 채웠다. 그것이야말로 그가 열렬히 좋아했던 유일한 음악이었다. 로라가 바로 이 음악과 혼동된다는 사실에 그는 놀라움과 행복감을 느꼈다. 그의 일생에서, 그녀는 그를 위해 바다가 되어 준 유일한 여인이었다. 바다였던 유일한 여인이었다.

# 14

괴테에게 제기된 영원의 소송에 검사측 증인으로 나선 로 맹 롤랑은 다음 두 가지 점에서 다른 사람들과 다르다. 그는 여성 예찬자였고 (베티나에 대해 그는 "그녀는 여자였다. 그래서 우리는 그녀를 사랑한다."라고 말한다.) 그에게는 진보와 더불어 (그에게 이는 곧 "공산주의 러시아와 더불어", "혁명과 더불어"를 의미한다.) 나아가고자 하는 열정적인 욕망이 있었다. 한데 묘 한 것은 이 여성 예찬자가 베토벤을 예찬한 것 역시 베토벤이 여성들에게 인사하길 거부했기 때문이었다. 온천 도시 테플 리체에서 일어났다는 사건을 들여다보면 그렇다. 모자를 깊 이 눌러쓰고 두 손으로는 뒷짐을 진 채, 베토벤이 황녀와 그녀 의 신하들, 분명 남자들만이 아니라 여자들도 있을 그 신하들 앞을 걸어갔다는 얘기 말이다. 그들에게 인사를 않는다는 것 보다 무례한 소행이 어디 있겠는가! 생각조차 할 수 없는 일이다. 아무리 베토벤이 괴상하고 무뚝뚝한 사람이라 해도, 여자들에게 상놈처럼 굴었을 리야 만무하지 않겠는가! 누가 보아도 이 일화는 어리석기 짝이 없다. 그런 일화가 순진하게도 널리 받아들여지고 퍼질 수 있었다면, 그것은 사람들(여기에 소설가까지 포함되었으니, 참으로 부끄러운 일 아닌가!)이 현실감각을 완전히 상실했기 때문이다.

어쩌면 사람들은 증언이 아니라 하나의 우화에 불과한 일화를 놓고, 그 진실성 여부를 따지는 건 지나치다며 내게 이의를 제기할지도 모른다. 그렇다면 좋다. 우화는 우화로 보고, 그 우화가 탄생한 정황은 잊어버리자.(이는 영원히 드러나지 않을 것이다.) 누군가 그 일화에 껴입히고자 했던 편파적인 의미도 잊어버리고, 말하자면 객관적으로 그 의미를 파악해 보자.

이마까지 깊이 눌러쓴 베토벤의 모자는 무엇을 의미하는가? 베토벤이 귀족을 경멸하는 것은 귀족이 반동적이고 부당하기 때문이요, 괴테의 보잘것없는 손에 들린 모자는 이 세계가 그대로 남기를 간청한다는 뜻인가? 그렇다, 그것이 바로 지금까지 공통적으로 받아들여진 해석이나, 그런 주장을 옹호하기란 쉽지 않다. 괴테와 마찬가지로 베토벤 역시 자신과 자신의 음악을 위해, 자신의 시대와 un modus vivendi, 즉 생활양식을 협상하지 않을 수 없었다. 그 역시 때로는 어떤 왕에게, 때로는 또 다른 왕에게 자신의 소나타들을 헌정했고, 빈에 모여든 나폴레옹의 승자들을 찬미하기 위해 합창단이 "세상이여, 다시 한 번 예전처럼!"이라고 외치는 칸타타를 주저 없이 작곡하기도 했다. 뿐만 아니라 그는 러시아 황녀를 위해 폴란드 춤곡인 폴로네즈를 한 곡 작곡하기까지 했다. 마치 불쌍한 폴란드(그로부터 삼십 년 후, 베티나는 바로 이 폴란드를 위해 너무도 용감하게 싸운다.)를 찬탈자의 발 앞에 상징적으로 갖다 바치고 싶다는 듯이 말이다.

그러므로 이 우화적 그림에서, 베토벤이 모자를 벗지 않은 채 귀족들 무리를 지나쳤다고 하여, 그것이 곧 귀족들은 경멸받을 만한 반동들이요 그는 찬미받을 만한 혁명가임을 의미하는 것일 수는 없다. 그 행동이 의미하는 것은 (조각, 시, 교향곡 등을) 창조하는 자가 (하인들, 공무원들, 백성들을) 통치하는 자보다 더 존경받을 자격이 있다는 것이다. 창조가 권력보다 더 가치 있고, 예술이 정치보다 더 가치 있다는 것이다. 작품들은 불멸하지만, 전쟁이나 왕자들의 무도회는 그렇지 않음을 의미하는 것이다.

(괴테 역시 같은 견해였겠지만, 다만 그는 그런 달갑잖은 진실을 현세 지배자들에게 알리는 게 무용하다고 판단했을 뿐이다. 저승에서는 그들이 먼저 그에게 인사를 할 게 확실했으며, 그런 확신만으로도 그는 충분했다.)

이 우화의 의미는 매우 분명한데도 언제나 사람들은 이를 왜곡하여 해석한다. 이 우화적 그림 앞에서 베토벤에게 박수를 보내기에 급급한 이들은 그의 자존심을 조금도 이해하지 못한다. 그들은 대개 정치에 마음이 홀린 이들로서, 피카소나 펠리니보다는 레닌이나 카스트로, 케네디 혹은 미테랑을 더 좋아하는 이들이다. 로맹 롤랑 역시, 만약 그가 테플리체의 그 오솔길에서 스탈린이 자기 쪽을 향해 다가오는 것을 보았다

면 분명 자신의 모자를 벗어 괴테보다 훨씬 더 낮게 내렸을 것
이다.

# 15

로맹 롤랑이 여성을 존중했다는 것은 좀 이상하다. 여자라
는 이유만으로 베티나를 예찬한 그가 ("그녀는 여자였다. 그래
서 우리는 그녀를 사랑한다.") 의심의 여지없이 여자임이 분명한
크리스티아네에게서는 예찬할 만한 걸 전혀 찾아내지 못했잖
은가! 베티나에 대해 그는 "따뜻하고 광적인 마음"을 지녔으
며 "얌전하면서도 광기 어린" "미친 듯이 활발하고 쾌활한"
여자라고 말하며, 이밖에도 "광기 어린"이라는 말을 몇 번이
나 되풀이한다. 우리는 호모 센티멘탈리스에게 "미친", "광기
어린", "광기" 등의 말들(특히나 프랑스어에서는 다른 어느 언어
보다도 더 시적인 울림이 있다.)은 모든 검열로부터 해방된 감정
의 고양을 의미하며 (엘뤼아르에 따르면 "열정의 활기찬 광란")
결국 열렬한 찬사로 통한다는 것을 안다. 그런 한편, 여성과
프롤레타리아 계급 예찬자 로맹 롤랑은 크리스티아네에 대해

서는 프랑스인 특유의 여성에 대한 정중한 예절 규칙마저 위배하면서, 그녀의 이름을 들먹일 때마다 꼭꼭 "질투심 강한", "혈색이 붉고 뼈마디가 굵은", "기름진", "성가신", "이상한", 그리고 한참 뒤에는 "뚱뚱한" 등의 수식어를 달았다.

이상하게도 여성과 프롤레타리아 계급의 친구이며 평등과 우애의 메신저인 그가, 크리스티아네가 왕년에 여성 노동자였으며, 괴테 또한 비범한 용기를 발휘하여 공개적으로 그녀와 함께 살면서 결혼까지 한 데 대해서는 어떤 감동도 표명하지 않는다. 아마도 괴테는 바이마르 사교계의 온갖 중상과 맞서야 했을 뿐 아니라, 그의 지식인 친구들, 헤르더나 실러 같은, 그녀를 천시한 친구들의 따가운 눈총과도 맞서야 했을 것이다. 괴테 부인을 얼간이 뚱뚱보라고 규정한 베티나의 말에 바이마르의 귀족들이 박수갈채를 보냈다는 사실을 알고서 나는 전혀 놀라지 않았다. 그러나 여성과 노동자 계급의 친구가 그들처럼 박수갈채를 보낸다는 데 대해서는 놀랐다. 한 소박한 여인 앞에서 악의적으로 자신의 문화를 과시하듯 떠벌린 젊은 귀족 여성에게 어떻게 그가 그토록 친근감을 느낄 수 있었을까? 어떻게 크리스티아네 같은 여자, 말하자면 신분 따위는 아랑곳없이 술 마시고, 춤추고, 마음 편하게 살이 찐 그런 여자는 한 번도 "미친" 같은 신성한 수식어를 가질 권리가 없었고, 프롤레타리아 계급의 친구에게 단지 한 "성가신" 존재일 뿐이었단 말인가? 어째서 이 프롤레타리아 계급의 친구는 안경이 깨어진 그 장면을, 인민의 여성이 도도한 인텔리 여성을 정당하게 처벌한, 그리고 괴테가 자신의 부인을 옹호하여 머리를 꼿꼿이 세우고서 (모자 없이!) 귀족 군대와 그들의 혐오스러운 편견에 맞서는 그런 우의화로 변모시킬 생각을 하지 못했단 말인가?

물론 그런 우화도 원래 우화 못지않게 어리석기는 매한가지일 것이다. 그래도 의문은 남는다. 프롤레타리아 계급과 여성의 친구는 이 두 어리석은 우화 중에서 왜 하필 전자를 선호했는가? 왜 그는 크리스티아네보다 베티나를 선호했는가?

이 물음은 우리를 사태의 핵심으로 이끈다.

다음 장이 그 답을 제공할 것이다.

# 16

괴테는 베티나에게 (날짜를 적지 않은 어느 편지에서) "그녀 자신으로부터 뛰쳐나오라."라고 훈계했다. 오늘날 아마도 우리는 그가 그녀의 자기중심주의를 비난한 거라고 말할 것이다. 한데 그에게 그럴 권리가 있었는가? 티롤의 애국자들을 성원한 사람이 누구인가? 페퇴피를 기리도록 하고 사형선고를 받은 미에로슬라브스키의 생명을 옹호한 이가 누구인가? 끊임없이 타인들을 생각한 이가 누구인가? 둘 중 누가 자신을 희생하려 했는가?

베티나다. 이에 대해선 의심의 여지가 없다. 그러나 그렇다고 해서 괴테의 지적이 그만큼 무색해지는 것은 아니다. 베티나는 한 번도 자신의 자아에서 빠져나온 적이 없기 때문이다. 그녀가 어디로 가건 그녀의 자아는 마치 깃발처럼 그녀의 등 뒤에서 펄럭거렸다. 티롤의 산골 사람들을 편들도록 그녀를 자극한 것은 그 산골 사람들이 아니라, 티롤의 산골 사람들의 투쟁에 열정을 느낀 베티나의 매력적인 이미지다. 괴테를 사랑하도록 그녀를 자극한 것은 괴테가 아니라 늙은 시인을 사랑하는 베티나라는 아이의 매혹적인 이미지인 것이다.

그녀의 몸짓, 내가 불멸에 대한 욕망의 몸짓이라고 명명한 그 몸짓을 상기해 보자. 먼저 그녀는 사람들이 자아라고 부르는 것의 중심부를 가리키기 위해서인 듯, 손가락들을 두 젖가슴 사이의 한 지점에 놓았다. 뒤이어 그녀는 두 손을 앞으로, 그 자아를 아주 멀리, 수평선 너머 무한한 공간을 향해 투사하려는 듯 내던졌다. 불멸에 대한 욕망의 몸짓에는 단 두 개의 표점(標點)만 있다. 여기 있는 자아와, 저기 아득히 먼 수평선. 그리고 두 개의 개념만 갖는다. 자아라는 절대와 세계라는 절대. 따라서 이 몸짓은 사랑과는 아무런 공통점도 없다. 왜냐하면 타자나 이웃 등, 이 양극 (세계와 나) 사이에 있는 모든 인간은 미리 게임에서 배제되었고, 탈락되었으며, 간과되었기 때문이다.

스무 살에 공산당에 가입하는 소년이나, 손에 총을 들고 게릴라에 합류하러 산속으로 가는 소년은 혁명가라는 자기 자신의 이미지에 매혹되었다. 그를 다른 사람들로부터 구분하는 것은 바로 그 이미지이며, 그를 그 자신이게 하는 것도 바로 그 이미지다. 그의 투쟁의 기원에는, 무수한 시선이 집중될 '역사'라는 위대한 무대 위에 내보내기 (내가 서술한 그 불멸에 대한 욕망의 몸짓을 실천함으로써) 전에, 매우 분명한 색조를 부여하고 싶은 자신의 자아에 대한 불만스러운 격한 사랑이 있는 것이다. 그리고 우리는, 미슈킨과 나스타샤 필립포프나의 예에서 보듯, 강렬하게 집중된 시선 앞에서 영혼은 끊임없이 늘어나고, 부풀고, 부피가 커지다가, 마치 휘황찬란한 조명을 발하는 기구처럼 마침내 창공으로 날아오른다는 것을 안다.

사람들로 하여금 주먹을 들게 하고, 총을 잡게 하고, 정당한 혹은 부당한 명분을 옹호하도록 자극하는 것은 이성이 아니라 이상 팽창된 영혼이다. 바로 이것이 '역사'의 모터를 돌아가게 할 수 있었던 연료요, 이것이 없었다면 유럽은 잔디밭에 누워서 하늘에 떠 있는 구름들을 권태롭게 바라만 보았을 것이다.

크리스티아네는 영혼의 이상 팽창으로 괴로워한 적이 없으며 '역사'의 위대한 무대 위에 자신을 전시하고자 하는 욕망도 전혀 없었을 것 같다. 나는 그녀가 잔디밭에 누워 하늘에 떠 있는 구름을 바라보는 편을 더 좋아했으리라고 생각한다.(또한 나는 그녀가 그런 순간들에 행복했으리라고 생각한다. 자기 자아의 불꽃에 타 버려 결코 행복하지 못할, 이상 팽창된 영혼의 소유자에게는 넌더리나는 생각이겠지만 말이다.) 그래서 로맹 롤랑은 진보와 눈물의 친구답게, 크리스티아네와 베티나 둘 가운데 하나를 선택해야 했을 때 잠시도 망설이지 않았던 것이다.

# 17

저승의 오솔길을 산책하던 헤밍웨이는 저 멀리에서 자기 쪽으로 걸어오는 한 젊은이를 보았다. 그는 우아하게 차려입었고, 매우 꼿꼿한 자세로 걸어오고 있었다. 그 우아한 친구가 가까이 다가올수록 헤밍웨이는 그의 입술에서 장난기 어린 엷은 미소를 알아볼 수 있었다. 서로 간의 거리가 몇 걸음밖에 남지 않았을 때, 마치 헤밍웨이에게 자기를 알아볼 마지막 기회를 주려는 듯, 그 젊은이가 걸음을 늦추었다.

"요한!" 헤밍웨이가 놀라 외쳤다.

괴테는 자신의 탁월한 연출 효과에 자부심을 느끼며 만족스럽게 미소 지었다. 그는 오랫동안 극단을 지휘해 본 사람이라 그런 효과 조작에 능하다는 사실을 잊지 말자. 그는 친구의 팔을 잡고서 (흥미롭다. 지금은 헤밍웨이보다 훨씬 젊으면서도 여전히 그는 헤밍웨이에게 너그럽고 자애로운 연장자처럼 행동한다.)

그를 긴 산책으로 이끌었다.

"요한, 오늘 당신은 정말 신처럼 아름답습니다!" 하고 헤밍웨이가 말했다. 친구의 아름다움에 그는 진심으로 기뻤으며, 그래서 행복한 웃음을 터뜨렸다. "한데 당신의 그 슬리퍼는 어떻게 해 버린 건가요? 그 초록색 모자챙은, 그건 어디에 처박혀 있지요?" 그러다 그는 웃음을 멈추고 말했다. "바로 이런 모습으로 당신은 영원의 소송에 출석해야 합니다. 변론이 아니라, 당신의 아름다움으로 판사들을 박살내 버리는 거죠!"

"아직 내가 영원의 소송에서 한마디도 내뱉은 적이 없다는 걸 당신도 아시지요. 경멸스러워서 말입니다. 하지만 거기에 출석하여 그들의 얘기를 경청하지 않을 수는 없었지요. 그게 후회되는군요."

"뭘 바라시는 거죠? 당신은 책을 쓴 벌로 불멸을 선고받았습니다. 바로 당신이 내게 그렇게 설명해 주지 않았습니까."

괴테가 어깨를 으쓱하더니 다소 거만한 표정으로 말했다. "어떤 의미에서는, 우리 책들이 불멸하리라고 할 수 있을 거예요. 아마 그럴 겁니다." 그러고는 잠시 뜸을 들인 후 심각한 어조로 나지막이 덧붙였다. "하지만 우리는 아니죠."

"그 반대예요!" 헤밍웨이가 신랄하게 항의했다. "우리의 책들, 아마 사람들은 머지않아 그 책들을 읽지 않을 겁니다. 당신의 『파우스트』도 구노의 소극(笑劇)으로나 남을 겁니다. 우리를 어디론가 데리고 가는 영원한 여성이 어쩌고 하는 시구도……."

"Das Ewigweibliche zieht uns hinan." 하고 괴테가 즉석에

서 암송했다.

"맞아요. 하지만 당신 사생활의 시시콜콜한 내막에 관해서는 영원히 수다를 떨 겁니다."

"당신은 그들이 떠들어 대는 인물이 우리와 아무 상관도 없는 사람임을 아직 이해하지 못했나요?"

"요한, 세상 모든 사람들이 떠들어 대고 써 대는 괴테와 당신 사이에 아무 관계가 없다는 주장은 하지 마세요. 당신이 남긴 이미지와 당신이 완전히 똑같지 않다는 건 인정합니다. 이미지에서는 당신이 상당히 왜곡되었다는 것도 말이지요. 그렇긴 하지만 어떻든 당신은 이미지 속에 있습니다."

"아니, 난 이미지 속에 있지 않아요." 하고 괴테가 훨씬 더 단호한 어조로 말했다. "한 마디 더 할까요. 사실 난 내가 쓴 책들 속에도 있지 않아요. 존재하지 않는 자가 그런 데 있을 수는 없지요."

"내겐 너무 철학적인 말이군요."

"당신이 미국인임을 잠시 잊고 머리를 한번 굴려 보세요. '존재하지 않는 자는 있을 수 없다.'에 대해서 말입니다. 이게 그렇게 복잡합니까? 죽음을 맞이한 순간부터 나는 내가 차지했던 모든 장소들을 버렸어요. 나의 책들까지도 말입니다. 그 책들은 나 없이 세상에 남았죠. 이젠 누구도 거기에서 나를 찾아내지 못할 거예요. 존재하지 않는 자를 찾아낼 수는 없는 법이니까."

"정말, 당신 말을 그대로 믿고 싶군요. 하지만 이걸 좀 해명해 주시지요. 당신의 이미지가 당신과 전혀 무관하다면, 어째서 당신은 생전에 이미지에 그토록 많은 정성을 쏟았지요? 왜 에커만을 집으로 초대했습니까? 왜 『시와 진실』을 썼지요?"

"어니스트, 나 역시 당신만큼이나 우스꽝스러웠다는 걸 당신도 인정해 주십시오. 자기 이미지에 대한 염려, 그건 어찌할 수 없는 인간의 미숙함 아니겠습니까. 자기 이미지에 무심하기란 얼마나 힘든 일입니까! 그런 정도의 무심함은 인간의 한계를 넘어서는 겁니다. 인간은 죽은 뒤에나 그런 걸 얻죠. 죽었다고 해서 즉시 얻을 수 있는 것도 아니에요. 죽은 후에도 오랜 세월이 필요합니다. 당신은 아직 거기에 이르지 않았어요. 당신은 아직 어른이 아니지요. 한데, 당신은 이제…… 죽은 지 얼마나 됐지요?"

"이십칠 년입니다."

"정말 멀었군요. 아직 적어도 이삼십 년은 더 기다려야 합니다. 그때나 되어야 아마 당신도 인간이 멸하는 존재임을 이해할 것이고, 이를 바탕으로 여러 결론을 도출할 수 있을 거예요. 그 전에 거기에 이르기란 불가능합니다. 죽기 얼마 전, 나는 강렬한 창조적 힘을 느끼고서, 그 힘이 완전히 소멸하기란 불가능하리라고 여겼죠. 물론 나는 나의 뒤에 나의 연장이라고 할 하나의 이미지를 남긴다고 믿었습니다. 그래요. 꼭 당신처럼 생각했던 거죠. 죽은 뒤에도 이제 더는 존재하지 않는 거라고 체념하기가 어려웠습니다. 정말 이상한 일입니다. 멸한다는 것은 가장 기초적인 인간 경험인데도, 인간은 그 사실을 받아들이고, 이해하고, 그에 따라 처신하려 한 적이 없습니다. 사람은 멸하는 존재가 될 줄 몰라요. 죽어 놓고도 죽은 줄 모르지요."

"그럼 당신은 당신이 죽을 줄 안다고 생각하세요?" 심각한 분위기를 누그러뜨리려는 생각에서 헤밍웨이가 물었다. "정말 당신은 나와 함께 이런 수다를 떨며 시간을 허비하는 것이 죽는 최상의 방법이라고 생각하십니까?"

"바보 시늉 마세요, 어니스트. 지금 이 순간의 우리란 한 소설가의 헛된 환상일 뿐임을 당신도 잘 알잖습니까. 아마도 우리가 절대 내뱉지 않을 말을, 자기 자신이 하고 싶은 말을 우리더러 지껄이게 하는 소설가 말입니다. 그냥 넘어갑시다. 한데 오늘 내가 차려입은 모습, 눈여겨보았나요?"

"당신을 알아본 직후 이미 말했습니다! 당신은 신처럼 아름답습니다!"

"독일 전체가 나를 흠잡을 데 없는 유혹자로 보던 시절의 모습이죠." 괴테가 사뭇 엄숙한 어조로 말했다. 그리고 나서 그는 감회 어린 어조로 덧붙였다. "앞으로 몇 년간은 당신이 나의 이런 이미지를 간직해 주었으면 했어요."

헤밍웨이가 문득 부드럽고 너그러운 표정으로 그를 찬찬히 뜯어보더니 물었다. "한데 요한, 당신은 이제 사후 나이가 몇 살이나되셨죠?"

"백쉰여섯 살입니다." 괴테가 약간 부끄러워하면서 대답했다.

"그런데도 아직 죽는 법을 배우지 못했나요?"

괴테가 미소 지었다. "알겠습니다, 어니스트. 내가 좀 전에 당신에게 했던 말과 다소 모순되게 굴었군요. 내가 그런 유치한 허영심에 젖은 건, 오늘로 우리 만남이 마지막이기 때문입니다." 그러고 나서 그는 앞으로는 어떤 선언도 하지 않을 사람으로서 느릿느릿 이렇게 말했다. "영원의 소송이란 한낱 바보짓일 뿐임을 확실히 이해했기에 말입니다. 당신이 이런 부정확한 표현을 용납할지 모르겠으나, 결국 나는 내 죽음의 상태를 이용해 잠자러 가기로 결심했어요. 나의 위대한 적 노발리스가 푸르스름한 색조를 띠고 있다던 그 완전한 비존재의 관능을 음미하기 위해서 말입니다."

# 5부
우연

# 1

점심 식사를 마친 후 그녀는 방으로 올라갔다. 그날은 일요일이었고 호텔은 새로운 고객을 기다리지 않았으므로 아무도 그녀더러 자리를 비워 달라고 재촉하지 않았다. 커다란 침대는 아침에 그녀가 내버려둔 대로 흐트러져 있었다. 그런 광경에 그녀는 기뻤다. 그녀는 이틀 밤을 혼자서 보냈다. 자신의 숨소리뿐 다른 어떤 소리도 듣는 일 없이, 자신의 육체와 자신의 잠을 위해서만 존재하는 그 장방형 표면을 무척 포용하고 싶었다는 듯, 그녀는 이리저리 각도를 달리하며 비스듬히 누워 잠을 잤다.

테이블 위에 열어 놓은 가방 속에는 이미 모든 것이 들어 있었다. 옷가지들에 접어 얹은 치마 위에, 낡은 랭보 시집이 놓여 있었다. 그녀가 그 시집을 갖고 온 것은 지난 몇 주 동안 폴 생각을 많이 했기 때문이었다. 아직 브리지트가 세상에 태어나기 전, 종종 그녀는 그의 뚱뚱한 오토바이 뒷좌석에 올라탔었고, 그렇게 그들은 프랑스를 휘돌아다녔다. 그녀의 추억 속에서 그 시기와 그 오토바이는 랭보와 혼동되곤 했다. 랭보는 그들의 시인이었다.

지금은 반쯤 잊힌 그 시들, 그녀는 그 시들을 마치 해묵은 일기처럼 뒤적이면서, 세월에 노랗게 탈색한 그 주석들이 감동적인지 우스꽝스러운지, 매혹적인지 혹은 그저 하찮기만 한 것인지 궁금해했다. 그 시구들은 여전히 아름다웠으나 한 가지 점에서 그녀를 놀라게 했다. 그 시구들은 지난날 그녀가 폴과 함께 올라탔던 그 뚱뚱한 오토바이와는 완전 무관했던 것이다. 랭보의 시 세계는 브리지트의 동시대인들보다는 괴테의 동시대인들에 훨씬 더 가까웠다. 랭보, 이 세상 모든 사람들에게 절대적으로 현대적이 될 것을 엄명했으나, 그는 자연의 시인이었고 방랑자였으며, 그의 시들은 현대인이 잊어버렸거나 혹은 현대인에게 어떤 즐거움도 일깨워 주지 않는 말들을 담고 있었다. 귀뚜라미, 느릅나무, 물냉이, 개암나무, 보리수, 안개, 떡갈나무, 매혹적인 까마귀, 늙은 비둘기들의 따뜻한 똥. 그리고 길들, 특히 길들. 여름철의 푸른 저녁나절에는, 나는 오솔길로 나서리라, 밀에 따끔따끔 찔리며, 작은 풀을 짓뭉개리라…… 나는 말하지 않으리라, 아무 생각도 하지 않으리라…… 그저 멀리, 아주 멀리, 보헤미안처럼, 자연을 따라가리라, ―어느 여인과 함께라면 행복하리라…….

그녀는 가방을 닫고는 복도로 빠져나와 호텔 앞까지 뛰어내려갔으며, 뒷좌석에 가방을 던지고 운전석에 앉았다.

# 2

오후 2시 30분, 지체 없이 떠나야 했다. 그녀는 밤에 운전하는 걸 싫어했기 때문이다. 하지만 그녀는 시동을 걸 생각을 굳히지 못했다. 마치 마음속 말을 뱉어 낼 시간을 갖지 못한 어떤 애인처럼, 주위 풍경이 그녀가 떠나는 것을 만류했다. 그녀는 차에서 내렸다. 산들이 그녀를 에워싸고 있었다. 왼편 산들은 생기 찬 색조로 반짝거렸으며 순백 만년설이 산의 초록빛 윤곽 위에서 빛났다. 오른편 산들은 노란 안개에 감싸여 겨우 흐릿한 윤곽만 드러나 있었다. 서로 전혀 다른 두 광채였고, 상이한 두 세계였다. 왼쪽에서 오른쪽으로, 오른쪽에서 왼쪽으로 고개를 두리번거리던 그녀는 마지막 산책을 하기로 결심했다. 그녀는 풀밭 사이로 점차 올라가다가 숲으로 이어지는 길을 택했다.

그녀가 뚱뚱한 오토바이를 타고 폴과 함께 알프스로 여행을 온 것은 이십오 년 전으로 거슬러 올라간다. 폴은 바다를 좋아했고 산에는 관심이 없었다. 그녀는 폴이 자신의 세계를 좋아하게 해 주고 싶었다. 그가 나무숲과 초원 앞에서 황홀감을 느끼길 바랐다. 오토바이를 길가에 세워 놓고, 폴은 이렇게 말하곤 했다.

"초원이란 단지 고뇌하는 들판일 따름이야. 이 아름다운 녹음 속에서, 존재는 매순간 죽어 가. 개미들은 지렁이들을 산 채로 뜯어 먹고, 새들은 하늘 높은 곳에 잠복하여 족제비나 쥐를 노리지. 잡초들 사이에 꼼짝 않고 숨은 저 검은 고양이가 보여? 그는 살생의 기회만 엿보고 있어. 나는 사람들이 자연에 바치는 그 순진한 경외감에 역겨움을 느껴. 호랑이의 두 턱뼈 사이에서, 암사슴이라고 해서 당신보다 공포를 덜 느낄 것 같아? 짐승은 인간만큼 고통을 느낄 수 없다고 말들을 하는 건 오직 잔혹할 뿐인, 그저 잔혹하기만 한 자연에서 생명체가 산다는 생각을 견딜 수 없어서일 거야."

폴은 인간이 대지를 점차 시멘트로 덮어 나가는 것을 다행으로 여겼다. 그에게 그것은 잔인한 살인자를 생매장하는 것과 같았다. 아녜스는 그의 생각을 너무나 잘 알았기에 화를 낼 수가 없었다. 자연에 대한 그의 혐오가 말하자면, 정의감과 선의에서 비롯된 것이기에 말이다.

그러나 어쩌면 그것은 속된 질투심, 즉 자신의 여인을 그 아버지에게서 확실하게 빼앗고자 하는 남편들의 속된 질투심에서 비롯된 것인지도 모른다. 아녜스에게 자연에 대한 사랑을 가르쳐 준 사람이 바로 그녀의 아버지였기에 말이다. 아버지와 함께 그녀는 숲의 침묵에 경탄하면서 수 킬로미터의 길과 길을 걷곤 했다.

언젠가 그녀는 친구들과 미국의 자연 속을 드라이브한 적이 있었다. 그곳은 긴 도로들에 드문드문 잘린, 가도 가도 끝이 없는 무한한 숲의 왕국이었다. 그 숲의 침묵이 그녀에게는 뉴욕의 소란만큼이나 낯설고 적의에 차 보였다. 아녜스가 좋아하는 숲에서는, 길들이 보다 작은 길들로 나뉘고, 그 길들이 또 여러 갈래 오솔길로 나뉜다. 오솔길을 따라 산사람들이 걸어간다. 길가엔 벤치들이 늘어서 있고, 거기에 앉아 사람들은 풀 뜯는 암소와 양 떼 가득한 풍경을 본다. 그것이 유럽, 유럽의 심장, 알프스였다.

# 3

여드레 전부터, 나의 반장화는
길의 돌멩이들에 찢겨 있었다……

랭보는 그렇게 적었다.
　길, 그것은 사람들이 걸어가는 대지의 띠다. 도로는 비단 사
람들이 그 위를 자동차로 달려간다는 점뿐만 아니라, 한 지점
을 다른 한 지점과 연결하는 하나의 단순한 선이라는 점에서
도 길과는 구분된다. 도로 그 자체에는 어떤 의미도 없다. 그
저 두 지점을 연결해 준다는 의미뿐이다. 길은 공간에 대한 경
의다. 길 한 토막 한 토막 그 자체에 하나의 의미가 있어, 우리
발걸음을 멈추게 한다. 그러나 도로는 의기양양하게 공간의
가치를 떨어트려, 오늘날 사람들에게 공간이란 그저 이동의
한 장애요 시간 손실일 뿐, 다른 그 무엇도 아니다.

길들은 풍경에서 사라지기에 앞서, 먼저 인간 마음에서 사라져 버렸다. 이제 인간은 걸으려는 욕망을 느끼지 않고, 걷는데서 기쁨을 맛보려 하지 않는다. 자기 인생 역시, 인간은 길처럼 보지 않고 도로처럼 본다. 한 지점에서 다른 한 지점으로 이어지는 선처럼, 육군 소위에서 장군으로, 부인에서 미망인으로 이어지는 선처럼 보는 것이다. 그리하여 삶의 시간은 점점 더 빠른 속도로 극복해야 하는 하나의 장애가 되어 버렸다.

또한 길과 도로는 아름다움에 대한 서로 다른 두 가지 개념을 함축한다. 폴이 어디에 어떤 아름다운 경치가 있다고 말하면, 그것이 의미하는 바는 이렇다. 거기에 차를 세우면 넓은 정원이 딸린 멋진 15세기 성채를 볼 수 있다는 얘기다. 혹은 거기에 호수가 하나 있는데, 원경 속으로 사라지는 거울 같은 수면에서 백조들이 헤엄치고 있다는 얘기다.

도로의 세계에서 아름다운 경치란 아름다운 작은 섬 하나, 긴 선이 다른 아름다운 섬들과 연결하는 그런 섬을 의미한다.

길의 세계에서는 아름다움이 지속적이요 언제나 변한다. 한 걸음씩 걸을 때마다 아름다움이 우리에게 '걸음을 멈추라.'라고 말한다.

길의 세계는 아버지의 세계였다. 도로의 세계는 남편의 세계였다. 그래서 아녜스의 이야기는 원점으로 돌아간다. 길의 세계에서 도로의 세계로 갔다가, 이제 다시 출발점으로 돌아간다. 아녜스가 스위스에 정착했기 때문이다. 이제 그녀는 결심했고, 그래서 이 주 전부터, 잠시도 중단되지 않는 미칠 듯한 행복을 맛보고 있다.

# 4

아녜스가 자동차로 되돌아왔을 때는 이미 늦은 오후였다. 그녀가 자동차 열쇠를 꽂는 바로 그 순간, 아베나리우스 교수는 목욕 가운 차림으로 작은 풀 쪽으로 다가왔고, 그 풀의 따뜻한 물속에서 나는 튀어나온 안쪽 벽으로부터 솟아오르는 세찬 물줄기에 채찍질당하며 그를 기다리고 있었다.

사건들은 이처럼 동시에 일어난다. 어떤 일이 Z라는 지역에서 벌어질 때, 다른 일들이 A, B, C, D, E 등지에서 일어난다. "그리고 ……하던 바로 그 순간."이라는 표현은 어느 소설에서도 볼 수 있는 하나의 마술 같은 상투적 문구, 특히 아베나리우스가 좋아하는 소설,『삼총사』를 읽을 때 우리를 매혹하는 상투어다. 그에게 내가 인사 대신 말했다. "자네가 이 풀 속으로 들어오는 바로 그 순간, 내 소설의 여주인공은 마침내 자동차 시동을 걸고 파리 행 길에 올랐다네."

"멋진 우연의 일치로군." 아베나리우스 교수가 눈에 띄게 만족스러운 표정으로 말하며 물속으로 들어왔다.

"분명 이 세상에는 매순간 이루 헤아릴 수 없이 많은 우연의 일치가 일어나네. 나는 이에 관해 대작을 하나 써 볼 생각이야. 우연의 이론에 관한 책 말이야. 1부, 우연의 일치들을 지배하는 우연. 이 장에서는 우연의 일치들을 여러 유형으로 분류하는 거야. 예를 들면 '솟아나는 물줄기에 등을 맡기기 위해 아베나리우스 교수가 풀로 들어서는 바로 그 순간, 시카고 공원에서 낙엽 하나가 밤나무에서 떨어졌다.' 분명 사건의 우연한 일치이긴 하지만 여기엔 아무런 의미도 없어. 나는 분류표에서 이를 무의미한 우연의 일치라고 명명하겠어. 한데 내가 이렇게 말한다고 상상해 보게. '시카고 시에 첫 낙엽이 떨어지는 바로 그 순간, 아베나리우스 교수가 등을 안마하기 위해 풀 속으로 들어왔다.' 이 문장은 우수를 띄지. 아베나리우스 교수가 마치 가을의 메신저처럼 보이고, 그가 몸을 담그는 물이 마치 눈물에 젖은 듯하니 말일세. 우연의 일치가 그 사건에 예기치 못한 의미 하나를 부여해 주었으므로 나는 이것을 시적 우연의 일치라고 명명하겠어. 한데 또한 나는 자네가 다가오는 걸 보고 좀 전에 말했던 것처럼 얘기할 수도 있네. '아베나리우스 교수가 풀 속으로 들어서는 바로 그 순간, 아녜스는 알프스 어딘가에서 자동차를 타고 길을 떠났다.' 이 우연의 일치를 시적이라 할 수는 없어. 자네가 풀 속으로 들어오는 것에 대해 어떤 특별한 의미를 부여하지는 않으니까. 그렇긴 해도 이는 매우 독특한 우연의 일치이기에 나는 이를 대위법적 우연의 일치라고 부르겠네. 마치 두 멜로디가 하나의 곡에서 결합하는 것 같지. 이를 나는 어렸을 때부터 알았네. 한 소년이 어떤 노래를 부르고 다른 한 소년은 다른 어떤 노래를 부르는데, 그 두 노래가 기막힌 조화를 이루는 거야! 한데 또 다른 우연의 일치가 있네. '아베나리우스 교수가 몽파르나스에서 지하철 속으로 미끄러져 들어가는 바로 그 순간, 손에 빨간 동전 통을 든 웬 아름다운 부인이 거기에 있었다.' 여기서 우리는 소설가들이 특히 좋아하는, 역사를 창조하는 우연의 일치를 본다네."

나는 잠시 뜸을 들였다. 그가 지하철에서의 그 만남에 대해 뭔가 좀 더 얘기해 주기를 은근히 기대한 것이다. 하지만 그는 벽면에서 분사되는 물줄기들이 허리의 통증을 좀 더 잘 어루만져 주도록 등을 굽혔다 폈다 했을 뿐, 내가 제시한 마지막 우연의 예가 자신과는 완전 무관하다는 태도였다.

그가 말했다. "아무리 생각해 봐도, 인생에서 우연의 일치란 것을 개연성에 대한 계산으로 셈할 수 있을 것 같지는 않네. 내 얘기는, 종종 우리가 어떤 수학적 정당화도 불가능한, 전혀 가망성이 없는 우연들과 마주친다는 거야. 최근에 파리 시내를 걸어가다가, 그저 그런 어느 동네 어느 거리에서 웬 여자와 맞닥뜨렸는데, 이십 년 전 함부르크에서 거의 매일같이 보다가 그 후 연락이 완전히 끊어져 버린 여자였지. 그날 내가 그 거리를 걸었던 건, 내려야 할 정거장보다 한 정거장 앞에서 잘못 내렸기 때문이라네. 한편 그 여자는 사흘 예정으로 파리에 왔다가 길을 잃고 헤매던 참이었지. 우리가 서로 만날 가능성이 10억 분의 1의 확률이나 되었겠는가!"

"그런 만남의 확률을 계산할 때, 자네는 어떤 방법을 쓰는가?"

"자네가 아는 방법은 있나?"

"없어. 유감스럽게도. 재미있는 것은 인간의 삶은 한 번도 산술적인 설문 조사를 받아 본 적이 없다는 거야. 예를 들어 시간을 생각해 보세. 나는 이런 걸 한번 해 보았으면 싶은데. 말하자면 사람 머리에 전극을 장치해서, 그가 자기 삶의 몇 퍼센트를 현재에 바치고, 몇 퍼센트를 과거 추억에 바치며, 몇 퍼센트를 미래에 바치는지 계산해 보는 거야. 그러면 시간과의 관계라는 점에서 인간이 어떤 존재인지 알 수 있겠지. 인간의 시간이라는 것을 말이네. 뿐만 아니라 우리는 인간 각각을 지배하는 시간의 측면에 따라, 세 가지 근본적인 인간 유형을 확실히 정의할 수 있을 거네. 우연의 문제로 돌아가 보세. 수학적 탐구 없이, 인생의 여러 우연에 관해 우리가 무엇을 진지하게 얘기할 수 있는가? 바로 실존 수학이 없다면 말이네."

"실존 수학이라, 멋진 걸 찾아냈군." 그렇게 말하며 아베나리우스는 명상에 잠겼다가 곧 다시 말했다. "100만 분의 1이건, 10억 분의 1의 확률에서 이루어졌건, 그 만남에는 전혀 가능성이 없었고, 그 불가능성은 최댓값이라네. 현재 존재하지는 않지만, 실존 수학이란 것이 있다면 아마 이런 등식을 성립할 거야. 우연의 값은 그 불가능성의 정도와 같다."

"여러 해 동안 보지 못했던 아름다운 여인을, 파리 시 한복판에서 우연히 만난다……." 하고 내가 꿈꾸듯이 말했다.

"무엇을 근거로 그녀가 아름다웠다고 하는지 모르겠군. 그녀는 당시 내가 매일같이 출입하던 어느 맥주 홀에서 손님 휴대품 관리하는 일을 했는데, 은퇴자 한 무리와 함께 사흘간 파리로 나들이를 온 거였지. 서로 알아보는 순간, 우리는 놀라며 서로의 모습을 훑어보았네. 복권에 당첨되어 상으로 자전거를 받은 앉은뱅이가 느낄 그런 절망감을 맛보며 말일세. 둘 다 매우 희귀한, 그러나 전혀 쓸모없는 우연의 일치를 선물로 받은 느낌이었다네. 마치 누군가 우리를 조롱하는 듯했고, 서로 그렇게 대면한 데 대해 부끄러움을 느꼈지."

"그런 우연의 일치에 대해선 씁쓸한이라는 수식어를 달 수 있겠군. 한데 공연히 이런 의문이 떠오르네. 베르나르 베르트랑에게 완전한 당나귀라는 증서를 안겨 준 그 우연은 어떤 범주에 넣을 수 있을까?"

아베나리우스가 매우 근엄한 표정으로 대답했다. "베르나르 베르트랑이 완전한 당나귀로 임명되었다면, 그건 그가 완전한 당나귀기 때문이야. 우연은 이 경우와는 전혀 무관하지. 거기엔 절대적 필연성이 있었어. 마르크스가 말하는 역사의 청동 법칙조차도 그 일보다는 덜 필연적이라네."

내 질문이 신경을 거스른 듯, 그는 물속에서 그 위협적인 자태를 일으켜 세웠다. 나 역시 물에서 빠져나왔고, 우리는 홀 맞은편에 있는 바에 가서 앉았다.

# 5

우리는 포도주를 두 잔 주문해 한 모금씩 삼켰다. 아베나리우스가 다시 얘기를 꺼냈다. "나의 일거수일투족이 '디아볼로'와의 전쟁이라는 걸 자네도 잘 알지 않은가."

"물론 알지. 그러기에 묻는 거라네. 왜 하필이면 베르나르베르트랑에게 그렇게 열을 올리는가?"

"아직도 전혀 이해를 못 하는군." 이미 몇 번도 더 설명한 것을 아직도 내가 이해하지 못하는 데에 진력이 난다는 듯 아베나리우스가 말했다. "디아볼로에 대해서는 어떤 합리적이고 효율적인 투쟁도 존재하지 않네. 마르크스도 시도했고 모든 혁명가들이 시도했지만, 결국 디아볼로는 원래 자기를 없애기 위해 구성된 그 모든 조직들을 제 것으로 만들어 버렸지. 혁명가로서의 나의 과거가 도달한 곳은 결국 환멸이었고, 오늘의 내게 중요한 건 이 물음뿐이라네. 즉 디아볼로에 대해 합리적이고 효율적인 어떤 투쟁도 할 수 없다는 걸 깨달은 자가 할 수 있는 게 또 뭐가 있을까? 두 가지 해결책뿐이네. 체념하고 투쟁을 중단하든가, 아니면 항거의 내적 필요성을 지속적으로 개발하면서 가끔씩 그것을 표출하든가. 뜻은 좋았으나 부질없기만 했던 과거의 마르크스처럼 세상을 바꾸기 위해서가 아니라, 내밀한 도덕의 명령을 좇아서 말이네. 요사이 나는 종종 자네 생각을 했다네. 반항을 드러내는 건 자네에게도 중요해. 자네에게 아무런 만족도 주지 않을 소설들을 통해서만이 아니라, 구체적인 행동으로 말이네! 제발이지 오늘만은 나의 주장에 동조해 주게!"

"하지만 난 아직도 이해가 안 돼. 왜 도덕의 내밀한 명령이 자네로 하여금 한 가엾은 라디오 아나운서를 공격하게 했는지 말이네. 어떤 객관적인 이유가 자네를 그런 행동으로 이끌었나? 왜 자네는 다른 사람 아닌 하필이면 그를 바보의 상징으로 만들었지?"

"상징이라는 그런 엉터리 단어는 쓰지 말아 주게!" 아베나리우스가 언성을 높였다. "그건 바로 테러리스트 조직의 정신 상태야! 상징 협잡꾼들이나 다름없는 오늘날 정치가들의 정신 상태고 말이야! 나는 깃발을 광장에서 태우는 자들도 경멸하지만, 그에 못지않게 깃발을 창문에 내거는 자들도 경멸한다네. 내가 보기에 베르나르라는 작자는 상징과는 완전 무관해. 나에게 그 작자보다 더 구체적인 건 없어! 매일 아침 나는 그가 지껄이는 소릴 들어! 그의 잡담과 함께 나의 하루가 시작된다고! 그의 달뜬 목소리, 그의 감상, 그의 바보 같은 농지거리가 나의 신경을 자극하지! 그가 지껄이는 모든 것이 난 견딜 수 없다네! 객관적인 이유라고? 나는 그게 무슨 뜻인지 모르겠어! 나는 매우 기발하고 더없이 악의에 찬, 지극히 자의적인 내 개인의 자유에 따라 그를 완전한 당나귀로 위촉한 거라네!"

"내가 자네에게서 듣고 싶었던 말이 바로 그걸세. 자네는 필연의 신으로 행동했던 게 아니라, 우연의 신으로 행동한 거야."

"우연이건 필연이건, 내가 자네의 눈에 신으로 비쳤다니 기쁘군." 아베나리우스가 다시 부드러워진 목소리로 대답했다. "한데 나의 선택에 자네가 왜 그렇게 놀랐는지 모르겠어. 청중들에게 바보 같은 농지거리나 늘어놓고, 안락사 반대 캠페인이나 벌이는 자는 두말할 것 없이 완전한 당나귀라네. 정말이지 나는 어느 누구도 이 주장을 반박할 수 없을 거라고 생각하네."

아베나리우스의 마지막 말에 나는 어안이 벙벙해져 버렸다. "자네는 베르나르 베르트랑과 베르트랑 베르트랑을 혼동하는구먼!"

"내가 말한 자는 방송국에서 떠들고, 맥주와 자살 반대 투쟁을 벌이는 베르나르 베르트랑이라네!"

"하지만 그 둘은 서로 다른 인물이야! 아버지와 아들이라고! 한 사람은 라디오 아나운서고 또 한 사람은 국회의원인데 어찌 그 둘을 한 인물로 혼동할 수 있단 말인가? 자네의 실수는 좀 전에 우리가 씁쓸한 우연의 일치라고 한 것의 완벽한 예라네."

아베나리우스는 잠시 당황하는 눈치였다. 그러나 이내 정신을 되찾고 말했다. "자네야말로 그놈의 우연의 일치라는 이론에 헛갈려 머리가 혼미해진 게 아닌지 걱정되는군. 내 실수는 전혀 씁쓸한 게 아니네. 오히려 자네가 시적 우연의 일치라 부른 것과 유사해. 아버지와 아들이 머리가 둘 달린 한 마리 당나귀가 되지 않았나. 고대 그리스 신화조차 그렇게 멋진 짐승은 만들어 내지 못했다네!"

잔을 비운 뒤 우리는 옷을 입으러 탈의실로 갔고, 거기에서 나는 자리를 예약하기 위해 레스토랑에 전화를 걸었다.

# 6

아베나리우스 교수가 신발 끈을 맬 때, 아녜스는 문장 하나를 되새김질하고 있었다. "여자란 언제나 남편보다 자식을 더 사랑하는 법이야." 아녜스는 열두세 살쯤 되었을 때 어머니에게서 그런 말을 들었다.(어떤 상황에서인지는 곧 잊어버렸다.) 잠시 생각을 해 보아야만 이 말의 의미가 드러난다. B보다 A를 더 사랑한다고 말하는 것은 두 사람에 대한 사랑을 비교하는 것이 아니라, B는 사랑하지 않는다는 뜻과 같다. 어떤 사람을 사랑한다면 비교를 할 수가 없기 때문이다. 사랑은 비교할 수 없는 것이다. 비록 A와 B를 동시에 사랑하는 경우라 할지라도 서로 비교하는 것은 불가능하다. 비교를 하면 곧바로 둘 중 하나를 사랑하지 않는 게 되기 때문이다. 그리고 어느 누구를 다른 어느 누구보다 더 좋아한다고 공개적으로 선언한다면, 그것은 A에 대한 우리의 사랑을 세상 모든 사람들에게 알리기 위해서가 아니라 (그럴 생각이라면 "나는 정말 A를 사랑해!"라는 말로 족하다.) B에게 전혀 관심이 없음을 조심스럽게, 하지만 분명하게 이해시키기 위함이다.

물론 어린 아녜스는 그런 분석을 해낼 수가 없었다. 그녀의 어머니도 바로 그런 점을 고려했을 게 분명했다. 속마음을 털어놓을 필요성을 느끼긴 했으나, 그런 마음을 곧이곧대로 이해시키는 일은 피하고 싶었던 것이다. 한데 모든 걸 파악할 수는 없었지만, 아이는 그런 말이 아버지에게 좋지 않다는 것은 알아챘다. 아이가 그렇게 좋아하는 아버지에게 말이다! 그래서 아이는 자신이 선호의 대상이 되었다는 사실에 마음이 즐겁기는커녕, 사랑하는 이를 나쁘게 말한 데 대한 괴로움만 느꼈다.

그 말은 그녀의 기억에 각인되어 지워지지 않았다. 아녜스는 어느 누구를 더 사랑하고, 어느 누구는 덜 사랑하는 것이 구체적으로 뭘 의미하는지 상상해 보고자 했다. 침상에서 이불을 뒤집어쓴 채 그녀는 눈앞에 이런 장면을 떠올려 보았다. 아버지가 두 딸의 손을 잡고 서 있다. 그들 앞에는 "겨눠 총! 쏴!"라는 명령만 기다리는 총살 집행반이 정렬해 있다. 어머니는 적장을 찾아가 자비를 간청했고, 그는 어머니에게 세 사형수 가운데 둘을 살릴 수 있는 권한을 준다. 어머니는 지휘관이 사격 명령을 내리기 직전 황급히 달려가 아버지의 손에서 두 딸을 잡아채서는 부들부들 떨면서 허둥지둥 데려간다. 어머니의 손에 끌려가며 아녜스는 아버지 쪽을 돌아본다. 너무나 갑자기, 너무나 세차게 고개를 돌려 목에 경련이 인다. 그녀는 아버지가 항의의 뜻을 전혀 내비치지 않은 채 슬픈 눈길로 그들의 뒤를 좇는 것을 본다. 모성애가 부부애보다 앞선다는 것을, 죽어야 할 사람이 자신임을 알았기에 어머니의 선택을 달게 받아들인 것이다.

때때로 그녀는 그 적장이 어머니에게 한 사람의 목숨만 구할 수 있는 특혜를 주었을 경우를 상상해 보곤 했다. 그녀는 어머니가 로라를 구하리란 걸 한 번도 의심해 보지 않았다. 그녀는 병사들의 총구 앞에, 아버지 곁에 홀로 남은 자신의 모습을 상상해 보았다. 그녀는 아버지의 손을 꼭 잡고 있을 것이다. 그 순간 아녜스는 어머니나 동생은 전혀 신경 쓰지 않는다. 그들 쪽을 바라보지도 않는다. 둘 다 잽싸게 멀어져 가리라는 것을, 둘 중 어느 누구도 뒤돌아보지 않으리란 것을 잘 알기에 말이다! 아녜스는 작은 침상 위 이불 안으로 푹 잠겨 들었다. 뜨거운 눈물이 솟아났고, 뭐라 형언할 수 없는 행복이 느껴졌다. 아버지의 손을 잡고 있었기 때문에, 그와 함께 있었기 때문에, 둘이 함께 죽어 갈 것이기 때문이었다.

# 7

아버지가 찢어진 사진 조각들 위로 고개를 떨어트린 모습을 본 바로 그날, 자매 사이에 언쟁이 터지지만 않았더라도 틀림없이 아녜스는 그 처형 장면을 까맣게 잊어버렸을 것이다. 로라가 악을 쓰며 소리치는 것을 보면서, 그녀는 로라가 아버지와 자신을 총살 집행반 앞에 버려둔 채 뒤도 안 돌아보고 떠나간 일을 떠올렸다. 문득 그녀는 둘의 불화가 생각보다 훨씬 뿌리 깊다는 사실을 깨달았다. 그래서 그녀는 잠들어 있어야만 할 것을 일깨우는, 이름 없이 있어야만 할 것에 이름을 부여하는 것이 무섭다는 듯, 그 언쟁을 두 번 다시 언급하지 않았다.

그날 동생이 그녀 혼자 아버지 곁에 남겨 두고 분노의 눈물을 흘리며 떠나갔을 때, 그녀는 죽는 날까지 그 동생을 떨쳐 버릴 수 없다는 사실을 확인하고 놀랐으며 (언제나 그렇듯 가장 흔한 일을 새삼 확인하는 일은 다른 무엇보다 놀랍다.) 처음으로 이상한 피로감을 느꼈다. 그녀는 친구들이나 애인을 바꿀 수 있었다. 그녀가 원했다면 폴과 이혼을 할 수도 있었다. 그러나 어떤 경우에도 동생을 바꿀 수는 없었다. 로라는 언제나 그녀의 삶에 존재했고, 게다가 둘의 관계가 처음부터, 아녜스가 앞서 달리고 동생이 뒤를 쫓는 그런 경주와 유사했기에 아녜스는 더욱 더 피곤했다.

이따금 그녀는 자신이 어렸을 때부터 알던 어느 동화 속 인물이 된 듯한 느낌을 받았다. 말을 탄 공주가 뒤쫓는 악당에게서 벗어나려 한다. 그녀의 손에는 솔과 빗과 리본이 하나씩 들려 있다. 그녀가 솔을 뒤로 던지면 그녀와 악당 사이에 울창한 숲이 생겨난다. 그렇게 해서 시간을 벌지만 악당은 금방 다시 나타난다. 그녀는 빗을 던지고, 빗은 즉시 뾰족뾰족한 바위 언덕으로 변한다. 그러다 다시 악당이 따라잡으면 그녀는 리본을 펼쳐서 던지고, 리본은 넓은 강으로 변한다.

아녜스의 손에 마지막으로 남은 물건은 검은 선글라스였다. 그녀는 그것을 바닥에 내던졌고, 그 날카로운 유리 조각들이 그녀를 추적자로부터 떼어 놓았다.

그러나 아녜스는 그 후부터 빈손이었으며, 로라가 자기보다 강하다는 것을 알았다. 로라가 더 강한 것은 자신의 약함을 무기로 삼아 도덕적 우월성으로 내세웠기 때문이었다. 로라는 부당한 대우를 받고, 애인으로부터 버림받았으며, 괴로워하면서 자살을 기도했다. 그런 반면 행복한 결혼 생활을 하는 아녜스는 동생의 검은 선글라스를 땅바닥에 팽개쳐 그녀를 모욕했고, 그녀를 쫓아내고는 문을 닫아 버렸다. 그렇다. 선글라스를 깨뜨린 그 사건 후, 자매는 아홉 달 동안 만나지 않았다. 아녜스는 알았다. 비록 말은 하지 않았지만 폴이 은근히 자신을 비난하고 있음을 말이다. 그는 로라 때문에 괴로워한다. 경주는 골인 지점에 다가간다. 아녜스는 바로 등 뒤에 동생의 숨결을 느끼며 자신이 패했음을 안다.

그녀의 피로는 점점 더 커져 간다. 더는 경주를 할 생각이 추호도 없다. 그녀는 달리기 선수가 아니다. 한 번도 경주를 원했던 적이 없었다. 그녀는 동생을 선택하지 않았다. 동생의 모델이 될 생각도, 라이벌이 될 마음도 없었다. 동생은 귀의 생김새만큼이나 우연히 아녜스의 삶에 주어졌다. 아녜스는 귀의 생김새를 선택하지 않은 만큼이나 동생을 선택하지 않았는데도 일생 동안 이 우연의 난센스를 끌고 다녀야 한다.

그녀가 어렸을 때 아버지는 그녀에게 체스 두는 법을 가르쳐 주었다. 체스의 수 가운데 그녀를 매혹한 것은 바로 전문가들이 캐슬링이라고 부르는 것이다. 말하자면 두 말을 동시에 이동하는 것으로, 탑처럼 생긴 말인 룩을 킹 자리에 놓고, 킹을 건너편의 룩 자리로 넘어가게 하는 수다. 이 수가 그녀는 매우 재미있었다. 적이 안간힘을 다해 킹을 잡으려고 하는데, 갑자기 킹이 눈앞에서 사라져 버린다. 이사를 해 버리는 것이다. 살면서 아녜스는 언제나 그런 수를 꿈꾸었으며, 피로가 심해짐에 따라 그 꿈도 점점 더 커져 갔다.

# 8

아버지가 스위스 은행에 돈을 남기고 돌아가신 후, 그녀는 일 년에 두세 번씩 스위스에 들러 늘 같은 호텔에 묵으면서, 알프스에 영원히 머무를 경우를 상상해 보곤 했다. 과연 폴이나 브리지트 없이 살 수 있을까? 어찌 알겠는가? 호텔에 사흘씩 묵으면서 맛본 고독, 그 '실험적 고독'은 그녀에게 이렇다 할 것을 알려 주지 않았다. '떠나 버리자!'라는 소리가 더없이 아름다운 유혹처럼 그녀의 귓전에서 맴돌았다. 하지만 정말 그렇게 떠나 버렸다가 금방 후회하지는 않을까? 그녀가 고독을 갈구한 것은 사실이나, 그러면서도 그녀는 남편과 딸을 사랑했으며 그들의 평안을 염려했다. 아마 그녀는 그들의 안부를 물을 것이고 그들이 잘 지내는지 알고 싶은 욕구를 느낄 것이다. 한데 그들로부터 멀리 떨어져 그들의 일거수일투족을 탐문하면서 어떻게 혼자 머물 것인가? 어떻게 새로운 삶을 꾸릴 것인가? 다른 직장을 구한다? 어려운 일이다. 아무것도 하지 않는다? 그렇다, 생각해 볼 수 있는 일이지만, 돌연 은퇴를 해 버린 듯한 느낌이 들지 않겠는가? 생각을 해 볼수록, '떠나 버린다.'라는 그녀의 계획은 점점 더 인위적이고 억지로 꾸며 낸, 실현될 수 없는 일처럼 여겨졌다. 자신이 아무것도 할 수 없고 아무것도 하지도 않으리라는 것을 마음속 깊이 알면서도, 위안 삼아 빠져드는 그런 유토피아적 환상처럼 여겨졌던 것이다.

그러던 어느 날, 너무나 뜻밖이면서도 지극히 평범한 해결책이 외부에서 찾아왔다. 그녀의 고용주가 베른에 지사를 세웠는데, 아네스가 독어를 불어처럼 한다는 건 잘 알려진 사실이었으므로, 그곳 지사로 가서 연구 업무를 지휘할 의사가 있는지 그녀에게 물어 왔다. 결혼한 신분임을 알았기에 그는 그녀의 동의를 별로 기대하지는 않았다. 그러나 그녀는 모든 이들을 놀라게 했다. 아무런 망설임 없이 '좋다.'라고 대답했던 것이다. 그녀 자신도 놀란 일이었다. 미리 숙고해 보지 않고 튀어나온 그 '좋다.'라는 말은 그녀의 욕망이, 실제로는 일어나리라고 생각하지 않으면서 괜히 멋 부려 혼자 연기를 한 일인 코미디가 아니라, 뭔가 진지하고 현실적인 것이었음을 증명해 주었던 것이다.

그 욕망은, 지금까지 낭만적 꿈이던 것이 직업상 승진이라는 완전히 통속적인 뭔가로 바뀌는 기회를 탐욕스럽게 붙잡았다. 제의를 받아들이면서 아네스는 야심에 찬 여자처럼 행동했으며, 그래서 어느 누구도 그녀의 진짜 동기는 짐작조차

할 수 없었다. 그때부터 그녀에게는 모든 게 분명해졌다. 이제
더는 실험을 해 볼 필요가 없었고 '이렇게 혹은 저렇게 했을
경우 일어날 일……' 등을 상상해 볼 필요도 없었다. 그녀가
갈구해 오던 것이 갑자기 눈앞에 나타났으며, 이것이 그녀에
게 그토록 순수한 기쁨을 준다는 사실이 그녀는 놀라웠다.

　너무나 가슴 벅찬 기쁨이었기에 아녜스는 부끄러움과 죄
의식마저 느꼈다. 그녀는 자신의 결심을 폴에게 말할 용기가
없었다. 그래서 그녀는 마지막으로 알프스의 그 호텔에 들렀
다.(앞으로는 베른 근처나, 아니면 좀 더 멀리 산속에 그녀만의 아파
트를 가질 것이다.) 이틀 동안 그녀는 브리지트와 폴에게 자초
지종을 말할 방법을 숙고해 보고 싶었다. 그들의 눈에 자신이
일과 성공에 눈먼, 야심 찬 자유여성으로 비칠 방법을 말이다.
그녀는 한 번도 그런 여자였던 적이 없었다.

# 9

어느새 밤이 되고 있었다. 전조등을 켠 채 아녜스는 스위스 국경을 넘었고, 늘 그녀에게 두려움을 주던 프랑스 고속도로를 달리기 시작했다. 훈련이 잘된 선량한 스위스 사람들은 교통법규를 잘 지키는 반면, 프랑스인들은 누군가 속도에 대한 자신들의 권리를 부정하는 듯한 사람이 앞에 있으면 고개를 잘래잘래 흔들어 분노를 나타내며 자신들의 드라이브를 인권을 위한 광란의 축복으로 바꾸곤 했다.

허기가 느껴지자 그녀는 고속도로변의 어느 레스토랑이나 모텔에 차를 세워 저녁을 먹기로 했다. 그녀의 왼편으로, 뚱뚱한 오토바이 세 대가 끔찍한 소음을 내며 그녀를 추월했다. 전조등 불빛에 비친 그들은 우주복 같은 옷을 입은 듯 보였으며, 그 모습은 인간이 아닌 외계의 어떤 피조물 같았다.

바로 그 순간, 종업원이 우리 테이블 위로 몸을 숙여 빈 전

채 접시들을 치우는 사이, 나는 한창 아베나리우스와 얘기를 나누고 있었다. "내 소설 3부를 쓰기 시작한 바로 그날 아침, 라디오 방송에서 나는 지금까지도 잊히지 않는 뉴스를 하나 들었네. 어느 젊은 아가씨가 한밤중에 도로로 나와, 자동차가 오는 방향으로 등을 돌린 채 앉아 있었지. 머리를 두 무릎 사이에 묻은 채 그녀는 죽음을 기다렸어. 첫 번째 들이닥친 자동차 운전자는 아슬아슬하게 피했지만 그 자신이 부인이랑 두 아이와 함께 저승으로 갔다네. 두 번째 자동차 역시 결국 도랑에 처박혔지. 이어 세 번째 자동차가 들이닥쳤어. 하지만 그 젊은 아가씨는 전혀 목적을 이루지 못했네. 그녀는 자리에서 일어나 떠나 버렸고, 그녀가 누구였는지는 아무도 모른다네."

"자네 생각에는 어떤 이유로 그 아가씨가 한밤중에 차에 깔려 죽으려고 도로 위에 나앉은 것 같나?"

"그야 알 수 없지. 그러나 장담컨대 정말 하찮은 이유 때문이었을 거야. 겉으로 보기에는, 정말 하찮고 완전히 터무니없어 보이는 그런 이유라고 하는 편이 낫겠군."

"왜?"

나는 어깨를 으쓱했다. "이를테면 불치병에 걸렸다거나, 몹시 사랑하는 사람이 죽었다거나 하는 무슨 대단한 이유 때문에 그렇게 끔찍한 방식으로 자살을 한다고는 상상할 수 없어. 그런 경우라면 누구도 다른 사람의 죽음까지 유발하면서 그런 끔찍한 종말을 택하지는 않을 거야! 이성을 상실한 동기만이 그런 터무니없이 끔찍한 일로 이어질 수 있다네. 라틴어에서 유래하는 모든 언어에서 이성이라는 말(ratio, reason, ragione)에는 두 가지 의미가 있지. 이 말은 동기를 가리키기에 앞서 성찰 능력을 가리키네. 그래서 동기로서의 이성은 언제나 합리적인 것으로 인지되지. 합리성이 투명하지 않은 이성은 결과를 유발할 수 없는 것처럼 보여. 한데 독어에서는 동기로서의 이성을 'Grund'라고 하네. 라틴어의 'ratio'와 완전 무관한 이 말은, 우선 지면을 가리키고, 또 토대를 가리키기도 해. 라틴어의 이성이라는 관점에서 보면, 도로 위에 주저앉은 그 아가씨의 행동은 부조리하고 터무니없으며 이성을 잃은 것처럼 보이지만, 그럼에도 그 행동에는 자신만의 이유, 말하자면 자신의 토대, 자신의 Grund가 있다네. 우리 모두의 마음 깊은 곳에는, 우리 행위의 오래도록 변치 않을 동기라고나 할 Grund가 각인되어 있고, 이를 바탕으로 우리 운명이 자라나네. 요사이 나는 내 소설에 등장하는 인물들 각각의 Grund를 파악하려고 노력 중인데, 갈수록 거기에는 어떤 은유의 성격이 있다는 확신이 든다네.'

"자네의 생각이 잘 이해되지 않는군."

"유감이야. 지금까지 내 머리에 떠오른 생각 중 가장 중요한 건데."

그때 종업원이 우리 오리 요리를 내왔다. 그 향이 매우 감미로웠으므로, 우리는 방금까지 나누던 얘기를 까맣게 잊어버렸다. 한참 시간이 흐른 후에야 아베나리우스가 침묵을 깨뜨렸다. "지금 자네가 쓰는 게 정확히 어떤 건가?"

"이야기할 수 있는 게 아니네."

"유감이군."

"왜 유감인가? 오히려 운이 좋은 거지. 요즘 사람들은 글로 쓰인 건 무엇이건 모조리 영화나 텔레비전 드라마, 혹은 만화로 개작하려 하네. 그러나 소설에서 본질적인 건 오직 소설로만 말할 수 있기에, 어떤 형태로 개작하건 각색을 하면 비본질적인 것만 남지. 오늘날에도 여전히 소설을 쓸 만큼 미친 작가라면, 그리고 자기 소설을 보호하고 싶다면, 그는 사람들이 각색할 수 없는 방식으로, 달리 말해 이야기할 수 없는 방식으로 소설을 써야 한다네."

그는 이 견해에 동의하지 않았다. "나는 알렉상드르 뒤마의 『삼총사』를 더없이 기쁜 마음으로 자네에게 이야기해 줄 수 있네. 원한다면 처음부터 끝까지 말이야!"

"나도 자네처럼 알렉상드르 뒤마를 좋아해. 하지만 나는 당시에 쓴 소설들 대부분이 사건의 단일성이라는 규칙에 너무 얽매였다는 게 유감스러워. 말하자면 그런 소설들에서는 행위와 사건 들이 단 하나의 인과 연쇄 위에서만 펼쳐진다는 거야. 이런 소설들은 좁은 길과 같네. 그 길을 따라 사람들은 등장인물들을 채찍질하며 뒤쫓지. 극적 긴장이라는 것, 그거야 말로 소설의 불행이야. 그 긴장감은 모든 것을, 더없이 아름다운 페이지는 물론 놀랄 만한 관찰과 장면들까지도, 앞서 나온 모든 것의 의미가 집중되는, 대단원에 이르는 단순한 한 단계로 만들어 버린다네. 자기 자신의 긴장이라는 불꽃에 삼켜지고 나면, 소설은 한낱 짚단처럼 소진하고 만다네."

"얘길 듣다 보니 자네 소설이 따분하지나 않을까 염려되는군." 아베나리우스가 머뭇거리며 말했다.

"그렇다면 대단원을 향한 광적인 뜀박질이 아닌 건 모두 따분하다는 얘긴가? 이 맛있는 오리 궁둥이를 뜯으며 자네는 따분함을 느끼나? 목표를 향해 서두르나? 오히려 자네는 이 오리 고기가 가능한 한 천천히 자네 속으로 들어가길 원하네. 그맛이 영원히 지속되길 원한다고. 소설은 사이클 경주를 닮을게 아니라, 많은 요리가 나오는 향연을 닮아야 해. 나는 6부를 기다리며 안달하네. 새로운 인물이 내 소설에 등장할 걸세. 그6부가 끝날 때쯤 그는 등장할 때처럼 자취 없이 사라져 버릴거야. 그는 무엇의 동기도 아니며, 어떤 효과도 낳지 않네. 내마음에 드는 게 바로 그런 거라네. 소설 속의 소설이요, 내가써 본 것 중에서 가장 슬픈 사랑 이야기가 될 거야. 자네 역시그 이야기를 읽고 슬퍼할 걸세."

아베나리우스는 잠시 어색한 침묵을 지키다가 상냥하게 물었다. "그 소설의 제목은 뭔가?"

"참을 수 없는 존재의 가벼움."

"아니, 그 제목은 이미 써먹지 않았는가."

"그래. 써먹었지! 하지만 그때 난 제목을 잘못 달았어. 그제목은 지금 쓰는 소설에 붙여야 했어."

우리는 잠자코 포도주와 오리 요리의 맛에만 주의를 기울였다.

입으로 열심히 씹으면서 아베나리우스가 말했다. "내가 보기에 자네는 과로하고 있어. 건강을 좀 보살펴야 할 걸세."

나는 아베나리우스가 무슨 얘길 하고 싶은지 잘 알았지만, 짐짓 모르는 체하며 말없이 포도주 맛만 음미했다.

# 10

한참 뒤 아베나리우스가 다시 한 번 되풀이 했다. "아무래도 자네 과로하는 거 같네. 건강을 좀 보살펴야 할 거야."

"보살피고 있어. 정기적으로 역기와 아령을 들러 간다고."

"그건 위험해. 자칫 경련을 일으킬 수 있어."

"나도 바로 그걸 두려워해. 로베르트 무질이 생각나거든."

"자네가 해야 할 건 뜀박질이야. 한밤의 뜀박질. 자네에게 보여 줄 게 있네." 윗옷 단추를 풀면서 그가 신비로운 어조로 말했다. 그의 가슴과 위압적인 뚱뚱한 배 주위로 시선을 고정하자, 마치 옛 마구(馬具)를 연상시키는 기묘한 장비가 보였다. 오른쪽 아래 혁대에 가죽 끈이 매였고, 거기에 위협적인 큰 부엌칼이 매달려 있었다.

나는 그의 그런 장비를 칭찬해 주었으나, 내가 너무나 잘 아는 주제로부터 화제를 돌리기 위해, 마음에 두었던 유일한 관심사이자 좀 더 소상히 알고 싶은 일에 대한 이야기로 그를 유도했다. "지하철 보도에서 로라를 만났을 때, 그녀도 자네를 알아보았고 자네도 그녀를 알아보았겠군."

"그래."

"둘이 어떻게 서로 알게 되었는지 정말 궁금하네."

"자네는 쓸데없는 일에는 흥미로워하고 진지한 일은 따분해하는군 그래." 그가 매우 실망한 표정으로 윗옷 단추를 다시 채우며 말했다. "자넨 늙은 관리인 같아."

나는 어깨만 으쓱하고 말았다.

그가 말을 계속했다. "그리 재미있는 얘기가 아닐세. 그 완전한 당나귀에게 증서를 수여하기 전에, 거리에 붙은 벽보에서 그의 사진을 보았다네. 실물을 보고 싶어서 라디오방송국으로 찾아가 홀에서 그를 기다렸네. 그가 승강기에서 나왔을 때 웬 여자가 그에게 달려가 그를 포옹하더군. 이어 나는 그들을 미행했고, 그러다 내 시선이 그 여자의 시선과 몇 번 마주쳤지. 그래서 내가 눈에 익어 보였을 거야. 내가 누군지 알지는 못했지만 말이야."

"그녀가 자네 마음에 들었나?"

아베나리우스가 목소리를 낮추었다. "그녀에게 관심이 없었다면 아마 그 증서 계획을 영원히 실행에 옮기지 않았을지도 모른다는 걸 시인하지. 비슷한 계획들을 수도 없이 세웠지만 대부분은 꿈 상태로 머물렀거든."

"그래, 나도 아네." 내가 맞장구쳤다.

"사내란 어떤 여자에게 관심을 가지면 간접적으로나마 그녀와 접촉하기 위해 별의별 짓을 다 하지. 멀리서나마 그녀의 세계를 접하고, 그 세계를 뒤흔들어 놓기 위해서 말이야."

"요컨대 베르나르가 완전한 당나귀가 된 건 로라가 자네 마음에 들었기 때문이로군."

"아마 그 말이 틀리진 않을 거야." 아베나리우스가 뭔가 사색적인 표정으로 말하더니 다시 덧붙였다. "그 여자에게는 희생자에 딱 어울리는 뭔가가 있어. 내가 그녀에게 끌린 것도 바로 그것 때문이라네. 냄새나고 취한 두 사내의 품에 갇힌 그녀를 보았을 때, 정말 난 열광했다네! 잊을 수 없는 순간이었어!"

"좋아, 거기까지는 내가 아는 얘기야. 내가 알고 싶은 건, 그다음엔 무슨 일이 일어났느냐는 거지."

"그녀의 엉덩이는 정말 이상할 정도로 컸다네." 나의 주문에는 아랑곳없이 아베나리우스가 말을 이었다. "학창시절에 학우들이 그녀의 엉덩이를 꼬집곤 했을 게 분명해. 나는 그녀가 그럴 때마다 소프라노 목소리로 날카로운 비명을 지르는 걸 상상해 보네. 그 비명들은 훗날에 누릴 쾌락을 예고하는 감미로운 선입음(先入音)이었던 게지."

"그래, 그 얘길 하자고. 자네가 마치 운명의 구원자처럼 그녀를 지하철 밖으로 데리고 나갔을 때, 무슨 일이 일어났는지 모두 얘기해 보게."

아베나리우스는 아무것도 못 들은 체하며 말을 계속했다. "탐미가의 눈에는 아마 그녀의 둔부가 너무 크고 아래로 좀 처진 듯이 보일 거야. 그녀의 영혼이 위로 비상하고 싶어 하기에 더욱 더 짐스러워. 하지만 내가 보기에 이 모순에는 인간

조건 자체가 요약되는 것 같아. 머리는 꿈들로 가득하나, 둔부는 닻처럼 우리를 땅에 붙들어 둔다고."

아베나리우스의 마지막 말들은 까닭 모르게 씁쓸한 여운을 남겼다. 어쩌면 우리 접시가 비어서, 오리 요리가 이제 흔적도 남지 않아서일 것이다. 종업원이 테이블을 치우기 위해 또다시 몸을 숙였다. 아베나리우스가 고개를 들어 그를 보며 말했다. "혹시 종이쪽지 갖고 있습니까?"

종업원이 그에게 계산서 쪽지를 내밀자, 아베나리우스는 만년필을 꺼내더니 이런 그림을 그렸다.

그러고 나서 그가 말했다. "이게 로라일세. 꿈으로 가득 찬 머리가 하늘을 쳐다보지. 하지만 그녀의 육체는 땅으로 끌려. 둔부는 물론, 꽤 묵직한 두 젖가슴도 아래를 바라본다네."

"재미있군." 하고 말하며 나도 그 옆에 그림 하나를 그렸다.

"이건 누군가?" 아베나리우스가 물었다.

"그녀의 언니, 아녜스라네. 그녀의 경우는 육체가 불꽃처럼 위로 올라가네. 하지만 머리는 언제나 살짝 수그러져 있어. 땅을 바라보는 회의에 찬 머리랄까."

"나는 로라가 더 좋아." 아베나리우스가 확고한 어조로 말하고는 이렇게 덧붙였다. "하지만 내가 무엇보다 좋아하는 건 나의 야간 뜀박질이야. 자네도 생제르맹데프레 성당을 좋아하나?"

나는 대답 대신 고개를 끄덕여 주었다.

"하지만 한 번도 그 성당을 제대로 보지 못했을 거야."

"무슨 얘길 하려는 건지 모르겠군."

"얼마 전에 렌 거리를 따라 큰길 쪽으로 내려가면서 눈을 들어 몇 번이나 생제르맹 성당을 쳐다볼 수 있는지 헤아려 본 적이 있다네. 너무나 바쁜 보행자들에 떼밀리거나 자동차에 걸려 넘어지는 일 없이 말이야. 일곱 번까지 헤아릴 수 있었네. 덕분에 왼쪽 팔에 시퍼런 멍이 들어야 했지. 어느 조급한 젊은이가 팔꿈치로 일격을 가했으니까. 여덟 번째 기회가 주어진 건 성당 입구 바로 앞에서였네. 꼼짝 않고 서서 머리를 하늘로 쳐들어야 했지. 그러나 형태를 심하게 일그러뜨리는 올려다보는 시각으로, 건물 정면만 볼 수 있었다네. 이런 식의 순간적이거나 왜곡된 시선들에 의해, 지금 내 기억에는 성당과 비슷하게 생기지 않은 어떤 모호한 기호만 남았네. 로라와 비슷하게 생기지 않은, 로라를 나타낸 이 두 화살표 그림 같은 것 말이야. 생제르맹 성당은 사라져 버렸어. 월식 때 달처럼, 모든 도시의 모든 성당들이 사라져 버렸어. 도로로 쏟아져 나온 자동차들은 보도를 축소했고, 축소된 보도 위엔 행인들이 바글거리네. 행인들이 서로를 바라보려면, 그 배경으로 자동차들을 봐야 하네. 앞에 있는 주택을 바라보려면 먼저 자동차들을 봐야 하지. 중앙, 정면, 그리고 양옆 등, 어디를 둘러봐도 자동차를 보지 않을 수 있는 각도는 존재하지 않아. 곳곳에서 들려오는 자동차들의 소음은, 마치 산(酸)처럼 모든 관조의 순간을 삼켜 버린다네. 자동차들 때문에 도시의 옛 아름다움은 보이지 않게 되어 버렸어. 난 도로에서 해마다 사상자가 수만 명 난다는 데 분개하는 그런 어리석은 도덕가가 아냐. 그거야 최소한 운전자들의 수는 줄여 주지 않는가. 내가 분개하는 건 자동차들이 성당들을 사라지게 했다는 사실에 대해서라네."

아베나리우스 교수는 잠시 입을 다물었다가 다시 말했다. "치즈를 좀 먹어야겠어."

# 11

.

치즈는 나로 하여금 성당을 잊게 했고, 포도주는 내게 포개진 두 화살표의 관능적인 이미지를 상기시켰다. "난 자네가 그녀와 함께했고, 또 그녀가 자네를 자기 아파트에 초대했다는 걸 확신하네. 그녀는 자기야말로 세상에서 가장 불행한 여인이라고 털어놓았을 거야. 바로 그 순간 그녀의 몸은 자네의 애무에 녹아들었어. 무방비 상태로, 더는 눈물도 오줌도 참아낼 수 없었지."

"눈물도 오줌도라!" 아베나리우스가 탄성을 질렀다. "정말 멋진 통찰이로군!"

"그리고 나서 자네는 그녀와 사랑을 나누었고, 그녀는 자네를 마주보다가 고개를 설레설레 흔들며 거듭 외쳤네. 내가 사랑하는 사람은 당신이 아냐! 당신은 내가 사랑하는 사람이 아니라고!"

"매우 자극적인 얘기로군 그래. 한데 지금 대체 누구 얘길 하는 건가?"

"로라!"

그가 나의 얘기를 자르며 말했다. "자네도 꼭 그 훈련을 해야 할 필요가 있네. 밤의 뜀박질만이 자네의 생각을 그런 성적 환상들로부터 벗어나게 해 줄 거야."

"난 자네만큼 무장이 돼 있지 않아." 내가 그의 마구를 가리키며 말한다. "적절한 장비 없이 그런 일에 뛰어들어 봐야 소용없다는 걸 자네가 잘 알잖은가."

"걱정 말게. 장비는 그리 중요하지 않아. 나도 처음에는 장비 없이 했다네. 이 모든 건……." 하고 그가 자신의 가슴을 가리키며 말했다. "여러 해에 걸친 수정과 정비 끝에 이루어진 결과지. 실제로 필요해서라기보다는 완벽을 기하려는 욕망 때문에 말이야. 순전히 미학적인 것일 뿐, 별 쓸모는 없어. 지금 자네에겐 주머니칼 하나면 충분해. 진짜 중요한 건 다음 규칙을 엄수하는 것이지. 즉 첫 번째 차는 오른쪽 앞바퀴, 두 번째는 왼쪽 앞바퀴, 세 번째는 오른쪽 뒷바퀴, 그리고 네 번째는……."

"……왼쪽 뒷바퀴……."

"틀렸네!" 하고 아베나리우스가 마치 학생의 실수를 놀리는 고약한 선생처럼 웃음을 터뜨리며 말했다. "네 번째는 넷 모두야!"

나는 잠시 그와 함께 웃음을 터뜨렸고 아베나리우스가 말을 계속했다. "언제부터인가 자네가 수학에 사로잡혔다는 걸 알아. 자네라면 이런 기하학적 규칙성을 높이 평가해 줄 테지. 나는 이를 무조건적 규칙으로 삼았는데, 여기엔 두 가지 의미가 있네. 우선 그런 규칙은 경찰 수사를 엉뚱한 쪽으로 유도할 수 있네. 무슨 특별한 의미를 가진 듯이 보이는 구멍 뚫린 타이어들의 기묘한 배합은 어떤 메시지처럼, 어떤 암호처럼 보인단 말이야. 경찰관들이 애써 그 의미를 해석해 보려 하지만 헛수고지. 하지만 특히 이런 규칙성을 지키면 우리 파괴 행위에 수학적 아름다움의 원리를 끌어들이게 되고, 못으로 자동차를 긁고 지붕 위에 올라가 오줌을 갈기는 파괴자들로부터 우리를 근본적으로 구분 짓게 된다네. 내가 이 방식의 세부 내용을 정한 건 아주 오래전 독일에서였어. 당시 나는 디아볼로에 대한 저항을 조직하는 게 가능하다고 믿었지. 나는 생태학회에 자주 드나들었네. 그들에게는 디아볼로가 야기하는 최고 악이 자연파괴야. 디아볼로를 그런 식으로 이해하지 못할 것도 없지. 나는 그 생태학자들에게 공감했다네. 난 그들에게 밤에 돌아다니며 타이어에 구멍 뚫는 팀을 조직하자고 제의했지. 내 계획을 실행에 옮겼다면 장담컨대 더는 자동차들을 구경하기 힘들게 되었을 거야. 한 달 정도면 삼 인 일 조의 오 개 팀이 중간 정도 규모의 도시에 있는 모든 자동차들을 못 쓰게 만들어 버릴 수 있었을 테니까! 나는 그들에게 내 계획을 자세히 제시했고, 덕택에 그들은 어떻게 경찰에게 발각되지 않고 가장 효과적으로 파괴 행위를 할 수 있는지 알게 되었다네. 한데 그 멍청이들이 날 선동가로 몰아세우더군! 내게 야유를 퍼붓고 주먹으로 위협까지 했다고! 그 이 주 후, 그들

은 뚱뚱한 오토바이와 소형 자동차를 잡아타고는 숲속 어딘
가로 시위를 하러 떠났네. 어떤 핵시설 건설에 반대하기 위해
서였지. 그들은 많은 나무들을 파괴했고, 사 개월 동안이나 사
라지지 않은 견딜 수 없는 악취를 뒤에 남기고 돌아왔지. 그때
난 깨달았네. 그들이 이미 오래전에 디아볼로의 편이 되었다
는 걸 말이야. 이로써 세상을 변화시키고자 하는 내 노력에도
마침표가 찍혔네. 이제 난 더 이상 그 케케묵은 혁명적 실천에
매달리지 않고, 다만 순전히 이기적인 쾌락을 도모할 뿐이라
네. 한밤중에 타이어에 구멍을 뚫으려 뛰어다니는 것, 영혼에
게 이보다 더한 즐거움이 어디 있으며 이보다 훌륭한 신체 단
련법이 어디 있는가. 다시 한 번 자네에게 간절히 권하네. 잠
도 잘 올 거야. 더 이상 로라 생각도 하지 않을 테고."

"한 가지가 마음에 걸리는군. 자네 부인은 정말 자네가 타
이어에 구멍을 내기 위해 밤 외출을 한다고 믿는가? 자네가
그걸 구실 삼아 바람 피우러 뛰쳐나가는 것으로 의심하지는
않는가?"

그는 빙그레 웃기만 했다. 나는 그의 초청을 받아들여 그와
함께 가겠다고 약속해 주고 싶은 마음이 굴뚝 같았다. 그의 계
획이 칭찬받을 만한 것 같기도 했지만, 특히 이 친구가 무척이
나 사랑스러워 그를 즐겁게 해 주고 싶었기 때문이다. 하지만
미처 뭐라 말할 짬도 주지 않은 채 그가 큰 소리로 종업원을 불
러 계산서를 요구했으므로 대화는 다른 주제로 바뀌었다.

# 12

그녀는 고속도로변에서 본 레스토랑들 가운데 어느 곳에도 들어설 마음이 없었으므로 차를 세우지 않고 계속 지나쳐 갔으며 갈수록 배고픔과 함께 피로가 더해 갔다. 그러다 밤이 이슥해서야 어느 모텔 앞에 차를 세웠다.

홀에는 한 어머니와 여섯 살쯤 된 아들을 제외하고 아무도 없었다. 아이는 테이블에 앉았나 싶으면 금방 다시 일어나 테이블 주위를 뱅뱅 돌며 소리를 빽빽 질러 댔다.

아네스는 간단한 음식 하나를 주문하고는 테이블 한가운데 놓인 작은 인물상을 주시했다. 홍보용으로, 고무로 만든 귀여운 사내였다. 몸통은 컸으나 두 다리는 짧고 흉측한 초록색 코는 배꼽까지 내려왔다. 그녀는 상이 재미있게 생겼다고 생각하면서 두 손으로 뒤집어 가며 오랫동안 관찰했다.

그녀는 이 녀석에게 생명을 불어넣는다고 상상해 보았다.

영혼을 갖게 되면, 틀림없이 그는 지금의 아녜스처럼 누군가가 자신의 초록색 고무 코를 비틀며 재미있어 하는 데서 심한 고통을 느낄 것이다. 모든 사람들이 그의 우스꽝스러운 코를 주물러 댈 테니, 곧 그의 마음속에는 사람들에 대한 두려움이 생겨날 것이고, 그리하여 이 어린 친구의 인생에는 두려움과 고통만 있을 것이다.

그가 자신의 창조주에게 신성한 존경심을 품을까? 자신에게 생명을 부여해 준 것을 감사할까? 그에게 기도를 올릴까? 어느 날 누군가가 그에게 거울을 내밀면, 그때부터 그는 자신의 얼굴을 두 손으로 감추고 싶어 할 것이다. 사람들 앞에 서는 것이 끔찍하도록 부끄러울 테니 말이다. 하지만 조물주가 손을 마음대로 움직일 수 없게 만들었기 때문에 그는 얼굴을 가릴 수도 없을 것이다.

아녜스는 속으로 중얼거렸다. 저 어린 친구가 부끄러움을 느낀다는 건 이상하다. 초록색 코가 그의 책임인가? 그냥 무관심하게 어깨를 으쓱해 버리고 말지 않을까? 아니다. 그는 어깨를 으쓱하지 않을 것이다. 그는 부끄러움을 느낄 것이다. 그가 처음으로 자신의 신체적 자아를 발견할 때, 무엇보다 먼저 느끼는 것은 무관심도 분노도 아닌 바로 부끄러움일 것이다. 심해졌다가 덜해지기도 하고, 시간이 흐르면서 무뎌지기도 하겠지만 어떻든 어떤 근본적인 부끄러움이 평생 그를 따라다닐 것이다.

열여섯 살 때 아녜스는 부모님 친구 분들 댁에서 얼마간 지낸 적이 있었다. 한밤중에 그녀는 생리를 하여 이불보가 피로

얼룩졌다. 이른 새벽 이를 확인한 그녀는 놀라 어찌해야 할지 몰랐다. 늑대 걸음으로 그녀는 살금살금 욕조로 가서 비눗물에 적신 수건으로 요를 문질렀다. 그러나 얼룩은 커지기만 했고, 아네스는 매트리스마저 더럽혔다. 그녀는 부끄러워 죽고 싶은 심정이었다.

왜 그녀는 부끄러움을 느꼈는가? 여자들은 모두 예외 없이 생리를 하지 않는가? 여성의 신체기관을 만들어 낸 이가 아네스인가? 그것이 그녀의 책임인가? 물론 아니다. 그러나 책임은 부끄러움과는 아무 상관이 없다. 예를 들어 만약 아네스가 잉크를 엎질러 집주인의 식탁보와 양탄자를 더럽혔다면, 성가시고 미안할 뿐 부끄러움을 느끼지는 않았을 것이다. 부끄러움은 우리가 범하는 실수에 바탕을 둔 것이 아니라, 우리 선택과는 무관하게 현재의 우리가 되어 있다는 데서 느끼는 모욕과, 그 모욕이 곳곳에 노출되는 데 대한 견딜 수 없는 느낌에 바탕을 둔다.

긴 초록색 코를 가진 사내가 자기 얼굴에 부끄러움을 느끼는 건 전혀 놀랍지 않다. 하지만 아네스의 아버지에 대해서는 뭐라 말할 것인가? 그는 잘생기지 않았는가!

그렇다, 그는 미남이었다. 하지만 수학적 관점에서 볼 때 아름다움이란 무엇인가? 견본품은 원형과 가장 흡사할 때 아름답다. 컴퓨터에 인체 모든 부위의 최대 크기와 최소 크기를 입력했다고 상상해 보자. 코의 길이는 3~7센티미터, 이마 높이는 3~8센티미터 등과 같은 식으로 말이다. 그렇다면 이마가 6센티미터에 코가 3센티미터인 사람은 추하다. 추하다는 것,

그것은 우연의 자의적인 시(詩)다. 잘생긴 사람에게는 우연의 유희가 모든 치수를 중간 크기로 선택했다. 아름다움이라는 것, 그것은 곧 중간의 단조로움이다. 추함보다도 오히려 아름 다움에서 얼굴의 비개별적, 비개인적 특성이 잘 드러난다. 잘 생긴 자는 자신의 얼굴에서 원형의 기술적 투사, 즉 원형의 작 자가 그린 대로의 모습을 보며, 그가 보는 것이 아무도 모방할 수 없는 자아라고 믿기가 어렵다. 그래서 긴 초록색 코를 가진 사내처럼 그도 부끄러움을 느낀다.

아버지가 죽어 갈 때 아녜스는 줄곧 그의 침대 맡을 지켰다. 임종 마지막 단계에 접어들기 직전, 아버지는 이렇게 말씀하 셨다. "이제 날 그만 봐." 그것이 그녀가 들은 아버지의 마지 막 말이요, 최후의 메시지였다.

그녀는 아버지의 말에 따랐다. 고개를 아래로 숙이고 두 눈 을 감고서 아버지의 손만 꼭 거머쥐었다. 그렇게 그녀는 아버 지를, 천천히, 쳐다보는 일 없이, 얼굴 없는 세상으로 떠나보 냈다.

# 13

그녀는 계산을 치르고 자동차 쪽으로 걸어갔다. 레스토랑의 그 시끄러운 꼬마가 그녀에게 급히 뛰어왔다. 꼬마는 그녀 앞에 몸을 웅크리며, 마치 자동 권총으로 무장했다는 듯 팔을 앞으로 내밀었다. 그러고는 폭발음을 흉내 내어 "빵, 빵, 빵!" 하면서 그녀에게 가상 탄환을 퍼부었다.

그녀는 꼬마에게 다가가 조용한 목소리로 속삭였다. "너 바보니?"

아이는 사격을 멈추고 동그래진 눈으로 그녀를 빤히 쳐다보았다.

그녀가 다시 한 번 말했다. "그래, 틀림없이 넌 바보야."

울음을 터뜨릴 듯 뾰로통해진 입 모양이 아이의 얼굴을 일그러뜨렸다. "엄마한테 일러줄 거야!"

"그렇게 해! 어서 가서 고자질해!" 하고 아네스가 말했다.

그녀는 운전대에 앉자마자 황급히 출발했다.

그녀가 아이 어머니와 마주치지 않은 건 다행이었다. 아녜스는 고함을 지르고 머리를 재빠르게 좌우로 내저으며 모욕받은 아이를 옹호하기 위해 눈썹과 어깨를 치켜세우는 아이 어머니를 상상해 보았다. 물론 아이의 권리는 다른 모든 사람들의 권리보다 우위에 있다. 사실 적장이 셋 중 한 명만 목숨을 구할 수 있는 은총을 내렸을 때 왜 어머니는 아녜스가 아니라 로라를 택했는가? 그 답은 분명하다. 로라를 선택한 것은 로라가 더 어렸기 때문이다. 나이의 위계에서는 신생아가 정상을 차지하고, 뒤이어 아이와 청소년이 오며, 그다음에야 성인이 온다. 노인의 경우는 바닥에 가장 가까운 곳, 가치의 이 피라미드에서 최하위에 있다.

그렇다면 죽은 사람은? 사자(死者)는 지하에 있다. 따라서 노인보다 훨씬 하위인 셈이다. 노인에게는 그래도 아직 인간의 모든 권리가 있다. 반면에 죽은 사람은 죽는 바로 그 순간 모든 권리를 잃어버린다. 어떤 법률도 이제 중상으로부터 그를 보호하지 않으며 그의 사생활은 사적(私的)이길 멈춘다. 사랑하는 이들이 그에게 보낸 편지들, 어머니가 물려준 추억의 앨범 등 그 무엇도, 그 어떤 것도, 이젠 그의 것이 아니다.

임종을 맞이하기 수년 전부터 아버지는 자신이 남길 모든 것을 조금씩 파괴해 나갔다. 원고라든가 강의 노트, 편지 등은 물론, 심지어는 장롱 속 옷가지조차 남기시 않았다. 아무도 모르는 사이에 감쪽같이 자신의 흔적을 지워 버린 것이다. 딱 한 번 우연히, 찢어진 사진들 앞에서 자식들에게 들킨 적이 있었다. 하지만 그 일이 그의 파괴 행위를 방해하지는 않았다. 이미 하나도 남지 않았기 때문이다.

로라가 항의한 게 바로 그것이었다. 그녀는 산 자들의 권리를 위해서 싸웠고, 죽은 자의 부당한 요구에 맞서서 투쟁한 거였다. 내일이면 땅속이나 불 속으로 사라질 그 얼굴은 이미 머지않아 죽을 사람들의 것이 아니라, 죽은 이들을 먹어 치우고자 하는 굶주린 산 자들, 죽은 이들의 편지와 재산과 사진과 옛사랑과 비밀을 먹어 치우고자 하는 산 자들의 것이기 때문이었다.

하지만 아버지는 그들 모두에게서 빠져나간 거라고 아녜스는 생각했다. 그녀는 아버지를 생각하며 미소 지었다. 그러다 문득, 아버지야말로 그녀의 유일한 사랑이었다는 생각이 떠올랐다. 그렇다, 너무나 분명했다. 아버지는 그녀가 사랑한 유일한 사람이었다.

바로 그때 뚱뚱한 오토바이들이 다시 한 번 미친 듯한 속도로 그녀를 추월해 갔다. 자동차 전조등 불빛이, 밤을 전율케 하는 공격성만이 가득한, 핸들 위로 몸을 숙인 그들의 실루엣을 비춰 주었다. 그것은 바로 그녀가 달아나고 싶은 세계, 영원히 달아나 버리고 싶은 세계였다. 그래서 그녀는 다음 분기점에서 고속도로를 빠져나가 차들이 좀 덜 붐비는 길로 가기로 결심했다.

# 14

조명과 소음이 가득한 파리의 큰길로 다시 나온 우리는, 몇 구역 떨어진 곳에 주차해 둔 아베나리우스의 벤츠가 있는 곳으로 향했다. 다시 한 번 우리는 한밤중에 차도 위에서 두 손으로 머리를 감싸고 앉아 자동차의 충격을 기다리던 그 젊은 아가씨를 생각해 보았다.

"내가 자네에게 설명하고자 한 것은…… 우리 각자의 마음 밑바닥에 행위의 동기로서, 독일 사람들이 Grund라고 하는 어떤 토대가 있다는 거라네. 우리 운명의 본질을 내포한 어떤 약호랄까. 그리고 이 약호에, 내가 보기엔 은유의 성격이 있다는 걸세. 우리가 지금 얘기하는 그 아가씨는 어떤 이미지에 의존하는 수밖에 달리 이해할 길이 없이. 이를테면 그녀는 마치 계곡을 걷듯 인생을 걷네. 매 순간 그녀는 어떤 사람들과 마주치고 그들에게 말을 건네지. 하지만 사람들은 그녀의 말을 이해하지 못한 채 한 번 쳐다보고는 가던 길을 가 버리네. 그녀의 목소리가 너무 가늘어서 아무도 듣지 못하는 거지. 바로 이것이 내가 보는 그녀의 모습으로, 그녀 역시 자신을 그렇게 보리라고 확신한다네. 계곡을 걷는 여자, 아무도 자기 말을 들어 주지 않는 사람들 속을 걸어가는 여자로 말이네. 아니면 또 다른 이미지를 하나 생각해 보세. 그녀가 치과에 갔는데 대기실은 이미 만원이네. 새 환자 한 명이 들어오더니 그녀가 앉은 의자 쪽으로 곧장 와서 그녀의 무릎 위에 앉아 버리네. 일부러 그렇게 한 게 아니라 그 의자가 그에게 빈 의자로 보였기 때문이지. 그녀가 항의하면서 팔로 그를 떼밀며 외치네. '이것 보세요! 이 자리엔 이미 사람이 앉아 있는 걸 보지 못했어요! 바로 내가 여기 앉아 있잖아요!' 하지만 사내는 그녀의 말을 듣지 못하고 그녀 위에 편안히 앉아 차례를 기다리는 다른 환자와 즐겁게 수다를 떨 뿐이네. 이 두 이미지가 그녀를 규정하면서 나로 하여금 그녀를 이해하게 한다네. 자살하고 싶은 그녀의 욕망은 결코 외부 요인 때문에 생겨난 게 아니네. 그 욕망은 그녀의 존재 밑바닥에 심겨 있었고, 그녀 내부에서 서서히 움터 마침내 검은 꽃으로 활짝 피어난 거지."

"그렇다고 치세. 그렇지만 자네는 아직, 왜 그녀가 하필이면 그날 자살하기로 결심했는지는 설명하지 않았네."

"꽃이 이날이 아니라 하필이면 왜 그날 피었는지를 어찌 설명하는가? 때가 됐을 뿐이지. 스스로를 파괴하고자 하는 욕망은 그녀 안에서 서서히 움텄고, 그러던 어느 날 그녀는 더는 견딜 수 없었다네. 그녀가 당했던 많은 부당한 처사들은 사실

별것 아닌 것들이었다고 생각하네. 사람들은 그녀의 인사에 대꾸도 하지 않았고, 아무도 그녀에게 미소를 보내지 않았네. 우체국에서 줄을 서서 기다릴 때, 웬 뚱뚱한 부인이 그녀를 밀어내고 대신 앞자리를 차지한 일. 큰 잡화점에서 판매원으로 일할 때 판매 코너 관리인이 고객을 잘 접대하지 못했다는 이유로 그녀를 심하게 꾸짖은 일. 수천 번도 더 그녀는 그런 처사들에 항거하고 항의의 말을 외치고 싶었지만 한 번도 그럴 결심을 하지 못했네. 왜냐하면 그녀가 가진 거라곤 가는 목소리 하나뿐, 그나마 분노 때문에 망가져 버렸기 때문이지. 다른 사람들보다 약했기에 그녀는 끊임없이 계속되는 그 공격들을 감내할 수밖에 없었네. 사람은 나쁜 일을 당하면 그것을 타인에게 전가한다네. 바로 다툼이니 격투니 복수니 하는 것들일세. 하지만 약자는 나쁜 일을 당해도 그것을 남에게 전가할 힘이 없고, 그런 자신의 허약함이 또 그를 모욕하고 괴롭히며 그 앞에서 무방비 상태일 수밖에 없네. 자기 자신을 파괴함으로써만 자신의 허약함을 파괴할 수 있을 뿐이지. 그 아가씨가 죽음을 꿈꾸기 시작한 것도 바로 그래서였네."

자신의 벤츠를 찾던 아베나리우스는 거리를 착각했음을 깨달았다. 우리는 오던 길로 되돌아갔다.

내가 말을 계속했다. "그녀가 바랐던 죽음은 사라져 버리는 게 아니라 던져 버리는 거였다네. 자기 자신을 던져 버리는 것 말일세. 생의 어느 하루에도 그녀가 뱉어낸 어떤 말 한 마디에도 그녀는 만족한 적이 없네. 그녀는 하루하루를 살면서 자기 자신을 마치 끔찍한 짐짝처럼, 몹시 싫으면서도 감히 던져 버리지 못한 그런 짐처럼 지고 다녔네. 그래서 그녀는 자신을 마치 구겨진 휴지를 내던지듯, 썩은 사과를 버리듯 내던져 버리고 싶었던 거라네. 그녀는 마치 던지는 자와 던져지는 자가 서로 다른 두 사람인 양 자신을 내던지고 싶어 했네. 자신을 창문 밖으로 밀어 버리는 것도 생각해 보았네. 하지만 그 생각은 우스꽝스러웠어. 그녀가 살던 곳은 이 층이었고 그녀가 일한 그 큰 잡화상은 일 층인 데다 창문도 없었기 때문이지. 그녀는 풍뎅이 겉 날개가 으스러질 때 같은 그런 소리를 나게 할 세찬 주먹질에 으깨져 죽고 싶었네. 마치 어느 신체 부위가 아플 때 손바닥으로 세게 누르고 싶어지는 것처럼, 납작 찌그러지고 싶은 매우 신체적인 욕망이었다네."

우리는 아베나리우스의 고급 벤츠 앞에서 걸음을 멈췄다.

"자네가 묘사한 대로라면 사람들이 그녀를 동정할지도 모르겠군."

"무슨 말인지 알겠네. 그녀가 다른 사람의 죽음을 야기한 게 문제라는 거지. 하지만 그 역시 내가 자네에게 제시한 앞의 두 이미지로 설명된다네. 그녀가 말을 걸었을 때 사람들은 아무도 그녀 말을 듣지 않았네. 그녀는 세상을 잃어 가던 중이었네. 내가 세상이라고 말하는 것은 우리 외침(간신히 알아들을 수 있는 어떤 메아리에 불과할 테지만)에 대답하고 우리 자신이 또 그 외침을 듣는 우주의 이 한 부분을 두고 하는 말이네. 그녀에게는 세상이 점차 소리를 잃어 가다가 끝내 그녀의 세상이 되길 멈춰 버렸네. 그녀는 완전히 자기 자신 속에, 자신의 고통 속에 갇혀 버렸지. 타인이 겪는 고통을 보고, 자신의 그런 자폐 상태로부터 빠져나올 수도 있지 않았겠냐고? 천만에.
타인의 고통은 이미 더는 그녀의 것이 아닌, 그녀가 잃어버린
세상에서 일어난 일일 뿐이네. 화성이 고통뿐이고 화성의 돌
멩이들이 고통으로 아우성을 친다 해도 우리는 별 감동을 받
지 않네. 화성은 우리 세상이 아니기 때문이지. 세상을 등진
사람은 세상의 고통에 무감각한 법이라네. 잠시나마 그녀를
고뇌로부터 빠져나오게 한 유일한 사건은 그녀의 어린 강아
지가 병들어 죽은 사건이네. 그녀의 이웃은 분개했지. 그 아가
씨가 사람에겐 정이 없고 강아지가 죽으니깐 운다고 말이네.
그녀가 강아지의 죽음을 슬퍼한 이유가 뭐겠는가. 이웃은 전
혀 그러지 않는데 강아지는 그녀의 세계에 동참했기 때문이
지. 개는 그녀의 목소리에 대꾸했지만 사람들은 대답하지 않
았잖은가."

   우리는 잠시 그 불행한 아가씨를 생각하며 침묵을 지켰다.
곧 아베나리우스가 자동차 문을 열더니 내게 격려의 손짓을
했다. "자! 함께 가세! 자네에게 농구화와 부엌칼을 빌려 주겠
어!"

   내가 그와 함께 타이어들에 구멍을 내러 가지 않으면, 그가
다른 공범자를 찾지 못한 채 자신의 괴벽 속에 망명객으로 혼
자 남으리란 걸 나는 알았다. 미치도록 그를 따라가고 싶었으
나 천성이 게으른데다 저 멀리서 졸음의 물결이 다가옴을 느
꼈고, 자정이 넘어 거리를 뛰어다니는 게 나로서는 생각조차
할 수 없는 희생으로 여겨졌다.

   "나는 돌아가겠네. 좀 걷고 싶어." 그에게 손을 내밀며 내가

말했다.

　그는 떠나갔다. 나는 친구를 배신한 것 같은 쓸쓸함을 맛보며 그의 벤츠를 눈으로 좇았다. 나는 집을 향해 발걸음을 옮겼고 어느덧 나의 생각은 자기 파괴 욕망이 검은 꽃처럼 활짝 피어난 그 아가씨에게로 되돌아갔다.

　이런 생각이 뇌리를 스쳤다. 어느 날 일이 끝나자 그녀는 집으로 돌아가는 대신 도시 밖을 향해 걸었다. 그녀는 주위 아무것도 보지 않았고, 지금이 여름인지, 가을인지, 겨울인지도 몰랐으며 자신이 따라가는 길이 해변인지, 공장인지도 알지 못했다. 사실 이미 오래전부터 그녀는 이 세상에 살지 않았으며 자기 영혼 외에 다른 세계를 갖지 않았던 것이다.

# 15

그녀는 주위의 아무것도 보지 않았고, 지금이 여름인지 가을인지 겨울인지도 몰랐으며, 걷고 있는 곳이 해변인지 공장인지도 모른 채 걸어갔다. 그렇게 걸은 것은 불안이 그녀를 괴롭힐 때 영혼은 움직임을 요구하여, 그녀가 제자리에 가만히 있을 수 없게 한 때문이었다. 가만히 있으면 고통이 끔찍할 만큼 심해지는 까닭이었다. 당신이 치통을 심하게 앓을 때와 같은 이치다. 뭔가가 당신을 방의 이쪽 끝에서 저쪽 끝으로 뱅글뱅글 돌게 한다. 사실 여기에는 어떤 합리적인 이유도 없다. 그렇게 움직인다고 고통이 줄어드는 건 아니기 때문이다. 이유는 알 수 없지만, 아픈 치아는 당신에게 계속 움직이라고 애원하는 것이다.

그리하여 소녀는 계속 걸었고, 자동차들이 줄지어 달려가는 큰 고속도로에 도착했다. 그녀는 도로 가장자리 보도 위를 걸으며 여전히 아무것도 보지 않은 채, 늘 똑같은 모욕의 이미지들만 되돌려주는 자기 영혼의 밑바닥만 뒤적거렸다. 그녀는 그 이미지들에서 시선을 뗄 수가 없었다. 이따금 고막을 때리는 오토바이의 연속적인 폭발음이 지나칠 때만, 그녀는 외부 세계의 존재를 알아차렸다. 하지만 그 세계는 어떤 의미도 없었다. 자기를 걷게 해 준다는 것 외에 다른 어떤 이점도 없었다. 가득한 영혼의 고통을 덜어 주리라는 바람으로, 한 장소에서 다른 장소로 이동하게 해 주는 것 외에 다른 어떤 이점도 없는 순수한 공허에 불과했다.

이미 오래전부터 그녀는 자동차에 치어 죽을 생각을 했다. 하지만 자동차들은 빠른 속도로 질주했고, 그녀는 두려웠다. 자동차들은 그녀보다 수천 배나 힘이 세 보였다. 자동차 바퀴 아래로 달려들 용기를 어디에서 찾아야 할지 알 수 없었다. 자동차들 위로, 자동차에 맞서 자신을 던져야 했으나, 그럴 힘이 그녀에게는 없었다. 자신을 부당하게 힐책한 판매 코너 지배인에게 소리치며 대들고 싶었지만 그럴 힘이 없었던 것과 마찬가지였다.

그녀는 저녁 어스름에 출발했으나 어느새 밤이 이슥했다. 두 발이 심하게 아팠고 몸이 약해진 상태라 멀리 갈 수 없다는 걸 스스로 잘 알았다. 심한 피로를 느끼던 바로 그때, 그녀는 커다란 야광 도로 표지판에서 '디종'이라는 단어를 보았다.

그 순간 그녀는 피로를 잊었다. 그 말에 뭔가 생각날 듯했다. 그녀는 아른거리는 추억 하나를 붙잡아 보고자 했다. 어느 디종 청년과 관계된 일이거나, 그렇지 않으면 누군가가 그녀에게 디종에서 일어난 무슨 재미있는 일을 얘기해 준 것이리라. 문득 그녀는 이 도시에서는 살기가 괜찮았다고, 이 도시 주민들은 지금까지 그녀가 알던 사람들과는 달랐다고 자신에게 속삭였다. 그 소리는 마치 사막 한가운데서 울리는 댄스 음악 같았다. 무덤에서 솟아오르는 은빛 샘물 같았다.

그래, 디종으로 가자! 그녀는 자동차들에게 신호를 보내기 시작했다. 그러나 자동차들은 전조등 불빛으로 그녀의 눈을 멀게 하면서 멈추지 않고 지나쳐 갔다. 지금까지 한 번도 피해 가지 못했던, 예의 그 똑같은 상황의 반복이었다. 누군가에게 신호를 보내고, 부르고, 말을 걸고, 뭔가 외쳐 대지만, 그녀에게 대답하는 사람은 아무도 없었다.

삼십 분이 넘도록 그녀는 괜히 손만 쳐들고 있었다. 자동차들은 멈추지 않았다. 환히 빛나는 도시, 유쾌한 도시 디종. 사막 한가운데서 울린 디종이라는 댄스 교향곡은 다시 어둠 속에 잠겼다. 세상은 다시 그녀에게서 물러갔고, 그녀는 공허뿐인 자기 영혼의 밑바닥으로 되돌아갔다.

잠시 후 그녀는 고속도로에서 좀 더 좁은 길로 갈라지는 어느 분기점에 이르렀다. 그녀는 발걸음을 멈추었다. 아니었다, 고속도로의 이 뻔뻔한 작자들은 아무런 도움도 되지 않았다. 그들은 그녀를 깔아뭉개 버리지도 못했고, 그녀를 디종으로 데려다 주지도 않았다. 그녀는 고속도로에서 벗어나 좀 더 작은 조용한 도로로 접어들었디.

# 16

자신이 동의하지 않는 세상에서 어떻게 살 수 있는가? 타인들의 기쁨과 괴로움을 자기 것으로 하지 못하면서, 그들과 한통속이 되지 못하면서, 어떻게 그들과 함께 살 수 있는가?

자동차를 몰면서 아녜스는 생각했다. 사랑이냐 아니면 수도원이냐. 사랑 혹은 수도원, 이는 인간으로서 신의 컴퓨터를 거부할 수 있는, 그로부터 달아날 수 있는 두 가지 방법이다.

사랑. 일전에 아녜스는 일종의 시험을 상상해 본 적이 있다. 누군가가 당신에게 사후에는 완전히 새로운 삶에 눈뜨기를 바라는지 묻는다. 당신이 진정으로 누굴 사랑한다면, 사랑하는 사람과 함께라는 조건으로만 상황을 받아들인다. 당신에게 삶은 조건부로만 가치 있으며, 당신의 사랑을 만족시켜 주는 한에서만 가치가 있다. 사랑하는 사람은 당신에게 삶 이상의 것, 천지창조 이상의 것을 의미한다. 이는 분명, 존재 의미를 보유한 자요 만물의 으뜸으로 간주되는 신의 컴퓨터를 조롱하는 신성모독이다.

그런데 사람들 대부분은 사랑을 몰랐고, 사랑을 안다고 여긴 이들 중에서도 아녜스가 고안한 시험을 성공적으로 통과한 사람은 거의 없다. 그들은 어떤 조건도 달지 않고 또 다른 생의 약속 쪽으로 달려갔다. 그들은 사랑보다 삶을 선호할 것이요, 크게 감사하며 조물주의 거미줄 속으로 다시 떨어질 것이다.

사랑하는 사람과 함께 살며 모든 것을 사랑 아래 둘 기회가 주어지지 않는다 해도, 조물주에게서 빠져나갈 수 있는 또 하나의 방법이 있다. 수도원으로 가 버리는 것이다. 아녜스는 "그는 파르마 수도원에 은둔했다."라는 문장을 떠올렸다. 이 문장이 있기 전까지 책 전체에 걸쳐 어떤 수도원도 등장하지 않으나, 그럼에도 맨 마지막 페이지의 이 문장은 스탕달이 소설 제목으로 달 만큼 매우 중요하다. 파브리스 델 동고의 모든 모험의 끝이 결국 수도원, 말하자면 세상과 인간을 등진 곳이기 때문이다.

예전에는 세상과 동의하지 않는 사람들이, 세상 고락을 제 것으로 하지 않는 사람들이 수도원으로 들어갔다. 그러나 오늘날은 인간에게 세상과 불화할 수 있는 권리를 인정하지 않는 만큼, 파브리스 같은 이가 은신할 수 있었던 수도원도 이제는 끝장났다. 이제는 속세를 등진 장소가 존재하지 않는나. 남은 것은 수도원의 추억뿐이다. 수도원이라는 꿈, 수도원이라는 이상뿐이다. 수도원. 그는 파르마 수도원에 은거했다. 수도원의 신기루. 벌써 칠 년도 넘게 아녜스가 스위스를 드나든 것은 바로 이 신기루 때문이었다. 그녀의 수도원, 세상을 등진 그 길들의 수도원을 위해서였다.

그녀는 마지막으로 시골 산책을 나갔던 날 오후가 끝나 갈 무렵에 경험한 기이한 한 순간을 떠올려 보았다. 그때 그녀는 어느 시내 앞에 이르러 풀밭에 드러누웠다. 오랫동안 그녀는 마치 시냇물이 자신을 뚫고 흘러서 그녀의 자아라는 온갖 괴로움과 더러움을 씻어 준다고 느끼며 거기에 그렇게 누워 있었다. 기이하고도 잊을 수 없는 순간이었다. 그녀는 자아를 망각했고, 자아를 잃어버렸으며, 자아로부터 해방되었다. 바로 거기에 행복이 있었다.

이 추억은 그녀에게서 한 가지 생각을 탄생시켰다. 모호하고 덧없으면서도, 또한 대단히 중요해서 (어쩌면 다른 어떤 생각보다도 중요해서) 그녀는 그 생각을 이런 말로 붙잡아 보고자 했다.

인생에서 견딜 수 없는 것은 존재하는 것이 아니라, 자신의 자아로 존재하는 것이다. 조물주는 자신의 컴퓨터 덕택에 무수한 자아와 그들의 삶을 이 세상에 들여 보냈다. 하지만 우리는 그 모든 삶과는 별개로 좀 더 기초적인 어떤 존재, 조물주가 창조를 시작하기 전부터 존재했고, 그래서 과거에는 물론 지금도 조물주가 아무런 영향력도 행사하지 않는 어떤 존재를 상상해 볼 수 있다. 풀밭에 누워 그녀의 자아를, 그녀 자아의 더러움을 씻어 가는 시냇물의 단조로운 노랫가락에 관류당하며, 아녜스는 달리는 시간의 목소리와 하늘의 푸름 속에 현현하는 바로 그 기초적인 자아에 참여했다. 그때부터 그녀는 이보다 더 아름다운 것이 없음을 알았다.

지금 그녀가 차를 몰고 가는 지방 도로는 조용했다. 멀리, 끝없이 먼 곳에서 별들이 반짝거렸다. 아녜스는 혼자 중얼거렸다.

산다는 것, 거기에는 어떤 행복도 없다. 산다는 것, 그것은 이 세상에서 자신의 고통스러운 자아를 나르는 일일 뿐이다.

하지만 존재, 존재한다는 것은 행복이다. 존재한다는 것, 그것은 자신을 샘으로, 온 우주가 따뜻한 비처럼 내려와 들어가는 돌 수반으로 변모시키는 것이다.

# 17

소녀는 상처 입은 두 발로 비틀거리며, 그러고도 한참을 걸은 뒤 오른쪽 차선 한가운데 아스팔트 위에 주저앉아 버렸다. 그녀는 머리를 두 어깨 사이에 묻었고, 코를 무릎 위에 처박았다. 등을 둥글게 움츠리면서 그녀는 등이 뜨겁게 달아오름을 느꼈다. 자신이 그 등을 금속 물체에, 철판에, 철판의 충격에 전시하고 있다는 생각 때문이었다. 그녀는 몸을 잔뜩 웅크려 자기 자신 외에 다른 어떤 것도 생각하지 못하게 한 고통스러운 자아의 불꽃이 쏩쓸하게 피어나던 그 앙상하고 초라한 가슴을 더욱 더 좁혔다. 그 불꽃이 꺼지도록, 그녀는 충격에 바스라지고 싶었다.

자동차 한 대가 가까이 다가오는 소리를 들으며 그녀는 몸을 더욱 움츠렸다. 자동차 소음이 견딜 수 없을 정도였으나, 기다리던 충격 대신 그녀는 그녀의 몸을 오른쪽으로 홱 돌아가게 한 한 줄기 세찬 바람을 느꼈다. 타이어의 마찰음이 들렸고, 뒤이어 거대한 폭음이 들려왔다. 그녀는 아무것도 보지 못했다. 두 눈을 감은 채 얼굴을 두 무릎 사이에 묻고 있었기 때문이다. 게다가 그녀는 자신이 여전히 살아서 좀 전처럼 앉아 있다는 사실에 놀라 정신이 없었다.

다시 그녀는 다가오는 모터 소리를 들었다. 그녀는 이번에는 바닥에 찰싹 달라붙었다. 바로 지척에서 충격음이 들리더니 곧이어 비명소리가, 뭐라 형언키 어려운 비명소리가 들려왔고, 그 끔찍한 비명소리에 그녀는 몸을 벌떡 일으켰다. 그녀는 텅 빈 도로 한가운데에 서 있었다. 200미터쯤 떨어진 곳에서 불꽃이 일었고, 좀 더 가까운 도랑에서는 아직도 그 끔찍한 비명소리가 어두운 밤하늘을 향해 올라가고 있었다.

그 비명소리가 너무나 집요하고 끔찍했으므로 그녀 주변 세계, 잃어버린 그 세계가 다시 색깔이 있고 소리가 있으며 눈부신 진짜 세계가 되었다. 차도 한가운데 서서 그녀는 두 팔을 활짝 펼쳤다. 그러자 곧 자신이 위대해지고 강력해지며 힘이 세지는 것 같은 느낌이 들었다. 세계, 그녀의 말에 귀 기울이기를 거부한 잃어버린 그 세계가 비명을 지르며 그녀에게 되돌아왔다. 그것이 너무도 아름답고 무시무시했기에 그녀도 비명을 지르고 싶었으나 그렇게는 되지 않았다. 그녀의 목소리는 이미 오래전에 그녀의 목에서 꺼져 버렸고, 다시 일깨울 수는 없었다.

세 번째로 닥친 자동차 전조등이 그녀의 눈을 멀게 했다. 그녀는 얼른 피하고 싶었지만 어느 쪽으로 뛰어야 할지 몰랐다.

타이어 마찰음이 들렸고 자동차가 그녀를 피했으며 또 충격이 있었다. 그때 그녀의 목구멍에 걸려 있던 비명소리가 마침내 깨어났다. 여전히 같은 곳, 바로 그 도랑에서 끊임없이 올라오는 울부짖음에 마침내 그녀도 화답하기 시작한 것이다.

그녀는 등을 돌려 달아났다. 자신의 미약한 목소리가 그렇게 엄청난 비명을 지를 수 있다는 사실에 도취되어 그녀는 마구 울부짖으며 달아났다. 지방 도로가 다시 고속도로와 연결되는 지점에 비상 전화가 있었다. 소녀는 수화기를 들었다. "여보세요! 여보세요!" 그녀의 호출에 전화선 저쪽 끝에서 웬 목소리가 대답했다. "사고가 났어요!" 그녀가 말했다. 그 목소리가 장소를 물었지만 그녀는 대답을 하지 못한 채 전화를 끊고는 오후에 떠나왔던 도시를 향해 달려갔다.

# 18

몇 시간 전 아베나리우스는 타이어 구멍 내는 일을 할 때 엄격한 순서를 따라야 할 필요성을 집요하게 설명했더랬다. 처음에는 오른쪽 앞바퀴, 다음은 왼쪽 앞바퀴, 그다음은 오른쪽 뒷바퀴, 그다음엔 네 바퀴 모두. 하지만 그 설명은 생태학자들 같은 청중이나 지나치게 순진한 친구를 놀리려고 떠벌린 이론에 불과했다. 사실 아베나리우스는 어떤 체계도 세워 두지 않았다. 거리를 달려가면서 기분 내킬 때마다 식칼을 꺼내 근처 타이어에 쑤셔 박았던 것이다.

칼질을 한 후에는 항상 칼을 윗옷 안에 다시 넣어 혁대에 걸고 빈손으로 뜀박질을 해야 한다고 식당에서 그는 내게 설명했더랬다. 그래야 편하게 뛸 수 있을 뿐 아니라 안전하기 때문이다. 손에 칼을 든 모습을 노출하는 위험은 범하지 않는 게 낫지 않겠는가. 그래서 칼질은 신속 간단해야 하며, 몇 초 안에 끝나야 한다.

하지만 어쩔 것이냐. 이론에서는 그렇게 엄정했던 아베나리우스가 실천에서는 대중없이 그저 마음 내키는 대로 하는 위험을 범했던 것이다. 어느 인적 없는 거리에서 타이어 두 개(넷이 아니라)에 구멍을 낸 뒤, 그는 몸을 일으켜 일체의 안전 수칙을 무시한 채 식칼을 휘두르며 내닫기 시작했다. 그가 다음 목표물로 삼고 달려간 자동차는 거리 모퉁이에 세워져 있었다. 목표물에서 아직 4~5미터 떨어져 있는데도 (또 하나의 규칙 위반으로, 미숙함의 소치다!) 그는 팔을 뻗었고, 바로 그 순간 그의 오른쪽 귀에 비명소리가 들렸다. 웬 여자가 공포에 질려 그를 바라보고 있었다. 그녀는 아베나리우스가 목표물을 향해 다가가며, 온 신경을 보도에만 쏟던 바로 그 순간 모퉁이에서 튀어나온 게 분명했다. 그들은 서로 마주보며 얼어붙은 듯 서 있었다. 아베나리우스 역시 그녀의 느닷없는 출현에 그녀 못지않게 놀랐고, 팔을 쳐든 상태 그대로 얼어붙었다. 쳐들린 식칼에서 두 눈을 떼지 못한 채 그 여자는 다시 한 번 비명을 질렀다. 마침내 아베나리우스가 정신을 되찾고는 식칼을 윗옷 안 혁대에 다시 걸었다. 여자를 진정시키기 위해 그가 미소를 지으며 물었다. "지금 몇 시나 됐지요?"

그 질문이 그의 식칼보다도 더 무서운 듯 여자가 세 번째로 공포의 비명을 질렀다.

행인이 몇 사람 몰려들 때도 아베나리우스는 치명적인 실수를 범했다. 그가 식칼을 다시 꺼내 잔혹한 표정으로 휘둘러 댔다면 아마 그 여자는 요령껏 달아났을 것이다. 우연히 몰려든 다른 행인들을 모두 인솔해서 말이다. 하지만 그는 아무 일 아니라는 듯 행동해야겠다는 생각만 했기에 다시 한 번 정중하게 물었다. "시간을 좀 말씀해 주시지 않으시겠습니까?"

행인들이 하나둘씩 몰려들고, 아베나리우스가 자신을 해칠 의사가 없음을 깨닫자 그 여자는 네 번째로 끔찍한 비명을 토하더니 주변 모든 사람들을 증인 삼아 큰 소리로 떠들어 댔다. "이 양반이 날 식칼로 위협했어요! 날 강간하려고 했어요!"

아베나리우스는 완전히 결백하다는 몸짓으로 두 팔을 활짝 펼치며 말했다. "난 그저 정확한 시각을 알려고 했을 뿐입니다."

그들 주위를 빙 둘러싼 무리에서 제복을 입은 키 작은 사내 하나가 튀어나왔다. 경찰관인 그는 무슨 일이냐고 물었다. 여자는 다시 아베나리우스가 자기를 강간하려 했다고 말했다.

키 작은 사내가 머뭇거리며 아베나리우스 쪽으로 다가가자 아베나리우스가 장대한 체구를 곧추세우며 강력한 목소리로 선언했다. "난 아베나리우스 교수입니다!"

매우 엄숙하게 발설된 이 말은 경찰관에게 깊은 인상을 심어 주었다. 그는 금방이라도 사람들을 해산하고 아베나리우스를 떠나게 해 줄 것 같았다.

하지만 그 여자는 모든 두려움이 가시자 공격적인 태도를 드러냈다. "당신이 카필라리우스 교수든 뭐든, 당신은 식칼로 날 위협했어요!" 하고 그녀가 외쳤다.

몇 미터 떨어진 곳에서 문이 하나 열리더니 웬 사내가 거리로 나왔다. 그는 마치 몽유병자처럼 이상하게 걸었으며, 아베나리우스가 단호한 목소리로 "나는 이 부인에게 시간을 알려 달라고 부탁했을 뿐, 그 밖에 아무 짓도 하지 않았습니다."라고 설명한 바로 그때 걸음을 멈추었다.

그러자 여자는 아베나리우스의 권위가 주변 사람들의 공감을 사고 있음을 느낀 듯, 경찰관에게 외쳤다. "윗옷 안에 식칼을 차고 있어요! 옷 안에 식칼을 감췄어요! 엄청나게 큰 식칼이에요! 몸을 뒤져 보면 알 거예요!"

경찰은 어깨를 으쓱하고는 아베나리우스에게 미안하다는 듯이 말했다. "윗옷 단추를 좀 끌러 주시겠습니까?"

아베나리우스는 당황하여 잠시 그대로 가만히 있었다. 그는 선택의 여지가 없음을 깨달았다. 그는 천천히 윗옷 단추를 풀어 활짝 젖혀서는, 가슴을 휘감은 기발한 혁대 장비들과 가죽 끈에 매달린 무시무시한 부엌칼을 모두에게 보여 주었다.

구경꾼들이 놀라 탄성을 지르는 사이 그 몽유병자가 아베나리우스에게 다가서며 말했다. "난 변호사입니다. 내 도움이 필요하면 여기 명함이 있으니 연락 주세요. 한마디만 하겠습니다. 당신은 그들의 질문에 대답해야 할 어떤 의무도 없습니다. 신문이 시작되는 즉시, 당신은 변호사의 입회를 요구할 수 있습니다."

아베나리우스는 그의 명함을 받아 주머니에 넣었다. 경찰관이 그의 팔을 붙잡고 사람들 쪽으로 돌아서며 말했다. "물러서요! 비켜 주세요!"

아베나리우스는 반항하지 않았다. 그는 자신이 체포되었음을 알았다. 그의 허리에 걸린 거대한 부엌칼을 보고는 아무도 그를 동정하지 않았다. 그는 변호사라며 자신에게 명함을 건네 준 사내를 눈으로 좇았다. 그러나 그 사내는 뒤돌아보지 않고 멀어져 갔다. 그는 주차해 둔 자동차 쪽으로 가서 열쇠 구멍에 열쇠를 꽂았다. 아베나리우스는 그 사내가 잠시 머뭇거리다가 바퀴 옆에 무릎을 꿇는 모습을 볼 수 있었다.

그 순간 경찰관이 아베나리우스의 팔을 힘차게 부여잡고는 한쪽으로 끌고 갔다.

자동차 곁에서 그 사내가 탄식을 토했다. "맙소사!" 곧이어 그의 전신이 오열과 함께 흔들렸다.

# 19

그는 눈물을 흘리며 집으로 올라가 전화기 쪽으로 달려갔다. 택시를 부를 생각이었다. 전화기에서 몹시 부드러운 목소리가 그에게 말했다. "파리 택시 회사입니다. 전화를 끊지 마시고 잠시만 기다려 주십시오⋯⋯." 뒤이어 수화기에서 음악소리가 들려왔다. 타악기 리듬에 맞춘 여자들의 즐거운 합창이었다. 한참 후 음악이 그치더니 부드러운 목소리가 다시 한번 전화를 끊지 말라고 그에게 부탁했다. 그는 더 이상 기다릴수 없다고, 자기 부인이 지금 죽어 간다고 버럭 소리를 질러 주고 싶었으나 그렇게 소리치는 게 무의미하다는 것을 알았다. 전화선 저쪽 끝 목소리는 카세트에 녹음된 것이고, 아무도 그의 항의를 듣지 못할 테니 말이다. 곧 다시 음악이 더욱 크게 여자들의 합창, 지지직거리는 소리, 타악기 소리 등과 함께 들렸고, 다시 한참을 기다린 후에야 그는 진짜 여자 목소리를 들었다. 목소리가 전혀 부드럽지 않고, 매우 귀에 거슬리고 조급한 데서, 곧바로 그는 그 목소리가 진짜임을 알 수 있었다. 그가 파리에서 수백 킬로미터 떨어진 곳까지 태워 줄 택시 한 대가 필요하다고 말하자 그 목소리는 즉시 안 된다고 말했다. 다시 한 번 택시가 절실히 필요한 까닭을 설명하려 하자 그의 귀에 또다시 그 즐거운 음악, 그 타악기 소리, 여자들의 지저귐 소리가 들려왔고, 한참 후 다시 또 그 녹음된 부드러운 목소리가 전화를 끊지 말고 그대로 계속 있어 주기를 부탁해 왔다.

그는 전화를 끊고 조수의 전화번호를 돌렸다. 하지만 전화선 저쪽 끝에는 조수 대신 그의 녹음된 목소리가 있었다. 웃음기에 흐트러진, 장난기 어린 짓궂은 목소리였다. "당신께서 마침내 저의 존재를 상기해 주셔서 정말 행복합니다. 지금 당신과 통화를 할 수 없어서 얼마나 유감스러운지 당신은 모르실 겁니다. 하지만 당신이 전화번호를 남겨 주신다면 최대한 빨리 기쁘게 전화를 걸겠습니다……."

"멍청한 놈!" 그렇게 말하며 그는 수화기를 내렸다.

왜 브리지트는 지금 집에 없는가? 이미 오래전에 집에 돌아왔어야 하는데 하고 그는 골백번도 더 중얼거렸다. 그는 딸이 없다는 걸 뻔히 알면서도 딸의 침실로 눈길을 던졌다.

전화를 걸 만한 사람이 또 누가 있는가? 로라에게? 물론 그녀라면 주저 없이 그에게 자동차를 빌려주겠지만, 함께 가겠다고 나설 게 분명했다. 그것에 그는 동의할 수 없었다. 아녜스는 동생과 의절했고, 폴은 그녀가 원치 않는 짓을 할 생각이 추호도 없었다.

그때 그의 뇌리에 베르나르가 떠올랐다. 그들 사이가 나빠진 이유라는 것들이 문득 우스꽝스러울 만큼 하찮게 여겨졌다. 그는 전화번호를 돌렸다. 베르나르가 거기 있었다. 폴은 아녜스가 몰던 차가 도랑에 처박혔다는 연락을 방금 응급실로부터 받았다고 설명하고는 차를 좀 빌려 달라고 부탁했다.

"곧바로 가겠어요." 베르나르의 대답에 폴은 옛 친구에 대한 사랑이 뭉클 솟아오름을 느꼈다. 그를 와락 껴안고 그의 가슴에 눈물을 뿌리고 싶은 심정이었다.

브리지트가 집에 없었던 건 다행이었다. 그는 그 사이 딸이 도착하지 않아 아녜스에게 혼자 갈 수 있기를 바랐다. 갑자기 모든 것이, 처제도 딸도, 세상 사람들도 모두 사라져 버렸고, 아녜스와 그, 이렇게 둘만 남았다. 그는 둘 사이에 제3자가 끼어드는 것을 원치 않았다. 분명 아녜스는 지금 죽어 가고 있었다. 그녀의 상태가 절망적이지 않았다면, 시골 병원에서 한밤중에 그에게 전화를 걸지는 않았을 것이다. 이제 그의 유일한 근심은 제때 도착하는 거였다. 다시 한 번 그녀와 입맞춤을 하는 거였다. 그녀에게 키스를 해 주고 싶은 그의 욕망은 강박적이었다. 그는 한 번의 입맞춤, 최후의 입맞춤, 이제 곧 사라져 추억만 남길 그 얼굴을 그물로 뜨듯 가로챌 마지막 입맞춤을 원했다.

이제 기다리는 일만 남았다. 폴은 책상을 정돈하기 시작했다. 이런 순간을 이렇게 하잘 것 없는 활동에 바칠 수 있다는 사실이 스스로 생각해도 놀라웠다. 책상이 잘 정돈되었건 어질러져 있건, 뭐 중요한가? 뿐만 아니라 몇 분 전 거리에서 생면부지의 사람에게 명함을 내민 까닭은 또 뭐란 말인가? 하지만 그는 가만히 있을 수가 없었다. 그는 책들을 책상 한쪽 귀퉁이에 가지런히 정돈했고, 오래된 편지 봉투들을 공처럼 말아 휴지통에 던져 넣었다. 느닷없이 닥친 불행에 놀라면 이렇게 행동하는구나 하고 그는 중얼거렸다. 그는 지금 몽유병자처럼 행동했다. 일상이라는 타성의 힘이 그를 계속 삶의 레일 위를 달리도록 해 주었다.

그는 시계를 들여다보았다. 구멍 난 타이어들이 그를 벌써 삼십 분 가까이 지체시켰다. 서둘러, 서두르라고라며 그가 속으로 베르나르를 재촉했다. 여기서 브리지트를 보는 걸 원치 않는다네. 난 혼자 떠나 제시간에 도착하고 싶네.

하지만 운이 없었다. 브리지트가 귀가한 직후에야 베르나르가 도착했다. 두 옛 친구는 포옹을 나누었고, 베르나르는 자기 집으로 돌아갔으며, 폴은 브리지트의 차에 올랐다. 그녀는 운전석을 그에게 양보했고, 그들은 빠른 속도로 떠났다.

# 20

아녜스는 도로 한가운데 서 있는 사람 그림자를 보았다. 마치 발레를 하듯 두 팔을 활짝 벌린 채, 강력한 프로젝터가 투사하는 빛에 갑자기 환하게 조명된 한 소녀였다. 마치 공연을 가리는 막을 끌며 나타난 무용수의 출현 같았다. 그 뒤엔 아무것도 남지 않았기 때문이다. 상연된 모든 내용이 일시에 잊히고, 다만 그 마지막 이미지만 남았기 때문이다. 그다음 그녀가 느낀 건 오직 피로, 깊은 우물 같은 엄청난 피로뿐이었다. 의사와 간호사들은 그녀가 모르리라고 생각했겠지만 그녀는 자신이 지금 죽어 감을 놀랄 만큼 분명하게 느끼고 이해했다. 자기가 어떤 향수도, 후회도, 공포도, 오늘날까지 그녀가 죽음이라는 것에 결부해 왔던 그 어떤 것도 느끼지 않는 데 대해 어렴풋하게나마 놀라기까지 했다.

그녀는 한 간호사가 그녀에게 몸을 숙여 이렇게 속삭이는 것을 보았다. "당신 남편이 오고 있어요. 당신을 보러 오고 있어요. 당신 남편이."

아녜스는 미소 지었다. 왜 미소를 지었는가? 그 잊힌 공연 장면으로부터 뭔가가 그녀의 기억 속으로 되돌아왔다. 그렇다, 그녀는 결혼했더랬다. 뒤이어 이름도 하나 떠올랐다. 폴! 그래, 폴. 폴. 폴. 그녀의 미소는 잃어버린 말과 더불어 불현듯 뭔가를 다시 찾아낸 데 대한 미소였다. 마치 당신이 오십 년 동안이나 보지 못했던 곰 인형을 누가 내밀었을 때, 그것을 알아보는 것과 같았다.

"폴." 하고 그녀는 미소를 지으며 되뇌었다. 미소는 그녀가 미소를 지은 까닭을 잊어버린 후에도 여전히 그녀의 입술 위에 머물렀다. 그녀는 피곤했고, 모든 것이 그녀를 피곤하게 했다. 특히 그녀는 누구의 시선도 견뎌 낼 힘이 없었다. 그녀는 아무것도, 아무도 보지 않기 위해 눈을 꼭 감았다. 주변에서 벌어지는 모든 것이 성가시고 번거롭기만 했으므로 그녀는 아무 일도 일어나지 않기를 바랐다.

잠시 후 그녀는 다시 폴을 떠올렸다. 한데 간호원이 한 말은 뭔가? 그가 도착한다고? 그녀의 삶이었던 그 공연, 그 잊힌 공연의 추억이 문득 또렷이 되살아났다. 폴. 폴이 도착한다고! 그 순간 그녀는 그가 그녀를 보는 일이 더는 없기를 간절히, 열렬히 빌었다. 그녀는 피곤했고, 어떤 시선도 원치 않았다. 그녀는 폴의 시선을 원치 않았다. 그가 자신이 죽는 모습을 보기를 원치 않았다. 그녀는 서둘러야 했다.

마지막으로 다시 한 번, 그녀 인생의 토대가 된 상황이 되풀이되었다. 그녀는 달리고 사람들이 그녀를 뒤쫓는다. 폴이 그녀를 뒤쫓았다. 하지만 이제 그녀 손 안엔 아무것도 없다. 솔도, 빗도, 리본도 없다. 그녀는 무장 해제되어 있었다. 병원의 하얀 수의 같은 덮개 하나뿐, 그녀는 알몸이었다. 이제 더는 아무것도 그녀를 도와줄 수 없는 곳, 뜀박질 속도 외에 다른 무엇도 생각할 수 없는 곳, 경주로가 끝나는 곳의 쭉 뻗은 길 위에 그녀는 접어들었다. 누가 더 빠를 것인가? 폴인가 그녀인가? 그녀의 죽음인가 폴의 도착인가?

피로가 한층 더 깊어졌고, 아녜스는 마치 누가 침대를 뒤로 당기기라도 한 듯 자신이 빠른 속도로 멀어져 가는 느낌을 받았다. 그녀는 눈을 떴고, 흰 블라우스 차림의 간호원을 보았다. 그녀의 얼굴은 무엇을 닮았는가? 아녜스는 이제 그것을 판별해 내지 못했다. 이런 말이 그녀의 기억에 되살아났다. "거기에는, 얼굴이 없습니다."

# 21

 

 

침대로 다가서던 폴은 머리 위까지 시트에 덮인 육신을 보았다. 흰 블라우스를 입은 여자가 그에게 말했다. "십오 분 전에 임종하셨어요."

마지막 순간 자신을 아네스로부터 떼어 놓은 그 약간의 시간에 그는 더욱 절망했다. 십오 분이 모자랐던 거였다. 십오 분이 부족해서 그는 갑자기 중단된, 터무니없이 싹둑 잘려 버린 자신의 삶을 완성할 기회를 영영 잃어버린 것이다. 일생의 부부 생활을 통해서, 한 번도 그녀가 진정으로 그의 것이었던 적이 없는 것 같았다. 한 번도 그녀를 가진 적이 없는 것 같았다. 그들의 사랑 이야기를 완성하는 데는 마지막 입맞춤이 있어야만 할 것 같았다. 두 입술을 통해 살아 있는 아네스를 붙잡고, 두 입술 사이에 그녀를 간직할 마지막 입맞춤 말이다.

흰 블라우스를 입은 여자가 시트를 걷었다. 그는 낯익은 얼굴을 보았다. 창백하고 아름다운, 그러나 완전히 다른 얼굴이었다. 두 입술은 여전히 평화로웠으나 그가 지금까지 한 번도 본 적 없는 선을 하나 그리고 있었다. 그는 그 표정을 이해하지 못했다. 그는 그녀에게 몸을 숙여서 입맞춤을 할 수가 없었다.

그의 곁에서 브리지트는 울음을 터뜨리더니 머리를 폴의 가슴에 묻은 채 몸을 떨기 시작했다.

그는 눈꺼풀이 감긴 그 얼굴을 바라보았다. 그가 한 번도 본 적 없는 그 이상한 미소는 폴에게 보내는 것이 아니었다. 그 미소는 폴이 모르는 어떤 이에게 보내는 거였다. 그는 그 미소를 이해할 수 없었다.

흰 블라우스를 입은 여자가 다급히 폴의 팔을 붙잡았다. 그는 실신하기 직전이었다.

# 6부
문자반

# 1

태어나자마자 아기는 어머니의 젖꼭지를 빨기 시작한다. 그러다 젖을 떼면 자기 엄지손가락을 빤다.

어느 날 루벤스가 한 부인에게 물었다. "왜 아이가 엄지손가락을 빨도록 내버려 두지요? 벌써 열 살이나 된 아이를!" 그녀가 화를 내며 말했다. "난 아이가 손가락을 빨지 못하게 하지 않을 거예요. 엄마 젖과 접촉하는 시기의 연장이니까요! 아이에게 정신적 충격을 주고 싶으신가요?"

그래서 아이는 열세 살이 될 때까지 엄지손가락을 빨다가, 엄지손가락에서 담배 개비로 부드럽게 넘어간다.

나중에 손가락을 빠는 꼬마의 권리를 옹호했던 그 어머니와 섹스를 할 때, 루벤스는 자신의 손가락을 그녀의 입술 위에 얹어 보았다. 머리를 좌우로 천천히 돌리면서 그녀는 손가락을 핥기 시작했다. 두 눈을 지그시 감은 채 그녀는 자신이 두 사내와 사랑을 나누는 것처럼 상상했다.

이 토막 이야기는 루벤스에게 매우 중요한 날짜 하나를 가리킨다. 여자들을 테스트하는 한 가지 방법을 깨우쳐 주었기 때문이다. 즉 그는 여자들의 입술에 엄지손가락을 얹어 그들의 반응을 관찰했다. 그 손가락을 핥는 여자들은 분명 혼음에 매력을 느끼는 여자들이었다. 엄지손가락에 무관심한 여자들은 변태적 유혹에 무감한 희망 없는 여자들이었다.

'엄지손가락 테스트'로 혼음 성향이 드러난 여자들 가운데 하나가 실제로 루벤스를 사랑했다. 섹스가 끝난 뒤, 그녀는 그의 엄지손가락을 붙잡고는 서투르게 입을 맞추었다. 그 의미는 이랬다. 이제 당신 엄지손가락이 다시 손가락이 되길 바라요. 그 사이 내가 무엇을 상상했건 간에 난 지금 여기 당신과 일대일로 있는 게 행복하니까요.

엄지손가락의 갖가지 변신. 혹은 인생의 문자반 위에서 바늘들이 움직이는 방식.

# 2

패종시계 문자반 위에서 바늘들은 원을 그리며 돌아간다. 점성가가 그리는 황도대(黃道帶) 역시 문자반처럼 생겼다. 호로스코프(占星), 그것은 시계다. 점성가의 예언을 믿건 말건, 호로스코프는 인생의 은유이며, 인생의 은유로서 위대한 지혜를 내포한다.

점성가는 당신의 호로스코프를 어떻게 그리는가? 그는 천구(天球) 이미지인 원을 하나 그리고, 그 원을 각각 하나의 기호를 표상하는 열두 구간으로 나눈다. 토끼좌, 황소좌, 쌍둥이좌 등등. 그런 다음 그는 이 '원으로 표상된 황도대'에 해, 달, 그리고 다른 일곱 혹성의 문자 상징을, 그 별들이 당신이 태어날 때 있던 바로 그 지점에 기입한다. 마치 열두 시간으로 고르게 나뉜 시계 문자반 위에, 아홉 잉여 숫자를 불규칙하게 기록하는 것과 같다. 이 아홉 바늘은 문자반 위를 돌아다닌다.

이 바늘들은 당신의 일생 동안 하늘에서 도는 해요, 달이요, 다른 혹성들이기도 하다. '침으로 표상된 혹성' 각각은 당신 호로스코프의 부동점들인 '숫자로 표상된 혹성들'과 끊임없이 새로운 관계를 맺는다.

당신이 태어났을 때 그 혹성들이 이루던 독특한 형상이 바로 당신 인생의 영원한 주제요, 그 대수학적 정의이며, 당신 개성의 지문(指紋)이다. 당신의 호로스코프 위에 고정된 별들은 서로 각을 이루며 그 각도의 값에는 어떤 분명한 의미(긍정적, 부정적 혹은 중성적)가 있다. 예를 들어 당신 사랑의 별 비너스가 공격적인 화성과 갈등을 일으킨다거나, 당신 개성을 나타내는 태양이 힘세고 모험적인 천왕성과 결합하여 더욱 강화되었다거나, 혹은 달로 상징되는 성욕이 혜왕성이라는 광성(狂星)의 지지를 받는다거나 하는 식으로 상상해 보라. 한데 그 침으로 표상된 별들은 각자 자신의 도정에 따라 돌면서 호로스코프의 각 부동점을 건드리며, 이로써 당신 생의 주제를 구성하는 요소들에 작용(약화하거나, 강화하거나, 위협하거나)한다. 인생이 바로 그렇다. 인생은 주인공이 장(章)과 장을 거듭하면서 공통분모라고는 없는 언제나 새로운 사건들을 느닷없이 겪는 그런 악당 소설과는 다르다. 인생은 음악가들이 변주가 있는 테마라 부르는 그런 작곡과 유사하다.

천왕성은 비교적 느리게 하늘을 걷는다. 이 별이 기호 하나를 거치는 데는 칠 년이 걸린다. 오늘 이 별이 당신 호로스코프의 움직이지 않는 태양과 극적 관계를 맺고 있다고 (이를테면 그들이 서로 90도 각도로 떨어져 있다고) 가정해 보자. 그러면 당신은 어려운 한 해를 보내게 된다. 그러고 나서 이십일 년 후에 이와 동일한 상황이 되풀이되지만 (이때 천왕성은 당신의 태양으로부터 180도 지점에 있는데, 이는 앞 경우와 마찬가지로 흉조다.) 이 반복은 표면적일 뿐이다. 왜냐하면 이 해, 즉 천왕성이 당신의 태양을 공격할 때, 하늘의 사투르누스, 즉 토성이 당신 호로스코프의 비너스와 매우 화기애애한 관계라, 폭풍우가 당신 곁을 조심스레 비켜 가기 때문이다. 마치 예전에 앓았던 병이 당신을 또 침범했으나, 이번만은 참을성 없는 간호사들이 아니라 천사들이 있는 훌륭한 병원에서 치료를 받는 것과 같다.

점성술은 우리에게 '너는 절대 너의 운명을 벗어나지 못할 것이다!'라는 운명론을 가르치는 것 같다. 내가 보기에는 점성술(인생의 은유인 점성술을 두고 하는 말이다.)이 좀 더 미묘한 뭔가를, 즉 '너는 너의 인생의 주제에서 벗어나지 못할 것이다!' 라고 말하는 것 같다. 이는 달리 말하면 당신 삶에 이전 삶과 무관한 '새로운 삶'을, 흔히 하는 말로 0에서 출발하여 세우고자 하는 시도가 공상에 지나지 않는다는 얘기다. 당신 삶은 언제나 같은 재료, 같은 벽돌, 같은 문제들로 만들어지며, 당신이 '새로운 삶'을 위해 우선적으로 취하는 것은 머지않아, 이미 산 삶의 단순한 변주로 나타날 것이다.

호로스코프는 시계와 유사하며, 시계란 곧 유한성의 학교다. 바늘 하나가 원을 그리며 출발점으로 되돌아가는 순간, 한 단계가 완성된다. 호로스코프의 문자반 위에는 아홉 바늘이 제각기 다른 속도로 돌면서, 매순간 한 단계의 종결과 다른 단계의 시작을 가리킨다. 젊었을 때 사람은 시간을 원으로 인식하지 못하며, 다만 언제나 여러 지평을 향해 자신을 일직선으로 이끄는 길처럼 인식한다. 아직 그는 자신의 인생이 단지 하나의 주제를 담고 있을 뿐이라는 사실을 생각하지 못한다. 나중에 삶이 처음으로 여러 변주를 만들어 낼 때 이를 깨닫는다.

루벤스가 열네 살쯤 되었을 때, 그의 나이의 절반쯤 돼 보이는 소녀가 길에서 그를 불러 세워 이렇게 물었다. "선생님, 미안하지만 지금 몇 시죠?" 마주 선 사람이 그에게 경어를 쓰며 선생님이라고 부른 것은 그때가 처음이었다. 그는 매우 놀랐으며, 생의 새로운 단계가 열리기 시작했다고 여겼다. 그 후 그는 어느 예쁜 부인이 그에게 이렇게 말할 때까지 그 일화를 까맣게 잊어버렸다. "당신이 젊었을 때는 당신도 그렇게 생각하지 않았나요……." 여자가 마치 과거를 들먹이듯 그의 젊은 날을 들먹인 것은 그때가 처음이었다. 그 순간 그의 머릿속에는 지난날 그에게 시간을 물었던 그 소녀의 영상이 떠올랐으며, 그 두 여성의 형상이 혈족 관계임을 깨달았다. 두 형상은 그 자체로는 우연히 마주친 무의미한 것이었지만, 서로 연관을 맺는 순간부터, 그의 생의 문자반 위에 결정적인 두 사건으로 나타났던 것이다.

달리 얘기해 보자. 루벤스 인생의 문자반이 중세의 거대한 괘종시계, 예를 들면 프라하의 그 괘종시계, 예전에 내가 수천 번도 더 지나쳤던 비에이빌 광장의 그 괘종시계 위에 놓여 있다고 상상해 보자. 시계가 울면 문자반에서 작은 창문 하나가 열린다. 거기에서 인형, 말하자면 몇 시냐고 묻는 일곱 살 난 소녀가 나온다. 그러고 나서 그 바늘이 매우 느리게, 여러 해가 걸려 다음 숫자에 이르면 종이 울리고 그 작은 창문이 다시 열리며 거기에서 다른 인형 하나가, "당신이 젊었을 때……." 라고 말하던 그 젊은 부인이 나온다.

# 3

아주 젊었을 때 그는 자신의 성적 환상들을 감히 여자에게
털어놓은 적이 한 번도 없었다. 자신의 모든 성적 에너지를 여
자의 육체 위에서, 깜짝 놀랄 신체적 위업으로 변화시키면 된
다고 믿었던 것이다. 게다가 그에 못잖게 젊은 여자 파트너들
역시, 그와 견해가 같았다. 그는 여자 파트너들 가운데 한 여
자(편의상 그녀를 A라고 하자.)가 섹스 도중 갑자기 팔꿈치와
발뒤꿈치로 버티며 몸을 활처럼 휘던 일을 어렴풋이 기억한
다. 그때 그는 그녀의 몸 위에 엎어져 있다가, 자칫 균형을 잃
고 침대에서 떨어질 뻔했다. 루벤스가 보기에 그 스포츠적 몸
짓에는 열정의 의미가 듬뿍 배어 있었으며, 이에 대해 그는 그
여자친구에게 고마워했다. 그때 그는 첫 번째 시기, 즉 스포츠
적 침묵의 시기를 보내고 있었다.

뒤이어 그는 침묵을 조금씩 상실해 갔다. 태어나 처음으로

어느 아가씨 앞에서 자신의 신체.일부를 큰 소리로 지칭한 날, 그는 그런 자신을 매우 대담하다고 평가했다. 그러나 사실 그 대담성은 그의 생각만큼 대단치는 않았다. 사용된 그 표현이 완곡한 애칭이거나 시적 완곡어법이었기 때문이다. 하지만 그는 자신의 용기에 적잖이 놀랐으며 (아가씨가 그에게 침묵을 요구하지 않는다는 사실 역시 놀라웠다.) 그때부터 그는 좀 더 기교적인 은유들을 개발하며 시적 완곡어법을 통해 성 행위를 말로 표현하기 시작했다. 이것이 그의 두 번째 시기, 즉 은유의 시기다.

당시 그는 B와 연애 중이었다. 의례적인 말의 서곡(매우 은유적인!)을 거쳐 그들은 정사를 나누었다. 쾌감의 정점에 오름을 느끼고서 그녀가 갑자기 문장 하나를 내뱉었는데, 그녀 자신의 성기를 모호하지도 은유적이지도 않은 말로 지칭하고 있었다. 그가 여자의 입에서 그런 말을 들은 것은 그때가 처음이었다.(이 역시 문자반에서 매우 중요한 날짜임을 지적해 두자.) 넋이 달아나도록 놀란 그는 수식 없이 뱉어진 그 말이, 지금까지 그가 만들어 낸 어떤 은유보다도 더 폭발적인 힘과 매력을 지녔음을 깨달았다.

그로부터 얼마 후 C가 그를 집으로 초대했다. 이 부인은 그보다 열다섯 살 연상이었다. 그녀를 만나기 전 그는 친구 M에게 성교 도중 C 부인에게 들려주기로 한 기막힌 외설들(이젠 은유들이 아니다!)을 하나도 빠짐없이 얘기해 주었다. 그의 계획은 묘하게 실패하고 말았다. 그가 미처 용기를 내기 전에 그 부인이 먼저 그런 외설들을 내뱉었던 것이다. 또다시 그는 어안이 벙벙해졌다. 단순히 그 파트너가 자기보다 대담했기 때문만이 아니라 그가 며칠이나 걸려 다듬은 그 표현들을 참으로 이상하게도 그녀가 문자 그대로 고스란히 활용했기 때문이었다. 이 우연의 일치에 그는 열광했다. 그는 그 우연을 일종의 성적 텔레파시이거나 두 영혼의 신비스러운 혈족 관계로 간주했다. 그렇게 해서 그는 점차 세 번째 시기, 말하자면 외설적 진실의 시기로 들어갔다.

네 번째 시기는 그의 친구 M과 밀접한 관계가 있다. 아랍 전화의 시기다. 아랍 전화라는 것은 주로 다섯 살에서 일곱 살 사이 아이들이 많이 하는 놀이다. 아이들이 일렬로 나란히 앉아 첫 번째 아이가 두 번째 아이에게 긴 문장 하나를 속삭여 주고, 두 번째 아이는 세 번째 아이에게 그것을 속삭여 주며, 세 번째 아이는 네 번째 아이에게 반복해 주는 식으로 이어지다가, 맨 마지막 아이가 그 문장을 큰 소리로 외치는데, 그때 원래 문장과 마지막 달라진 문장의 차이 때문에 아이들의 입에서 폭소가 터진다. 성인인 루벤스와 M은 애인들에게 매우 복잡한 외설적 문장을 속삭여 주면서 결국 아랍 전화 놀이를 한 셈이었다. 자신들이 그 놀이에 동참하는 줄은 꿈에도 모른 채 여자들은 외설들을 전달했다. 더군다나 루벤스와 M은 몇몇 애인(혹은 몰래 만나던 애인들)을 공유했으므로, 그들은 그 여자들을 매개로 유쾌한 우정의 기호들을 교환할 수 있었다. 어느 날 한 여자가 섹스 도중, 지나치게 꾸미고 꾸미며 도무지 말이 안 되는 문장 하나를 그에게 속삭였는데, 루벤스는 즉각 그것이 친구의 고약한 작품임을 알아채고서 터지는 웃음을 참을 수가 없었다. 그 여자는 숨 넘어갈 듯한 그의 웃음을 애정의 발작으로 간주했고, 용기백배하여 그 문장을 되풀이했다. 그녀가 세 번째로 그 문장을 외치는 순간, 루벤스는 섹스 중인 그들의 두 육체 위에서 가가대소하는 친구의 환영을 보았다.

그때 그의 뇌리에, 은유의 시기가 끝나갈 무렵 섹스 중 느닷없이 외설적인 말 하나를 내뱉던 아가씨 B가 떠올랐다. 한 가지 의문이 그를 사로잡았다. 그녀는 그 말을 그날 처음 내뱉은 것일까? 그는 그녀가 자기를 사랑한다고 생각했다. 자신과 결혼하고 싶어 하며, 다른 사내는 절대로 알려고 하지 않는다고 생각했다. 오늘에야 루벤스는 분명 어떤 사내가 그녀에게 그 말을 가르쳐주었고 (훈련했다고도 할 수 있을 것이다.) 덕택에 그녀가 그에게 그런 말을 할 수 있었음을 깨달았다. 그렇다. 수년 전 일에 대한 회상과 아랍 전화 경험 덕택에, 그는 당시 자신에게 정절을 맹세하던 B에게 틀림없이 다른 애인이 있었음을 알아차렸다.

아랍 전화 경험이 그의 생각을 바꾸어 놓았다. 그는 육체적 사랑이 전적으로 내밀한 순간이요, 그런 순간 두 고독한 육체는 끝없는 사막으로 변한 세계에서 서로 끌어안고 있는 거라는 느낌(우리 모두가 갖는 느낌)을 잃어버렸다. 이제 그는 그런 순간이 별로 고독을 가꾸지 않는다는 사실을 알았다. 차라리 샹젤리제의 군중 틈에 있는 편이, 더없이 은밀한 애인의 품속에 있는 것보다 더 고독했다. 그러므로 아랍 전화 시기는 곧 사랑의 사회적 시기라 할 수 있었다. 몇 마디 말 덕택에 모든 사람이 두 사람의 포옹에 참여한다. 사회는 끊임없이 음란한 영상들의 거래를 부추기고, 그 유포와 교환을 보장해 준다. 그래서 그는 국가라는 것을 이렇게 정의해 보았다. 성생활이 하나의 아랍 전화로 연결된 개인들의 공동체로 말이다.

하지만 곧 그는 D라는 아가씨를 만났다. 그가 아는 여자들 중에서 가장 말이 많았다. 두 번째 만남 때 이미 그녀는 자신이 자위에 열성적이며 동화를 중얼거림으로써 쾌감의 극치에 이를 수 있다고 털어놓았다. "동화라고? 어떤 동화? 얘기해 봐!"라고 말하며 그가 섹스를 시작했다. 그녀가 얘기를 늘어놓았다. 수영장, 선실, 나무 울타리에 뚫린 구멍들, 옷을 벗을 때 피부에 느껴지던 시선들, 갑자기 벌컥 열린 문, 문지방 위네 사내 등등…… 동화는 아름다웠고 통속적이었으며 루벤스는 그 파트너를 칭찬해 마지않았다.

한데 그사이 그에게 이상한 일이 일어났다. 다른 여자들을 만날 때, 그녀들의 상상 세계에서 D와의 섹스 중에 들었던 긴 동화의 토막들을 발견했던 것이다. 가끔씩은 같은 말과 같은 표현에 맞닥뜨리기도 했다. 그런 말과 표현이 전혀 일상적인 게 아닌데도 말이다. D의 긴긴 독백은 그가 알고 지낸 모든 여자들이 반영된 하나의 거울이요, 라루스 사전 여덟 권에 버금하는, 외설적 표현과 영상 들의 방대한 대백과사전이었다. 그는 처음에는 아랍 전화 원리에 따라 D의 독백을 해석했다. 수백 명쯤 될 그녀의 애인들을 매개로, 국가가 그 여자 친구의 머릿속에 마치 벌이 꿀을 나르듯 그 나라 사방팔방에서 따온 외설적 영상들을 날랐던 거라고 말이다. 그러다 나중에는 그런 설명이 아무래도 사실 같지 않음을 확인했다. D의 긴 독백

중 몇몇 짧은 문장을 그가 알던 다른 여자들에게서도 발견했으나, 그녀들이 간접적으로나마 D와 접촉할 기회를 가질 수 없었고, 어떤 공통의 애인이 있어 그녀들 사이에서 준마 역할을 했을 가능성도 전혀 없었기 때문이다.

그래서 루벤스는 C와의 연애를 떠올려 보았다. 그는 그녀를 위해 외설적인 말들을 준비했지만 정작 그 말들을 내뱉은 사람은 그녀였다. 당시 그는 텔레파시 덕택이라고 생각했다. 한데 C는 정말 루벤스의 머릿속에서 그 말들을 읽었을까? 그렇다기보다는 그를 알기 전부터 그 말들을 자기 머릿속에 담아 두었다고 하는 편이 사실에 더 가까울 것 같았다. 그렇다면 어떻게 두 사람은 같은 말을 머릿속에 담아 둘 수 있었을까? 아마도 그 말들의 원천이 같았기 때문일 것이다. 그러자 루벤스는 하나의 동일한 물결이 모든 남자와 여자를 관통하는 게 아닐까, 동일한 한 지하수가 그 성적 영상들을 나르는 게 아닐까 하는 생각이 들었다. 사람들은 각자 제 몫의 이미지들을, 아랍 전화 놀이에서처럼 남녀 애인에게서가 아니라, 그 비(非)인격적인 ─ 초(超)인격적인, 혹은 하(下)인격적인 ─ 물결에서 얻는 것이다. 한데 우리를 관통하는 그 강물이 비인격적이라는 것은, 곧 그것이 우리 소관이 아니라, 우리를 창조하고 그것을 우리에게 주입한 이의 소관임을 뜻한다. 달리 말하면 그 강물은 신의 소관이요 나아가서는 곧 신이거나 신의 화신들 중 하나라는 얘기다. 처음 이런 생각을 말로 개진했을 때, 루벤스는 이런 얘기가 신을 모독한다고 생각했다. 그러나 신 모독이라는 겉모습은 곧 흔적 없이 증발해 버렸고, 그는 일종의 종교적 겸허함을 품고 그 지하수 속으로 잠겨 들었다. 그 물결 속에서 그는 우리 모두가 하나라는, 동일 국가 구성원들로서가 아니라 신의 아이들로서 하나라는 느낌을 받았다. 그 물결 속으로 빠져들 때마다 그는 어떤 신비한 융화 작용 때문에 자신이 신과 혼동되는 것 같은 느낌을 가졌다. 그렇다, 그의 다섯 번째 시기는 신비적 시기였다.

# 4

결국 루벤스의 일생은 육체적 사랑 이야기로 환원되고 마는가?

아닌 게 아니라 그렇게 이해해도 무방하다. 그가 육체적 사랑에 관한 종교적 계시를 얻은 날, 그날 역시 그의 인생 문자반에서 중요한 날짜를 의미한다.

고등학생 시절, 그는 많은 시간을 박물관에서 그림을 바라보며 보냈고, 집에서 고무수채화를 수백 점 그렸으며, 선생들의 캐리커처를 그려 학우들에게서 명성을 얻기도 했다. 그런 캐리커처를 학생들이 운영하는 등사판 잡지에 크레용으로 그려 싣거나, 레크리에이션 시간에 흑판에 분필로 그려 급우들에게 큰 즐거움을 안겨 주었던 것이다. 이 시기는 그에게 영예라는 걸 알게 해 주었다. 사람들이 그를 알아보았고 그를 칭찬했으며 모두가 농담 삼아 그를 루벤스라고 불렀다. 이 멋진 시절(그의 유일한 영광의 해들)을 기념하는 뜻에서, 그는 일생 동안 이 별명을 간직했으며 (뜻밖에 천진하게도) 친구들에게 자신을 이 별명으로 부르길 요구했다.

이 영예는 대학입학자격시험과 더불어 끝났다. 미술 전문학교에서 공부를 계속하고자 했으나, 시험에 떨어지고 만 것이다. 그가 다른 학생들보다 못해서였을까? 아니면 운이 없어서? 묘하게도 나는 이런 단순한 질문들에는 대답을 할 수가 없다.

그리하여 그는 관심도 없으면서 법학 공부에 뛰어들었으며 자신의 실패를 조국 스위스의 왜소함 탓으로 돌렸다. 화가의 천분을 다른 곳에서 이루고자 그는 두 차례 자신의 운을 시험했다. 먼저 파리 미술전문학교에 응시했으나 실패했고, 그다음에는 자신의 데생들을 여러 잡지사에 보내 보았다. 왜 잡지사들은 그의 그림들을 거절했는가? 그림들이 나빴기 때문인가? 그의 그림을 받아 본 작자들이 바보들이어서? 아니면 시대가 이제 데생에 더는 관심이 없었기 때문인가? 이 질문들에 대해서도 나는 대답할 수 없다는 말만 되풀이할 수밖에 없다.

거듭되는 실패에 지쳐 그는 포기했다. 이에 대해 물론 우리는 (그도 의식했던 사실이지만) 데생과 회화에 대한 그의 열정이 그의 생각만큼 강렬하지 못했다고 결론지을 수 있다. 고등학생 시절에는 자신에게 화가의 천분이 있다고 착각했던 것이다. 이 깨달음에 우선 그는 실망했다. 그러나 곧 어떤 도전과도 같은, 체념에 대한 변명이 그의 마음속에 울렸다. 왜 그렇게 그림에 열을 내야 한단 말인가? 그 열정에 뭐 그리 자랑할 만한 게 있는가? 엉터리 그림들, 엉터리 시들 대부분은 바로 예술가들이 예술에 대한 자신들의 열정에서 뭔가 신성한 것을, 어떤 사명, 어떤 의무(그들 자신을 향한, 즉 인류를 향한)를 보기 때문에 탄생한 게 아닌가? 자신의 예술을 포기하면서부터 그는 예술가와 작가들을 재능보다는 야심 많은 작자들로 보기 시작했으며, 그때부터 그들을 피했다.

그의 가장 큰 라이벌 N, 같은 도시에 살았던 평범한 동년배 소년이요 같은 학교 학생이었던 그는 미술전문학교에 합격했고 게다가 오래지 않아 주목할 만한 성공을 거두기까지 했다. 고등학교에서 같이 공부할 때만 해도 사람들은 모두 N보다는 루벤스의 재능이 뛰어나다고 생각했다. 이는 모두가 착각했다는 뜻일까? 아니면 재능이란 것이 도중에 없어지기도 하는 그런 것이란 뜻일까? 이미 짐작하겠지만 이 질문들에도 나는 대답할 수 없다. 사실 그런 건 중요하지도 않다. 거듭된 실패로 그림을 결정적으로 포기한 그 시기,(N이 처음으로 성공을 거두기 시작한 시기) 루벤스는 아주 젊고 아주 예쁜 아가씨를 한 명 사귀고 있었다. 반면에 N은 어느 부유한 아가씨와 결혼했는데, 루벤스로서는 마주 보기만 해도 숨이 꽉 막힐 정도로 지독하게 못생긴 여자였다. 이 묘한 우연의 일치를 그는 운명의 징표처럼 여겼다. 그의 삶의 무게 중심이 어디에 있는지 지시해 주는 그런 징표 같았다. 삶의 무게중심은 대중적 삶이 아니라 사생활에 있다고, 사회 경력 추구가 아니라 여자들에 대한 성공에 있다고 말이다. 그러자 돌연, 어젯밤만 해도 실패로 여겨지던 것이 놀라운 승리로 모습을 드러냈다. 그렇다, 그는 삶 자체에 헌신하기 위해, 영광을, 명성을 위한 투쟁(공허하고 슬픈 투쟁)을 포기했던 것이다. 그는 어째서 여자들이 그의 '삶 자체'가 되었는지에 대해서는 자문해 보지도 않았다. 그에게는 그것이 의심의 여지없이 자명해 보였다. 그는 못생긴 여자를 달고 사는 그 동급생보다 훨씬 나은 길을 선택했다고 확신했다. 그렇게 볼 때 젊고 아리따운 여자친구는 그에게 미래 행복을 구현하는 존재였을 뿐 아니라, 특히 그의 승리와 그의 자존심을 구현하는 존재였다. 이 뜻밖의 승리를 확실히 굳히기 위해, 그 승리에 돌이킬 수 없는 봉인을 찍어 버리기 위해 그는 그 미녀와 결혼했고, 모든 이들이 그를 부러워하리란 걸 믿어 의심치 않았다.

# 5

여자들이 루벤스에게는 '삶 자체'임에도 그는 만사 제쳐 놓고 서둘러 그 미인과 결혼했으며, 그렇게 함으로써 여자들을 포기해 버렸다. 명백히 비논리적인 행동이지만 일상에서 흔히 보는 일이기도 하다. 루벤스는 스물네 살이었다. 그는 이제 막 외설적 진실의 시기로 접어든 참이었으나 (따라서 이때는 그가 B라는 아가씨와 C 부인을 안 지 얼마 지나지 않은 시기다.) 지금까지의 경험들이 육체적 사랑 위에 진짜 사랑, 위대한 사랑이 있다는 확신을 망가뜨리지는 않았다. 그가 귀에 못이 박히도록 들었고 많이도 꿈꾸었으나 한 번도 경험해 본 적 없는 그 최상의 가치 말이다. 그는 사랑이야말로 인생(그가 사회 경륜을 포기하고 택했던 그 '삶 자체')의 극치요, 그러므로 두 팔을 활짝 열고 조건 없이 그 사랑을 맞이해야 함을 믿어 의심치 않았다.

좀 전에 내가 말했듯 그의 성적(性的) 문자반 위 바늘들은 외설적 진실의 시간을 가리키나, 사랑에 빠지면서 루벤스는 이전 단계들로 퇴행했다. 침상에서 그는 침묵을 지키거나 아니면 약혼녀에게 부드러운 은유를 간신히 더듬거리는 정도였다. 외설을 늘어놓다가는 둘 다 사랑의 영지 밖으로 내쫓기리라는 걸 확신했기 때문이다.

달리 얘기해 보자. 그 미녀에 대한 사랑은 그를 동정(童貞) 상태로 돌려 놓았다. 앞에서 이미 얘기했듯 '사랑'이라는 말을 할 때 유럽인들은 하나같이 마법의 날개를 타고, 성교 이전 상태(혹은 성교 바깥 상태)로 돌아간다. 젊은 베르테르가 아파하던 곳, 프로망탱의 소설에서 도미니크가 자칫 말에서 떨어질 뻔했던 그곳으로 말이다. 그래서 루벤스는 그 미녀를 만난 순간, 감정을 담은 냄비를 불 위에 올려놓고, 냄비가 끓어 감정이 열정으로 바뀔 때를 기다리기로 한 것이다. 한데 당시 다른 도시에 살던 세 살 연상 여자친구(그녀를 E라고 부르자.)와의 관계 때문에 일이 좀 복잡하게 된다. 그녀와는 미녀를 만나기 훨씬 전부터 알고 지낸 사이로, 루벤스는 미녀를 만나고 나서도 몇 달째 계속 연락했다. 그러다 결혼하기로 결심한 날 그녀와의 관계를 끊었다. 둘의 결별은 그녀에 대한 루벤스의 감정이 식어 버렸기 때문이 아니라 (그가 얼마나 그녀를 사랑했는지는 곧 알게 된다.) 이제 정절이 사랑을 희생해야 하는 엄숙하고 경건한 생의 단계로 접어들었다는 확신에서 빚어진 일이었다. 한데 결혼 예정일을 일주일 앞두고 (아무리 그래도 결혼에 대한 한 가닥 의구심은 생겨나게 마련이다.) 그는 한마디 설명조차 없이 차 버린 E에 대한 견딜 수 없는 향수를 느꼈다. 이제

껏 한 번도 그녀와의 관계를 사랑이라 부르지 않았기에 그는 자신이 너무나 열렬히, 온몸과 마음과 머리를 다해 그녀를 원한다는 사실에 몹시 놀랐다. 더는 견딜 수가 없어 그는 그녀를 만나러 갔다. 일주일 내내, 그는 그녀와 정사를 나누리라는 희망 아래 수치를 무릅쓰고 그녀에게 빌고 애원하며 애정과 슬픔과 집요함으로 그녀를 들볶았지만, 끝내 그녀는 그에게 미안하다는 표정만 지어.보였을 뿐이었다. 그녀의 육체, 그는 그 터럭 하나도 건드리지 못했다.

절망과 슬픔에 젖어 그는 결혼식 날 아침에야 집으로 돌아왔다. 그는 피로연에서 만취해 버렸고, 그날 저녁 신부를 아파트로 데려갔다. 정사를 나누는 도중, 취기와 향수 탓이었던지 그는 그만 그 옛 여자친구의 이름을 부르고 말았다. 이 무슨 재앙인가! 아마도 그는 대경실색한 눈빛으로 자신을 바라보던 그 커다란 두 눈동자를 영원히 잊지 못할 것이다! 모든 것이 와르르 무너지던 바로 그 순간, 그는 버림받은 그 여자친구가 복수를 하는 거라고, 결혼 첫날부터 그의 결혼을 망치려 드는 거라고 생각했다. 또한 그는 그 짧은 순간에도, 도무지 있을 수 없는 일이 벌어졌으며, 자신이 참으로 그로테스크한 과오를, 결혼을 망칠 것이기에 더더욱 견딜 수 없는 그런 과오를 범했음을 깨달았던 것 같다. 그러나 그런 생각으로 보낸 끔찍한 침묵의 시간은 불과 삼사 초에 지나지 않았다. 그러다 그가 느닷없이 외치기 시작했다. "이브! 엘리자베스! 잉그리드!" 다른 여자들 이름이 생각나지 않자, 같은 이름을 다시 한 번 외쳤다. "잉그리드! 엘리자베스! 그래, 내게는 당신이 곧 모든 여자야! 이 세상 모든 여자야! 이브! 클라라, 쥘리! 당신은 이 모든 여자들이야! 당신은 복수(複數)형 여자야! 잉그리드! 그레첸! 이 세상 모든 여자들이 당신 안에 있고, 당신은 그 모든 이름을 갖는다고……!” 그렇게 외치며 그는 섹스 선수가 되어 사랑의 율동에 속도를 가했다. 잠시 후 그는 신부의 질겁한 눈동자가 본래 모양을 되찾고, 얼어붙었던 육체 또한 안심해도 좋을 규칙적인 리듬을 되찾았음을 확인할 수 있었다.

그가 재앙에서 벗어난 방법은 믿기 어렵게 여겨질 수 있으며, 신부가 그런 광적 희극을 진지하게 받아들였다는 사실은 분명 놀랍기까지 하다. 하지만 그들 두 사람이 모두 사랑을 절대와 연결하는 그 전(前)교미 사상에 젖어 있었음을 잊지 말자. 그런 처녀기(處女期)에서 보이는 사랑의 기준은 무엇인가? 순전히 양적인 것이다. 사랑이란 매우 매우 매우 매우 큰 감정이다. 거짓 사랑은 작은 감정이며, 진정한 사랑(die wahre Liebe!)은 매우 큰 감정이다. 하지만 절대라는 관점에서는 모든 사랑이 다 작지 않은가? 물론이다. 바로 그래서 사랑은 자신의 진실을 입증하기 위해 합리성에서 벗어나고자 하고, 어떤 절제도 무시하려고 하며, 사실성에서 벗어나 ‘열정의 생동하는 광란으로’(엘뤼아르를 잊지 말자!) 자신을 변모시키고자 한다. 달리 말하면 광적이 되고자 하는 것이다! 그러므로 도가 지나친 그런 터무니없는 몸짓은 이로우면 이로웠지 해가 될 게 없었다. 제3의 관찰자에게는 루벤스가 궁지를 모면한 방법이 우아하지도 않고 설득력이 있어 보이지도 않으나, 그것은 그가 재앙을 모면할 수 있었던 유일한 방법이었다. 광인처럼 행동함으로써 루벤스는 절대를, 사랑의 광적 절대성을 등에 업었던 것이며, 그것이 그를 구했던 것이다.

# 6

매우 젊은 신부 앞에서 사랑의 서정적인 운동선수로 돌아
가긴 했지만, 그렇다고 해서 루벤스가 외설적 유희들을 완전
히 포기한 건 아니다. 그것은 그 외설들을 사랑에 이용하고자
했음을 의미한다. 그는 여자 백여 명과 겪을 수 있을 모든 체
험을 이제 단 한 여자와 단조로운 황홀 속에서 겪으리라고 상
상했다. 그러자 한 가지 의문이 떠올랐다. 이제 관능 모험은
어떤 박자로 사랑의 길을 나아갈 것인가? 그 사랑의 길이 멀
리, 매우 멀리, 가능하다면 끝없이 멀리 이어져야 했기에 그는
한 가지 원칙을 세웠다. 시간에 제동을 걸어 절대 서두르지 않
는다는 원칙이다.

그가 미녀와의 성생활의 미래를, 높은 산을 한 걸음씩 오르
는 것처럼 여겼다고 해 두자. 첫날부터 대뜸 정상에 올라 버
린다면 그다음 날은 뭘 하겠는가? 그러므로 이 상승이 일생에

걸쳐 진행되도록 계획할 필요가 있었다. 그래서 그는 부인과의 정사를, 물론 열과 성의를 다하되 어디까지나 고전적인 방식으로 치렀고, 그를 충동질하는 (다른 아무 여자가 아니라 그녀였기에 더욱) 그 변태적 수법들을 피하면서 훗날로 미루었다.

그러나 그는 그런 계획이 초래할 결과를 미처 상상하지 못했다. 그들은 서로를 이해할 수 없었고, 서로 신경을 자극했으며, 부부 사이에 권력을 놓고 언쟁을 일삼았다. 그녀는 자신의 성숙을 위한 공간을 좀 더 요구했고, 그는 그녀가 계란 프라이조차 해 주려 하지 않는다고 화를 냈으며, 그리하여 자기들에게 닥친 일을 미처 깨닫기도 전에 이혼을 했다. 그 위대한 감정, 그것을 토대로 자신의 일생을 구축하리라 다짐했던 그 감정이 너무도 빨리 사라져 버렸으므로, 루벤스는 자기가 언제 그런 감정을 가져 보기나 했는지 의심스러웠다. 이 감정의 증발(너무도 덧없고 신속하며 돌연한 증발!)은 아찔하고 도무지 믿기지 않는 것이어서, 이 년 전에 맛본 사랑의 황홀감보다도 더그의 넋을 빼 놓았다.

그 결혼의 감정 결산이 0이었다면, 성생활 대차대조표는 두말할 나위도 없었다. 스스로에게 부과한 느린 박자 때문에 그는 그 멋진 피조물과 매우 유치하고 별로 자극적이지 않은 몇가지 성애만 실천했던 것이다. 그는 산 정상에 오르기는커녕 첫 번째 망루까지도 가지 못했다. 그래서 그는 이혼한 뒤에 다시 그 미녀를 보려고 했다.(그녀도 이에 반대하지 않았다. 더 이상 권력 다툼을 하지 않게 되자, 그와의 만남에 다시 흥미를 느낀 것이다.) 앞날을 위해 유보해 두었던 그 애틋한 변태적 수법들 중에서 최소한 몇 가지만이라도 얼른 시험해 보기 위해서였다. 하지만 그는 그것들을 하나도 제대로 써먹지 못했다. 이번에는 너무 빠른 박자를 선택했고, 그 이혼녀(그가 단숨에 외설적 진실의 단계로 올려 놓고자 했던)가 그의 성마른 욕구를 냉소주의와 사랑의 태만으로 해석하여 그들의 이혼 후 관계가 너무도 빨리 끝나 버린 때문이었다.

결혼이라는 것이 그의 인생에서는 본론에서 벗어난 한 여담에 불과했기에, 나는 그 후 루벤스가 정확히 그 신부를 만나기 전 지점으로 되돌아갔다고 말하고 싶은 유혹을 느낀다. 그러나 그렇게 말하는 건 잘못일 것이다. 가득 부풀어 올랐던 사랑의 감정이 덧없이 사라지자, 그는 믿기지 않을 만큼 아프지도 비극적이지도 않은 그 소멸을 어떤 충격적인 계시로 체험했다. 말하자면 그는 결정적으로 사랑 저 너머로 가 버린 것이다.

# 7

이 년 전 현혹된 그 위대한 사랑에 그는 그림을 잊었다. 그러나 일단 결혼을 괄호 속에 묶어 버리고, 자신이 사랑 저 너머에 있음을 우울하고 한스러운 심정으로 확인하자, 예술에 대한 거부가 문득 변명의 여지없는 항복으로 여겨졌다.

그는 그리고 싶었던 그림들을 수첩에 다시 스케치하기 시작했다. 그러나 곧 과거로 돌아가는 것은 절대 불가능함을 확인했을 뿐이었다. 고등학생 때 그는 이 세상 모든 화가들이 하나의 위대한 길을 걸어갔다고 상상했다. 그 길은 고딕 회화에서부터 르네상스기 위대한 이탈리아 화가들로, 그다음엔 네덜란드 화가들로, 그들에서 다시 들라크루아로, 들라크루아에서 마네로, 마네에서 모네로, 보나르에서 (아, 그는 보나르를 얼마나 좋아했던가!) 마티스로, 세잔에서 피카소로 이어지는 왕도였다. 이 길 위에서 화가들은 군인들처럼 대오를 이루어 전진한 게 아니라 각자 혼자 걸어갔지만, 그러나 각자의 발견이 서로에게 영감을 주면서 그들은 모두, 그들의 공동 목표요 그들을 하나로 묶는 어느 미지(未知)를 향해 길을 헤쳐 나간다고 생각했다. 한데 갑자기 그 길이 사라져 버렸다. 그것은 마치 아름다운 꿈의 끝 같았다. 그래도 얼마 동안은 그 창백한 이미지들을 좇아 보고자 했으나 꿈을 되살려 낼 수는 없다는 것을 곧 깨달았다. 그렇게 사라져 버렸음에도 그 길은 오래도록 화가들의 마음속에 '전위(前衛)로 간다.'라는 억누를 수 없는 욕망으로 남았다. 하지만 더 이상 길이 없는데 어디에 '전위'가 있단 말인가? 어느 방향으로 그 잃어버린 '전위'를 찾아간단 말인가? 화가들 마음속에서 이 '전위로 간다.'라는 욕망은 신경증이 되었다. 그들은 마치 같은 도시, 같은 광장에서 부대끼는 행인들처럼 서로 끊임없이 마주치면서 사방으로 뛰어다녔다. 그들은 모두 자신의 남다른 모습을 보이고자 했고, 각자 다른 사람이 재발견하지 못한 어떤 발견을 재발견하고자 했다. 다행히도 곧 그런 혼란에 질서를 부여할 사람들이 등장했다. 어느 해에는 이런 발견을 재발견해야 한다고 결정하는 사람들 (화가들이 아니라 바로 장사치들, 꼭꼭 홍보 고문과 중개인 들을 대동하고 다니는 전시회 주최자들)이 나타난 것이다. 이 새로워진 질서는 동시대 그림들의 판매를 촉진했다. 갑자기 그림들이 십여 년 전에 피카소와 달리를 조롱했던, 그래서 루벤스가 열렬히 경멸했던 바로 그 부호들의 살롱에 쌓였다. 그 부호들은 현대적이기로 결심했고, 그래서 루벤스는 화가가 되지 않은 것을 다행으로 여기며 '휴!' 하고 안도의 한숨을 내쉬었다.

언젠가 뉴욕에서 그는 현대미술관에 들렀다. 이 층에 마티스와 브라크, 피카소, 미로, 달리, 에른스트 등이 전시되어 있었다. 루벤스는 매혹되었다. 화폭 위 붓질들이 광적인 기쁨을 표현하고 있었다. 어찌 보면 현실이 마치 반인반수의 목신(牧神)에게 공격당하는 여인처럼 거창하게 강간당하는 것 같았고, 또 어찌 보면 화가가 마치 투우사와 대적하는 황소처럼 현실과 싸우는 것 같았다. 한데 좀 더 최근 그림들이 전시된 위층에 올라가자 루벤스는 자신이 사막 한가운데 있는 것 같았다. 즐거운 붓질은 흔적도 찾아볼 수 없었다. 기쁨의 흔적도 없었다. 황소들과 투우사들도 사라져 버렸다. 화폭들은 실세계를 추방해 버렸거나, 아니면 둔하고 냉소적인 충실성으로 실세계를 모방하는 게 고작이었다. 이 두 층 사이에는 죽음과 망각의 강, 레테의 강이 흐르고 있었다. 그때 루벤스는 자신이 끝내 그림을 포기하고 만 것은 단순히 재능이나 끈기가 모자라서가 아니라 어쩌면 보다 심오한 어떤 이유 때문이 아니었을까 하고 중얼거렸다. 유럽 회화의 문자반 위 바늘들이 자정을 가리켰기 때문에 말이다.

재능 있는 연금술사가 19세기로 이주해 오면 무엇을 할까? 수백 운송업자들이 해상 운송을 관장하는 오늘날이라면 크리스토퍼 콜럼버스는 무엇이 되었을까? 연극이 아직 존재하지 않거나 더 이상 존재하지 않는 시대라면 셰익스피어는 무엇을 쓸까?

이런 질문들은 공연한 말장난이 아니다. 시계가 자정을 울려 버린 (혹은 아직 최초의 시간을 울리지 않은) 어떤 활동에 재능을 타고난 이가 있다면, 그의 재능은 어떻게 될까? 변신을 할까? 현실에 적응할까? 크리스토퍼 콜럼버스는 운송회사 사장이 될까? 셰익스피어는 할리우드에서 시나리오를 쓸까? 피카소는 만화를 그릴까? 그렇지 않으면 이 위대한 재주꾼들이 모두 세상으로부터 은퇴를 해 버릴까? 때를 잘못 타고난 데 대한, 자신들이 태어났어야 할 시대의 바깥, 그들의 시대를 가리키는 문자반 바깥에서 태어난 데 대한 우주적 실망이 가득한, 어떤 '역사'의 수도원으로 떠나 버릴까? 열아홉 살에 시를 포기해 버린 랭보처럼, 그들도 때를 잘못 만난 자신들의 재능을 포기해 버릴까?

이 질문들에도 당신이나 나나 루벤스나, 누구도 대답하지 못할 것이다. 내 소설 속 루벤스는 위대한 화가가 될 소질이 있었는가? 아니면 전혀 재능이 없었는가? 그가 화필을 던져버린 것은 힘이 없었기 때문인가, 아니면 그림의 덧없음을 명철하게 꿰뚫어보는 힘이 있었기 때문인가? 물론 그는 종종 랭보를 생각했다. 마음 깊은 곳에서 그는 곧잘 자신을 그와 비교하곤 했다.(부끄러움과 아이러니를 느끼기는 했지만.) 랭보는 시를 가차 없이 근본적으로 내던져 버렸을 뿐 아니라, 그 후 활동 역시 시에 대한 풍자적인 부정이었다. 그는 아프리카에서 무기 밀매에 뛰어들었고 흑인 매매까지 했다고 하지 않는가. 비록 이 두 번째 주장이 그를 비방하는 전설에 지나지 않는다 할지라도, 랭보가 얼마나 격정적이고 열정적이고 자기 파괴적으로 시인으로서의 과거를 끊어 버렸는지를 과장해서 잘 나타낸다. 루벤스가 점점 더 투기꾼과 재정가의 세계에 매력을 느꼈다면, 이 역시 아마도 그가 (옳건 그르건 간에) 그런 활동을 자신의 예술가로서의 꿈과 정반대된다고 보았기 때문일 것이다. 그의 동급생 N이 유명해진 바로 그날, 루벤스는 옛날 그에게서 선물로 받은 그림 한 점을 팔았다. 이 판매로 그는 약간의 돈을 벌었을 뿐 아니라, 삶을 꾸리는 훌륭한 방법 하나도 알게 되었다. 부호들(그가 경멸하던)에게 당대 그림들(그가 좋게 평가하지 않는)을 파는 것 말이다.

많은 사람들이 그림을 팔아 생계를 꾸리면서, 그런 일을 하는 데 전혀 부끄러움을 느끼지 않는다. 벨라스케스, 베르메르, 렘브란트 역시 화상(畫商)들 아니었던가? 물론 루벤스도 알고 있다. 하지만 그는 노예상(奴隷商)인 랭보와 자신을 비교할 생각은 있었어도, 한 번도 화상이었던 그 위대한 화가들과 자신을 비교한 적은 없었다. 루벤스는 자신의 일이 완전히 무용하다는 것을 절대 의심하지 않을 것이다. 처음에는 이 점을 몹시 슬퍼하며 자신의 부도덕을 자책했더랬다. 그러나 그는 결국 이렇게 생각했다. 대체 '유용하다.'라는 게 무엇을 의미하는가? 유사 이래 모든 인류의 유용성의 총합은 바로 오늘날 이 세계 속에 고스란히 담겨 있지 않은가. 그렇다면 무용한 것보다 더 도덕적인 것도 없지 않은가.

# 8

이혼을 한 지 십이 년쯤 지났을 때 F가 그를 보러 왔다. 그녀는 어느 남자의 집에 방문했던 일을 얘기해 주었다. 먼저 그 남자는 그녀에게 거실에서 십오 분만 기다려 달라고 부탁했다고 한다. 이웃 방에서 끝내야 할 중요한 전화 통화가 있다는 핑계였다. 아마도 그는 전화를 하는 체하면서, 그녀에게 앉아서 기다리라고 권한 안락의자 앞 낮은 테이블 위에 놓인 포르노 잡지들을 뒤적거릴 시간을 주고자 한 듯했다. F는 이렇게 얘기의 결론을 맺었다. "내가 좀 더 젊었더라면 아마 그는 나를 가졌을 거예요. 내가 열일곱 살이었다면 말예요. 터무니없는 환상에 곧장 빠져드는 나이, 무엇에도 저항할 수 없는 나이니까⋯⋯."

루벤스는 건성으로 그녀의 얘기를 듣고 있었으나, 그녀의 이 마지막 몇 마디에는 무심할 수 없었다. 앞으로는 늘 이런 식일 것이다. 누군가가 들려주는 그를 놀라게 하는 어떤 말을, 그가 놓쳐 버린 어떤 일, 돌이킬 수 없이 놓쳐 버린 어떤 일을 상기시키는 일종의 비난처럼 들을 것이다. F가 자신의 열일곱 살 시절을 얘기했을 때, 그땐 자기가 어떤 유혹도 물리칠 수 없을 거라는 얘기를 했을 때, 그는 처음 만났을 당시 열일곱 살이었던 그 어린 신부를 떠올렸다. 그는 결혼을 얼마 앞두고 그녀와 함께 묵었던 그 시골 호텔을 떠올렸다. 그들이 정사를 나누던 이웃 방에는 한 친구가 묵고 있었다. "그가 듣겠어!" 하고 미래의 신부는 몇 번이나 귀엣말로 속삭였다. 오늘에야 (열일곱 살 시절에 겪은 유혹들을 얘기해 주는 F와 마주 앉아서야) 루벤스는 그날 밤 그녀가 어느 때보다도 더 세찬 신음 소리를 냈고, 심지어 비명까지 질렀으며, 결국 이웃 방 친구가 들으라고 일부러 비명을 질렀음을 알아차렸다. 그 후 종종 그녀는 그날 밤 일을 되새겼다. "정말 그가 아무 소리도 듣지 못했을 거라고 생각해?" 당시 그는 그녀의 물음을 겁에 질린 수치심의 발로로 여겼으며, 그런 그녀를 진정하려고 (지난날의 그런 순진함에 그는 귀밑까지 붉어졌다!) 그 친구가 들쥐처럼 잠이 깊다고 말해 주었다.

F를 바라보면서 그는 자신이 제3의 남자나 여자가 보는 앞에서 정사를 치르고 싶은 특별한 욕구를 느끼지 않았다고 생각했다. 한데 어떻게 해서 십사 년 전 칸막이 너머에 누운 그 친구를 생각하며 비명과 신음을 내지르던 아내에 대한 추억이, 어떻게 해서 그 추억이, 많은 세월이 흐른 오늘, 그의 피를 머리끝까지 치솟게 할 수 있는 것일까?

그는 속으로 중얼거렸다. 셋이나 넷이서 나누는 정사는 사랑하는 여인과 함께여야만 자극적일 수 있다. 오직 사랑만이 남자가 끌어안은 여자의 육체 앞에 경악과 겁에 질린 흥분을 일깨울 수 있다. 사랑 없는 애무는 무의미하다던 그 케케묵은 도덕적 명구가, 문득 정당성을 되찾고 새로운 의미를 갖게 된 것이다.

# 9

　다음 날 그는 사업상 몇 가지 일을 해결하기 위해 로마행 비행기를 탔다. 오후 4시쯤이 되자, 그는 자유로워졌다. 뿌리 뽑을 수 없는 향수에 가득 젖어 그는 옛 부인을 생각했다. 그녀만 생각한 게 아니라 그가 알고 지낸 모든 여자들이 그의 눈앞에 주마등처럼 지나갔고, 그녀들 모두가 그리웠으며 너무 적은 시간을 그녀들과 함께했다는 느낌이 들었다. 더 많은 시간을 그녀들과 함께할 수 있었고 마땅히 그랬어야만 했는데 말이다. 이 향수를, 이 불만을 떨쳐 버리기 위해 그는 바르베리니 궁 전시회장을 방문했으며 (어떤 도시를 방문하면 그는 꼭꼭 전시장에 들렀다.) 그러고 나서는 에스파냐 광장의 계단 쪽으로 향해, 빌라보르게지아 공원으로 올라갔다. 공원의 긴 오솔길을 따라 점점이 늘어선 초석들 위에는 유명 이탈리아인들의 대리석 흉상이 올려져 있었다. 마지막 표정 안에 굳어 버린 그들의 얼굴이 마치 그들 인생의 축소판인듯 전시되어 있었다. 언제나 루벤스는 조각상들의 코믹한 측면에 민감했다. 그는 미소 지었다. 그러고는 어린 시절의 동화를 떠올렸다. 마술사가 연회 중인 사람들에게 마법을 건다. 모든 사람들이 그 순간 자세 그대로 굳어 버린다. 헤벌어진 입, 음식을 씹느라 일그러진 얼굴, 손에는 뜯어 먹던 뼈다귀가 들려 있다. 그리고 또 다른 추억 하나. 소돔 탈출 때, 하느님은 사람들이 절대 뒤돌아보지 못하게 해 놓고, 이를 어기는 자는 소금 상(像)으로 변하게 했다. 성서 속 이 이야기는 인간을 시간으로부터, 시간의 그 지속적인 움직임으로부터 뽑아 내고 순간을 영원으로 바꿔 버리는 것보다 더한 공포와 형벌이 없음을 명백하게 예시한다. 이런 생각들(바로 다음 순간 까맣게 잊어버린)에 빠져 있다가 그는 문득 그녀를 보았다! 아니, 그녀란 그의 부인(이웃 방에서 친구가 듣는 줄 알고 신음을 내지르던)이 아니라, 다른 여자다.

순식간에 벌어진 일이었다. 그는 그녀가 막 지나치려는 그 순간에 그녀를 알아보았으며, 한 걸음만 더 지나쳤어도 두 사람은 서로 영원히 멀어져 갔을 것이다. 그는 놀랄 만큼 잽싼 동작으로 걸음을 딱 멈추었고, 뒤돌아서서 (그녀는 즉각 반응했다.) 그녀에게 말을 걸었다.

자신이 오랜 세월 갈구해 왔으며, 이 세상 구석구석을 찾아다닌 사람이 바로 그녀라는 느낌이 들었다. 100여 미터쯤 떨어진 곳, 눈부시게 푸른 하늘 아래, 테이블들이 나무그늘에 가지런히 놓인 카페가 하나 있었다. 그들은 마주 보고 앉았다.

그녀는 검은 선글라스를 쓰고 있었다. 그는 그녀의 선글라스를 두 손가락으로 집어, 살그머니 벗겨 내 테이블 위에 놓았다. 그녀는 거부하지 않았다.

"이 선글라스 때문에 하마터면 당신을 알아보지 못할 뻔했어요."

그들은 생수를 마시며 서로 상대에게서 눈을 떼지 못했다. 그녀는 남편과 함께 로마에 왔으며, 한 시간 정도밖에 여유가 없었다. 상황이 허락했더라면 바로 그날 당장이라도 정사를 나눌 수 있으리라는 걸 그는 알았다.

사람들은 그녀를 어떻게 불렀는가? 그녀의 이름은 무엇이었는가? 그는 잊어버렸으며, 그것을 그녀에게 물어볼 수는 없다고 판단했다. 서로 헤어진 후, 그녀에게 그는 줄곧 자신이 그녀를 기다려 온 것 같은 느낌이었다고 얘기해 주었다.(전적으로 진심에서 우러난 말이었다.) 그런데 어찌 그녀의 이름조차 모른다고 털어놓을 수 있겠는가?

"우리가 당신을 어떻게 불렀는지 아세요?"

"아뇨."

"류티스트라 불렀어요."

"왜 류티스트죠?"

"당신이 류트처럼 우아했기 때문이에요. 당신에게 그런 별명을 붙인 사람이 바로 납니다."

그렇다. 그런 별명을 만들어 낸 사람은 바로 그였다. 그러나 그가 그녀를 아주 잠시 알았던 그 시기에 만들어 낸 게 아니라 바로 지금, 빌라보르게지아 공원에서 만들어 냈다. 그녀와 얘기하기 위해선 이름이 필요했기 때문에, 그리고 그녀가 진짜 류트처럼 온화하고 우아하고 섬세하다고 생각했기 때문이다.

# 10

그녀에 대해 그는 무엇을 아는가? 별로 없다. 어느 테니스 코트에서 그녀를 눈여겨보고 (그때 그는 아마 스물일곱 살이었고 그녀는 그보다 열 살 아래였다.) 어느 날 디스코텍으로 초대했던 일이 어렴풋이 떠올랐다. 당시 사람들은 남자와 여자가 서로 한 걸음 정도 떨어져서 몸을 비틀며 팔을 하나씩 교대로 파트너 쪽으로 던지는 그런 춤을 췄다. 그녀가 그의 뇌리에 각인된 것은 바로 그 동작과 함께였다. 그녀의 어떤 모습이 그리 이상했는가? 바로, 그녀가 루벤스를 바라보지 않았다는 점이다. 그렇다면 그녀는 어디를 바라보았는가? 허공이었다. 춤추는 이들은 누구나 두 팔을 반쯤 접었다가 하나씩 교대로 앞으로 던졌다. 그녀도 그렇게 했으나 그 방식이 약간 달랐다. 팔을 앞으로 던질 때 그 팔로 곡선을 하나 그렸다. 오른팔은 왼쪽으로 곡선을 그리고, 왼팔은 오른쪽으로 곡선을 그렸다. 그녀는 마치 그 곡선 운동 뒤로 자신의 얼굴을 감춰 버리고 싶어 하는 것 같았다. 마치 얼굴을 지워 버리고 싶어 하는 것 같았다. 당시만 해도 그 춤은 비교적 야하다고 생각되었으며, 아가씨는 자신의 야함을 철저하게 감추면서 야하게 춤을 추고 싶어 하는 듯했다. 루벤스는 그 매력에 빠져 버렸다! 지금껏 그렇게 부드럽고, 그렇게 아름답고, 그렇게 자극적인 것은 한 번도 보지 못한 것 같았다. 뒤이어 탱고 차례가 되자, 각 커플은 포옹했다. 갑작스러운 충동을 참지 못하고 그가 한 손을 그녀의 젖가슴 위에 얹었다. 그는 두려웠다. 그녀가 어떻게 나올 것인가? 그녀는 가만히 있었다. 루벤스의 손을 가슴에 둔 채 앞만 똑바로 바라보며 그녀는 계속 춤을 추었다. 떨리는 목소리로 그가 물었다. "이전에 다른 누가 당신의 가슴에 이렇게 손을 댄 적이 있나요?" 그에 못지않게 떨리는 목소리로 (마치 누가 류트의 현을 가볍게 건드리기라도 한 듯이) 그녀가 대답했다. "아뇨." 여전히 손을 그녀의 가슴 위에 얹은 채 그는 그 '아뇨.'라는 말이 세상에서 가장 아름다운 것 같아 열광했다. 그는 자신이 수줍음을 보는 것 같았다. 바로 코앞에서, 그 실존을 보는 것 같았다. 그 수줍음을 만져 볼 수 있을 것 같은 느낌이 들었다.(이미 그는 그 수줍음을 실제로 만지고 있었다. 아가씨의 수줍음은 고스란히 젖가슴 속으로 은둔했고, 젖가슴에 집중되어 이미 젖가슴으로 변했기 때문이다.)

무슨 까닭으로 그는 그 후 영영 그녀를 보지 못했는가? 그는 골똘히 생각해 보았으나 답을 찾을 수가 없었다. 더는 기억이 나지 않았다.

# 11

세기가 바뀌던 시기, 빈 소설가 아르투어 슈니츨러는 주목할 만한 단편소설 한 편을 「마드무아젤 엘자」라는 제목으로 펴냈다. 소설 주인공인 젊은 아가씨의 아버지는 빚 때문에 파산 지경에 처했다. 채권자는 딸이 알몸을 보여 주기만 하면 아버지의 빚을 면제해 주겠다고 약속한다. 오랜 갈등 끝에 엘자는 이에 동의하지만, 수줍음이 대단했던 그녀는 알몸을 보여 준 것 때문에 이성을 잃고, 결국은 죽고 만다. 오해는 피하자. 이 책은 고약한 악당을 비난하고자 하는 도덕적 콩트가 아니다! 천만에, 이 책은 읽는 이를 숨 가쁘게 하는 색정 단편소설이다. 이 소설은 우리로 하여금 과거 알몸이라는 것에 어떤 힘이 있었는지 알게 해 준다. 알몸은 그 채권자에게는 엄청난 액수의 돈을 의미했고, 그 젊은 아가씨에게는 죽음으로 이어지는 흥분을 야기하는 무한한 수치심을 의미했다.

유럽의 문자반에서 슈니츨러의 이 단편은 중요한 순간을 가리킨다. 성적 금기들은 청교도적인 19세기 말까지도 여전히 강력했으나, 성 풍속이 느슨해지면서 그에 못지않게 강력한, 그 금기들을 극복하고자 하는 욕망이 어느새 잉태되었다. 수줍음과 야함이, 쌍방의 힘이 동일한 한 지점에서 교차했던 것이다. 성적 긴장감이 이례적으로 강했던 순간이었다. 빈은 세기의 전환기에 그것을 체험했으며, 그 순간은 두 번 다시 되돌아오지 않을 것이다.

수줍음이란 우리가 지키는 것을 남이 원하는 데에 부끄러움을 느끼면서, 우리가 원하는 것을 지키는 것을 의미한다. 루벤스는 수줍음 속에서 성장한 유럽의 마지막 세대에 속했다. 그래서 그는 그 아가씨의 젖가슴에 손을 얹어 그녀의 수줍음을 발동한 데에 그렇게 흥분했던 것이다. 언젠가 고등학교에서 그는 남몰래 복도로 교묘히 숨어 들어가, 젖가슴을 내놓고 엑스레이 촬영을 기다리는 여학생들을 볼 수 있었다. 여학생 가운데 하나가 그의 존재를 알아채고 비명을 질렀다. 다른 여학생들은 급히 겉옷으로 몸을 가리고는 복도로 뛰쳐나와 그를 추격했다. 그로서는 참으로 무서웠던 순간이었다. 갑자기 그녀들이 더는 학급 친구들이 아니라, 농지거리를 던지고 희롱할 그런 여자들이 되어 버린 것 같았다. 그녀들의 얼굴에는 다수에 의해 배가된 진짜 악의가, 그를 혼내기로 결심한 집단적 악의가 서려 있었다. 그는 달아났으나 그녀들은 추격을 포기하지 않았고, 그의 소행을 교장에게 일러바쳤다. 그는 반 학생들이 모두 보는 앞에서 벌을 받았다. 그에게 노골적인 경멸을 표하면서 교장은 그를 변태성욕자로 규정했다.

여자들이 브래지어를 장롱 서랍에 처박아 두고, 해변에 드러누워 젖가슴을 온 세상에 드러내 놓았을 때 그는 거의 마흔 살에 가까웠다. 그는 해변을 산책하면서 그녀들의 예기치 못한 알몸을 애써 바라보지 않으려고 했다. 여자의 수줍음에 상처를 입혀서는 안 된다는 케케묵은 명령이 그의 뇌리에 깊이 박힌 까닭이었다. 그는 아는 여자, 예컨대 동료의 부인 같은 사람이 브래지어를 하지 않은 모습과 마주쳤을 때, 부끄러움을 느끼는 쪽은 그녀가 아니라 바로 자신임을 확인하고서 놀라곤 했다. 당황한 그는 시선을 어디에 두어야 할지 몰랐다. 그녀의 젖가슴을 보지 않으려고 했으나 불가능했다. 그녀의 손이나 눈을 보더라도, 벌거벗은 두 젖가슴이 보였기 때문이었다. 그래서 그는 마치 이마나 무릎을 보듯 아주 자연스럽게 그녀들의 젖가슴을 보려고도 해 보았다. 그러나 쉽지 않았다. 젖가슴은 이마도 무릎도 아니기 때문이었다. 어쨌거나 그가 보기에 그 벌거벗은 젖가슴들은 자신들의 나체성에 그가 충분히 동의하지 않는다며 그를 비난하고 그에게 불평을 늘어놓는 것만 같았다. 뿐만 아니라 그는 해변에서 마주친 여자들이 이십 년 전 자기를 변태성욕자라며 교장에게 고자질했던 바로 그녀들이라는 느낌이 강하게 들었다. 이번에도 그때처럼 악의에 차서, 다수에 의해 더욱 더 공격적이 되어, 알몸을 보일 자신들의 권리를 인정하길 요구했던 것이다.

결국 그럭저럭 적당히 그 벌거벗은 젖가슴들과 화해를 하긴 했으나, 그는 지금 뭔가 심각한 일이 벌어졌다는 느낌만은 떨쳐 버릴 수가 없었다. 유럽의 문자반 위에서 시간이 울리고, 수줍음이 사라져 버렸다는 느낌. 사라져도 그냥 사라져 버린 게 아니라 너무도 쉽게 하룻밤 사이에 사라져 버려, 그런 게 언제 있기라도 했는지 의심스러울 정도였다. 단지 여자들 앞에서 남자들이 꾸며 낸 게 아닐까. 수줍음이란 남자들의 신기루에 불과한 게 아닐까. 그들의 에로틱한 꿈 말이다.

# 12



이미 말했듯이 이혼을 한 뒤부터 루벤스는 결정적으로 '사랑 저 너머'에 있었다. 그는 이 말이 마음에 들었다. 종종 그는 (때로는 울적한 심정으로, 때로는 유쾌한 기분으로) 이렇게 되풀이했다. 앞으로는 인생을 '사랑 저 너머'에서 살리라.

한데 그가 '사랑 저 너머'라고 부른 영지는 어느 멋진 궁전 (사랑의 궁전)의 후미지고 그늘진 뒤뜰 같은 곳이 아니었다. 천만에. 그곳은 방대하고 풍요롭고 무한히 다양했으며, 어쩌면 사랑의 궁전보다도 더 넓고 아름다웠다. 그 영지에 거주했던 많은 여자들 중에서 어떤 여자들은 그에게 전혀 무관심했고, 어떤 여자들은 그저 그를 즐겁게만 해 주었으나, 개중에는 그가 사랑한 여자들도 있었다. 이 명백한 모순을 이해해야 한다. 사랑 저 너머에도 사랑이 존재한다는 것 말이다.

사실 루벤스가 자신의 연애 행각들을 '사랑 저 너머'로 밀어내 버렸다면, 그것은 그가 무감각해져서가 아니라, 그 행각들을 단지 성애 영역에만 한정해 그의 생 안뜰에 어떤 영향도 미치지 못하게 하려는 뜻에서였다. 사랑에 대한 모든 정의에는 언제나 한 가지 공통점이 있다고 할 수 있다. 사랑은 뭔가 본질적인 것이요, 삶을 운명으로 바꿔 놓는다는 점 말이다. 그러나 '사랑 저 너머'에서 펼쳐지는 이야기들은 제아무리 아름답다 해도 결국에는 에피소드 같은 성격을 띨 수밖에 없다.

하지만 나는 다시 한 번 반복한다. '사랑 저 너머'로, 에피소드들의 영지로 추방되긴 했으나, 루벤스의 여인들 가운데 어떤 여자는 그에게 애정을 불러일으켰고, 또 어떤 여자는 그의 뇌리를 온통 사로잡았으며, 또 어떤 여자는 질투심을 유발하기도 했음을 말이다. 말하자면 '사랑 저 너머'에도 사랑들이 존재했으며 '사랑 저 너머'에서는 '사랑'이라는 말을 쓸 수 없기에 그 사랑들은 모두 은밀하게 행해졌고 따라서 훨씬 더 매력적이었다.

빌라보르게지아 공원의 카페에서, 자신이 류티스트라 이름 붙인 여자와 마주앉은 그는 그녀가 자신의 '사랑 저 너머의 연인'이 되리란 것을 즉각 깨달았다. 그는 이 젊은 여인의 삶, 그녀의 결혼, 그녀의 가정, 그녀의 근심 따위에 자신이 전혀 관심을 기울이지 않으리란 것을 알았고, 앞으로 아주 드물게나 만날 뿐이란 것을 알았지만, 또한 자신이 그녀에게 이례적인 애정을 품으리란 것도 알았다.

"당신에게 또 다른 별명을 붙인 기억이 납니다. 당신을 고딕 처녀라고 불렀어요."

"고딕 처녀라고요?"

그는 그녀를 한 번도 그렇게 부른 적이 없었다. 그 생각은 바로 얼마 전, 그들이 카페에서 100여 미터쯤 떨어진 곳을 나란히 걸을 때 문득 뇌리에 떠올랐다. 그 젊은 부인을 보자 두 사람이 만나기 전 바르베리니 궁에서 보았던 고딕 회화들이 떠올랐기 때문이었다.

그가 말을 계속했다. "고딕 회화들을 보면, 여자들의 배는 살짝 튀어나오고 머리는 땅을 향해 있습니다. 당신의 자태는 그런 고딕 처녀 같아요. 천사들의 오케스트라에 소속된 류티스트 말입니다. 당신 가슴은 하늘을 향하고, 배도 하늘을 향하나, 머리만은 마치 세상만사가 다 덧없음을 깨달았다는 듯 먼지를 향해 기울었어요."

그들은 둘이 만났던 그 오솔길로 되돌아갔다. 초석들 위에 올려진, 저명한 사자(死者)들의 잘린 두상들이 거만하게 그들을 바라보았다.

공원 입구에서 그들은 작별을 고했다. 루벤스가 그녀를 보러 파리로 가는 게 옳았다. 그녀는 그에게 성(남편의 성)과 전화번호를 주고는, 그녀가 혼자 집에 있는 시간을 정확히 알려주었다. 그리고 나서 그녀는 미소를 지으며 검은 선글라스를 다시 쥐었다. "이제 이걸 써도 괜찮겠어요?"

"물론입니다." 하고 루벤스가 대답했다. 그는 멀어져 가는 그녀의 뒷모습을 오랫동안 눈으로 좇았다.

# 13

류티스트를 만나기 전날 밤에 맛보았던 고통스러운 욕망, 이제 자신의 젊은 부인을 영원히 잃어버렸다는 생각에서 비롯된 그 고통스러운 욕망은 류티스트에 대한 강박관념으로 바뀌었다. 그날 이후 그는 끊임없이 류티스트를 생각했다. 기억을 더듬어 아직 남아 있을지도 모를 그녀에 대한 추억을 뒤져 보았으나 디스코텍에서의 그 유일한 추억밖에 찾아낼 수가 없었다. 그는 수도 없이 그 똑같은 이미지를 회상했다. 춤추는 커플들 틈에서 그녀는 한 걸음을 사이에 두고 그와 마주서 있었다. 그녀는 허공을 바라보았다. 바깥 세계는 그 무엇도 보고 싶지 않고 자기 자신에게만 집중하고 싶어 하는 듯했다. 마치 한 걸음 떨어진 곳에 루벤스가 있는 게 아니라 커다란 거울이 있고, 그 거울을 통해 자신을 바라보는 듯했다. 그녀는 하나씩 번갈아 앞으로 투사되는 자신의 두 엉덩이를 관찰했고, 자신의 가슴과 얼굴 앞에서 마치 그 둘을 감추거나 지워 버리겠다는 듯 원을 그리며 움직이는 자신의 두 손을 관찰했다. 자신의 수줍음에 흥분한 채, 상상의 거울에 비친 자신의 모습을 바라보면서 그것들을 지워 버렸다가 다시 나타나게 했다가를 반복하는 것 같았다. 그녀의 춤 동작, 그것은 수줍음의 팬터마임이었다. 그 동작들은 끊임없이 그녀의 숨은 알몸을 돌아보게 했다.

로마에서 만난 지 일주일 후, 그들은 파리의 어느 큰 호텔 로비에서 다시 만났다. 로비에는 일본 사람들이 가득해서, 덕택에 두 사람은 정체불명과 익명성이 주는 좋은 기분을 느낄 수 있었다. 방문을 닫은 뒤 그는 그녀에게 다가가 그녀의 가슴에 손을 얹으며 물었다. "우리가 춤추러 간 날 저녁에도, 난 당신을 이렇게 만졌어요. 당신도 기억하세요?"

"네." 하고 대답하는 그녀의 목소리는 마치 류트의 목재에 가벼운 충격을 가한 것 같았다.

십오 년 전에 그랬던 것처럼 부끄러움을 느낀 것일까? 테플리체에서 베티나는 괴테가 그녀의 가슴을 만졌을 때 부끄러움을 느꼈을까? 베티나의 수줍음은 단지 괴테의 꿈이 아니었을까? 류티스트의 수줍음은 다만 루벤스의 꿈이 아니었을까? 언제나 그렇듯, 비록 비현실적이고, 어떤 가상 수줍음에 대한 추억에 불과할지라도, 수줍음은 거기, 그들과 함께 그 호텔 방에 있었으며, 특유의 마법으로 그들을 매혹했고, 그들이 하는 모든 행위에 의미를 부여했다. 마치 지금 막 청춘기의 그 디스코텍을 빠져나온 사람들처럼 그는 그녀의 옷을 벗겼다. 정사를 나누는 동안 그는 춤추는 그녀를 보았다. 그녀는 예의 그 손짓들로 자신의 얼굴을 가렸으며, 상상 속 커다란 거울을 통해 자신의 모습을 관찰했다.

탐욕스레 두 사람은 남자와 여자를 관류하는 그 물결, 그 외설적인 이미지들의 신비로운 물결에 몸을 실었다. 모든 여자들이 서로 비슷하게 닮지만, 똑같은 몸짓과 똑같은 말들이 각각의 독특한 얼굴로부터 어떤 하나의 독특한 매력을 수용하는 물결이었다. 루벤스는 류티스트의 소리에 귀를 기울였다. 그녀 특유의 말들에 귀를 기울였고, 고딕 처녀다운 그 우아한 얼굴과, 상스러운 말들을 내뱉는 그녀의 순결한 입술을 바라보면서, 점점 더 도취해 가는 자신을 느꼈다.

그들의 에로틱한 상상의 시제는 미래형이었다. 앞으로는 이런 걸 해 주세요, 함께 이런 걸 만들어 봅시다……. 그런 미래형은 몽상을 영원한 약속(그러다 두 연인이 환상에서 깨어나면 더 이상 유효하지 않지만, 절대 잊히지 않은 채 끊임없이 약속으로 되살아나는)으로 변화시킨다. 그래서 어느 날에는, 호텔 로비에서 친구 M과 함께 그녀를 기다리는 일이 불가피했다. 그들은 그녀와 함께 방으로 올라갔고, 마시고 떠들다가 그녀의 옷을 벗기기 시작했다. 그들이 그녀의 브래지어를 걷어 내자 그녀는 손을 가슴께로 가져가 두 젖가슴을 가리려고 했다. 그들은 그녀(그녀가 걸친 것은 슬립 한 장뿐이었다.)를 큰 거울 (벽장문에 달린 거울) 앞으로 데리고 갔다. 그녀는 두 사내 사이에 서서, 두 손바닥을 젖가슴에 얹은 채, 매혹된 표정으로 자신의 모습을 바라보았다. 루벤스는, 자신과 M은 그녀(가슴을 덮은 두 손과 그녀의 얼굴)만 바라보았으나, 그녀는 그들을 보지 않고 마치 최면에 걸린 사람처럼 자신의 이미지만 바라보고 있음을 확인했다.

# 14

에피소드는 아리스토텔레스의 『시학』에서 중요한 개념이다. 아리스토텔레스는 에피소드를 좋아하지 않았다. 그에 따르면 모든 사건들 가운데 최악의 사건들(시의 관점에서 볼 때)이 바로 에피소드적인 사건들이다. 앞에서 일어난 일의 필연적인 결과도 아니요, 어떤 효과도 낳지 않는 에피소드는 이야기라는 인과적 연쇄의 바깥에 있다. 어떤 실없는 우연처럼, 에피소드가 빠져 버린다고 해서 이야기를 이해할 수 없는 건 아니다. 에피소드는 등장인물들의 삶에 어떤 흔적도 남기지 않는다. 당신이 지하철을 타고 인생의 반려자를 만나러 가는데, 당신이 내릴 정거장 바로 앞 정거장에서 당신 앞에 서 있던 어떤 여자가 갑자기 어디가 잘못됐는지 실신하여 쓰러진다. 조금 전까지만 해도 그녀가 옆에 있는지조차 몰랐으나 (왜냐하면 지금 당신은 생의 여인을 만나러 가는 길이며, 따라서 다른 어떤 여자도 안중에 없기 때문이다!) 지금은 어쩔 수 없이 그녀를 일으켜 세워 그녀가 다시 깨어나길 기다리며 잠시만이라도 품에 안고 있을 수밖에 없다. 당신은 누군가가 방금 비워 준 자리에 그녀를 앉힌다. 다음 정거장이 가까워지면서 전철이 점차 속도를 줄이므로 당신은 얼른 그 생의 여인에게 달려가기 위해 조바심을 태우며 그녀를 떼어 놓는다. 그 순간부터 좀 전에 당신 품에 안겨 있던 그 젊은 아가씨는 까맣게 잊힌다. 그런 것이 에피소드다. 마치 매트리스가 솜털로 가득 차 있듯 인생은 에피소드들로 가득 차 있으나, 시인은 (아리스토텔레스에 따르면) 매트리스를 만드는 사람이 아니며, 비록 실제 인생이 그런 솜털로만 이루어졌다 할지라도 그는 자신의 이야기에서 그 모든 솜털을 떼어 내야만 한다.

괴테가 보기에 베티나와 자신의 만남은 별로 중요하지 않은 하나의 에피소드였다. 그의 인생에서 그 만남은 양적으로 미미한 위치를 차지할 뿐이었지만, 괴테는 그것이 어떤 동기로도 작용하지 못하도록 온갖 노력을 기울였고, 세심한 배려로 그 만남을 자신의 전기에서 떼어 냈다. 한데 바로 여기에서 에피소드 개념의 상대성이 나타나는데, 아리스토텔레스는 바로 이 상대성을 미처 파악하지 못했다. 사실 어느 누구도 어떤 에피소드적인 사건에, 어느 날 문득 되살아나 갖가지 결과들을 유발할 수 있는 그런 인과적 잠재성이 없다고는 장담하지 못할 것이다. 내가 말한 어느 날이란, 문제의 인물이 죽은 후에도 도래할 수 있는 날로서, 이를테면 괴테가 죽은 후 괴테 삶의 일부로 통합되어 베티나의 승리가 확인된 날이 그렇다.

따라서 우리는 아리스토텔레스의 정의를 이렇게 보완할 수 있다. 어떤 에피소드도 영원히 에피소드로만 남도록 선험적으로 예정되지는 않았다. 아무리 하찮을지라도 모든 사건은 나중에 다른 사건의 원인이 되고, 그리하여 어떤 이야기로, 어떤 연애 사건으로 탈바꿈할 가능성을 내포하기 때문이다. 에피소드란 지뢰와 같다. 대부분은 영원히 폭발하지 않으나 가장 하찮은 지뢰 하나가 당신에게 치명적인 타격을 가하는 날이 오는 것이다. 거리 저 멀리에서 웬 아가씨가 마치 환각에 사로잡힌 듯한 시선을 던지며 당신 앞으로 곧장 다가온다. 그녀는 점차 걸음을 늦추다가 마침내 멈춰 서며 말한다. "정말 당신인가요? 벌써 몇 년째 당신을 찾아 헤맸어요!" 그러면서 그녀가 달려들어 당신 목에 매달린다. 그 아가씨는 당신이 생의 여인을 만나러 가던 바로 그날, 당신 품에서 실신했던 바로 그 아가씨다. 그 사이 당신 생의 여인은 당신의 부인이 되었고, 당신 아이의 어머니가 되었다. 하지만 그날, 길에서 우연히 마주친 그 아가씨는 이미 오래전부터 자신의 구원자를 사랑하기로 결심했으며, 당신과의 이 우연한 재회를 운명의 징표로 여긴다. 그녀는 하루에 다섯 번씩 당신에게 전화를 하고 당신에게 편지를 보낼 것이며, 당신 부인을 만나 자신이 당신을 사랑하고 자신에게 당신을 차지할 권리가 있음을 설명하려 할 것이다. 마침내 당신 생의 여인이 참다못해 홧김에 도로 청소부와 바람을 피우고, 아이를 데리고 당신 곁을 떠나 버릴 때까지 말이다. 그 사이 자기 장롱 속 모든 내용물을 어느새 당신 아파트에 풀어 놓은 그 사랑에 빠진 아가씨에게서 벗어나기 위해 당신은 해외로 피신하며, 거기에서 절망과 비참함 속에 죽을 것이다. 만약 우리 삶이 고대 신들처럼 영원하다면, 에피소드 개념은 그 본래 의미를 잃는다. 무한 속에서는 모든 사건이, 아무리 하찮은 것일지라도, 어느 날엔가는 어떤 결과의 원인이 될 수 있고 이야기로 발전할 수 있기 때문이다.

그가 스물일곱 살이었을 때 함께 춤을 추었던 류티스트는 루벤스에게는 하나의 에피소드, 먼 과거의 에피소드에 불과했다. 십오 년 후 빌라보르게지아에서 우연히 그녀를 다시 만난 순간까지는 그랬다. 그 순간, 까마득히 잊힌 그 에피소드에서 문득 작은 이야기 하나가 탄생하긴 했으나, 그 이야기마저 루벤스의 생애에서는 전적으로 에피소드적인 것일 뿐이었으며, 세칭 그의 전기(傳記)라고 불릴 것의 일부가 될 가능성은 추호도 없었다.

전기라는 것, 그것은 우리가 인생에서 중요하다고 평가하는 사건들의 연속을 말한다. 한데 중요한 것은 무엇이고 중요하지 않은 것은 또 무엇인가? 이를 알 수가 없기에 (뿐만 아니라 우리는 그렇게 단순하고 바보 같은 질문을 제기할 생각조차 하지 않는다.) 우리는 다른 사람들, 이를테면 우리로 하여금 설문지를 채우게 하는 고용주가 중요하다고 생각하는 것을 중요한 것으로 받아들인다. 출생 연월일, 부모의 직업, 교육 정도, 경력, 주거 상황,(나의 조국에서는 공산당 가입 여부가 덧붙는다.) 결혼, 이혼, 자녀들의 출생 연월일, 성공, 실패…… 끔찍한 일이지만 바로 이렇게 우리는 행정적 설문지나 경찰 조서의 시각으로 우리 삶을 바라보는 방식을 배웠다. 우리 전기에 법률상

부인이 아닌 다른 여자를 끼워 넣는다는 것 자체가 이미 하나의 작은 반항이다. 더욱이 그런 예외는 그 여자가 우리 삶에서 특별히 어떤 극적인 역할을 했을 때나 받아들여지며, 루벤스로서는 류티스트가 그런 경우라고 말할 수 없을 것이다. 뿐만 아니라 외모로 보나 하는 행동으로 보나 류티스트는 에피소드적인 여인상에 꼭 어울렸다. 그녀는 우아했으나 비밀스러웠고, 아름다웠으나 피어나지 않았으며, 육체적 사랑에 응하되 늘 수줍어했다. 한 번도 그녀는 자신의 사생활을 털어놓으며 루벤스를 성가시게 한 적이 없었고, 그 말없는 비밀스러움을 마음 어지럽히는 신비로 탈바꿈시키기 위해 극적으로 만드는 일도 삼갔다. 그녀야말로 정녕 에피소드의 여왕이었다.

파리의 어느 큰 호텔에서 이루어진 류티스트와 두 사내의 만남은 자극적이었다. 그때 세 사람은 함께 정사를 나누었는가? 류티스트가 루벤스에게 '사랑 저 너머의 연인'이었다는 점을 잊지 말자. 사랑이 너무 빨리 성적 전하(電荷)를 상실하지 않도록 사태의 흐름을 늦추라는, 지난날의 그 케케묵은 명령이 되살아났다. 그래서 그는 그녀를 침대로 데려가기 전에 친구에게 소리 없이 방을 떠나라는 신호를 보내고 말았다.

사랑을 나누는 동안 미래형 시제가 다시 한 번 그들의 말을 약속으로 탈바꿈시켰으나, 그 약속은 영원히 실현되지 않았다. 그 직후 친구 M은 그의 지평에서 사라져 버렸고, 두 사내와 한 여자의 자극적인 만남은 속편 없는 에피소드로 남았다. 루벤스는 일 년에 두세 번 정도, 파리에 들를 기회가 있을 때 류티스트와 만났다. 그러다 언젠가부터 그런 기회가 주어지

지 않았고, 또 다시 류티스트는 그의 기억에서 거의 완전히 사
라져 버렸다.

# 15

세월이 흐르고 어느 날 그는 스위스 알프스 기슭, 그가 묵던 마을의 어느 카페에 동료와 함께 앉아 있었다. 맞은편 테이블에 앉아 그를 주시하는 젊은 아가씨 하나가 눈에 띄었다. 예쁜 얼굴, 크고 육감적인 입,(개구리를 아름답다고 말할 수 있다면, 아마 그는 기꺼이 그녀 입을 개구리 입에 비교했을 것이다.) 그녀는 그가 오랫동안 갈구해 온 그런 여자처럼 보였다. 비록 3~4미터 떨어져 있었지만 그녀의 육체는 그와 기분 좋게 접촉하고 있는 듯했고, 그 순간만은 그녀의 육체가 다른 어떤 여자의 육체보다도 좋았다. 그녀가 그에게 매우 강렬한 시선을 던졌으므로 그는 동료의 얘기는 듣지도 않고 그녀만 신경 쓰면서 몇 분 후 카페를 나서면 저 아가씨를 영원히 잃고 만다는 생각에 괴로워했다.

한데 그는 그녀를 잃지 않았다. 그들이 테이블에서 몸을 일으켰을 때 그녀도 자리에서 일어났으며, 그들과 마찬가지로, 사람들이 그림을 경매하는 맞은편 건물로 걸음을 옮겼기 때문이었다. 거리를 건너던 한 순간 서로 매우 가까워지자 그는 스스럼없이 그녀에게 말을 걸 수 있었다. 그녀는 기다렸다는 듯 즉각 반응하면서, 그의 동료에게는 주의를 기울이지 않은 채 루벤스와의 대화에 몰입했다. 난처해진 동료는 경매장 홀에서 말없이 그들의 뒤를 따랐다. 경매가 끝나자 그들은 둘이서만 아까의 그 카페에 다시 앉았다. 시간이 삼십 분 정도밖에 없었으므로 그들은 서둘러 서로 할 말을 주고받았다. 아가씨는 오스트레일리아 학생으로 검은 피가 약간 섞인 혼혈이었으며 (별로 눈에 띄지 않는데도 그녀는 몹시 그 얘길 하고 싶어 했다.) 취리히의 어느 교수 밑에서 회화기호학을 공부하고 있었고, 오스트레일리아에서는 디스코텍에서 잠시 반라(半裸)로 춤을 추며 생계를 꾸린 적이 있었다. 그녀의 그런 정보들이 흥미롭긴 했으나 생소하다는 느낌이 강해 (왜 오스트레일리아에서는 가슴을 드러내 놓고 춤을 추었는가? 왜 스위스에서는 회화기호학을 공부하는가? 기호학이란 정확히 무엇인가?) 그의 호기심을 일깨우기보다는 극복해야 할 장애처럼 미리부터 그를 피곤하게 했다. 그래서 그는 예정된 삼십 분이 다 지나자 오히려 다행으로 여겼다. 즉시 그의 열정이 되살아났고 (여전히 그녀가 마음에 들었으므로) 그들은 내일 다시 만나기로 약속했다.

한데 그때부터 만사가 꼬이기 시작했다. 그는 편두통을 느끼며 잠에서 깨어났고, 우체부가 불쾌한 편지를 두 통 가져다주었으며, 사무실에 전화를 걸었다가 그의 요구를 이해할 수 없다고 하는 어느 여자의 참을성 없는 목소리를 참아야 했다. 그 여학생이 그의 방문 앞에 나타난 순간 그의 불길한 예감은 사실로 확인되었다. 왜 그녀는 전날 밤과 전혀 다른 옷차림인가? 발에는 커다란 회색 농구화, 농구화 위에는 두터운 양말, 양말 위에는 이상하게도 그녀의 키를 더욱 작아 보이게 하는 바지, 바지 위에는 점퍼, 그리고 그 점퍼 위에서 마침내 그는 개구리 입술을 볼 수 있었다. 여전히 매력적이었으나 그 아래 모든 것을 빼 버린다는 조건으로만 매력적인 입술이었다.

차림새의 투박스러움은 그 자체로는 심각하지 않았다.(그 여학생이 예쁘다는 사실에는 전혀 변화를 주지 않았으므로.) 무엇보다 루벤스를 불안하게 한 것은 바로 그 자신의 당혹감이었다. 왜 한 남자를 만나러 온 아가씨가, 더구나 그와 정사를 나누고 싶어 하면서 그의 마음에 들 만한 옷차림을 하지 않는 것인가? 옷차림새는 겉보기일 뿐 중요하지 않다고 얘기하고 싶은 걸까? 아니면 반대로 자신의 옷차림이 우아하다고 여기고, 그 거대한 농구화가 매력적이라고 생각하는 걸까? 아니면 만나는 남자가 자신을 어떻게 볼지 전혀 고려하지 않은 걸까?

그리하여 그들의 만남이 기대한 대로 잘 실현되지 않을 경우를 생각해 미리 사과를 해 두려는 생각에서, 그는 그녀에게 불쾌한 한나절을 보냈노라고 털어놓았다. 그는 애써 익살맞게, 아침부터 그를 화나게 한 일들을 모두 열거했다. 그녀가 크게 미소 지으며 말했다. "사랑이야말로 불길한 전조에는 제일 좋은 묘약이에요." 루벤스는 자기에게 낯설기만 한 '사랑'이라는 말에 혼란스러워졌다. 그녀는 이 말을 무슨 뜻으로 쓰는가? 육체적 사랑 행위? 아니면 사랑의 감정? 그가 골똘히 생각에 잠긴 사이 그녀는 방 한쪽 구석으로 가서 옷을 벗더니 곧장 침대 속으로 미끄러져 들어왔다. 의자 위에 무명 바지가 걸리고, 의자 밑에는 안에 두터운 양말을 쑤셔 넣은 거대한 농구화가 놓였다. 오스트레일리아 대학들과 유럽 도시들을 오랫동안 전전하다가 잠시 루벤스의 집에서 걸음을 멈춘 농구화였다.

유난히 평화롭고 조용한 정사였다. 갑자기 루벤스가 스포츠적 침묵의 시기로 되돌아갔다고나 할까. 하지만 그 '스포츠적'이라는 말의 의미가 좀 달라진다. 성적, 신체적 힘을 증명해 보이고자 근심하던 지난날의 젊은이다운 야심은 이제 흔적도 찾아볼 수 없었기 때문이다. 그들이 몰두한 행위는 스포츠라기보다는 상징적인 성격을 띠는 듯했다. 다만 루벤스는 그들의 동작이 상징적인 거라면 대체 뭘 상징하는지 도통 알 수 없을 뿐이었다. 애정일까? 사랑? 건강? 삶의 기쁨? 악덕? 우애? 신앙? 아니면 장수를 위한 기도? (그 아가씨는 회화기호학을 공부했으나 아마도 이를 교미기호학에 비춰 해석하지 않았을까?) 그는 공허한 동작을 되풀이했고, 생애 처음으로 자신이 왜 그런 짓을 하는지 알지 못했다.

휴식을 취하는 동안 (루벤스의 뇌리에 그녀의 기호학 교수도 틀림없이 세미나 도중에 십 분간 휴식을 취했으리라는 생각이 떠올랐다.) 아가씨가 다시 한 번 그 불가사의한 '사랑'이라는 단어를 (변함없이 조용하고 평온한 목소리로) 내뱉었다. 루벤스는 상상에 잠겼다. 기막힌 여성 피조물들이 우주 저 먼 곳에서 지구로 내려온다. 그들의 육체는 지구인의 몸과 비슷하나 하나같이 완벽하다는 점이 다르다. 그들의 혹성에는 본래 질병이라는 것이 없고, 신체에도 결함이 없는 까닭이다. 한데 지구인들은 그들의 외계 과거를 영원히 알 수 없고, 따라서 그들의 심리도 전혀 알 수 없다. 지구인들은 자신들이 하는 말과 행위가 그녀들에게 미칠 효과를 전혀 예견할 수 없다. 그녀들의 얼굴 뒤에 숨은 감각적 반응을 절대 간파할 수 없는 것이다. 그렇게 낯선 존재들과 정사를 나눈다는 건 불가능한 일이라고 루벤스는 속으로 중얼거렸다. 그러고 나서 그는 다시 생각에 잠겼다. 물론 우리 성욕은 그런 외계 여성과의 성교도 가능하게 할 만큼 매우 자동화되었으나, 그것은 흥분이라곤 없는 정사 행위, 음란하기는 고사하고 감정조차 없는 그런 단순한 신체 행위일 것이다.

휴식이 끝나자 세미나 2부가 곧바로 시작되었고 루벤스는 뭔가를, 뭔가 터무니없는 말을 지껄여 그녀를 평정 바깥으로 내쳐 버리고 싶었으나, 자신이 그렇게 하지 못하리란 것을 알았다. 그는 마치 자신이 잘 구사하지 못하는 언어로 누군가와 말다툼을 할 때 같은, 그런 이상한 구속감을 느꼈다. 심지어 욕설 한마디 뱉어 낼 수조차 없었다. 상대가 "지금 무슨 말씀을 하셨죠? 난 전혀 못 알아들었어요!"라고 천진하게 되물을 터였기 때문이다. 그래서 루벤스는 상소리 한마디 없이 무언의 평온함 속에서 사랑만 되풀이했다.

그녀와 함께 다시 거리로 나섰을 때 (자신이 그녀를 만족시켰는지 아니면 실망시켰는지 알 수 없었으나, 어떻든 그녀는 실망했다기보다는 만족한 듯 보였다.) 그는 이제 다시는 그녀를 보지 않기로 결심했다. 물론 그녀는 상처를 받을 것이고, 이 갑작스러운 무관심을 (어떻든 그녀는 간밤에 자기가 얼마나 그를 황홀하게 했는지 마음에 새겨두었을 테니까!) 어떻게 이해해야 할지 몰라 더욱 더 견디기 힘든 실패로 해석할 것이다. 그는 자기 잘못 때문에 그 오스트레일리아 처녀의 농구화 두 짝이 앞으로는 더욱 더 우울한 발걸음으로 이 세상을 떠돌아다니리라는 것을 알았다. 그녀에게 작별을 고하고, 그녀가 길모퉁이를 돌아서는 순간, 그는 지금까지 살아오면서 알고 지낸 모든 여자들에 대한 가슴 저미는 강력한 향수가 엄습함을 느꼈다. 예고 없이 어느 순간 문득 찾아든 어떤 질병처럼 거칠고 느닷없는 감정이었다.

점차 그는 문자반 위 바늘이 새로운 숫자에 이르렀음을 깨달았다. 그는 시간이 울리는 소리를 들었고, 중세의 거대한 괘종시계 위에서 작은 창문이 하나 열리더니 어떤 신기한 장치의 작동으로 그 창문에서 인형 하나가 튀어나오는 것을 보았다. 그 인형은 거대한 농구화를 신은 젊은 아가씨였다. 그녀의 출현은 루벤스의 욕망이 이제 반전(反轉)을 시작했음을 의미했다. 이제 그는 결코 새로운 여자를 원하지 않을 것이다. 앞으로 그는 자신이 이미 경험했던 여자들에게만 욕망을 느낄 것이다. 앞으로 그의 욕망은 과거에 사로잡힐 것이다.

거리의 예쁜 여자들을 보면서 그는 자신이 그녀들에게 전혀 주의를 기울이지 않는다는 사실에 놀랐다. 개중에는 지나가는 그를 향해 몸을 돌리기까지 하는 여자들도 있었으나, 내가 보기에 그는 그것을 알아차리지도 못하는 것 같았다. 예전에는 늘 새로운 여자만 원했던 그였다. 애타게 새로운 여자만 원했으므로 어떤 여자들과는 딱 한 번밖에 정사를 나누지 않았다. 새로움에 대한 강박관념, 안정되고 변함없는 모든 것에 대한 소홀함, 서둘러 앞만 향해 달려간 그 터무니없는 조바심을 속죄라도 하려는 듯 그는 되돌아가고 싶었다. 과거의 그 여인들을 찾아 그녀들과 포옹을 되풀이하고, 과거에 써먹지 못한 채 남은 그 모든 것을 하나 남김없이 써먹고 싶었다. 이제 큰 흥분은 모두 그의 뒤에 있음을, 만약 그가 새로운 흥분을 원한다면, 그것을 찾아 과거로 돌아가야 함을 깨달은 것이다.

# 16

연애 시작 초 그는 수줍어했고, 정사를 나눌 때 언제나 어둠 속에 몸을 뉘었다. 하지만 어둠 속에서 그는 눈을 뜨고 있었다. 창문 블라인드를 통해 여린 빛살이라도 흘러들면 그래도 뭔가를 엿보기 위해서였다.

그 후 그는 빛에 익숙해졌을 뿐 아니라 빛을 요구하기까지 했다. 파트너가 눈을 감은 것을 보면 눈을 뜨도록 강요했다.

그러던 어느 날, 놀랍게도 그는 자신이 환한 빛 아래에서 정사를 하되 자신의 두 눈이 감겨 있음을 확인했다. 정사를 나누면서 추억 속으로 잠겨들었던 것이다.

어둠 속의, 열린 두 눈.

환한 빛 아래, 열린 두 눈.

환한 빛 아래, 감긴 두 눈.

인생의 문자반.

그는 종잇장 앞에 앉아 한쪽 면에 애인들의 이름을 적어 보
려고 했다. 곧바로 그는 첫 실패를 기록했다. 성과 이름이 모
두 생각나는 여자가 매우 드물었고, 또 어떤 여자들은 이름도
성도 기억나지 않았다. 그 여자들은 (은밀하게, 알아차리지 못하
는 사이에) 이름 없는 여자들이 되어 버렸던 것이다. 만약에 그
가 그녀들과 편지를 주고받았더라면, 이따금 편지 봉투에 그
녀들의 이름을 적어야 했으므로 아마 이름을 기억했을 것이
다. 하지만 '사랑 저 너머' 세상에서는 사랑의 편지를 보내는
관례가 없다. 그녀들을 이름으로 부르는 습관만 있었더라도
어쩌면 기억했을 테지만, 결혼식 날 밤의 큰 실수 이후 그는
모든 여자가 언제든 아무런 경계심 없이 받아들일 수 있는 그
런 평범한 애칭으로만 여자들을 부를 의무를 자신에게 부과
해 왔다.

그래서 그는 종종 성 대신에 각자를 구별해 주는 특징('주근
깨'라거나 '보육교사' 등)을 적으며 종이를 반쪽쯤 채워 나간 후,
이번에는 그들의 이력을 재구성해 보려고 했다. 그러자 상황
은 더욱 나빠졌다! 그들의 삶에 대해 전혀 몰랐던 것이다! 일
을 단순화하기 위해 그는 한 가지 질문만 던져 보았다. 그들의
부모는 누구였는가? 딱 한 명 예외(아가씨를 알기 전에 먼저 그
아가씨의 아버지를 안 경우)가 있었을 뿐, 전혀 알 수 없었다. 부
모란 그들의 삶에서 근본적인 위치를 차지한 사람들 아닌가!
분명 그들은 부모에 대한 많은 얘기를 그에게 해 주었을 것이
다! 한데도 그가 이런 지극히 기본적인 사실들조차 기억하지
못한다면 대체 그는 그 여자 친구들의 삶에 어떤 값을 매겨 두
고 있었단 말인가?

결국 그는 (적잖이 언짢은 기분으로) 자신에게 여자들이 단
지 성 경험으로 나타날 뿐임을 인정하지 않을 수 없었다. 그래
서 그는 최소한 그 경험만이라도 기억에서 되살려 보려고 했
다. 우연히 눈길이, 그가 '여의사'라고 적은 한 여자(이름 없는)
에게 멈췄다. 처음으로 그들이 정사를 나누었을 때 무슨 일이
일어났는가? 상상 속에서 그는 당시 자기 아파트를 다시 보았
다. 아파트에 들어서기 무섭게 그녀는 전화기로 달려갔다. 그
러고는 루벤스가 보는 앞에서, 오늘 저녁 뜻밖의 피치 못할 사
정이 생겼음을 누군가에게 사과했다. 그녀의 변명에 대해 둘
은 함께 웃음을 터뜨렸고, 곧이어 정사를 나누었다. 묘하게도
그는 그 웃음소리는 지금도 들을 수 있었으나 성교에 관한 것
은 아무것도 볼 수 없었다. 어디에서였는가? 양탄자 위에서? ·

침대에서? 소파에서? 정사를 나눌 때 그녀는 어땠는가? 그 후 몇 번이나 더 만났는가? 세 번인가 서른 번인가? 왜 다시 만나지 않았는가? 스무 시간이나 백 시간은 되었을 그들의 대화에서, 겨우 이 한 조각만 생각난단 말인가? 답을 찾지 못해 무척 난감해하는데, 종종 그녀가 어떤 약혼자를 언급한 일이 떠올랐다.(물론 그녀가 무슨 이야기를 했는지는 까맣게 잊어버렸다.) 이상한 일이었다. 그 약혼자가 그의 기억에 남은 유일한 추억이었다. 그렇다면 그에게 사랑 행위는, 한 사내를 속여 넘기는 간통이라는 그 시시하고 덧없는 관념보다 훨씬 덜 중요했던 셈이다.

그는 부러운 마음으로 카사노바를 생각했다. 그의 여성 편력이 부러운 게 아니었다. 어떻든 다른 많은 사내들도 그처럼 할 수 있을 테니 말이다. 그가 부러워한 것은 카사노바의 특출한 기억력이었다. 거의 백서른 명에 달하는 여자들이 이름과 얼굴, 몸짓, 말 등과 더불어 망각에서 뽑혀 나오지 않았는가! 카사노바, 그는 기억의 이상향이었다. 그에 비하면 루벤스의 결산표는 얼마나 초라한가! 성년에 이르러 그림을 포기했을 때, 그는 인생을 아는 것이야말로 권력을 위한 투쟁보다 훨씬 더 중요하다는 생각으로 자신을 위로했더랬다. 성공을 추구한 모든 친구들의 삶이 그의 눈에는 공격적일 뿐 아니라 단조롭고 공허하게만 보였다. 그는 성적 모험이 자신을 진정한 삶의 핵심으로 인도하리라고 믿었다. 실재하는 충만한 삶, 풍요롭고 신비로우며, 매력적이고 구체적인 진짜 삶을 그는 포옹하고 싶었다. 문득 그는 자신이 틀렸음을 깨달았다. 그 모든 사랑 모험에도, 그는 열다섯 살 소년보다도 더 인간을 몰랐던 것이다. 언제나 그는 자신이 강렬하게 살았다며 흐뭇해했다. 그러나 '강렬하게 산다.'라는 표현은 순수한 추상이었다. 그 '강렬함'의 구체적 내용을 뒤지다가 그가 발견한 것은 바람만 떠도는 황량한 사막이었던 것이다.

　패종시계의 바늘은 앞으로는 그가 과거에 사로잡혀 살 것임을 예고했다. 하지만 눈에 보이는 게 그저, 바람만이 몇몇 추억 조각들을 쫓는 빈 사막뿐이라면, 어찌 과거에 사로잡힐 수 있단 말인가? 이는 그가 그 몇 안 되는 조각들에 사로잡혀 살 것임을 의미하는 것일까? 그렇다. 우리는 그런 조각들에도 사로잡힐 수 있다. 게다가 너무 과장하지도 말자. 물론 그 젊은 여의사에 관해서는 흥미로운 게 전혀 생각나지 않았으나, 다른 여자들은 집요하고 강렬하게 그의 눈앞에 솟아올랐다.

　나는 지금 그녀들이 솟아올랐다고 말했는데, 그 솟아오름을 어떻게 상상해야 하는가? 루벤스는 아주 흥미로운 사실 하나를 발견했다. 기억은 영화를 찍는 게 아니라, 사진을 찍는다는 것이다. 그가 그 모든 여자들에 대해 간직한 것은 기껏해야 마음속에 있는 사진 몇 장이었다. 그는 지속적으로 움직이는 여자 친구들을 본 게 아니었다. 그 몸짓들은 아주 짧게라도 이어지지 않았으며, 아주 짧은 순간 속에 굳어 있었다. 그의 성적 기억이 그에게 제공한 것은 얇은 포르노 사진첩이었지 결코 포르노 영화가 아니었다. 사진첩이라는 말도 사실 과장이다. 루벤스가 간직한 사진들을 종합해 보아야 겨우 일곱, 여덟 장에 불과하기 때문이다. 그 사진들은 아름다웠고 그를 매혹했으나, 아무래도 그 수가 화날 만큼 빈약했다. 겨우 칠팔 초의 순간들, 예전에 그가 자신의 모든 힘과 재능을 바치기로 결심했던 그 성 생활이 그의 추억 속에서 그렇게 졸아들었던 것이다.

나는 로댕의 생각하는 사람처럼 손에 턱을 괴고 책상 앞에 앉은 루벤스를 상상해 본다. 그는 무슨 생각을 할까? 자신의 인생이 성적 경험으로 축소되고, 그것이 또 고정된 이미지 일곱 개로, 사진 일곱 장으로 축소되었다는 생각에 낙담했으나, 그래도 기억의 어느 한 귀퉁이에서 여덟 번째, 아홉 번째, 열 번째 사진이 나타나길 바라기는 할 것이다. 그래서 그는 손에 턱을 괴고 앉아 있다. 그는 다시 한 번 여자들을 하나씩 차례로 떠올려 본다. 그들 각각에게서 잊어버린 사진 한 장을 되찾으려고 하면서 말이다.

그러는 동안 그는 또 다른 흥미로운 사실을 하나 확인했다. 외모가 매우 매력적이면서 유난히도 대담하게 성관계를 주도한 애인들이 있었다. 한데 그들은 그의 영혼에 자극적인 사진을 거의, 혹은 전혀 남기지 않았다. 사실 지금 그는 추억 속으로 잠겨 들면서, 그런 여자들보다는 성적으로 전혀 주도할 줄 모르던 여자들, 비밀스러웠던 여자들에게 더 끌렸다. 당시에는 낮은 점수를 주었던 여자들이었다. 마치 그 후부터 기억(과 망각)이 놀라울 정도로 가치들을 전환하여, 성생활에서 그가 원했고, 의도했고, 뽐냈고, 계획했던 모든 것을 가치 저하하는 한편, 오히려 대수롭잖게 여긴 우발적인 모험들을 그의 추억 안에서 더없이 소중하게 만든 것 같았다.

지금 그는 자신의 기억이 그런 식으로 가치를 부여한 여자들을 생각한다. 그들 가운데 한 명은 이미 욕망을 일으킬 나이가 지났을 것 같다. 몇몇 다른 여자들은 그 생활 양식으로 미루어 보건대 재회가 어려울 것 같다. 하지만 류티스트가 있다. 그는 벌써 팔 년째 그녀를 보지 못했다. 마음속 사진 세 장이 떠올랐다. 첫 번째 사진에서 그녀는 그와 한 걸음 떨어진 곳에서, 마치 자신의 얼굴을 지워 버리려는 듯한 몸짓 그대로 팔을 굽힌 채 서 있다. 두 번째 사진은 루벤스가 그녀 가슴에 손을 얹고, 다른 누가 이렇게 손을 얹은 적이 있느냐고 묻자 그녀가 앞만 주시하며 낮은 목소리로 '아뇨.'라고 대답하는 순간을 포착했다. 그리고 마지막 한 장(이 사진이 가장 매력적이다.)은 벗은 두 젖가슴을 손으로 가리며, 두 남자 사이에서 거울 앞에 서 있는 그녀를 담았다. 이상하게도 그 세 장 모두에서, 움직이지 않는 그녀의 아름다운 얼굴은 똑같은 곳을 보고 있다. 그녀의 시선은 루벤스 곁을 지나, 그녀 자신 앞을 향해 고정되어 있었다.

　즉시 그는 그녀의 전화번호를 뒤졌다. 예전에는 외우던 번호였다. 그녀는 마치 지난밤에 만난 사람처럼 그에게 말을 했다. 그는 파리로 왔고 (이번에는 파리에 볼일이 있어서가 아니라 오로지 그녀를 만나러 왔다.) 수년 전 그녀가 벗은 젖가슴을 손으로 가리며 두 남자 사이에 서 있던 바로 그 호텔에서 그녀를 다시 보았다.

# 18

류티스트의 몸매는 여전했고, 몸짓 역시 예전과 마찬가지로 우아했으며, 용모 또한 예전 품위를 그대로 간직했다. 하지만 변한 게 있었다. 아주 가까이서 보니, 피부가 예전처럼 싱그럽지 않았다. 루벤스가 그 점을 알아차린 것은 이상하게도 겨우 몇 초 정도의 매우 짧은 순간에 불과했다. 그 직후 류티스트는 곧바로 자신의 이미지, 이미 오래전부터 루벤스의 추억 속에 그려진 이미지를 되찾아 버렸다. 그녀는 자신의 이미지 뒤에 숨어 버렸던 것이다.

이미지라는 것, 루벤스는 그게 어떤 것인지 아주 오래전부터 알았다. 그는 학급 친구의 등 뒤에 숨어 선생의 캐리커처를 그린 적이 있었다. 그림을 다 그린 후 그는 눈을 들어 선생을 바라보았다. 표정이 끊임없이 변하는 선생의 생생한 얼굴은 그가 그린 그림과 비슷하지 않았다. 한데 선생이 그의 시야에서 벗어나는 순간, 루벤스는 자신이 그린 캐리커처의 모습이 아니고는 도무지 그를 상상해 낼 수가 없었다.(오늘날까지도 그 렇다.) 선생은 자신의 이미지 뒤로 영원히 사라져 버렸던 것이다.

어느 유명 사진작가의 작품 전시회에서 그는 얼굴이 피투 성이가 된 채 보도에서 일어나는 한 사내의 사진을 본 적이 있 다. 잊을 수 없는, 수수께끼 같은 사진이었다. 그 사내는 누구 였는가? 그에게 무슨 일이 일어났는가? 아마 흔히 일어나는 사고일 거라고 루벤스는 생각했다. 발을 헛디뎠거나 추락한 것이리라. 물론 그때 그 사진작가가 현장에 있었다. 누가 사진 을 찍는 줄은 전혀 모른 채, 그 사내는 몸을 일으켜 맞은편 술 집으로 가 얼굴을 씻고는 자신의 부인을 만나러 갔다. 바로 그 순간, 탄생의 행복을 만끽하며 그의 이미지가 그에게서 떨어져 나 와, 자기만의 모험을 겪고 자기만의 운명을 수행하기 위해 그 와 반대 방향으로 길을 떠났다.

우리는 우리 이미지 뒤에 숨을 수 있고, 우리 이미지 뒤로 영원히 사라져 버릴 수 있으며, 우리 이미지로부터 떨어져 나 올 수도 있다. 우리는 결코 우리 자신의 이미지가 아닌 것이 다. 루벤스가 마지막으로 류티스트를 본 지 팔 년이 지나서 그 녀에게 전화를 한 것은, 그 마음속 사진 세 장 덕분이었다. 한 데 그 이미지 바깥의 류티스트는 누구인가? 그는 그녀에 대 해 거의 아는 것이 없으며 더 알고 싶지도 않았다. 나는 팔 년 간의 단절 이후에 이루어진 그들의 만남을 상상해 본다. 그는 파리의 어느 큰 호텔 로비에서 그녀와 마주 앉아 있다. 그들은 무슨 얘길 나누는가? 그들의 삶을 제외한 모든 것에 대해서다. 서로에 대해 너무 잘 알면 오히려 서로 낯설어지고, 두 사람 사이에 불필요한 정보의 울타리가 쳐지기 때문이다. 그들은 서로에 대해 필요한 최소한의 것만 알며, 자신들의 삶을 어둠 속에 묻어 둠으로써 둘의 만남을 그만큼 더 밝게 조명하고, 시간으로부터 뽑혀 나오게 하고, 모든 맥락으로부터 단절한 데 대해 자부심마저 느낀다.

그는 류티스트를 다정한 시선으로 감싼다. 물론 약간 늙긴 했으나, 그녀가 지금도 여전히 자신의 이미지에 근접해 있다는 점이 기쁘다. 그는 어떤 흥분된 몰염치스러움을 느끼며 속으로 중얼거린다. 신체적으로 나타나는 류티스트의 가치, 그것은 언제나 그녀가 자신의 이미지와 혼동될 수 있다는 데 있는 거라고.

지금 그는, 그녀가 자신의 이미지에게 살아 있는 육신을 빌려 주는 순간을 애타게 기다린다.

# 19

예전처럼 그들은 일 년에 한 번이나 두 번, 혹은 세 번 정도 만났다. 그렇게 몇 년이 흘렀다. 그러던 어느 날 그는 그녀에게 전화를 걸어 자신이 이 주 후에 파리로 갈 거라고 알렸다. 그녀는 그를 만날 시간이 없을 것 같다고 대답했다.

"내가 여행을 일주일 정도 연장하겠어요."

"그래도 시간이 없을 거예요."

"그럼 언제가 좋나요?"

"지금은 안 돼요." 몹시 난처한 목소리로 그녀가 말했다. "오랫동안 어려울 것 같아요……."

"무슨 일이 있습니까?"

"아뇨, 아무 일도."

두 사람 모두 서로 거북함을 느꼈다. 류티스트가 이제 그를 만나지 않기로 작정했으나, 차마 그런 말을 하지 못하는 것 같았다. 그러면서도 한편으론 그런 가정이 도무지 납득 가지 않아서 (어떤 그늘이 그들의 아름다운 밀회를 망친 일은 한 번도 없었기에.) 루벤스는 다른 여러 질문을 던지면서 그녀가 거절하는 이유를 알아보려 했다. 그러나 그들의 만남은 애초부터 고집을 전혀 부리지 않는, 공격적인 태도를 철저히 배제하는 그런 바탕 위에서 이루어졌으므로, 그는 그녀를 성가시게 하지 않으려 했고, 따라서 그가 던진 질문은 아주 단순한 것들이었다.

결국 그는 이렇게 덧붙이는 것으로 만족하고서 대화에 마침표를 찍었다. "또 전화해도 될까요?"

"물론이에요. 안 될 까닭이 뭐죠?"

그는 한 달 후에 다시 전화를 걸었다. "여전히 날 볼 시간이 없나요?"

"화내지 마세요. 당신 때문이 아니에요."

그는 한 달 전과 같은 질문을 던졌다. "무슨 일이 있습니까?"

"아뇨, 아무 일도."

루벤스는 침묵했다. 무슨 말을 해야 할지 몰랐다. 결국 그는 수화기 속으로 우울한 미소를 보내며 말했다. "할 수 없지."

"당신과는 무관한 일이에요. 정말이에요. 당신 때문이 아녜요. 문제는 당신이 아니라 바로 나라고요!"

그녀의 마지막 말에서 루벤스는 어떤 희망이 보이는 것 같았다. "그렇다면 이래야 할 까닭이 없잖습니까! 만나야 합니다!"

"안 돼요."

"이제 당신이 날 보고 싶어 하지 않는 게 확실하면 나도 더는 아무 말 하지 않겠어요. 한데 당신은 당신이 문제라고 합니다! 대체 무슨 일입니까? 만나야 합니다! 당신과 얘길 해야겠어요!"

말은 그렇게 했지만 곧바로 그는 이렇게 생각했다. 천만에, 이게 아니다. 그녀가 진짜 이유를, 이제 더는 그가 보고 싶지 않기 때문이라는, 어쩌면 너무나 간단한 그 진짜 이유를 밝히지 않는 것은 하나의 요령일 뿐이다. 그녀의 세심한 배려가 그를 헷갈리게 하는 것이다. 그러므로 더 고집을 부려서는 안 된다. 더 이상 고집을 부리면 성가신 존재가 될 것이고, 서로 공유하지 않는 욕망은 표현하지 않기로 한 둘 사이의 묵계를 어기는 일일 것이다.

그래서 그는 그녀가 "안 돼요, 부탁이에요."라고 되풀이했을 때, 더는 고집을 부리지 않았다.

수화기를 내려놓는 순간 문득 그의 뇌리에 큰 농구화를 신고 다니던 오스트레일리아 여학생이 떠올랐다. 그녀 역시 자신이 이해할 수 없는 이유로 버림받았다. 기회가 있었다면 아마 그도 똑같은 말로 그녀를 위로했을 것이다. "너와는 무관한 일이야. 너 때문이 아냐. 문제는 나라고." 그는 이제 류티스트와의 이야기는 끝났으며, 자기는 영원히 그 까닭을 알 수 없으리라는 걸 깨달았다. 그는 입이 예뻤던 그 오스트레일리아 여학생처럼, 영문을 모르는 채 살아갈 것이다. 이제 루벤스의 구두는 전보다 한결 더 우울하게 세상을 돌아다닐 것이다. 오스트레일리아 아가씨의 큼지막한 농구화처럼 말이다.

# 20

스포츠적 침묵의 시기, 은유의 시기, 외설적 진실의 시기, 아랍 전화의 시기, 신비적 시기, 그 모두가 그의 뒤, 저 멀리에 있었다. 바늘들이 그의 성생활 문자반을 완전히 한 바퀴 돈 후였다. 이제 그는 문자반의 시간 밖에 있었다. 문자반의 밖에 있다는 것, 그것이 곧 종말이나 죽음을 의미하지는 않는다. 유럽 회화의 문자반에 이미 자정이 울렸음에도, 화가들은 계속 그림을 그리지 않는가. 문자반의 밖에 있다는 것, 그것이 의미하는 것은 단지 그가 이제 더는 중요하거나 새로운 그 어떤 것도 창출하지 못하리란 사실이다. 루벤스는 여전히 여자들을 자주 만나나, 그에게 그녀들은 이제 전혀 중요하지 않았다. 그가 가장 자주 만나던 여자는 G라는 아가씨였다. 그녀의 특징은 욕을 잘한다는 것으로, 그녀는 대화에 즐겨 욕설들을 끼워 넣곤 했다. 그때는 많은 여자들이 그녀처럼 했다. 당시 풍조였다. 그녀들이 망할이라느니, 미칠 노릇이라느니, 밥통이라느니 하는 말들을 지껄인 것은 자신들이 교육을 잘 받은 보수적인 구세대와는 아주 거리가 멀며, 현대적이고 거칠 것 없이 자유롭다는 점을 남들에게 알리기 위해서였다. 입이 그렇게 험한 G였지만, 루벤스가 몸을 건드리면 즉시 그녀는 눈을 천장으로 까뒤집으며 성스러운 침묵에 빠져 버렸다. 언제나 그들의 포옹은 영원히 끝나지 않을 것처럼 길었다. 매우 오랫동안 애를 써야만 G가 애타게 갈구하는 오르가슴에 도달할 수 있었기 때문이다. 등을 대고 누워 이마를 땀으로 적신 채 몸을 흐느적거리며 그녀는 섹스에 몰두했다. 루벤스는 어쩌면 단말마의 고통이 이와 비슷하리라고 생각했다. 뜨겁게 불타면서 열심히 종말을 갈구하지만, 고대하는 종말은 자꾸만 자꾸만 빠져나간다. 처음 두세 번은, G에게 외설을 소곤거려 주어 빨리 끝장을 내 보려고 했으나, 즉각 그녀가 싫다는 듯 머리를 돌려 버렸으므로, 그 후부터 그는 침묵을 지켰다. 반면에 그녀는 이삼십 분이 지나면 어김없이 (불만에 찬 성마른 어조로) 이렇게 지껄여 댔다. "더 세게, 더 세게, 좀 더, 좀 더!" 그럴 때면 그는 자신이 더 계속할 수 없음을 깨닫곤 했다. 지금 새로이 힘을 쓰기엔, 너무 빠른 속도로, 너무 오랫동안 정사를 치루고 있었던 것이다. 그래서 그는 한쪽 옆으로 미끄러져 내리면서, 실패의 증거임과 동시에 특허 내도 좋을 명품 테크닉을 발휘하는 한 가지 수단에 도움을 청했다. 손을 그녀의 배 속 깊이 밀어 넣어, 손가락을 합해 강력한 상하운동을 하는 것이다. 그러면 간헐온천이 솟아 흘러넘쳤고, 그녀는 그를 끌어안으며 달콤한 말들을 퍼붓곤 했다.

둘의 내면 시계는 한탄스러울 만큼 주기가 달랐다. 그가 감미로움을 느낄 때 그녀는 험한 말들을 내보냈고, 그가 험한 말을 원할 때 그녀는 굳게 침묵을 지켰으며, 그가 잠과 침묵을 필요로 할 때 그녀는 몸이 달고 말이 많아졌다.

그녀는 예쁜 데다 그에 비하면 너무나 젊지 않은가! (겸손하게도) 루벤스는 자신이 부를 때마다 그녀가 꼭꼭 찾아 주는 것은 단지 그의 손재주 때문이라고 생각했다. 그는 그녀가 고마웠다. 그녀 덕택에 그녀의 몸 위에서 보낼 수 있었던 그 오랜 땀과 침묵의 시간 동안, 그는 두 눈을 지그시 감은 채 한가롭게 꿈을 꿀 수 있었기 때문이다.

# 21

루벤스는 언젠가 존 케네디 대통령의 오래된 사진집을 손에 넣은 일이 있었다. 적어도 오십여 장은 되는 그 사진들은 모두 컬러였으며, 그 모든 사진들에서 (하나도 예외 없이 모두!) 대통령은 웃고 있었다. 미소를 지은 게 아니라, 활짝 웃고 있었던 것이다! 그의 입은 크게 벌어졌으며, 이들이 드러나 있었다. 요즘 사진들에선 흔히 볼 수 있으므로 특별히 이상할 건 전혀 없었으나, 케네디가 모든 사진들에서 웃고 있다는 사실, 그의 입이 한 번도 다물어지지 않았다는 사실을 확인하고서 루벤스는 한참 동안이나 어안이 벙벙했다. 그로부터 며칠 후 그는 피렌체를 방문했다. 미켈란젤로의 다비드상 앞에 서서 그는 그 대리석상의 얼굴이 케네디 얼굴처럼 웃고 있다고 상상해 보았다. 남성미의 전형 다비드가 문득 멍청이처럼 보였다! 그때부터 그는 머릿속으로 명화(名畵)의 얼굴들에 웃는 입을 갖다 붙이는 습관이 생겼다. 흥미로운 실험이었다. 웃는 표정이 모든 그림을 파괴할 수 있었던 것이다! 모나리자의 그 은은한 미소 대신 이와 잇몸까지 드러내는 웃음이 있다고 상상해 보라!

가장 많은 시간을 바친 곳이기에 화랑에 친숙한 루벤스였으나, 그 케네디 대통령의 사진들을 보기 전까지는 이러한 자명한 사실을 미처 깨닫지 못했다. 즉 고대에서부터 라파엘에 이르기까지, 어쩌면 앵그르에 이르기까지 위대한 화가와 조각가들이 웃음을, 심지어는 미소마저도 형상화하길 기피했다는 사실 말이다. 에트루리아 조각의 얼굴들이 모두 미소 짓고 있는 것은 사실이지만, 이 미소는 하나의 표정, 즉 어떤 상황에 대한 즉각적인 반응이 아니라, 영원한 행복으로 빛나는 얼굴의 지속적인 상태다. 고대 조각가들에게나 후대 화가들에게나, 아름다운 얼굴이란 그 부동성 속에서만 생각할 수 있는 것이었다.

얼굴이 부동성을 상실하고 입이 벌어진 것은 화가들이 악을 포착하고자 했을 때뿐이었다. 고통으로서의 악인 경우, 예수의 시신 위에 몸을 숙인 여자들의 얼굴이 그랬고, 푸생의 「무고한 유아 학살」에서 어느 어머니의 벌어진 입이 그랬다. 악덕으로서의 악으로는, 홀바인의 「아담과 이브」가 있다. 이브가 달뜬 얼굴을 하고 있고, 그녀의 반쯤 벌어진 입에서 지금 막 사과를 깨문 치아가 보인다. 그녀 곁 아담은 아직은 원죄를 범하기 전의 인간이다. 그의 얼굴은 고요하며 입은 닫혀 있다. 코레지오의 「악덕의 알레고리」에서는 모든 사람이 미소를 짓고 있다! 악을 표현하기 위해 화가는 미소로 용모를 일그러뜨리고 입이 벌어지게 하여, 얼굴들의 순수한 평정을 뒤흔들어 놓아야 했던 것이다. 이 그림에서 크게 웃는 유일한 인물은 한 어린아이다! 그러나 그 아이의 웃음은 초콜릿이나 기저귀 광고 속 어린아이들이 보여 주는 그런 행복한 웃음이 아니다. 그 그림 속 아이는 타락했기 때문에 웃는 것이다!

웃음이 무죄인 것은 네덜란드인들에게서뿐이다. 할스의 「부풍」이나 그의 「보헤미안」 같은 작품이 그렇다. 그런 네덜란드 화가들은 최초의 사진사들이기 때문이다. 그들이 그리는 얼굴들은 아름다움과 추함 저 너머에 있다. 네덜란드 화가들의 그림이 전시된 홀에서 걸음을 늦추며, 루벤스는 류티스트를 생각했고 속으로 이렇게 중얼거렸다. '류티스트는 프란스 할스의 모델은 아니다. 류티스트는 움직이지 않는 얼굴에서 아름다움을 찾았던, 위대한 지난날 화가들의 모델이다.' 그러고 있는데 몇몇 방문객이 그의 등을 밀쳤다. 이 세상 모든 화랑들이 마치 지난날 동물원처럼, 사람들 무리로 가득하다. 구경거리를 좇는 관광객들은 그림들을 우리 안 짐승을 구경하듯 바라보았다. 이제 그림은 금세기에 이르러 더는 제집에 있는 게 아니라고 루벤스는 속으로 중얼거렸다. 류티스트 역시 이와 마찬가지라는 생각이 들었다. 류티스트는 아름다움이 웃지 않는 세계, 이미 오래전에 끝장난 세계의 사람이었다.

한데 위대한 화가들이 아름다움의 왕국에서 웃음을 배제한 사실을 어떻게 설명할 것인가? 얼굴은 사유의 현존을 반영할 때 아름다운데, 웃음의 순간은 사유가 없는 순간이기 때문이라는 게 루벤스의 생각이다. 그게 사실일까? 웃음이란 뭔가 우스운 것을 포착 중인 성찰의 반짝임이 아닐까? 아니다, 하고 루벤스는 중얼거린다. 우스운 것을 포착하는 그 순간에는 웃음이 없다. 웃음은 그 직후에, 마치 어떤 신체 반응처럼, 어떤 사유도 없는 하나의 발작처럼 뒤따른다. 웃음은 얼굴의 발작이며, 이 발작이 일어날 때 인간은 자신을 통제하지 못한다. 자신이 의지도 이성도 아닌 뭔가에 지배당하기 때문이다. 그래서 고대 조각가는 웃음을 표상하지 않았다. 스스로를 다스리지 못하는 인간(이성 저 너머의 인간, 의지 저 너머의 인간)은 아름답게 여겨질 수가 없었던 것이다.

그 위대한 화가들의 정신 세계와는 달리, 이 시대가 웃음을 인기 있는 표정으로 만들었다면, 그것은 곧 이성과 의지의 부재가 인간의 이상적 상태가 되었음을 의미한다. 어쩌면 사람들은 인물 사진들에 나타난 그 발작은 꾸며 낸 것이며, 따라서 의식적이고 의지적인 것이라고 이의를 제기할지도 모른다. 어느 사진사의 카메라 앞에서 웃고 있는 케네디는 결코 어떤 우스운 상황에 반응한 게 아니라, 의식적으로 입을 크게 벌리고 이를 드러냈다는 것이다. 그러나 그런 주장은 다만 웃음의 발작(의지와 이성 저 너머의 것)이 오늘날 인간들에게 이상적 이미지로 정립되었음을 증명해 줄 뿐이다. 그 뒤에 자신들을 숨기기로 선택한 이미지 말이다.

루벤스는 웃음이야말로 가장 민주적인 표정이라고 생각했다. 얼굴의 부동성은 우리를 서로 구분 짓는 용모들 각각을 또렷이 분간할 수 있게 하지만, 웃음의 발작 안에서는 우리 모두가 비슷해지기 때문이다.

웃음으로 뒤틀어진 줄리우스 카이사르의 흉상은 생각조차 할 수 없다. 그러나 미국 대통령들은 웃음의 민주적 발작 뒤에 숨어 영원을 향해 떠나고 있다.

# 22

 그는 로마에 다시 왔다. 박물관에 들른 그는 고딕 회화 전시실에서 오랫동안 머물렀다. 그림 하나가 그를 매혹했다. 십자가 형벌. 그는 무엇을 보았는가? 그리스도 대신, 그는 사람들이 십자가형에 처할 준비를 하는 한 부인을 보았다. 그리스도처럼 그녀는 허리둘레에 흰 천 조각 하나를 걸쳤을 뿐 다른 의복은 입지 않았다. 그녀의 두 발은 목재 돌기를 딛고 있고, 사형 집행인들은 굵은 동아줄로 그녀의 발목을 기둥에 묶고 있다. 산꼭대기에 세워진 그 십자가는 어느 곳에서나 볼 수 있다. 십자가 주위에서는 한 무리 병정과 시민들, 그리고 어중이떠중이들이 그 전시된 여인을 바라본다. 그녀는 바로 류티스트다. 자신의 몸 위로 꽂히는 그 모든 시선들을 느끼며, 그녀는 손바닥으로 두 가슴을 덮었다. 그녀의 왼쪽과 오른쪽에는, 각각 도둑을 한 명씩 짊어진 다른 십자가 두 개가 세워져 있다. 첫 번째 도둑이 그녀 쪽으로 몸을 숙여 그녀의 손 하나를 잡더니, 천천히 가슴으로부터 떼어 내, 가로 판자 한쪽 끝까지 팔이 활짝 펼쳐지게 한다. 두 번째 도둑이 그녀의 다른 손을 붙잡고 같은 동작을 수행하자, 류티스트는 두 팔을 활짝 펼치게 되었다. 그런 일이 벌어지는 동안에도 그녀의 얼굴은 움직이지 않는다. 미동도 없이 그녀는 저 멀리 뭔가를 바라본다. 루벤스는 그녀가 바라보는 것이 지평선이 아니라 그녀 맞은편, 하늘과 땅 사이에 설치된 거대한 상상의 거울임을 안다. 거기서 그녀는 자기 자신의 이미지, 두 팔이 펼쳐져 가슴을 드러낸 채 십자가에 매달린 한 여자의 이미지를 보고 있다. 야수처럼 포효하는 무수한 군중에게 전시된 채, 그녀는 그 모든 사람들처럼 흥분했으며, 그들이 그녀를 관찰하듯 자기 자신을 관찰한다.

루벤스는 이 광경에서 눈을 뗄 수가 없었다. 이윽고 거기에서 눈을 뗀 그는, 그 순간이 '로마에서의 루벤스의 환시(幻視)'라는 이름으로 종교사에 들어가야 한다고 생각했다. 저녁때까지 그는 그 신비로운 순간의 영향에 젖어 있었다. 류티스트에게 전화를 걸지 않은 지 벌써 사 년이나 되었으나, 이번만큼은 참을 수 없었다. 호텔에 돌아오는 즉시 그는 전화를 걸었다. 전화선 저쪽 끝에서 그가 알지 못하는 여자 목소리가 들려왔다.

그는 약간 망설이는 어조로 물었다. "……부인과 통화할 수 있을까요?" 그는 그녀 남편의 성을 댔다.

"예, 바로 전데요."라고 목소리가 말했다.

그제야 그가 류티스트의 이름을 댔다. 여자 목소리가, 지금 그가 찾는 여자는 죽었다고 대답했다.

"죽었다고요?"

"예, 아녜스는 죽었어요. 한데 누구시죠?"

"친굽니다."

"어떤 분인지 알 수 있을까요?"

"아뇨." 그는 수화기를 내려놓았다.

# 23

영화에서는 누가 죽으면 즉시 애가가 울리지만, 우리 삶에서는 우리가 아는 누가 죽어도 어떤 음악도 들리지 않는다. 우리 심금을 크게 뒤흔들어 놓을 수 있는 죽음은 매우 드물다. 일생에 두세 번이 고작이며, 그 이상은 아니다. 하나의 에피소드에 불과했던 여자의 죽음에 루벤스는 놀랐고 슬펐으나, 그 여자가 이미 사 년 전에 그의 삶에서 빠져나가 어쩔 수 없이 체념하고 있었으므로 마음까지 뒤흔들리지는 않았다.

죽음이 류티스트를 살아 있을 때보다 더 부재하는 존재로 만들지는 않았으나, 그럼에도 그녀의 죽음은 모든 것을 뒤바꿔 놓았다. 그녀를 생각할 때마다 루벤스는 그녀의 육신은 어찌 되었을까 하고 자문하지 않을 수 없었다. 관에 넣어 매장했을까? 화장했을까? 그는 그녀의 부동의 얼굴을, 상상의 거울을 통해 자신의 모습을 바라보던 그 커다란 두 눈동자와 함께 떠올려 보았다. 그는 서서히 감기는 두 눈꺼풀을 보았다. 문득, 그것은 죽은 얼굴이 되었다. 그 얼굴이 매우 평화롭다는 사실로 미루어, 삶에서 죽음으로의 이행은 지각할 수 없는 조화롭고 아름다운 것일 듯했다. 하지만 루벤스는 뒤이어 그 얼굴이 어떻게 되었을지 상상해 보았다. 끔찍했다.

G가 그를 보러 왔다. 언제나처럼 그들은 침묵의 포옹에 몰두했고, 언제나처럼 그 끝없이 긴 정사 동안 류티스트가 그의 뇌리에 떠올랐다. 언제나처럼 그녀는 가슴을 드러낸 채 거울 앞에 서서 부동의 시선으로 자신을 관조했다. 그러다 문득 그는 어쩌면 그녀가 죽은 지 이삼 년은 됐을 거라는 생각을 떠올렸다. 그녀의 머리카락은 이미 두개골에서 벗었을 것이고 두 동공도 움푹 팼을 것이다. 그는 그 이미지를 떨쳐 버리고 싶었다. 그러지 않고는 정사를 계속할 수 없을 것 같았다. 그는 G의 점점 가빠지는 숨결에 집중하기로 결심하고, 류티스트 생각을 떨쳐 버리려 했으나 그의 사념은 복종을 거부했고, 마치 일부러인듯 그의 눈앞에 그가 보고 싶어 하지 않는 것을 늘어놓았다. 그러다 마침내 그의 사념들이 그에게 복종해 관 속 류티스트의 모습을 그만 보여 주는가 싶더니, 이번엔 불꽃 한가운데 있는 그녀를 보여 주었다. 그가 귀동냥으로 아는 그런 자세였다. 불에 타던 시신이 몸을 세웠고 (수수께끼 같은 신체적 힘의 결과다.) 그리하여 류티스트는 화로 속에 앉은 듯하다. 한참을 그렇게 앉은 채 불타는 시신을 보는데, 느닷없이 불만에 찬 강압적인 목소리 울렸다. "더 세게, 더 세게, 좀 더, 좀 더!" 루벤스는 포옹을 멈춰야 했다. 그는 G에게 자기 슬럼프를 사과했다.

그때 그는 속으로 중얼거렸다. 나의 모든 인생 체험에서, 내게 남은 것은 사진 한 장뿐이다. 아마도 가장 내밀하고 가장 깊이 나의 성생활 속에 묻혀 있던 사진, 내 성생활의 정수를 담은 사진 같다. 최근 들어 나는, 어쩌면 바로 그 사진을 되살리기 위해 정사를 한 것인지도 모른다. 한데 지금 그 사진은 불타고 있으며, 그 평화롭고 아름다운 얼굴이 쭈그러지고 졸아들고 검게 타 재가 되고 있다.

G는 다음 주에 다시 오기로 했으나 루벤스는 그 이미지들이 정사 중에 또 그를 사로잡지 않을까 벌써 불안했다. 그는 류티스트를 자신의 머리에서 쫓아낼 생각으로, 테이블 앞에 앉아 머리를 손바닥에 괸 채 기억을 더듬어 류티스트의 사진을 대체할 만한 다른 사진들을 찾기 시작했다. 그는 사진 몇 장을 끌어냈고, 그 사진들이 뜻밖에 아름답고 자극적이어서 기분이 좋았다. 하지만 그는 분명히 알고 있었다. G와 정사를 나눌 때 자신의 기억이 그런 사진들을 보여 주길 거부하리란 것을. 그 사진들 대신 마치 죽음의 유희에서처럼, 잉걸불 속에 앉은 류티스트의 이미지가 은밀히 미끄러져 들어오리라는 것을 말이다. 그의 생각은 옳았다. 이번에도 역시 그는 정사 도중에 G에게 사과를 해야 했다.

그는 당분간 여자 관계를 끊는 것이 자신에게 나쁘지 않을 것 같다고 생각했다. 흔히 하는 말로, 새로운 질서가 도래할 때까지 말이다. 하지만 한 주 한 주, 이 휴식은 연장되기만 했다. 그러던 어느 날, 마침내 그는 앞으로 '새로운 질서'는 없으리란 사실을 깨달았다.

# 7부
## 축복

# 1

헬스클럽 홀에는 이미 오래전부터 대형 거울들이 움직이는 팔다리들을 비추고 있다. 육 개월 전부터는 이마골로그들의 압력에 의해 거울들이 수영장의 세 벽마저 침범했는데, 네 번째 벽에는 파리의 지붕들이 내려다보이는 대형 창문이 이미 자리를 차지하고 있었다. 목욕 가운 차림으로 우리는 수영하는 사람들이 숨을 몰아쉬는 풀 근처 한 테이블에 앉아 있었다. 우리 둘 사이에는 포도주 한 병이 있었다. 기념일을 축하하기 위해 내가 주문한 포도주였다.

아베나리우스는 대체 무슨 기념일인지 내게 물어볼 여념도 없이 새로운 생각에 빠져 있었다. "사람들이 자네에게 이런 두 가능성 가운데 하나를 선택하라고 한다고 상상해 보게. 브리지트 바르도나 그레타 가르보같은 세계적으로 유명한 미녀와 하룻밤을 보내는 게 하나네. 유일한 조건은 아무도 그걸 몰라야 한다는 거야. 그렇게 하든가 아니면 그녀의 두 어깨를 팔로 휘감아 안고 자네 고향의 큰길을 산책하는 것. 이 경우 절대 그녀와 잠을 자지 않는다는 조건으로 말이네. 나는 이 둘 중 사람들이 어느 쪽을 택할지 그 정확한 비율을 알고 싶다네. 그러려면 통계가 필요하지. 그래서 몇 군데 여론조사 사무실에 연락을 했는데, 통 감감무소식이야."

"늘 그랬지만 나는 자네가 하는 일을 도대체 어느 부분에서 진지하게 받아들여야 할지 알 수 없다네."

"내가 하는 건 모두 반드시 진지하게 받아들여져야 하네."

내가 말을 받았다. "예를 들어 지금 자네가 생태학자들에게 자네의 그 자동차 파손 계획을 제안한다고 상상해 보세. 자네도 설마 그들이 그 계획을 받아들이리라고 생각하지는 않았을 게 아닌가!"

나는 잠시 말을 끊었다. 아베나리우스는 침묵을 지켰다.

"자네는 그들이 박수갈채를 보내리라고 생각했나?"

"아니. 절대 그렇게 생각하지는 않았어."

"그럼 왜 그들에게 자네 계획을 제안했나? 그들의 가면을 벗기기 위해서? 그들이 반체제 성향을 보여도 결국은 그들 역시 자네가 디아볼로라고 부르는 것에 가담하고 있음을 증명해 보이기 위해서인가?"

"멍청이들에게 뭔가를 증명해 보이려는 것보다 쓸데없는 짓도 없지."

"그러면 한 가지 설명만 남네. 자넨 그들에게 농담을 하고 싶었던 거야. 만약 그렇다면 자네 행동은 내가 보기에 비논리적이야. 어쨌든 자네는 누군가가 자네의 의도를 이해하고 웃음을 터뜨릴 거라는 가정도 하지 않았으니까!"

아베나리우스는 수긍한다는 듯 머리를 끄덕이더니 착잡한 어조로 말했다. "그렇게 가정하지 않았지. 디아볼로의 특징은 유머감각이 전혀 없다는 점이야. 코믹한 것이 보이지 않게 되어 버려. 언제나 여기 이렇게 있는데도 말이야. 그래서 농담이 더 이상 의미가 없다네." 그러고 나서 그는 덧붙였다. "지금의 세상은 모든 것을 진지하게 여기고 있어. 나까지 그러니, 더 말할 나위도 없지."

"오히려 나는 사람들이 아무것도 진지하게 받아들이지 않는다는 느낌이네! 모두가 그저 즐길 생각만 한단 말일세!"

"결국 마찬가지 얘기야. 그 완전한 당나귀가 핵전쟁 발발이나, 파리 대지진을 방송으로 알려야 하는 입장에 있다고 생각해 봐. 그는 기를 쓰고 이를 재미있게 전하려 할 거야. 어쩌면 그는 지금 이 순간에도, 그런 경우에 적합한 말재롱을 찾고 있는지도 몰라. 한데 그런 건 코믹의 의미와 전혀 무관하다네. 이 경우 진짜 코믹한 것은 지진을 알리기 위해 말장난을 찾는 바로 그 사람이지. 한데 정작 지진을 알리기 위해 말장난을 찾는 당사자는 자신의 탐구를 진지하게 여길 뿐, 자신이 코믹하다는 점은 전혀 생각을 못 해. 유머는 사람들이 아직 중요한 것과 중요하지 않은 것을 분별할 줄 아는 곳에서만 존재할 수 있네. 오늘날에는 그 경계를 분간할 수가 없어."

나는 내 친구를 잘 알고, 종종 재미 삼아 그가 말하는 방식을 흉내 내기도 하며 그의 생각과 관찰을 내 것처럼 여기기도 한다. 그럼에도 그는 나에게서 빠져나간다. 그의 행동이 마음에 들고 매력적이긴 하지만 나는 그 행동을 전적으로 이해한다고 말할 수 없다. 언젠가 나는 그에게 사람의 본질은 은유로만 포착할 수 있다는 점을 설명하려 한 적이 있다. 은유의 계시적 빛에 의해서만 포착이 가능하다고 말이다. 아베나리우스를 안 이후부터 줄곧 나는 그를 포착할 수 있는, 그를 이해하게 해 줄 수 있는 은유를 찾고 있으나, 아직 목적을 이루지 못했다.

"농담을 하려 했던 게 아니라면 어째서 자네는 그들에게 자네의 계획을 제안했나? 왜지?"

미처 그가 뭐라 대답하기 전에 놀라움을 담은 탄성 하나가 우리의 대화를 잘랐다. "아베나리우스 교수! 이게 웬일입니까?"

자동문 쪽에서, 쉰이나 예순 살쯤으로 보이는 수영복 차림 남자가 우리 쪽으로 걸어오고 있었다. 아베나리우스가 몸을 일으켰다. 감격한 표정으로 두 사람은 오랫동안 악수를 나누었다.

아베나리우스가 그를 나에게 소개했다. 나는 내 앞에 바로 폴이 서 있음을 깨달았다.

# 2

그는 우리 테이블에 앉았다. 아베나리우스가 거창한 몸짓으로 나를 가리키며 폴에게 말했다. "그의 소설들을 모르시오? 『삶은 다른 곳에』! 이건 꼭 읽어 봐야 해요! 내 아내가 아주 기막힌 책이라고 합디다!"

문득 나는 아베나리우스가 내 소설을 전혀 읽지 않았음을 깨달았다. 얼마 전에 그가 그 소설을 가져다 달라고 나를 들볶은 건, 침대에서 수 킬로의 책을 먹어 치워야 하는 밤잠 없는 그의 부인 때문이었다. 이에 나는 슬펐다.

"물속에서 생각을 좀 가다듬을까 하고 들렀소." 폴이 말했다. 그는 포도주를 보더니 물은 까맣게 잊어버렸다. "지금 마시는 게 뭐죠?" 그는 병을 쥐고는 주의 깊게 상표를 읽고서 덧붙였다. "난 오늘 아침부터 종일 마시고 있다오."

그랬다. 그는 그렇게 보였으며, 그것에 나는 놀랐다. 한 번도 술 취한 폴을 상상해 본 적이 없기 때문이다. 나는 종업원에게 잔을 하나 더 가져다 달라고 부탁했다. 우리는 이런저런 얘기를 나누기 시작했다. 자신이 전혀 읽지 않은 나의 소설들에 대한 여러 암시를 통해, 아베나리우스는 폴이 뭔가 한마디 하도록 유인했고, 폴은 나를 염두에 둔 듯한 무례한 발언으로 나를 깜짝 놀라게 했다. "난 소설을 읽지 않아요. 회고록이 훨씬 재미있고 유익하지요. 그리고 전기들! 최근에 난 샐린저에 관한 책들, 로댕에 관한 책들, 프란츠 카프카의 사랑에 관한 책들을 읽었소. 그리고 멋진 헤밍웨이 전기 하나도! 아, 그 작자는 정말 사기꾼에 거짓말쟁이에 과대망상증 환자요." 폴이 기분 좋게 웃으며 말했다. "어디 그뿐이오? 성불구자, 변태, 마초, 색광에다 여성기피자이기도 하죠."

"당신은 변호사로서 살인자들까지 변호할 의사가 있으면서 작가들은 왜 변호하지 않습니까? 그저 책을 썼을 뿐, 아무 죄도 없는 사람들을 말입니다." 내가 말했다.

"그들이 거슬리기 때문이오." 폴은 약 올리듯 대답하더니, 종업원이 방금 그의 앞에 내려놓은 잔에 포도주를 따랐다.

"내 아내는 말러를 좋아합니다." 그가 말을 이었다. "아내 얘기로는 그의 '7번 교향곡'이 처음으로 연주되기 보름 전, 그는 시끄러운 어느 호텔 방에 틀어박혀 밤새 관현악 편성을 다시 작업했다고 하더군요."

"그렇습니다." 내가 말했다. "1908년 가을, 프라하에서의 일이죠. '푸른 별'이라는 호텔에서입니다."

"종종 나는 그 호텔 방에서 악보들에 둘러싸여 있는 그를 상상합니다." 남이 뭐라 끼어들 틈을 주지 않고 폴이 말을 이었다. "만약 2악장이 오보에가 아니라 클라리넷으로 연주된다면 자신의 작품이 끝장난다는 걸 그는 확신했죠."

"바로 그렇습니다." 내 소설을 생각하면서 내가 말했다.

폴이 얘기를 계속했다. "나는 사람들이 이 교향곡을 뛰어난 음악 전문가들 앞에서 이런 식으로 연주해 보았으면 합니다. 먼저 실연 보름 전에 수정한 악보로 연주를 하고, 그런 다음 수정하지 않은 악보로 연주해 보는 거죠. 장담컨대 아마 아무도 두 연주의 차이를 알아내지 못할 거요. 내 얘기는 이렇소. 2악장에서 바이올린으로 연주한 주제를 마지막 악장에서 플루트로 되풀이하는 건 정말 훌륭합니다. 모든 것이 제 위치에 있고, 모든 것이 다듬어지고, 사유되고, 느껴졌으며, 그 무엇도 우연에 맡겨지지 않았소. 한데 그런 엄청난 완성도는 우리 능력을 넘어섭니다. 우리 기억력과 우리 정신집중 능력을 넘어서며, 그래서 아무리 광적일 정도로 주의 깊은 방청객이라 해도, 아마 그 교향곡에서 포착하는 건 거기에 담긴 내용의 100분의 1정도일 겁니다. 말러가 보기에 가장 중요하지 않은 100분의 1말입니다!"

너무나 온당한 이 생각은 그를 기쁘게 했으나, 나는 점점 더 슬퍼졌다. 만약 독자가 내 소설을 한 줄이라도 건너뛴다면 소설을 전혀 이해할 수 없을 텐데, 그렇지만 행을 건너뛰지 않는 독자가 어디에 있단 말인가? 나 자신이 다른 누구보다도 더 행과 페이지를 잘 건너뛰는 사람 아닌가?

폴이 말을 이었다. "나는 그런 교향곡들의 완성도를 반대하는 게 아닙니다. 다만 그런 완성도의 중요성에 이의를 제기하는 거요. 그 지고무상한 교향곡들은 단지 무용한 성당일 뿐이오. 인간의 손에 닿지 않는 것들입니다. 비인간적인 것들이죠. 언제나 우리는 그 중요성을 과장해 왔소. 그 교향곡들은 우리에게 열등감을 심어 주었소. 유럽은 유럽이 전혀 이해하지 못한 천재적 작품 오십여 편의 유럽으로 축소되었소. 이 얼마나 불쾌한 불평등입니까. 무수한 유럽인들은 아무것도 대변하지 못하고, 이름 오십 개가 모든 것을 대변한다는 사실 말이오! 한쪽에게만 존재 의미를 부여하면서 다른 한쪽은 모래알로 만들어 버리는 이런 형이상학적인 불평등에 비하면 계급 간 불평등 따위 사소한 우발적 사고에 불과하죠."

술병이 비었다. 나는 종업원을 불러 또 한 병 주문했다. 그래서 폴은 얘기의 끈을 놓쳐 버렸다.

"전기(傳記)들에 대해 얘기하던 중이었소." 내가 그에게 속삭여 주었다.

"아, 그렇지." 그가 기억을 되찾았다.

"당신은 죽은 이들이 주고받은 내밀한 편지들을 마침내 읽을 수 있게 된 걸 기뻐하던 참이었소."

"알아요, 알겠어요." 폴은 상대편이 들고 나올지도 모를 이의 제기에 미리 선수를 치고 싶은 듯 말했다. "사실 말이지, 내가 보기에도 개인적인 편지를 뒤지고, 옛 애인들을 신문하고, 의사들을 꼬드겨 의료 관련 비밀을 털어놓게 하는 따위의 일은 추잡한 짓이오. 전기 작가들은 잡놈들이오. 절대로 나는 지금 이렇게 당신들과 함께하듯 그들과 합석할 수는 없을 거요.

로베스피에르 역시, 노략질을 하고 처형 장면을 회상하며 집단 오르가슴에 빠지던 그 건달패들과 한 테이블에 앉지는 않았을 거요. 하지만 그런 건달패들이 없으면 아무것도 이루어지지 않는다는 걸 그는 알았소. 건달패야말로 바로 혁명적 증오의 도구라는 것을!"

"헤밍웨이를 증오하는 데 뭐 혁명적인 게 있지요?" 내가 물었다.

"내가 말하는 건 헤밍웨이에 대한 증오가 아니오! 나는 그의 작품을 말하는 거요! 그들의 작품을 두고 하는 말이오! 요컨대 헤밍웨이에 관해서 읽는 것이 헤밍웨이를 읽는 것보다 훨씬 더 재미있고 교훈적이라는 걸 큰 소리로 외쳤어야 했소. 헤밍웨이의 작품이란 위장된 헤밍웨이의 삶일 뿐이요, 그 삶이 우리 중 누구의 삶 못잖게 하찮다는 걸 증명했어야 합니다. 말러의 교향곡을 산산조각 내, 화장지를 청할 때 쓰는 음향 재료로나 사용했어야 합니다. 불멸자들의 횡포를 영원히 끝장냈어야 합니다. 모든 '파우스트'의, 모든 '9번 교향곡'의 그 도도한 권력을 처부수었어야 했다는 거요!"

자신의 얘기에 취해 술잔을 손에 들고 일어나더니 그가 말했다. "두 분과 함께, 한 시대의 종말을 위해 건배하고 싶소!"

# 3

서로 마주 비추는 거울들 속에서 폴의 모습은 스물일곱 개로 불어났으며, 우리 이웃 테이블에 앉은 사람들이 호기심 어린 눈으로 술잔을 휘두르는 그의 손을 바라보았다. 풀장 근처 작은 월풀에서 물 밖으로 몸을 내민 두 사내도 허공에 걸린 폴의 스물일곱 손을 꼼짝 않고 바라보았다. 나는 처음에는 폴이 자신의 얘기가 좀 더 엄숙하게 들리도록 그렇게 화석처럼 굳은 모습으로 서 있는 줄 알았으나, 곧이어 지금 막 홀 안으로 들어선 수영복 차림의 한 부인을 알아보았다. 예쁜 얼굴, 좀 짧은 듯하나 완벽한 굴곡을 그리는 두 종아리, 너무 큰 것 같으면서도 마치 굵은 화살표처럼 땅바닥을 향한 풍만한 엉덩이를 지닌 사십 대 여인. 내가 그녀를 알아본 건 바로 그 화살표 때문이었다.

그녀는 우리 일행을 보지 못한 채 풀 쪽으로 걸어갔다. 하지만 우리가 너무도 뚫어지게 그녀를 바라보았으므로, 우리 시선은 결국 그녀의 눈에 포착되고 말았다. 그녀가 얼굴을 붉혔다. 얼굴을 붉힐 때 여자는 아름답다. 그 순간 그녀의 몸은 그녀의 것이 아니다. 더는 자신의 육체를 다스리지 못하며, 자기 육체의 처분에 자신을 내맡기게 된다. 아, 여인이 자신의 육체에 강간당하는 광경보다 더 아름다운 게 뭐가 있는가! 비로소 나는 아베나리우스가 로라에게 반한 까닭을 이해하기 시작했다. 나는 그의 표정을 엿보았다. 그의 얼굴은 완벽하게 무심한 표정 그대로였다. 나의 눈에는 그의 그런 놀라운 극기가, 로라 몸의 홍조가 로라를 배반하는 것보다 더 그를 배반하는 것 같았다.

그녀는 정신을 가다듬고 상냥하게 미소 지으며 우리 테이블로 다가왔다. 우리는 자리에서 일어났고, 폴은 우리를 부인에게 소개했다. 나는 계속 아베나리우스를 관찰했다. 그는 로라가 폴의 아내라는 것을 알았을까? 아닌 것 같았다. 내가 아는 한, 그는 로라와 딱 한 번 동침했을 뿐, 그 후로 두 번 다시 만난 적이 없다. 하지만 나는 이에 대해 어떤 확신도 없으며 결국 나는 무엇도 확실히 아는 게 없는 셈이다. 그녀가 그에게 손을 내밀자 그는 마치 난생 처음 그녀를 만난다는 듯 몸을 숙였다. 로라는 작별을 고했고 (너무 이른 게 아닌가 하고 나는 생각했다.) 풀 속으로 들어갔다.

폴은 문득 좀 전의 활기를 완전히 잃어버렸다. "두 분이 내 아내를 알게 되어 기쁘군요." 그는 우울한 어조로 말했다. "흔히 하는 말로, 그녀는 내 생의 여인이라오. 자축해야 할 일이

죠. 인생은 너무 짧아서, 사람들 대부분은 절대 자기 생의 여
인을 찾지 못하니까요."

종업원이 포도주를 또 한 병 가져와 우리가 보는 앞에서 마
개를 따고는 잔에 따랐다. 덕택에 폴은 다시 한 번 이야기의
끈을 놓쳤다.

"당신 생의 여인에 대해 얘기하고 있었습니다." 종업원이
멀어져 가자 내가 그에게 속삭여 주었다.

"그렇군요. 우리에겐 삼 개월 난 아기가 하나 있습니다. 첫
번째 결혼에서 얻은 딸이 하나 있고요. 그 아인 일 년 전에 집
을 나가 버렸소. 작별인사 한마디 없이 말입니다. 난 괴로웠
소. 그 앨 사랑하니까요. 녀석은 오랫동안 내게 안부를 전하지
않았소. 그러다 이틀 전에 그 애가 돌아왔소. 남자친구가 아기
하나를, 딸을 하나 낳게 하고는 그 앨 차 버린 모양이오. 친구
들이여, 나에게 손녀가 생긴 거요! 내 주변에 여자가 넷입니
다!" 그 네 여자의 이미지가 다시 그의 기운을 북돋아 주는 듯
그가 언성을 높였다. "그래서 아침부터 마시고 있소. 되찾은
딸을 위하여! 딸과 손녀의 건강을 위해 건배하는 거요!"

저 아래 풀에서는 로라가 두 여자와 함께 헤엄을 쳤고, 폴은
미소를 짓고 있었다. 동정심을 불러일으키는, 피로에 지친 이
상한 미소였다. 문득 그가 늙은이처럼 보였다. 기운찬 그의 잿
빛 머리카락이 갑자기 노파의 머리 타래로 변했다. 자신의 그
런 노쇠를 이겨 내고 싶다는 듯 그가 술잔을 손에 들고서 다시
한 번 자리에서 몸을 일으켰다.

그 사이 풀에서는 팔들이 요란한 소리를 내며 물을 때리고

있었다. 로라는 머리를 수면 위로 내민 채 크롤 수영을 했는
데, 서투르긴 했으나 그래서 더욱 열성을 다해 미친 듯이 헤엄
을 쳤다.

수면을 치는 타격 하나하나가, 추가되는 세월처럼 폴의 머
리 위에 쏟아지는 것 같았다. 그는 눈앞에서 늙어 가고 있었
다. 이제 그는 일흔 살이요 금방 여든이 될 것 같았다. 머리 위
로 떨어지는 세월의 사태로부터 자신을 보호하려는 듯, 그가
선 채로 잔을 휘두르며 말했다. "젊었을 때 자주 들었던 유명
한 문구가 하나 생각납니다." 갑자기 갈라진 목소리로 그가
말했다. "여자는 남자의 미래. 한데 누가 이런 말을 했더라?
이젠 모르겠는걸. 레닌이었나? 케네디? 아냐, 어떤 시인이었
어."

"아라공." 내가 슬쩍 귀띔해 주었다.

아베나리우스가 퉁명스레 말했다. "여자가 남자의 미래라
는 게 무슨 뜻이오! 남자가 곧 여자가 될 거라는 소리요? 나는
그런 멍청한 문구는 이해할 수 없소!"

"멍청한 문구가 아니오! 시적인 문장이지!" 폴이 말했다.

"문학은 곧 사라질 텐데, 그래도 그런 멍청한 시적 문구들
은 계속 이 세상을 떠돌아다닐까요?" 내가 말했다.

폴은 내 말은 들은 체도 하지 않았다. 지금 그는 자신의 얼
굴이 거울들 속에서 스물일곱 개로 불어나 있음을 막 눈치챈
참이었다. 그는 거기에서 눈을 떼지 못했다. 거울에 비친 자신
의 얼굴들을 하나씩 차례로 돌아보면서, 노파의 뾰족하고 기
운 없는 목소리로 그가 말했다. "여자는 남자의 미래다. 이 말

은 옛날에는 남성상에 따라 만들어진 이 세계가 이제 곧 여성
상을 본보기로 삼으리란 걸 의미합니다. 세상은 더 기계적이
고 금속성일수록, 더 기술적이고 차가워질수록 열기를 필요
로 하며, 이 열기는 오직 여성만이 제공할 수 있소. 이 세상을
구하고자 한다면 우리는 여성을 본보기로 삼아야 하고 여성
의 안내에 우리를 맡겨야 하며 'Ewigweibliche', 즉 영원한 여
성이 우리에게 깃들도록 해야 합니다!"

이 예언 같은 말들 때문에 기운이 다 빠져 버린 듯 폴은 다
시 수십 살을 더 먹어 이제는 변변찮고 불쌍한 백 살이나 백
예순 살 늙은이 같았다. 더는 잔을 들고 있을 힘마저도 없다는
듯 그는 의자 위에 무너지듯 주저앉았다. 그러고는 진지하고
슬픈 어조로 말했다. "한마디 예고 없이 그 아이가 돌아왔소.
녀석은 로라를 싫어합니다. 로라도 내 딸을 싫어하고요. 산부
인과가 두 사람을 더욱 더 호전적으로 만들어 놓았소. 다시 시
작되었소. 한쪽 방에선 말러의 소음이, 다른 방에선 록의 소
음이 말이오. 내게 선택을 강요하고, 내게 최후통첩을 보내는
일도 다시 시작되었소. 그들은 투쟁에 돌입했소. 한데 여자들
은 한번 싸움을 시작하면 멈출 줄을 몰라요." 그러고 나서 그
는 몸을 우리에게 숙이더니 귀엣말로 은밀하게 말했다. "이보
시오, 친구들. 내 얘길 진지하게 받아들이지 마쇼. 내가 지금
하는 얘기는 사실이 아니라오." 그는 마치 무슨 큰 비밀을 털
어놓기라도 하듯 목소리를 낮추었다. "전쟁을 남성들이 했다
는 건 정말 대단한 행운입니다. 만약 여자들이 전쟁을 했다면,
그 잔인함의 필연적인 귀결로 아마 이 지상에 인류의 씨가 말

라 버렸을 겁니다." 그러고는 자기가 방금 한 말을 즉각 잊어 버리게 하려는 듯 그는 테이블을 주먹으로 탁 치며 큰 소리로 말했다. "친구들이여, 나는 음악이 이 지상에 존재하지 않았더라면 좋았을 거라고 생각합니다! 말러의 아버지가, 한창 수음 중인 아들을 보고 깜짝 놀라 그의 귓불을 갈겨 주고, 그 따귀가 너무 세서 어린 구스타프는 귀머거리가 되고, 그래서 영원히 북 소린지 바이올린 소린지 분간할 수 없었더라면 좋았을 거라고 생각합니다. 한마디 더 하자면, 나는 사람들이 모든 전자기타의 전류를 돌려, 내 손으로 직접 기타리스트들을 붙잡아 맬 그 의자들 속으로 흘려 보냈으면 한다오." 그러고 나서 그는 거의 알아들을 수 없는 목소리로 덧붙였다. "친구들이여, 나는 지금보다 열 배는 더 취하고 싶소."

# 4

그는 의자 위에 맥없이 주저앉아 있었고, 그 광경이 너무나 슬퍼 보여 견딜 수가 없었다. 우리는 자리에서 일어나 그의 등을 토닥거려 주었다. 그렇게 그의 등을 두들겨 주는데, 그의 부인이 물 밖으로 나와 우리를 우회하여 출입문으로 가는 것이 보였다. 그녀는 짐짓 우리를 못 본 체했다.

폴을 거들떠 보고 싶지도 않을 만큼 그에게 화가 난 것일까? 아니면 뜻밖에 아베나리우스와 마주친 것이 불편했던 것일까? 언제나 그렇듯 그녀의 발걸음에는 너무도 힘차고 너무도 매력적인 뭔가가 있었으므로, 우리는 폴의 등을 두들기던 손을 거두었고 세 사람 모두 로라 쪽을 바라보았다.

그녀가 자동문에서 두 걸음쯤 떨어진 곳에 이르렀을 때 뜻밖의 일이 벌어졌다. 갑자기 그녀가 우리 테이블 쪽으로 머리를 돌리더니, 팔 하나를 허공으로 날렸다. 그 동작이 너무도 경쾌하고 너무도 매력적이고 너무도 잽싸서 마치 금빛 풍선 하나가 그녀의 손가락 끝에서 날아올라 문 위에 걸려 머무는 것처럼 보였다.

즉시 폴의 얼굴에 미소가 떠오르더니 그가 아베나리우스의 팔을 꽉 잡으며 말했다. "보았소? 저 몸짓을 보았소?"

"예." 하고 아베나리우스가 대답했다. 그의 시선은 로라의 추억인 양 천장에서 반짝이는 금빛 풍선에 고정되어 있었다.

내가 보기에 로라의 그 몸짓은 술 취한 남편에게 보내는 게 아님이 너무도 분명했다. 일상적 작별을 고하는 기계적인 몸짓이 아니라, 많은 의미를 담은 이례적인 몸짓이었다. 그 몸짓은 아베나리우스에게 보내는 것일 수밖에 없었다.

그러나 폴은 그런 건 짐작조차 하지 못했다. 기적처럼 세월들이 그의 몸에서 떨어져나갔고, 다시 그는 은빛 머리카락을 뽐내는 멋진 오십 대 신사가 되었다. 그는 금빛 풍선이 반짝이는 문 쪽을 바라보더니 말했다. "아, 로라! 그녀만의 것이야! 아, 저 몸짓! 그녀의 전부를 함축하는 몸짓!" 그러고 나서 그는 우리에게 감동적인 얘기를 하나 들려주었다. "처음으로 그녀가 내게 저렇게 인사를 한 건 내가 그녀를 산부인과에 데려다 주었을 때였소. 아기를 갖기 위해 그녀는 두 차례나 수술을 받아야 했습니다. 우리는 출산을 두려워했지요. 내가 지나치게 감동할까 봐 그녀는 병원 안으로 따라 들어가려는 나를 만류했소. 나는 자동차 근처에 머물렀고 그녀 혼자 문을 향해 걸어갔는데, 문 앞에 이르자 그녀는 바로 좀 전에 했던 그대로 머리를 돌려 손으로 인사를 했소. 집에 돌아온 나는 그녀가 없다는 사실이 끔찍하리만치 슬펐고, 그녀가 하도 그리워서 그녀의 존재감을 되찾기 위해 나를 매혹한 그 아름다운 몸짓을 흉내 내려고 해 보았소. 그때 누가 날 보았다면 아마 웃음을 터뜨렸을 겁니다. 나는 큰 거울을 등지고 서서 팔을 허공에 던졌소. 미소 짓고 있는 나를 어깨 너머로 바라보면서 말이오. 아마 서른 번이나 쉰 번 가량 되풀이했을 텐데, 그러면서 그녀를 생각했지요. 나는 내게 인사를 보내는 그녀임과 동시에 내게 인사하는 그녀를 바라보는 나 자신이었소. 한데 이상하게도 그 몸짓은 내게 어울리지 않았습니다. 그런 몸짓을 하면 내가 너무나 서투르고 코믹해 보였다오.”

그는 자리에서 일어나 우리에게 등을 돌렸다. 그러고는 어깨 너머로 우리에게 시선을 던지며 팔을 허공으로 날렸다. 그랬다. 그의 말이 맞았다. 그는 코믹해 보였다. 우리는 폭소를 터뜨렸다. 우리 웃음에 용기를 얻어 그가 몇 번이나 같은 몸짓을 되풀이했다. 그는 점점 더 코믹해졌다.

그러고 나서 그가 말했다. “아시겠지요. 이 몸짓은 남자에겐 어울리지 않아요. 이건 여자의 몸짓입니다. 이 몸짓으로 여자는 우리에게 말합니다. ‘자, 날 따라오세요.’라고. 그녀가 초대하는 곳이 어디인지 여러분은 모르며 그녀 자신도 모르지만, 어떻든 그녀는 여러분을 초대합니다. 자신이 따를 만한 존재임을 확신하고서 말입니다. 나는 그래서 여러분에게 말하는 겁니다. 여자가 남자의 미래가 되든가, 아니면 인류가 끝장나든가 둘 중 하나라고. 왜냐하면 오직 여성만이 그 무엇도 정당화하지 못하는 어떤 희망을 간직할 수 있고, 미래로 우리를 초대할 수 있기 때문이오. 여성이 없었던들 이미 오래전부터 믿지 않았을 수상쩍은 미래로 말이오. 한평생 나는 비록 미친 목소리라 할지라도 여자들의 목소리를 따를 준비를 했소. 나는 전혀 미치지 않았지만 말입니다. 한데 미치지 않은 인간에게는 어떤 미친 목소리를 따라 미지의 세계로 이끌려가는 것보다 더 멋진 일도 없다오!" 그러고 나서 그는 독일어로 엄숙하게 말했다. "Das Esigweibliche zieht uns hinan! 영원의 여성이 저 높은 곳으로 우리를 데려가누나!"

잘난 한 마리 흰기러기처럼 괴테의 시구가 수영장 천장 아래에서 날개를 파닥거렸고, 그 사이 폴은 대형 거울들에 몸을 비추면서 자동문 쪽으로 걸어갔다. 문 위에는 아직도 그 금빛 풍선이 반짝이고 있었다. 마침내 나는 진정으로 행복해하는 폴을 보았다. 그는 몇 걸음 걷다가 머리를 우리 쪽으로 돌리더니 한 팔을 허공으로 던졌다. 그는 웃고 있었다. 다시 한 번 그는 돌아보았고, 다시 한 번 우리에게 손 인사를 던졌다. 그 아름다운 여성적 몸짓의 서투른 마지막 흉내를 끝으로, 그가 문 뒤로 사라졌다.

# 5

내가 말했다. "몸짓에 대한 그의 얘기는 좋았네. 하지만 내 생각엔 그가 틀렸던 것 같아. 로라는 미래로 자기를 따라오도록 어느 누구도 초대하지 않았네. 단지 그녀는 자기가 여기 있으며 자네를 기다린다는 걸 자네에게 상기시켜 주고자 했을 뿐이지."

아베나리우스는 침묵을 지켰다. 그의 얼굴에는 전혀 동요의 빛이 없었다.

내가 그에게 비난조로 말했다. "자네는 그가 불쌍하지도 않은가?"

"불쌍해." 아베나리우스가 대답했다. "나는 그를 진심으로 좋아해. 그는 지적이고 재미있고 복잡하고 슬픈 사람이야. 특히 이걸 잊지 말아야지. 그가 날 도와줬다는 사실 말이야!" 그러고 나서 그는 나의 은근한 비난에 대답 없이 넘어가고 싶지 않다는 듯 나에게 몸을 기울이며 말했다. "난 자네에게 나의 여론조사 계획을 얘기했네. 사람들에게 리타 헤이워드와의 은밀한 하룻밤을 원하는지, 아니면 그녀와의 데이트를 대중 앞에 과시하길 원하는지 묻는 것 말이네. 물론 결과야 뻔하지. 모든 이들이, 아무리 형편없는 녀석일지라도 모두가 그녀와의 하룻밤을 원한다고 외칠 거야. 왜냐하면 모두 쾌락주의자로 비치고 싶어 하니까. 자기 자신의 눈에는 물론, 자기 여편네나 아이들 눈에, 심지어는 여론조사 사무실의 대머리 직원 눈에까지도 말이야. 하지만 그건 그들의 환상이라네. 서툰 어릿광대짓이라고. 이제 쾌락주의자는 존재하지 않아." 그는 이 마지막 말을 꽤 심각한 어조로 말하고는 웃으면서 덧붙였다. "나만 빼고 말일세." 그러고는 말을 이었다. "그들이 무슨 소릴 지껄이건 간에, 진짜 선택을 할 땐 장담컨대 한 사람도 예외 없이 모두 사랑의 밤보다는 광장 산책을 원할 거야. 그들에게 중요한 건 찬사지 관능이 아니기 때문이야. 겉모양이지 실재가 아니라고. 실재는 이제 어느 누구에게도 아무것도 의미하지 않아. 어느 누구에게도 말이야. 나의 변호사에게도 전혀 의미하는 게 없어." 그러고 나서 그는 사뭇 정답게 말했다. "그래서 나는 자네에게 그가 화낼 일이 절대 일어나지 않으리란 걸 엄숙히 약속할 수 있네. 그는 어떤 피해도 입지 않을 거야. 그의 아내가 바람을 피운다 해도, 그 바람은 보이지 않아. 날씨가 좋을 땐 하늘빛이 되고 비 오는 날엔 잿빛이 되지." 그러고 나서 그는 또 덧붙였다. "게다가 어떤 사내도 손에 칼을 들고 여자를 강간하는 작자를 제 여편네의 정부로 의심하지는 않을 거야. 두 이미지는 서로 어울리지 않으니까."

"잠깐만. 그는 정말로 자네가 여자들을 강간하려 했다고 믿는가?"

"이미 말했잖은가."

"나는 농담이라고 생각했지."

"설마 자네는 내가 그에게 내 비밀을 털어놓았을 거라고 생각하는가?" 그가 덧붙였다. "설령 내가 그에게 진실을 말했다고 해도 그는 내 말을 믿지 않았을 거야. 내 말을 믿었다면 그 즉시 내 사건의 변론을 취소해 버렸을 테고 말이야. 내가 그의 흥미를 끌었던 건 강간범으로서야. 나에 대해 그는 큰 변호사들이 큰 범죄자들에 대해 느끼는 그런 신비로운 애정을 품었던 거라네."

"그렇다면 자넨 어떻게 해명했는가?"

"아무런 해명도 하지 않았네. 증거 불충분으로 풀려났지."

"뭐라고, 증거 불충분이라고? 그럼 그 칼은!"

"결코 쉽지 않았다는 걸 부인하진 않겠네." 아베나리우스는 그렇게 말했고, 나는 그가 더는 아무것도 얘기하지 않으리란 것을 깨달았다.

나는 한참 동안 침묵을 지키다가 말했다. "자네는 어떤 대가를 치르더라도 타이어에 칼침 놓는 일을 털어놓지 않을 생각인가?"

그는 그렇다는 뜻으로 고개를 끄덕였다.

나는 이상한 감동에 사로잡혔다. "강간범으로 체포당하는 한이 있더라도 절대 그 게임만은 들키지 않으려 했다는 얘긴

데……."

　그러다 문득 나는 아베나리우스를 이해했다. 스스로 중요하다고 자신하는 어떤 세계의 중요성에 만약 우리가 동의하지 않는다면, 그리고 그 세계에서 우리 웃음의 어떤 메아리도 발견하지 못한다면, 우리에게 남는 해결책은 하나뿐이다. 아예 그 세계를 통째로 유희 대상으로, 하나의 장난감으로 삼아 버리는 것이다. 아베나리우스는 유희를 즐기며, 그 유희는 중요하지 않은 이 세계에서 그에게 중요한 유일한 것이다. 하지만 그 유희는 아무도 웃기지 못할 것이며, 그도 이를 안다. 그가 생태학자들에게 자기 계획을 제안한 것은 그들을 즐겁게 해 주기 위해서가 아니었다. 자신의 즐거움을 위한 것이었다.

　내가 그에게 말했다. "자넨 마치 동생 없는 우울한 아이처럼 이 세상과 장난하고 있네."

　그렇다! 내가 오래전부터 찾던 아베나리우스에 대한 은유가 바로 이것 아닌가! 마침내 찾아낸 것이다!

　아베나리우스는 우울한 아이처럼 미소 짓더니 말했다. "나에겐 동생이 없지만 자네가 있다네. 자네 말일세."

　그는 자리에서 일어났고 나도 따라서 몸을 일으켰다. 아베나리우스의 마지막 말 뒤에, 이제 우리에게 남은 건 서로 껴안는 일뿐인 것 같았다. 그러나 우리는 목욕 가운 차림이란 걸 깨달았고, 그런 상태로 두 배를 내밀하게 접촉한다는 것은 생각만 해도 두려웠다. 어색한 웃음을 흘리며 우리는 탈의실로 돌아왔다. 탈의실에서는 기타 반주를 동반한 날카로운 여자 목소리가 확성기를 통해 너무나 큰 소리로 흘러나왔으므로,

얘기를 나누고 싶은 욕구가 가셔 버렸다. 우리는 승강기 안으로 들어갔다. 아베나리우스는 벤츠를 주차해 둔 지하 이 층으로 내려갔고, 나는 일 층에서 그와 헤어졌다. 홀에 걸린 초대형 광고판 다섯 개에 서로 다른 얼굴 다섯 개가 하나같이 입술을 위로 치올리며 나를 바라보고 있었다. 행여 그들이 물어뜯을까 봐 두려워 나는 거리로 나왔다.

도로는 끊임없이 경적을 울리는 차들로 붐볐다. 오토바이들은 보도 위까지 올라와 보행자들 틈새로 길을 헤쳐 나가고 있었다. 나는 아녜스를 생각했다. 처음으로 그녀를 상상한 게 벌써 이 년 전이다. 그때 나는 클럽의 긴 의자 위에서 아베나리우스를 기다리고 있었다. 오늘 내가 포도주를 한 병 주문한 것은 그래서였다. 나의 소설이 끝났기에, 첫 발상이 이루어진 곳에서 이를 자축하고 싶었던 것이다.

자동차들이 경적을 울렸고, 성난 고함 소리가 들려왔다. 예전에 바로 이런 분위기에서 아녜스는 물망초 한 가지를, 물망초 오직 한 송이를 사고 싶어 했다. 눈에 잘 보이지도 않는, 아름다움의 마지막 자취로서, 그것을 두 눈 앞에 간직하고 싶어 했다.

세계문학전집 **243**

# 불멸

1판 1쇄 펴냄  2010년 3월 26일
1판 26쇄 펴냄  2024년 9월 26일

지은이  밀란 쿤데라
옮긴이  김병욱
발행인  박근섭, 박상준
펴낸곳  (주)민음사

출판등록  1966. 5. 19. (제 16-490호)
서울특별시 강남구 도산대로1길 62(신사동) 강남출판문화센터 5층 (우편번호 06027)
대표전화 02-515-2000  팩시밀리 02-515-2007
www.minumsa.com

한국어 판 © (주)민음사, 2010. Printed in Seoul, Korea

ISBN 978-89-374-6243-6 04800
ISBN 978-89-374-6000-5 (세트)

* 잘못 만들어진 책은 구입처에서 교환해 드립니다.

# 세계문학전집 목록

세계문학전집은 계속 간행됩니다.